Subjected Subcontinent:
Sectarian and Sexual Lines in Indian English Partition Fiction
Eiko Ohira

インド英語文学研究

——「印パ分離独立文学」と女性——

大平栄子 著

彩流社

目次

インド英語文学研究――「印パ分離独立文学」と女性

◉現在のインド関係地図◉

1　アルナーチャル・プラデーシュ州
2　メーガーラヤ州
3　トリプラ州
4　ジャールカンド州
5　オリッサ州
6　チャッティースガル州
7　ヒマーチャル・プラデーシュ州
8　アーンドラ・プラデーシュ州
9　ゴア州

序章

◉インド英語文学の隆盛

一九八一年に、後にブッカー賞の歴史上もっとも優れたテクストと評価されることになるサルマン・ラシュディ(Salman Rushdie, 1947-) の『真夜中の子供たち』(*Midnight's Children*) が出版される。ポストモダン的実験的手法を駆使《くし》し、インド史を書き換えるという野心を持って書かれたこの分離独立小説（一九四七年のインドとパキスタンの分離独立を扱う、あるいは背景とする小説）の出版以降、「インドもの」出版ブームが訪れた。だが、インド英語文学が単なるブームではないことは、それから三〇年余り経た現在でもその創作力の勢いはとどまるどころか増すばかりで、世界的に認知されたインド人・インド系作家たちの活躍が今なお進行中であることからも知られよう。いまや、インド英語文学はポストコロニアル文学を構成する最も力のある英語文学であり、世界文学を構成する重要なテクストを創出し続けている。

一体、英米の文学とは異なるインド英語文学の魅力はどこにあるのだろうか。インド英語文学はポストコロニアル文学の位置づけを変えるどのような力を持つ文学を生産しているのだろうか。また、インドの女性の多様な現実をどのような独自な表象によって発信するテクストを創出しているのだろうか。西欧のテクストとインドのそれとの身体表象の差異性を丹念に見ると同時に、その共通性を確認することで、ジェンダー研究への貢献は可能だろうか。そのような研究への第一歩として、ここではインド英語文学における中心的政治的テーマである、印パ分離独立を扱う分離独立文学の総体的把握《はあく》を試み、さらに、インド英語文学における女性作家たちの活躍から生み出された女性の身体表象の独自性を検討し、インド英語文学世界の豊饒《ほうじょう》性がどのように生み出されているかを見ていきたい。

◉ジャイプール文学祭とディアスポラの英語文学作家たち

毎年一月にジャイプール（インド北部ラージャスタン州の州都）でアジア最大の文学祭が開催されるが、そこからもインドの文学風土や、その中のマイノリティの文学であった英語文学の近年の隆盛ぶりがはっきりとうかがえる。二〇〇九年一月二一日から二五日まで五日間、ハヴェリ（大邸宅）の一つ、ディギ・パレスにおいてジャイプール文学祭が開催された。インド文学アカデミー(Sahitya Akademi)会長のU・R・アナンタムルティ(Ananthamurthy, 1932-2014)と英語作家のナミータ・ゴーカレ(Namita Gokhale, 1956-)による基調講演の他、毎日多彩なセッション、講演、朗読などが行なわれ、さほど広くはない会場は熱気に包まれた。参加予定の作家は五〇名（二〇一五年は二五〇名）を超えた。英語文学作者が多いが、インド文学界における偶像的存在であるウルドゥー詩人のグルザール(Gulzar, 1934-)や、インド最大のＩＴ企業であるインフォシス創業者の一人で『新生インドの未来を思う』(*Imagining India: Ideas for the New Century*, 2008)の著者ナンダン・ニルカニ(Nandan Nilekani, 1955-)やボリウッド〔インドの映画産業の中心地ボンベイ（現ムンバイ）とハリウッドの合成語〕映画関係者など多彩な参加者が見られた。英語以外のテクストの朗読はそのつど英訳が読まれ、原作（ウルドゥー語）への拍手喝采《かっさい》に劣らぬ盛り上がりを見せていた。ここからも、インド各地から参加する人々の共通の言語として英語が不可欠な言語になっていることがうかがえる。ちなみに、ラージャスタン育ちのデリー大学のマラシュリ・ラル(Malashri Lal)教授にとって主要言語は英語である。ラシュディの言うように征服者の言語である英語を「脱植民地化」("The Empire Writes Back with a Vengeance" 8)できるかどうかはともあれ、確かに英語はインドの言語になっていた。

この文学祭のおもしろさは発表者と観客との距離の近さにある。数え切れないほどのセッションが開催されるが、発表者も壇上を降りると、他の観客同様席取りに奔走《ほんそう》する。取れなければ、地べたに座って聞く。このようにこの文学祭は特権的な人物を作らないという方針があると主催者は説明する。狭い会場をめまぐるしく発表者と聴衆が行き来し、活発に議論し対話する。同時期にデリー（北インドに位置するインドの首都）の国際センターで開催されたインド放送大学（IGNOU《イグノウ》）主催のインド英語文学会においても、聴衆からの質問の多さ、議論の白熱ぶり、深い内容に踏み込む素早さなど、研究者に限らず文学愛好者たちの論客の能弁ぶりがみられたが、ここからも、インドの文学風土の豊饒性を保証する読者層の厚さがうかがえよう。インド英語文学の出自（英文学かインドの伝統文学か）をめぐる議論には決着がついていないが、インドの数千年の文学の伝統と無縁であるはずがない。

ジャイプール文学祭の会場の一つであるメリル・リンチ・ムガール・テント前で、セッションの合間に繰り広げられる光景（写真は2010年1月21日〜25日開催時）

デリー大学マラシュリ・ラル教授（左）、作家でインド文学アカデミー副会長のスニル・ガンゴパディヤェ(Sunil Gangopadhyaya) 氏（中央）、作家のアルーナ・チャクラヴァルティ (Aruna Chakravarti) 氏（右）（2010年ジャイプール文学祭にて）

ジャイプール文学祭のセッションで、自作の小説を朗読するヴィクラム・セート氏(2009年1月21日)

このときに参加したヴィクラム・セート(Vikram Seth, 1952-)の講演は熱狂的盛り上がりを見せたものの一つである。(1) セートをはじめ、このセッションの参加者も国外在住者が少なくないが、世界的に注目されるインド英語文学作者の多くが国外在住あるいは移住者とその二世たちのディアスポラであり、この点からも、このジャイプール文学祭は注目される。今や、ディアスポラ作家たちの活躍を無視してインド英語文学を語ることは難しい。この年、まさにそのことを示唆《しさ》するセッションがプログラムにみられた。「ディアスポラとはなにか」(一月二一日開催)というセッションである。ディアスポラ作家といわれる四人の作家、ナディーム・アスラム(Nadeem Aslam, 1966-)、タハミーマ・アナム(Tahmima Anam, 1975-)、ハリ・クンズル(Hari Kunzru, 1969-)、ターシュ・オー(Tash Aw, 1971-)によって、ディアスポラの条件、帰属意識、言語の疎外《そがい》など抱える問題などについて議論が展開した。(2)

アスラムはパキスタンのパンジャーブ州(印パ分離独立時に分割され、東部はインド、西部はパキスタンに所属)出身だが、共産主義者の両親が体制批判したために一五歳になる前にイギリスへ移民した。政治的理由による移住である。アナムは、いつも「不確かさ」を抱えて生きていると語るアスラムに対して、ディスプレイスメント(故郷を離れざるをえないこと、難民になること)、帰属できないこと、常にどこにいても違和感を感じ続けることが、何か新たなもの・自己発見へと導くため、作家の創造力にとってプラスであるという。他のセッションにおいて、奈良在住のピコ・アイアール(Pico Iyer, 1957-)も教育を受けた英国、就職先のアメリカ、日本、両親の母国インド、いずれの場所においても外国人であるとの感じを抱いてきたと語っていた。アナムも外交官の父親とともに、多様な場所を転々とした。だが、父親は文化の異なる他国でベンガル人的なものが娘から失われるのを懸念し、常にそこは一時的な住処であり、必ず「バングラデシュに回帰」すると言い続けたという。英国に住む彼女自身もバングラデシュが帰還すべき場所であることを自覚しており、彼女の小説、パキスタンからのバングラデシュの分離独立についての唯一の英語文学『黄金の時代』(*A Golden Age*, 2007)にも、自国に対する思いが表われている。だが、バングラデシュの人々になぜベンガル語で書かないのかと問われるたびに、小説を書けるほどベンガル語は堪能ではないと弁解せざるをえないことをとても「残念」(shame)であると感じており、その点では自分もディアスポラであると思うと語った。

ジャイプール文学祭に参加する作家の多くがインド系ディアスポラであり、インド英語文学作家として認知されている。本書の第一部において、英語文学の定義、背景、特色、諸問題、ポストコロニアル文学における位置づけについての考察を通して、ディアスポラ作家の問題についても触れたい。

◉女性作家の活躍とインドの女性の現状

アドヴェータ・カーラ(Advaita Kala)の『ほとんどシングル』(*Almost Single*, 2007)はシングルのキャリアウーマンたちがネットを利用してパートナー獲得のために涙ぐましい努力をするという、読んでいて楽しくなる喜劇的物語である。彼女たちの仲間には離婚しシングルになった者もいる。また、仲間の一人はゲイで、男女の交際の仕方に疎《うと》い主人公に化粧の仕方や服装、デートの場所に至るまでアドヴァイスをしてくれる。このような小説がインドで生まれるとは、インドに短期間ではあるが筆者が住んでいた二〇〇〇年には想像もできなかった。だが、これはれっきとしたインドに住むインド人女性作家による小説である。

このような激変の予感はあった。二〇〇〇年の時にはデリーのリベラルな女性たちの間でもほとんどジーンズは見られなかった(ただし、同じ時期でもムンバイやチェンナイ(インド南東部のタミールナドゥ州の州都)では比較的多くのジーンズ姿の女性を見かけた)。ジーンズをはく女性は原理主義者に言わせると西洋に毒されているということになるらしい。だが、ファッションは確実にここ数年で変わった。シャーシ・タルール(Shashi Tharoor, 1956-)が二〇〇九年一月のジャイプール文学祭で、インタヴューアーの女性に必死に弁解をしていたのは、インド女性からサリーが消えたことを嘆く彼の書いた記事について、ジェンダー差別的ではないかとの追及に対してである。ファッションは重要な文化の指標である。今ではデリーの女性たちのジーンズ姿は特別には映らなくなった。このことが、伝統を女性の身体で表象し続けたいと考える保守派の人々の警戒心を煽《あお》ることになった。

ジーンズ姿はインドの伝統に対する反抗的姿勢を表わす記号になっているところがある。伝統的な女性の役割から自由になりたいと考える女性、すなわち「新しい女」が小説のテーマになってからだいぶ時間がたった。六〇年代に登場したアニタ・デサイ (Anita Desai, 1937-) をはじめとする女性作家たちが描いた女性たちは伝統との相克《そうこく》に悩み、結局自由への憧れのつけを払わせられる。だが、『ほとんどシングル』は主人公の願望が成就《じょうじゅ》するハッピーエンディングストーリーである。

一方で、インドの女性差別を物語る新聞やテレビ報道は絶えない。(3) ダウリ（結婚持参金）殺人、レイプ、女児遺棄《いき》・殺害、幼児婚、寡婦《かふ》差別、ＤＶ、幼児・少女売春の強要、夫による妻の売買、家事使用人の少女（一四歳以下の児童就労）への虐待《ぎゃくたい》などである。二〇〇六年九月一四日、パンジャーブの州都チャンディーガルにおけるＮＤＴＶ（ニューデリーテレビジョン／英語によるニュース専門チャンネル）のニュースで、パンジャーブ州でまた女児が遺棄され、家と家の間のレンガの下敷きになっているのを救出されたということが報じられた。パンジャーブでは特に女児殺害が多く、他州に比べても人口の男女差が激しいと報じられている。二〇一〇年一月二三日のＮＤＴＶでもラージャスタン州の女児殺害の問題と幼児婚の慣習が法的に容認される動きについて一日中繰り返し報じられていた。

また、二〇一二年一二月一六日にデリーで起きた市営バス内での集団レイプ事件後、政府がホットラインを設置したところ、約二五万件のコールがあったこと、通勤のための公共交通機関だけでなく、職場でも不安を感じたことがある女性がきわめて多いこと、現実にデリーでは毎日一五人近くの女性がレイプを含む性的被害にあっていることを二〇一三年九月九日の『ヒンダスタン・タイムズ』(*Hindustan Times*, New Delhi, Monday, September, 2013. p.4) は報じている。家庭においても性的虐待に苦しむ女性が少なくない中で、女性が寛《くつろ》げる場がいかに限られているか知られよう。また、寡婦に対する深刻な虐待も植民地時代から問題視され続け、多くの小説において言及され、テーマとなってきた。デリー大学のラル教授によると（二〇〇八年六月一八日、都留文科大学における講演）、それは過去の出来事ではなく、現在も続く問題である。三年に一度のヒンドゥー教の聖地で行なわれるクンバメラの祭り（聖なる川で沐浴《もくよく》するためにインド各地からヒンドゥー教徒が主要な聖地（ハリドワール、アラハバード、ナシク、ヴィジャイン）の一つに集まってくる世界最大の宗教的巡礼）に参加するために訪れた家族が寡婦を遺棄するケースが多いことが、二〇〇三年八月三一日発刊の新聞 (*Sunday Times of India*, Mumbai) で報じられていることからもそれはうかがえる。

二〇〇八年一一月六日、七日、デリー大学女性開発教育センター主催の国際セミナー（テーマは労働と政治的プロセスにおける女性の主流化）では、ある地域の職場での調査でほとんどの女性従業員が男性従業員からレイプを中心にした性被害を受けている実態が報告された。だが、二〇〇九年一月ジャイプールで出会ったケララ（インド南西部の州）出身の女性ジャーナリストは、インドの女性は外国から言われているほど虐待されておらず誇張されていると主張する。このような論調はいろいろなところで耳にした。確かに、都市のミドルクラスの女性たちは以前よりも多くの自由を享受《きょうじゅ》している。したがって、人口が圧倒的に多い農村部の低所得の教育を受けていない女性との格差は拡大していると言われる。

カマラ・マーカンダーヤ (Kamala Markandaya, 1924-) の『ふるいに注ぐ神酒《みき》』(*Nectar in Sieve*, 1954) のように貧しい農民の現実を描くものも見られるが[4]、インド英語文学はブルジョア的であり、都市のミドルクラスの生活と問題意識に偏っており、インドを代表していないという批判がなされている。筆者が出会った、しきりたがりやで頼もしく人懐《なつ》こく強気なインド女性や『ほとんどシングル』の現代女性と、英語のテクストにおいて描かれることの少ない、農村部の沈黙する女性たちとの格差は想像以上に大きいのだろう。

だが、高学歴でキャリアをもつ都市のミドルクラスの女性であっても、忍耐と純潔の象徴的存在であるシータ（叙事詩『ラーマーヤナ』に登場するラーマの妻）の呪縛《じゅばく》からは決して自由ではない。シータは女性差別の根源となっているヒンドゥー教の伝統を支える担い手としての理想的女性のイメージを体現する女性である。ヒンドゥーの原理主義者たちの主張する伝統的女性の役割強化と、メディアによって喧伝《けんでん》されることによってつくりだされる、伝統的女性のイメージ賛美の風潮に対抗できる言説、運動が地道に根気強く行なわれている中、インド英語文学においては、どのような女性の状況が描かれ、新しい「身体」イメージが創りだされているのか、そしてどのような独自な身体表象が見られるのかを本書の第三部で検討したい。

◉分離独立のトラウマと英語文学

クシュワント・シング（Khushwant Singh, 1914-2015）の『インドの終焉《しゅうえん》』（*The End of India*, 2003）はヒンドゥー至上主義組織ＲＳＳ（民族義勇団）を支持母胎《ぼたい》にもつ人民党のヴァージペイ（Atal Bihari Vajpayee, 1924-）（インドの首相）政権下の二〇〇三年に出版されたものである。タイトルから推測できるように分離独立後の世俗主義国家建国が危機に瀕《ひん》していることを訴えている。ＲＳＳやシヴ・セナ（インド南西部マハーラーシュトラ州を勢力基盤とする地方政党）をはじめとするヒンドゥー至上主義組織がキリスト教徒やイスラム教徒などの排除を主張し、一部のイスラム教徒によるテロを誘発し、ヒンドゥー教徒の復讐のテロが起きるという悪循環が今日まで続いている。

一九四七年、インドはイギリスから独立し新たな国家を建設し始める。だが、それはイスラム国家パキスタンとヒンドゥー教徒が多数を占めるインドとの分割という形で成しえたものであった。分離独立前後の時期に一二〇〇万人もの難民を生み、一〇〇万人以上の死者を出し、数十万人の女性がレイプされ、多くの女性が拉致《らち》され、あるものは強制結婚させられ、あるいは男たちの手から手へと渡され、売春宿に売られたという。分離独立へと至ったこのときの宗派対立は今日に至るまで続いている。

インド各地で頻繁に起きているテロのいくつかに筆者も遭遇したことがある。二〇〇三年八月二五日ムンバイのインド門とヒンドゥー寺院で起きた同時多発テロと、二〇〇六年九月八日マレゴン（ムンバイ東北）のモスクがテロによる爆弾で死傷者が出た時のことである。(5) いずれの時もNDTVなどのニュースチャンネルが連日特番を組み、「インドはひとつ」というキャンペーンを張っていた。また、ムンバイの同時多発テロについては、『インディア・トゥデイ』という週刊誌の九月八日号において「ムンバイ――誰の仕業《しわざ》か、どんな方法で、なぜ?」との表紙タイトルで特集を組んでいた。インドがいかに統合の危機を常に抱えているかの証拠である。

しかし、一方では独立後、新生インド建国のための強制的国民統合に抵抗する少数民族の運動もあった。それにより、強大なインド軍が半世紀以上もの間駐留することになり、地下組織によるテロと制圧するインド軍の（時に過剰防衛となることもあった）衝突が絶えず起きている地域がある。インド東北部である。二〇〇五年夏、マニプール州（ミャンマーに接するインドの州）の州都に住むナガ族の友人と彼女の家に集まった一族の方々が語る、独立後以降の悲惨な状況は想像を絶する内容であった。この書においては、資料のリストのみを紹介するだけで、残念ながらナガ族はじめ少数民族の視点からの物語を視野に入れることはできなかった。

分離独立はさまざまな対立・紛争の種をまき、人々にトラウマを残した。(6) したがって、分離独立は過去の出来事ではなく、現在も続いている事件である。分離独立について多くの著作がなされ、映画がつくられている。そして、それは日々さらに生産され続けている。二〇〇六年一二月二三日インド国際センターでユーサフ・サイード（Yousuf Saeed）監督の『カーヤル・ダーパン――想像力の鏡』(*Khayal Darpan: A Mirror of Imagination*) というドキュメンタリー映画が上映された。これはサイード氏が二〇〇五年、半年間をかけてラホール（パキスタン北東部パンジャーブ州東部）で多くのクラシックの音楽家や研究家に聞き取りを重ね、コンサートを見、多様な教育機関での音楽教育を調査し、生存している音楽家とクラシック音楽の擁護者について記録したものである。この映画製作の背景にはサイード氏の次のような疑問への答えを探求したいという熱意がある。「古典音楽は特定の宗教に属するものか？　古典音楽はインド政府の支援なしに生き延びることができるだろうか。一九四七年の分離独立は文化的伝統の分断でもあったのだろうか？　我々の国民的アイデンティティ形成に古典音楽はどのような役割をはたすのか?」（配布資料から抜粋）。

こういう問題提起はインドではめったになされないものであるが、パキスタンではこの疑問に遭遇せざるをえない状況であることを、このドキュメンタリーは伝えている。ここにも分離独立の分断――文化的遺産の分断、アイデンティティの分裂など――の深刻な後遺症が見られる。パキスタンではヒンドゥー教の伝統が濃厚な歌詞をもつ音楽は警戒され、あるいは軽視されてきたため、ヒンドゥー教の神々の名前を変更したり、そういうジャンル自体をあきらめるということが生じてきた。こういう事情から、パキスタンにおいてはインド亜大陸の音楽の遺産を維持するのがきわめて困難な状況が続いてきたが、音楽家たちの情熱がそれをかろうじて支えてきた。サイード氏（名前からイスラム教徒であると思われる）は個人的理由として、インドではイスラム教、およびその信者に対する否定的イメージが作り上げられていることに危機感を感じ、そのようなメディア戦略へ対抗していく必要を感じていたと個人的インタヴュー（二〇〇六年一二月二五日）で語ってくれた。排他的ナショナリズムに対抗する国民のアイデンティティ探求の切迫さがサイード氏の問題提起から感じられる。

これまで見てきたように、ラシュディ登場以降の作家たちが国家と国民のアイデンティティをめぐる議論に並々ならぬ関心を向けてきただけでなく、それが多様な分野の人々の関心事であったことがうかがえる。あらゆる領域に深刻な影響を残さずにはおかなかった分離独立、その体験をそれぞれの表現手段で語り、描き、表象したいという内的欲求から評価すべき芸術や著作が生まれ続けていることは確かであろう。(7)

ラシュディやアミターヴ・ゴーシュ (Amitav Ghosh, 1956-)、バプシ・シドハワ (Bapsi Sidhwa, 1938-) をはじめとする作家がすぐれた分離独立小説を発表しており、インド英語文学を論じるうえで分離独立文学はその中心を占めるといっても過言ではない。そこにジェンダーの問題、ディスプレイスメントの問題、国家と個人のアイデンティティ危機の問題などが集約されている。本書は分離独立小説の全体的把握を目指しており、ラシュディ以前と以降に分類したうえで検討を試みている。分離独立小説においても『真夜中の子供たち』以降に顕著な変化が見られるからである。ラシュディとそれ以降の作家たちはインドの独立後に政府が必死に神話化しようとした反英独立闘争の「大きな物語《グランド・ナラティヴ》」の脱構築を試み、歴史を再創造しようとした。一方、七〇年代までの分離独立小説はそれを意識した小説ではない。だが、「大きな物語」によって抑圧されてきた、それぞれ個人の多様な物語を伝え、沈黙の呪縛を解く物語になっており、その物語自体が国家創設の神話への疑義を突きつけるものになっている。本書の第二部で分離独立文学全体を概観したうえで、主要テクストについての分析を試みている。

　本書は三部構成になっており、第一部ではインド英語文学とは何か、どのように誕生し、発展し、どのような評価の変遷《へんせん》を辿《たど》ってきているか、その特徴と問題とは何かについて検討している。第二部では、インド英語文学の政治的テーマの中でも最も重要な印パ分離独立を扱う「分離独立文学」について、インドにおいても体系的研究が乏しいことを踏まえ、分離独立文学全体を俯瞰《ふかん》することを試みた。第三部では、女性作家のめざましい活躍によって、インド英語文学において従来掘り下げられることのなかったテーマがいかにジェンダーの視点から追究され、そこに特徴的な独特な女性の身体表象を通して、黙して耐える女性とは異なる、反逆し、共同性を紡《つむ》ぎ、歓喜を体験する女性の身体が描かれているかについて考察している。

◉注

（1）セートはカルカッタ生まれで、教育を受け、仕事に就くために英・米、中国に滞在した経験を持つ。小柄であるが、その繊細な青白い顔からはオーラが出ており、話し始めると一瞬にして聴衆を魅了した。最前列にいたインド人初の高裁首席判事であった著名な母親と、多くの聴衆に向かって、彼は作家デビューするまでの紆余曲折について訛りのほとんどないイギリス英語で語った。インド人作家は能弁であるが、セートの能弁ぶりは群を抜いており、抜群のユーモアのセンスと少年のような茶目っ気、プライド、大らかさ、気配り・サービス精神、「仕切りたがり屋」の片鱗も見せながらの講演は大盛況であった。

（2）英語は移民後に本格的に学んだというアスラムは、イギリス系パキスタン人ではなく、英国作家と自称している。アナムはバングラデシュのベンガル生まれである。パリ、ニューヨーク、バンコクで育ち、現在はイギリス在住である。クンズルの父はカシュミール人、母はイギリス人で、イギリスで生まれ育った。最近ニューヨークに移り住んだので、セッションに参加した作家たちの中でもっともディアスポラから遠いと語る。オーはマレー系、台北生まれのイギリス人作家である。ディアスポラの定義に戸惑いを見せていたオーについて、セッションを仕切っていたクンズルはオーのディアスポラ性について、民族的にマレー系であること、台北生まれであること、イギリスに住んでいること、中国語を話せないことすべてが条件にあてはまる、とまとめていた。

（３）二〇〇〇年にインド滞在中、デリー大学の政治学専攻の学生たちから、ダウリをめぐるトラブルで婚家を追い出されたり、虐待され、自殺に追い込まれたり、挙げ句の果ては灯油をかけられ焼死するといった悲劇、ダウリ殺人が絶えないという衝撃的な話を聞いた。このような状況は西欧のフェミニストたちの関心を引いた。彼女たちからのインドの女性は迫害されているとの指摘を意識するインド男性から、筆者は行く先々で「インドの女性をどう思うか」という質問を投げかけられることが多かった。僕の家では僕の方が「奴隷」みたいなものだ、と言っていた男性もいた。確かに、男性社会の底辺で従属させられて生きる多くの女性がいる一方で、気風がよく、押し出しもよく、人もよく、面倒見もよく、有能で、しきりたがりで親切な女性によく出会った。

また、カジュラホ（インド中央部マディヤ・プラデーシュ州にある村）で出会ったアメリカ人の女性から、田舎の女性の識字率の低さを知った時の体験についても聞くことができた。彼女はパスポートや財布などの貴重品すべてを盗まれ、途方に暮れた時、地元の人に現地のことばで事情を書いてもらった紙をもって、一軒一軒尋ね歩いたが、ほとんどの女性がそれを読むことができなかったという。彼女はインド人マフィアに騙され児童売春で傷ついたネパールの少女たちを収容する施設でカウンセリングのボランティアで働いていたというが、インドの幼児・少女売春も問題になっている。

（４）一七カ国語に翻訳され世界的な読者を獲得している『ふるいに注ぐ神酒』にはインドの村の典型的農夫の生活が描かれる。貧しい小作人の男性と結婚した主人公が、夫と息子を亡くし、老いて泥と茅葺の小屋に住む寡婦となったつらい人生の物語を語るという構成になっている。旱魃のためにあらゆるものを売り払い、何日持つかわからないわずかな米で飢えをしのぐ農夫たちの生活。夫が弱みを握られた女性からの脅迫に屈し、最後の米を渡してしまい、飢餓感の後にあらゆる苦痛と欲望が去ったときに彼女に残された、空のような、乾いた井戸のような空虚感。この小説ではこのような過酷な生活だけでなく極貧の生活の中でかわされる夫婦の深い情愛、誠実さと信頼と敬意に基づく夫婦生活の穏やかな幸福感が心地よい文体によって印象的に描かれている。さらに、より貧しい人々への夫婦の抑えきれない慈しみの気持ちがごく自然に描かれ、たくましく生き延びようとしている都市の孤児たちへの母性的視線も見られる。結末の続きが冒頭に来る構図によってプリという孤児にまつわるサスペンスが生きてくるだけでなく、冒頭の印象的な描写が、読後により大きな感動をもたらすものになっている。

（５）すでにテロの翌日にはインド門周辺からはバリケードが撤去され、日常の風景と変わりない様子がみられた。ムンバイのテロの翌日、タクシーに乗ってあるヒンドゥー寺院に行こうとすると、運転手は妙にうきうきしてテロの状況について実況中継並みに解説してくれた。

前日に車内に置き去りにされた爆弾によってタクシー運転手が木っ端微塵になったことによる衝撃よりも、日々の糧を稼ぐという現実のほうが重いのだろう。すると、彼はインド門で吹き飛ばされ海に流されたのは日銭を稼いでいた子供たちが多かったことや、廃墟のようになった寺院周辺の建物から人々が落ちてきた様子について語りながら、今年はこれで八回目だという。「ムンバイの人間はテロのたびに仕事を休むわけにはいかない」ということのようだ。

統合への希求はいろいろなパンフレットにも見受けられる。パンジャーブ州アムリトサルのジャリアンワラ庭園は、一九一九年四月六日、抗議集会に参加していたヒンドゥー教徒、イスラム教徒、シーク教徒、キリスト教徒など武器を持たない市民約二五〇〇人がイギリスのダイアー将軍が指揮する軍隊によって警告なしで発砲された現場である。公園の四隅すべてが建物で囲まれており、公園へのかなり狭い通路を抜けると低い三角錐の記念碑があり、ここからダイアー将軍が発砲したことが記されている。そのはるか先に逃げ惑った多くの女性が子供を連れて飛び込んだ、その井戸が残されている。インド政府の情報・広報省のパンフレットには三七九人死亡、そして「この場所は巡礼地、ヒンドゥーとムスリムの融合の象徴、インド人が母国の解放闘争のために血を流した聖なる地となった」と作家のK・S・ドゥガール(Duggal)による記述が引用されている。ここでも「融合」、「インドはひとつ」はキーワードになっている。

(6)語り継がれる分離独立の物語を、難民となった家族の多くはもっている。二〇〇六年九月一五日。チャンディーガルにおいて、あるホテルの従業員のアジェイという青年から分離独立時、彼の祖父(医師)と父親たちのパキスタンからの脱出についての話を聞くことができた。すべての財産を捨てて脱出してきたこと、就職の困難さ、よき昔への祖父のノスタルジアについて語ってくれたが、政治家の責任を追及したい気持ちと、トラブルに巻き込まれる不安のジレンマを感じている様子もみられた。女性のための出版社ズバーン・ブックス(Zubaan Books)の編集者ジャヤ(Jaya)からは、二〇〇六年九月一七日に、インドにいる息子の元へパキスタンからやってきた一〇〇歳の老人が、息子の側で死にたいと政府に訴えたが、彼はパキスタンへ強制送還されるだろうし、これは山ほど見られるケースであるとの話を伺った。アムリトサルで二〇〇六年九月一三日に出会ったキランというコレッジの学生(歴史、ジャーナリズムなどを専攻、一九歳)も、彼女の祖母が分離独立時に苦労してパキスタンから脱出した話、さらに大学の講義で女性の虐待について学んだことを話してくれた。また、二〇〇九年九月、デリーのインド国際センターで出会った六〇代の研究者は、パキスタンを脱出してきたときの苦難の体験があることを言葉少なに語ってくれた。また、デリー大学のインド英語文学研究者の中にも、幼少期家族とともにパキスタンから脱出し、難民となった経験がある方々がおられる。あるヒンドゥー教徒の教授夫妻は母語であるウルドゥー語がインドではムスリムの言語であるとのイメージがあるために、その使用にためらいがあったとの話をされた。母語の喪失体験のトラウマは七〇年近く経った今日でも消え去っていない。

(7)カルカッタのタラTV主催の「ベンガル・タラ・フェスティヴァル――音楽、芸術、映画、食」が、二〇〇六年一二月二三日から二六日までの四日間、インド国際センターで開催された。ここで上映された映画、A・ダスグプタ(Abhijit Dasgupta)監督の『女神』(*Devi*)は著名なウルドゥー作家のラジンダール・シング・ベーディ(Rajinder Singh Bedi, 1915-84)の「ラージワンティ」("Lajwanti")に基づく映画(自主上映）である。拉致された妻を受け入れるように周囲の人々に諭していた男が、いざ拉致されていた自分の妻が戻ってくると、拉致される以前のように暴行を加えることも喧嘩をすることもなくなったが、彼女を受容できず、女神として扱うという物語である。彼が妻の人間性、女性、妻としての人格を認められない点についての説明がくどすぎるきらいがあった。だが、上映後の観客と監督との議論から、妻を女神として敬うことが問題であると認識することがいかに難しいかがうかがえた。この映画の主要目的は、分離独立が女性問題であることを伝えることであることがわかる。

このフェスティヴァル最終日の最後の演目はシャーマ・ラハマーン (Shama Rahman) というバングラデシュ系の著名な歌手のコンサートであった。最初の歌は徹頭徹尾バングラデシュという歌詞で構成されたもので、歌詞に暗示されているのはナショナリズムと推測した。そして、それはこのフェスティヴァル全体を締めくくるフィナーレで確認された。主催者側のスタッフ全員がステージに上り、そこでシャーマーンと共に歌われたのがバングラデシュの国歌であることは全員が起立したことでわかった。ベンガル祭でなぜバングラデシュなのか。バングラデシュとインドという国に分離されたが、彼らはむしろベンガル人としてのアイデンティティで結ばれているようだ。

バングラデシュの演目はこれだけではない。二五日、ダッカ大学英文学教授のニアズ・ザーマン (Niaz Zaman) が選んだバングラデシュの詩がアナウンサー兼俳優と女優の二人によって読まれた。非常に気迫のこもった詩の朗読であったが、その一つが分離独立の悲劇についての詩であった。このベンガル・フェスティヴァルのプログラムの中に占めるバングラデシュの位置づけは重いということは推測できる。分離独立によってバングラデシュ人はインド人、ベンガル人としてのアイデンティティを共に奪われたことになる。

『パキスタンから愛をこめて』(*With Love from Pakistan*, 2005) というアルバムがある。これは分離独立で引き裂かれた人々が共有していた文化、特にガザル（アラビアやペルシアの叙情詩形）を通して二つの国を結びつけ、繋がりを強化することができるというメッセージが記されている。このアルバムの五人の歌手の中で、「メロディの女王」といわれる歌手ヌール・ジェハン (Noor Jehan, 1926-) は一九四七年パキスタンへ移民し、そこで活躍し二〇〇〇年亡くなる。カルカッタ生まれでアムリトサル育ちのファリダ・カーナム (Farida Khanum, 1935-) も分離独立後パキスタンへ移民した歌手である。

絵画については、サテイシュ・グジュラル (Satish Gujral, 1925-) という著名な画家が分離独立をテーマにした作品を多く描いている。

第一部　インド英語文学概観——ジェンダーと政治

第一章　インド英語文学とは何か

1　インド英語文学をめぐる状況

インドとヨーロッパの二つの文化の交差する腐葉土《ふようど》で育った「ヤヌスの顔」をもつ文学 (Iyengar 35) と評されたインド英語文学は、時にはその血筋が揶揄《やゆ》の対象にされ、時には将来性のないマイノリティの文学、あるいは消滅すべき外来植物とみなされ、長い間軽視され続けてきた。[1] だが、ここ数十年、インド内外から広い関心と高い評価を集めるようになり、いまでは世界文学の一角としての揺るぎない地位を得ている。

インド英語文学研究をリードしてきた研究者の一人であるミーナクシ・ムーカジー (Meenakshi Mukehrjee) は、博士論文執筆時の一九六〇年代において、インド英語文学は研究対象としては疑義が持たれていたために、英語文学研究は稀《まれ》であったと述べている[2] (*The Twice Born Fiction*, Intro.)。ムーカジーはそれを英文学の枠の中に位置づけることでかろうじて研究として認められるよう努力せざるをえなかった。だが、インド英語文学をめぐる状況は、八〇年代、ラシュディの『真夜中の子供たち』の出版を機に劇的に変貌する。多国籍出版社が内外の広範な読者層を掘り起こし、「インドもの」出版のブームを呼び起こして、インド英語文学は国際的な英語文学の潮流の中に頭角を現わすに至る。キャノン（模範的価値があると容認された作品群）形成についての議論も活発化した。アミターヴ・ゴーシュやヴィクラム・セート、アラン・シーリー(Allan Sealy, 1951-)、ウパマンユー・チャタルジー(Upamanyu Chatterjee, 1959-)、シャーシ・タルール、ファールーク・ドンディ(Farrukh Dhondy, 1944-)、ロヒントン・ミストリー(Rohinton Mistry, 1952-)、フェーダース・カンガー(Firdaus Kanga, 1959-)など「ラシュディの子供たち」と称される才能ある個性的若手作家が次々と登場し、西洋アカデミズムの世界において賞讃を獲得する。こうした状況に照らせば、ラシュディとその子供たちが英文学の乗っ取りを画策しているとのR・S・パタク(Pathak)の見解(13)も根拠がないものではない。さらに、ラシュディは二〇世紀後半のインド英語文学（フィクションとノンフィクションを含む散文）は一六もの現地語の多くの文学よりもパワーがあり、重要であり、「インド・アングリアン」(Indo-Anglian)文学は世界文学にインドがもっとも価値ある貢献をしたことを表わすものであると主張し、議論を巻き起こした(Rushdie and West, Intro. 10)。当然、現地語の現代文学の方が質・量ともに優れているというインド文学界からの猛反発が起こる。このように、ラシュディはイギリス文学だけでなく現地語のインド文学に対しても、インド英語文学の優位性を主張し、反感と議論を喚起した。

作家自身の認識も変貌する。英語文学作家は植民者の言語を使用するエリートとして国内で疎外されてきた。「インドらしさ」についてのこだわりを持ちながらも、支配者の言語である英語を使用することを自己弁護せざるを得ないディレンマの中で、他者の言語を駆使するという困難な状況が六〇年代まで続いた。この模倣《もほう》とナショナリズムのパラドックスは七〇年代にも継続した。だが、八〇年代以降それまでのディレンマや劣等感とは無縁な新しい世代の作家たちが次々と出現し、注目すべきテクストが毎年出版されるようになった（本書巻末「インド英語文学作品年表」参照）。

2 インド英語文学の定義・名称・出自

◉定義について

インド英語文学 (Indian Writing in English) とは創造的目的のために英語を用いるインド人作家およびインド系作家たちのテクストの集合を意味する。グローバリゼーションに伴い、この用語はチットラ・バネルジー・ディヴァカルニ (Chitra Banerjee Divakaruni, 1956-) のようなインド系ディアスポラやインド生まれのサルマン・ラシュディのような作家たちにも用いられることが多くなった。作家の市民権は考慮されないことが一般的であり、むしろインドとの結びつきの方が考慮されるべきである。

これはデリー大学のラル教授が都留文科大学において行なった「インド英語文学概観」と題する講演（二〇〇八年六月一八日）からの抜粋である。ラル教授は「インド英語文学」の定義について、未だ議論する余地があると断りながらも次のような見解を示している。インド英語文学はインド居住の作家およびインド生まれの作家による英語で書かれた著作を指すが、ディヴァカルニ（インド生まれでアメリカ在住）のようなインド系ディアスポラの作家やインド生まれでイギリスに帰化したサルマン・ラシュディなどのテクストにも用いられる。この定義はすでに市民権を得ている次のような作家にも適応でき、一応妥当な定義であるといえよう。ポーランド系ドイツ人で、英国で教育を受け、インド人と結婚し、インドに住み（一九五一―七五）、

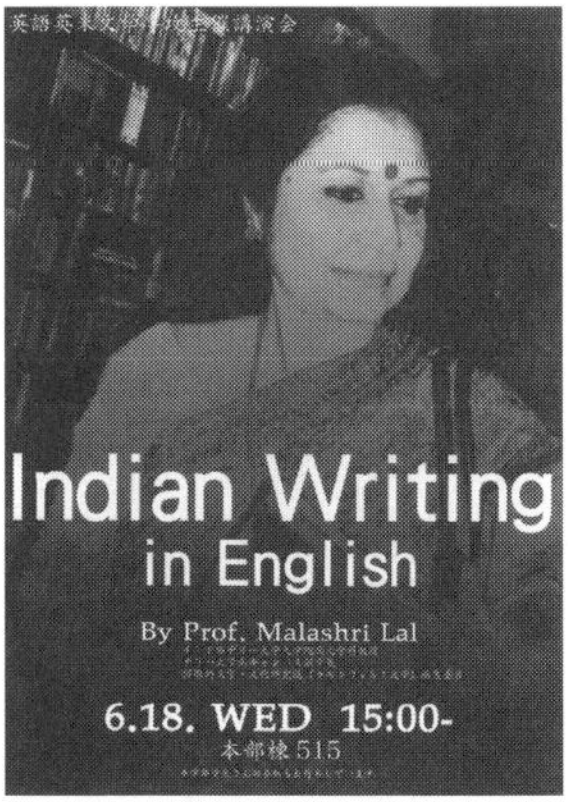

都留文科大学にて行なわれたラル教授の講演「インド英語文学概観」のポスター（2008年6月18日）

その後デリー、NY、ロンドンを行き来していたルース・プラワー・ジャバラ (Ruth Prawer Jhabvala, 1927-2013) や、ナイロビ生まれで、英国で教育を受け、一九五二年にインドへ移住したインド人G・V・デサニ (Desani, 1909-2000) がいる。現在の市民権については概して考慮されないが、作家のインドとの繋がりを考慮すべきである、というのがラル教授の見解である。ラシュディは作家のホーム・アドレスと文学は無関係であると主張し、ラル教授は国籍よりもインドとの関わりを重視する。総じて、居住地よりもインド系であることが決め手になっているようだが、印パ分離独立以前に生まれた世代の国外移住者については扱いが分かれている。研究者の見解が分かれていても、取り込み戦略によって、インド英語文学を英米文学の占有とすることを阻止《そし》することが重要であるという共通認識が存在するようにも思われる。

近年、インド英語文学研究書の出版は隆盛をきわめているが、定義について議論が交わされないまま、それぞれの研究者の定義がなされたり、曖昧《あいまい》なまま概説、あるいは個別テクストの分析が試みられているということも少なくない。また、ラル教授が述べているようにディアスポラの作家も、特に八〇年代以降は研究対象になることが多い。ラシュディ自身、自らのテクストをインド英語文学の一つとして明らかに認めている。一九九七年出版のラシュディとウエストが編集した『現代インド文学傑作選　一九四七—九七年』(*The Vintage Book of Indian Writing 1947-1997*) は分離独立後、半世紀間に現われた最良のインド英語文学のアンソロジーであると編者は述べている。ただし、インドにおける英語文学研究者間ではラシュディのアンソロジーに対する疑問が提起されることも少なくない。地方語（ウルドゥー語）の翻訳テクストがサーダト・ハーサン・マントー (Saadat Hasan Manto, 1912-55) のものだけであることや、「最良の《ヴィンテージ》」という名称への反感なども、その理由である。

このアンソロジーには、インド英語文学の父と評される御三家《ごさんけ》のM・R・アーナンド (Anand, 1905-2004)、R・K・ナラヤン (Narayan, 1960-2001)、ラジャ・ラオ (Raja Rao, 1908-2006) の内、ラオは含まれていない。独立後の初代首相であるジャワハルラル・ネルー (Jawaharlal Nehru, 1889-1964) が分離独立の前夜一九四七年八月一四日の真夜中に制憲議会で読み上げた独立宣言文（「運命との約束」というタイトル）という有名な文言がタイトル）も含まれている。

『現代インド文学傑作選』に含まれる作家（ラシュディ自身を含む）三二名のうち、インドで生まれ、教育を受け、インドあるいはパキスタンに在住、あるいは没したのは、ギータ・ハリハラン（Githa Hariharan, 1954-）、ムケル・ケサヴァン（Mukeul Kesavan, 1957-）、アルンダティ・ロイ（Arundhati Roy, 1961-）、ナヤンタラ・サハーガル（Nayantara Sahgal, 1927-）、ウパマンユー・チャタルジーそして著名な映画制作者サタジット・ライ（Satyajit Ray, 1921-）を含む一一名だけである。インドと英・米・ニュージーランドなど両方を行き来しているのはヴィクラム・チャンドラ（Vikram Chandra, 1961-）、ギータ・メータ（Gita Mehta, 1943-）、アミターヴ・ゴーシュ、アラン・シーリー、ヴィクラム・セートなどで、他はシャーシ・タルール、サラ・スレーリ（Sara Suleri, 1953-）、パドマ・ペレーラ（Padma Perera）など米国在住者、アミット・チョードリ（Amit Chaudhuri, 1962-）、ニアド・チョードリ（Nirad Chaudhuri, 1897-?）、フェーダース・カンガー、アルダシール・ヴァキール（Ardashir Vakil, 1962-）などの英国在住者、カナダに移住したミストリーたちであり、三分の二は国外在住者が占め、先の定義の解説で言及したデサニとジャバラも含まれている。

ラシュディによると、「このアンソロジーには分離独立は必要ない」（Intro. 22）という見解のもとに編集されているので、その中にはラホール（印パ分離独立前のインドで、現在はパキスタン）生まれでアメリカに帰化したパキスタン系作家のシドハワも含まれているが、インド英語文学研究の第一人者であるM・K・ナイク（Naik）による一連の文学史や研究書ではシドハワは扱われていない。

このように多彩な出自、多様な居住地のディアスポラに加え、アニタ・デサイの娘キラン（Kiran Desai, 1971-）のような国外移住者の二世代目（ただし、デリー生まれ）も含まれている。上記のアンソロジーには、ウルドゥー語で書かれ、英語に翻訳されたマントーのテクストも含まれている。どこまでを英語文学の範囲とするかについての議論は続いているが、最近、地方語のテクストが盛んに英訳されており、英語に翻訳されたテクストもインド英語文学研究の対象とすることが一般化している。デリー大学英文学科のカリキュラムにも英訳された多様な地方語の文学が含まれている、とデリー大学教授のラル氏は上述した講演において述べている。

◉名称についての議論

定義以前に、名称についても議論が続いており、未だに統一的名称はない。Indian English Writingは、かつてインド英語を侮蔑《ぶべつ》する名称であったという理由で、またCommonwealth Writingという呼称はゴーシュによって植民地的様相を示唆するとして避けられた。Indo-Englishという用語支持者に対して、それは英訳されたインド文学に用いるべきという意見もあった。インド英語文学研究の先駆者であるK・R・シュリニヴァス・イエンガー(K. R. Srinivas Iyengar)はIndo-Anglian Literatureの用語を採用していたが、一九五七年出版の『現代インド文学』(*Contemporary Indian Literature*)(内外から現代インド文学の潮流について知りたいとの要望に基づいてインド文学アカデミーによって編纂《へんさん》された研究書)の中の多様な地方語の文学の一つとして英語文学を論じる際、Indian Writing in Englishの名称を用いている。彼に続くナイクはIndian Writing in Englishを用いていたが、八〇年代になってIndian-English Literatureを用いるようになった。インド英語文学研究をリードしてきたM・ムーカジーも彼女の研究書出版当時は用語の統一見解はなく、Indo-Anglian, Indo-English, India-English, Indian novels in Englishなどといった用語が使われたと指摘している(Mukherjee, Intro.)。また、八〇年代に文学アカデミーから出版された『インド文学事典』(*Encyclopedia of Indian Literature*)ではデサニについてIndo-English novelistと紹介されている(Datta 928)。九〇年代の研究書からIndian English Fiction (Novel, Writing, Literature)という用語が目立つようになってきた。前述したラシュディとウエストが編纂したアンソロジーのタイトルにはEnglishということばはない。

◉出自について

世界文学の一部としてのインド英語文学という認識が定着する一方で、その出自についての議論はまだ決着がついていない。ナイクはインド英語文学はイギリス文学から枝分かれしたものではなく、「巨大な菩提樹《ぼだいじゅ》というインド文学の幹から新たに突き出た細い小枝」(Naik, *Studies* 158)であると主張する。M・ムーカジーの六〇年代の博士論文に基づく『再生したフィクション』(*The Twice Born Fiction*, 1971) は研究対象として認められるために、英文学研究の枠の中にインド英語文学研究を位置付ける必要があった。[3] だが、彼女も地方語文学の特徴・発展の仕方に英語文学が重なっていることを理由に、インド文学(フィクション)の一分野としてみるべきであるとの見解を示している。

他方、デリー大学のハリッシュ・トリヴェディ (Harish Trivedi) 教授は英文学から派生したインド英語文学の意義に懐疑の念を示し、単独の研究ではなく、比較文学的アプローチの必要性を主張している (*Colonial Transactions* 210-26)。

このようにインド英語文学をインド文学の一部とみる (Derrett 7) か、英文学から派生したものと見るかについて、研究者の見解は分かれている。インド英語文学は植民地を引き上げようとする英国が産ませた「帝国の庶子《しょし》」(Rushdie and West, Intro. 12) にすぎないとみる批評家に対して、ラシュディは征服者の言語であるウルドゥー語(一五二六年インドを征服したムスリム王朝であるムガール帝国においてイスラム教徒が使用する言語)が現地語になっていったように、英語はすでにインドの言語になったと語り、英語を脱植民地化("The Empire Writes Back" 8) すると意気込む。[4] 彼は出自よりも、簒奪者《さんだつ》としての子供の有能さに議論を振り向けているように見える。産みの親論争(英文学かインド文学か)に決着をつけるために、「アングロ・インディアン」(Indo-Anglian) というハイフン付の依存状態から独立し、新たに定義し直す必要性が研究者間で指摘されている。

だが実際には、インド英語文学の呼称・定義ともに意見の一致をみていないのがインド英語文学批評の現状である。定義・名称ともに植民地化された記憶を喚起《かんき》するものを避け、あるいはアングロ・インディアン文学との混同も避けるべきという多様な思惑《おもわく》が絡んで、明快な結論がでない状況にある。研究者の見解が分かれていても、取り込み戦略によって、インド英語文学を英米文学の占有とすることを阻止することが重要であるという共通認識は存在するようである。

3　インド英語文学誕生の背景

D・S・ミシュラ (Mishra) はじめ多くの研究者は英語文学誕生の背景としての、インドにおける英語教育の導入に至る経緯を語るうえで、トマス・B・マコーレー (Thomas Babington Macaulay, 1800-59) による教育に関する「覚書」(一八三五年二月) が決定的役割を果たしたという認識を示している (Mishra 4)。それはインド知識人たちの間のサンスクリット教育派対英語教育の対立・論争に終止符を打ち、インドにおける英語教育を樹立し、英語教育史の転換点になったといわれる。これを受けウイリアム・ベンティンク卿 (Lord William Bentinck, 1802-48) が同年三月七日、インド現地人に西洋文学 (＝英文学) と科学教育を推進すべく、教育予算は英文学教育に限定して拠出すべきという決定を下す。これが現地のインド人に英文学教育を公的に要求する法律であるベンティンクの「英文学教育令」である。

前述した都留文科大学における講演会において、ラル教授は次のように指摘している。「一八三五年から五五年までの間に英語教育を受けた人々は急増した。一八三四年から三五年の一年間で、地方語の著作数が一万三〇〇〇冊に対して、三万二〇〇〇冊の英語の著作が販売されたと言われている」。この指摘のように政治的決断の効果が目覚ましいものであったことはラル教授の上記の指摘に明らかである。マコーレー草案の趣旨は植民者と現地人とを仲立ちするインド人知識階層を形成することであり、インド人でありながらイギリス人的感性 (趣味)、考え、モラル、知性をもつ階層という、帝国支配維持の協力者になりうる階層を育成するという帝国支配に都合の良い教育理念に基づくものであった。ノーベル賞作家であるベンガル人のタゴール (Tagore, 1861-1941) が英文学を通して「我々の思考」(our ideas) が形成されたと述懐 (Nehru 350) していることに、その成果は現われているといえる。さらなる英文学研究の制度化、英文学市場拡大の背景は一八五四年のウッド卿 (Sir Charles Woods, 1800-85) の「教育書簡」に基づく教育令によって、インド公務員 (ＩＣＳ) の試験科目に英文学と歴史が導入されたことにある (G. N. Devy 8)。このような文化支配の下で、英語文学は誕生し、一九三〇年代に英語文学の父といわれるアーナンド、ナラヤン、ラオが活躍するまで細々と生きながらえることになる。

一方、被植民者であるインド知識人たちやナショナリストたちが英語教育をインドの（経済的）発展を促すものと見、その教育支援を要望していたことは注意すべきである。特権的地位をもつ英語、その英語教育を通してミドルクラスのインド人知識人たちは西洋的概念を吸収し、インドの偏見、迷信や、封建制社会に対する疑問を持ち始め、同時に、ナショナリズムを高揚《こうよう》させながら、西洋の文学形式・技法を用いて自己表現し始めた。だが、「母国語ではない言語」である英語でインド人の「感性」、「魂」を表現する困難は伴う。ラオの代表作『カンタープラ』(*Kanthapura*, 1938, Intro. 5) にそれは語られている。ナラヤンも英語に対するアンビヴァレントな姿勢――英語は他の現地語と同様にインドの言語になったとの認識と、英語使用を自国文化からの疎外とみる姿勢――を示しているとの指摘も見られる (Walder 93-94)。

4　インド英語文学の系譜・流れ

近年、盛んにインド英語文学研究書が出版されているが、多くは論文集であり、インド英語文学全体を概観するものは少ない。(5) すでに述べたムーカジーの研究書のほかに、約三〇年前に出版されたナイクの『インド英語文学史』(*A History of Indian English Literature*, 1982) がある。これは貴重な文学史の一つであり、二一～三年おきに続編が出版されているもので、他の研究者が参照するテクストである。ラシュディ登場の八〇年代以降の文学史についてはアーヴィンド・K・メーロートラ (Arvind Krishna Mehrotra) 編『図説インド英語文学史』(*An Illustrated History of Indian Literature in English*, 2003) が詳しい。

インド英語文学研究は上述した現状にあるが、それぞれにインド英語文学の特質について解説・言及している。すでに述べた女性作家の活躍、マイノリティ文学の隆盛、分離独立のテーマなどを中心とする政治小説のほか、家族小説、歴史と国家のアイデンティティの問題を追及する歴史小説などに注目が集中する傾向がある。

　インド英語文学は約二〇〇年の伝統を持つと言われる。だが、インド英語文学の始まりについての統一的見解はなく、したがってその歴史についても一七〇〜二〇〇年（小説に限ると約一六〇〜一八〇年）と幅がある。(6) 初期はメロドラマ的歴史ロマンスや、政治ファンタジー、社会改良小説が多かったが、一九三〇年代、マハトマ・ガンディー (Mahatma Gandhi, 1869-1948) の反英闘争の最盛期にインド英語文学も花開き、インド英語文学の父と呼ばれるアーナンド、ナラヤン、ラオの三人の作家の活躍が始まり、インド英語文学に新たな展開が訪れたとすることは大方の評者の見解が一致する。

　ラシュディは、インド英語文学最初の小説であるバンキム・C・チャタルジー (Bankim Chandra Chatterjee, 1838-94) の『ラージモーハンの妻』(*Rajmohan's Wife*, 1864) 以降一九三〇年代までの約七〇年間、「不在」の時期が続いたと述べている (Rushdie and West 17)。確かに、三〇年代、ガンディー的エトスの影響が大きく、「マハトマ小説」（ガンディーのイデオロギーに影響され、解放闘争に向かう人々を描く政治小説）(Mahatma novels, Gandhian fiction) が流行り、社会的改革への意識が高まった時期の御三家の登場（アーナンドの『不可触民バクハの一日』*Untouchable*, 1935; ナラヤンの『スワーミー』*Swami*, 1935; ラオの『カンタープラ』（一九三八））まで、英語文学形成に貢献できるものが現われなかったとの見解がインドの研究者の間でも支配的であるが、必ずしも「不在」の時期ともいえない。ムーカジーによる上掲の研究書巻末の文献表小説リストには、彼女が注目すべき最初の小説と考えるK・S・ヴェンカタラマニ (Venkataramani, 1891-1951) の『農夫ムルガン』(*Murugan the Tiller*, 1927) を含む数編のテクストがあげられている。さらに、彼女は位置づけが難しいとされる一九世紀と二〇世紀初頭の小説である「忘れ去られたテクスト」について二〇〇〇年出版の研究書 (*The Perishable Empire*) で研究対象にしている。また、ナイクはかなりの数の小説をリストアップしている (*History* 106-10)。

　一方、ナイクは一九二〇年までの時代について概説、分析、評価を一九八四年出版の『インド英語文学の様相』(*Dimensions of Indian English Literature*) で示している。初期のインド英語文学は小説というより、物語 (Tales) だが、ファンタジーの用い方にインドの伝統、サンスクリット文学との結びつきが見られると指摘しており、インド英語文学をインド文学の一部門として位置づけようとのナイクの姿勢がうかがわれる。さらに、ナイクは散文に関してはその成熟振りを評価している(41-48)。一九世紀インドの文芸復興の始動期から、英語の雑誌が次々と発刊され、そこに社会的改革の多様なテーマについてのエッセイが発表されたことについて述べている。

一九世紀のインドルネサンス期の重要なテーマは社会改革(女性の位置、農民の窮状《きゅうじょう》など)であり、それは女性の教育の必要性を訴えるS・M・ニカンベ(Shevantibai M. Nikambe)の『ラタバイ——ボンベイの若い高カーストヒンドゥーの寡婦についての素描』(*Ratanbai: A Sketch of a Bombay High Caste Hindu Young Wife*, 1895)や、ベンガルの農民の生活を簡素に描くL・B・デイ(Lal Behari Day)の『ゴビンダ・サマンタ』(*Govinda Samanta*, 1874)などに見られるとの見解が一般的である。

ラシュディによると、不在の後に続いたのは「真夜中の両親たち」と呼ばれる独立の世代であり、新しい伝統を創造したとして、アーナンド、ラオ、ニアド・チョードリ、ナラヤン、デサニの五人をあげ、後者の二人を重要視する。

三〇年代、インド英語文学に新たな展開が訪れ、二〇世紀前半は上述した御三家の活躍が支配的な時代となったとすることについては、すでに述べたように大方の評者の見解が一致している。ナイクもデサニの『H・ハターのすべて』(*All About H. Hatterr*, 1948)、ベンガル飢饉《ききん》(一九四三—四四年に起きた飢饉でベンガルで二〇〇万人が亡くなったインド史上最悪の飢饉の一つ)を描くババニ・バタチャルヤ(Bhabani Bhattacharya, 1906-88)の『幾多の飢餓』(*So Many Hungers*, 1947)を除けば、独立前の作家でこの三人に匹敵するものはいないと評価している。一日の出来事という設定に実験的技法が用いられたアーナンドの『不可殖民バクハの一日』、ラオのすぐれた政治小説『カンタープラ』や東西の遭遇をテーマにした哲学的小説『大蛇と縄』(*The Serpent and the Rope*, 1960)をナイクは高く評価している。

五〇年代以降は公的なものから私的なもの(自己探求のテーマ)へと作家たちの関心は変化し、心理小説の登場もみられ、アニタ・デサイやアルン・ジョーシ(Arun Joshi, 1939-93)やサハーガルによってインド英語文学の表情は変わったとする見解も一般的である。

七〇年代から女性作家の活躍が顕著になり、長い間男性作家が主流であったインド英語文学の発展に女性作家たちがおおいに寄与するようになったことは疑問の余地がない。(7) 独立後の時期活躍した女性作家として、多くの研究者が注目するのはジャバラ、マーカンダーヤ、ラーマ・メータ (Rama Mehta, 1923-78)、アティア・ホセイン (Attia Hosain, 1913-98)、ペリン・バルーチャ (Perin Bharucha)、ヴェヌー・チタリー (Venu Chitale)、サハーガル、アニタ・デサイである。

六〇年代、七〇年代の個人的実存的小説（アニタ・デサイの初期作品やサハーガルの小説など）と対照的に、家族の年代記が八〇年代に登場し、隆盛を示すようになるが、これも重要な特徴の一つである。『真夜中の子供たち』、グルチャラン・ダス (Gurcharan Das, 1943-) の『良き家族』(*A Fine Family*, 1990)、ニーナ・シバール (Nina Sibal, ?-2000) の『ヤートラ、巡礼の旅』(*Yatra: The Journey*, 1987)、マンジュ・カプール (Manju Kapur) の『手に負えない娘たち』(*Difficult Daughters*, 1998)、ゴーシュの『シャドウ・ラインズ』(*The Shadow Lines*, 1988) などである。

ラシュディが登場した八〇年代以降の時期はインドもの出版のブーム到来の時期であり、国際英語文学の潮流の中に参入した時代である。インド出身の国外移住者（ＮＲＩ）(Non-Resident Indians)、児童文学、女性の著作、マイノリティ文学〔パルシー（インド在住のゾロアスター教の信者）、アングロ・インディアンなど〕などがキーワードとなる。この現象に火をつけたのがラシュディの『真夜中の子供たち』であるというのが定説となっている。

このように、八〇年代のラシュディの登場によって英語文学は劇的転換点を迎え、それに続くラシュディの子供たちといわれる若手作家たちが次々と内外で注目されるテクストを出版した。彼らの多くはディアスポラであり、彼らを通して、あるいはブッカー賞やコモンウェルス賞などの受賞によってインド英語文学が世界的に認知されるようになった。彼らの主要関心は国民国家論が盛んになるのと呼応して、国家のアイデンティティ形成と歴史の再創造と記憶の問題に集中する傾向がある。彼らが伝統的な政治小説、特に分離独立文学とは異なるアプローチでテーマを構成し、分離独立文学を多様で豊かなポストモダンな文学へとアップグレードすることに貢献しているといえる。

そして二〇世紀末にさらにインド英語文学は注目を浴びる。火付け役はヴィクラム・セートの『婿選び』(*A Suitable Boy*, 1993) であり、そしてロイやキラン・デサイが続く。カプールはインド本国で最も注目される若手作家の一人である。

●注

(1) 多くの研究者が質・量・重要性に乏しい、未熟な英語文学は「後ろ足で歩く犬」(Pathak 10) に喩えられ揶揄の対象とされ、将来は消滅する運命にあると見られてきたことを指摘している。

(2) 四〇年代のK・R・シュリニヴァス・イエンガー (K. R. Srinivas Iyengar) によるパイオニア的研究にもかかわらず、本格的英語研究は途絶えたとナイクは指摘している (Naik, *A History of Indian English Literature*, Preface 1)。

(3) 研究が乏しい六〇年代における、希少な研究書『インド英語文学、比較考察』(*The Modern Indian Novel in English: A Comparative Approach*, 1966) の著者M・E・デレット (Derrett) も著作の目的について、インド英語文学の文学的価値への偏見を払拭することであると述べている。一方、六〇年代にすでに英文学科修士課程のシラバスにインド英語文学テクストを採用した大学があることを指摘する研究書 (M. K. Naik, S. K. Desai & G. S. Amur Intro. i; P. P. Mehta Intro. i) もみられる。

(4) ラシュディは、インド英語文学作家の言語的苦闘は自分たちの中の文化的葛藤の反映であり、英語を征服（母国語の中に英語を吸収、摂取、同化）することで我々の自由は完全なものになる (*Imaginary Homelands* 17) という。だが、この「我々」の中には英語を知らない大多数のインド国民は含まれていないことが問題視される。二〇〇九年のIWE（インド英語文学）学会（デリー、インド国際センターで開催）では、インド人にとっての英語使用について未だに白熱した議論が展開されており、支配者の言語であった英語使用に対する疑問が拭い去れていないことが明らかになった。二〇〇九年一月一九日、一〇〇万人もの学生登録者数を誇る放送大学主催のIWE学会における、「反抗と解決」というセッションにおける発表者の一人、グルチャラン・ダス（『良き家族』という分離独立文学の著者）はインド英語、「ヒングリッシュ」について語り、英語もラテン語に比べ洗練された言語ではなかったが、いろいろな言語を取り込み、交じり合い、そこからシェイクスピアが生まれたように、インドでも同じことが起こる可能性があると楽観的見解を述べ、参加者の英語論争に火をつけてしまった。独立後いろいろな州で英語教育が中止されたが、現在でも英語は特権的言語のままであり、英語ができないとしかるべき職に就けない国は世界中でインドだけとダス氏は語る。

(5) N・D・R・チャンドラ (Chandra) の『現代インド英語文学批評』(*Modern Indian Writing in English: Critical Perceptions*, 2004) は英文学科で取り上げられる主要テクストを網羅する研究書である。

（6）一九八二年に出版されたナイクの『インド英語文学史』において、彼は長い間軽視され、多様な呼称をもつインド英語文学は一七〇年以上の歴史をもつ文学であると述べている。現在では二〇〇年以上の歴史ということになる。始まりについての統一的見解はないが、大方の見方としては一八六四年出版の『ラージモーハンの妻』が最初の小説と考えられている。小説よりは早く登場した最初の散文についての定説はない。時代区分についても多様な見解が見られ、共通しているのは分離独立あたりで区切るという点である。

（7）一九世紀後半に活躍した女性作家（詩人であるが散文もある）トール・ダット (Toru Dutt, 1856-77) は大方に評価されている。東西の遭遇のテーマについてのジャバラやマーカンダーヤの繊細な扱い方を評価し、パワーのあるテクストと認めている研究者は少なくない。

第二章　インド英語文学の特徴と諸問題

1　他者の言語としての英語と英語文学

一九六〇年代まで作家たちは「他者」の言語である英語の使用に関して自意識的であり、彼らにとって支配者の言語である特権的言語をマスターすることは不可能に思えた。三〇年代に登場した御三家の英語は、ラシュディ以降の作家たちに見られる文体上のポストモダン的遊びや、豊饒さとはきわめて異なり、重々しく大げさで、遊びのない文体であるとの見解が一般的である。また、他者のことばを用いながらどのようにして「インド人」になることができるかとの疑問に囚われていた。また、彼らは、「インドらしさ」を伝えようとして故意に英語の微妙なニュアンスを遠ざけたりもしたということが指摘されている。この模倣とナショナリズムのパラドックスは七〇年代まで続く。

『真夜中の子供たち』以降、ラシュディの名声がインド英語作家への国際的読者を引き付けたと同時に、インド・ペンギン社（一九八五年創設）をはじめとするインド内の英語著作の出版業界の発展によってインドの都市のミドルクラスの読者拡大に拍車をかけることになった。だが、デリー大学のトリヴェディ教授は、英語作家はこのトレンドに乗じて英語のみを使用する読者を対象とするコスモポリタンエリート主義へ後退してしまったことを問題視している(Trivedi, "The St. Stephen's Factor" 185)。インド英語文学は依然ブルジョア文学であり、そのエリートである作家たちは安全地帯に引きこもり、政治的危機にコミットしないといった問題点を多くの評者が指摘している。

また、英語作家が抱える問題として、地域的基盤が欠如していること、ダリト（被抑圧者）を含む多くのインド人の現実から遊離しており、エリート的すぎるという批判がある。[1] インドの大衆から遊離していることによる疎外感、文化的ディレンマを抱え、根無し草状態にあることは多くの研究者が指摘している。

ラシュディも『現代インド文学傑作選　一九四七―九七年』でこの問題について言及している。テーマや技法が多様性に欠ける、外国に比べ国内での人気が乏しい、西洋の批評家や出版社が自分たちの文化基準を東洋に押し付ける危険性がある、国外在住者が多い、インドの古典的伝統に根ざしていないことなどが問題視されているとラシュディは要約している(Intro. 13)。確かに、八〇年代以降注目された作家の多くは国外居住者であり、しかも、インド作家を自称しない作家も少なくない。移民し、インド社会に関わりを持たなくなった作家をカリキュラムから外すのが望ましいという見解も見られる(Devy 12)のは事実である。

上述した問題を抱えながら、二一世紀になってもインド英語文学の勢いは止まらず、若手女性作家のキラン・デサイ、ジュンパ・ラヒリ(Jumpa Lahiri, 1967-)、バネルジー・ディヴァカルニたちを含む注目すべきテクストが毎年出版される状況にある。インド英語文学の担い手はインド内外、世界中におり、異なるポストコロニアルの状況、文化を生きている。したがって、上記のように簡単には要約できない、きわめて多様なテーマを独自に展開するテクストを彼らは日々創造している、つまり、現在進行中である。

2　女性作家の活躍・女性の「身体」の表象

独立後、五〇年代においてマーカンダーヤやサハーガルという注目すべき女性作家が登場する。彼女らに加えて、六〇年代にはジャバラ、アティア・ホセイン、アニタ・デサイなどの登場などにより、その活動が一気に活発化したことは、本書巻末に掲載した「インド英語文学作品年表」からも見て取れる。だが、女性作家たち全体の活躍がアカデミズムの研究の対象になり始めるのは、さらに、バーラティ・ムーカジー (Bharati Mukherjee, 1940-)、パドマ・ペレーラ、ネルギス・ダラル (Nergis Dalal)、シドハワ、ギータ・メータ、ウマ・ヴァスデヴ (Uma Vasdev)、スニタ・ジェイン (Sunita Jain) などが登場する七〇年代以降を待たねばならなかった。

長い間男性作家が主流であったインド英語文学の発展に女性作家たちがおおいに寄与していることは多くの研究者が認めている。女性作家の活躍は内外ともに注目され続け、その後、シャーシ・デシュパンデ (Shashi Deshpande, 1938-)、ディナ・メータ (Dina Mehta, 1928-)、ショバ・デ (Shobhaa De, 1948-)、ハリハラン、ゴーカレ、カプール、ショーナ・S・ボールドウィン (Shauna Singh Baldwin, 1962-)、アニタ・ナイール (Anita Nair, 1966-)、ディヴァカルニ、近年発掘されたばかりのアドヴェータ・カーラなどの活躍に加え、ロイの一九九七年のブッカー賞受賞に続き、二〇〇六年のキランの最年少（三五歳）ブッカー賞受賞により、女性作家への関心と評価は不動のものとなった感がある。

女性作家たちの活躍によって、従来掘り下げられなかったテーマである、女性の権利や自由の主張と伝統、慣習との軋轢《あつれき》、モダニティと伝統の狭間《はざま》でアイデンティティ獲得や自己形成に苦闘する女性とその生き方がジェンダーの視点から追究されるようになった。さらに、月経、不妊など女性自身の身体の管理をめぐる問題や、女性同士の恋愛を含むセクシュアリティも重要なテーマとして扱われるようになり、新しい女性の身体の表象も見られる。(2) マーカンダーヤの『ふるいに注ぐ神酒』のように極貧の中でもいたわりあい信頼しあう夫婦が描かれることもあるが、多くの作家に共通して見られる中心的テーマは依然として結婚生活における従属と依存の問題である。ダウリに関わる虐待や寡婦差別、不妊の妻への虐待といった女性への暴力も、中心テーマにならない場合でも言及されることが非常に多いテーマである。また、時に激烈な葛藤を伴い、時に独特な親密さを伴う母と娘の物語や女性同士の連帯を描く物語も少なくない[3]。

家族、社会の伝統的価値を支える担い手としての役割に従う、黙して耐える女性という伝統的女性像は変化を見せはじめる。自己実現を渇望する女性人物たち、男性支配と虐待に抵抗する女性たち、さらには「戸口の法」（女性を家庭の領域に幽閉する伝統・掟）を踏み越え自由を求める女性たちも描かれるようになる。マーカンダーヤ、サハーガル、アニタ・デサイ、デシュパンデ、シドハワ、ハリハラン、ゴーカレ、ショバ・デ、カプール、アニタ・ナイールをはじめとする女性作家たちの小説には伝統的女性像に反抗する「新しい女」が描かれている[4]。

家族的つながりを維持することにもこだわらず、積極的に自由を求める女性が描かれたテクストとして近年一躍注目を浴びたのは、コモンウェルス作家賞を受賞したカプールの『手に負えない娘たち』である。大学教授と不倫関係にある主人公の波乱の人生の物語である。親が決めた結婚と家庭に拘束《こうそく》されることをよしとする慣習に抵抗し、彼女の属するコミュニテイから逸脱する結婚に踏み切る主人公や、結婚のみに集約される女性の生き方に疑問をもつ「新しい女性」とされる彼女の従姉妹の自由な考え方が提示される。カプールの他のテクスト『既婚女性』(*A Married Woman*, 2002)でも伝統的な女性役割に束縛されない生き方をする「新しい女性」が描かれ、また、その「新しい女」と主人公との女性同士の恋愛も扱われている。だが、中心は「恐れ」を抱くような女性らしい女性となるような躾《しつけ》を受けたミドルクラスの主人公が、彼女の身体にしみこんでいる、その「恐れ」に抵抗できず、伝統的な女性役割に縛りつける夫との結婚生活の中で苦悩する様子が描かれており、いち早くインドの家父長制度下の結婚生活における女性の隷属状況を描いた先駆者ナラヤンの『暗い部屋』(*The Dark Room*, 1938)の主人公の依存的メンタリティと変わらない現実も描かれている。

インド社会、特に都市の生活は近年急速に変化し、欧米的生活スタイルもここ数年のうちに広がり始めているが、忍従の賢婦シータ、サヴィトリ（世界最大の古典的叙事詩『マハーバーラタ』に登場するヒロインで、献身的愛により夫を窮地から救う良妻の鑑《かがみ》という女性モデルに従うように教育されるという現実は変わっていない。教育の不足、経済的依存状態といった女性の自立を阻害する要因も依然としてあり家庭に幽閉される状況は続いており、たとえ高学歴で、キャリアを形成した女性であっても、伝統的な女性役割を内面化させられ、女性のあるべき生き方というモラルに拘束され、家庭の義務に縛られる状況は変わりがない。デサイは『都市の声』(*Voices of the City*, 1965)、『今年の夏はどこに行きましょう』(*Where Shall We Go This Summer*, 1975)、『燃える山』(*Fire on the Mountain*, 1977)、『断食と饗宴』(*Fasting, Feasting*, 1999) などで結婚制度の犠牲となる女性たちを描いているが、結婚の呪縛のテーマは依然として女性にとって最も重要な問題提起をするものとなっている。『既婚女性』にも、娘を嫁がせる親の義務が履行《りこう》されなければ呪われるというインド社会の慣習的考え方への言及が見られるが、伝統的結婚制度を維持する装置が幾重にも設定されている社会において、それに抵抗することの困難さについて反復して描かれることは不思議ではない。

3　政治的テーマ——国家アイデンティティ創造への希求

政治小説はインド英語文学を構成する主要なジャンルである。解放闘争が盛んな二〇世紀初頭の政治が文学の重要なテーマであり、三〇年代後半と四〇年代の小説に政党の影響やガンディー指導の国民会議派の役割が反映していることは大方の研究者の見方である。政治小説は盛んだが成功例は少ないとの指摘や、精緻な描写がみられる地方語の政治小説の方がすぐれているとの見解も一般的である。だが、八〇年代以降、世界的にも注目を浴びたインド英語作家たちは政治・国家のアイデンティティの問題に関心を示し、すぐれた物語を創出している。また、彼らの多くが分離独立小説を執筆しており[5]、現代英語文学を概観するうえで分離独立小説が不可欠の位置を占めることを示唆している。

M・ムーカジーは上掲のインド英語文学研究において、「国家形成の苦闘が英語作家たちに、言語の差異をこえる統一的関心——インド文学に統合されるべき文学としてテクストを創造するという関心——を与えた」と指摘している

(*Twice Born*, Intro.)。確かに、国家という理念は反植民地支配のエネルギーを結集させる強力な「媒体《ばいたい》」であり、統合の絆をつくると同時に、排除の論理ともなる。一方、独立後、五〇年代に生まれた作家たちは近代的国民国家の「大きな物語」（反英闘争の物語）形成のために抑圧され、隠蔽《いんぺい》された歴史・記憶を発掘、あるいは再創造しようとしてきた。分離独立後の政治的テーマとしてインド・パキスタン紛争、中国国境問題、非常事態宣言前の政治的闘争などが見られるが、分離独立とその後遺症についてのテーマは解放闘争の「大きな物語」に疑義を突きつけるという点で最も注目に値するものである。

『インドの発見』(*The Discovery of India*, 1946) はまぎれもなく「大きな物語」を構成する主要な著作の一つである。独立したインドを率いた国民会議派の党首であるネルー首相が、イギリス植民地下、獄中で記したこの著作はインド英語文学を構成する英語の著作であり、国家誕生をアレゴリカルに描いたものといえる。近年、新たな歴史的事実が明らかにされ、ネルーをはじめとする国民会議派の分離独立についての責任を問う声が繰り返し高まってはいるが、依然として強力なネルー神話は崩壊していないようにみえる。

ナイクは八〇年代の著作の中で、これまで成功した政治小説は少ないと述べている (Naik, *Dimensions of Indian-English Literature* 130)。政治小説の中心的テーマである分離独立小説についてみてみると、七〇年代までの政治小説は確かに、ウルドゥー語の作家マントーやヒンディー語の作家ラヒ・マスーム・レーザ (Rahi Masoom Reza, 1927-92) を除くと、八〇年代以降に出版された、世界的に注目されたインド、およびインド系ディアスポラの英語作家たちによる分離独立小説に匹敵するテクストはきわめて少ない。

だが、八〇年代以降はラシュディの影響を受けているとされる作家たちのうち、ゴーシュの『シャドウ・ラインズ』、ケサヴァンの『双眼鏡の向こう側』(*Looking Through Glass*, 1995) など優れた分離独立、およびその後遺症を描く小説が登場した。それぞれが新生インドという国民国家創設の神話によって掠《かす》め取られた多様な物語・歴史を回復し、あるいは「大きな物語」を修正しようとする小説であるという点において注目を集めてきた。独立後、政府が必死に神話化しようとした反英独立闘争の「大きな物語」は独立前後生まれの彼らによって脱構築が試みられている。

4　マイノリティ――宗派・カースト・ジェンダー

インド英語文学にみるマイノリティのテーマも注目が集まる領域である。英語文学においても周縁におかれた地方の被差別カースト、言語的マイノリティ、宗教的マイノリティの非ヒンドゥー教徒（＝ユダヤ人、キリスト教徒、イスラム教徒、シーク教徒、パルシー教徒）などへの関心が高まっている。九〇年代の小説はそれまでのヒンドゥー教的世界観と異なるマイノリティの世界観を前景化し、多様な視点と断片化したアイデンティティを示すようになる。

一方、消滅が危惧《きぐ》されるほどきわめて数少ないパルシー教徒の作家であるカンガーやシドハワなどの活躍とそのマイノリティ言説が、インド英語文学の特徴として注目されている。パルシー教徒的視点をもつディナ・メータとシドハワは、パルシー・コミュニティの抱える問題や伝統・文化遺産に対する愛着を描き、パルシー・コミュニティの再創造を試みている点が注目されている。パルシー作家たちの分離独立や反英闘争に対する態度はアンビヴァレントである。分離独立文学の『アイス・キャンディ・マン』(*Ice-Candy-Man*, 1988) において、シドハワはスワラージ（インドの自治・独立）に対するパルシー教徒の迷い（支持すべきか、イギリスに忠誠を誓うべきか）と、妥協と適応選択をしてきたパルシー教徒的サヴァイヴァルの仕方を描出している。このように、パルシー作家たちはマイノリティ社会のディレンマ（適応・同化の欲求と抵抗）やアイデンティティ危機（ヒンドゥー社会への嫌悪・不適応、孤立、根無し草的感覚）を描いている。

ダリット文学の隆盛も目覚ましいものがあるが、その中心は地方語文学である。(6) だが、近年は英訳の出版も盛んになってきている。

5　インド英語文学を捉える視点・文脈

インド英語文学をインド文学全体の視点から見た場合の問題点が指摘されていることは上述したとおりである。その一方で、ポストコロニアルな文脈において、その役割を評価すべきという見解[(7)]や、インド英語文学をインド社会から見る限定的視点を超えて、世界文学の文脈において見直すべき（Awasthi, Intro. 11）という見解も見られる。

ラシュディはインドの英語文学作家たちの英語を駆使する能力とその影響力をもっと楽しむべきであり、文学の重要性の一つは世界との対話であり、インドの「声」がその文学的対話に堂々と参加するだろうと語る（*Indian Writing*, Intro. 15）。B・D&S・K・シャルマ（Sharma）をはじめとする研究者たちも、英語文学が世界の英語圏の読者にインド社会の実態や国家の世界観を伝えるうえで有効な媒体であるとの見解を示している（Preface 5）。英語作家たちの貢献は国家のアイデンティティ形成について問題提起をしたことであり、そういった対話の場をインド英語文学が提供しているると見る評者も少なくない。だが、インド国内の研究者には、まだどこか言い訳がましさを拭《ぬぐ》い去れない部分がみられ、ラシュディの主張との微妙な温度差がうかがえる。

インド英語文学という「周縁」が英文学という中心を「模倣」する時期を経て、今や中心を脅かす存在となった。その間にインド英語文学が、養子化されイギリス文化に帰属させられようとした時期が明らかにあった。M・ムーカジーはコモンウェルス文学という枠も存在しない時代に、英文学研究の枠の中にインド英語文学研究を位置づけざるをえなかった。

インド英語文学はコモンウェルス小説が脚光を浴びることによって関心をもたれるようになり、それ以降コモンウェルス文学（イギリスにおいて一九六四年に「『コモンウェルス文学』研究協会」Association for the Study of "Commonwealth literature" が設立された）としてインド内外で研究されてきた。伝統的英米文学に匹敵するほどの量を持たない旧植民地の英語作家たちは一緒にされ、コモンウェルス文学としてのテクストを生産していく。だが、コモンウェルス文学というイギリス文学の分家的「新しい文学」成立の背景に英語の役割強化のための「文化帝国主義」(Devy 9)、自分たちの文化に帰属させる取り込み戦略を見、それに抵抗する動きも見られた。ゴーシュは自身の作品『ガラスの宮殿』(*The Glass Palace*, 2000)を「コモンウェルス作家賞」の選考から外すよう依頼し、「コモンウェルス文学」としての枠組み・括りに対する抵抗を示した。

現在、インド英語文学を捉える枠はポストコロニアル文学の枠に変わった。だが、たとえそれが抵抗のスタンスをもつ枠であるとしても、植民地的過去を想起させるものとして抵抗を示す動きや、単なる置き換えにすぎないという疑問も提起されている。それでは世界文学の文脈で見るべきなのであろうか。その場合、伝統的インド文学とのつながりをどう評価できるかという問題も残る。また、国際主義への同化の罠にはまりアイデンティティ喪失を招き、欧米中心の新普遍主義に取り込まれる危険性もある。伝統的インド文学作家やディアスポラ作家たちとのつながりを維持しながら、世界文学を構成する豊かでパワーのある文学となりつつあるインド英語文学が、ポストコロニアル文学の植民地化された記憶の付きまとうイメージを転換させる方向性はどこに求められるのだろうか(8)。

はたしてラシュディたちのようなポストコロニアル作家の言説によって、植民者の言語である英語は中心を喪失し、英文学のキャノンは本当に脱中心化されうるのだろうか。それとも、彼らの言説はネオコロニアリズムを皮肉にも反復・強化しているのだろうか。T・S・ブレナン(Brennan)はラシュディを第三世界の知的コスモポリタンを代表する作家であり、かつそれと反目する作家であると論じる研究書の中で、戦後の第三世界の文学の多くが、ヨーロッパ的設定の中に自己を投影しようとする、「ネオコロニアル」な小説であると指摘している(17)。

だが、このような指摘を念頭に置き、さらに、インド英語文学に描かれる国家や国民の自己実現の欲望が民族主義的な神話の創出を招く危険性や、ポストコロニアル文化の不可避的混合的性質を無視する危険性があることを自覚しながら、インドの英語文学がインドの社会史や政治史、国民のアイデンティティを表現する重要な文化的場所であり、世界に開かれた対話の場所として位置づけることは可能であろう。また、世界中には、「アイデンティティの危機意識」やディアスポラ意識（自己と場所との同一化の問題）を抱えながら、それぞれに異なるポストコロニアル状況・文化を生き、それについて多彩で独自な表象を与え続けているインド系英語作家たちがいるが、その彼らと（あるいは彼ら同士）の対話の場としてもインド英語文学は重要さを増すであろう。

◉注

（1）K・N・アワスティ (*Awasthi*) も移民としてインド社会から離れた作家たちが多く、また都市のミドルクラスの作者たちが農村、家族、貧困の実態をとらえられないのではないかという疑問が提示されていることに言及している。一方、ラシュディは国外移住の作家はどこにも属さず、同時にどこにも属することができ、客観的に自国と他国の文化を評価するという二重の能力を持てると考える。そして、そういう理由から故郷喪失的精神状況を良しとした。だが、喪失した地、インドへの恒久的渇望が露呈する作家たちもいる。彼らは人が多様なアイデンティティから構成されるという前提への懐疑を示している。

（2）女性作家の読み応えのある小説の中にも、女性表象という点から見て問題のあるテクストもある。ギータ・メータの『スートラ河』(*A River Sutra*, 1993) は妻に先立たれた退職官僚がナルマダ川（インド中西部の川）を見渡せるレストハウスの管理人として隠遁生活を送るが、その中で出会った人々の語る物語から構成される。カルカッタの茶の老舗の会社に勤務する男が、ヒマラヤの丘陵の茶のプランテーションへ赴任し、そこである部族の女性と関係をもつが、その女性について、キーツの「蛇女」のような艶かしい獣性を感じさせる神秘性で女性の身体を表象する典型的他者表象が見られ、女性（特に部族というマイノリティの女性）＝誘惑者というイメージが反復されている。

（3）ラーマ・メータの『屋敷の中で』(*Inside the Haveli*, 1977) はボンベイのリベラルな家庭で育った主人公ギータがウダイプール（ラージャスタン州）の旧家に嫁ぎ、パルダ（女性を男性の目に触れさせないための隔離制度）や伝統的慣習に疑問を持ちながら生き抜く物語である。否定的面だけでなく、ハヴェリの内側の限られた空間で生活する女性たちの繋がり、助け合いがリアルに描かれる。主人と使用人間の区別はありながら、一つの家族としての共同体があることが印象づけられる。ギータが自分の娘と一緒に使用人の娘を学校に通わせるために伝統と闘ったり、母に見捨てられた娘を皆で慈しみ育てたり、姑のしごきに終わらない、嫁・姑双方にとって欠かせない関係が描かれるなど、ハヴェリという独特な世界における多様な女性同士のネットワークが描かれる。

（4）インド文学アカデミー賞受賞作のサハーガルの『富裕層』(*Rich Like Us*, 1985) はインディラ・ガンディー (Indira Gandhi, 1917-84) によって発令された戒厳令下、世界最大の民主主義国家が専制に転化した時代を背景にした過激な政治小説という見方もあるが、新たな一歩を踏み出せないそれまでの女性とは異なり、活力にあふれた、行動する女性たちが描かれる小説である。またＩＣＳ（インド行政事務）メンバーの父親が、同じく高級官僚である娘ソナリに、「インドをインドらしくする」(Indianize India) (22) ことを期待していることからもわかるように、女性はカプールの『既婚女性』のように家庭の領域に限定される存在とは考えられていない。だが、一方でダウリ殺人が頻発していること、不妊の問題、特に寡婦差別の問題について踏み込んだ扱いが見られ、生殖に関わる女性の身体の現実が描かれる。「流産」でも「何もない」よりましで、傷つきぼろぼろになった「だぶだぶのからっぽの袋」(66) は再度中身を入れなおすことができると、不妊のローズは家の女主人になれない、霧よりも薄い存在である自分を皮肉る。このテクストには結婚を嫌悪する主人公が登場する。彼女は子供の頃見た一六歳の少女の結婚式でテントのように着飾られ、老人のようによたよた歩く花嫁姿に、心が凍りつきトラウマになったという。ソナリの母親はカシュミールの文化の優越を誇るが、どこの文化に生まれても「結婚」からは逃れられないのが女性の運命であり、結婚が女性の呪縛である現実が示唆されている。多様な女性差別の現実が政治を背景にして描かれるが、物語をまとめる中心となる魅力的な女性人物がいないのが残念である。

　ナイールの『女性専用車両』(*Ladies Coupe*, 2001) では、珍しく四五歳の独身女性（公務員）が主人公に設定されており、ブラーフマンの束縛的生活と家族への義務から逃れ、カーニャクマリ（インド最南端の都市）への片道切符を手に女性専用寝台車中に乗り込み、初めて一人になって自由な気分を味わうと同時に、そこに同乗している女性たちとそれぞれの人生を分かち合うなかで、男無しの生活は完全なものといえるかという疑問への答えを見出していくという自立探求の物語になっている。

　デの『社交の夜』(*Socialite Evenings*, 1989) では閉鎖的ミドルクラスの世界から逃避し、都会で自由を求める、富裕層への憧れをもつ、珍しく野心的な女性が描かれる。

(5) ラシュディのアンソロジーで注目すべき点は取り上げられている作家たちの三分の二は分離独立小説、あるいはそれを背景とする優れた小説を書いているということである。

(6) 二〇〇九年一月一九日、放送大学主催のインド英語文学会の参加者のクマール (Shatrughna Kumar) 氏から突然声をかけられ、日本語に翻訳してほしいと自らの英語の小説 (*The Snatched Bread*, 2007) を頂いた。数少ない英語のダリット文学テクストである。英訳された注目すべきタミール語、およびヒンディー語のダリット文学として以下のものがある。Omprakash Valmiki, *Joothan: A Dalit's Life* (1997); Salma, *The Hour Past Midnight* (2004)

(7) ポストコロニアルな文脈においてインドのナショナリズムの精神を再定義する場合、インド英語文学が重要な文化的場を提供する (Nanavati & Kar 9) という考え方がある。

(8) インド英語文学の脱植民地化の注目すべき動きはインド批評の脱植民地化の提唱にみられる。インドの伝統的文学に属する英語文学を評価する物差しとして西洋のキャノンを使うことが問題視され (Paranjape など)、インドの現代文学（地方語、英語）を批評するうえで、サンスクリットで書かれた批評理論が西洋のそれより有効かどうかの議論が展開されている。「もっぱら伝統美学に基づくインド批評は欧米の新普遍主義の取り込み戦略への政治的抵抗になる」(Ashcroft 120)との認識に基づく動きであることは明らかである。

第二部　印パ分離独立小説——引き裂かれるアイデンティティ

第一章　分離独立文学研究の現状と課題

1　分離独立小説の全体像

インド英語文学の特色となっている政治的テーマ群を扱う文学、中でも、その重要な一つである、印パ分離独立をテーマとする「分離独立文学」研究が近年特に盛況だが、未だ発展途上であり体系的研究はきわめて乏しい状況である。

一千万人以上もの難民を生み、約一〇〇万人もの死者を出した分離独立の悲惨な歴史は人々の間で密かに語り継がれてきたが、[1] その後遺症についての公的歴史は、戦後の国家建設のためのナショナリズム、反英独立闘争の物語を前景化する中で長い間無視、隠蔽されてきたと言われる。だが、回想録や歴史研究などの分離独立に関する著作は、独立直後から出版され始めてから絶えることなく続き、八〇年代に活発化し、特に近年、爆発的活況を呈するようになった。

これらの膨大な著作と比して、また、地方語で書かれた分離独立文学と比べて、英語文学テクストは少ないと言われてきた。ここでは小説に限定して見ていきたいが、分離独立をテーマ、あるいは背景とした小説や分離独立の余波について描く小説は現時点、三二作ほど数えられる。少ないと思われてきた背景にはこのテーマについての総体的研究が未だ不十分であるということがあると思われる。[2] 八〇年代以降、ラシュディをはじめ、ゴーシュ、シドハワ、ミストリー、スレーリなど注目を集めている作家の多くが分離独立に関するテーマを追求していることは見逃せない文学動向である。

四〇年代においては分離独立をテーマとする小説は出版されていない。ただし、ベンガル語で書かれたジョティルマイー・デヴィ (Jyotirmoyee Devi, 1894-1988) の『河は波立つ――分離独立小説』(*Epar Ganga, Opar Ganga*) は分離独立の年に執筆された(出版は一九六七年)。英語で書かれたムムタズ・シャー・ナワーズ (Mumtaz Shah Nawaz, 1912-48) の『引き裂かれた心』(*The Heart Divided*, 1957) は翌年の一九四八年には脱稿されている。いずれも出版は遅れ、最初の分離独立小説の古典的作品であるクシュワント・シングの『パキスタン行きの難民列車』(*Train to Pakistan*) は一九五六年、独立後約一〇年後にしてようやく出版されている。

分離独立文学に関する批評は八〇年代から見られるが、ほとんどが九〇年代以降の批評、研究から成り、近年急激に活発化した。その多くはインド英語文学研究書の中で、一～二章、あるいは一章の一部を割き、分離独立文学の個別テクストについて解説と多少の分析・評価を試みる程度の関心に止まっており、分離独立文学全体を概観したものは現在のところきわめて少ない。

第一に、分離独立文学の全体像が確定されていない点が問題である。数は多くはないが着実に出版され続ける分離独立をテーマとする文学テクストに研究が追いついていないのが現状である。したがって、体系的研究はきわめて乏しい。

ここで分離独立文学研究の全体を俯瞰する前に、研究者の間でも、どのテクストを分離独立文学と見るかについて意見が分かれていることを指摘しておきたい。見解の相違についての具体例を検討する前に、それぞれの研究者が分離独立文学として言及、あるいは研究・批評の対象としているテクストをすべて紹介しておきたい。ここで英語文学だけでなく、英語に翻訳されている地方語文学も含めているのは、それがインドにおける英語文学研究の実情であるからである。また、パキスタンおよびバングラデシュ系のディアスポラ作家によるテクストも対象にしている。

以下は両方のテクストのリスト（原作の出版年数順：ただし、短編集、アンソロジーについては英訳された年数のみ記載している)[3]である。ラシュディの『真夜中の子供たち』(一九八一)以降顕著な変化が見られるため、それ以前と以降のテクストに分類し、以前のものは❖、それ以降のものについては❂のマークを付している。以前、以降の両方のものが収録されているものについては両方のマークを付している。

【英語文学】

❖クシュワント・シング『パキスタン行きの難民列車』(一九五六)(Khushwant Singh, *Train to Pakistan*)
❖ムムタズ・シャー・ナワーズ『引き裂かれた心』(一九五七)(Mumtaz Shah Nawaz, *The Heart Divided*)
❖バラチャンドラ・ラージャン『黒き踊り手』(一九五八)(Balachandra Rajan, *The Dark Dancer*)
❖アティア・ホセイン『壊れた柱に射す陽光』(一九六一)(Attia Hosain, *Sunlight on a Broken Column*)
❖マノハール・マルゴンカール『ガンジス河のうねり』(一九六四)(Manohar Malgonkar, *A Bend in the Ganges*)
❖R・K・ラクスマン『申し訳ございませんが満室です』(一九六九)(R. K. Laxman, *Sorry No Room*)
❖ナヤンタラ・サハーガル『チャーンディガルの嵐』(一九六九)(Nayantara Sahgal, *Storm in Chandigarh*)
❖ラージ・ギル『レイプ』(一九七四)(Raj Gill, *The Rape*)
❖チャーマン・ナハール『アザーディ』(一九七五)(Chaman Nahal, *Azadi*)
❖H・S・ギル『灰と花びら』(一九七八)(H. S. Gill, *Ashes and Petals*)
❖アニタ・デサイ『昼の透明な光』(一九八〇)(Anita Desai, *Clear Light of Day*)
サルマン・ラシュディ『真夜中の子供たち』(一九八一)(Salman Rushdie, *Midnight's Children*)
❂シュルフ・ムカダーム『自由が訪れたとき』(一九八二)(Shrf Mukaddam, *When Freedom Came*)
❂モハマッド・シプラ『キング・スリーの駒』(一九八五)(Mahmud Sipra, *Pawn to King Three*)
❂パルタープ・シャルマ『ターバンの時代』(一九八六)(Partap Sharma, *Days of the Turban*)

❖メヘール・ニガール・マスルール『シャドウズ・オブ・タイム』（一九八七）(Mehr Nigar Masroor, *Shadows of Time*)

❖ニーナ・シバール『ヤートラ、巡礼の旅』（一九八七）(Nina Sibal, *Yatra: The Journey*)

❖バプシ・シドハワ『アイス・キャンディ・マン』（一九八八）(Bapsi Sidhwa, *Ice-Candy-Man*)

❖アミターヴ・ゴーシュ『シャドウ・ラインズ』（一九八八）(Amitav Ghosh, *The Shadow Lines*)

❖サラ・スレーリ『肉のない日——あるパキスタンの物語』（一九八九）(Sara Suleri, *Meatless Days*)

❖シャーシ・タルール『偉大なインド小説』（一九八九）(Shashi Tharoor, *The Great Indian Novel*)

❖グルチャラン・ダス『良き家族』（一九九〇）(Gurcharan Das, *A Fine Family*)

❖ロヒントン・ミストリー『かくも長き旅路』（一九九一）(Rohinton Mistry, *Such a Long Journey*)

❖ムケル・ケサヴァン『双眼鏡の向こう側』（一九九五）(Mukul Kesavan, *Looking Through Glass*)

❖マンジュ・カプール『手に負えない娘たち』（一九九八）(Manju Kapur, *Difficult Daughters*)

❖シヴ・クマール『三つの堤のある河——苦悩と歓喜のインド分離独立』（一九九八）(Shiv K. Kumar, *River with Three Banks: The Partition of India: The Agony and the Ecstasy*)

❖ショーナ・シング・ボールドウィン『身体に刻まれた記憶』（一九九九）(Shauna Singh Baldwin, *What the Body Remembers*)

❖ミーナ・アローラ・ナヤク『ダディの物語』（二〇〇〇）(Meena Arora Nayak, *About Daddy*)

❖スジャータ・サブニース『運命の岐路』（二〇〇二）(Sujata Sabnis, *A Twist in Destiny*)

❖スワラン・チャンダン『火山——インドの分離独立物語』（二〇〇五）(Swaran Chandan, *The Volcano: A Novel on Indian Partition*)

❖タハミーマ・アナム『黄金の時代』（二〇〇七）(Tahmima Anam, *A Golden Age*)

❖カータール・シング・ドゥガール『同じ両親から生まれて——インド亜大陸の分断の物語』（二〇〇八）(Kartar

Singh Duggal, *Born of the Same Parents: The Saga of Split of the Indian Continent*)

【ウルドゥー文学】

❖クワラチュライン・ハイダール『炎の河』（一九五七／英訳一九九八）(Qurratulain Hyder, *Aag Ka Darya*, 1957) (*River of Fire*, 1998)

❖アブドゥーラ・フセイン『疲れた人びと』（一九六三／英訳一九九九）(Abdullah Hussein, *Udas Naslein*, 1963) (*The Weary Generation*, 1999)

❖インティジャール・フセイン『バスティ』（一九七九／英訳一九九五）(Intizar Husain, *Basti*, 1979) (*Basti*, 1995)

❖サーダト・ハーサン・マントー『まだらの暁——五〇篇の印パ分離の物語』（英訳一九八七）(Saadat Hasan Manto, *Mottled Dawn: Fifty Sketches and Stories of Partition*)

❖——『王国の終焉、その他』（英訳一九八七）(——, *Kingdom's End and Other Stories*)

❖ラクシュミ・ホームストロム編『中庭——インドの女性の物語』（英訳一九九〇）(Lakshmi Holmstrom Ed., *Inner Courtyard; Stories by Indian Women*)

❖ジョギンダール・ポール『夢遊病者』（一九九〇／英訳一九九八）(Joginder Paul, *Khwabrau*, 1990) (*Sleepwalkers*, 1998)

❖サーダト・ハーサン・マントー『分離独立の物語』（英訳一九九一）(Saadat Hasan Manto, *Partition: Sketches and Stories*)

❖——『黒いミルク——短編集』（英訳一九九七）(Saadat Hassan Manto, *Black Milk: A Collection of Short Stories*)

❖アシュファク・ナックヴィ編『パキスタンの現代ウルドゥー短編集』（英訳一九九七）(Ashfaq Naqvi Ed., *Modern Urdu Short Stories in Pakistan*)

❖アシフ・ファルーキ編『秋の庭の焚き火』（英訳一九九七）(Asif Farrukhi Ed., *Fires in an Autumn Garden*)

❖シュクリタ・ポール・クマール＆ムハンマッド・アリ・シディ編『記憶を語る——インドとパキスタンのウル

ドゥーの短編』（英訳一九九八）(Paul Kumar and Muhammad Ali Siddiqui Eds., *Mapping Memories: Urdu Stories from India and Pakistan*)

❖⌘ M・U・メモン編『書かれなかった叙事詩』（英訳一九九八）(M. U. Memon Ed., *An Epic Unwritten*)

⌘ カディジャ・マスツール『冷えて甘い水』（英訳一九九九）(Khadija Mastur, *Cool, Sweet Water: Selected Stories*)

⌘ インティジャール・フセイン『孔雀の物語——分離独立、エグザイル、喪失した記憶』（英訳二〇〇二）(Intizar Husain, *A Chronicle of the Peacocks: Stories of Partiton, Exile and Lost Memories*)

【ヒンディー文学】

❖ ラーマナンド・サガール『血に汚れた分離独立の物語』（一九四八／英訳一九九八）(Ramanand Sagar, *Aur Insan Mar Gaya*, 1948) (*Bleeding Partition: A Novel*, 1998)

❖ パニシュワール・ナート・レヌ『汚れた国境』（一九五四／英訳一九九一）(Phanishwar Nath Renu, *Maila Anchal*, 1954) (*The Soiled Border*, 1991)

❖ ラヒ・マスーム・レーザ『引き裂かれた村』（一九六六／英訳一九九四、二〇〇三）(Rahi Masoom Reza, *Adha Gaon*, 1966) (*The Feuding Families of Village Gangauli*, 1994; *A Village Divided*, 2003)

❖ ——『トピー・シュクラ』（一九六八／英訳二〇〇五）(——, *Topi Shukla*)

❖ ビーシャム・サーヘニー『タマス』（一九七四／英訳二〇〇一）(Bhisham Sahni, *Tamas*, 1974)

⌘ クリシュナ・バルディヴ・ヴァイド『壊れた鏡』（一九八一／英訳一九九四）(Krishna Baldev Vaid, *Guzara Hua Zamana*, 1981) (*The Broken Mirror*, 1994)

⌘ カムレシュワール『分離独立小説』（二〇〇〇／英訳二〇〇六）(Kamleshwar, *Kitne Pakistan*, 2000) (*Partitions: A Novel*, 2006)

【パンジャーブ文学】

❖カータール・シング・ドゥガール『二度の誕生と二度の死』（英訳一九七九）(Kartar Singh Duggal, *Twice Born Twice Dead*)

❖アムリタ・プリタム『骸骨』（一九五〇／英訳一九八七）(Amrita Pritam, *Pinjar*, 1950) (*The Skelton and That Man*, 1987)

❖アナ・シークルカ&スティンダー・シング・ヌール編『パンジャーブの分離独立の物語』（英訳二〇〇一）(Anna Sieklucka and Sutinder Singh Noor Eds., *Punjabi Stories on the Partition*)

【ベンガル文学】

❖ジョティルマイー・デヴィ『河は波立つ——分離独立小説』（一九六七／英訳一九九五）(Jyotirmoyee Devi, *Epar Ganga, Opar Ganga*, 1967) (*The River Churning: A Partition Novel*, 1995)

❖アンワー・パシャ『ライフルとパンと女』（英訳一九七四）(Anwar Pasha, *Rifles, Bread and Women*)

❖セリナ・ホセイン『鮫と河と手榴弾《しゅりゅうだん》』（英訳一九七六）(Selina Hosain, *Hangor Nodi Grenade*) (*The Shark, the River and the Grenades*)

❖カルパナ・バーダム『女と賤民と百姓と反逆者たち』（英訳一九九〇）(Kalpana Bardham, *Of Women, Outcastes, Peasants, and Rebels*)

❖タスリマ・ナスリン『恥』（一九九三／英訳一九九四）(Taslima Nasrin, *Lajja*, 1993) (*Shame*, 1994)

❖カーン・サルワール・ムルシッド編『バングラデシュの現代ベンガル著作集』（英訳一九九六）(Khan Sarwar Murshid Ed., *Contemporary Bengali Writing: Bangladesh Period*)

❖シャウカット・オスマン『神の敵、その他』（英訳一九九六）(Shawkat Osman, *God's Adversary and Other Stories*)

❖カズィ・ファズラー『鏡像、その他』（英訳一九九八）(Kazi Fazlur, *The Image in the Mirror and Other Stories*)

❖ニアズ・ザーマン編『逃避、その他』（英訳二〇〇〇）(Niaz Zaman Ed., *The Escape and Other Sotires*)

❖——編『一九七一年のバングラデシュの独立とその後』（英訳二〇〇一）(Niaz Zaman Ed., *1971 and After*)

❖ プラフラ・ロイ『紛争——分離独立とその後の物語』（英訳二〇〇二）(Prafulla Roy, *Set at Odds: Stories of the Partition and Beyond*)

❖ バッシャビ・フレーザー『ベンガルの分離独立物語——終わりなき章』（英訳二〇〇六）(Bashabi Frazer, *Bengal Partition Stories: An Unclosed Chapter*)

❖ プラビ・ラーダー・バス『今日は料理しない日、その他』（英訳二〇〇七）(Purabi Radha Basu, *Will Not Cook Today and Other Stories*)

【アンソロジー（多言語）】

❖ アロク・バラ編『インドの分離独立の物語』（一九九四、二〇一一）(Alok Bhalla Ed., *Stories About the Partition of India*. 1-3 vols., 1994; 4 vol., 2011)

❖ S・コワスジー&K・S・ドゥガール編『嵐の孤児たち』（一九九五）(S. Cowasjee and K. S. Duggal Eds., *Orphans of the Storm: Stories on the Partition of India*)

❖ ムリヒルル・ハーサン編『インドの分離独立——自由とは裏腹の顔』（一九九五）(Murhirul Hasan Ed., *India Partitioned: The Other Face of Freedom*. 2vols)

❖ ギーティ・セン編『国境を越えて』（一九九七）(Geeti Sen Ed., *Crossing Boundaries*)

❖ バプシ・シドハワ編『罪と輝きの街——ラホール』（二〇〇五）(Bapsi Sidhwa Ed., *City of Sin and Splendour: Writings on Lahore*)

❖ フランク・スチュワート&シュクリタ・ポール・クマール編『国境を越えて——インド、パキスタン、バングラデシュの分離独立文学』（二〇〇七）(Frank Stewart and Sukrita Paul Kumar Eds., *Crossing Over: Partition Literature from India, Paksistan, and Bangladesh*)

❖ニアズ・ザーマン&アシフ・ファルーキ編『分断――一九七一年のバングラデシュの分離独立の物語』(二〇〇八)(Niaz Zaman and Asif Farrukhi Eds., *Fault Lines: Stories of 1971*)

上記の文学テクストすべてを視野に入れた研究、あるいは英訳された地方語文学を除く英語文学を網羅する分離独立文学研究書は今のところ見られず、いくつかのテクストを選択的に取り上げ、分離独立文学として解説ないしは論じるものが多い。分離独立文学を中心とする研究書の場合は、さすがに概説の章を含み、扱う個別テクストの数も多くはなるが、文学の総体を踏まえたうえの研究はきわめて乏しいといえる現状である。

そもそも、どのテクストを分離独立文学とみるかについての見解が分かれるという問題以前に、共通の議論の俎上《そじょう》に載せるべきテクストの総体が把握されていないというのが実情である。とはいえ、一応、見解の相違があることについてここで触れておきたい。たとえば、インド英語文学研究をリードしてきたナイクはナハール (Chaman Nahal, 1927-) の『アザーディ』(*Azadi*, 1975)、シングの『パキスタン行きの難民列車』、マルゴンカール (Manohar Malgonkar, 1913-2010) の『ガンジス河のうねり』(*A Bend in the Ganges*, 1964) を分離独立文学としてあげている。だが、他の批評家あるいは分離独立をテーマとする物語作家たちの把握の仕方、見解は分かれている。きわめて少ない分離独立小説の具体例としてカプールの『手に負えない娘たち』があげられることもあるが、共同体間の宗派対立の狂気と難民の苦難が十分描かれていないため分離独立小説とはいえないという指摘もある (Ali 199)。また、ナイクはラージャン (Balachandra Rajan, 1920-2009) の『黒き踊り手』(*The Dark Dancer*, 1958) における宗派対立の暴力の描写は、曖昧な文体のせいで奇妙なまでに現実感が乏しいとしながら、一応を分離独立小説として認めている (Naik, *Dimensions* 127) が、認めない研究者もいる (Crane 136)。また、記述が断片的なものに止まっているデサイの『昼の透明な光』(*Clear Light of Day*, 1980)、ラクスマン (R. K. Laxman, 1921-) の『申し訳ございませんが満室です』(*Sorry No Room*, 1969) や、分離独立の余波について描くアティア・ホセインの『壊れた柱に射す陽光』(*Sunlight on a Broken Column*, 1961) なども分離独立小説として扱われる場合(Gowda 446)もあるが、言及されない場合も多い。また、ナイクとナラヤンはクマール(Shiv K. Kumar, 1921-)の『三つの堤のある河——苦悩と歓喜のインド分離独立』(*River with Three Banks: The Partition of India: The Agony and the Ecstasy*, 1998)について、分離独立時に大量虐殺の嵐が吹き荒れる中、主人公がイスラム教徒の女性を売春宿から救出し、結婚するというプロットをもつテクストであるが、テーマは性的離反であり、政治小説とはいえないと述べており(Naik and Narayan 33)、分離独立小説として認知していないことを示唆している。このように、大方が分離独立小説と認めるものは限定されてくる。筆者としては今回この議論に踏み込まず、研究者が言及しているものすべてについての研究動向をまとめておきたい。

2　M・K・ナイクの研究

上述したように、分離独立文学に関する批評は八〇年代から見られるが、ほとんどが九〇年代以降の批評、研究から成り、近年急激に活発化した。ここでは出版された英語文学研究書について選択的に見ていきたい。

まずは、四〇年代におけるインド英語文学研究のパイオニア的存在のイエンガーを引き継ぐような、本格的研究が見られるナイクを見てみたい。彼の研究は今日に至るまで継続しており、分離独立研究の推移もそこから読み取れるからである。彼の英語文学研究書の出版は七〇年代にすでに始まっているが、一九八二年出版の『インド英語文学史』において、八〇年代の英語文学研究書としては珍しく分離独立小説に言及している。多少なりとも言及しているテクストはパンジャーブ州の分離を背景にしたサハーガルの『チャーンディガルの嵐』(*Storm in Chandigarh*, 1969)とアティア・ホセインの『壊れた柱に射す陽光』である。その二年後、一九八四年出版の『インド英語文学の様相』においては、もう少し踏み込んだ解説と評価が示されている。分離独立小説として三つのテクスト(『パキスタン行きの難民列車』、『アザーディ』、『ガンジス河のうねり』)についてメロドラマ的であるとしているが、『アザーディ』にはホロコーストについての全体像が描かれていると評価している。この研究書が出版された一九八四年までには『昼の透明な光』(一九八〇)、『真夜中の子供たち』(一九八一)、シュルフ・ムカダーム (Shrf Mukaddam) の『自由が訪れたとき』(*When Freedom Came*, 1982) などのテクストが出版されているが、言及はされていない。

一九八七年出版の『インド英語文学研究』(*Studies in Indian English Literature*) では一章を『真夜中の子供たち』批評に割いている。多彩なジャンルを持つ小説であり、それらを統合する主要テーマが、コロニアルなインドと独立後のインドとの間に生まれた主人公のアイデンティティ危機であるとの分析を示している。

二〇〇四年には二〇世紀最後の二〇年間 (一九八〇—二〇〇〇) の英語文学についての体系的研究書である、シュヤマラ・A・ナラヤン (Shyamal A. Narayan) との共著、『一九八〇—二〇〇〇年のインド英語文学』(*Indian English Literature 1980-2000*) が出版されている。ゴーシュの『シャドウ・ラインズ』、ケサヴァンの『双眼鏡の向こう側』、ダスの『良き家族』など注目すべき分離独立小説を網羅しているが、言及程度に止まるものが多い。女性作家たちによる分離独立小説、シバールの『ヤートラ、巡礼の旅』、ボールドウィンの『身体に刻まれた記憶』(*What the Body Remembers*, 1999)、『手に負えない娘たち』にも言及している。さらに、ミーナ・A・ナヤク (Meena Arora Nayak) の『ダディの物語』(*About Daddy*, 2000) について、現代インドにおけるヒンドゥー教徒とムスリムの関係についての精彩な描写がみられ、分離独立のテーマが独自な方法で提示されているとの評価を示している。現時点では『ダディの物語』についての解説・評価が見られる唯一の英語文学研究書である。

3　九〇年代以降の英語文学研究

九〇年代後半に出版されたパタクの『現代インド英語小説』(*Modern Indian Novel in English*, 1999) には、マイノリティであるパルシー教徒のヒンドゥー社会への適応・同化の要求と抵抗の文化についての言説の分析が見られる。分離独立文学の特徴の一つにパルシー教徒やシーク教徒、イスラム教徒などの宗教的マイノリティとしてのアイデンティティ危機のテーマがあるが、パタクはマイノリティ言説の分析のための具体的テクストの一つとしてパルシー教徒の作家シドハワの『アイス・キャンディ・マン』を読解している。彼らのマイノリティとしてのディレンマやアイデンティティ危機、マジョリティとなったヒンドゥー社会への嫌悪、孤立、価値観の混乱、根無し草的感覚、帰属すべき文化の欠如感などを、作品を通じて映し出していると指摘し、『アイス・キャンディ・マン』にはナショナリストの運動を支持するか、イギリスに忠誠を誓うべきかという彼らの葛藤と、妥協、適応を選択する様子が描かれると解説している。独裁者として批判され罵《ののし》られるマハトマ・ガンディーについての描写にも注目している。さらに、『真夜中の子供たち』についての読解も見られるが、特筆すべき指摘はない。

二〇〇〇年以降は、分離独立に関する記述が見られる英語文学研究書が増加している。マーカランド・パランジェイプ（Markarand Paranjape）の『インド英語小説の詩学に向けて』（*Toward A Poetics of the Indian English Novel*, 2000）では、インド英語文学のテーマの変遷（社会改革から反帝国主義運動へ、さらに独立後の幻滅への変遷）についての分析の他、独立後の政治から距離をおいてきたエリート主義的なインド英語文学において、分離独立の後遺症、パンジャーブ危機〔一九八四年、インディラ・ガンディー（Indira Gandhi, 1917-84）首相は、武装しパンジャーブ州アムリトサルの黄金寺院（シク教の総本山）にたてこもったシクのテロリストを潰滅するために軍隊を動員したが、シク教徒の兵士による大規模な反乱が起こり、さらにガンディー首相暗殺へと発展した〕などについては例外的に取り扱われていると指摘している。分離独立が英語文学の重要なテーマであることを示唆している。

同年出版のU・M・ナナヴァティ（Nanavati）とP・C・カール（Kar）共編の『インド英語文学再考』（*Rethinking Indian English Literature*, 2000）は一九九八年、バローダ（インド北西部のグジャラート州、現在はヴァドーダラー）のマハラジャ・サヴァジラオ大学で開催された、アイデンティティ、国家の自己定義、異種交配と同化の問題、エグザイルとディアスポラの位置の問題などをテーマとするセミナーに基づく注目すべきインド英語文学研究書である。

この論集には伝統的歴史小説のビーシャム・サーヘニー (Bhisham Sahni, 1915-2003) の『タマス』(*Tamas*, 1974) とポストモダンの歴史小説を比較するスーダ・シャストリ (Sudha Shastri) の論文とマイノリティとしてのムスリムの位置づけと布置をめぐる政治について分析したアスマ・ラシード (Asma Rasheed) の論文のほか、ゴーシュの創作をナショナリストの言説の歴史主義に対抗する文化的混合主義を前景化しようとする試みと捉え、『シャドウ・ラインズ』は国家を描出、表象するテクストと解釈するニーラム・シュリヴァスタヴ (Neelam Srivastava) の論文が掲載されている。

ジョヤ・チャクラヴァルティ (Joya Chakravarty) 編の『インド英語文学の諸相』(*Indian Writing in English Perspectives*, 2003) はインド英語文学について分離独立から二〇〇一年までをカヴァーする論文集である。今日でも付きまとい続ける分離独立の後遺症と幻滅、工業化による都市への移住による故郷喪失、家族のテーマなどが追求される現代インド英語文学において、ポストコロニアルの作家はポストコロニアルの視点から問題を解釈し直し、書き直す必要があったと要約しているが、ポストコロニアルの視点が何を意味しているのか明確にされていない。この論文集には分離独立関係の論文は三本掲載されている。『アザーディ』についての論文の他に、それぞれの人物が背負う「負債」の意味とその返済の経緯を検討するナンディニ・ナヤール (Nandini Nayar) による『双眼鏡の向こう側』についての論文と、ウルドゥー語、パンジャーブ語、ヒンディー語など多様な言語で書かれた短編集である『嵐の孤児たち』(*Orphans of the Storm*, 1995) のテクストのほとんどに女性への暴力のテーマがみられ、女性が「対象化」(144) されている現実をみることができると指摘するプーナム・ヤダヴ (Poonam Yadav) の論文である。

N・D・R・チャンドラ (Chandra) 編の『現代インド英語文学批評』(*Modern Indian Writing in English: Critical Perceptions*, 2004) はインドの英文学科学生への推薦図書に指定されており、大学のカリキュラムにあるほとんどの主要テクストを扱う論文集である。現代英語文学について概観するミシュラの論文があり、『アザーディ』、『真夜中の子供たち』、『シャドウ・ラインズ』、シャーシ・タルール『偉大なインド小説』(*The Great Indian Novel*, 1989) などに言及しているが、分離独立をテーマ、背景とするテクストとして紹介しているのは『アザーディ』だけである。他に、この論文集には分離独立関連の論文が四本掲載されている。バサヴァラジ・ナイカール(Basavaraj Naikar)の論文は『アザーディ』に関するもので、イギリスの植民地支配に対する主人公〔ヒンドゥー教徒〕のアンビヴァレントな態度——愛国者としての彼らへの憎しみと、彼らの規律と正確無比な言動に対する賞賛の念——が描かれていると指摘し、彼のインドの政治指導者への不信感についても注目している。これは多くの分離独立小説に見られる特徴の一つでもある。『パキスタン行きの難民列車』と『アイス・キャンディ・マン』を比較考察しているマリカルジュン・パティル(Mallikarjun Patil)の論文においては、シーク教徒を主人公とする三つの分離独立小説〔ラージ・ギル(Raj Gil)の『レイプ』(*The Rape*, 1974)、H・S・ギル(H. S. Gill)の『灰と花びら』(*Ashes and Petals*, 1978)、パンジャーブ語から英訳されたK・S・ドゥガール(Kartar Singh Duggal, 1917-2012)の『二度の誕生と二度の死』(*Twice Born Twice Dead*, 1979)〕が取り上げられ、執拗に繰り返されるパターンと特質〔シーク教徒とムスリムとの異宗派間恋愛など〕が分析され、そこからシーク教徒が直面する困難が明らかにされている点で興味深いが、すべて七〇年代に集中している、その背景についての検討が必要であろう。『アイス・キャンディ・マン』の物語の中心は少女レニーの視点からラホールの生活を描くことにあり、特定の人物を詳細に描きすぎること、ゴシップが多すぎるなどを欠点としているが、まったく見当違いな指摘である。なぜなら、レニーに焦点を当てることでこのテクストは多様で複雑な要素を統合することができ、分離独立小説の定番的物語を超える物語となっているからである。他に分離独立に関連するパンジャーブ州の動乱を扱う『チャーンディガルの嵐』についての論文〔K・S・スマキラン(K. S. Smakiran)〕もあるが、女性のおかれた状況と動乱とが関連づけられていない。

4　本格的な分離独立研究書

以上、分離独立小説についての研究や批評の多くは、インド英語文学研究書の中の一部の章において見られるものだが、分離独立文学に特化した論文集、研究書も少ないながら見られる。

まず、ダッカ大学ニアズ・ザーマン (Niaz Zaman) 教授の『分断された遺産——インド、パキスタン、バングラデシュの分離小説選集』(*A Divided Legacy: The Partition in Selected Novels of India, Pakistan and Bangladesh*, 1999) はウルドゥー語、英語、ベンガル語で書かれた分離独立小説を扱う、数少ない最も注目すべき本格的な分離独立文学研究書の一つである。東ベンガル・東パキスタン小説についての研究が乏しい中で、きわめて貴重な本格的研究書といえる。多様な作家たちの分離独立に対する多様な反応について検討し、個々の差異にもかかわらず国家のイデオロギーがそれぞれの作家の反応に影響を与えていることを具体的に例示し、論じている。暴力を目撃した作家たちの中で、特にベンガル作家が沈黙をまもる傾向があること、また、東ベンガル小説の特色は暴力の描写ではなく、新しいベンガル・アイデンティティの探求や、ヒンドゥー教徒とムスリム間の緊密な共生関係を描く傾向があることを指摘している。また、分離の原因追究や、過去へのノスタルジアは見られず、分離独立を繰り返し掘り起こせる素材および神話として利用する傾向があることも指摘している。さらに、バングラデシュ建国以前の東パキスタンの作家は、イスラム教が社会主義の本質であることを強調、あるいは、新国家の欠点を指摘しながらも、独自の国家のアイデンティティを確立するためには分離が不可避であったことを示唆しているとの指摘も見られる。

次のアヌップ・ベニワル (Anup Beniwal) の『分離独立の表象——歴史、暴力、物語』(*Representing Partition: History, Violence and Narration*, 2005) も注目すべき分離独立文学研究書である。ただし、網羅的ではなく、一一のテクストが扱われている。大方が八〇年代以降のもので、女性作家のものはアティア・ホセインの『壊れた柱に射す陽光』のみである。また、文学テクストの読解だけでなく、コロニアル歴史学、リベラル歴史学、ヒンドゥーナショナリズムの歴史学など対立する歴史学についての解説に膨大な頁を割いているが、テクストの中の政治性との関連づけのない歴史への耽溺《たんでき》であるかのイメージを与えるものになっている。『真夜中の子供たち』以前と以後のテクストについて分析(審美的批評)し、現代作家たちは喪失したヒンドゥー教徒とムスリムとの共生へのノスタルジアはなく、分離は不可避と見る傾向があることを指摘している。

ジャスビール・ジェイン（Jasbir Jane）編の『分離を読む・分離を生きる』（*Reading Partition/ Living Partition*, 2007）はエッセイ・批評、回想録、創作からなるきわめて独特な構成の選集であり、カムレシュワール（Kamleshwar, 1932-2007）による創作の背景についてのエッセイも含む、多彩なテーマが見られる研究書である。従来のマントー理解――彼の視点は政治的ではなく、「純粋に」創造的である――に反論し、彼の視点が政治性の強いものであると指摘するハリッシュ・ナラング（Harish Narang）の論文、「書かれなかった叙事詩」（"An Unwritten Epic"）について、ナショナリズムについてのパラドックスを突きつける、「我々の時代の寓話」であるとの読みを展開しているスディール・チャンドラ（Sudhir Chandra）の論文、アロク・バラ編纂の『インドの分離独立の物語』（*Stories About the Partition of India*, 1994）（三巻本、絶版）に収録されている短編三作（「到着した列車」"The Train Has Reached";「瓦礫《がれき》の持ち主」"The Owner of Rubble";「五分五分の賭け」"Getting Even"）を取り上げ、個人の物語がそれぞれにどのように集合的記憶の一部になりえているかを分析しているマドゥーリ・チャタジー（Madhuri Chatterjee）の論文、多様な作家たちによる個人および国家についての歴史・記憶についての著述の相違点・対立的視点が喚起する諸々の疑問点をラシュディとカムレシュワールの二人の作家が提起しているとの分析を示しているアヴィナッシュ・ジョダ（Avinash Jodha）の論文、分離独立の犠牲者たちのトラウマの多様な表象とそれに対する多様な反応をアティア・ホセイン、マントー、インティジャール・フセイン（Intizar Husain, 1923-）の短編について検討したジェインの論文が掲載されている。他に、英語文学ではなく主として最近の五〇年間のウルドゥー文学とヒンドゥー文学を対象として検討している著書もある。(4)

シュクリタ・ポール・クマール（Sukrita Paul Kumar）の『分離独立文学を物語る――テクスト、解釈、概念』（*Narrating Partition: Texts, Interpretations, Ideas*, 2004）は分離独立を、モダニズム文学や現代インド文化創出との関連において論じる読み応えのある研究書である。インドのムスリムの多様な生活と、ムスリムとして肯定的なアイデンティティを獲得する苦闘を描く多くのテクストが、ムスリムに対するステレオタイプを修正する表象的力を持つと分析している。また、分離独立の犠牲者としての女性像だけでなく、住処や故郷喪失によって逆に伝統的生活から解放される機会を得、新たなアイデンティティを確立しようとする「新しい女性」の出現を描くテクストを検討し、現代インド文化の創出と関連づけて読み解いている。さらに、分離後の言語のヒエラルキーをめぐる政治・言語の分断とは異なる文化的現実があることを論証している点も注目できる。

5 ゴーシュの『シャドウ・ラインズ』についての研究——ナショナリズムと歴史の発掘

このように、分離独立文学を概観する研究も見られるが、個別テクストについての研究の方が比較的多い。それらの中で批評が集中する個別テクストは『アザーディ』、『アイス・キャンディ・マン』、『真夜中の子供たち』、『シャドウ・ラインズ』などである。(5) その中でも最も注目されているテクストは『シャドウ・ラインズ』(一九八八)と『真夜中の子供たち』である。

分離独立によって故郷のダッカ(バングラデシュの首都)へ戻れなくなったダッタ・チョウドリ家族の物語である『シャドウ・ラインズ』についてはオックスフォード出版から英語文学研究を代表する評者四人〔ミーナクシ・ムーカジー、スヴィール・コール (Suvir Kaul)、R・S・ラージャン (R. S. Rajan)、A・N・コール (A. N. Kaul)〕による論文が掲載された教科書 (*The Shadow Lines*, 1988) も編纂されている。さらに、ブリンダ・ボース (Brinda Bose) 編のゴーシュ単独の研究書(単独の研究書はゴーシュと同年代の作家の中では異例)の中の『シャドウ・ラインズ』についての論文はゴーシュ研究の質の高さを例証するような評価できるものが多い。(6) 上に述べた教科書掲載のスヴィール・コールの論文はテクストに見られるビルドゥングスロマン(主人公の成長を扱う教養小説)的要素とナショナリズム、国際関係との多様な結合について検討するものであり、語り手(=家族の年代記の記録係)が公文書館や私的記憶の中に封印され抑圧された記憶を発掘し、回復することに拘泥《こうでい》する理由を分析している。

注目すべきインド英語文学史であるメーロートラ編『図説インド英語文学史』の中にジョン・ミー (Jon Mee) の論文

が掲載されているが、その中で彼は、『シャドウ・ラインズ』は、『真夜中の子供たち』同様、国家創設の神話によってからめ取られた歴史を回復することに関する歴史小説であり、国家がフィクションであるとの主張と同時に、フィクションとしての国家が決定的存在でもあることを描いていると指摘している点が興味深い。

6 『真夜中の子供たち』についての研究――ラシュディの歴史観

『真夜中の子供たち』は最も批評が集中しているテクストである。だが、批評の中心はインド英語文学に革命的転換を促したそのモダニズムの手法の分析とその影響力の大きさであり、(7) それと分離独立文学としての独自性とを関連づけて論じるものは多くはない。

一九九九年に出版されたM・ムーカジー編集の『真夜中の子供たち読解』(*Rushdie's* Midnight's Children: *A Book of Reading*) は『真夜中の子供たち』に特化した論文集であり、多様な視点が網羅されるように編集されている。編者は序文で、『真夜中の子供たち』が八〇年代初頭の人気絶頂期を過ぎた後も議論の対象になり続けており、より本格的な読解が見られるようになったと指摘し、かつ批評の中心も、国家と歴史と語りの関係性についての議論へ変化したと分析している。掲載論文は、ラシュディの言説について、周縁の人々の噂やゴシップで構成される「下からの歴史」であると指摘する論文〔R・B・ナイール (R. B. Nair)〕、また、「インド=女性の身体」として表象することによって国家を男性として構成する言説と、ポストモダンかつ大衆文化の語りとが激突することを、ボンベイ映画に焦点を当てることで分析する論文ナリニ・ナタラージャン (Nalini Natarajan) など興味深いものが見られる。ニイル・テン・コルテナー (Neil Ten Kortenaar) の論文は『真夜中の子供たち』がマジックリアリズムではなく、インド史のアレゴリーであるという見解に立ち、メタフォーを具体化する独自の手法について分析している点で注目すべき論文である。

ベニワルは『分離独立の表象――歴史、暴力、物語』において、主人公のサリームおよび分離独立後のインドに起きたことは、分離前の独立闘争および家系をめぐる戦いや、彼（＝新生国家インド）の誕生の状況を比喩的に反映するものであると分析し、他の多くの評者と同様、『真夜中の子供たち』は現代インドのアレゴリーであると指摘している (Beniwal 154)。

パタクは『現代インド英語小説』において、ラシュディの小説の欲望は小説家の歴史観を示すことであると指摘し、さらに次のような分析を展開している。歴史的事件は常に疑問視され、脱構築され、再創造され新たな地図を提供すべきである。サリームは歴史素材を自在に自己の目的に合うよう切り貼りし、事実と記憶に齟齬《そご》がある場合、自分の記憶ヴァージョンを採用し、記憶違いであっても、それにこだわる。その正当化の論理も小説の中にある。歴史は曖昧で、事実を作り上げるのは困難で、多様な意味をもちうるし、知識だけでなく無知や偏見に基づいても真実は作り上げられる、と (Pathak 137)。

『真夜中の子供たち』は国家的ヘゲモニーではなく、多様性を特権化することによってもう一つのインド史を再構築するテクストであるという読解や、また歴史家の傲慢《ごうまん》さをラシュディの不合理な物語は暴露するという見方がある。一方、C・N・ラーマチャンドラン (Ramachandran) はラシュディの国家の歴史についての描出についてスレーリ同様の見解を示している (Suleri, *The Rhetoric of English India* 176)。歴史を再発見しようとするポストコロニアルの物語がコロニアルな歴史テクスト以上の権力への意思を複製している (226)。

このように、最近の『真夜中の子供たち』批評の中心は国家と歴史と物語の関係であり、「歴史」も「物語」であるとするラシュディのポストモダンな歴史観とその表象の独自性に関する批評は盛んだが、それを分離独立文学全体の中に位置づける批評は少ない[8]。そもそも『真夜中の子供たち』を分離独立文学としてみる視点が少ないのである。ラシュディ独自のポストモダンの手法によって歴史の書き換えがなされようとした結果、どのような独自な分離独立文学になりえたか、分離独立文学が総体としてどのような文学になりえたかについての視点が今のところあまりみられない。

『真夜中の子供たち』、『シャドウ・ラインズ』の他にも『偉大なインド小説』、『双眼鏡の向こう側』など、歴史を物語と見る視点に立ち、単一の歴史、「大きな物語」をそれぞれの独自な手法で揺さぶる、あるいは書き換えようとする試みが見られる点が、八〇年代以降の分離独立文学の重要な特筆であるといえる。また、それはインド英語文学の顕著な特質でもあった。

7 ジェンダーの視点からみる、シドハワの『アイス・キャンディ・マン』

分離独立の記録に繰り返し現われるのは女性に対する暴力であることは周知の事実であり、女性問題を抜きにして分離独立は語れないとの見方が一般的である。ジェンダー研究の視点からの研究が最も集中しているのはシドハワの『アイス・キャンディ・マン』（一九八八）であり、すぐれた分析も見られる。だが、このテクストのもつ多様なテーマとの関連性の中で、ジェンダーのテーマを掘り下げるものはあまり見られない。

『アイス・キャンディ・マン』に関しては次のような分析が見られる。宗教的共同体の名誉や、国家のアイデンティティを維持するための道具として女性のセクシュアリティが利用され、アイデンティティ維持のための記号、表象としての機能を女性が押しつけられる現実や、そういう現実を利用して男性の性的欲望の対象にされる被害者としての女性の身体が描かれている、と。だが、被害者としての女性イメージの分析に止まり、怒れる女性たちが主体的に行動し支えあう、このテクスト独自の女性同士の連帯の物語にもっと注目すべきであり、さらに、その物語を転覆《てんぷく》する危険性も含む『アイス・キャンディ・マン』という屈折した加害者像への同情に満ちた視線との複雑な交差を分析することが、このテクストを含む分離独立文学を適切に英語文学の中に位置づけることにつながると考えられる。

◉注

(1) 難民や死者の数については歴史研究者間でも見解が異なり、厳密な数字把握は不可能である。だが、ウルワシ・ブタリア (Urvashi Butalia) が述べているように、一千万人以上の難民と約一〇〇万人の死者が出たことは広く認められている (3)。

(2) たとえば、L・ミシュラは、英語文学はウルドゥー文学に比べ量において少ないことを指摘し、地方語で書かれた分離独立小説についても紹介している (Mishra 191)。

(3) 地方語による分離独立文学の翻訳と選集を多く手がけているアロク・バラ教授によると、インドにおいては、英訳された選集のそれぞれの原作の正確な出版記録がない場合が少なくないため、出版年を特定するのは難しいケースがあるとのことである (二〇〇九年九月三日の聞き取り)。

(4) これまで研究の乏しかったベンガル文学についてジェンダー視点から検討しているJ・バグチー (Bagchi) とS・ダスグプタ (Dasgupta) 編の『トラウマと勝利——ジェンダーとインド東部の分割』(*The Trauma and the Triumph: Gender and Partition in Eastern India*, 2003) も注目できる。

(5) インドの歴史の書き換えに挑戦するラシュディ以降の作家の一人であるムケル・ケサヴァンの『双眼鏡の向こう側』は批評の対象になることは比較的少ないが、ジョン・ミー (Jon Mee) の『エアリエル』(*Ariel*) 掲載論文 ("'Itihasa': Thus it was: Mukul Kesavan's *Looking Through Glass* and the Rewriting of History") は、『真夜中の子供たち』との相違点についての独自の分析を含む、興味深い論文である。

(6) インドの数少ない学術雑誌『リトクリット』(*Littcrit*, vol.58, 2004) には『シャドウ・ラインズ』についての論文が三点掲載されている (Elizabeth John, "A Chronotopic Evaluation of Amitav Ghosh's *The Shadow Lines*; O. P. Mathur, Amitav Ghosh's *The Shadow Lines*: A 'Relativistic' Approach"; K. Damoda Rao & E. Anshumathi, "Banality of Nationalism and the Scourge of Communal Violence in *The Shadow Lines*")。

(7) ジョン・ミーの論文 ("After Midnight: The Indian Novel in English of the 80s and 90s") は「真夜中以降」の文学の影響力の多様さ、大きさを指摘し、さらに、ポストモダン的遊び、歴史性、ことばの新しいタイプの豊饒さ、アレゴリーの再発明、性的率直さ、ボリウッド参照などラシュディ文学の特質を要約している。

(8) *Commonwealth Review* 1: 2 (1990) はラシュディ特集号。

第二章　『真夜中の子供たち』以前の分離独立小説

1　分離独立のトラウマ

現代も続くインド各地において頻発《ひんぱつ》するテロによって、印パ分離独立の悪夢の記憶が多くの人の心に呼び覚まされる。印パ分離独立による二つの新生国家はさまざまな対立と紛争の種をまき、人々の心にトラウマを残した。分離独立に関する膨大な著作の中に、分離独立は過去の出来事ではなく、現在も続いている事件であるという指摘が多く見られる。たとえば、分離独立に関する論文集、『記憶される分離独立――インドの分離の後遺症』(*The Partition of Memory: The Afterlife of the Division of India*, 2001) の編者スヴィール・コールはその序文で次のように述べている。ポストコロニアルの民主主義社会への発展を阻《はば》む悪夢の記憶としての分離独立を、「抑圧したい記憶として忘れることはできない」(Kaul Intro. 2)、と。独立後五〇年（二〇一五年の現時点では約七〇年）経過した後でも、「語られざる恐怖」は残り、沈黙が支配する領域があることをコールは示唆している。それはインドの集合的アイデンティティ形成に重大な影響を与えたとコールは指摘しているが、確かに、その問題意識は分離独立をテーマにした小説に取り組んだラシュディとそれ以降の作家たちに共有されている。

コールは分離独立に関連して新聞、論文、エッセイ、歴史叙述などにおいて膨大な著述がなされ、多様な視点からの探求がなされているにもかかわらず、現代史上の位置づけは不安定なままであり、系統的探求がなされていないことを指摘している(3)。また、強力な国家建国のために軍事が優先され、マイノリティの声や多文化的実践が後回しになっている実態も指摘されている(8)。[1]

2 ラシュディ以前の分離独立小説の全体像

分離独立研究は多様な問題に取り組んできているが、分離独立文学研究に限っても、系統的探求はまだ不十分な状況にある。そこで本書では、系統的探求の第一歩とするために、一九八一年に出版されたラシュディの『真夜中の子供たち』以前と以降のテクストについて分類したうえで、それぞれの文学を検討し、分離独立文学の全体像の把握をめざしたい。英語文学の転換点がラシュディの登場にあるとの見解が研究者間で優勢である。確かに、ラシュディの『真夜中の子供たち』出版以降多様な変化が見られるが、筆者は分離独立文学においてもラシュディ以降に顕著な変化が見られると考える。この章ではラシュディ以前の小説に限定して検討したい。インドにおける英語文学研究の実情と慣例に従い、英訳された地方語文学も視野におさめたい。[2]

3 四〇年代に執筆された分離独立小説

分離独立の年に執筆されたのはベンガル語の小説、ジョティルマイー・デヴィの『河は波立つ――分離独立小説』(一九六七／ベンガル語からの英訳は一九九五)である。前述のとおり、英語で書かれたM・S・ナワーズの『引き裂かれた心』(一九五七)

は一九四八年には脱稿されている（この英語文学については五〇年代出版の他の作品とともに本章第四節で詳述）。『河は波立つ』は、独立時の暴動で孤児となった少女が社会的に追放される現実を描いている。彼女は自分が体験したことが何であったのか、なぜ起きなければいけなかったのかを問い続けるが、その痛み、麻痺《まひ》した精神状態を他者に語ることはできない。また、同じ体験をした周囲の人々とも語り合えない心理状態が描かれ、いかにそれが「語られざる物語」であるか、主人公スタラの孤立した人生が丹念に描かれる。吐き出すことも、語り合うことも、忘れることもできない物語を心の内に秘めてスタラは親戚から疎まれながら生きる。

このテクストは分離独立前に起きた暴力事件（母の拉致や父の刺殺）についてはあっさりと描かれ、その後の後遺症、とくにスタラの社会的追放の暴力と、その中で孤立を深めていく彼女の様子に焦点があてられる。彼女はヒンドゥー教徒である。だが、彼女はイスラム教徒の家族と七ヵ月もの間同居していた時期があり、そのために汚れているとして彼女の所属カーストから厄介者扱いされる。その様子が、日常生活や冠婚葬祭という慣習からの締め出しの様子などを通して描かれる。

やがて、スタラはデリーの私立大学で教職につくが、彼女同様、難民であった教え子たちや、友人、幼なじみの間でも分離独立の話はタブーであり、彼女は誰とも心を開いて語り合うことができない。そのようなあまりにも大きい悲哀は人々を「石」に変え、「歴史を司る神も黙し」(74)たままである。だが、やがてスタラの「孤独な魂」が見知らぬ人々の中に仲間を求め始めた時、彼女はガンジス川の源流に向かう巡礼の旅に参加する。そこで、彼女は「さすらい人の運命にある人は、たゆみなく大地を旅し続けなければならない」(107)と考えるようになり、「家なき子」が旅人として生きるという、古典的叙事詩『マハーバーラタ』の作者によって示された生き方に従い「生き続ける」ことを決意する。彼女の二八年間の人生は新たな展開を見せる。彼女は「まだすべてが終わったわけじゃない」という内奥《ないおう》の声を聞き、さらに、ともに旅する仲間の存在を初めて感じることができた。

このテクストでも、他の分離独立小説同様、宗教対立に基づく暴動とともに、異宗教間の助け合いが見られる。孤児となったスタラを保護し手厚い面倒をみるイスラム教徒の一家について、他のテクストには見られない詳しい描写が見られる。スタラの幼なじみのサキナの母は娘のようにスタラを慈《いつく》しみ、将来を案じ、サキナの兄アジズも外部の圧力に屈せず彼女を守ろうとする。

分離独立は同時に女性問題であり、分離独立小説においても女性に対する暴力が繰り返し描かれる。だが、ジェンダー視点のある小説は少なく、特にラシュディ以前の小説に乏しい。だが、この小説には作者のフェミニスト的視点が随所に見られる。インドの女性の役割モデルである貞節で忍耐強いシータ（古典的叙事詩『ラーマーヤナ』のラーマ王の妃）について、作者は虐待された女性であることを示唆することばをプロモードという人物に語らせている。プロモードは女性たちが社会の周縁で「影」のように生きる「生き地獄」と、ラーマのシータに対する態度に見られる残虐や非道性について語る。

後の分離独立小説で幾度も繰り返される、被害者としての女性を踏みにじられた母なるインドの大地の象徴として描出し、記号化する部分がこのテクストでも見られる。「アムルヤには、スタラは我が国の血まみれの母なる姿に思えた」(38)。「彼女は追放されたシータ、アンバー（『マハーバーラタ』に登場するカーシー国の王女。婿選びの催しの場でクル族の勇士、ビーシュマに拉致される）、あるいは他の無視された女性たちすべての象徴になった」(50)。これは遺棄された女性たちに同情の涙をながすアムルヤ（スタラの兄の義父）の視点から語られているが、このように、彼は彼女の悲劇を象徴化してしまう。また、自分自身の身体と心が固有の時間を刻むことができないと感じるスタラ自身も、自分が歴史の中の虐待されたすべての女性たちを「代表」しているように感じると語っているが、テクスト全体としては、被害者の女性を象徴化するという「暴力」への抵抗の姿勢を示している。

クリシャン・チャンドール (Krishan Chander, 1914-77) の「ペシャワール急行」("Peshawar Express") も独立の年に書かれた短編で、ウルドゥー語から英訳されている（短編集『嵐の孤児たち』に収録）。物語は「ペシャワールを離れたとき、私は安堵《あんど》のため息をついた」(79) で始まるが、語り手の「わたし」は汽車である。「わたし」は故郷を離れるヒンドゥー教徒たちからなるさまざまな難民の「慟哭《どうこく》する心」を乗せて走りだすが、やがて、それぞれの駅で異なる宗派の乗客たちが乗降し、惨劇が繰り広げられ、列車は多くの遺体を乗せて走り続けボンベイに到着する。亡骸《なきがら》ではなく、飢餓で苦しむ地域に穀物を運びたいとの「わたし」の最後の語りは、素朴ゆえに訴えるものがある。これ以降繰り返し分離独立小説で描写されることになる、難民を運ぶ列車の惨劇と、異宗派の女性の身体に対する多様な虐待の様子が描写されている。

4　五〇年代の分離独立小説

五〇年代後半、独立後約一〇年後にしてようやく注目すべき英語分離独立小説が出版される。クシュワント・シングの『パキスタン行きの難民列車』（一九五六）である。現在のパキスタンとインドとの国境の村マノ・マジュラが舞台である。冒頭の一文「一九四七年の夏はこれまでのインドの夏とは違っていた」(9)とあるように、時期の設定は一九四七年夏である。分離独立の予告に伴い暴動が各地で起き、何百万人もの人々が宗派対立の犠牲になって殺戮され、北インドが恐怖の支配する地になっていた中、未だ平和が保たれている国境の村で金貸しの男が殺害されるという事件が生じる。その晩、イスラム教徒の娘ヌーランと密会していた村のギャング、ジュグット・シング（シーク教徒）に嫌疑がかけられる。その後大量のシーク教徒の遺体を乗せた汽車が村の陸橋を通過し、これ以降「幽霊列車」が繰り返し到着するようになる。シーク教徒とイスラム教徒が長年平和に共存していた村が暴動と大量虐殺の舞台となり、穏やかな村の生活のリズムと連動し、安らかな眠りへと誘《いざな》っていた汽車の存在が、あるときから不気味な「幽霊」と化す。列車が運んできた遺体は焼かれ、あるいは氾濫《はんらん》した川や掘られた穴に投じられる。警察も治安判事も治安を維持できない状況に陥るが、そういった状況下、イスラム教徒を乗せパキスタンへ向かう汽車を襲うよう、シーク教徒の若者が多くの村人を煽動する。だが、ジュグットはその計画を命がけで阻止し、殉死《じゅんし》する。

このテクストの特筆すべき点は、村人の不安を汽車の運行の乱れによって描き出す印象的な手法にある、との大方の評価が見られる。また、村の生活と村人たちもリアルに描出されている。だが、主要人物たちのそれぞれの内面の葛藤の描写が焦点化されておらず、中途半端で掘り下げが不十分であり、印象に残る人物は少ない。村を集合的に描いているため、特定の人物から恐怖を描く視点が弱く、「ペシャワール急行」において、擬人化された汽車である「わたし」の視点から凄惨《せいさん》な事件とその恐怖と過去へのノスタルジアや悲哀が描かれていたのと対照的である。ジェンダーの視点は残念ながら乏しい。

『真夜中の子供たち』以前に分離独立小説と認められる英語のテクストが限られている中で、このテクストは大方の評者が一致して『アザーディ』(一九七五)とともに代表的分離独立文学と認知しているものであるが、残念ながらいずれもメロドラマ的要素が顕著である。

他に五〇年代後半に出版された小説としてはムムタズ・シャー・ナワーズの『引き裂かれた心』(一九五七年出版、一九四八年に脱稿)がある。読み応えのある小説にもかかわらず、インドにおいては、『アザーディ』に比べ取り上げられることが少ないのは、作者がパキスタンの作家であるためというより(一九一二年、ラホール(当時はインド)生まれ、シドハワも同様ラホール生まれだが、検討対象になることが多い)、他の独立文学作者たちときわめて異なり、作者がパキスタン建国に一定の理解を示し、その必要性を語っているためなのではないかと推測される。

小説はパンジャーブ州のラホールを主な舞台とし、一九三〇年から分離独立以前の一九四二年までの時期を扱い、分離に至る政治的状況や歴史を上層の二家族(親交のあるムスリム家族とヒンドゥー家族)を中心として、ムスリム女性たちの恋愛、政治や社会活動に焦点を当てて描いている。明らかにジェンダー視点が濃厚なテクストであり、女性に対してきわめて制約の多い社会において、大胆に反抗し信念を貫徹する女性たちが中心的に描かれているテクストである。たえず政治談議を展開するのも女性たちである。パルダ(女性を男性の目に触れさせないための隔離制度)からの解放、政治活動への参加、キャリア形成、自由恋愛などが、分離へ至る政治的に覚醒《かくせい》した状況と交差する形で描かれる。

中心となる恋愛はヒンドゥー教徒のモヒニとムスリムのハビブによるものであるが、二人ともヒンドゥー・ムスリムが共闘してイギリスからの独立を目指すという信念を共有しており、異宗派間結婚への両家の強烈な反対にも屈しない。だが、投獄されても耐えてきた病弱なモヒニは彼との恋愛を成就することなく、病死する。

また、家族の中に、政治的信念や支持政党の違いによる確執《かくしつ》が生まれる状況が、他のテクストのように男性間ではなく、ムスリム一家の姉妹を通して描かれているという点でも、このテクストはきわめて独自である。パルダを出て反英独立運動を目指す学生集会でスピーチをするゾハラは早い時期から目覚め、政治活動を活発化させる。一方、姉のスグラは伝統に従いパルダの中で生きるが、息子の病死によって、婚家への不信の念を募らせ、やがて、女性指導者たちの率いるムスリム連盟（ムスリムのエリートだけの組織から大衆の党へと脱皮した組織）に参加し、困難な状況にいるムスリムの女性を支援する活動に熱意を燃やすようになり、熱烈な会議派批判を妹にぶつけていく。ゾハラは一貫して会議派と連盟が共闘する道こそ、イギリスからの独立を速やかに有利に勝ち取る方法であるとの信念をもっており、その機会が幾度となく挫折《ざせつ》しても落胆することなく、模索《もさく》し続ける。だが、両者の亀裂は深まるばかりで、ムスリムたちのヒンドゥー支配への懸念が増幅する中で、ついに連盟は分離独立決議をし、ゾハラは自分以外の家族、一族が約束の地を求めて熱狂する中で、孤立していく。それでも、ゾハラは融合の道を断念せず、最後まで会議派に期待しようとするが、ついに、個人をベースにした不服従運動に疑問を持ち始め、大衆運動の必要性を感じ、第二次世界大戦の戦況が厳しくなる中、イギリス閣僚使節団（主権委譲に向けてアトリー内閣によってインドに派遣された使節団）案が提示された一九四一年、姉妹は支持政党の違いを乗り越え、ムスリム労働者の支援のために活動し始める。

結末では、ムスリムの慣習によって引き裂かれていたスグラと夫との関係修復が見られ、二人がともにパキスタンを目指し前進することを確認しあい、彼が「いざパキスタンへ」(481)と勝ち誇ったように言った、という結語で締めくくられている。

このテクストでは、確かに他のテクストと異なり、パキスタンの必要性が語られているが、むしろ、ゾハラの両派の融合への信念がより強い印象を残す。パキスタン支持の結語が述べられるまでのその長いプロセスの詳細が丁寧に、というより教科書並みに書き込まれ、この間の政治状況に疎い読者でも理解できるようになっている。

最後に、五〇年代に出版されたもう一つのテクスト、バラチャンドラ・ラージャンの『黒き踊り手』（一九五八）を見てみたい。小説はイギリス留学から帰国した主人公クリシュナンが親の取り決めた結婚をするために独立へ向かう激動のインドに帰国する場面から始まる。だが、彼は揺るぎない理想を秘めている妻のカマラを理解できないまま、かつての知り合いのイギリス女性との関係に耽《ふけ》る。その間カマラはシャンティプール（インド北東部ベンガル州）へ逃走するが、そこは宗教対立がもっとも激烈な地域であり、彼女は怒った暴徒に殺害される。このような悲劇を通して、クリシュナンが自己認識を深めるという物語である。

この小説の背景には分離独立へ向かう時期の宗教暴動が設定されているが、それは主人公の自己認識のテーマの展開の道具立てにすぎない。また、ナイクが指摘しているように、宗派対立の描写にリアリティが乏しいのも事実である(Naik, *Dimensions* 127)。

五〇年代の英語の分離独立小説は『パキスタン行きの難民列車』に始まり、『引き裂かれた心』、『黒き踊り手』と毎年一作のペースで出版されている。それまで英語のテクストの出版が皆無だったことを考えると、その意義は大きい。だが、それらは次に検討するマントーのテクストの表象力に匹敵するものとは言い難い。

5　ウルドゥー文学作家、マントーの分離独立小説

ここで分離独立文学を語るうえで欠かせないウルドゥー文学の短編作家S・H・マントーに触れておきたい。彼は一九五五年ラホールで没するまでの間に多くの分離独立小説を執筆しているが、没後出版されたものも多く、五〇年代に出版されたものがどのくらいあるのか不明である。八〇年代以降、英訳の選集の出版が活発化するが、そこには初出の年代が記されていないものも多い。彼の短編には他のテクストに見られるノスタルジアやメロドラマの要素は一切な

く、残酷なまでの皮肉が特徴となっている。その皮肉に満ちた状況を描く独特な筆致が高く評価されている。

マントーの代表作の一つ「再会」("The Reunion")(『嵐の孤児たち』に収録)は難民となった父が途中ではぐれた娘を探し、病院で再会するという短編であるが、きわめてマントーらしい残酷な皮肉が結末に設定されている。アムリトサルから難民を乗せた特別列車が、途中多くの殺害された人々の遺体とともにラホールに着く。意識を失い次の朝まで地面に横になっていたシラジュディーンの意識が戻り、彼は娘と生き別れたことに気づき、難民キャンプの群集の中を娘の名前を叫びながら探し始める。誰もが家族を必死に探しまわる中、群集から離れ考え込む彼の脳裏に、腹が裂けた妻の死体がパッとよみがえる。「私を置いて娘を連れて行って」との妻の声と、娘を連れ走って逃げ去ったこと以外、彼の記憶は途絶えてしまっていた。彼は娘と一緒に汽車に乗り込んだのか、それとも娘は暴徒たちが汽車を止めたとき拉致されたのかと記憶を辿る。引き続き難民キャンプを探し回っていた彼はある夜、鉄道線路の側で見つけたという意識不明の少女をキャンプの病院へ運ぶ四人の男を見かけ、その後を追う。彼はストレッチャーに乗っている少女の左頬に見慣れたほくろを発見する。医師が彼女の脈を計った後、彼に窓を開けるよう依頼("Open the window" 157)したとき、娘はつらそうにゆっくりとズボンの紐《ひも》をほどき、足を広げた。性的虐待が日常化する中で、彼女は精神を麻痺させることで生き延びてきたことを示唆する場面である。だが、父は娘が生きていたことに狂喜する。

このように、残酷な皮肉と父の娘への深い情愛、人間性の組み合わせがマントーの特徴である。このテクストは一見、作者のジェンダー視点が見えにくい構造になっているが、マントーの問題意識の先鋭さはうかがわれる。女性の身体は国家やコミュニティ、家族の名誉を維持するための道具に利用される現実があるため、分離独立の前後、性的虐待の犠牲者となった女性はその名誉を汚したとして、さらなる虐待に晒《さら》された。ガンディーやネルーが、拉致された女性を家族が受け入れるようメディアを通して呼びかけざるを得なかった状況を考えると、この結末において、娘を見つけた父の歓喜の与えた効果は大きく、このテクストの表象力による文化形成力は大きいといえる。

他にいろいろな選集に掲載される代表作「トバ・テック・シング」("Toba Tek Singh")(マントーの短編集では、『まだらの暁――五〇篇の印パ分離の物語』(*Mottled Dawn: Fifty Sketches and Stories of Partition*, 1987) および『王国の終焉、その他』(*Kingdom's End and Other Stories*, 1987) に収録。『嵐の孤児たち』のクシュワント・シング訳が優れている)がある。この短編は、インドとパキスタン両政府がそれぞれの国の精神疾患患者を交換するという、狂気の沙汰とも思われる決定への痛烈な皮肉がちりばめられている傑作である。ラホールの精神病院の多様な宗教に属する患者たちは、それぞれに、パキスタンとはどこなのか、なぜことばもわからないインドに自分たちが送られるのか、もし、自分たちのいるところがパキスタンなら、どうして昨日までインドだったのか、などと口々に疑問を口にする。ここには精神疾患患者の他に、殺人者たちも収容されており、「完全にいかれた患者は、自分たちの居場所がインドかパキスタンかもわからないのだから、それほどいかれていない患者のほうの葛藤が大きかった」(*Orphans* 146) と、彼らのジレンマについて皮肉をこめて語られている。このインドかパキスタンかの問題のあまりのややこしさに、もっと頭がおかしくなる患者まで出る始末。ある患者は木に登ったまま、「インドにもパキスタンにも住みたくない。ここの木の上にいたい」(146) と頑《かたく》なに降りることを拒む。トバ・テック・シングに土地をもっているため、トバ・テック・シングと呼ばれているシーク教徒の患者は、それがインドなのかパキスタンなのかという疑問に頭を悩ませる。患者がワガー国境(インドとパキスタンの国境の町)で当局に引き渡される日、多くの患者が抵抗を示す中、彼はトバ・テック・シングがパキスタンにあることを確認すると、インド行きを拒否し、国境線に立ちすくむ。そうして、その後一五年間昼夜問わず、「二つの有刺鉄線の柵の間の中間地帯・無人地帯」(153) に立ち続けることになる。

6　六〇年代の分離独立小説

六〇年代における分離独立を背景とする英語の小説は四作出版されているが、中心的テーマが他にあるものが多い。アティア・ホセインの『壊れた柱に射す陽光』(一九六一) はイスラム教徒の女性の視点が見られる小説であり、六〇年代の分離独立小説の中でもっとも高く評価されているものである。分離独立で離散することになる、封建的ムスリム家族を中心に描く小説で、分離独立前と独立時が背景になっている。だが、中心的テーマは女性の自立にある。独立運動が先鋭化する一九三〇年代、ラックナウ（インド北部ウッタル・プラデーシュ州の州都）のイスラム教徒の名家の孤児である、ライラはパルダを実践する叔母たちのいる祖父の家で育てられ、やがて一五歳の時、専制的叔父の家に移り住む。そこで出会った親戚や大学の友人が政治に関わっているのに対し、彼女は家族が認めない男性アミールとの恋愛をばねにして、伝統的幽閉生活に挑戦し、自立を目指す。

彼女の従兄弟サリームは、コミュナリズムの問題に目覚め、ヒンドゥー教の穢《けが》れ意識と差別の実態を指摘し、相互理解の難しさを次のように語り、分離独立後、パキスタンへ向かう。「一緒の飲食を禁じる宗教に何を期待できるというのか。人の影によってすら穢れるというのに。本物の友情や理解がどうしたら可能になるというのか」(197)。一方、テクストは、ラックナウに深く根を張ったムスリムが、ヒンドゥー教徒やシーク教徒とも友好関係を築いており、独立闘争にも非暴力の原則を支持した事実をも伝えている。このテクストにも、他の分離独立文学に見られるような論調――分離以前の宗派対立は激しいものではなかったこと、ヒンドゥー教徒の穢れ意識による差別的対応にその対立の根源があるとする見解――が見られる。また、他のテクストと同様に、抵抗運動の弱体化を狙ったイギリスの分割統治への批判、ヒンドゥー・ムスリム両陣営の政治家の野心や利得への拘泥など政治家への多様な批判も見られるが、それは家族の中での意見対立を通して語られる。「ムスリム連盟」に共感する連盟派サリームと会議派ナショナリストのハミードの対立、パキスタンへ行く者、インドに残る者とに親族は分かれ、このように家族は離散することになる。

分離独立の一ヵ月後、祖先の家アシアナに立ち寄り、パキスタンからの難民であふれている様子を見たライラのノスタルジアは募り、彼女は家族の崩壊に心を痛める。だが、一方で、ライラにとって独立は家族の伝統的慣習から自由になる契機でもあり、家族が認めない異宗派のアミールと結婚することを可能にした。したがって、ジェンダー視点は明らかだが、紛争下で行なわれた女性への暴力をジェンダーの視点から見るというテクストではない。女性の自由を拘束するムスリムの伝統からの解放が、分離独立による家族の離散によって可能になるという皮肉な設定になっている。

　このテクストでは分離独立の後遺症についてムスリムの視点から次のように描かれる。インドに残ったナショナリストのムスリムは、同胞からは反パキスタン寄りと非難され、インド側からはムスリムであることで軽蔑されるという苦境に立たされる。また、宗教的敵意を煽ったムスリムの身勝手な政治家たちが、人々を裏切り国境を渡り安全地帯パキスタンへ逃げてしまったことへの批判が見られる。

　このテクストでも、他の分離小説同様、宗派対立と同時に、宗派を超え命がけで助け合う人々が描かれている。このような人間性はタイトルにある、「壊れた柱に射す太陽の光」として表象される。サリームは分離独立後パキスタンに移住するが二年後ハサンプール（ウッタル・プラデーシュ州）の祖先の村に戻った際に、人々が変わらぬ愛情をもって受け入れてくれたことに驚く。彼はパキスタンでは孤独でアウトサイダーであった。

　マノハール・マルゴンカールの『ガンジス河のうねり』（一九六四）は、三〇年代の不服従運動からパンジャーブでの分離独立後の暴動までの間の数々の歴史的事件が、早い展開でパノラマ的に扱われる小説である。裕福な実業家の息子である主人公のデビは独立闘争を闘うインドテロリストグループのメンバーで、イギリス支配に対し暴力による抵抗を支持している。もう一人の主人公、農家出身のギアンは素朴で敬虔《けいけん》なヒンドゥー教徒の息子で、ガンディーを憧憬《しょうけい》し、その非暴力主義に懐疑の念を密かに抱きながらも支持する。だが、家族の名誉のために殺人を犯し、アンダマン諸島（ベンガル湾東部にある群島）の処罰コロニーに投獄され、そこでデビに出会う。日本軍が諸島に侵攻し、二人は別々に逃走しインドへ戻り、分離独立の悲劇に巻き込まれ、デビは暴徒に惨殺される。一方、ギアンは状況に合わせて妥協的適応をしながら生き抜く。階層を異にする二人の人物の対照的な考え方、行動によって小説が構成されており、それぞれの人物に変化と成長が見られるが、人間的ドラマが掘り下げられるというよりは、プロットの展開に比重が置かれた小説である。

　風刺漫画家として影響力のあったラクスマンの『申し訳ございませんが満室です』（一九六九）も、分離独立小説として言及されたことのある小説である。だが、中心的テーマとの関わりは薄く、背景として分離独立の描写が見られるだけのものである。ストーリーテラーの才能がうかがわれる軽妙かつ淡々とした語りで、突然ある日、喉《のど》を斬《き》られ門のところに倒れている学校の門番や、教室から突然逃げ出す教師や、帰り道、狂気のように逃げ惑《まど》う子供たちについての様子など、分離独立の暴力によって静寂が破られる状況が語られる。

ナヤンタラ・サハーガルの『チャーンディガルの嵐』(一九六九)は独立後の六〇年代後半における、パンジャーブの分割(パンジャーブ語を話すパンジャーブ州とヒンディー語を話すハリヤナ州に強制的に分割)時の不安定な政治的状況と動乱、それを背景とした複雑な人間関係、男女関係などが平行して描かれる小説であり、分離独立そのものではなく、その後遺症を描くものである。さらなるパンジャーブの分割によって、境界、水、電気の供給をめぐって続く争いを、二人の首相ギアン・シング(パンジャーブ)とハーパル・シング(ハリヤナ)の政治的対立として描かれる。

パンジャーブの首相が政治的策略としてのストライキを決行するとの脅迫に出たため、チャーンディガルは危機に陥る。ヴィシャル・ドゥービィという中央の有能な官僚が迫り来る暴動を静めるために、総務大臣によってチャーンディガルに派遣される。妻に先立たれ一人暮らしのドゥービィは、州政治に関わることを望まない多くの上昇志向の人々とは異なり、躊躇《ちゅうちょ》せず依頼を受け入れる。彼はなぜ中央政府がパンジャーブの分割を許したのかと疑問に思う。この危機は総務大臣に一九四七年時を想起させる。多数の難民がいるウッタル・プラデーシュ州とパンジャーブ州の境界を視察時、彼は難民たちにどう食料を届けるかという問題に遭遇したが、ヒンドゥー居住区に包囲されているムスリムの住人たちに食料を届けた気骨のある青年官僚がいた。それが若かりし頃のドゥービィだった。

ヒンドゥー語圏のハリヤナ州の初代首相となったハーパルはパンジャーブ語使用者でパンジャーブの分離に反対していたが、そもそも一九四七年の分離独立に関わる暴動は、権力欲のために宗教が利用されて生じたものと考えていた。総督も地方政治家たちも安全を保障していたが、現実はギャングの暴行が横行し、宗教とは無関係に店が焼き討ちされた。そのような状況下で、ハーパルはバスに乗り込み故郷を離れ、他の多くの人々と同様に難民となった。

パンジャーブの分離によって、一九四七年の分離独立時にはまだ存在していた統合への期待と意志は消失し、「大きな物語」への幻滅が残ったことが示唆されている。「一九四七年には奉仕すべきインドがまたあった。今では我々を結びつける忠誠心はない。大きなヴィジョンは崩壊した」(152)。このように「大きな物語」は分離の物語によって疑問符がつきつけられていく。

六〇年代に出版された英語のテクストの中では『壊れた柱に射す陽光』と『チャーンディガルの嵐』についての評価が高いが、次に検討するレーザのヒンディー語のテクスト『トピー・シュクラ』(*Topi Shukla*, 1968)の方が『チャーンディガルの嵐』よりも、小説の完成度という点で高いと思われる。

ここでヒンディー語の小説家ラヒ・マスーム・レーザ（家族はシーア派のムスリム）の分離独立とその後遺症を描く小説二作、『引き裂かれた村』(*Adha Gaon*, 1966)と『トピー・シュクラ』について見ておきたい。

『引き裂かれた村』は作者の故郷であるウッタル・プラデーシュ州にあるガンゴーリ村についての半自伝的小説である。ザミンダール（大地主）である作者の一族が支配する村の半分のムスリムが多く住む地域が舞台となっており、時期は第二次世界大戦、不服従運動、分離独立、独立後の農地改革の時期、すなわち四〇年代を扱っている。シーア派ムスリムであるザミンダール一族と彼らにとって最重要な宗教行事であるモハッラム（シーア派第三代の最高指導者であるフサインの殉教を記念する祭）を中心にして、村の人々の争い、恋愛などが上記の政治的混迷の時期を背景として描かれる。当然、パキスタン建国が彼らの話題になり、またその影響を受け、独立後生まれた疑惑と恐怖の中で、村人たちの相互の関係や友情が破壊され、あるいは家族の離散の悲劇も生じる。だが、政治的に覚醒した都市から遠くはなれた村の住民にとって、パキスタン建国よりも、ザミンダールの廃止の方が深刻な問題である。物語の終わり近くで、突然「はじめに」という章が挿入され、これまでの三人称の語りが一人称の語りに変わり、語り手の「僕」（作者レーザ）が一つの時代が終わり、新しい時代が始まるには序文が必要だからと言い訳を述べるなど、奇抜な構成も見られるが、全体としては『トピー・シュクラ』のような独特な文体は見られない。

『トピー・シュクラ』はトピーとあだ名で呼ばれるヒンドゥーの若者とムスリムのイファン、その妻サキーナとの友情が中心テーマとなっている。ヒンドゥー教徒とムスリムの友情というと、一見、分離独立、およびその後遺症についての小説に定番のテーマのように思われるが、このテクストには他のテクストとはまったく異なる独自のスタイルがある。舞台の中心はアリーガル・ムスリム大学（ウッタル・プラデーシュ州のアリーガルにある大学）という、パキスタン分離派の温床となったといわれる大学で、そこの学生のトピーが唯一の友人イファン（歴史の講師）と再会し、その妻との友情も育まれる。だが、周囲の偏見だけでなく、彼ら自身の怒りや恐怖の念が友情を阻害する。トピーはムスリムのイファンへの嫌悪の情を、イファンはヒンドゥー教徒であるトピーへの恐怖を、また分離独立時、家族を殺害されたサキーナはヒンドゥー教徒への怒りを抑制できず、彼らは会うたびに喧嘩となる。さらに、ウルドゥー語優位主義者のイファンとサキーナはヒンディー語使用者のトピーを馬鹿にする。

だが、それでも友情は続き、その様子は彼らの間に見られる軽妙な皮肉の応酬と、彼らの孤独感によって描出される。当初、ヒンドゥー教徒のトピーはムスリムである彼らの家で食卓につくことを拒否し続けた。だが、彼はヒンドゥー教のタブーを破り、戦慄《わなな》きながらも彼らの家での食事に挑戦する。食後、サキーナが発した「あなたが帰った後、食器類をごしごし洗わなきゃ」(64) に対して、トピーはすかさず、普段はちゃんと洗わないわけだ、「だからムスリムは汚いということさ」(64) と応酬する。憎まれ口を言いながらも、トピーは彼らなしには「不完全」なままで孤独感に耐えられないし、また、彼らも同様であると、「トピーの伝記」(Topi saga 31) を語る語り手は述べる。事実、彼らがカシュミール（パキスタンと国境を接するインド北西部の係争地。一九四七年の分離独立以降その帰属をめぐり三度の印パ戦争が起こった）に去った後、残された彼らの荒涼とした家の中で自殺していたトピーの遺体が発見される場面で小説は締めくくられる。封の切られていないサキーナからの手紙は、トピーがあれほど切望したにもかかわらず、つけてもらえなかったラーキ（弟の手首に姉の愛情の印、二人の融合の印として巻くシルクの糸）が巻きつけられてあった。だが、遺品の中にそれを見つけたヒンドゥー教徒の父親は「卑しい」ものとして投げ捨てる。また、結語としてトピーが「卑しい」という意味のことばであることが初めて語られる。

このテクストは他宗派への偏見の数々について大胆に、露骨に語るが、そのレトリックは他の追随を許さないほどユニークである。分離後の深刻なトラウマから抜け出せない人々の疑心暗鬼、恐怖、嫌悪について語られているにもかかわらず、他のテクストには見られないほどの変わり者の主人公が次男ゆえに家族に疎外され、愛の欠如した子供時代を送ったことを淡々と語る語り口のおもしろさとも相まって、滑稽《こっけい》味と不思議な悲哀感、友情の切なさが充溢《じゅういつ》しているテクストになっている。

7　七〇年代の分離独立小説

七〇年代には分離独立の暴力を描く注目すべき小説が出版された。一つはチャーマン・ナハールの『アザーディ』（一九七五）であり、もう一つはヒンディー語で書かれたビーシャム・サーヘニーの『タマス』（一九七四）である。また、シーク教徒からの視点で書かれた小説が集中しているのも七〇年代の特徴である。

『アザーディ』は、大方の研究者が『真夜中の子供たち』以前の分離独立小説として認めている数少ない小説であり、分離独立についての包括的な描写が見られるという点で評価されているテクストである。女性への残忍かつ多様な暴虐的行為、遺体を運ぶ難民列車、無責任な英帝国政府、会議派・連盟両陣営の政治家リーダーへの批判、軍隊・警察のサボタージュの描写など、分離独立小説に共通の内容が見られる。このテクストにはレイプをはじめ女性へのあらゆる残虐な暴行（切り取られる乳房や切り裂かれる妊婦の腹部、裸での行進の強要など）が記述されているが、ジェンダーの視点は乏しい。

『タマス』は八〇年代にテレビ・ドラマ化され大きな反響を呼んだ小説であり、最も力強い小説であるとの評価もある。インド西北部州（現在はパキスタン）の小さな町とその周囲の村々が舞台で、分離独立へといたる混乱を描く。小説はブタを追いかけまわして夜中まで悪戦苦闘する男の描写で始まる。地域のモスクの階段に殺されたブタが置かれたことに怒り狂ったムスリムたちが、町のヒンドゥー教徒やシーク教徒を大量殺戮する。それに対してヒンドゥー教徒たちはムスリムを殺害し復讐する。地方のイギリス当局者が軍隊を発動し殺戮は止まるが、コミュニティ間の不信感は高まる。だが、ここにも他のテクスト同様、宗派を超えた助け合いが描かれる。隠れ家を求めて見知らぬ家の戸をたたいたシーク教徒の夫婦をムスリムの女性は受け入れてくれる。その女性がすすめてくれたミルクに彼らは一瞬躊躇するが、思い直し「あなたが下さった食べ物はみな神酒と同じです」と感謝を示すというエピソードなどにそれは見られる。この小説でも不可食（ヒンドゥー教徒はムスリムの触れた食物を食すると穢れるという考え）の問題が提起され、と同時にそれを超える関係も次のように描かれている。アラー・ラカーは目をつけていた娘プラカショを拉致し結婚を強要する。彼女は幽閉されていた二日間、ムスリムのラカーから与えられた食物を拒絶する。だが、やがてヒンドゥー教徒の店からもってきたという食物に手をつけたプラカショは、ラカーのこぎれいで清潔な姿に気づき、彼にも食べるようにと声をかける。ラカーの腕に抱かれた彼女は嫌悪ではなく喜びを感じている自分に驚くのだった。

次に検討するラージ・ギルの『レイプ』（一九七四）、H・S・ギルの『灰と花びら』（一九七八）、カータール・シング・ドゥガールの『二度の誕生と二度の死』（原作はパンジャーブ語）はいずれもシーク教徒の視点が顕著な分離独立小説である。『レイプ』の舞台は西パンジャーブのある村で、分離以前の日々からガンディー暗殺までの政治的動乱の時期を扱う。シーク教徒の主人公ダリプジットに助けられたムスリムの少女レイラが彼の父親にレイプされ、その後、その父親が自殺するという内容をもち、息子が父に、人民が政治家に裏切られ、人々は自己保身のために殺戮をするという悲劇的世界が描かれる。だが、タイトルからも予想される重苦しさはなく、文体は不釣り合いに軽い。異宗派間の恋愛も見られる。

このテクストでも、ガンディーが分離を受け入れたことへの当惑や、ネルーをはじめとする指導的政治家に対する不信の念が他のテクスト同様反復されるが、そこにシーク教徒独自のジレンマと視点が見られる。ムスリムのことなど念頭にない狂信的なジンナー（Mohammed Ali Jinnah, 1876-1948）（パキスタン建国運動を指導した政治家。パキスタン建国の父）、権力への誘惑にかられているネルー、資本家から圧力を受けているパテール（Sardar Patel, 1875-1950）（インド国民会議に所属する代表的政治家）たちへの憤り《いきどお》、インドの調和、融合を乱したイギリス政府への批判とともに、シーク自身の不甲斐なさへの苛立ちなどが、主人公の家族の間の議論の的になる。

このテクストでは政治的駆け引きについての分析が詳細になされており、ムスリム連盟の置かれた状況についても冷静な洞察がなされている。反英独立闘争の「大きな物語」の主人公であるネルーについて、「あまりに芝居がかった」態度をする「専制者」で「絶対的支配者」(58)であるとして、これまでのテクスト以上に手厳しい人格批判が見られる。『灰と花びら』の語り手は、難民を乗せた列車の車掌（アングロ・インディアン）のアントニーであり、分離独立後のトラウマを描く。シーク教徒のアジットが燃える村を後にし、アムリトサルで難民になった幼少時代から、騎兵隊の将校となって印パ戦争で戦死するまでの長い年月を扱っている。このテクストでもシーク教徒（アジット）とムスリム（サルマ）との異宗派間恋愛の物語が見られる。

列車の血の惨劇の記憶とムスリムへの怒りを拭い去ることができないアジットの祖父は、天涯孤独のムスリムの娘サルマとの結婚を反対する。だが、アジットとサルマは意志を曲げず、二人だけで市民婚をする。祖父との断絶後、大尉としてアジットが戦死すると、祖父は態度を軟化させ、彼の武勲の賞をサルマに受け取ってもらいたいと申し出る。このように、凄惨な出だしで始まる小説の結末では、ある意味、宗派対立を超える楽天的ヴィジョンが示される。

『レイプ』が一年間の出来事を扱うのに対し、『灰と花びら』は独立後の長い期間を扱い、その間の社会の変貌と人々の変化を描く。『レイプ』同様、このテクストでも女性の貞節を守らせるための家長による殺害が行なわれる。『レイプ』では女性が井戸に飛び込むが、このテクストではアジットの祖父サンタ・シングが一四歳の娘の貞操を守るため殺害する場面を、六歳のアジットが目撃するという設定になっている。また、このテクストでも「牛」の殺戮が暴動の発端になり、軍が出動という展開が描かれているが、軍の説明は冗長、単調、退屈である。

『二度の誕生と二度の死』は分離独立の年、ラーワルピンディ（現パキスタン北東部）近くのムスリム多数居住地域のダムヤル村と難民キャンプが舞台になっている。このテクストでは他の小説よりも詳細な各地の難民キャンプの様子が描かれる。シーク教徒の村長シャーは村人に尊敬される人格者で調停役でもあり、彼の多くのムスリムの友人の一人アラハディータとは、互いの娘たちも友人同士の間柄である。

四部構成の小説の最初の部で宗派対立から生じる狂気、女性たちへの残虐の限りを尽くしたような暴行が描出される。暴徒接近のニュースが届いた時、アラハディータは友人のシャーを命がけでかばう。やがて、村が放火される。アラハディータはシーク教徒たちを救出するが、それによりムスリムの同胞の怒りを招き殺害される。一方、シャーもアラハディータの娘サトバライを救おうとする中、自分の一人娘が行方不明となる。シャーはサトバライとともに村から逃走し、ラーワルピンディの難民キャンプをはじめいろいろな収容所を渡り歩く。

第一部では印パ双方向への難民がリアルに描写されるが、彼らの運命を決める際に、その生活、生命について配慮しなかった政治家たちへの怒りが見られる。

第二部はヒンドゥー教徒やシーク教徒がキャンプを転々とする状況が描かれる。インドへ辿り着いた難民の収容所での過酷な生活——過去の悲惨な出来事のトラウマに囚われる様子や、信仰への疑問や生活物資の不足が描かれる。

第三部は最悪の暴力が描かれる。分離独立宣言後、ラホールとアムリトサルの流血の火がリアルプール（インドのパンジャーブ州の都市。現パキスタンのファイサルバード）に引火し、疑惑、不信の念を醸造し、やがて殺戮へと発展する。

第四部はアムリトサルにあるカルサ大学の難民キャンプでの悲劇が描かれる。家族のように寄り添ってきた見知らぬ難民同士の間に深まる宗派対立に対し、シャーはなぜ何世紀も一緒に兄弟のように暮らしてきたもの同士が殺戮しあうのかと自問する。アムリトサルにたどり着いたシャーとサトバライは、そこでもシークの暴徒たちがより残虐にムスリムを殺害していることに驚愕《きょうがく》し、またキャンプを転々とすることになる。シャーは難民キャンプで出会ったクルディプと彼女を結婚させる決心をする。だが、インド・パキスタン間で拉致された女性の強制送還を行なうという政府の決定により、ムスリムである彼女はパキスタンへ送還されることになる。この拉致された女性を取り戻すという政府のプロジェクトの強制の問題も他のテクストや映画などで繰り返し物語られるものの一つである。

七〇年代においては、分離独立の暴力が焦点化される小説、およびシーク教徒の視点で書かれた小説が顕著に見られたが、暴力を独特な風刺によって描出する五〇年代のマントーのテクストに匹敵するものは見られない。

8　英訳された地方語の分離独立小説

『真夜中の子供たち』出版直前の一九八〇年にはアニタ・デサイの『昼の透明な光』が出版されている。これも分離独立文学を論じる際に言及されるテクストである。デリーの古い家に住み、両親の亡き後、精神的障害のある弟の面倒を見る姉と、外務省勤務の夫がインドへ来る三、四年ごとに実家を訪ねる妹とが想起する子供時代の愛憎を美しく描いているとして評価の高い小説である。だが、その間、分離独立の時期に弟がイスラム教徒の地主ハイダール・アリの安否を心配する場面のみが分離に関連する記述であり(57-75)、分離独立小説とはいえない内容である。

最後に九〇年代に盛んになった英訳された地方語のテクストの選集の中に掲載されたもので、原作が七〇年代までに執筆あるいは出版されたものの中から、独特なプロット、視点を持つテクストとして注目されている次の二編について見ていきたい。

クワジャ・アハマド・アッバス (Khwaja Ahmad Abbas, 1914-87) の「復讐」("Revenge")(『嵐の孤児たち』に収録。五〇年代の作で、ウルドゥー語から英訳)は、娘を陵辱《りょうじょく》されたうえ殺害され、復讐のみに生きる父親の苦悩を描く短編で、衝撃的結末が用意されている。ヒンドゥーの弁護士のハリ・ダスは家に放火され、その妻は川に投身し、娘ジャンキは白昼暴徒たちにレイプされ、身体中をナイフで切り裂かれ亡くなる。その間、彼は木に縛り付けられた状態でその光景を見せつけられる。目を閉じても耳に聞こえる娘の叫び、うめき声、衣服が引き裂かれる音、暴徒たちのみだらな息遣いなどから逃れることができなかった。その光景・記憶は脳裏から離れなくなり、その後、彼は復讐のみに生きる。彼はムスリムの女性に娘と同様の仕打ちをすることで復讐をしようと、常にコートに鋭利なナイフを潜ませてムスリムの女性を捜し求める。やがて、デリーの高級売春宿の客引きによってそのチャンスが訪れる。だが、彼はその娘の感情のない機械仕掛けの人形のような様子に不気味な感情を抱く。助けを求め懇願する彼女に、彼の娘ジャンキの姿が重なる。右手でナイフを振りかざし、一方の手でブラジャーをはずすダス。だが、そこに見たものは乳房ではなく、恐ろしい丸い傷口だった。

結末に見られるプロットの斬新さもあり、父親の苦悩と怒りもよく描かれている。彼は分離独立の物語に頻出する家名やコミュニティの名誉に固執する父親とは異なり、ひたすら娘の命乞いをする。だが、娘の亡骸を火葬する父親は炎に焼かれ灰に化してしまうのが娘ジャンキではなく「インドの名誉」「人間性」(“the honour of India” 17)であると感じる。女性の身体はここでも抽象的概念を象徴する記号になっている。

ラジンダール・シング・ベーディ(**Rajinder Singh Bedi, 1915-84**)の「ラージワンティ」(“Lajwanti”)〔『嵐の孤児たち』、B・バタチャルヤ編『現代インド短篇集』(*Contemporary Indian Short Stories*)に収録。六〇年代の作で、ウルドゥー語から英訳〕は拉致され救出された妻を受容できずに苦悩する主人公ラルが、彼女を「女神」化することで妻との同居を耐えようとする物語である。彼は救出された女性たちのリハビリを援助する委員会を結成し、その重要職に就任する。ラルは妻を拉致された喪失感を社会奉仕にのめりこむことで軽減しようとするが、妻を虐待したことへの後悔の念に襲われる。彼は拉致された女性を受け入れない社会に対して自分が模範を示そうと決意し、それを訴えながら朝の行進を行なうが、苛立つ者、無視する者、子守唄として聞き流す者、といった否定的な反応を人々は示す。ヒンドゥー寺院の住職のシータについての見解に対しても、彼は勇気を持って反論し、英雄ラーマ王が悪魔に拉致され救出されたシータを追放したことの非を唱える。だが、妻が見つかったという知らせを聞いたとき、彼は拉致された女性たちの交換が行なわれるワガー国境に飛んでいくことができなかった。彼は警察で妻のラジョーに再会するが、不安におびえる彼女は「風にふかれるインドいちじく(**peepal**)の葉」(**76**)そのものであった。だが、彼にはムスリムの女性のかぶりものをつけた彼女が、前よりも血色がよく体重も増え健康そうに見えることに衝撃を受ける。いろいろな疑惑が交錯する中、やがて彼は彼女を

「女神《デヴィ》」と呼び始める。このように、夫の元に戻った彼女の身体は自分のものではなく、女神の身体になり、夫と昔のような喧嘩もできず、「壊れ物」のように扱われる日々が続く。ラルは彼女の涙を直視せず、一方では、あいかわらず毎朝の行進を続けていく。妻の苦悩が焦点化されているわけではないが、夫が拉致された妻を受容できない苦悩を、妻の女神化という設定で描いている点に、ジェンダーの視点が見事に描きこまれている〔A・ダスグプタ(Abhijit Dasgupta)監督の映画『女神』(*Devi*)(二〇〇六年一二月二三日から二六日まで開催された「ベンガル・タラ・フェスティヴァル」で自主上映)は、この「ラージワンティ」に基づく映画である〕。

他に、拉致された「女性の交換」という政府の政策によってムスリムの夫からも、住み慣れた美しい故郷(パキスタンの一部に編成)からも引き離され、インドへ強制的に移住させられることになるヒンドゥー教徒の女性(妊婦)の悲劇を扱うカータール・シング・ドゥガールの「パキスタン万歳」("Pakistan Zindabad")(『嵐の孤児たち』に収録。七〇年代の作)も注目される。

9　ラシュディ以前の分離独立小説の特徴

分離独立の後遺症についての物語は、戦後のナショナリズムの中で無視、隠蔽されてきた。その沈黙は英語文学においては、約一〇年後クシュワント・シングの『パキスタン行きの難民列車』(一九五六)でようやく破られる。七〇年代半ばにチャーマン・ナハールの『アザーディ』(一九七五)やシーク教徒を主人公にしたテクストが出版される。それらを含む七〇年代までの分離独立小説には次のような共通する内容がみられ、異なる文脈とプロットにおいて反復されることがわかる。

インドを引き上げるイギリス帝国の無責任さへの批判、分離独立を受け入れながら、国民を護《まも》れないインド政府や政治指導者への不信の念、難民の苦難(自らの故郷の中で難民になることの理不尽さ、故郷を去らざるをえない無念さ、故郷喪失者の悲哀、ノスタルジア)、異宗派間恋愛・結婚、根本的人間不信、アイデンティティ不安などである。八〇年代以降の分離独立文学と比べると、女性に対する多様で陰惨な暴力の描写が執拗に反復される傾向が顕著であるが、ジェンダー視点が薄弱なものが多い。

すでに述べたように、M・K・ナイクは成功した政治小説は少ないと一九八四年出版の著作の中で指摘している(Naik, *Dimensions* 130)。確かに、ウルドゥー語の作家マントーやヒンドゥー語の作家R・M・レーザを除くと、八〇年代以降に出版された、世界的に注目されたインド、およびインド系ディアスポラの英語作家たちによる分離独立小説に匹敵するテクストはきわめて少ない。八〇年代以降はラシュディの『真夜中の子供たち』の影響を受けているとされる作家たちのうち、アミターヴ・ゴーシュの『シャドウ・ラインズ』(一九八八)、ムケル・ケサヴァンの『双眼鏡の向こう側』(一九九五)など優れた分離独立、およびその後遺症を描く小説が登場した。それぞれが新生インドという国民国家創設の神話によって掠め取られた多様な物語・歴史を回復、あるいは「大きな物語」を修正しようとする小説であるという点において注目を集めてきた。独立後の政府が必死に神話化しようとした反英独立闘争の「大きな物語」は、独立前後生まれの彼らによって脱構築が試みられている。

『インドの発見』(一九四六)はまぎれもなく「大きな物語」を構成する主要な著作の一つである。独立したインドを率いた会議派の党首であるネルー首相が、イギリス植民地下、獄中で記したこの著作はインド英語文学を構成する英語の著作である。だが、独立後のインド建国を急ぐ政府が必死になって神話化しようとした反英独立闘争の物語には、陰惨な印パ分離独立の暴力の物語が影のようにつきまとう。英雄的反英独立闘争によってなされた新生インドの誕生の物語、解放闘争の「大きな物語」を前景化するために、分離独立の物語は抑圧されてきた。さらに、被害者であり、かつ加害者であった多くの人々の共犯性の物語はさらなる抑圧を強いることになった。だが、そのような内的・外的抑圧にもかかわらず、回想録、歴史研究、小説、エッセイ、映画などからなる多様な分離独立の物語は断続的に沈黙を破り続けてきた。

七〇年代までの分離独立の物語は、ラシュディ以降に見られる「大きな物語」を脱構築するという意図をもつ小説ではない。だが、それぞれの個人の多様な物語を伝え、沈黙の呪縛を解く物語自体が国家創設の神話への疑義を突きつけるものになっているといえる。

◉注

（1）確かに、分離独立の非を糾弾する多くの声とは異なる少数民族の視点があり、たとえば新生インド建国のための強制的国民統合に抵抗し、分離要求をするインド東北部のナガ族の運動は半世紀以上もの間駐留することになったインド軍によって弾圧されてきた、とナガ族の人は訴えている。二〇〇五年夏、マニプール州の州都に住む友人を訪ねたときに、彼女と彼女の家に集まった一族の方々から、独立後以降の悲惨な状況について教えていただいた。友人によると、他の州からナガ族の住む地域に移住してきたヒンドゥー教徒の人々の中には、分離に反対する人があり、地下組織をつくり抵抗運動を行なってきたが、その構成員は政府機関にもいるとのことであった。

（2）デリー大学英文学科では多様な現地語の英訳されたテクストすべてを含めて研究対象としている（デリー大学英文学科ラル教授からの二〇〇九年一月二二日の聞き取り）。

第三章　『真夜中の子供たち』以降の分離独立小説
——記憶と歴史の再構築

1　現代英語文学に占める分離独立小説の重要性

分離独立についての著作は膨大な数にのぼる。それに比べると、英語文学はきわめて少ないという指摘がされてきた。それはこれまで分離独立文学が総体として捉えられてこなかったためである。だが、第二部第一章のリストからわかるように（五七―五九頁）、英語の長編小説だけでも三〇あまりにのぼる。さらに、ラシュディとウェスト編の現代インド英語文学のアンソロジー、『現代インド文学傑作選　一九四七―九七年』で取り上げられているインド文学を代表する現代作家たちの多くが分離独立小説、あるいはそれを背景とする優れた小説を書いている。このことからも現代英語文学を概観するうえで、分離独立小説が重要な位置を占めていることがわかる。

八〇年代以降、世界的に注目されたインド系ディアスポラの英語作家たちを含む現代作家は、歴史や国家のアイデンティティの問題に関心を集中させ、分離独立に関わる小説を発表している。これらのテクストにおいてどのような分離独立に関する物語・歴史が語られているのか。また、八〇年代以降のテクストには、七〇年代までのテクストとはどのように異なるジェンダーの視点や政治的視点が見られるのか具体的に見ていきたい。

2　ラシュディ、ゴーシュ、ケサヴァンの分離独立小説

まず、インド英語文学に劇的変化をもたらしたとされるラシュディの『真夜中の子供たち』、最も注目されているゴーシュの『シャドウ・ラインズ』、および独特な構成をもつケサヴァンの『双眼鏡の向こう側』について見ていきたい。

『真夜中の子供たち』は分離独立とその後遺症についての物語であると言われる(Pathak 115)が、このテクストにおいて分離独立に関する記述そのものは決して多くはない。この物語はサリームが新生インドの双子の片割れとしてインドと運命をともにするという設定のビルドゥングスロマンになっている。このようなユニークな設定の中で、彼が自己統合に失敗し、分裂・崩壊していくことによって、インドは一つという国家統合の夢が打ち砕かれる(詳細は本書第二部第五章参照)。独立闘争という「大きな物語」に対抗するラシュディの方法は、以上のようなユニークな構成にあり、従来の分離独立の物語と決定的に異なっている。

ここでは、その構成については触れず、具体的な記述を見ていきたい。まず、インド分割に反対するムスリムで、連盟の政敵であるミアン・アブドゥラーの物語がある。彼は分割を要求している連盟に代わるゆるやかな連合体をつくるため「自由イスラム会議」を設立しようと画策するが、結局、暗殺されてしまう。一方、インド亜大陸を三つに切り裂くために、最後のインド総督マウントバッテン(Louis Mountbatten, 1900-79)の登場が非情な時計の「チックタック」の音を鳴らして近づく。それと平行して主人公サリームの誕生になるはずの大事が、母アミナの腹部でも秒読み段階に入ったことが次のように語られる。

〔……〕最後の総督マウントバッテン伯爵が容赦のない時計と、亜大陸を三つに切り裂くことのできる軍刀を構えて、〔……〕遠からずやって来るはずであった。〔……〕私の母、新婚ほやほやのアミナ・シナイは、体内にたいへんなことが起こっていたのに、これまでと同じく静かで、変わりなく見えた。(65)

分離独立前夜の不穏な空気は、アミナの受胎告知のエピソードの中で示唆されている。ヒンドゥーの若者リファファ・ダースが暴徒に囲まれる。このように世界が発狂しようとしている、と同時に、アミナの子宮も語られたことのない秘密ではちきれそうになる。彼女は八つ裂きにされそうになる彼と暴徒の間に立ちはだかり、受胎告知をし、「私ハ妊娠シテイマス。子供ヲ生モウトシテイル母親デス。サア、カカッテ来ナサイ。殺スナラ、一人の母親モ殺シテ、アナタ方ノ正体ヲ世間ニ晒《さら》シナサイ!」(77)と凄《すご》む。このようにして、分離独立の公示と受胎告知が重ねあわされ、サリームの誕生と新生インドの誕生(インド亜大陸という母の胎内から分離されること)が予告される。

デリーで「やせこけた男」(=ネルー)が真夜中にインド誕生について演説するのと同時に、二つの「無益な抗議の泣き声」をあげてサリームと天敵のシヴァ、さらに彼らを含む一〇〇一人の真夜中の子供たちが誕生する。新生インドの誕生に関わった親たち(政治家リーダーたち)が多いように、サリームの誕生にも親たちが複数絡み、真夜中の子供たちも多くの人物、「観念」、「可能性」、「不可能性」を引きつれて生まれてくるという。インドは皆が同じく見る夢の中でしか存在しない集団幻想である「神話的国インド」(112)であり、それは、パンジャーブの大量流血やベンガルの暴力沙汰などの血の儀式を経て誕生したことが示唆される。このような分離独立へ至るプロセスと、分離後のインドの分断・分裂の状況(皆が見た夢の挫折の状況)がサリームを中心とした真夜中の子供たちを通して描かれている。

分離独立前後の、短期間に大量の難民や死者や性的虐待の被害者を出した南アジア史において類を見ないほどの凄惨な事件にもかかわらず、ユダヤ人のホロコーストの悲劇に比べると、印パ分離独立の動乱についての世界的認知度はきわめて低く、それは十分に世界に発信されてこなかったことがわかる。『真夜中の子供たち』はインド分割賛成派と反対派の闘争についての物語を含み、インドの誕生がパンジャーブの大量流血やベンガルの暴力沙汰といった暴力からも生み出されたことを世界の読者に発信したことの意味は大きい。

アミターヴ・ゴーシュの『シャドウ・ラインズ』(一九八八)は一九七一年のバングラデシュ(旧東パキスタン)の建国によって、故郷の生家のダッカに戻ることができなくなり、インドのカルカッタに住みついた寡婦(語り手の祖母)とその妹の家族の三世代にわたる物語であり、また一九四七年の印パ分離独立のトラウマについて描く分離独立小説である。

語り手の「わたし」は彼のメンター的存在であった、父の従兄弟のトリディブの過去を掘り起こそうとする過程の中で、ほとんど忘れ去られた物語(=歴史)を発見する。一九六四年カルカッタで暴動が起きた日、語り手は学校からの帰りのバスが暴徒に襲われるという恐怖体験をする。だが、一九六四年の新聞には暴動への言及がなく、死傷者数も不明で、その事件は記憶の痕跡を残さず沈黙の中に沈みかけていた。一方、東パキスタンの暴動には軍隊が出動(228)したことを語り手は発見する。この記憶の発掘作業の中で語り手はトリディブを死に追いやったダッカでの暴動と、学校からの帰りのバスの恐怖(一九六四年のカルカッタの暴動)(218)との関連性を発見し、同時に「国境」の存在がこの発見を阻んでいたことに気づく。このテクストでは国境のアンビヴァレントな性格についての言及と分析が繰り返されている(第五章で詳述)。

語り手の祖母は、一九七一年の分離前後「国境の向こう側」(東パキスタン)からの難民が住む公園へ出かけるようになる。そこで彼女の叔父の嫁に出会い、叔父の家が分離後イスラム教徒の避難民に占拠されたこと、叔父が生存していることを知り、叔父を連れ戻す決意を固める。彼の「救出」のためにダッカを訪れた祖母とトリディブとメイ(トリディブの祖父の知人の娘)は生家からの帰路暴徒に襲われ、トリディブは殺害されてしまう。

この物語は、語り手がこの家族の年代記を彼らの語る物語から構成するその過程で成長していくというビルドゥングスロマンでもある。『真夜中の子供たち』同様、語り手のアイデンティティ探求の物語と国家の歴史が密接に絡み合って展開していること、国家創設の神話によって搾《しぼ》り取られた歴史を個人や家族の物語をとおして回復している、という読みが多くの研究者に指摘されている。この構成の中でナショナリズム批判がなされているという指摘も研究者によって繰り返されているものである。国家創設のフィクション、「大きな物語」(祖母に国家の起源を提供しているネルーの『インドの発見』)に対抗する物語であるとの見方も一般的である。

このテクストはインドにおける英文学研究を牽引《けんいん》してきたデリー大学の全学寮(約六〇)の英文学科一年生の必修科目テクストに選定され、内外に流通している。ゴーシュは自分がデリー大学に在籍していた時には、英文学中心で、インド英語文学テクストがカリキュラムに導入されることなど考えられなかったと述べている(Bose, Foreword 1)。この小説は本来、英米文学のキャノンに挑戦するポストコロニアルのテクストとして選定されたテクストであったが、シラバス化されることで中心を占めキャノン化してしまっており、この現実に対する疑問も教授陣から提起されている。

また、このテクストは家族の物語をとおしてナショナリズム批判が展開されていると指摘される一方で、家父長制と結びついたナショナリズムの視点から、インド人ディアスポラの女性が批判の的になっているという構図が見られるとして、ジェンダー研究の立場から批判されている(A. K. Malhotra 170)。代表的ポストコロニアルのテクストであり、インド英語文学を代表するとの評価の高い『シャドウ・ラインズ』が、重大なジェンダーの問題を内在させていることも、このテクストが問題含みのテクストであるとされる由縁である。

次に二〇世紀末を生きる主人公が分離独立前の四〇年代にタイムスリップするという構成をもつ、ムケル・ケサヴァンの『双眼鏡の向こう側』(一九九五)を検討してみよう。祖母の遺灰をガンジスに流す目的と写真の仕事のため、主人公の語り手「僕」(ヒンドゥー)はラックナウ経由のベナレス行きの汽車に乗り込む。時代は二〇世紀末のデリーである。汽車がラックナウ到着の三〇分前に橋のところでスピードをゆるめたとき、橋の梁《はり》に立ちカメラのレンズを通して見ると、眼下に川の水に浸かって、双眼鏡を持った男が見上げているのが見えた(合わせ鏡的状況設定)。その男を写真におさめようとして「僕」は落下し、マスルールという男に救出される。そこは新聞記事によると、一九四二年八月四日のインドが独立する五年前の過去の世界であった。「僕」は記憶、名前ともに喪失し、ラックナウのイスラム教徒一家に世話になる。そこで「インド即時撤退」要求をはじめとする独立闘争と、カルカッタ暴動や、分離当日のデリーの暴動など、分離独立の大量殺戮を含む政治的激変を体験する。

分離独立の当日、ムスリムの人々が襲撃される中、「僕」はパニックに駆られ、マスルールの家族やラックナウで知り合ったムスリムたちと避難所を求めデリーの要塞をめざして逃げ惑った後、なんとか収容所にたどり着く。その収容所の劣悪な環境で一ヵ月を過ごした「僕」は、やがてそこを出てラックナウに戻ることになる。

このテクストでは反英独立闘争というナショナリズムの歴史から除外されることが多いマイノリティのコミュニティが扱われており、八〇〇万人ものムスリムの存在が歴史の中で「見えない」(188)存在となっていたことが明らかにされている。「インド即時撤退」要求運動決議に反対のムスリム会議派メンバーたち(マスルールもその一人)の姿が、その宣言の当日、突然透明になって消えるという設定によって、彼らが歴史の中で「見えない」存在であることが視覚化されている。ナショナリズムの歴史の主体である会議派に関わる度合いに反比例して透明度が増すという独特の表象の仕方が見られる。

また、このテクストの語り手の祖母は『シャドウ・ラインズ』の祖母と異なり、反英独立闘争という「大きな物語」を手放しで肯定する位置にはいない。「僕」の家では、祖母と父はガンディーが指導する不服従運動に参加し、ピケをはり投獄されたという話が家族のフォークロアになっていた。だが、祖母は一九四二年の「インド即時撤退」要求闘争には参加しなかったため、後に独立闘争の闘士としての功績が公的に称えられたとき、罪悪感が甦り、年金を返還すると主張し続ける。一九四二年の抵抗運動は祖母にとってその後の人生のすべてを吸い込んでしまう「ブラックホール」(6)となる。

最終場面では要塞を背景にカーダール大佐のカメラで皆の自動写真撮影が行なわれる。タイマーをセットし、急いで仲間のマスルールとビハーリの間に入った「僕」は「ぼんやりと」(375)しか写しだされていないが、重要なのは、確かに彼はそこに存在を映しだしていたことである。このように、これは冒頭から結末まで「レンズ」にこだわる小説であり、過去をみる「わたし」も、未来を見るマスルールもともに「レンズ」の枠（物語）を通してしか歴史をみることができないことが示唆されている。

ケサヴァンもインドの歴史の書き換えに挑戦するラシュディ以降の作家の一人であると評されるが、ジョン・ミーは、『双眼鏡の向こう側』について、次のように異なる見解を示している。ラシュディ同様、ケサヴァンも歴史は物語であるという視点と、抑圧された歴史を回復するという政治的欲望を持つが、このテクストでは両者の葛藤・緊迫状態が解消されることはなく、そのため「国家は語られることはない」、と (Mee 160)。

シャーシ・タルールもラシュディの後継者の一人とみなされている作家であり、インドの歴史への強い関心を示す作家である。彼の『偉大なインド小説』（一九八九）は八八歳のヴェド・ヴィアースが語る自伝を通して、現代インドの歴史がパロディ化される小説である。分離独立へ至る政治状況や「ダルマ」（法）が意味をなさない現代インドの政治状況への幻滅が語られる。登場人物の名前は叙事詩『マハーバーラタ』に基づいているが、喜劇的調子の皮肉が全編で支配的である。たとえば、円卓会議で八月一五日を分離独立の日とするという決定がだされ、その性急さに誰もが驚愕する中、ドゥルーパッド（＝マウントバッテン）は次のように無邪気に言い放つ。その日は「私の結婚記念日だからね」(222)、と。

また、ここで見られる政治状況についての議論は、近年の歴史評価の転換（ジンナーではなく、会議派が分離を望んだとの見方）を反映していると考えられる。ガンディーの意向に逆らい会議派が分離を全員一致で採択したことについて、会議派の語り手は、後の人々から会議派の性急さや妥協のなさ、権力欲、ジンナーのはったりを読み間違えたことなどについて批判される（修正主義派の見解に相当）。だが、彼は次のように従来の歴史観を踏襲するような反論を試みる。カルナ（＝ジンナー）の頑なさと総督

「ツイッター時代のサヴァイヴァル法」という題のセッションで、ツイッターにはまり込んでいるという、シャーシ・タルール氏（右）とチェタン・バーガット (Chetan Bhagat) 氏（2012 年ジャイプール文学祭にて）

の性急さゆえに他の選択肢《し》はなかった、と(224)。このように会議派の語り手は作者の皮肉に晒される。また、インド総督夫人と盲目の政治家ダリタラシュトラ（＝ネルー）が動乱の最中密会していたことも皮肉られているが、これも近年の資料によって明らかになった事実（二人の不倫関係とそれによる分離独立のプランへの影響への疑惑）に基づく内容になっている。この小説も「大きな物語」への抵抗の物語になっているが、解明されつつある新たな事実を含む現代インド史を、タルールばりの痛烈でコミカルな皮肉で、アレゴリー化する点に独自性があるテクストといえる。

上記のラシュディの後継者たちとは異なる手法、設定においてインドの歴史と個人のアイデンティティ探求を関連づけるテクストとして注目され、ジェンダー視点も見逃せないのはニーナ・シバールの『ヤートラ、巡礼の旅』（一九八七）である。舞台はパンジャーブであり、扱われている時期は一五〇年間と長い。印パ分離独立後の難民、不安定な政治状況、バングラデシュの誕生などが扱われており、中心は母と同様に父を特定できない娘クリシュナのアイデンティティ探求の物語である。

ギリシア人の母ソニアはインド独立間近にボンベイへ到着し、パラムジットと結婚するが、彼女は娘の白い「肌の色」から判断して恋人のマイケルの子供である可能性があると思う。パラムジットは巨大な蛇の毒を飲んだために肌の色が黒くなったクリシュナ神にちなんだ名前を娘につける。ソニアは娘が彼女をインドの大地に永遠に縛り付ける「杭《くい》」(15)になると思う半面、いつの日か、インド脱出の鍵を握るのは、生まれたばかりの「白い肌」がそのままであるかにかかっているとも考え、娘の肌の色を注視する。だが、誕生六ヵ月後に赤ん坊の肌は薄黒くなる。ソニアは「赤ん坊はインドのものか自分の子か。もしかしたらどこにも居場所はないのか」(28)と迷い、インド脱出の決心がつかない。赤ん坊は白い肌を失うことで母の愛を喪失し、「家なき子」の運命が示唆されている。彼女はその後いたるところで肌の色への偏見に晒されることになる。

クリシュナの肌の色が表象しているものは何であろうか。彼女の肌の色は「愛と悲哀と美を彼女に授けてくれたインドが絶えず受けてきた傷の色」(169)に変わってきたとある。また、「インドの川の流れが彼女の中に流れ込み、出ていった」(169)ともあることなどから、彼女の身体がインドの過去・祖先の歴史を体現することが示唆されており、このテクストでも、個人のアイデンティティと国家のそれとが連動するという設定が見られる。

また、彼女のアイデンティティが自由な選択にゆだねられる流動的なものであることも、絶えず変化する肌の色によって示唆されている。父の遺言により彼女は何も相続できないことが分かったとき、クリシュナは女性がどこにも所属できない現実に疑問を感じながら、一方で縛られないことに意義を見出し、財産所有権をもてなかった母ソニアを含む他の女性たちとの絆を感じる。「見つけられる場所ならどこでも、父たちや愛すべき人々を捜し求め、ただ漂えばいい。そうすれば世界のすべてが自分のものになる」、と(304-05)。

だが、これで終わりではない。恋人ランジットとの出会いと、チプコの女性(木に「抱きつく《チプコ》」ことによって森林伐採を防いだ北インドの村の女性たち)から受けた「愛」の儀式によって、彼女は肌の色の「無名性」(305)に隠れてただすべてを受動するだけの存在ではない女性に変わる。父にも変化が起こり、彼は娘への愛を証明できる内容に遺書を変更するのである。病床で苦しむ父は「私は今ではおまえと同じだ。青い、青いクリシュナになった」(306)と、娘の苦痛に共感することばを残す。結末において彼女が豊かで堅固な「全体性」を実感したことが語られ、彼女の肌は愛を求め漂流する必要がなくなり、これ以上の変化は起こらないことが示唆されている。

分離独立後、誰がインドを受け継ぐかとの問いかけに対し、父親を特定できず、どこにも所属できず、何ももたないクリシュナがすべてを受け継いでいることが、独特な表象によって示唆されている。

3　ダスの『良き家族』と八〇年代以降の分離独立小説

『真夜中の子供たち』以降の分離独立小説にも、たとえば、『良き家族』のように、七〇年代までの小説に共通してみられた、故郷喪失、難民の苦難、暴動、女性への暴力や、分離へ至る政治状況についての関心が見られるが、それが中心的テーマになるテクストは少なくなる。特筆すべきは、従来みられなかった多様な視点が多彩なテーマ構成の中に見られるようになったことである。また、『真夜中の子供たち』をはじめ、『良き家族』、『ヤートラ、巡礼の旅』、『シャドウ・ラインズ』などがそうであるように、年代記風の記述も顕著な特色といえる。また、『真夜中の子供たち』、『シャドウ・ラインズ』、『自由が訪れたとき』、『アイス・キャンディ・マン』は成長物語であり、ビルドゥングスロマンの形式の採用も顕著である。

年代順では後のほうに位置するが、まずグルチャラン・ダスの『良き家族』(一九九〇)から見ていきたい。これは分離独立後インドへ移り、新たに人生をやりなおそうとするパンジャーブのある一家の三代にわたる年代記である。ラールプール(現在はパキスタン)の弁護士であるバウジ(敬称)と呼ばれる非常に人間くさい欠点と熱血精神と魅力とを持った家長の視点を中心にして語られる。彼は英国統治を支持する一方で、彼らに差別的扱いをされた時の屈辱の記憶も拭い去れず、アンビヴァレントな姿勢をもっているが、ゆるやかな権力移譲を望む保守派であり、ガンディーの不服従運動を狂気の沙汰とみなしていた。そのため、会議派リーダーたちが逮捕されたことに対して、抗議デモや暴動が起こったとき、甥がデモ行進を先導し、ナショナリストの抵抗運動にのめりこむのを嫌う。

このテクストでもラシュディ以前のテクストに見られた分離や宗派対立についての議論や見解が示されている。バウジは宗派対立についての責任は英国の分割統治にあると考え、甥は権力闘争とみる。一方、娘の恩師でムスリムの女性は、ヒンドゥーとムスリムは何世紀もうまくやってきたとみるバウジに対し、英国の分割統治以前から両者は文化、宗教、歴史、服装、食物など異なっており、お互い理解しあうこともなかったと反論し、独立後の均衡《きんこう》が破れヒンドゥー支配が強化されることへの不安を語る。バウジのイスラム教徒の友人は軋轢の理由は宗教的というより経済的なものであると考える。

大戦の終結後、暴動やレイプが日々のニュースとなり、彼の友人の多くは東パンジャーブへ避難するが、バウジは自分の家を捨てて出ていくことの理不尽さに憤りを感じる。彼の激烈な怒りは三世代を育んだ自分の「家」を奪った政治家たち――マウントバッテン、ガンディー、ネルー、ジンナーへ向けられる。「これが自由の代償というなら、そんなものはほしくはなかった〔……〕嫌悪すべきは夢想家、特に政治家だ」(95)、と。さらに、自由、国民国家、自治、こんなものを信じろと言い、挙げ句の果てはラディクリフというイギリス人が地図の上に引いた国境（シリル・ラドクリフ卿によって印・パの国境線が引かれた）あたりをうろつけと語る政治家の「醜悪なジョーク」(95)に対して、また自分と同じ「普通の人々」(95)が必要とするものを推測できない夢想家の政治家に対して彼は憤る。

このように、これまでの分離小説にみられた分離の理不尽さへの怒りや、政治家への不信感などとさほど変わるものはこの小説ではみられないが、主人公の人間性の魅力によって読みごたえのある分離小説になっている。たとえば、短剣を持ったムスリムの少年四人に家宅侵入されたときのバウジの冷静な反応――死ぬ覚悟はできているから一緒にお茶を飲もうと誘い、少年たちを驚愕させる――がコミカルに描かれる。読みやすい文体で書かれ、政治の激動についての文脈の中にも随所に「家庭小説」的ユーモアや皮肉が挿入されている。

次にシュルフ・ムカダームの『自由が訪れたとき』（一九八二）について見ていきたい。これは『真夜中の子供たち』の翌年に出版された小説であり、ムスリムの少年ファキールと彼と幼なじみのヒンドゥー教徒の少年シャンカールについての成長物語である。国境から遠く離れたボンベイ南部の沿岸地域コンカンに住む素朴なファキールは、寡婦の母の生計を助けるために、第二次世界大戦翌年一九四〇年、政治的混迷が続くボンベイの裕福なムスリム商人家の使用人になる。そこで彼はパキスタン建国の運動に巻き込まれる。やがて彼は実家へ戻るが、結婚し退屈な生活からの逃避としてパキスタン建国への思いを捨てきれず、一九四七年にパキスタンが建国されるとカラチ（現パキスタン南部の都市）を目指す。だが、不屈の友情で見守ってくれたシャンカールの友情の力によって彼は思いとどまることになる。

このテクストでは、これまでにみられなかった都市の富裕層のムスリムと、村のムスリム、あるいはムスリムの貧困層との間の断絶や、イスラム教内部の宗派対立（シーア派対スンニ派）が、ファキールの使用人としての住み込みの体験を通して描かれる。また、英国政府の保護下で商売を続けたいという思惑をもつ、都市の富裕なムスリム商人のコミュニティ、「コージャ」が、ヒンドゥー支配に脅威を感じ、英国支配の存続のために会議派と連盟の対立を煽る実態が描かれている。このような背景をもつ都市のコミュニティにおいてコミュナリズムが激化するのに対して、ジンナーの名さえ知らない住人も多く住む、宗派対立のない彼の村は、皮肉にも都市の住民からは遅れた村と言われる。都市では皆がメディア戦略にのせられイデオロギーに染まり騒ぎまくる、その騒動と、彼の母の手紙にみる村の良好な隣人関係との対比が鮮やかに描かれている。

このテクストにおいては、七〇年代までのテクストに共通して見られた国境地帯の難民を描くのではなく、ボンベイの都市のムスリム・コミュニティに焦点をあて、その不安とそこから生まれるイデオロギーを通して、村の少年が青年に変わる時期に恋心に刺激され、コミュナリズムに巻き込まれ変貌していくプロセスと、それを見守るシャンカールの友情が描かれる。富裕なムスリム商人の末娘に好意を持つファキールは、無学を恥じて夜学へ通うようになり、政治的スローガンのポスターに魅了され、やがて彼女の支持する連盟を意味もわからず支持し、聖戦を戦うと表明するにいたる。

都市がコスモポリタン、世俗主義を標榜《ひょうぼう》するのとは裏腹に、きわめて宗派主義的である実態が繰り返し描かれる。ボンベイに出稼ぎに来たシャンカールも、村のガネーシャの祭り（ヒンドゥー教の象の頭をした神の誕生祭）が多様な宗派、カースト（不可触民を含む）の人々が参加する祭りであるのに対して、都市のそれは純粋にヒンドゥー教徒の祭りでしかないことを知る。また、都市においてはムスリムですら他のサブ・カーストに対して排他的である。世俗主義的であるのは売春婦の世界、ギャンブル、麻薬に汚染された世界と、会議派の心の中だけであるとの痛烈な皮肉が見られる。

次のモハマッド・シプラ (Mahmud Sipra) の『キング・スリーの駒』(*Pawn to King Three*, 1985) は一九四七年八月一三日、政権移譲のうわさを耳にした羊飼いが彼の先祖たちの教えに従い、誰が支配しようと確かなものは台地と家畜と神頼みの季節のみだから何も変わらないと思う、というプロローグで始まる。ここでも乗客（ムスリム）の死体を山積みした汽車が登場する。その中で一人だけ生き残り、椅子の下から救出された四歳の男の子アドナンという、分離独立の悲劇によって運命づけられた主人公と、パキスタン建国に積極的だった二人のビジネスマンの一家についての物語である。その二人のビジネスマンはパキスタンのために富を蓄積するという使命を果たすとジンナーに約束する。だが、その重圧をどう受け止めたかについての掘り下げも、主人公の暗部の掘り下げも乏しいまま、軽妙なテンポでパワーポリティクスと愛と裏切りのストーリーが展開していく、分離独立を単に背景に持つ小説であるといえる。

パルタープ・シャルマ（Partap Sharma, 1939-2011）の『ターバンの時代』（*Days of the Turban*, 1986）は事実に基づく小説であるが、印パ分離独立そのものではなく、その後のパンジャーブの危機を背景にしている。時代背景はインディラ・ガンディー政権下の八〇年代で、分離派テロリストの暗躍する危険地帯として指定されていたパンジャーブ州（ハリヤナ州とに分離）が舞台で、テロリストに対する武器への需要が増えていた時代である。中央アジアの名門のブラーフマン・カースト（最上位の僧侶階層）の一族の家長の孫、バルビールはドイツに住む長男である兄が責任を放棄したために、家に対する責任に縛られることになるが、それを嫌い、また、ターバンを時代遅れであるとして拒否する青年である。一時過激なナクサライト（土地をめぐる武力闘争）運動にも関わったことのある反抗的気分の抜けない青年が、交友関係から事件に巻き込まれ、その過程で変化していき、家族の存続のために見合い結婚に踏み切るというビルドゥングスロマン仕立ての小説である。

彼にはカーストの異なる村の鍛冶屋《かじ》の息子ウディ・シングという友人がいる。ウディはシク教徒の政党であるアカーリ・ダルを牛耳《ぎゅうじ》っている男の政略に関わる政治的暗殺者であり、二重生活を送っている。ウディはアムリトサルの黄金寺院に言伝を届ける役目を引き受けるが、シークの総本山を占拠するテロリストに拘束され、武器商人である従兄弟の一族によって救出される。

このような劇的事件が展開される中で、分離独立による劇的変化によって崩壊するパンジャーブ州の封建制について、また、その変化の中でも維持され続ける封建制の精神と、旧来の大家族社会に見られる、教育をうけた若者の葛藤や、宗派対立の現実について描かれている。さらに、テロの国際ネットワークや、警察の内部にも巣食うテロリストたちについての示唆や、テロリズムを阻止するための民間協力者の国際ネットワークの活動に関わる人々についての物語も見られる。

メヘール・ニガール・マスルール(Mehr Nigar Masroor)の『シャドウズ・オブ・タイム』(*Shadows of Time*, 1987)は、作者が末期癌《がん》の闘病生活の中で書いた小説であり、封建制に後退する危険性をはらむパキスタンにおける不寛容、インドにおける原理主義の種子が拡散することにより損なわれる文化・芸術への懸念が動機づけになっている。一八八三年のベンガルを舞台に、三人の知識人ベンガル人を中心にした物語で始まり、ベンガル分割、パキスタン建国を経て一九七〇年代のパキスタンの現実まで、数世代にわたる人間ドラマと政治についての物語である。パキスタン建国についてムスリムの視点から描かれ、建国後の現状がかなり詳しく描かれていて興味深い。ガンディーやネルーへの批判、会議派への不信感も顕著である。だが、上記の期間の政治的動向についての教科書的、あるいは啓蒙的記述が目立つ。また、ジェンダー視点が顕著に見られるが、単に問題項目を記述するだけで掘り下げられていない。複雑な人間関係、不倫関係が描かれるが、人物描写は平面的である。

次に検討したいのは、これまた「ラシュディの子供たち」の一人である、ロヒントン・ミストリーの『かくも長き旅路』(*Such a Long Journey*, 1991)である。時代背景はバングラデシュ建国につながる第三次印パ戦争に突入した一九七一年、舞台はボンベイである。パルシー教徒の銀行員グスタードが、失踪していた旧友のジミー(インディラ・ガンディー首相の秘密諜報《ちょうほう》機関に勤務)から、英雄的使命を果たすよう協力を求める手紙を受け取り、政治的スキャンダルに巻き込まれるが、なんとか自分自身を取り戻し、家族の元へ戻る長い旅路についての物語である。

グスタードはジミーの指示に従い、包みを彼の仲間から受け取るが、中に一〇〇万ルピーの大金が入っていることに驚愕し、偽名を使って口座に振り込むとの指示に思い悩む。ジミーによると東パキスタンのゲリラへの支援のための政府の資金であるという。だが、「諜報機関の汚職」の新聞記事を読み、ジミーが横領容疑で逮捕されたことを知り、彼に騙されていたとの疑惑をもつが、ジミーが高熱と衰弱のため移された拘置所内の病棟で、彼からインディラの罠にはめられたとの次のような告白を聞く。東パキスタンの台風被害の惨状への援助を拒む西パキスタンが、ベンガルの不服従の運動に対して軍を出動させ何千人もの市民を殺戮したために、インドへ難民が流入したこと、インディラ首相から東パキスタンのゲリラの運動支援の担当に彼が指名されたこと、ゲリラ支援のための資金が彼女の息子の会社に流用された疑惑があること、そのような腐敗に憤った彼自身も一〇〇万ルピーを横領するにいたったこと、彼女の自己保身のための計画に無警戒すぎたことなど。このように背景に東西パキスタンの確執、および印パの対立があるが、この小説の中心を占めるのは、急速な変化に晒される現代都市ボンベイの中の、パルシー・コミュニティを構成するパルシー専用アパートの住人、グスタード（典型的ミドルクラスのパルシー教徒）とその家族の生活、パルシー社会のディレンマ（適応・同化への欲求と抵抗）、ヒンドゥー社会におけるディアスポラ性（孤立、根無し草的感覚）である。それはパルシー教徒としての誇りとアイデンティティを維持するために伝統的生き方に拘泥するグスタードと流動化し、多様化する社会に適応しようとする息子との確執として描かれている。深刻な状況においても随所に独特なユーモアが見られるテクストである。

シヴ・クマールの『三つの堤のある河——苦悩と歓喜のインド分離独立』（一九九八）は分離独立直後の一九四七年、舞台はデリーで、絶えず宗派対立による殺人が頻発していた時期、ラホールからの難民である主人公一家についての物語である。アーリア・サマージの父をもつヒンドゥー教徒の主人公ゴータム（ジャーナリスト）は、妻が不倫をしていたことが発覚し、離婚を決意し、一時的にキリスト教に改宗するために神父を訪ねる。教会前でヒンドゥー教徒の暴徒に殺害されたムスリムの男が持っていた手紙から、彼が拉致された娘を救出するためにデリーにやってきたことがわかる。殺人者たちと共謀していると疑われる警察には頼らず、売春を斡旋《あっせん》する男を通して、殺されたムスリムの男が探していた娘ハシーナと劇的出会いをし、友人と協力して救出後、彼女の故郷アラハバード（ウッタル・プラデーシュ州）への脱出を試みるというボリウッド並みの脱出劇が展開する。拉致された女性たちは牢獄のような部屋に軟禁され、ナイフで脅迫され売春を強要されるという現実があるが、ハシーナの不敵さ、自己卑下に陥らない前向きな性格が印象づけられる。だが、彼女も「穢れている」(115)として家族に受け入れを拒まれるのではないかとの不安と無縁ではない。

ゴータムの父シャムラルはどこかコミカルで、息子へのほのぼのとした情愛を示す、人間性の豊かさが印象づけられる魅力的な人物である。彼はムスリムの嫁を受け入れようと、『コーラン』を読み始め、「あらゆる人はみな家族として神に造られた」(191)との記述があることを知ると、それを早速実践しようとする柔軟な精神の持ち主である。

この小説でも暴動、割礼チェック(イスラム教徒であれば割礼が行なわれているため、割礼の有無で宗教の違いをチェックする)、牛の殺戮、故郷喪失、拉致された女性の苦悩、難民列車での暴力、難民のその後の生活苦など、分離小説に描かれる多様な要素がひと通り描かれるが、通り一遍の扱いでしかない。また、他の小説同様、随所にイギリスへの皮肉が見られるが、他の小説には見られないインド在住のイギリス人の独立後のそれぞれの立場、心情についても描出されている。帝国の終焉で職を失い、インドを出て行くイギリス人たち、パーティにインド「原住民」が招かれていることに不快感を示すイギリス人、インド人の下で働くことを嫌がる高飛車なイギリス人など。また、売春ビジネスにおいて見られる異宗派間の協力関係や警察の共謀関係についても言及されている。宗派対立は政治に利用され、その果実を両派のマフィアや警察が利用するという構図がみえる。コミュナリズムを煽るメディアの共謀性についての指摘もある。ここでも「ハムレット的」で、軽薄、詩的で実際的行政能力が欠如した「我らがプリンス、ネルー」への酷評(38)が見られる。

分離独立のトラウマを潜在させるディアスポラの父をもつ娘がその負の遺産をどう受け継ぎ、自己のアイデンティティを探求していくのかという独自の設定で注目されるのが、次のミーナ・アローラ・ナヤクの『ダディの物語』(二〇〇〇)である。これは亡くなった父親の遺言を実行するためにインド系アメリカ人女性のシムランが印・パ国境のワガーを訪れ、父親が負わせた「傷口」と呼ぶ境界線の上に父親の遺灰を撒《ま》こうとしてスパイ容疑で逮捕され、やがて解放されるが、その後もインドに止まる中で、父のインドへの負債の奥に潜む「愛」について知るという物語である(詳細は本書第二部第七章参照)。インド生まれの父は分離独立の時に父親を殺害される一方で、異なる宗教であるムスリムを殺害しアメリカに移住した後も罪悪感を抱き続けたまま一生を終えた。娘は語られざる父の物語を発掘し、意味を問い、彼女の生存に不可欠な道程としてその物語(罪悪感の物語)を生き直すという構成の小説であり、個人が背負う負の遺産を問題提起した物語である点において注目すべきテクストである。

また、平和的、民主的国家建設のためのテロ組織によるテロ、あるいはナクサライトによるテロ、マイノリティによる反撃としての暴力、刑務所のリンチ、父が行使した分離独立時の暴力、など多様な暴力が描かれる中で、このテクストは平和目的のためには暴力的手段も許されるのか、という問いを提起している。

スジャータ・サブニース (Sujata Sabnis) の『運命の岐路』(*A Twist in Destiny*, 2002) は、インドは分離することなくイギリスから独立し、独立の時期は一九四七年ではなく、一九五〇年であったという設定のサスペンス仕立てのフィクションである。二〇〇一年六月一八日から八月二五日までの現代インドが舞台となっている。実現されなかったパキスタン建国を狙う分離派組織によるテロが頻発し、それに対処するムスリムの女性内務大臣ファルザナの暗殺が計画されるが、それが阻止されるクライマックスに至るドラマに、主人公の女性ジャーナリストのレシュマ(ヒンドゥー教徒)と、彼女から結婚を拒否され恨みを抱き、テロリストになった元恋人のムスリム男性アニー(軍の将校)の悲劇が絡み合ってサスペンスを盛り上げるという構成になっている。

サスペンスは、レシュマがネルー接見記録の中の一九四七年六月三日のマヌという名前だけの記録に違和感を覚え、大事な日(マウントバッテンの分割案が公式に受諾される予定の全党の会合の日)に唐突に入れられた約束の謎から始まり、マヌという伝説の男がジンナーの致命的病の証拠を持参し、ネルーの考えと歴史を変えたことが判明し、さらに、その伝説の男の正体は、かつては自由解放の闘士であったファルザナの祖父であり、予測とは異なりムスリムであったことがわかるところまで至る。だが、これで終わらない。分離派組織のテロの標的がファルザナであること、彼女を標的にしたテロリスト組織の黒幕は実はファルザナの夫であったというサプライズもある(詳細は本書第二部第八章参照)。

このような政治的陰謀のプロットや異宗派間恋愛との組み合わせ、ネルーの手帳などの道具立てなどからなるサスペンスの装置は見事であるが、事件の描写も人物もステレオタイプ的で深みに欠けるきらいがある。

スワラン・チャンダン (Swaran Chandan) の『火山――インドの分離独立物語』(*The Volcano: A Novel on Indian Partition*, 2005) は、パンジャーブのアムリトサルとの境界にあるキーラ・ヴァスディヴ村を舞台とし、パンジャーブの住人たちの視点から語られる。だが、ヒンドゥー、ムスリム、シークの住む村自体はインドの他の村と同様の典型的インドの村の構成になっている。多様な呼称を持つ『真夜中の子供たち』の主人公のサリーム同様、語り手は村人から多様な呼称で呼ばれ、さらに『真夜中の子供たち』同様、「僕」を含め、一九一八年のアムリトサルの虐殺という歴史的事件の年に誕生したKで始まる友人たちクリシュナ、カビール、キナールの成長と、分離へ向かう激動のインド史が重ねられており、『真夜中の子供たち』を相当意識している設定になっている。一方、『偉大なインド小説』同様、登場人物は神話や歴史上の人物と重ねられ、あるいは差異を指摘されるという構成にもなっている。たとえば、クリシュナはクリシュナ神と比較され、カブールはカブール皇帝と同じ名を持ち、同様に異宗派結婚により生まれたという設定になっている。ハリジャンのキネールは克己心《こっき》に富み、「僕」同様世俗主義者であり、ヒンドゥー右翼組織のマハサヴァの会員になったクリシュナ、ムスリム連盟支持にのめりこむカビールの陥った状況を嘆く。かつての友人たちが宗教、信条の違いにより、国家や村の状況同様、友情にも変化が生じる様子が詳細に描かれるが、注目すべき視点は特に見られない。ただし、「僕」が親の反対を押し切りハリジャンの娘と結婚するという設定から示唆されるように、カースト制度の弊害《へいがい》への指摘が顕著であり、宗派対立と絡めて描かれている。

次に、アメリカ在住のパキスタン系の作家の視点からパキスタン建国への疑問を示唆するテクストとして注目されるサラ・スレーリの「さようなら、トムの偉大さよ」(“Goodbye to the Greatness of Tom”)について見ておきたい。これは『肉のない日——あるパキスタンの物語』(*Meatless Days*, 1989)という自伝的短編集の一つで、サラという主人公が恋人であるトムとの決別の物語を語るという短編である。パキスタン出身のサラの国民としての所属意識を伝える中で、印パ分離独立をパキスタン建国という視点から語る場面がある。

独立といったって〔……〕領土の端切れを切り取ることでしかない〔……〕一九四七年にマウントバッテンの鋏がインド地図をちょきんと切って、ジンナーが渋い顔で虫食いパキスタンと呼んだしろものを手渡した時、亜大陸のもっとも精力的なムスリムたちは〔……〕一九四六年の気ちがいじみた冬の間じゅう〔……〕彼らは絶え間なく解体のすすむ地図〔……〕を受け入れまいという覚悟だった。〔……〕ホテルの部屋にでも入るかのように世界へ招じ入れられたあの真新しいパキスタン人に――あるいは、いまにも壊れかけそうだがともかく無傷の、こぎれいに一つの概念としてまとめられたパキスタン人にわたしは首をかしげることがよくある。彼らに言わせると、悪夢の列車が、あの長い解体の軌道に不可逆性のひびきをあげながら、泣く泣くここまで彼らを運んできてしまったのだ。〔……〕結局のところそれは彼ら自身がもとめたことだったのだから。(74)

切り取られ、解体される地図の断片から観念的な夢の国が即席でつくられた不合理性への疑問が語られている。短編集に収録されているもう一つの短編「パパとパキスタン」("Papa and Pakistan")は語り手の「わたし」が発掘した父親の過去と、それに関わるパキスタンの政治状況の変遷についての物語であり、そこに分離の記憶が次のように語られている。

一九四七年はもう一つの離別を目撃した。インドの岸辺からのイギリスの離別。多くの国、多くの民族のいるあの土地を、こざっぱりと二つに整理して引き上げたのだ!〔……〕彼が分離独立のときにパキスタンにいなかったこと、あの途方にくれた人々の流れができたての国境を越えて、傷つけあいながら流れていったのを目撃しなかったことは残念でならない。あれは歴史がもぎとる法外な代価だった。どこか別世界にいるようにして生きていた農民、村人たちは、ある日目覚めてみると、それはもはや慣れ親しんだ故郷ではなく、ムスリムの国とかヒンドゥーの国とかという、あのきわめて近代的なしろものになっていたのだ。一九七九年、ブットーが殺された。〔……〕けだものじみたエネルギーがパキスタンでふくれあがっているのが感じられた。まるであの人民の亡霊――一九四七年に無慈悲に討ち棄てられ、一九七一年にまたしても切れ捨てられた人々の亡霊が、ふたたび力を奮い起こしたか

のように。だがこんどは報復をもとめて。(116)

「パキスタン」という造語がイギリス在住のムスリムによって作られた三〇年代に、父が役人から著述業になる決意をしたこと、ジンナーを熱狂的に敬愛したこと、パキスタン宣言をしたラホール決議の場にいてジンナーの演説に聞き入ったこと、「パキスタンの大儀」を欧州に広めるためにイギリスへ行き、パキスタン独立のためのムスリムの闘争の問題を提起したこと、新生パキスタンの言論統制や治安妨害の容疑で頻繁に監獄の出入りを繰り返したこと、政権の交代、印パ戦争、バングラデシュの誕生、とその時々の父の人生行路の変化などについて「わたし」が語る中で、父と娘の見解の相違が見えてくる。父がパキスタン建国を熱狂的に支持したのに対し、娘はそれに対してきわめて懐疑的であった。

最後にバングラデシュ生まれでロンドン在住の作家、タハミーマ・アナムの『黄金の時代』(二〇〇七)について見ていきたい。パキスタンでは一九四七年とその後遺症についての物語がお決まりのテーマになっているのに対し、一九七一年の分離の物語は国家的統制により封じられてきたためきわめて乏しい状態にある、とパキスタンの作家のファルーキ (**Asif Farrukhi, 1959-**) は述べている (Zaman and Farukhi, *Fault Lines* Intro. 25-27)。一方、ダッカ大学教授のザーマン教授によると、一九七一年の分離独立のテーマを扱わないバングラデシュのベンガル作家はほとんどいないということであるが、英訳がきわめて少ないためベンガル語に精通していない読者にはほとんどのテクストは読むことができない状況にある。(1)

『黄金の時代』はベンガル人作家による英語による唯一の小説であり、一千万人もの難民が生まれることになったにもかかわらず、一般的な情報の少ないバングラデシュ独立の背景について世界に発信できたという観点からも重要な小説といえる。ザーマン教授によると、一九四七年の分離独立についての東ベンガルの小説はインドやパキスタンに比べかなり少ないが、一九七一年の物語に一九四七年の物語が含まれている、という点では少ないとは言えないとのことである(二〇〇九年一二月二八日聞き取り)。

若くして寡婦になり、夫の死に打ちのめされて立ち直れないひ弱な女性レハナは、子供たちの養育権を一時奪われるが、やがて経済力をつけ周囲の女性たちからのサポートも得て自立する物語である。一九五九年から七一年までの時代背景の中心はバングラデシュの独立戦争である。西パキスタン軍がダッカに侵攻し、大学、町、スラム、さらに東パキスタン全土へと攻撃を拡大し、抵抗運動が激化する中で、ゲリラとして巻き込まれる学生の息子と娘との葛藤を経て、レハナはゲリラ戦のための武器を隠す場所として家を提供することになる。そしてやがて、独立闘争に参加する子供たちと歩調をあわせていく経緯が丹念に描かれ、読み応えのある小説になっている。ダッカの町が西の軍隊に制圧され、脱出する出稼ぎの人々や国境へと逃れるヒンドゥー教徒の人々の中で、西（カラチ）に姉妹がいるにもかかわらずレハナは逃げ出さず、ファシスト的体制のパキスタンからの解放闘争に自分なりに参加することを決意する。母と娘の物語としても読みうる内容を持ち、西が東に対し植民地的な収奪・抑圧をしていることへの言及も見られる。(2)

4　ジェンダーの視点をもつ分離独立小説

以上のように、多様な設定の物語が見られる八〇年代以降の分離独立小説のさらなる特色として、ジェンダーの視点が中心となるテクストが顕著になったことが挙げられる。英語文学では『アイス・キャンディ・マン』、『手に負えない娘たち』、『身体に刻まれた記憶』、パンジャーブ文学では『骸骨』である。

アムリタ・プリタム (Amrita Pritam, 1919-2005) の『骸骨』(*The Skelton and That Man*, 1987)（パンジャーブ語を作者自身が英訳。原語の『ピンジャール』(*Pinjar*) のタイトルで二〇〇三年に映画化された）。独立前夜の宗教的対立が激化するパンジャーブ州で、ムスリムのラシーダに拉致され、結婚したヒンドゥー教徒の女性プーロが、独立後の政府の方針による女性の交換プロジェクトがあったにもかかわらず、夫と子供の許に止まる決意をするまでの心の葛藤が描かれる。その間に、彼女は他の悲惨な境遇の女性たちを助け、その中で女性同士の連帯が生まれる様子も描かれる。

プーロはラム・チャンドとの結婚式が間近に迫った日、彼女に好意をもつラシーダに拉致され家に軟禁され、彼の家族がプーロの家族に恨みを抱く過去の経緯について知らされる。一度は脱出したプーロだが、両親は復讐を恐れ受け入れようとしない。彼女は一度は絶望し死を望むが、ラシーダと結婚し、腕にムスリムの名前であるハミダが刻まれた日から、彼女の二重のアイデンティティの日々が始まった。夜の夢の中でプーロと呼ばれ、昼はハミダとして生きる生活は、「名前も身体ももたない骸骨」(11)としての空虚で分裂した生活であった。だが、骸骨に生命を吹き込む新たな生命体が宿る。ラシーダの勝利感と対照的にプーロの激しい愛憎の葛藤が描かれる。自分の身体から削り取られ作られた息子の姿への愛おしさと、乳をほしがる子供が力ずくで彼女を拉致した夫や、骨にかぶりつくすべての男たちの蛮性への怒りを想起させ、息子への愛憎が彼女の心を引き裂く。

だが、より悲惨な境遇の女性たちを夫とともに支える中で、彼女の中に夫への情愛が生まれてくる。村が宗派対立、殺戮、放火などで騒然とする中、彼女は収容所での性的虐待から逃れ、サトウキビ畑に隠れているヒンドゥー教徒の少女を救出し、家に連れて帰る。翌日、難民護衛隊が村を通り村の外に留まっている元婚約者のラムに再会した彼女は、そのヒンドゥー教徒の少女を連れて行くよう依頼する。彼女は夫とともに拉致されたラムの妹を探しに奔走し救出する。拉致された女性を交換するとの政府の声明があった後のある日、ラムが妹を迎えに来、ハミダも兄弟と出会うが、「パキスタンが私の今の家です」(49-50)と語り、夫とともに新たな国パキスタンに止まる決心をする。

このテクストでは暴力の羅列的描写ではなく、拉致されたプーロの心理が掘り下げられていると同時に、加害者である夫の葛藤も描かれている。

バプシ・シドハワの『アイス・キャンディ・マン』(一九八八)は当時の政治的動乱を、レニーという足に障害を持つ八歳の少女の視点から描いていること、パルシー教徒というマイノリティの視点(親英的で独立に懐疑的)から描く最初の分離独立の物語であること、独特なウイットと悲劇的パワーをもって描いていることに注目する批評が多く見られる。これはレニーの成長物語でもある。レニーがアイスキャンディ売りの男の甘言《かんげん》に引っかかり、ヒンドゥー教徒の子守りの女性の拉致に加担し、罪悪感に傷つく様子や、また政治的動乱期の被害者である他の女性たちの過酷な現実に目覚めると同時に、彼女たちを支援する周囲の女性たちのパワーに衝撃を受けながら成熟していく様子が描かれている。このテクストについては次章で詳述したい。

マンジュ・カプールの『手に負えない娘たち』（一九九八）は第二次世界大戦と分離独立の激動の時代を背景とする、「新しい女性」の生き方を探求した母とその過去を探求する娘の物語である。

一九四六年から四七年にかけての騒然とした政治状況——分離に反対するムスリム少数派の議論、閣僚使節団の登場、連盟の「直接行動」の後遺症、カルカッタやアムリトサルの惨劇などについて語り、刻々と分離が近づいてくる様子についての簡潔かつ要領よい描写が見られる。また、すでに言い尽くされている暴虐の内容についても、同様の見事なまとめ方(243)が見られる。

一九四七年一〇月、語り手の母ヴィルマティが収容所で娘を産む。母親がインドの誕生を意味するバラーティという名を娘の名前として提案したのに対して、父親は狂気と敵意から生まれた国家の誕生と分離独立を否定することばを次のように述べる。「われわれの国家の誕生によって、娘の誕生が汚染されてほしくない」(255)、と。そして「わたし」の名前は「なにも記されていない始まり」(a blank beginning, 256)を意味するアイダとなった。アイダは良い娘になろうとした。だが、離婚し「夫もなく(husbandless)、子供もなく、何もない」失意のどん底にあって、「母親と自分を責め」社会の周縁でさ迷う、その状況を次のように述べる。

> もう母の影に怯《おび》えることはない。母の存在に邪魔されることなく、わたしは彼女の過去の中に沈むことができる。そして、母の過去の人生を自分のものにすることができる。わたしが知ることができた一人の女性を捜し求め、わたしは混沌《こんとん》として、断片的で矛盾に満ちた記憶の数々を繋ぎ合わせた。〔……〕わたしは完全に再構成しようとは思わない。〔……〕ママ、もうわたしにつきまとわないでね。(258-89)

これが「わたしが望むことの一つは母のようになりたくないことだった」(1)で始まった「わたし」の物語の結語である。このように、彼女は母の死によって語りの自由を手に入れた。母の過去に侵入し、母についての記憶の中から母と娘の物語(彼女の家の下宿人である教授との不倫、修士号取得を理由にラホールで密会し、妊娠と堕胎《だたい》を経ての教授との結婚、最初の妻との確執、社会的孤立、教職経験、出産)を発見し、自分の物語として作り上げる自由を手にする。ここでもラシュディ以降の作家たちに顕著な、過去・歴史を物語化・再構成するスタンスが見られる。このような文脈の中で分離独立は語られる。

カナダ生まれインド育ちでアメリカ在住のショーナ・シング・ボールドウィンの『身体に刻まれた記憶』(一九九九)は一九三七年から四七年までの激動の時代を背景に、家父長制度の下で従属させられている女性たち(シーク教徒の地主の二人の妻)の視点から、分離独立と女性差別の実態を描く小説である。サルダルジの最初の妻でプライドの高いサティアと、彼女の不妊を理由に迎えられた二人目の妻ループ(パンジャーブ州の村出身の一六歳の娘)をめぐる葛藤で始まり、やがて分離独立の流血、異なるコミュニティ間の緊張へと物語は展開していく。

大胆で活発で野心家のループは、パルダに幽閉される生活や女性の仕事を学ぶことを拒否し、富豪で中年のシーク教徒の男との結婚を、そのような束縛からの解放になると無邪気に思いこむが、結婚の条件は不妊の第一夫人の代わりに息子を産む「子宮」としての役割を果たすことであった。結局、生まれた息子は取り上げられ、彼女は歓迎されることのない実家へ帰される。だが、彼女はサティアの企みの裏をかき、夫の許可なしで子供を連れて実家に居座った結果、彼女は再び夫の元へ戻ることになる。気位が高く不屈で知的で怒りの魂をもった女性サティアは服毒死という形の沈黙の抗議を行なう。だが、最後の時になってループは彼女との親近性を感じ、彼女の怒りやプライドや野心を理解し、吸収する。ループはサティアの身体が記憶しているものを感じる。女性の連帯・結束は女性の身体に刻まれた記憶として表象される。

さらに、このテクストでは女性のセクシュアリティが分離独立時の暴力行使の特殊な位置を占めることにも焦点が当てられる。シーク教徒の女性クスムはムスリムたちによってその子宮は切り裂かれ、シーク教徒の種を宿せない身体としてのメッセージを伝える媒体として利用される。このように彼女の身体は強制的に語らせられるが、彼女自身の声は沈黙させられたままである。これまでの分離独立小説においても幾度も見られた、相手の欲望を封じ込む、あるいは相手に屈辱を与える復讐劇が実行される場となる女性の身体——国家やコミュニティ、家族の名誉の象徴としての女性の身体——だが、このテクストでは、従順に殉死を受け入れるクスムの沈黙に対し、ループは繰り返し「記憶しつづける」ことでクスムに声を与えようとする。

ループは記憶するだけでなく、暴行されかかった使用人の娘を果敢に救出する。このように、家父長社会における政治的動乱において犠牲になる女性の身体と、それに抵抗する女性の身体も描かれている。だが、多様な女性同士の関係についての展開が不十分であり、またサティアの生き方や意志をなぞりながら影響を受けていくループの思考がまとまりをもたず、意味のない繰り返しが多く散漫になりがちである。

5　英訳された地方語の分離独立小説

英語以外の言語による分離独立文学の中で注目できるのはジョギンダール・ポール (Joginder Paul) の『夢遊病者』(*Khwabrau*, 1990)（ウルドゥー文学）、カムレシュワールの『分離独立小説』(*Kitne Pakistan*, 2000)（ヒンディー文学）である。

『夢遊病者』（一九九〇）は分離独立時、ラックナウ（インド）からカラチ（パキスタン）へ移住したムスリム貴族たちについての物語である。彼らは故郷の町のすべてを心の中の襞《ひだ》に刻みつけたまま移住した。サーヒブは狂気の中に引きこもり、自分がいまだラックナウに住んでいると思い込み、「われわれのラックナウが唯一の本物のラックナウだ」(18) と頑なに主張し続け、他の移民たちも、日中は新しい地に適応し始めるが、夜の夢の中ではノスタルジアに耽るという日々を送る。彼らはカラチの中に昔同様のラックナウの町のすべてを作り上げ、地元のパキスタン住民以上に経済的・政治的に成功を収めるにもかかわらず、異邦人のような感覚に襲われる。一方、カラチに止まったヒンドゥー教徒も故郷にありながら異邦人としての感覚につきまとわれる。このテクストでは、移民と地元住人との軋轢、および親たちの悲嘆を継承した二世代目と親世代との生き方や考え方のギャップが描かれている。

カムレシュワール『分離独立小説』(二〇〇〇)の主人公は作家、ジャーナリスト、歴史家、活動家であり、多様なペルソナをもつエヴリマン的な名前をもたない人物である。一九四七年の印パ分離直前の時期についての思い出と、カルギル(インド北西部ジャンムー・カシュミール州に属する地方)でパキスタンの軍人がインド側に侵入したという戦争のニュースから始まるこの物語は、主人公の作家が法廷に神話および歴史の中の人々を呼び出し、世界中の凄惨な分裂国家形成の責任を問うという途方もなく時空のスケールの大きい舞台設定になっている。ムガール皇帝やマウントバッテン総督、ヒトラーや神話の神々などがこの法廷に呼び出される。基点は一九四七年の印パ分離であり、作家の法廷では印パ分離独立に関わる暴動の犠牲者、死者たちが次々に発言するが、それに止まらず過去の世界中の抑圧された人々や難民の苦難と、それを招いた歴史や神話の中の神々という壮大な文脈から分離独立の悲劇をみる、という視点に立ったきわめて独自な分離独立文学になっている。

6 『真夜中の子供たち』以降の分離独立小説の特徴

最後に、二〇〇八年出版のK・S・ドゥガールの『同じ両親から生まれて――インド亜大陸の分断の物語』(*Born of the Same Parents: The Saga of Split of the Indian Continent*)に触れておきたい。この小説は、同じくドゥガールによる『二度の誕生と二度の死』(パンジャーブ語の小説)の焼き直しかと思われるほど、前半はプロット、人物ともに酷似しており、暴徒に殺害されたムスリムの友人の娘サトバライを連れて、狂気じみた殺戮の場となった故郷を脱出し、難民キャンプを転々とするシーク教徒の主人公の苦難を描いている。後半はサトバライを養女にするインドのムスリムの婦人と娘たちへと焦点が移り、彼女たちを通してインドに残ったムスリムの苦難と葛藤（母国インドへの思いとムスリムの国パキスタンへの共感との葛藤）が描かれる。

このテクストのように『真夜中の子供たち』とそれ以降の分離独立小説にも、七〇年代までの小説に共通してみられた、故郷喪失、暴動、女性への暴力や、分離へ至る政治状況についての関心が見られるが、それが中心的テーマになることはきわめて少ない。また、従来にはなかった多様な視点、たとえば、『かくも長き旅路』において見られた東西パキスタンの確執、『三つの堤のある河』に見られた独立後のイギリス人の生活、『ダディの物語』において提起された平和のためのテロリズムの問題、および海外移住者のノスタルジアやアイデンティティ危機などである。また、ジェンダーの視点が中心となるテクストも顕著になった。

ラシュディとその後継者たる小説家たちの共通点は、抑圧された歴史を回復することへの関心と、語りを前景化することであり、独立後の政府が必死に神話化しようとした反英独立闘争の「大きな物語」は多様な独自の手法・表象によって脱構築が試みられていた。『真夜中の子供たち』『シャドウ・ラインズ』はともに「鏡」とアイデンティティ探究、自己疎外との関係の物語を含み、分離独立の後遺症を鏡像に囚われる自己疎外の運命によって描くという共通の構造が見られ、分離独立がその後の国家・個人ともにアイデンティティ形成に大きな影響を持っていることを示唆している。

一方、これらの物語とは異なり、分離独立が女性問題であるという中心視点が見られるだけでなく、多様なテーマとの絡みの中でそれが展開しているテクストとして最も注目されるのはシドハワの『アイス・キャンディ・マン』である。分離独立の記録に繰り返し現われるのは女性に対する暴力である。『アイス・キャンディ・マン』では被害者としての女性が描かれているだけではなく、怒れる女性たちが主体的に行動し、支えあう女性同士の連帯の物語があること、さらに、その物語を転覆する危険性も含むアイス・キャンディ・マンという屈折した加害者像への同情に満ちた視線が見られる点が特に注目に値する。これらの複雑な交差を分析することがこのテクストを含む分離独立文学の評価を適切に英語文学の中に位置づけることになると思われる。この小説は、多くの体験者とその家族の声を沈黙させ続けてきた要因の一つである、自己の共犯性についての物語を展開している点で重要なテクストである。多くのテクストに見られるのは印パ分離前後の騒乱の体験者たちの苛立ち、惨事が起こらなければならない必然性が見えないことへの憤怒《ふんぬ》であるが、自己の共犯性のトラウマを抱え、沈黙し続ける多くの被害者たちの声は反映されることが少ない。『シャドウ・ラインズ』にはトリディブの死について罪悪感を抱くメイと、死の意味について沈黙し続ける語り手の「僕」が描かれており、『骸骨』にもプーロを拉致し強制的に妻にした男の葛藤が描かれている。だが、『アイス・キャンディ・マン』ほどの激烈な葛藤が複雑に交差するテーマの中で掘り下げられるテクストは他に例がない。

7 ピーアの自伝『戒厳令の夜』

カシュミールのイスラム教徒であるバシャラート・ピーア(Basharat Peer)の『戒厳令《かいげんれい》の夜』(*Curfewed Night*, 2009)は小説ではないが、単なるカシュミールのルポルタージュや歴史ではなく、作者の記憶に基づく自伝的物語である。インドの実行支配地域の過激派ムスリムの人々による分離独立運動が激化する一九八九年以降のカシュミールについて英語で記された貴重なテクストである。ヒンドゥー教徒のマノジ・ジョーシ(Manoj Joshi)の『失われた反抗』(*The Lost Rebellion: Kashmir in the Nineties*, 1999)はあるが、イスラム教徒によるものが乏しい。『戒厳令の夜』はピーアのジャーナリストとしての経歴を生かした冷静な視点と熱い文学への情熱が融合されたテクストになっている。

インド側ジャンムー・カシュミール州アナントナグ地区の村で過ごした作者の少年時代の楽しい思い出から始まるこのテクストは故郷の風景、家族、友人、隣人、同郷の人々の生活の細部と彼らが日常的に遭遇する苦難とが、彼らへの深い愛を伴って、感情を抑制し冷静に語られる。イギリス植民地下のカシュミールは藩王国であった。ヒンドゥー教徒の藩王は印パ分離独立に伴い、大半の住民がイスラム教徒であったが、インドへの帰属を表明した。一九四八年パキスタンとインドとの間でその帰属をめぐり第一次印パ戦争が勃発《ぼっぱつ》、その後も二回の印パ戦争（一九六五年と一九七一年）を経て、それぞれの管理地域が決定した。だが、インド側においてもほとんどがムスリムであったため過激派のムスリムによるインドからの分離要求が起こり、インド軍との衝突が頻発し、住民は双方からの疑惑にさらされることになった。

国境を渡りパキスタンで軍事訓練を受け戦士になった学友や、インド軍に捕まり、リンチされ重い心身の障害から立ち直れない人々や、多くの戦死者たち。カシュミールの人々は仕事に出かけるたびに無事に家路につけないのではないかという不安を抱え、常に身分証を提示させられ、検問で疑惑を持たれることに怯えて生きる。村で唯一の電話を取り付けたために、インド軍への通報に使われるとゲリラに疑惑を持たれ家を爆破され家族を失った人々。印パの関係が悪化するたびに家が破壊され田畑が荒らされる村人たち。解放戦線とインド軍との激突に巻き込まれた市民の大量殺戮、市民のデモ行進への発砲、葬送の参列者への襲撃などについての冷静な語りが見られる。ジャーナリストとしての視線・姿勢が時には人間としての逡巡《しゅんじゅん》に変わる時もあるが、カシュミールのムスリムとしての生きにくさ、デリー在住のカシュミール人への差別的視線、カシュミール人としてのプライドについて確かな筆致で描出される。

印パ分離独立時のカシュミールのインドへの帰属の背景、印パ戦争後の国連の介入、当初認められていた自治が失われていくプロセス、そして分離要求運動が激化する一九八九年以降の解放戦線と、インド軍との紛争の日常を、彼の少年時代の生活とその後の成長のプロセスを通して描いている。ただ、単純な両者の紛争が描かれるのではなく、カシュミールの人々がいずれの側からも目を付けられれば死を招くという過酷な現実の中で、必死になって生き延びようとする様子が丹念に描かれる。

この自伝的物語は、彼以外にカシュミール人の「声」を代弁する作家が乏しいことを嘆く作者の思い、自分の体験を語りきれないもどかしさ、語ること自体の苦悩が、作者の語りからリアルに伝わってくる著作である。

◉注

（1）バングラデシュのシルヘット大学のベンガル文学の教員ファルジャナ（Farjana）氏から分離独立小説について解説していただいた折、彼女の夫（Prasanta Mridha）もベンガル語で分離小説（*Mrittur Aage Mati*）を出版しているということを知った。内容は、バングラデシュの故郷へのノスタルジアに囚われている父親の代わりに、息子がその地を訪ね、故郷の土くれを持ち帰り、それに液体を混ぜ合わせたものを父親は身体に塗り、故郷の大地との融合を感じるというものである。物語は故郷へのノスタルジアという分離小説におなじみのテーマである。ファルジャナはイスラム教徒で夫はヒンドゥー教徒であり、二人の異宗派結婚への理解を得るのに一〇年かかったというが、彼の家族は、母親以外の親戚全員が分離独立のときにインドへ移ったという、分離独立に翻弄された一家である。

（2）二〇〇九年一二月、ダッカにある解放戦線博物館（Liberation War Museum）を訪れたとき、一千万人もの難民、数十万人もの女性がレイプされ、東パキスタン全土を西の軍に蹂躙されたことを生々しく伝える展示が目を引いた。西の植民地として政治的・経済的に搾取されてきた東パキスタンを解放しバングラデシュ独立へと導いたとして、建国の父シエーク・ムジブル・ロホマン（Sheikh Mujibur Rahman, 1920-75）について誇らしげに語る若い人々に出会い、一九七一年以降ナショナリズムは続いているという感じを抱いた。ダッカから帰国する機中で隣り合わせたバングラデシュ人の学生もダッカ大学のザーマン教授が指摘された一九五二年の言語騒動について熱っぽく語ってくれた。東の母国語であるベンガル語ではなく、ウルドゥー語を公用語として強制された東では、ダッカ大学生の抵抗運動が起こり死者が出た。それは西パキスタンの東に対する経済搾取以上の反発を喚起したといわれる。レハナも「二本の角のように離れている異常な国はいずれ分離する」（33）と思っていたが、多くの人々の見方を代弁しているといえる。ザーマン教授は西パキスタンで教育を受けたという理由から、時にナショナリストから誤解をされることがあるが、それをものともせずにパキスタン、インド、バングラデシュの作家たちの交流を通して、両者間にある溝を埋めようとし、多くの分離独立短編小説の編集に携わっている。その努力の背景には彼女自身一九七一年の分離独立へと至る騒乱時、ダッカから命からがら脱出した難民であったという経験があるようだ。歴史的事実が次々と発掘されるにもかかわらず、ネルー神話は崩れていないような気がするとの私の疑問に対し、ザーマン教授はうなずかれた。その折、ネルーの妹がムスリムと結婚を希望したが、ガンディーが反対し、彼女は船に乗せられ引き離されたという逸話に彼女は言及された。分離独立小説においてガンディー批判が反復される背景に関わる示唆的発言であるようだ（二〇〇九年一二月二七日の聞き取り）。

第四章　ジェンダーと共犯性
――パプシ・シドハワの『アイス・キャンディ・マン』

1　ビルドゥングスロマンとジェンダーの視点と加害者の存在感

バプシ・シドハワ（一九三八―）の『アイス・キャンディ・マン』（一九八八）はインド亜大陸の分離独立前後の混乱を背景にして、ラホールのある一家を描いた小説である。前述のとおり、分離独立前後の政治的動乱を八歳の少女の視点から描く点、ヒンドゥー教徒やイスラム教徒ではなく、パルシー教徒というマイノリティの視点から描く最初の分離独立小説である点、独特なウイットと悲劇的パワーをもって描いている点において注目されているテクストである。

リツ・メノン（Ritu Menon）とカムラ・バシン（Kamla Bhasin）が指摘するように、分離独立の物語は「転位と強奪のジェンダー化された物語」である[1]（*Borders* 9）。国家や宗教的共同体の名誉やアイデンティティ維持のための記号、表象としての機能を女性が押しつけられる現実や、男性の性的欲望の対象にされる被害者としての女性の身体はほとんどの分離独立小説に見られるものである。だが、女性が被害者としてのイメージを強化されることに止まり、『アイス・キャンディ・

マン』のように女性の主体的身体や「声」が描かれるものや、女性同士の連帯の物語はきわめて少ない。この点においても『アイス・キャンディ・マン』は注目されるべきテクストである。

だが、このテクストに注目する理由はそれだけではない。分離独立の物語が沈黙させられてきた背景には、「誰もが犠牲者である、と同時に加害者」でもあったという事情がある(Butalia 11)。アイス・キャンディ・マン(アイス・キャンディ売りの男)の親戚が乗っていたグルダスプール(パンジャーブ州の町)からの列車には、ムスリムのばらばらの死体の山と切り取られた乳房の詰まった麻袋が積まれていた。ムスリムであるアイス・キャンディ・マンはこのような暴力の被害者である。と同時に、主人公であるレニーのアヤ(Ayah＝子守り)の拉致を先導した加害者である。また、アイス・キャンディ・マンの甘言に騙され、大好きなアヤ(子守り)を裏切ったためにアヤを喪失したレニーも、同様に被害者であり加害者である。『アイス・キャンディ・マン』は加害者の心理が詳細に描かれている稀有《けう》なテクストであり、さらに、両者の関係の中で、語り手である少女が成長し、性的に目覚め、やがて「無垢《むく》」を喪失し、大人の経験世界に参入するという成長物語となっている点においてきわめてユニークな小説であるといえる。レニーの成長過程が、印パ分離独立という世界の歴史に例を見ないほどの凄惨な動乱と、そこへ向かう過程の中に設定されている。分離独立という政治的動乱を背景にして、この離反と少女の性の覚醒のテーマが、アイス・キャンディ・マンの満たされることのない欲望、屈折した愛欲のテーマと交差し、さらに女性同士の連帯のドラマなど多彩な物語と絡み合って展開するこのテクストは、分離独立文学に見られる、政治的動乱の中で振り回される人々の悲劇の物語の枠を超えるテクストになっている。

2　少女の性の覚醒

女性の社会的地位が低い社会を背景とした少女の成長物語において、性の覚醒は少女がジェンダー化を自覚させられる契機となる点、さらに、政治的動乱の時期において露骨化する女性差別の現実への覚醒となる点でより重要なテーマである。レニーは拉致され、取り戻されるが、「堕《お》ちた女性」と総称されている女性たちの深い悲哀、絶望を身近な女性たち、特にアヤを通して知ることになる。

すでに述べたように、このテクストでは女性たちの連帯の物語が描かれており、それはアヤ救出のドラマと密接に関わっている。アヤが暴徒に連れ去られたときの様子は次のように描写されている。「死んだ子供の叫びを奪われた口」のようにアヤの口元がぽっかりと開き、「恐怖に大きく見開いた目」でレニーを凝視するその目が、チェシャー猫の笑いのように、残された人々の記憶に刻み付けられる、と。レニーにとっては「アヤ不在」(“Aya-less” 192) の生活の中で、暴徒と泣き叫ぶ女性の悪夢にうなされる日々が続くが、一方では、レニーの周辺の女性たちによるアヤ救出の動きは着実に進められていた。古典的叙事詩『ラーマーヤナ』(紀元前二〇〇〜紀元後二〇〇) では、悪魔ラヴァナに誘拐されるラーマの妻シータを救出するのは英雄ラーマとその配下の軍団である。だが、このテクストでは、アヤ救出に積極的役割を果たすのは英雄たちではなく、救出への熱意に燃えるレニーのゴッドマザー (パルシー教徒) である。また、レニーの母親とその仲間の女性たちも、拉致された女性たちの救出資金捻出《ねんしゅつ》のために奔走する。このように、略奪された娘ペルセポネーを奪還しようとするギリシア神話の女神デーメーテールに喩えられるような女性のネットワークが見られる。この設定から明らかなように、このテクストはフェミニストの視点から略奪と救出の神話を書き換えている。それはどのように説得力ある「寓話」「物語」になっているのだろうか。

そこで、注目したいのが、これまで検討されることがほとんどなかったアイス・キャンディ・マンの役割である。彼はレニーの成長物語に不可避の「無垢」の喪失にどのような関わりをもっているのだろうか。

まず、レニーの「無垢」の喪失に至る状況の検討の前に、レニーが女性の身体の現実に目覚めるプロセスを見てみよう。八歳の誕生日を迎えた日の仲良しの従兄による唐突な性的行為 (ぎこちない口づけ) は、レニーに欲望の対象としての身体の存在に目覚めさせる。それは欲望を通して男性を支配できる身体でもある。一方、彼女はアヤやハミダ (アヤの後任) を通して「堕ちた女」とは、欲望の対象になって純潔を喪失した女性に対する、社会の差別規範を反映する呼称であることをすでに知覚し、純朴な怒りを感じる。

　レニーの家と並んで建つヒンドゥー教徒の医師の家の裏側に位置する、レニーの家の使用人部屋からみえる中庭に現われる女性たちが、夜になると泣き叫ぶことに疑問をもったレニーは、そこは誘拐された女性たち（＝「堕落した女」）の収容所であることと彼女たちの現実をハミダから知らされる。レニーの幼い心は彼女たちへの同情と恐怖とで締めつけられ、ベッドから飛び出し、慰め、虐待者を殺害したい欲求に突き動かされる（214）。ハミダは自らが「堕落した女」となったことを悲運と思いあきらめるが、連れ去られるアヤを目撃したレニーは、「運命」ではなく、「男の仕業」だと言いはる。レニーは同じ境遇であったハミダの顔を胸に抱き、ハミダの涙を誘う。レニーはこのようにハミダを通して、なぜ「堕落した女たち」が夜泣き叫んでいたのかを理解し、やがて見つかることになるアヤの苦悩への共感の力を育てていく。

　欲望される身体としての支配力と、それゆえに支配される身体という矛盾を生きることを、レニーは他の女性の悲哀を通して体験する。こういった体験を通してレニーはゴッドマザーのもつパワーの知覚と、他の女性たちとの共感へと開かれていく。だが、レニーの性的覚醒、ジェンダー化によっては無垢の喪失はまだ生じない。

　レニーの「無垢」喪失の直接的要因はゴッドマザーとアイス・キャンディ・マンとの対決にある。それはどのように生じ、「無垢」の喪失の物語にアイス・キャンディ・マンがどのように関わっているのか見ていこう。彼はアヤに恋をするが、拒絶され、アヤの拉致に手を貸す。さらに、拉致者たちによるレイプを見逃し、アヤを売春婦として働かせる。だが、彼はそのことを伏せて、彼女との結婚の報告のためにゴッドマザーのもとを訪れる。そこで、ゴッドマザーとアイス・キャンディ・マンとの恐ろしい緊迫した対決が展開するのである。その一部始終を見ていたレニーは癲癇《かんしゃく》の発作を起こし、この体験によってレニーの「無垢」は喪失される。

　従兄のセクハラや暴徒による暴行の話を聞いても失われることのなかった少女の「無垢」はなぜこの対決で失われるのか。この対決によってレニーは「同情に勝る正当な怒りの知恵」「欲望の無法性」「愛の非情性」（252）に目覚めたとあり、これが単なる性的覚醒とは異なることがわかる。分離独立の暴力に見られる人間性の暗部、邪悪さによっても失われることのなかった「無垢」はなぜ喪失したのか。レニーの「無垢」の喪失と、アイス・キャンディ・マンのユダ的裏切りの共犯者として自覚されたレニーの裏切りとはどう関わるのか。ゴッドマザーと対決した時の彼の状況には、「愛と欲望の無法性」に囚われた彼の個人的資質だけでなく、分離独立時の政治的失策の犠牲者としての側面が複雑に絡み合っている。アイス・キャンディ・マンのアヤに対するストーカー的執着は、分離独立の動乱にみられた彼の極端な変貌とどこまで関係があるのだろうか。そこで、アイス・キャンディ・マンの心理はどのように描かれ、それがレニーと彼女を取り巻く女性たちの物語とどのように交差するかについて具体的に見ていきたい。

3　アイス・キャンディ・マンの変貌

レニーの子守りのアヤ（ヒンドゥー教徒）の取り巻きの一人であるアイス・キャンディ・マンは、パーン（キンマの葉で包んだ噛み物）を噛《か》み吐き散らし、虚勢を張るならず者であり、隙《すき》を見てはアヤのサリーの端を親指でもてあそび、彼女の怒りを買う男である。気まぐれで当てにならない男ではあるが、多彩な話題を次々と披露する話し上手であり、また、アヤの怒りに対して「羊」のようににやけた笑みを浮かべながら、笑いを誘うような行為をしてみせるといったことに長《た》けており、レニーの好奇心を刺激してやまない男として設定されている。レニーは常に彼の饒舌《じょうぜつ》さと甘言にたぶらかされる。

だが、突如アイス・キャンディ・マンは変貌を見せ始める。その不吉な兆しは、親戚が乗っているはずのグルダスプールからの列車を三日間待ち続けた挙げ句、イスラム教徒のばらばらの死体の山、切り取られた乳房の詰まった麻袋をそこに見た時に始まったと彼は言う。それ以降、彼の仲間を見る奇妙な視線、「不快な尊大さ」（154）、恐怖心に駆られ逃げ出そうとする隣人たちへの侮蔑、嘲《あざけ》り、冷酷さ、慢心という見慣れない表情を、レニーは目にするようになる。彼自身「狂わずにはいられなくなった」（156）と告白しており、異常な精神状態に支配される中、非イスラム教徒への敵意からにわかに作り上げられたアイデンティティに固着してしまう。彼は手榴《しゅりゅう》弾をヒンドゥー教徒とシーク教徒の家に投げ入れたと言い放ち、イスラム教徒の女性の切り取られた乳房の一つ一つに対する復讐として、誰かを殺したいとすら告白する。もはやかつての「猫のようなしなやかな動き」は彼には見られなくなる。そして、アヤ拉致事件が起こる。暴徒とともに「琥珀《こはく》の目」(182)をしたアイス・キャンディ・マンがレニーの家にやってきて、その「めまぐるしく変化する表情を救世主の表情に変貌させ」(182)、アヤを生涯かけて護《まも》るという甘言でレニーを暗示にかけ、アヤの居所をやすやすとレニーから聞き出したのだった。

次に、アヤの略奪以降のアイス・キャンディ・マンの異常な変貌ぶりを、ゴッドマザーとの対決の仕方を通して見ていきたい。ゴッドマザーの元を訪れた彼の変貌ぶりは次のように繰り返し言及される。かつての「ほっそりした鷹《たか》のような顔立ち」から「卵型の審美的」顔立ちへの変貌。また、かつてはよどみないおしゃべりに耽っていた彼は、今は「抜け目ない沈黙」にこもり、「沈み込んでいる」。だが、口を開くと、その語り口は完璧な教養人のそれであり、別人のようであった。時折、ゴッドマザーの追究に彼は「鷲《わし》のような視線」を向けたかと思うと、ゴッドマザーの皮肉なことばに、「よくわからないといった笑み」(246)を一瞬浮かべたり、応え方に窮して目を伏せたりする。また、ゴッドマザーに媚《こ》びるように身の上話をするかと思うと、ポン引きに拉致され売春婦になった女たちが死ぬほど虐待されているのに対して、自分たちは彼女たちを「保護し、結婚」(247)しているではないかと自己弁護を展開したりもする。

ムガール皇帝の庶子たちが住み着き、踊り子や妾《めかけ》となって生きた場所としてのコター（歓楽街）の歴史や、王女たちの歌や舞踏の巧みさについての話、ロマンスを掻《か》き立てるような音楽的な彼の声に、レニーは危うく騙されそうになり、彼が「教養ある宮廷人」(247)風なのも不思議ではないと思ってしまう。彼はゴッドマザーに「僕は彼女の奴隷《どれい》で、彼女を賛美している」(248)と訴える。だが、ゴッドマザーはあえて冷静な声を装いつつも、敵をしとめようとする「蠍《さそり》」のように背中を丸めて、次のような一打を放つ。「肉屋や酔っ払いややくざに妻をレイプさせておきながら」(248)ぬけぬけとそう言い放つアイス・キャンディ・マンを「破廉恥《はれんち》なチンピラ」(248)と切り捨てる。ゴッドマザーの糾弾《きゅうだん》に対して、彼は開き直ったり、震えだしたり、「罠にかかった雀《すずめ》」(248)のように「狂ったような目つき」や、同情、救援を求める目つきになるかと思うと、次には露骨な「敵意のこもった黄色い目」へと変幻自在な反応を見せる。

だが、ついにはレニーもゴッドマザーと同じ視点、すなわち「当てにならない、危険で、侮蔑すべき」(249)男として彼を見る視点を獲得するようになる。ゴッドマザーの追及は簡単に止むことはない。彼女の剥《む》き出しのパワー、怒りに圧倒され、彼の身体は引きつったかと思うと、屈みこみサンダルの間の土をほじったり、ゴッドマザーに視線をはりつかせたまま言い訳をしどろもどろに語ったりする。殺されていたかもしれない彼女を助け結婚してやったのは自分である、と。だが、ゴッドマザーはおまえを鞭《むち》打ち逆さ吊りにしてやると凄む。地面に目を伏せるアイス・キャンディ・マンの目に涙がたまり、鼻汁が足元に落ちる。だが、ゴッドマザーは一向に動じる気配はない。

ついに、彼は「縛り首にしろというなら、そうすればいい」(249)と吐き捨て、ゴッドマザーに「降伏」する。彼の「無言の激情」に駆られた降伏の様子を見てしまったレニーは恐怖を感じる。そして、その恐怖はレニーの「無垢」喪失の瞬間を開く契機となる。彼が「泣き言」を言っても、ゴッドマザーの罵声《ばせい》は止まらない。彼はただうずくまったまま、苦痛と涙を垂れ流す。ゴッドマザーは「大いなる悲哀」のこもったことばで「後悔しても遅い」と語る。だが、彼は「恐ろしいしわがれた声」で、「結婚」したことは彼女が証人だと主張し続け「喉をかき斬ればいいのか」、「心臓を突き刺せばいいのか」(250)と問う。その彼の両手、爪は土で汚れ、膝《ひざ》の上で震えている。アムリトサルの家族の元へアヤを返すように諭すゴッドマザーに対して、彼は自分は「良い夫」であり、誰にも手を触れさせないようにしてきたと弁解をし続ける。ここで、ゴッドマザーの追及はさらに炸裂《さくれつ》し、二月に拉致され五月に結婚するまでの間の仕打ちを徹底追及する。「酔っ払いや行商人や旦那《だんな》衆や殺し屋たちに下水管のように彼女が使われているのを尻目に金勘定をしていたのだろう」(250)と、糾弾するゴッドマザーの膝は怒りで震えている。ゴッドマザーの膝に乗って一部始終を見ているレニーはそれを直に感じる。レニーがゴッドマザーの大いなる存在感を感じ、その「驚嘆すべき攻撃力」(250)の強大さを実感するのはこの瞬間である。だが、これだけでは決定的「無垢」喪失の瞬間とはならない。

では、どのような瞬間にレニーは周囲の人々の愛や保護によって守り通されてきた「無垢」を喪失することになるのか。それにはアイス・キャンディ・マンの最後の自暴自棄な反応まで見ていかなければならない。レニーの母親たちの手でアヤがアムリトサルに送られることを知り、あわてて結婚したという彼の魂胆《こんたん》を、ゴッドマザーに見抜かれたことを知った彼はうつむき黙りこんでいた。だが、彼は突然こぶしで髪をつかみ、血走った目、涙と泥で斑《まだら》になっている顔で、髪をぐいと後ろに引っ張る。すると、彼の喉は膨らみナイフをつきつけられた「ヤギ」のようだ。ひりひりするような、引っかかるような声で彼は自己卑下に満ちた絶望感を露わにして「彼女がいなくては生きられない〔……〕俺は彼女の足元の塵《ちり》ほどの値打ちもない」(251)と訴え、胸をたたき、ひと握りの泥を「悔悟者《かいご》」である自分の頭に載せる。この瞬間レニーにとっての偶像であるアイス・キャンディ・マンが崩れ堕ちる。だが、レニーに湧き起こった感情はアイス・キャンディ・マンへの幻滅だけではなかった。レニーは「同情と怒り」が混在する、子供には整理できない複合的感情に襲われ、癲癇発作を起こすのである。

このようにしてレニーは「無垢」を喪失する。ゴッドマザーとアイス・キャンディ・マンとの対決の中で、ゴッドマザーによって「同情に勝る正当な怒りの知恵」に目覚め、彼によって愛欲の非情さ、無法性に目覚め、さらに「同情」と「幻滅」と「激烈な怒り」が一人の少女の身体中を吹き荒れた。この体験はゴッドマザーとアイス・キャンディ・マンそれぞれがもたらしたものではなく、両者の対決がもたらしたものである。ユダ的アイス・キャンディ・マンの甘言に騙され、アヤを裏切ったレニーの罪悪感によってもたらされているかのように錯覚させる構成になっているが、罪による失楽園でもない。アナーキーな愛欲の知覚とそれへの正当な怒りと同情とが渾然《こんぜん》となって存在している現実に覚醒したことによって「無垢」の喪失は生じたといえる。

この少女の発作の設定は、善悪では割りきれない人間的状況・現実が啓示された象徴的瞬間であることを示唆する場面として効果をあげている。それはE・M・フォースター(Forster, 1879-1970)の『いと長き旅路』(*The Longest Journey*, 1907)における、分極思考に囚われている主人公リッキーが受けた「始原的呪い」("Primary Curse" 171)――「善でありかつ悪」でもあるもの、についての認識に匹敵するものではないかと思う。

発作のおさまった後のアイス・キャンディ・マンの様子は荒廃し、泥まみれの顔が「悲劇俳優の仮面」（252）に変わり、「懺悔《ざんげ》」、「悲哀」、「衝撃」が圧縮され彼を作り上げている、とある。腫《は》れ上がり「絶望」でひりひり痛む目をした彼は、「仮面」ということばにうかがえるように、ここでもまだその正体は当てにならないという印象は残されたままである。

このように、アイス・キャンディ・マンの万華鏡のような変貌ぶりが描かれているが、さらに彼の変化は続く。彼の正体への疑問を読者に抱かせたまま、物語は結末へと向かう。アイス・キャンディ・マンの住処を訪れたゴッドマザーとレニーを見て、彼は一瞬狼狽《ろうばい》すると同時に光栄に思い、二人を丁寧に居間へ迎える。あいかわらず詩を口ずさむ彼は、客を迎えるガリブ（詩人）の歌を披露する。彼はアヤにもお茶を勧めるが断られ、媚びる態度を見せる。その不安な「宮廷人」風の目はアヤに釘付けである。ウルドゥーの詩人に好まれた「つれなくされた恋人」気取りで歌を詠《よ》むアイス・キャンディ・マン。彼は自分が席を離れた時のゴッドマザーとアヤとの会話の中身に疑いを持つが、それを隠す。だが、不安の表情は隠せず、涙をためた目を赤く腫らしてアヤの上に慈しむように舞う彼の視線は、次にはゴッドマザーに訴えかけるように飛ぶ。アヤがいなくなった時、ゴッドマザーは厳しい視線を彼に向け尋問を開始する。台所の雑巾で顔を拭《ふ》きながら答えるアイス・キャンディ・マン。すると彼の手管、術策、プライドも拭い去られ、素顔の彼の「卑下」と「絶望感」がはっきりレニーには見えてくる、とある。ゴッドマザーの手を両手で握り、それを「うつむいた懺悔者」である自分の頭に置くアイス・キャンディ・マン。彼はアヤを説得してほしいと訴え、「鬱積《うっせき》した苦悩」に耐え切れず泣き崩れる。冷ややかなゴッドマザーからレニーへと向けられる彼の訴え。アイス・キャンディ・マンの「人を惑わす目」、「見捨てられた」恋人の目に、またもやレニーは騙されそうになる。だが、今回は、レニーは惑わされることなく、アヤの魂を殺した「怪物」からアヤは逃げるべきだと思い直し、彼の「むきだしの卑下」や「悲哀」を見ても、アヤの「無情な軽蔑」にすら値しないと思う。今や彼は「空気の抜けた詩人」、崩れた行商人のようで、その顔にはぞっとする未来がすでに刻まれている。

アイス・キャンディ・マンの最後の様子は、ゴッドマザーの働きかけで救出され、レニーの使用人部屋から見える隣の収容所に入所したアヤ目当てに毎日訪れる姿として描かれる。守衛のシーク教徒の男と揉《も》みあい、床に倒れ、罵声を浴びせられ、立ち上がった男は血と埃《ほこり》まみれで腕を折っていた。それは逆上した「琥珀の目」をしたアイス・キャンディ・マンだった。彼は仲間の一群の男たちとともに馬車に乗って立ち去るが、これであきらめたわけではなかった。彼は骨折した腕を胸にあてウォリス通りをうろつき始める。時には彼はレニーたちの家の壁の通りから忍耐強くキャンプの門を見守る。門番も彼の存在や詩的感情の噴出に慣れ始める。最初は、門番も八つ裂きにすると威嚇《いかく》したが、アイス・キャンディ・マンは見る者の心をかきむしるような眼をして、折れた腕でぶたれるのを避けようとするのだった。シーク教徒の守衛でさえ、彼の「不屈さ」に畏怖《いふ》の念を覚える。

彼はまた新たな様相を帯び始める。それは「愛のため脱俗した、気がふれた行者」(276)というものである。彼は祈りを捧げるように詩を口ずさみ、気まぐれに商売もするが、ホメオパシー治療に出かけるアヤに付きまとい続ける。彼女には一切無視され、側をレニーたちが通ると、彼は丁寧に挨拶をするがアヤの方を見ずうつむいている。無害なアイス・キャンディ・マンへの同情心で、レニーは心が融《と》けるような思いを抱く。守衛ですら時にはアイス・キャンディ・マンの側に座り込み、彼の人生哲学を収集しようとする。「どうか叱らないで〔……〕不可解に気がふれたものを」("mystically mad" 277)という詩と彼の声がレニーたちの心の中でハミングする。彼が夜明けに庭に放った花の香りで目覚めるレニー。収容所の庭にも花びらや安っぽいキャンディが散らばっている。だが、花の香が消える日が来る。

アヤはアムリトサルへ立ち去り、そして彼もまた彼女を追って国境を越えインドへと姿を消した。この結末はアイス・キャンディ・マンがアヤの「影」であり、彼女にとって逃れられない過去のトラウマそのものになってしまったことを印象づける。

4 映画『大地』との比較

パキスタン系カナダ人の映画監督ディーパ・メータ (Deepa Mehta, 1950-) による『大地』(*1947-Earth*, 1998) は『アイス・

キャンディ・マン』に基づく映画であるが、原作との大きな違いもある。原作にはレニーと、母親やアヤやゴッドマザーとの情愛に満ちた信頼関係、さらに拉致された女性たちと、レニーと彼女を取り巻く女性たちの協力関係、また、これまで抑圧され沈黙させられてきた女性たちと、レニーたちとの共感にみちた象徴的場面が見られるが、映画には一切描かれていない。原作は後半部において、アヤの拉致以降のレニーの変化——女性たちの置かれた現実、性差別の実態への目覚め、性の目覚め、屈折した愛と欲望の知覚、ゴッドマザーの決然とした意思と憤怒と行動力への畏敬の念——に焦点が移行する。それに対して、映画の方はアヤの拉致で終わり、五〇年後レニーが回想する場面が続き、アヤを裏切った後の自己喪失について語られる。一方、原作はゴッドマザーがレニーを連れて売春街のアイス・キャンディ・マンの住処に踏み込み、そこに魂の抜け殻《がら》になり、レニーの友情に答えることもできないアヤを見、そこからの脱出をアヤから訴えかけられ、それに全力でこたえる様子が描かれる。

レニーはその時アヤが精神的に殺害されてしまっていることを知る。そして、魂の抜け殻にした男たちへの憤怒にかられる。だが、アイス・キャンディ・マンはアヤの取り巻きの仲間の一人であり、レニーが親近感を持った人でもあった。また、レニー自身の裏切りもあった。原作には、分離独立の物語に付きまとう共謀性の縺《もつ》れのドラマと、アイス・キャンディ・マンとレニー、アヤ、ゴッドマザーの三人の女性との複雑な人間関係のドラマが、レニーの視点から微妙に描かれている。

さらに、新たな神話創造も見られる。レニーとゴッドマザーを中心とする女性たちの連帯の物語である。アムブリーン・ハイ (Ambreen Hai) は二重・三重にも他者化されている犠牲者のアヤは、彼女を救出しようとする、民族的にも中立的な位置にいる上層のパルシー教徒の女性たちの「善意」を強調するための「道具」として機能している (391) と指摘しており、確かにそれは否定できない。だが、ゴッドマザーを中心とする特権的パルシー教徒の女性たちの被害女性救出のネットワーク以外にも、収容所（その中庭はレニーの家の使用人部屋から見える位置にある）にいるアヤにレニーが呼びかける場面において女性たちの連帯の物語が見られる。

「アヤー！」と詠唱《えいしょう》するレニーの声に、彼女の心臓の鼓動《こどう》が呼応し、それが屋根の上の使用人の少女たちや、屋根の下の収容所の女性たちの鼓動へと溢れ出ていき、彼女たちが次々と「ああ！　ああ！　ああ！」(273)と応える。さらに、それは彼女たちの心を超えて、ヒンドゥー教徒やシーク教徒やラージプート族（インド北西部を中心に居住する高位カーストの部族）の女性たちすべての悲哀の長い歴史を反映する呼びかけとなる。だが、レニーたちを見つめるその目は感情の失われた虚《うつ》ろな目でしかなかった。

このように、収容所にいるアヤにレニーが呼びかける場面において、その呼びかけは悲哀の長い歴史を生きた、宗派や時代、カーストを超えたあらゆる女性たちへの呼びかけになる。それでも虚ろなアヤの心は取り戻せないが、女性たちの連帯を印象づける象徴的場面になっている。上述した女性たちの連帯が神話、あるいは寓話として機能するか否かは、影の部分の構成との均衡にかかっている。このテクストでは分離独立の悲劇と、離反、共謀性のドラマと、性の目覚めからなる複雑なドラマが、少女レニーの視点によって統合されているが、それらが微妙な陰影を与え「寓話」を受容しやすいものにしている。さらに、重要なのは、その「物語」を転覆しかねないアイス・キャンディ・マンの存在が併置されていることであり、女性同士の共同性の物語の輝きを覆いかねない暗い影を投げかけていることである。だが、同時に、それゆえに、そのリアリティを強化するアンビヴァレントな機能を果たしているといえる。この組み合わせの妙が分離独立文学の中でもこのテクストが際立つ理由である。

◉注

(1)分離独立の問題は女性問題を抜きにしては語れない。だが、歴史研究は主として政治に集中してきた。その方向を変えたのがU・ブタリアやR・メノンなどの女性研究者たちである。ブタリアはオーラルヒストリーの方法によって沈黙してきた女性たちの「声」を記述している。

第五章　ナルシシズムの挫折の物語
——サルマン・ラシュディの『真夜中の子供たち』

1　自己と国家統合の夢

サルマン・ラシュディ（一九四七―）の『真夜中の子供たち』（一九八一）はインド史（国家統合の理念に合致する歴史）を書き換えるという野心を持って書かれたポストコロニアルのテクストであるとの見解が研究者間で優勢である。だが、このポストコロニアルのテクストが、「コロニアルなテクストを生み出した権力への意志を複製」(Suleri, *Rhetoric* 176) する例の一つになっているとの指摘が一方で見られる。また、『真夜中の子供たち』の主要テーマは第三世界のコスモポリタンの作家たちのそれと同様、国家創造であるが、同時に、イギリス帝国と同じ支配の手法を用いるインドの実態を証明するという皮肉な構造によってそれを脱神話化しているとの指摘も見られる (Brennan 27-28)。

このテクストは語り手であるサリームが、主人公であるサリーム自身の自己疎外と断片化について語る自伝という形式のビルドゥングスロマンである。その自己形成のプロセスは、彼と同じ時間に産声を上げた国民国家インドの形成と分裂のプロセスと並行して語られる。主人公サリームの自伝が彼の挫折と断片化の記録となり、インドの挫折と分裂の物語になるのはなぜなのか。このテクストにはどのような欲望と不安が潜んでいるのか。

国家統合と体制維持の理念に合致する歴史を神話化する国家権力に抵抗することが作家の挑戦である(*The Imaginary Homelands* 14)と考えているラシュディにとって、自己のファンタジー(=国家権力への挑戦の物語)は、それを投影する媒体であるインド(とその歴史)をどのように構成することによって描かれているのか。これまでの批評も、国民国家超克《ちょうこく》の試み、インド史の書き換えというラシュディの挑戦に注目してきた。[1] そのファンタジーは語り手のサリームが「自伝」を語る(語りを独占する)、と同時にそれがインド史を再構成するという構図の中で語られる。だが、このテクストではサリームの自伝=インドの歴史について語るという語り手の野望は、主人公のサリーム(インド)の統合の物語ではなく、その分裂・解体の物語を語ることによって、打ち砕かれ、国家創造の神話も挫折する。

本章ではこのテクストがビルドゥングスロマンと政治的アレゴリーの枠組みの中で展開する挫折の物語であるという視点から、語り手サリームが、群衆の中で「声なき土くれ」(463)になり崩壊するという主人公サリームの死で彼の語りを締めくくるそのプロセスを検討し、その意味を探っていきたい。

第三章に述べたように、『真夜中の子供たち』は分離独立小説であり、独立闘争という「大きな物語」に対抗する物語である。また、サリームが新生インドの双子の片割れとしてインドと運命をともにするという設定のビルドゥングスロマンになっている。このような設定の中で、彼が自己統合に失敗し、分裂・崩壊していくことによって、インドは一つという国家統合の夢を打ち砕くという構成になっている。ラシュディのこのようなユニークな方法によって、どのような挫折の物語としての分離独立小説になっているか具体的に検討したい。

2　挫折の起源としての「穴あきシーツ」

このテクストはサリームと千人の真夜中の子供たちの誕生した一九四七年を起点として、その前後約三〇年間（一九一五年から一九七八年まで）、正確には六三年間の現代インドについて語る物語である。一九一五年はサリームの祖父アーダム・アジズの挫折と去勢の物語の起源となった年であり、それはとりもなおさず、それを遺産として受け継いだサリームの挫折の起点でもある。一方、サリームは新生インドの双子の片割れであり、サリームの成長と崩壊の人生はインドの分裂の歴史と一体化したものと語られているので、独立後のインドの分裂状況の原因も過去にあることになる。事実、現代インドはそれを生みだしたその親たち（政治家）が描いた国家観や皆が見た夢、共同幻想を映し出す鏡のような存在であり、その夢の中でしか存在しない「神話国」(“a mythical land” 112) として描かれる。だが、その集合的ファンタジーは失敗であったことを物語るのがこのテクストの核心部分である。

サリームは彼の自伝的語りを一九四七年八月一五日の彼の誕生日であり、かつ新生インドの誕生日から語り始め、一九七八年八月一五日の彼の死について予告して締めくくる。

まず、繰り返し反復される、彼と祖国インドとの関係について確認しておきたい。冒頭で「〔……〕私は不思議にも歴史につなぎ留められ、私の運命は祖国の運命にしっかりと結びつけられてしまったのだ。それから三十年間というもの、逃げ道はなかった」(9) と語られ、さらに、次のような比喩で再度確認される。「この国は私の双子のかたわれとして生まれたばかりでなく、（いわば）尻のところで私に結合されているので、私たちのどちらかに起こったことは、私たち両者に起こったことなのだ。青ばな君の汚れた顔の、エトセトラの私が辛い思いをしていた時は、私の双子の亜大陸も同じ思いをしていたのだ」(385)、と。両者が運命共同体であり、逃れ難い関係であることは、「シャム双生児の片割れ」(385)、「姉妹」であるという表現によってさらに語られるだけでは止まらない。両者は彼のインドに対する「真の近親相姦的感情」(385) で結ばれている関係であるというのだ。さらに、インドは「母なるインド」(Bharat Mata ＝「女」)(404) と表象され、彼を「作り」、「破壊」するのもこの「母」であるという。このように、「双子」、「妹」、「母」、創造者、破壊者というすべての関係性をもつ、「母なるインド」とサリームが、さらに近親相姦的欲望で結ばれているという設定には、どのようなテクストの欲望が潜在しているのだろうか。すでに結ばれている関係にあるサリームにとって、インドが融合の欲望の対象であるはずはなく、両者は合わせ鏡の中で自己投影しあい永遠に自己増殖するようなナルシシズムの関係性のようにみえる。

次に、サリームの挫折の起源である、祖父アジズの夢の挫折・去勢の物語が起動した一九一五年のカシュミールでの出来事へと導く、自己の起源への疑問についてのサリームの発見について見ていきたい。それは、人が世界を分節化する言語文化空間に放り込まれることになった、その起源への問いでもある。われわれはどこからきたのか。これは子供たちすべてが思う普遍的疑問である。サリームはその答えを祖父の「穴のあいた、引き裂かれた四角い聖なるシーツ」("holy, mutilated square of linen" 10) に見出す。それは彼にとって「護符」であり「呪い」("talisman" "open-sesame" 10) となり、かつ、彼の人生をその起源から「再構築」する事業に着手することを可能にするものでもあった。つまり、それは彼の自伝(＝インド史) 作者としての語り(の欲望) を起動させた欠落、「穴」であったことは注目すべき点である。サリームも祖父の「穴あきシーツ」を遺産として継承するが、サリームの場合、その記憶・夢 (9-10) が彼の語りを導くものとなる。そこから、愛の欠如を表象する彼の内なる「穴」を蔽《おお》う換喩《メトニミー》のたえざる運動は起動する。

サリームの語りを導いた「穴あきシーツ」の謎を明らかにするために、彼の誕生から三二年前の一九一五年、カシュミールで起きた事件を見てみよう。巨大な鼻の持ち主であるサリームの祖父、アジズ医師は礼拝時、凍《い》てついた地面に鼻を打ちつけ三滴の血を流す。このとき彼の精神の内部に穴があき、「女と歴史」(10) に対して弱い人間になった。これ以降、彼はいかなる神や人間のためにも祈ることはしないという決意を固める。「女と歴史」に弱いとはどういう意味か。このトラウマ的事件によって彼が失ったものは何か、どのような状態に彼は転落したのか、どのような欲望が喚起されたのか。なぜ祖父のこの経験がサリームにとって致命的になるのか。このテクストではなぜ「穴」への言及が執拗に反復されるのか。

これらの疑問を考えるにあたって、幼児の心理学について見ておこう。「主体」形成のために原初的母子融合の関係は断ち切られる。そのトラウマ的分離体験は多くの自伝的物語で反復されるが、このテクストにもそのトラウマは潜在している。断ち切られた母親との共生的関係へのノスタルジアとして死の衝動が起動するが、一方では、不在の母親を演じる遊びの中で、幼児はその痛みを軽減するという。このテクストにおいては、能弁な語り手サリームの語りは幼児が不安を軽減するための遊びであり、分離を象徴的に再演する遊びである「いないいないばー」(fort da)を、巨大なインドというキャンパスを用いて壮大なスケールで実践しているといえる。「母の不在」が幼児には愛の拒絶・喪失としてトラウマを残す(フロイト)というが、愛の喪失の不安への象徴的対応としての真剣な遊びが、サリームの語る自伝＝家族の年代記＝インド現代史である。

3 「穴」の魔力に囚われたサリーム

ここで主人公のサリームがどのような人物として描かれているのか見ておきたい。彼にはさまざまな名前があり「青ばな君、汚れた顔、ハゲ、クンクン、ブッダ、月のかけら」(9)、「キュウリハ鼻、顎なし、とんがりこめかみ、ガニマタ、指なし、坊主頭」(301)と呼ばれ、めまぐるしく変貌する彼の人生を表わしている。サリームは人物というより、むしろ「歴史を体現するもの」、「声そのもの」あるいは「歴史の受容体」(Dhar 106)にすぎないという見方もある。彼は周囲の人生、物ごとすべてを吸収するブラックホールなのか。あるいは、主体形成のプロセスにおいて、語る主体から愛され、同一化の対象となり、やがて切り捨てられるものすべてのイメージを総称する「対象a」(ラカン)、つまりは自己愛のイメージそのものであるのだろうか。あるいは、常に定義され、カテゴリーに分類され続けるアイデンティティポリティクスに囚われる人間社会の運命を表わしているのだろうか。

サリームには語るべき多くの物語があり、彼はあれもこれもとすべてを取り込む「穴」それ自体のような存在である。語り手は言う。「私」を知りたければ、「私」が呑み込んだ多数の人びとの生涯を知らなければならない、と。その多くの人々は彼の内部で「押し合いへし合い」(9) しているという。また、別なところでは、「私を理解するためには、一つの世界を呑み込まなければならない」(383) とも語る。彼は「私は誰か」と問い、こう答える。「私は私の前に過ぎ去ったすべてのもの〔……〕私に対してなされたすべてのものの総計である」(383)、と。

このように、彼は世界を呑み込むが、祖父の「穴あきシーツ」に呪縛されているため、呑み込んだものを統合することができない。それらは「押し合いへし合いし」やがて彼の身体に無数の亀裂をつけ、彼の崩壊を導くことが示唆されている。つまり、断片化する運命に逆らえない。彼は全能であり、かつ無力で去勢されているが、これもまた幼児の心理を反映している。実際は無力である乳児は快楽原則に支配され、求めればすぐに叶えられるという思い込み・全能感を抱く。だが、自我の発達とともに全能感は失われていき、幼児は愛する人（依存対象＝母親）を喪失したための分離不安（＝去勢不安）と無力感を覚える。彼が「主人公」(237) であり、物ごとの「中心」(238) であり、無限の万能感 (“self-aggrandizement” 174) をもつことと、同時に、無力であることはこのテクストで幾度も反復される。前者については、たとえば、「ネルーの死の責任は自分にある」(279)、自分は「類まれな歴史を記述する歴史家」である (295)、「一九六五年の印パ戦争の目的は、サリーム一家の全滅」(374) であるという誇大な自己肥大の語りに見られる。

彼は世界を呑み込むが、それらの統合に失敗する。また、理想の自我イメージを投影すべき「母なるインド」との投影的自己同一視は、自己犠牲・喪失を招く。なぜなら、投影的自己同一視は、投影した対象に身をささげ、対象を自己の代替にすることによって、対象が自我の自己愛のすべてを所有し、自我が食い尽くされるからである。このように、サリームと「母なるインド」は、幼児の母親との寄生的融合、対象喪失、喪失対象への一体化という、基本的主体形成のプロセスを辿っているかのようである。

このテクストには母の身体との共棲的関係へのノスタルジアから生まれる死の衝動が確かに潜在しているが、ここにもサリームが無力・去勢されていることが示されている。それはサリームのインドとの運命的結合についての反復強迫的語りと、彼の妹であるジャミラへの近親相姦的感情によって表象されている。ジャミラへの感情は「母なるインド」への誇大な愛が転化されたものである。彼が後に妻となるパールヴァティにキスをしようとすると、彼女の顔は「幽霊のような目鼻立ち」(396)をしたジャミラの顔に変わってしまう。さらには、そのジャミラの顔は腐り始め、「禁じられた愛の恐ろしい膿疱と潰瘍」だらけの顔になり、「近親相姦の腐臭」(396)を放ち、彼は行為不能になる。このように、サリームはジャミラへの欲望のために不能になってしまうが、彼の去勢は母なる身体への禁じられた愛に対する処罰を示唆する。

これ以外にも、サリームの語りには不能、挫折、崩壊の予兆が終始付きまとう。語り始めた時点から彼は「崩れかけて、がたのきた肉体」(9)が三一歳の誕生日を迎えられそうもないこと、「千夜一夜」という、意味のある語りを獲得するあてもない不安を吐露《とろ》する。「自分が古い甕のように真っ二つに割れはじめているということ――私の哀れな肉体、奇妙な、醜い肉体が、あまりにも多くの歴史に遭遇し、上半身も下半身も脱水され、ドアにはさまれて指をもぎ取られ、痰壺《たんつぼ》にぶち当たって頭蓋骨の縫合線《ほうごう》が割れ始めている、ということだ。要するに私は文字通り崩壊している」(37)。さらに、彼の崩壊の予兆は執拗に反復される。「今、私のなかにあったものの流出が終わりに近づき、内部に割れ目が広がるにつれ〔……〕」(383)、「裂け、砕け、割れる――猛暑の中で道路の表面がひび割れている間に、私もまた崩壊に向って突き進んでいる」(384)、「体中に広がっている割れ目」(166)、「割れ目との闘いに敗れたとき」(211)、「いよいよ割れ始める。サリームの分裂。〔……〕群集のものすごい圧力の下で骨が砕け、折れる。〔……〕そう、彼らは私を足で踏みつけ〔……〕そして私を声なき土くれにしてしまう」(463)。このように、彼の去勢と自己疎外・排除の語りは、彼の崩れかけた肉体への偏執狂的言及を通してたえず見られる。結局、語り手のサリームは彼が群衆に踏みつけにされ、骨が砕け、「分裂」、「爆発」するという結末を選び、「時代の主人でありかつ犠牲者」(463)でもある一〇〇一人の一人であるサリームの死を予告する。したがって、彼は「ムガール皇帝ジャハーンギールのように、〔……〕悦びの谷間をみることがかなわぬまま、カシュミールとつぶやきながら絶命するだろう」(462)とあるように、「ムガール皇帝」と同じ運命の下、カシュミールには到達できない。

テクストにおいて、サリームのカシュミールへの夢は何度も反復される(329, 338, 404, 406, 462)。カシュミールとはサリームと祖父アジズにとって何を象徴しているのだろうか。祖父にとっては失われた祖国、サリームとってはは存在の起源としての失われたエデンなのだろうか。

祖父にとってカシュミールはどのような意味で失われた祖国なのだろうか。彼は礼拝のために訪れた寺院で、「旅行と霜柱と戦車」と「敵意」によって損なわれていなかった「楽園で過ごした幼年期の春」(11)を想起する。だが、彼が霜柱に鼻を打ちつけ、一切の祈りを拒否すると決意した後、彼は「古い自己」("an earlier Self" 11)に自己を融合することができなくなる。すでにドイツ留学期間、西洋医学やアナーキストの友人たちの差別的見解――西洋によってインドは発見された、インド人はつくられた――によって彼の内部にはすでに穴があき始めていたが、故郷の大地の霜柱が「楽園で過ごした幼年期」や「古い自己」喪失に最終的打撃となったのだ。この経験は彼の自己疎外とアイデンティティ危機を招く。彼は自分が「カシュミール人であるのかインド人」であるのかわからなくなる。彼は信仰と不信仰の間をたえず交替する「穴」、「不可思議な中間地帯」(12)に突き落とされる。このようにして、「女」に弱い人間になった彼は「穴あきシーツ」の魔力に囚われる運命の人になる。

アジズ医師は「穴あきシーツ」の「穴」から、後にサリームの祖母になるパルダの女性(ナシーム)を診察して以来、分割された「細切れ」の身体の幻影が彼女の香りと少女らしい笑い声を伴って彼を虜にする。彼は想像力によってその「つながり具合の悪いコラージュ」を糊《のり》づけする。このようにして、彼は霜柱に鼻を打ちつけた時彼の心の中に空いた「穴」を埋めてくれる、その「穴あきシーツ」を神聖で魔力のあるものと考えるようになった。彼の心の中の「穴」は欲望を起動させる穴であり、言語システムを起動させる穴(言語の不在)であり、人はたえず魔法の言葉やイメージ(や事物)によって、その欲望を喚起する空隙を埋めざるをえない。また、「歴史」にも弱くなったアジズにとって、それは時間の世界への転落、すなわち、時のない楽園からの追放を意味する。「穴」は「中間地帯」であり、絶え間なく意味が交代する地点でもある。アジズは「カシュミール人」でも「インド人」でもなく、神を信仰することも拒絶することもできず、絶えずその間を行き来する。これは絶えず自己参照を交替させる言語システムに囚われたことを示唆する。これはサリームにも受け継がれ、彼も終わりない自己参照の過程に捕えられる。

4　サリームの記憶喪失

『真夜中の子供たち』は、愛と喪失の物語でもあり、成長過程ですでに満身創痍《そうい》のグロテスクで奇怪な姿になっている主人公が、最後は脱水のために身体中にひび割れができ、群衆の中で「声なき土くれ」になってしまうという奇妙なビルドゥングスロマン風メタフィクションである。サリームは、実は産院で別の真夜中の子供であるシヴァと取り違えられた取り替え子である。これは取り替え子の醜いアヒルの子が、両親に溺愛され滅ぼされたと訴える物語でもある。両親は畸形《きけい》化した息子に変わらぬ愛を注ぐ。だが、「私は両親が愛という油を塗った生贄の子羊だった」(297)とも語り、その愛が彼の破滅の原因だったと断定する。彼は自分の奇怪さゆえに両親の愛を失うことをひどく恐れている。彼の指がもがれ九本指のサリームになったとき、自分がもはや両親の「愛情と保護の投資」(240)にふさわしくない、前途有望な子供ではなくなったのではないかと恐れる。このテクストでは身体の畸形、不能性と能力の喪失(超能力、テレパシー、記憶・物語)、去勢についての言及が執拗に見られる(「グロテスク」109, 345、「恥ずかしい不具」167、「性的不能」167)が、これは両親の愛を喪失することへの彼の不安と、人々の期待を担うことの不安を反映している。

彼の歴史的役割はインドの首相たちの運命を映しだす鏡になることであった。新生国民国家のインドの父であるネルー首相のサリームに呼びかける手紙には「貴君の行く末こそある意味で、私たちみんなの鏡となるでしょう」(122)と、ある。「私たちの鏡となる」とのネルーの予告は反復される(167)。一九七六年の戒厳令時に、サリームは再び「国家の鏡」となるようインディラ・ガンディーの父であるネルーから課せられた役割について語り、「インディラはインディア、インディアはインディラ」(427)というインディラを主人公に据えるスローガン（インドの単一のイメージからなる国民統合）に抵抗する。サリームはこのようにして「歴史の重荷」(382)を背負うべく、何億ものヴァージョンを反映するサリーム版インド史を語る。彼は自分を中心にして「自分の時代の歴史全体」(269)を書きかえようと目論《もくろ》むが、その野望は挫折する。

サリームが皆の夢を映し出す鏡になることなく、ひび割れ崩壊していく経緯に、モスクの爆発事件後の彼の記憶喪失がどう関わっているか見ておきたい。サリームがモスクで両親を弔《とむら》うなか、爆風により母親の形見の「銀の痰壺」が彼の頭を直撃し、そのせいで彼は記憶喪失になる。赤ん坊から一八歳の近親相姦的愛に汚れたサリームまで、すべてのサリームが彼の中から流出する。この時に流出したのは、愛だけではなく、恥の感覚、罪悪感、だれかを喜ばせたいと思う気持ちや愛への渇望("needing-to-be-loved" 343)や、歴史的役割を見出そうとする決意などの記憶も一緒に消える。

だが、サリームの中からすべての記憶・歴史が身体から流出し、彼は自由になり純化された(343)、とある。なぜなのか。言語システムに従属させられている主体は自己参照のためのメトニミーの絶え間ない運動に束縛されており、無力感、喪失、断片化の感覚をもつ。そして、この苦痛が鏡像段階（ラカン）以前のばらばらの身体を想起させる。理想的自己形成のために、人は他者に同一化する必要があるが、それはレベル付けをする他者の中に自己が囚われることを意味し、自己喪失を生じさせる。

このように記憶を喪失し、「非サリーム」("not-Saleem" 360)になった彼は、歴史のないジャングルの中に逃亡し、そこで蛇に出会い、かかとを蛇に噛まれ、過去とのつながりと人格の統一性を回復(364)する。だが、記憶が回復されたとき、なんらかの新しいものが彼の中に生まれ、二四歳のサリームの変貌が起こる。怒りである。彼は他者の欲望すべてを無差別に受容してきた。それは愛のためであり、負債感のためであった。彼の怒り・反抗は、それまで彼が盲目的に受容してきたすべてのものに向けられる。その一つは両親の彼に対する大きすぎる期待・欲望である。また、「言語暴動」

や「ネルー以降の継承問題」(382)などの責任を負う役割、歴史の重荷を背負う役割を押し付けられたことに対しての怒りでもある。サリームはあらゆるものが流入した時期の後に、あらゆるものが流出する体験を経て、流出の終わりに、割け目の拡大が起きるのである。

5　サリームの近親相姦的愛

ここで、サリームの崩壊をもたらしたとされる「女」たちについての語りと、すでに述べた、妹のジャミラと母なるインドに対する彼の近親相姦的愛の意味するものを考えてみたい。このテクストは、彼を作り、破壊する逃れ難い女性たちであふれている。まず、「避けて通れない未亡人」＝インディラ(346)、養母アミーナ＝妹のジャミラ、乳母のメアリ、祖母のナシーム、叔母のピアなど。サリームは自分に関わる運命の女たちの多さについて、「女、女、女」(405)と嘆息を漏らし、考え込み、「母なるインドの多数の顔」か、それとも「宇宙的エネルギーとしてのマヤ」(＝シャクティ(ヒンドゥー教の最高神の性力))か、女神のさまざまな姿なのかなどと問いかけるが、聞き手のパドマにすげなく「みんなただの女じゃない」(406)と一蹴《いっしゅう》される。彼は祖父が「女」に弱い人間になったように、「女」に呪縛され続ける。メアリ・ペレーラ(サリームの母親的存在)は「何でも好きなものになれる」、という歌をサリームに歌ってきかせる。だが、彼は自分自身以外のものにはなりたくないと語る一方で、「すべてのものの総合」(382)であるとも語るが、結局、彼は他者(女性たち)のすべての夢を反映することを期待され、他者の欲望の犠牲者となり、最後に、寡婦(＝インディラ)によって「脱水」(382)される。このようにして、彼は「女」から「逃れるすべがない」(404)という教訓を学ぶことになる。

なぜ、ここまで「女」に呪縛されるのか。そこには、すでに述べたサリームの近親相姦的愛が関わっている。それは「口にするのも恥ずかしい妹愛」(315)、「不自然な愛」(316)、「ジャミラ・シンガーへの愛という口にするのもはばかれる秘密」(320)、「驚き呆れている妹に向って愛を打ち明けた」(325)、「禁断の愛」、「近親相姦の悪臭を放つ花」(385)というように、執拗に反復されている。

この近親相姦的欲望は何を示唆しているのか。すでに見てきたように、ジャミラへの愛欲は「母なるインド」への誇大な愛が転化されたものであった。それは、サリームの到達不可能な全体性への渇望であり、彼は統合された自己イメージを投影できる対象を求めているといえる。彼の理想的全体性は他者の中に囚われており、彼は自身の統合された自己像を反映できる他者を求める。また、彼は統合されたインド像を映し出すことを期待されており、インドは彼の愛を受容することを期待される。シャム双生児のインドとサリームはそれぞれの統合された自己イメージを鑑となって映し出す、投影的自己同一化の幸福な関係であることをお互いに期待されていた。このような関係に原初的ナルシシズムが示唆されている。だが、インドもジャミラも彼を裏切る。彼は、自分こそがインドであると主張し、真夜中の子供たちの抹殺《まっさつ》を企む天敵のインディラ（「貪《むさぼ》る母」として表象）の生贄になる運命から逃れられない。

6　自己を捨てる語り手サリーム

子供の発達の「鏡像段階」において、幼児は統一した自己イメージを見て歓喜した瞬間、全能の母親に比べ無力である自己への幻滅に襲われる。この失楽園的トラウマ体験が、分断された身体へのオブセッションを引き起こし、また、この体験が誤認に基づく自己イメージに主体が永遠に囚われるという自己疎外の起源になっている(Evans 116)のであれば、このサリームの成長物語に見られる、断片化、挫折、去勢へのパラノイア的言及にその不安が表われていると読むこともできよう。一方、サリームのナルシシズム（全体性をもった自己イメージ）へのオブセッションは、彼をインディラの犠牲にし、サリームは生贄の羊として去勢される。

語り手のサリームは、自分が歴史を書き直す全能の書き手であると豪語する。彼は「世界を創造している」と考え、「すべてを知る」者であり(174)、すべてを呑み込み包括する「ブラフマー」（シヴァ神やビシュヌ神と並ぶヒンドゥー教の最高神）

であると語る。彼の「自己肥大」は、他者の多様なアイデンティティに絶滅させられないように、他者の中に侵入し同一化するという自己保存の方法であった。彼は絶えず自分が世界であると繰り返し語るが、実は自己崩壊、亀裂、断片化にさらされており、サリームの歴史の中心を占めるという野望は破綻《はたん》し、一方、サリームの夢である全体性をジャミラが獲得したことを羨み、母なるインドの全能性や、彼を作り破壊する他の女たちを羨むことになった。

避けられない女である、「母なるインド」がサリームをそのへその緒につなぎとめているため、表象される主人公サリームがそれを断ち切ることは不可能である。この二者で完結する関係を分節するのは、言語を操る語り手であるサリームである。祖父のアジズは「シーツの犠牲者」であったが、「私はその主人」(121) になったと語り手のサリームは豪語する。もちろん、それは自己を欺《あざむ》く幻想である。それでも、自伝作者としてのサリームは自己の物語を完成することはできる。このようにして、去勢不安（＝分離不安、対象喪失への不安）が充溢しているこのテクストにおいて、「いないいないばー」を演じる者としてサリームは不在の母の役割を演じ、トラウマ的分離体験のドラマを再演してみせる。彼は主人公のサリームという人形を捨て去るのである。

このように、この物語は壮大な自己愛的・自己語りが、同時に国家の現代史になり、国家の歴史が自己の成長物語になるという構図をもち、その中で、ラシュディ自身のファンタジー（国家権力への挑戦の物語）が描かれているが、それは見てきたように、主人公サリームのナルシシズムの挫折とインドの分裂の物語となっている。

◉注

（1）多くの批評はこのテクストの複雑な構造とポストモダン的技法の分析に集中する傾向があった。伝統的口承の語りの複雑な技法、時間の扱い方、聞き手であるパドマの役割、聞き手を誘惑し続ける語りの技法、記憶の重要性、協同的読者、サスペンスの技法・目的など多様なポストモダン的技法の分析や、ギュンター・グラス (Günter Grass, 1927-2015) の『ブリキの太鼓』(*Die Blechtrommel, The Tin Drum*, 1959) との間テクスト性の分析などが見られる。だが、最近の批評ではビルドゥングスロマンと政治的アレゴリーの枠組みの中で展開する個人と政治的アイデンティティの関係性に関心が集中してきている。ミーナクシ・ムーカジー編の掲載論文においてN・T・コルテナーは『真夜中の子供たち』についての解釈の傾向を次のように分類整理している。国家的アレゴリーであるという解釈。誤ったナショナリズムを明らかにするコスモポリタンのテクストであるとする解釈。ラシュディによる国民国家の超克の試みであるとする解釈。不安なポストモダンのアレゴリーであるとの解釈など。ムーカジーが指摘しているように、最近のラシュディ批評の中心テーマは国家と歴史と語りの関係性であり、ラシュディの歴史観とその表象の独自性について、それぞれの評者が解説を試みている。

第六章　境界線の魅惑と恐怖
――アミターヴ・ゴーシュの『シャドウ・ラインズ』

1　「国境線の魔力」に囚われた祖母

かつて、それほど昔でない時代に、人々は、良識も良心も備えた人々は、本気で思っていたのだ――どんな地図もみな同じで、国境線には特別な魔法が秘められているのだ、と。暴力を国境まで移動させ、それに科学と工場で対処するのが賞賛に値することだと彼らは信じていた。〔……〕つまり国境線のもつ魔力を信じながら、国境線を引いたのだった。いったん地図上に境界線を刻んでしまえば、きっと太古にゴンドワナ大陸がプレート移動によって分離したように、二片の土地は互いに離れていくのだろうと望みながら。(*The Shadow Lines*, 228)

境界は常に異界への恐れと魅惑を掻き立てるアンビヴァレントな領域である。境界は越境の禁止によって見知らぬ向こう側の世界への欲望を喚起し、同時に、境界侵犯への処罰に対する恐れだけでなく、侵入者自身のアイデンティティの撹乱を生むのではないかという不安を生み出す。アミターヴ・ゴーシュ（一九五六―）の『シャドウ・ラインズ』（一九八八）はこのアンビヴァレントな感情を多様な方法をもちいて描いている。

『シャドウ・ラインズ』は一九四七年の印パ分離独立（東パキスタン〔後のバングラデシュ〕の建国）によって、故郷の生家に戻ることができなくなり、インドのカルカッタに住みついた寡婦（語り手の祖母）と、その妹の家族の三世代にわたる家族物語であり、印パ分離独立のトラウマについて描く分離独立文学である。

語り手の祖母は夫の死後、東パキスタン（後のバングラデシュ）の故郷のダッカを離れ、カルカッタで教職に就くが、分離独立以降故郷に戻ることはなかった。祖母が生まれ育った家に住む拡大家族はいがみ合いが絶えず、やがて住処を分断することになり、祖母の叔父の家族との別居生活が始まった。彼女は孫（名前のない語り手で主人公）に彼女の生家であるダッカの「さかさまの家」の由来について語る。祖母は幼い妹を怖がらせるために、向こう側の家はすべてが「さかさま」になっているという物語を毎晩妹に語って聞かせる。「ごはんはお菓子で始まってダール（挽き割り豆のカレー）で終わる」し、「寝るのはベットの下で、食べるのはシーツの上」「料理にはほうきを使って、掃除は大さじ」（123）ですると。だが、予想とは裏腹に好奇心を掻き立てられた妹には、そこは逃避するにもってこいの空間に思えるようになる。壁で隔てられ、やがて、想像によってしか見ることのできない見知らぬ世界は、姉妹にとって「怖く、かつ魅惑的」な「ファンタジーの国」（124）になる。このように、境界に対するアンビヴァレントな感情はダッカにある、壁によって真っ二つに分断された祖先の古い家のメタフォーによって描かれている。

この境界の向こうが「さかさま」になっているという概念はこの小説の鍵になっている。インドと東パキスタンの国境線が引かれた後に、ダッカとカルカッタはそれぞれの「さかさまの像」になったと語り手は述べる。

地図に描かれた土地が有した過去四千年の歴史の中で、ダッカとカルカッタとして知られているふたつの場所が最も緊密に結びつけられたのは、国境線が引かれたあとのことだった。いまやこの二都市はあまりに緊密に結びついているので、カルカッタにいる僕は、鏡をのぞき込むだけでダッカの様子がわかってしまう。つまり国境線が引かれてはじめて、ダッカはカルカッタの、カルカッタはダッカの、さかさまの像となったのだ。僕たちに自由をもたらすはずだった国境線は実は鏡 (our looking-glass border) であって、ふたつの都市は身動きのとれない対称性の中に閉じ込められてしまったのだった。(228)

異界が「さかさま」になることは、肯定的自己イメージ形成のために他者イメージが歪められる、あるいは自己の否定的「内なる他者」が投影されるからである。したがって、ダッカとカルカッタが単にそれぞれの「さかさまの像」になっただけではない。分離された彼方は恐怖(と魅惑)の世界になる。また、「良識や良心」をもった人々が信じた「国境線の魔力」(the enchantment of lines) によって分離されるはずであった二つの都市は、逆に、「鏡の国境線」によって「身動きのとれない対称性の中に閉じ込められ」、「緊密に結びつけられ」ると、語り手は主張する。国境線は「分離」ではなく、「結合」を生み出す合わせ鏡となり、分断する国境線の魔力への信仰を皮肉るものとなる。

祖母は分離された国家を隔てる「国境線の魔力」を信じる側の人であり、国境線を人々の「血」で引いたなら、そこには違いがなければならないと頑なに思う。一九六四年に、分離独立後初めてダッカの「家に戻る」(coming home) ことになった祖母は、飛行機の中から国境を隔てる「塹壕《ざんごう》」や、「兵隊」や「むかい合わせの鉄砲」や「中間地帯」とかいう「何もない土地」が見えるはずだと思いこんでいた。だが、何も見えない。そのことに戸惑いながら、自他の境界線が目に見える形で存在することにこだわり、次のように語る。

祖母はしばらく考えてから尋ねた。でも塹壕も何もないなら、どうやってわかるんだい？　つまりね、それならどこが違うんだね？　もしも違いがなかったら、国境の両側は同じってことだろう。昔とまるっきり同じじゃないか。〔……〕今でも両側が同じで、国境になにもないっていうなら、あれはみんな、なんのためだったんだい？　イ

ンドとパキスタンの分離とか、殺し合いとか、ああいうのは。(148-49)

このように、「国境線の魔力」を信じ、印パ分離独立によって異なる国家が誕生すると考えた祖母の信仰は裏切られてしまう。

2 議論を呼ぶキャノン化されたテクスト

はたして我々は他者の抱く「さかさま」のイメージから本当に自由になれるのだろうか。他者がつくり押しつける物語に逆らって自己の物語をつくることはできるのか。他者を「さかさま」のイメージで歪めることなく、われわれの自己形成は可能なのか。あるいは、自己の内なる「他者」を投影することによって、他者理解を歪めるという形のアイデンティティ形成とは異なるやり方で自己形成をし、同時に他者と友好な関係を結べるのか。他者化の力学から自由になって、自己形成をし、かつ、人種、ジェンダー、宗教などの差異を他者化の力学に縛られることなく受容し、人間関係をつくりあげられるのか。境界によって設定される二元論によってどのような影響を人々は受けるのか。このような問題をこのテクストはビルドゥングスロマンの形式によって探求している。この物語は名前のない語り手が彼の一族の年代記を、彼らの語る物語から構成していくが、その過程で成長していくというビルドゥングスロマンでもある。

また、『真夜中の子供たち』同様、このテクストも語り手のアイデンティティ探求の物語と、国家の歴史が密接に絡み合って展開していることは、S・コールをはじめとする多くの研究者に指摘されている(Suvir Kaul 269)。個人史の再構成を通して公的歴史を再構成しているとニヴェデータ・バグチーが指摘しているとおり(Bagchi 82)、国家創設の神話によって搾り取られた歴史を、個人や家族の物語を通して回復しているという読みは研究者の間で共通している。

さらに、すでに述べたように、このテクストは印パ分離独立のトラウマを扱う分離独立小説でもある。『真夜中の子供たち』以降、分離独立小説はネルーの『インドの発見』（語り手の祖母に国家の起源を提供している物語）のような反英独立闘争の「大きな物語」を脱構築する物語（特に家族の年代記など）になる傾向がある。コール他多くの研究者によって指摘されているように、『シャドウ・ラインズ』にもナショナリズム批判が見られる（S. Kaul 269-70; Srivastava 79; Bagchi 82）。また、ナショナリズムに代わるヴィジョンとして、多様な境界、人種、カースト、民族の差異を超克するグローバルヒューマニズムや、他者との関係に開かれている「根のはった」「現代的コスモポリタニズム」のヴィジョンが、このテクストに見られるとの言及も、特に近年の批評に顕著に見られる傾向である（Black 145; Alam 119）。だが、A・N・コールをはじめとする研究者は、『シャドウ・ラインズ』は政治的現実からの逃避、ユートピア的理想主義についての小説にすぎないという厳しい見方を示している（A. N. Kaul 306）。『シャドウ・ラインズ』は政治的現実探求を回避するメタフォーにすぎないとA・N・コールは指摘している。また、ユートピア的ヒューマニズムの危険性を指摘する研究者も少なくない（Dixson 21）。

一方、ナショナリズムと家父長制の結合への批判どころか、家父長制と結びついたナショナリズムの視点から、インド人ディアスポラの女性がインドの伝統を担わないとして批判の的になっているという反フェミニズムの構図があると指摘され、ジェンダーがナショナリズムに利用されているとして、ジェンダー研究の立場から作者のナショナリズム観を批判する論調も見られる（Malhotra 170）。インド英語文学を代表するテクストであり、かつ代表的ポストコロニアルのテクストとみなされ、インドにおける英文学研究を牽引してきたデリー大学の英文学科一年生の必修科目に指定されている『シャドウ・ラインズ』が、重大なジェンダーの問題を内在させていることに加えて、シラバス化によってキャノン化された形で内外に流通している現実もあり、これに対する疑問も教授陣から提起されている（デリー大学英文学科の複数の教授からの二〇〇九年九月二日聞き取り）。この点に、高い評価を受けているこのテクストが、同時に多様な問題提起を促すテクストであるとされる由縁がある。以上のような問題点を踏まえたうえで、このテクストが境界の超克へのヴィジョンを提起するビルドゥングスロマンであるという点に焦点化して検討していきたい。

3　他者を映す「鏡」としての語り手

語り手は二つのベンガル人家族と、彼らと縁のあるイギリス人家族（プライス家）について家族物語を語る。彼はこれら家族の人々から語られる物語すべてを取り込む位置にいるが、彼のメンター的存在のトリディブからは自分自身の物語をつくるようにと助言される。語り手の分身的存在は、トリディブの他に、彼のはとこのイラ、トリディブの文通相手であるメイの弟のニックがいるが、最重要人物はトリディブである。

トリディブの過去を知ることが語り手の欲求となり、それは語り手の自己形成と密接に関わってくる。トリディブのことばと視線は彼の死後も語り手の心を捕らえて放さない。トリディブは「自分自身と鏡の中に映る自分」の境界が消失する地、すなわち境界のない世界への欲求を語り手に語る。

このように、このテクストは分離する国境線の魔力と同時に、トリディヴの「原始的欲求」に反映される国境線のないユートピア的世界への憧憬について語る物語でもある。トリディブはロンドンで寄宿していた一九三九年当時、イギリス人のスナイプから聞いた話として、語り手の「僕」に「小さな悲しいお話」を語ってくれる。その物語が語られていた時代は、今と違って「国境も国もなかった時代」だという。それはトリスタンの悲恋物語（騎士のトリスタンと、その伯父であるコーンウォール王妃であるイゾルデとの生命をかけた愛の物語）である。注目すべきは、トリスタンは「国をもたない男」（"a man without a country" 183）、また、イゾルデに相当する女性は「海の向こうにいる女性」（"a woman-across-the-seas" 183）と形容されていることである。ここでは禁断の恋である叔父の妻との悲恋という境界侵犯的欲望への言及は見られず、国境のない世界へのトリディブの憧憬、あるいは国家に従属しない存在への憧憬の方が前景化されている。

語り手の祖母はダッカ訪問が決まったとき、自分は生まれ故郷の家のあるダッカに「行く」(going) のか「戻る」(coming)

のかの識別もできず、故郷に戻るためにヴィザを取得し、外国人として入国しなければならないことに衝撃を受ける。トリスタンとイゾルデは、このような不自由のない時代、国民国家もない時代に、パスポートを持たず、入国管理のチェックもなく自由に海を渡った。明らかにトリディブはこの二人の関係に、人種も国籍も宗教も異なる憧れのイギリス人のメイとの関係を重ねている。

語り手は自己と家族の物語を語る位置に置かれているが、それは他者の多様な物語から構成される。語り手は皆を映す「鏡」であり、多様な記憶が再構成される「媒体」であり、とりわけトリディブを役割モデルとして、彼に同一化しつつ成長していく彼は、トリディブを映す鏡である。彼はトリディブの助言すべてを内面化している。彼の記憶には鮮明にトリディブが語った世界、ものの見方が刻み込まれている。一方、トリディブ自身は、ものを見るということは「頭の中で」見るものを「つくり出すこと」だから、せめて「適切に」("properly" 31) 想像する努力をすべきであること、また、世界はあるがままに受け取られることはなく、「空白」のままではなくなり、他人によって作り出されてしまうと語っていた。「他人がつくったもの」("other people's inventions" 31) に縛られないためには、自分の物語を作り出さなければならない。だが、語り手が上記のようなすべてを取り込む媒体であり、また、ミーナクシ・ムーカジーが指摘しているように、語り手が自己を他者の鏡像を通してしか見ることができないなら、どのようにして彼は自己自身の物語をつくり出せるのだろうか (Mukherjee "Maps and Mirrors" 260)。

このテクストは語り手の成長を描いているが、彼がどのような人物であるかは、彼を見る他者の視点、物語を通して見えてくる構造になっている。成長物語である以上、語り手の自立が問題になるが、すでに述べたように、成長過程で必要とされる分身や役割モデル、メンターとして複数の人物がいるが、中でも重要なのはトリディブである。トリディブとの一体化への語り手の欲望は「排他的」と言われるほど強い。彼は死者となっても語り手の心を占有する、いわゆる「不可能な欲望」を喚起する「不在の人物」のメタフォーになっている。そのような彼の過去を発掘したいとの語り手自身の欲望と、トリディブの欲望はどのように交差するのだろうか。

まず、語り手が成長過程において、周囲の人々のどのような物語を呑み込んでいるのか、あるいは、彼らの物語とは異なる物語を作ろうとする姿勢がどう見られるのか見ていきたい。語り手のはとこのイラはロンドンのニックの家の地下で彼と一緒に遊んだことや、ニックの容貌について語り手に話す。イラの物語は語り手に大きな影響を与え、ニックを通して自己を見る視点を提供することになる。イラはニックを語り手よりずっと「大きくて強い」(49)と語る。それ以降、ニックは語り手の見る鏡の中で自分の隣に「幽霊」("a spectral presence" 49)のように立つ存在になる。語り手は彼とともに成長をするが、ニックは常に大きく優れた「望ましい」存在であり続ける。なぜなら、イラの目に映ったニック像がそうだからであり、イラの視点を語り手は疑問を持たずに内面化するからである。このようにして、ニックは語り手の分身になる。姉のメイがニックについてイラとは異なる物語を話した後でも、語り手はイラのニック像を修正しようとはしない。ニックが世界中を歩き回りたいと語り手の父に語ったという情報から、語り手は彼の中に「自分と同類の魂」(52)を見出す。語り手が成長してロンドンでニックに初めて出会ったときですら、彼はイラの目を通してニックを見ようとする。最初の戸惑いの後、「大昔の、あの十月の朝」イラが語ったニックと同じ姿、「麦わら色」の「髪の毛が目の上に落ちかかる」(54)のを見て、彼はつい「僕たちは一緒に育った」ということを口走る。彼はイラがでっちあげた物語を鵜《う》呑みにしていた。だが、メイによってそれが偽りであることが判明する。ニックはイラが言うようなヒーローではなく、イラが学校で肌の色の違いを理由に苛《いじ》められたとき、彼はイラと一緒にいることを人に見られるのを嫌い、一目散に家に逃げ帰ったのだった。

はたして、語り手の「僕」は『真夜中の子供たち』の主人公サリーム同様、皆の物語を吸収する「穴」のような存在なのだろうか。確かに、彼はイラの語るニックの虚像を取り込み、それをニックに自己イメージとして投影するという、自己が他者の中に囚われる隷属状態にあることが多い。後にイラはニックと結婚するが、ニックの浮気に対する復讐のシナリオについてイラから聞かされたとき、「僕」はニックを抱きしめたくなる。ニックは鏡の向こうで、「僕」の横に立っていた分身であったからである。だが、メイの語るようにニックは「わたしたちとは違う」のだが、「僕」はイラの見る望ましいニック像に同化しようとする。また、祖母が孫（語り手）とトリディブとはまったく違うと主張するにもかかわらず、「僕」は彼に似ていると思い込もうとする。はたして、語り手は他者の見る鏡像に逆らって自己形成していけるのだろうか。

語り手がトリディブの母親とその家族を偶像視しているのに対し、他の人々がいかに異なる見解を示しているか見てみよう。語り手は敬愛するトリディブの物語を鵜呑みにし、トリディブゆえに彼の家族も敬愛の対象になっている。小説の冒頭において、「僕」は祖母の妹である、トリディブの母親を「マヤ大叔母さん」(3)と呼びながら、心の中では密かに「マヤデビ（マヤさん）」と、映画スターや政治家のような有名人であるかのように呼び習わしていた、とある。だが、祖母のトリディブについての見方はまったく異なる。まともな仕事をせず、父親のすねをかじって暮らす「怠け者の役立たず」(4)であるとして、祖母は彼に不信感を抱いている。トリディブは外交官として海外生活の多い両親とは別居し、カルカッタの古い家に祖母と同居し、考古学の博士号取得に取り組んでいる。だが、祖母は家族を持とうとしない変わり者の甥が「邪悪な惑星」(5)のように孫（語り手）に悪影響を与えると考え、警戒心を抱いている。

メイもトリディブについて語り手とは異なる視点を示す。一九三九年にトリディブが家族とともにイギリスに旅立ったとき、「僕」は八歳の子供であったとあり、トリディブは、語り手（一九五二年生まれ）より二一歳年長で、語り手にとって常に完全な大人であった。だが、メイがカルカッタで大人の彼に初めて出会ったとき、痩せて、不器用で、痛々しいほどに恥ずかしがり屋(171)のトリディブは、はるか年下のメイの目にも「少年」のように見えた。「僕」にとってトリディブは英雄だが、メイはむしろトリディブを取り巻く「挫折感」(171)に魅了される。ある時、メイは道端で轢《ひ》かれて瀕《ひん》死《し》の状態の犬を発見したが、対応しようとしないトリディブを「ことば」ばかりで「行動」しないと批判し、メイ自らその犬を安楽死させたことがあった。このように、「僕」の語るトリディブ像はほかの人たちの見解とかけ離れていることがわかる。

「僕」がトリディブの語る世界の見方をすべて内面化していることはすでに述べたが、中でも重要な次の内容についての「僕」との関わりはどのようなものであろうか。

彼はあるときこんなことを話してくれた。人間は欲求、それも真の欲求なしには、何ひとつ知ることはできないんだよ。欲張りや邪《よこしま》な欲望じゃない。純粋で、苦痛を伴う原始的な欲求 (a pure, painful and primitive desire) のことさ。自分の中にないものすべてを求める気持ちだ。そんな欲求があればね、人は苦しみながらも自分の思考の限界を超えて、別の時や場所に行くことだってできるんだよ。運が良ければ、自分と、鏡に映った自分の姿との間の境界さえなくなってしまうんだ〔……〕。(29)

トリディブの語るこの純粋な欲求――「自分と、鏡に映った自分の姿との間の境界」が消失する場所 (a place where there was no border between oneself and one's image in the mirror) を求める欲望の物語は、言語による自己形成が始まる以前の、原初的ナルシシズムへの欲望に似ており、個人の分離体験以前の始原的融合への希求のようにみえる。このテクストではなにを示唆しているのだろうか。

トリディブのこの欲求についての概念は、一九六四年に「僕」が体験した恐怖の物語のなかで繰り返される。カルカッタで暴動が勃発した日、「僕」たちが乗った学校からの帰りのバスが暴徒に教われる。そのとき、見慣れた街の通りは「一変」(199) し、見知らぬ街に変貌する。「僕たちの街が〔……〕僕たちの敵」(200) になったときに「僕」が感じた恐怖は次のように語られている。

あの独特な恐怖には、絶対に忘れることも説明することもできない、何かがある。〔……〕いつもの状態というものはまったくの偶然から成り立っていて、自分を取り囲む空間や自分の住む通りが、突然の洪水に見舞われた砂漠のように、不意に何の警告もなしに敵対的存在になり得るとわかったときに生まれる恐怖なのだ。インド亜大陸に住む十億の人々を世界のほかの部分から区別しているのは、この点だ。言語でも、食べ物でも、音楽でもない。それは、「自分自身と鏡の中に映る自分」とがいつか戦いを始めるのではないか、という恐怖(the fear of the war between oneself and one's image in the mirror)から生まれる特殊な孤独感なのだ。(200)

語り手はこのとき体験したアイデンティティ危機を「自分自身と鏡の中に映る自分」が争いはじめるのではないかという「恐怖」から生まれる「孤独感」と説明している。「自分自身と鏡の中に映る自分」の「境界」が消失・溶解する幸運について語っていたのはトリディブである。その同じ概念を用いて、語り手は統一された自己像から生まれるユートピアではなく、自己と自己イメージが敵対する恐怖体験として、アイデンティティ危機を語っている。その恐怖からうまれる「孤独」とは何を意味しているのだろうか。「敵対的通り」は自己の中の敵対的他者イメージ、つまり、自己の中の「他者」の発見なのだろうか。自己と鏡像との争いの不安から生まれる孤独とは自己誤認による自己疎外を示唆しているのだろうか。いつもの自己と思い込んでいる自己イメージとは異なる未知の自己が敵対してくる恐怖は、自己の内なる敵対的他者の発見による自己分裂を示唆しているのだろうか。もし、幼時の発達における「鏡像段階」(ラカン)が常に自己とイメージの二重の葛藤を起こす関係にあり、主体は永久に自己イメージに囚われ続けるなら(Evans 115)、人は自己と自己イメージ・鏡像の争いからどのようにして自由になれるのだろうか。また、他者に否定的自己イメージを投影することなく、自己の物語をつくりあげることは可能なのだろうか。

祖母は一つのインドという国民国家のミドルクラスの誇り高い市民としての自己イメージを維持するために、イラに「あばずれ」というイメージを振り当てる。祖母は単一の自己イメージに拘泥し、自己の内なる他者を排除し続け、貧しい自己イメージのままに人生を終える。一方、イラは女性の行動を制限するインド社会の人々(他者たち)の視線の奴隷になることを拒否するが、それに対抗して自己形成せずに、逃避、あるいは無視する方を選ぶ。したがって、イラは「僕」の祖母の押し付ける「あばずれ」というイメージやメタフォーから自由になれない。一方、「僕」はあまりにも素直になんでも鵜呑みにしてしまう。彼は特にトリディブの物語をすべて取り込むことに夢中で、トリディブの物語に対抗して自己形成をする段階にはなかなか至らない。また、「僕」はイラが語る物語の中で描かれた「僕」イメージに抵抗することなく、それを取り込む。このように、この物語には、自己イメージ形成のために他者イメージが歪められたり、他者の押しつけるイメージに囚われる人々が描かれている。

4　自己の中の「さまざまな声」とともに生きる語り手

ここで、トリディブの物語に囚われ続けているかに見えた語り手と、トリディブを含む他の人々とは決定的に異なる点があることに注目したい。それは語り手が友人や親戚の多様な語り・声から解放されたいと望んでおらず、さらに、彼は他者が投げかける彼についてのイメージを拒絶しない点である。語り手の祖母はインド女性あるいはインド市民としてのあるべき姿、行動規範から逸脱しているディアスポラのイラを「あばずれ」呼ばわりする。イラはジェンダー差別のあるインド社会や、その差別的慣習を内面化し、イラに押し付けようとする人々から自由になりたいと思う。イラがロンドンに住む決心をしたのは「あなたたちのいやらしい文化」や「あなたたち」から自由になるためだと語り、その憤りを語り手にぶつける。だが、語り手は次のようにイラが自由になることは不可能であることを主張する。「君は僕から自由になんてならないよ、だって、僕はきみの中にいるんだから〔……〕きみが僕のなかにいるのと同じようにね」(89)、と。さらに、語り手は人がそれぞれの自由を求める必死さ、激烈さについて考えをめぐらし、束縛を嫌わない自分の方がおかしいのだろうかと自問する。「自分の中のさまざまな声のどよめき」("the clamour of the voices within me" 88) なしに生きられないと語る「僕」は、祖母やイラのように単一の自己イメージに拘泥しない。

「僕」の祖母は自己イメージのためにイラやトリディブを他者化するだけでなく、さらなるアイデンティティの混乱や危機から逃れるため、外部に敵意を投影する。祖母は東パキスタンからの難民が住む公園に通ううちに、彼女の叔父が彼女の生家（ダッカ）で生存していることを知る。だが、そこはイスラム教徒の難民が占拠しているという。祖母はそこから叔父を連れ戻す決意をするが、彼女が用いた、そこを意味することばは「他国」であった。彼女は「他国」から叔父を救出するというのだ。自分の住むインドの国境の向こうは「他国」である。だが、祖母の生家への愛着はダッカ「行き」をうっかり「帰郷」と呼ぶことに表われる。そこは他国で祖母はそこでは外国人だが、そこにしか生まれ故郷はない。だが、イスラム教徒が多く住む敵国でもある。単一のインド人としてのアイデンティティ形成のための差異を見つけようとして、祖母は東パキスタンをイスラム教徒の住む敵国として徹底的に他者化する。

だが、語り手は自己の「内なる他者」を外部に対して投影することで排除するようなやり方で、アイデンティティを探求しない。束縛を嫌うイラに対する彼のことばは、誰しも他者の声や視線から自由になれないということを語り手が知覚し、すべてを受容し、そこから彼自身の物語をつくる可能性を模索していることを示唆している。その物語は単一の安定的なものではなく、彼のアイデンティティのように多様化し、流動的なものになるのであろう。

一方、トリディブはこのような人々の「さまざまなどよめき」や苦痛な記憶から解放された領域についてのユートピアの物語を求める。彼は「海の向こうの愛しい人」であるメイと「見知らぬもの同士」のように「僕たちの廃墟」(141)で出会うことを切望する。そして、皮肉にも、探し求めていた「僕たちの出会う場所」はカルカッタのヴィクトリア記念堂であると二人が確認しあうのである。それは二人の属するインドとイギリスという国家間の軋轢の歴史を象徴する建造物であった。

5　トリディブの死の意味

「僕」は祖母やイラのように単一のイメージに拘泥せず、また、トリディブのように「さまざまなどよめき」や記憶からも逃れたいと思っていないことがすでに示唆されている。ここに語り手独自の成長の兆しが示唆されている。次に、トリディブの過去を掘り起こそうとする語り手がトリディブの死をどのように理解したかについて検討していきたいが、それに先立って、メイと語り手の性的結合の意味について見ておきたい。

トリディブの死後一五年たって、ロンドンで「僕」とメイが再会したとき、「僕」はメイからトリディブがダッカの暴徒に殺された顛末《てんまつ》と、彼の死は自分に責任がある、と長い間、罪悪感に悩み続けてきたメイの告白を聞くことになる。だが、彼女は彼の死は自分のせいではなく「自己犠牲」(“a sacrifice” 246) であると今ではわかったとも語る。語り手はトリディブとメイが「僕たちの廃墟」を確認したとき、「僕」はトリディブを理解することのできる特権をメイに奪われ「痛いほどの嫉妬」(167) をおぼえたと語った。だが、その一五年後トリディブの死の真相を彼女から聞いた後に、「僕」とメイは性的に結ばれ、トリディブの死による「贖《あが》いの神秘」(246) を垣間見せてくれたメイに「僕」は感謝するということばで小説は締めくくられている。

多くの研究者や読者に問題視されているのは、結末における語り手と、亡きトリディブのイギリス人の恋人メイとの性的結合についてである。たとえば、二人の性的結合は文化的差異を超える結合のメトニミーとの読みを示しているジョン・ミーは、小説全体としての探求は、文化の彼方(超越的でロマン的神秘)ではなく、複雑微妙な「差異の神秘」に向けられているが、結末の「贖罪的神秘」でその探求は台無しになっていると結末に疑問を投げかけている (90-91)。この結末に不満を抱く読者は少なくない。なぜ、ゴーシュはこのような結末を用意したのだろうか。M・ムーカジーは語り手のトリディブとの完全一体化の欲望は、媒体としての女性(＝メイ)によって実現するが、融合は彼の変貌の儀式(“a rite of transformation”)に過ぎないと述べている (“Maps and Mirrors” 266)。それは語り手が成熟への境界線を越えるための通過儀礼ということだろうか。それとも、禁止と差異で構成される言語文化の彼方の境界のない世界というトリディブのヴィジョンへの賛辞を表わすのだろうか。メイとのトリディブの関係はトリスタン(国を持たない男)とイゾルテ(海を渡る女性)の関係に喩えられているが、この関係はトリスタンとその叔父の妻との禁じられた関係でもある。トリスタンが叔父の妻を恋したように、語り手は彼の叔父的存在のトリディブの恋人と関係を持ったということになる。

だが、一方で、語り手はトリディブとの排他的一体化へのオブセッションを抱いている。語り手のメイとの関係はトリディブと一体化した語り手の代理行為であるのか、それともトリディブの自己犠牲の神秘を知るための儀式なのか、それともトリディブを卒業するための通過儀礼なのか。それは自立を示唆するのか、それとも去勢不安を内在化させた母体回帰的行為なのか。この結末はアンビヴァレントな多様な読みに開かれている示唆的な結末というよりは、むしろ、曖昧で中途半端な結末と思われる。

トリディブの死の意味についての検討に戻りたい。ミーナクシ・マルホートラはデリー大学の学生の間で沸き起こった議論について触れ、トリディブの「死の象徴的意味が過剰すぎる」「理解しがたい」など、学生が批判的読みを示していることを紹介している (Malhotra 170)。筆者は彼の死は彼の欲求——文化、歴史、記憶などから自由な場所でのトリスタンとイゾルト的な出会いを求めた彼の欲求——の当然の帰結であり、自己と鏡の中の自己イメージとの境界が溶解した場所へのトリディブの欲求の当然の帰結であると考える。この二つの欲求は彼のナルシシズムを反映している。マルホートラはその出会いを、歴史以前の全体性への回帰欲求であると指摘している (169)。アイデンティティには境界〔分離〕が前提になる。だが、そこに自己とイメージとのずれによる、あるいは他者の中への自己の幽閉による自己疎外が生じる。そこから、自他の境界の溶解への希求〔投影的同一視としての愛への欲望=僕のトリディブとの同一視〕が生まれる。あるいは、ナルシシズム〔死の欲求=トリディブの犠牲〕が生まれる。ナルシシズムとは、自他の境界が消失する瞬間を幻想させる恋愛〔トリスタンとイゾルテのユートピア物語で表わされる投影的自己同一視〕であり、自己と自己イメージが一致する瞬間であり、象徴的死である。トリディブのユートピア的理想主義はシニフィアンのシステム、言語文化における主体形成の前提になる、分節のシステムが起動する以前の不可能な全体性への欲望を反映している。この欲望は犠牲的死の瞬間以外では到達不可能なものである。これがユートピア的理想主義者であるトリディブ的なコミュナリズムへの対応に思える。メイはトリディブを取り巻く「挫折感」に魅了されたが、一方、瀕死の犬に対する彼の無作為に対する怒りも感じる。彼の犠牲的死は彼を殉教者にし、彼を取り巻くその挫折感を逆転させたのだろうか。

トリディブはことばかりで行動しない人間というメイが抱いたイメージに対して、彼は殉死を覚悟で対抗する物語を選択する。それは究極のナルシシズムの物語といえないだろうか。それは他者を救済するという意味での自己犠牲ではない。「なにもしない」という他者から押し付けられたイメージへの対抗物語である。トリディブの生き方の当然の帰結としての自己確立の方法である。それ以外に彼の生き方を正当化する方法は見つからない。それが「自己と自己イメージの境界」が解ける瞬間を開いた。だが、それは瞬間に過ぎない。また、人は他者の抱くイメージに囚われ、それを追いかけ、あるいは、それに対抗し、常にそこには自己疎外が生まれ続ける。それが運命であるなら、そこから永久に逃れる瞬間はトリディブがみせた行動による死によってしか開かれようがない。瞬間は絶えず訪れる可能性があるだろうが、永久化することはできない。それは母子一体化の原初的ナルシシズムへの希求であり、死によってしか実現できないものである。

語り手は水に消えたナルシスを求めて覗き込むもう一人のナルシスであり、彼に事の次第を語るエコーに誘われ、融合することで死との抱擁を果たしたのだろうか。それが成熟へのイニシエーションだとしても、語り手はどの方向に向かうのだろうか。トリディブ的「贖いの神秘」か、人種、宗教、階層などの差異を越える関係性の構築、グローバルな人道主義だろうか。

6　結末がもたらす評価の分裂

語り手はトリディブの過去を掘り起こそうとするが、その過程において彼は一九六四年カルカッタで起きた、ほとんど忘れ去られた物語を発見することができる。それによって彼自身の恐怖体験、下校途中のバスの中での悪夢とダッカでトリディブたちに起きた事件との関連性を発見する。この「空間も距離も存在しない場所」、「鏡の内と外」とが呼応する場所への「人生のうちで最も奇妙な旅」(219) を通して、彼はカルカッタの暴動と国境の向こう側の東パキスタンのクルナやダッカでの暴動とのつながりを発見する。国境がこのつながりの発見を阻んでいた。シンメトリカルな事件と、それに対するインド政府とパキスタン政府双方のシンメトリカルな非難は、語り手にトリディブが殺害された皮肉を悟らせる。距離は何のパワーも持たず、「鏡の国境線」は分離するのではなく、その両側の都市を「身動きのとれない対称性」という不自由な関係に僕たちを緊密に結びつけたということを語り手は悟ることになる。

トリディブの死の「贖いの神秘」を垣間見せてくれたメイとの性的一体化で締めくくられる結末に多くの読者の戸惑い、批判が見られたことについてはすでに見てきたとおりである。この性的結合は「文化的差異を超える人間的関係」(Malhotra 169) というよりは、語り手のトリディブとの一体化への欲望を印象づけられる。ムーカジーの指摘のとおり、メイは二人の絆の道具である ("Maps and Mirrors" 265)。それが語り手にとって大人になるためのイニシエーションの儀式として必要なものであったとしても、彼のトリディブとの投影的自己同一視への欲望の強さは際立っており、彼の内なる多様な声とのダイアローグの力を減じる。さらに、トリディブのユートピア的理想主義と、現実の人々、歴史、社会とのつながりを求める語り手の欲求との大きな差異も弱められてしまう。このように結末は異文化間の交渉というより、文化の彼方への欲求が前景化されてしまっている。この点が批評家たちに見られる批判、ゴーシュは政治的現実を逃避しているという批判が生まれる背景になっていると思われる。

人は他者化の力学から自由になって、自己形成はできるのか。アイデンティティを形成することなく、人は関係を結べるのか。人種、ジェンダーなどの差異を他者化の力学に縛られることなく受容しうるのか。他者化の物語に対抗し続ける自己の物語の中に、他者化が不可避的に侵入してしまうのではないか。終わることのない合わせ鏡的な関係に、人も国も置かれているのではないか。それなら、複数の流動的なアイデンティティ (Roy 165) 形成がいいのだろうか。たえずステレオタイプをずらし、自己イメージを修正あるいは転覆し、変化していく自己。だが、そのような自己同士の信頼関係は成立するのだろうか。とらえどころのない、名前のない「僕」に違和感を感じないだろうか。このように、自己形成につきまとうアイデンティティ力学から人が自由になることが困難であるのと同様に、国家のアイデンティティ形成もその力学から自由にはなれない。そのようなアイデンティティ・ポリティクスの魅惑と危険について語るテクストが『シャドウ・ラインズ』である。

このようなビルドゥングスロマンの枠の中でなされるナショナリズム批判がはたして効力をもつかどうかという疑問もあろう。母体回帰的欲望と去勢不安を内在化させたビルドゥングスロマンの枠の中で、重要なメンターの役割をしているトリデイブが境界の消失を主張することの危うさがある。境界の向こう側が常に自己のネガとして不可分緊密に結合されていることが事実だとしても、そういう投影的傾向を常に修正しながら、自己の中にそのネガを受容し続ける努力の中で自己が成長するように、国家も成熟していくというプロセスへの視点、差異から生じる軋轢を直視したうえで、その差異を超克するという視点がトリディブにはみられない。

語り手は透明な鏡であり他者の物語の断片を映し出し、統合する年代記作者であるが、無名であり権威を持つ中心ではなく、「媒体」にすぎないために、「大きな物語」は拒否されるといえるのだろうか。彼が単なる媒体でないことは、彼にはトリディブの物語を再構成するというオブセッションがあり、あるいは彼との一体化の欲望があり、いずれにせよ、それはナルシシズムの形態を示す。メイとの融合はそこからの脱却を意味するイニシエーションであるとしても、トリディブの大きな影によって文化的障壁への挑戦的視線が弱められてしまうことは否めない。

第七章　ディアスポラと分離独立
——ミーナ・アローラ・ナヤクの『ダディの物語』

1　父の物語を発掘する娘のビルドゥングスロマン

ミーナ・アローラ・ナヤクの『ダディの物語』（二〇〇〇）は分離独立の後遺症についての物語であり、インドの分離についての罪・加害意識をもつ父と、その父の過去の物語を探求する娘の物語である。印パ分離独立という悪夢の記憶が国家および個人の集合的アイデンティティ形成に決定的影響を与えたことは繰り返し指摘されることである (Suvir Kaul, *The Partition of Memory* Intro. 3)。アイデンティティ形成は分離独立によってどのような致命的影響を受けたのか。パキスタンの建国はインド人の自己イメージ形成、および国家の概念をそれとの関係で定義する罠を用意したのだろうか。そこから自由になることは可能か、などの問いを投げかける文学テクストの一つとしてこの作品を位置づけることができる。

このテクストはインド系ディアスポラ二世でアメリカ生まれの主人公のアイデンティティ形成を扱っている。分離独立の悲劇が主人公にどのような決定的影響を及ぼし、独立後も続く宗派対立やテロの応酬の現実に巻き込むことになったかを、ディアスポラの父の祖国インドへの熱い想いを悟る旅として描くという独自の構成になっている。

ある日、主人公のシムランはパキスタンから移住してきた転校生のファルザナという少女から「敵」呼ばわりされ衝撃を受け、次のようなアイデンティティ危機を表わすことばを両親に問いかける。「私はつまらない人間だわ。アメリカ人でもないし、ヒスパニックでもない、パキスタン出身者でもないし、インド人でもない。私は誰なの」(12)。ファルザナの敵意によって、シムランも『シャドウ・ラインズ』で語られた境界線という合わせ鏡に囚われることになり、境界線の向こうの「他者」としての自己イメージから逃れられなくなったことが示唆されている。『シャドウ・ラインズ』の語り手が、亡くなったメンター的存在の過去を発掘するために「想像力」を使おうとするのに対して、シムランは父の罪と自分の「無実」とが融合する形で、父の罪を生き、贖罪のために現実に行動するという点は異なる。

このテクストはこのようなアイデンティティ危機に晒され、さらに父の祖国への罪の意識を内面化してしまった少女が、抑圧された父の沈黙の物語を探求する旅の中で成長するというビルドゥングスロマン的物語である。父の罪悪感とインドへの愛が、どのように彼女のアイデンティティ形成に決定的影響を与えたのだろうか。

2　父の罪を背負う娘

小説は、亡くなった父親の遺言を実行するために、シムランが印・パ国境のワガーを訪れ、父親が加担し負わせた、「傷口」と呼ぶ境界線の上に父親の遺灰を撒こうとし、スパイ容疑で逮捕される場面で始まる。この時、彼女は次のような父の希望と苦痛に満ちた懺悔のことばを思い出す。「私の亡骸をインドで荼毘《だび》に付さないでほしい〔……〕彼女〔インド〕に私の積みまきの重荷を背負わせることはできない。私は彼女からすでに十分のものを奪い取ってしまった。だが、私の遺灰を国境に撒いてくれ。血が流れている限り、私が傷つけた傷口を私の魂が感じることができるように」(1)。シムランの頭に繰り返し反響する父のことばは続く。「私はインドの分裂に手を貸した〔……〕私はヒンドゥー教徒とムスリム間の信頼を台無しにした。だから、彼らは平和のうちに共生することは二度とできない、私は彼女を傷つけた。私は彼女を切り裂いた」(2)。シムランの心に刻印されていたのは父のことばだけでなく、父が見せてくれた、二度と外れないティアラのように両こめかみを貫く傷口(10)であった。

このテクストにはインド系アメリカ人の少女にとって、父の国インドが「復讐の女神ネメシス」(15)となって付きまとうものとして表象されるという、きわめて珍しい設定が見られる。分離独立の動乱の中で、父や恩師を殺害されたダディは、怒りに駆られ多くのムスリムの隣人を殺害してしまう。そこから生まれたダディの罪悪感は故国についての語りを封じてしまう。この父の沈黙は娘のアイデンティティの混乱、不安を掻き立てることになるが、それはすでに述べたパキスタンからの転校生の敵意あることばによって顕在化する。

インドとパキスタンの国境ワガー門(パキスタン側)。毎日夕方、インドとパキスタン双方の国旗を降ろす儀式が行なわれ、警備兵たちのデモンストレーションに多くの人が熱狂する光景が見られる(2010年9月1日撮影)

ファルザナに敵呼ばわりされたシムランは、「私はインド人じゃなくアメリカ人よ」(11)と主張するが、ファルザナに次のように応酬される。「そうじゃない。あなたはインド人よ。ママがそう言っていたもの」(11)。インド人としての意識をもったことのないシムランはパニックに陥り、家に逃げ帰るや、涙ながらにすべてのリネンや毛布をバングラデシュへ寄付すると言い張る。押しつけられたアイデンティティへの疑問にかられ恐慌をきたしている娘を母親が抱きしめ慰めるが、彼女の嘆きはおさまらない。しかし母親は「もちろんインド人に決まっているわ」(11)と答える。だが、シムランはこれまで両親はインドについては何も話してくれず、インドを訪れたこともなく、ことばも服装もインドとは関係ないものだと、納得できない理由を並べ立てる。封印されたままの父の過去の物語は、シムランのインド人としてのアイデンティティを疎外していたことが示唆されている。このように、シムランがインド人としての自意識をもたされるきっかけは、パキスタンの転校生にとっての「敵」としてのインド人というステレオタイプ化によってであった。

娘のアイデンティティ危機に直面して、ダディは妻の制止を振り切り自分の過去の罪、愛する故郷を喪失した理由と経緯を包み隠さず告白する。彼は二本の指で頭と胸に触れながら「私のインドへの愛はここにある」と語り、「私は彼女を傷つけた。私は彼女を傷つけた。私は彼女をひどく傷つけた〔……〕」(13)と執拗に加害行為について言及する。父は娘に次のような印パ分離独立の状況を説明する。ガンディーは非暴力によってインドを自由にしようとしたが分離を止められなかったこと、別々に住みたいと考えるヒンドゥー教徒とムスリムが殺しあったこと、当時統治者であったイギリスがインドを二つに分けたこと、難民が「悪い人たち」に殺されたこと、などである。父と娘の会話は次のように展開する。

「ムスリムがダディを傷つけたの?」私は父の頭に触れた。「ああ、私の父も彼らに殺害された」。「ジムのトレーナーも殺された」と父はつぶやくように語った。〔……〕恐ろしいほどの恐怖が背骨を上ってきた。「ダディは何をしたの」と私は尋ねた。〔……〕「私はたくさんの人々を殺してしまった」。彼の声は冷ややかで遠くから聞こえてきた。あたかも彼は月の圏内に入り込んでしまったみたいに。「私はガージジの剣をつかんで近所に住むムスリムたちを傷つけた」。(14)

母親はダディのことばが娘の耳に届かないように、必死になってダディとシムランの間に立ちふさがる。だが、ダディの声は確実にシムランの耳に達する。ダディは次のような凄惨な過去の行ないを吐露する。市場の真ん中に立ち、罪のない人々をめった切りにし、愛してくれた人々を殺した、と。このようにインドを切り裂き、血まみれのままのインドから逃げ出したのだから、自分は二度と戻れないとダディは狂おしげに語る。

この時点からシムランは故郷喪失者のダディのトラウマを背負うことになり、その意味で彼女自身のルーツをも喪失することになる。彼女にとってダディは被害者であり、見えない警察の非情な追跡に追われ続ける人であり、彼が危害を加えた「インドという復讐の女神」から罰せられる人であった。また、シムランは父の苦悩、罪悪感を背負う一方で、その父を護る者として自己認識をし始める。父の罪と秘密を共有し、その罰から護ろうとする娘は、父を失うという「恐怖映画」の観客ではなく、その「主人公」として自己認識し始める。その父のインドに対してなされた罪は、彼女の心に永遠に封印され続けなければならないものとなる。

このようにして、インドは「犠牲者」であり、同時に「復讐の女神」となる。これまでの分離独立関連の著作、特にインドにおいては、インドは常に「引き裂かれた大地＝女性の身体」として表象されてきた。ここに、ディアスポラの作家の視点ならではの「ネメシス」という新たなイメージが提示されている。だが、この娘が抱いたイメージは父の過去の物語を掘り起こす中で修正されていく。

一方、母親は「喪失したアイデンティティ」(16) の回復のため、娘をヒンディー語を教える日曜学校に通わせる。このテクストでは娘が父の罪を背負うという罪の継承が見られる。さらに、ダディが四歳のときにかかった熱病は、彼の母親が前世に物乞いの女性の息子を殺した罪の報いであるといった因果応報の物語を織り込むことで、父と娘が罪を通して運命的に一体化していることを印象づける構成になっている。国境で父の遺灰を撒いたとき、シムランはスパイ容疑で逮捕され取調室で拷問《ごうもん》を受けるが、彼女はそこで泣きじゃくりながら母を探す幼女のヴィジョンを見る。このヴィジョンにも、因果応報を示唆するものが見られる。その幼女に声をかけ、古びたキルトを掛けたのはダディであった。彼はこれが痛みを取り去ってくれる「魔法のキルト」だと語り、少年とキルトにまつわる物語を話してくれる。それは熱病の時にダディを守った守護のキルトで、彼の母がぼろで縫い、瀕死の息子に掛け、それによって彼の命が救われたという。

シムラン自身は無実なのだが、取り調べの尋問を頭の中で反芻《はんすう》するうちに、ダディの罪と彼女の「無実」(15) は一つのものになっていく。これは何を示唆するのだろうか。彼女はアメリカでは父が警察の見えざる追跡によって奪われることに恐怖を感じたが、父の罪と娘の無実が融合することはなかった。だが、インドの刑務所の中で彼女はそう感じるようになる。そして、不思議にも高校二年生のときから始まった「追跡」が止んだと感じる。それまでは娘は父の罪を外から見守ってきたが、今は父が傷つけたインドの大地にあって、罪人として取り調べを受けている。彼女は自分が父の罪を背負うというより、それは彼女自身の罪になったと感じ始める。

ここでシムランの言う執拗な「追跡」がどのようにして始まったか見てみよう。彼女がファルザナの家を訪ね、彼女の祖母に会ったときのことである。ラホールから来たばかりのファルザナの祖母のシャツの右袖の中は「空っぽ」であった。そのことを不審に思ったシムランの問いかけに、ファルザナの祖母は「ずっと昔、分離独立の暴動のときに誰かに切られたのさ」(35)と答える。シムランは耐え難い恐怖に陥り、ダディが通りに立ち刀剣を振り回し人々の首や腕を切りつけている光景を見、意識を失う。家のベッドで意識を取り戻したシムランは、心配そうに看病する母とダディに向かって、「私は彼女を見たの、私は彼女を見たの〔……〕彼らのうちの一人よ」と狂ったように意味不明なことを繰り返す。このときから、彼女はファルザナたちから父を引き離さなければならないという強迫観念をもつが、それをどうしても伝えることができない。このとき以降、分離独立時の暴徒によって腕を切り取られたファルザナの祖母による復讐の追跡が反復脅迫となってシムランを襲うようになる。彼女は精神科医での治療を受けた後、転校しファルザナに二度と会うことはなかった。だが、ファルザナの祖母が父に襲いかかる悪夢は彼女の心の奥の「恐怖の空間」(37)に居座り続け、繰り返し彼女の意識に浮上してくる。

今やシムラン自身のものとなった罪悪感は、刑務所で出会ったムスリムの女性サルタナの家族への反復脅迫的関心となって強化される。サルタナはヒンドゥー教徒の男性二人を殺害したテロリストと噂されていた。一方で、シムランは刑務所で「愛と受容の心」をもつ他の女性たちとの触れ合いと交流の中で、父親が生活していた半世紀前のインドと現在とが途切れなく続いているという感触を得る。その時、ダディの学友の家族が、母親を亡くし父親も失ったダディを本当の息子として養育してくれたということを思い出す。このように、彼女はインドの地でダディの新たな過去を発見し始める。そこには愛された父の物語が確かにあった。

このテクストはさらに次のように展開する。シムランは、釈放された後も国外退去命令を無視し、サルタナの兄が住む地域を探し出し、そこに身を隠してインドに止まることを決意する。だが、彼女のためにムスリムの人々（焼き討ちをかけられ生き延びた人々）が脅かされることに気づき、結局、平和を推進するための組織（"Citizens for Communal Peace and Harmony"）（ＣＣＰＨ）の拠点に移り住む。そこでカリスマ的存在のカリダに出会い希望を見出す。だが、ＣＣＰＨの印刷所から、不審な文書（シンドの人々に蜂起を呼びかける）を発見した時から、彼女はカリダがパキスタンでのテロを唆《そそのか》すテロリストではないかとの疑惑をもちはじめ、ＣＣＰＨの拠点から逃げ出し、ヒンドゥー教徒の祭りの準備が行なわれていたアムリトガールへ向かう。祭りの行進の道筋をめぐる論争（イスラム居住地区に住むヒンドゥー教徒のためにモスクの前を行進するという主張と、それに反対するムスリムとの間の対立）に、カリダが提示した妥協案が了解され、それはモスクを避けることになっていた。だが、当日、行進はモスクへと向かい始める。その時、カリダが行進する人々に立ちはだかり説得を試みるが、暴徒化した彼らはカリダを踏みつけ行進を強行し、カリダは殉死する。それを目撃したシムランは、その後モスクが崩れ落ちる混沌の中で、握り締めていた父の遺灰の入っている袋が破れていることに気づき、こぼれてしまったダディの遺灰を狂気に駆られたように膝に掻き集める。そこに掻き集められたものは、遺灰だけではなく、モスクの瓦礫の残骸と、それによって傷ついた人々の骨と肉片がインドの大地と交じり合ったものだった。

その後、彼女はアメリカへ帰国するが、それまでのインド滞在期間に父のアメリカでの生活や、インドでの父の反省が繰り返し断片的に挿入される。そして、インドで知り合った人々や亡き父との対話の中で、ついに、「父の娘である」との彼女のアイデンティティの確認（インド人としての肯定的自認を示唆）がなされる。だが、それがこのテクストが語る、彼女に「啓示」された内容ではない。それは、父とインドとの本当の関係を発見することにまつわるものであり、その啓示はカリダの死に顔の恍惚《こうこつ》感と、ダディのこぼれた遺灰の惨状によってもたらされる。

3　父の愛した国インドの啓示

彼女はついにアメリカへ戻る。婚約者にインドに留まることの危険を諭されても譲らなかった彼女が帰国したのはなぜか。父の罪悪感を共有するシムランは、自分はテロや危険の真っ只中に止まらなければならないと考えた。それはダディが創り出したものだから、彼が壊した絆を作り直したいと彼女は頑なに思う。

ファルザナの兄イフテカールは宗派主義的ヒンドゥー教徒によって家を焼き討ちされ、障害者となった。彼女はその彼を見守ることで、「彼女の中で泣き続ける父の声」を止め、平和を与えたいと思った。シムランは婚約者との優雅な生活を諦め、「異国」(**"a country that is foreign to me" 172**) に隠れ住む理由はなにか自問し、「私は父の娘だから」(**172**) という理由を確認する。

父と娘、長い付き合いの二人は何でも理解しあえた。だが、ダディの罪悪感の背景に潜むものが、インドの大地への切なさ、「愛」であったことは、彼女のインドでの「血」の儀式を経なければ彼女には啓示されなかった。ここで注目したいのは、インドは彼女にとって父の愛しむ地というより、いまだ「見知らぬ地」であったことである。

それでは次に、父が罪悪感ではなく歓喜、「愛の啓示」に苦しんでいたことをシムランが知ることになった、カリダの死に対する彼女の反応がどのように描かれているか見てみよう。彼女はカリダの死に顔に浮かぶ「恍惚感」、突然の「啓示」(**291**) を見、嫉妬心を覚え、彼の胸に頭を乗せ、彼の「死の匂い・臭い」を胸に吸い込むという行動を見せる。そして、アメリカに帰国した後に、彼女はかつて父にインドを恋しく思うことはあるかと尋ねたとき、父は「恋人のように」と語り、胸を手で押さえるが、あたかもそこに「壊れたかけら」を入れているかのように思えたことを思い出す。そして、カリダの顔に浮かんだ「輝き」を思い出したとき、父を生涯苦しめていたのは罪の意識ではなく、「愛の啓示《エピファニー》」であったと悟る。さらに、彼女はカリダの死の歓喜と父の悲嘆とが連続しており、そのために父は苦痛をガンジス川に流し、浄罪されることを求めず、血まみれの「インドの大地の土に」に交じり合う恍惚感を求めていたのだということを彼女は知る。さらに、彼女は今やダディの魂は望みどおり、「平穏や懺悔」(293)には到達せずに、「恍惚感」に達したことを理解する。このようにしてシムランは「ダディの涙の刻印」(293)は、彼女の傷つき硬直した手から流され、インドの大地と混じりあった「血」によって消し去られたことを知るのである。

はたして、これはインドの大地への究極の賛歌なのだろうか。血まみれのインドの歴史は拭い去られるのではなく、浄化されるのでもなく、究極の欲望の対象(母なるインドとの融合への欲望)として表象される。それはカリダの死の様相と重なることで啓示されたものである。

一体、父の涙を拭い去ることになった、インドの大地に流した彼女の血によって、インドは「父の娘」としての彼女のアイデンティティを強めたのだろうか、それとも、その呪縛から解放したのだろうか。インドは父の愛した国として、彼女のルーツとなりえたのだろうか。

4　罪でつながるシャム双生児としての父と娘

このテクストに見られる、罪でつながるシャム双生児のような父と娘という設定自体、分離独立をテーマとする文学テクストとしては独自なものである。ここで彼女の強迫観念的「罪」について再度検討しておきたい。彼女は七二時間以内の退去命令が出されたにもかかわらず、サルタナの兄の住むカリム・ガリを再訪する。そこでテロの犠牲になった人々と会い、そこに父がラホールで殺害した人々を見、父の罪を懺悔し、贖いたいと思うようになる。父が渇望するのは「懺悔」であると信じ、それを自分が背負っているという不合理な感情に呪縛されるシムランの罪悪感は、E・M・フォースターの『インドへの道』(*A Passage to India*, 1924)のイギリス人女性アデラが取りつかれた不合理な罪悪感(「こだま」で表象される)に匹敵する。

父の死に対するシムランの反応にも彼女が父の罪に呪縛される様子が繰り返し描かれる。彼女にとって父の死が衝撃を与えるものでなかったのは、それが彼女にとってあまりにもなじみ深いものであったからである。「私はそれが影のように父に付きまとっているのをずっと見てきた、そして、ママの死後、私はそれが父の存在を覆い隠しているのを見てきた」(18)。死の影が父に絶えず付きまとうのを見守ってきたシムランにとって、物理的な父の死は脅威ではなかった。母親の早世した後、父の凍りついた沈黙する顔の後ろにいる「再び目覚めた過去の悪魔」から父を護ることが彼女の役目になった。彼女にとって苦痛だったのは父の死そのものではなく、いまや自分のものになった父の「苦悩」だった。父は世界に対しては死者だが、父は「死の苦悩の中でのたうちまわって」(78)おり、シムランにとって死別はまだ訪れていなかった。それはいつ訪れたのだろうか。彼女の血がインドの大地に混じり、父の涙の痕跡を拭い去ったとき、すなわち、彼女の中で泣く父の声が止んだときであると解釈される。

5　境界侵犯的欲望

結末において、死者カリダの顔に浮かぶ恍惚感と、父が求め、愛した恋人インドへの苦悩に満ちた「愛の啓示」が重なるとき、そこに喪失した対象への欲望、象徴的「母の身体との融合」への不可能な欲望が見えてくる。この欲望は多様な境界侵犯的行為（近親相姦的欲望、同性愛など）の形をとって『インドへの道』や他のテクストにも現われる。

たとえば、イギリスの植民地統治下のインドを舞台にした『インドへの道』においては、イギリス人であるフィールディングとインド人のアジズの友情というテーマが展開されているが、その深層に境界侵犯的欲望が潜在している。アジズのムア夫人に対する宗教的帰依《きえ》にも匹敵する不合理な信頼感と、きわめて合理的な性格のアデラがムア夫人に抱くきわめて不合理な絶対的信頼感、さらに死者であるムア夫人のアジズやアデラに対する超自然的影響力などを通して、きわめて複雑な操作によって、この境界侵犯的欲望がテクストの深層に巧妙に潜ませられている。アジズとアデラという共通性の乏しい二人がともにムア夫人への絶対的献身の念を抱いていることはほとんど注目されてこなかった。だが、この両者のムア夫人への献身の念で構成される三角関係に注目した時、このテクストに潜む「喪失した対象」への欲望が多層構造のテクストの深層から浮かび上がってくる。(1)

『ダディの物語』においてもダディの他にカリダの欲望が併置されている。だが、このテクストにおいてはフォースターのそれと異なり、そのことを主人公自身が認識するという構成になっている。したがって、「不可能な欲望」はこのテクストでは深層に潜むのではなく、表層に現われており、『インドへの道』のような洗練され、昇華された表象にはなっていない。

境界侵犯する母＝女の身体は、文節する言語によって主体形成を促す言語文化社会において脅威になり(Kristeva 75)、ビルドゥングスロマン的小説には主人公の主体形成の障害となる欲望として当然テクストに潜むことになる。インドのテクストの例ではギータ・ハリハランの「夜ごとの饗宴の名残」("The Remains of the Feast" 1992)や『夜の千もの顔』(*The Thousand Faces of Night*, 1992)において、前者はブラーフマンにとっての禁断の食物、後者は「血」という、典型的境界侵犯的な物を用いてその欲望が描かれている。また、『小さきものたちの神』(*God of Small Things*, 1997)においては不浄とされたカーストの男性と高位カーストの女性の恋愛、および双子の姉と弟の近親相姦という禁断の関係によってそれは描かれているが、このテクストにおいても境界侵犯的欲望は『ダディの物語』以上に表層に現われている。『ダディの物語』においては、ダディの遺灰とシムランの血が、すでに長い間血を流してきたインドの大地の土と混じるという描写、さらにカリダの「死の匂い・臭い」をシムランが胸に吸うという描写においても境界侵犯的欲望が描かれている。

6　父との同一視の呪縛からの解放

このテクストでは、上述したような欲望を背景として、シムランがダディの罪と懺悔の罠と、それと融合した父への愛着の罠からどう抜け出して自己形成するかが描かれている。ダディの語られざる物語を要求しパンドラの箱を開けたときから、シムランは父と彼の罪をとおしてシャム双生児のように結合され同じ運命を生きる者になってしまった。そして『インドへの道』でアデラがマラバー洞窟で聞いた「反響（こだま）」に囚われたように、父の「悲嘆」の声から逃れることができなくなる。

それでは、彼女は罪を共有することでなされる父との同一視からどのように自由になれたのであろうか。彼女が上記に挙げた境界侵犯的体験を通して父の「愛における死」という啓示を受け入れたとき、ようやく彼女はワイフマザー的役割から解放される。「夜ごとの饗宴の名残」の主人公が曾祖母の亡骸との比喩的融合への欲望を克服した後に、「語り」を獲得したように、シムランも語り手として自己を語る。彼女は父と自分、父に繋がる人々やインドについて書いている自分を次のように語る。「私はダディやサルタナについて、また盲目的怒りや復讐の中で失われた青春について書いている。私はインドについて、父が夢の中で嘆き悲しみ（悼《いた》んだ）、父の愛した国について書いている。私は私のことを書いている〔……〕」(112)、と。

7　平和の手段としての暴力

バプシ・シドハワの『アイス・キャンディ・マン』は加害者であるアイス・キャンディ・マンを主人公の一人として設定する珍しい分離独立小説である。『ダディの物語』はシムランの父への愛と一体化した強迫観念的、かつ自滅的不合理な罪悪感を通して加害者であるダディの苦悩が描かれるという点ではやはり独自な分離小説といえる。また、祖国への思いに悩むディアスポラの父の過去の物語を、二世であるアメリカ人の娘が発掘するために父の祖国を訪れるという設定の中で、娘が父とのシャム双生児的関係を断ち切るという成長物語もおもしろい。

だが、問題も指摘されている。このテクストでもマイリティの反撃としての暴力、刑務所のリンチ、父が行使した分離独立時の暴力など多様な暴力が描かれる。また、平和的、民主的国家建設のためのテロ組織の活動や、ナクサライト運動についても言及しており、平和へ向かう目的のためには暴力的手段は許されるか否かという問いを提起している。だが、それが十分に展開されてはいない。父の沈黙の物語は娘のアイデンティティ形成に決定的影響を与えた。娘は語られざる父の物語を発掘し、意味を問い、その物語(罪悪感の物語)を生き直す。それは彼女の生存に不可欠な道程であった。このような成長物語の中で、上記の問題提起された暴力の問題は置き去りにされてしまったといえよう。

◉注

(1) アジズとムア夫人との神秘的関係については拙論 "Aziz's Transformation and the myth of Friendship in *A Passage to India*" を参照のこと。また、アジズとアデラとムア夫人の三角関係については拙論 "Beyond the Cracked Wall of a Cave: The Triadic Mother-(Daughter)-and-Son in E. M. Forster's *A Passage to India*" を参照のこと。

第八章　インド建国「神話」の創生
――アーザードの回想録とスジャータ・サブニースの『運命の岐路』

1　『ジンナー――印パ分離独立』の反響

二〇〇九年八月三〇日、ジャスワント・シング（Jaswant Singh, 1938-）の『ジンナー――印パ分離独立』（*Jinnah: India-Partition Independence*, 2009）出版後の人民党の分裂騒動について、ニュースチャンネルＮＤＴＶは一日中繰り返し報じていた。一九八〇年における人民党結党メンバーで指導的地位にいたシングはこの出版を理由に党を除籍されてしまう。この事件について『インディア・トゥデイ』、『アウトルック』をはじめとするインドを代表する雑誌が特集を即座に組んでいる[1]。

著者のシングによると、この書はかつて「ヒンドゥー教徒とイスラム教徒の融合の大使」と評されたジンナーが、パキスタンの建国の父になるまでの経緯をたどった書、「壮大な旅」（"the epic journey" 523）である。それがインドにおいて大きな反響を巻き起こし、同時に上記のような人民党の逆鱗《げきりん》に触れた理由は次の点にある。独立後の新生インド建国の神話においては、分離をもたらした元凶としてジンナーは常に悪役視されてきたが、この書においては世俗主義者としてのジンナーが評価され、会議派のネルーや会議派右派で人民党の偶像的存在のサルダール・パテールへの批判が示唆されていること、パキスタンのナショナリズムの物語を追認するような内容になっていることが問題視されたようだ。ヒンドゥー至上主義組織を支持母体に持つ人民党にとっては、会議派のネルーが悪役に転じるのは歓迎されるとしても、それによってジンナーが評価され、パテールが批判に晒される事態を招いたシングは許しがたく、彼は除籍され、それによって人民党は分裂の危機に陥る。

だが、建国神話への疑義はすでに八〇年代後半にアーザード (Maulana Abul Kalam Azad, 1888-1958) の回想録・自伝、『インドの自由の勝利』(*India Wins Freedom*, 1988) において出されている。二〇年も経過した二〇〇九年時点において、すでにアーザードの回想録で語られた内容を反復するこの書が大きな反響を呼んだことは、アーザードの衝撃がいまだに尾を引いていることを物語っている。

現代インド歴史学の第一人者とされるビパン・チャンドラ (Bipan Chandra) は『インドの独立闘争一八五七—一九四七』(*India's Struggle for Independence 1857-1947*, 1998) においてなぜ分離独立は起きたのか、なぜ会議派のネルー、パテール、さらにはガンディーまでもがマウントバッテン総督案を受け入れたのかと問いかけ、「ネルーとパテールが分離独立を受容した理由は迅速かつ安易な権力志向のためであり、人民への裏切りであると一般的に解釈されている」(500) と述べている。

この歴史学者の疑問は『アザーディ』(一九七五) などの分離独立小説において見られる、人々の政治家への疑問、裏切られた憤りを一応代弁するような問いかけになっている。この「一般的に解釈されている」とある点に注目したい。この文は、インド政府が反英独立闘争による建国神話を必死に維持しようと懸命になっていたのに反して、国民はネルーとパテールが権力欲に駆られ分離案を受け入れたとみなしてきたということを示唆している。

分離独立に関する他の膨大な著作同様、ジャスワント・シングの書においても「私は今でもなぜ一九四七年に分離独立が起きたのか、どのようにそれはなされたのか理解したいと思っている」(483)、とあるように、分離独立がなぜ起きたのかについての疑問が動機づけになっている。分離後六〇年以上を経た時点で歴史研究書を含む膨大な著述がすでに出版されてきたにもかかわらず、いまだにこのような疑問が提起されるのはなぜなのか。歴史家は民衆の疑惑とは異なる神話を認めてきたにもかかわらず(アカデミズムは神話を正当化してきたにもかかわらず)、その疑惑を打ち消すことも、神話を納得させることもできなかったということなのか。二〇世紀最大の歴史的悲劇とそれが残したトラウマについての膨大な著作と分析がなされてきたにもかかわらず、スヴィール・コールは分離独立の現代史の位置づけはいまだに不安定なままであると指摘している(Kaul, *Partition of Memory* 3)。したがって、分離がなぜ起きたのかについての探求のテーマは、分離独立を認めた当時の政治指導者への不信の念を伴って分離独立の著作に頻出する。さらに、アーザードの回想録出版後は、パキスタン建国神話の起源と発展についての物語への「熱狂」(1)がみられたとムリヒルル・ハーサンは指摘している(Hasan, *India's Partition: Prosess, Strategy and Mobilization* 1)が、シングの『ジンナー——印パ分離独立』への反響の大きさは、いまだに分離独立がなぜ、どのように生じ、誰に責任があったのか、他の選択肢はありえなかったのかという疑問への答えを求める民衆の渇望が続いていることを物語っているといえよう。

2 歴史研究における争点

それでは、歴史研究においてはどのような見解がみられ、どのような争点があるのか、代表的な著作について検討しておきたい。アシム・ロイによると、最新の歴史研究における争点は、一九四〇年のラホール決議(ムスリム連盟のラホール年次大会で採択されたパキスタン独立決議)がパキスタン建国の要求であるとする通説《オーソドックス》と、それは戦略的なものにすぎないと見るリヴィジョニストの見解の相違にある(Roy, "The High Politics of Inda's Partition: The Revisionist Perspective" 106)。『ただ一人のスポークスマン——ジンナー、ムスリム連盟とパキスタン要求』(*The Sole Spokesman: Jinnah, the*

Muslim League and the Demand for Pakistan, 1985）において、ラホール決議におけるジンナーの巧みに隠された戦略についての検証を行なったアエーシャ・ジャラール（Ayesha Jalal）（リヴィジョニストの代表）の成果が公表され、さらに、分離の責任をネルーに問うアーザードの回想録（全文）の出版された八〇年代後半以降、アカデミズムによって長い間正当化されてきた二つの神話——「リーグは分離」、「統合は会議派」の内の後者の神話が解体され（"The High Politics" 103）、会議派が分離を望んだとする見解が有力になった。(2)

分離独立の著述には分離を避ける方法がなかったのかという疑問が繰り返し提起される。そのたびに分離を避ける方法と考えられた二つの事柄、「大衆行動」と閣僚使節団案拒否への疑問が取り上げられる。一つは会議派が「大衆行動」に踏み切らなかったことへの疑問であり、もう一つはインドに派遣されたイギリス閣僚使節団のインド統一連邦案拒否にまつわる疑問である。前者について、一九八三年に出版されたインド近代史研究の代表的著作とされる『新しいインド近代史』（*Modern India 1885-1947*）において、分離を避ける唯一の道は「大衆行動」であったという見解をスミット・サルカール（Sumit Sarkar）は示し、会議派がその伝家《でんか》の宝刀《ほうとう》を抜かずに終わった理由を次のように述べている。イギリスとの独立交渉や中間政府の組閣に没頭していたこと、会議派左派の台頭への恐怖がぬぐい去れなかったこと、内戦の危機を避けるため、分離独立を選んだためである、と。

ビパン・チャンドラは会議派リーダーたちやガンディーがインド総督マウントバッテン分離独立案を追い込まれた状況下で受け入れたとし、その背景を、ムスリムの大衆をナショナルな運動に引き込むことに失敗したこと、ヒンドゥー教徒やシーク教徒が分離を望んだこと、すなわち「民衆のコミューナル（宗派主義）化」（503）がガンディーに無力感を感じさせたことに見ている。さらに、チャンドラは次のような分離案受諾の理由をあげている。会議派は一九四六年の選挙の失敗（ムスリム議席の九〇パーセントを連盟が獲得）や中間政府の失敗などから、一九四七年六月までに直接行動（間接的議会主義的方法に頼らない大衆的闘争方法）の拡大を防ぐには即座の権力移譲しかないと考えるようになったこと、ムスリム連盟を教唆する州知事たちや、ベンガル州閣僚の無気力や暴動への共犯性などをチェックする能力のない中間政府にネルーが幻滅したこと、さらに、会議派が宗派対立のダイナミズムを理解できなかったこと、特にネルーの甘い観測（ムスリムは恐怖を煽るために分離を主張しているだけで実行しないとの考えや、紛争なしに分離できるとの観測）があったこと、会議派はイギリスが撤退すれば双方によって自由インド建設ができると考え、宗派主義の自立性を過小評価してしまったこと、分離は一時的なものと考えたことなどである。

「大衆行動」に踏み出せなかったことへの疑問以上に、焦点が当てられるのは閣僚使節団案の拒否の背景についてである。アーザードの回想録もスジャータ・サブニースの『運命の岐路』（二〇〇二）もここに焦点が当てられている。チャンドラは会議派、連盟ともに閣僚使節団案をそれぞれの立場を強化するものと異なる解釈をしたことに基づき受諾したと述べている（493）。会議派のパテールはパキスタン建国に反対するものであると読み、ジンナーはパキスタンの基礎が修正不可能な不可避のグループ分け・ブロック化の中に示唆されていると読んだ、と。この受諾が撤回される経緯については次のように説明をしている。一九四六年七月七日の会議派全国委員会での演説で、ネルーが「制憲議会に参加する合意以外、なんの制約も受けない」（493）と発言したことにつけ込み、ジンナーはネルーが案を拒否したものと解釈し、閣僚使節団案を七月二九日受諾撤回した。[3] これは制憲議会が最高決定機関であり、閣僚使節団案の拘束を受けずに手続きの規則を決めることができるということを示唆しており、修正不可能なグループ分けによって保障されるはずの「ムスリム連邦」が無効になる危険を示唆するものであった。[4]

3　パキスタン建国の犯人探しへの熱狂

分離の責任をネルーに問う、アーザードの回想録が分離独立の政治への関心を掻き立てたことは多くの歴史家が指摘していることである。M・ハーサンは『インドの分離独立——経緯、戦略、流動化』(*India's Partition: Process, Strategy and Mobilization*, 1996) の序文において、パキスタン建国運動の起源と発展のテーマについての熱狂の発端はアーザードの回想録の三〇頁が公開（一九八九）されたことによると述べ、次のような熱狂の様相について述べている。新聞各社が、強情（無情）な会議派リーダーたちからの譲歩を引き出すための交渉の道具として、パキスタンを利用しようとしたジンナーの動機の扱いに対する会議派の対応のまずさについて書き散らす。完全版回想録出版後の文学の多くに見られる大胆な断定は、多様な「もし」——もし連盟の要求に対しガンディーとネルーがより寛容であったら、もしマウントバッテン総督以前の総督に政治的手腕があったら、もしジンナーが柔軟であったら、分離は避けられたというもので、このような議論はテレビの人気シリーズドラマ『ブーニヤード』(*Buniyad*, 1986)や『タマス』（一九八七）によって終わりなく続けられると苦言を呈している(Hasan 1-2)。

スジャータ・サブニースの『運命の岐路』もこのような文脈から生まれてきたテクストであると推測される内容を持っている。このテクストでの「もし」は、もしネルーがジンナーの致命的病について知っていたら、分離は避けられたという仮説であり、それが現実化するという物語である。

4　アーザードの回想録

本章では、見事なサスペンスの装置を持つ『運命の岐路』の文化的影響力と功罪について検討していきたいが、その前に、アーザードの回想録の詳細を検討してみたい。

モウラーナー・アブール・カラム・アーザードの回想録・自伝『インドの自由の勝利』は、分離独立を阻止できなかった理由と経緯を丹念に辿る回想録であり、随所に著者の無念さが抑制された政治家の思いとして滲み出ている書である。

アーザードは会議派の議長を務めたムスリムである。この書はイギリスからの権力移譲の立役者として後世のために記録を伝えるべきというフマユーン・カビール(Humayun Kabir)教授からの説得を受け、英語で口述筆記されたものである。アーザードの死後七ヵ月後の一九五八年に出版社に持ち込まれ、翌一九五九年に出版される。だが、個人的な事柄についての記述部分三〇頁が削除された形での出版であった。完全版は図書館に保存され、アーザードの三〇回忌《き》にあたる一九八八年二月二二日に追加の三〇頁を加えた完全版として出版された。

この回想録は、従来、閣僚使節団案を拒否したのはムスリム連盟とされていたが、「強力な中央集権下の大インド連邦」建国に固執し、案を拒否したのは会議派であったということを暴露した。この回想録の衝撃は、歴史家のM・ハーサンが指摘していた傾向——人々の生活史ではなく、回想記などに基づく犯人探しに熱狂（Hasan, "Memories of a Fragmented Nation" 173）し、クリップス（R・S・クリップスは一九四二年インドに派遣されたクリップス使節団の団長）や閣僚使節団との交渉の背後に潜む「なぞ」に焦点化する傾向をさらに増長したと思われる。また、大衆文学にも政治リーダーたちの失策や植民地統治者たちの分割統治的役割などへの批判を反復する傾向が顕著になる。『運命の岐路』もこのような関心に一見迎合するテクストにも見える。

まず、アーザードの回想録における一九四六年三月二三日、使節団到着後の記述（一一章以降）の詳細を検討してみよう。連邦制という使節団提案と同様の案を考えていた会議派議長アーザードはそれに賛成する。ガンディーも連邦制のみが連盟の不安を軽減する解決策であるとして賛成する。当初ジンナーは反対していたが、やがて、使節団案以外にマイノリティ問題を解決する案はないことを認める（157）。六月二六日、案は会議派執行委員会で採択される。

これまで交渉役を務めてきたアーザードに議長再任の要望があったにもかかわらず、彼は同じ見解をもつネルーを推薦し、議長はネルーに移行する。後にアーザードはこの指名がなければ、この後の一〇年の「歴史はちがったものになっていただろう」（162）と悔いることになる。

七月一〇日、歴史を変える事件が起きる。ボンベイでの記者会見でネルーは、使節団案を全面的に受け入れたわけではなく、変更や修正も可能であると明言してしまう。会議派の議長が使節団案を制憲議会で変更できると宣言したことは、ジンナーにとって会議派が案を拒否したことを意味した。案の内容は、案を一括して受諾しなければ暫定《ざんてい》政府の組閣に参加できない決まりになっていた。したがって、長期・短期プランともに受諾した連盟側のみが暫定政府を樹立する権利があるとジンナーは考えた。だが、そうはならなかった。ネルーのボンベイでの声明がジンナーに使節団案を拒否する機会を提供した。その結果、七月二七日、連盟の大会で使節団案は否決され、ジンナーは直接行動を宣言する。八月八日、会議派は委員会を開催し、ネルーの個人的失態に言及せずに前回の決定の変更についての声明を出すことに決定する。ネルーの失態についての次の記述は一九八八年の完全版において追加されたものである。

〔……〕この展開の大部分の責任はジャワハルラル〔ネルー〕にある。会議派は閣僚使節団案を自由に修正できるという彼の失言が政治的コミューナルな合意へのすべての疑問を再び起こさせることになった。ジンナー氏はジャワハルラルの失言に最大限つけ込み、当初閣僚使節団案を受諾していたにもかかわらず、それを撤回した。(170)

当初からアッサム州の会議派のリーダーはムスリム多数派州であるベンガル州と同じグループに入れられた場合、ムスリム支配のグループになることを恐れ反対していた。当初、使節団案を受け入れていたガンディーも見解を変更し、アッサム州の州首相を支持する。八月一〇日、結局会議派は使節団案を全面的に受諾する。だが、ジンナーは州が使節団案のグループに参加するということを委員会が明言していないとして難色を示す。アーザードは、会議派がインドの統一を維持できる案を即座に受諾しなかったことで、ジンナーにサボタージュの言い訳を与えてしまったと次のように述べている。「会議派は使節団案がインドの統合を表わしているのであれば、無条件で受諾すべきであった。逡巡がジンナー氏にインドの分離の機会を与えてしまうだろう」(185)。

イギリスの引き上げ方法について首相のアトリー(Clement Richard Attlee, 1883-1967)とインド総督のウェイヴェル(Archibald Percival Wavell, 1883-1950)の見解が異なる点については次のように説明している。ウェイヴェルはコミューナルな問題を解決する前に権力委譲すれば、イギリス政府は義務を遂行できなかったことになると主張、一方、アトリーは日程が決定された時点から責任はインド人に移ると主張した。アーザードは独立を決定した労働党(アトリー政権)

を評価する一方、ウェイヴェルの状況認識が正しかったことを強調している。この点でもネルーと意見が異なっていた。

もしかしたらインドの分離の悲劇は避けられた可能性がある。確実なことはいえないまでも、一国の歴史において一〜二年の違いはたいしたことではない。おそらく、より賢明な政治はウェイヴェル卿の助言に従うことであったということを歴史が決定することだろう(192)。

一九四八年六月までに権力移譲するという労働党党首の宣言および指示の下、マウントバッテンが一九四七年三月二二日にデリーに到着し、二四日、最後の総督として就任する。各地で暴動が頻発するが、イギリス側の行政はあくまでもインドに責任が委譲されたというスタンスをとる。マウントバッテンはインドの中央政府評議会が内紛によって機能不全状態に陥っているのを利用し、連盟と会議派双方に分離独立は不可避との印象を与える。財務大臣リアカット・アリ〔・カーン(Liaquat Ali Khan, 1895-1951)〕(後のパキスタン初代首相)に手を焼くパテールは分離独立がその解決策と考え、分離独立の立役者となる(198)。ネルーも分離以外の選択肢はないと考え始める。アーザードはこの変化の背景を次のように推測している。ネルーは原則的であるが、一方で衝動的であり、他者に影響されやすく、マウントバッテン夫人と(198)とクリシュナ・メノン(V. K. Krishna Menon, 1896-1974)(一九二〇年代からロンドンに在住し独立運動を指導。後にインド国連大使、国防相を務める)の影響力が作用した、と。

唯一の望みの綱は「会議派が分離独立を受け入れたいなら、私の屍《しかばね》を越えていくことになるだろう」(203)と言っていたガンディーだった。ガンディーはジンナーに組閣を任せるという提案をするが、ネルーとパテールは反対する。多くの分離独立の著述の中に見られる疑問はなぜガンディーは分離を受け入れたのかというものである。アーザードは、ガンディーの考えの急激な変化の理由をパテールの説得によるものと推理している(ビパン・チャンドラは大衆のコミュナリズムを前にしたガンディーの無力感と説明している)。マウントバッテン卿は、中央政府が弱ければ、分裂が増殖する、強いインドを建国するために北西と北東の一部をあきらめた方が良いと助言する(204)。その見解にパテールは影響を受ける。一方、アーザードは使節団案に立脚するようマウントバッテン卿を説得するが、総督は自分の分割案によってインドの問題を解決した人物として歴史に名を残したいと考えた(205)。アーザードはガンディー自身も主張していた二年間独立を待つという案を主張し、マウントバッテン卿を説得しようとした。だが、ガンディーはそれに熱意を示さなくなる。また、マウントバッテン卿も分離案を本国に提案すれば保守派(チャーチルなど)が喜ぶとの読みがあったとアーザードは推測している。その後の彼の行動から推測するに、すでに本国に戻るときには分離案を閣議で受け入れてもらうよう説得する決意を持っていたことは明らかである。マウントバッテン卿は暴動の生じないような対策を採ること、軍による鎮圧などを約束する。現実にはインド軍は分裂し、殺戮を阻止することはできなかった(207)。

アーザードは使節団案を拒否するマウントバッテン卿案に対し、労働党内閣が賛成しないことに一縷《いちる》の望みを託すが、無駄であった。労働党は使節団案に従った統一インドが独立した場合、イギリスが経済的支配力を維持するチャンスはないと考え態度を変えた。

ガンディーは委員会で公然と分離独立に賛成する。アーザードは会議派の中にコミューナルなグループがあることも指摘している。彼らはインドには統一的文化はなく、ヒンドゥーとムスリムは異なると主張してきた。だが、その中の一人であったスリー・タンドンが分離案に猛烈に反対し、紛糾《ふんきゅう》する。だが、ガンディーが介入し、分離案を受け入れるよう説得する。

エピローグでアーザードは次のように述べている。連盟によってパキスタンという新国家が設立された。だが、単に個人的利益のために動いたビハール州、ウッタル・プラデーシュ州、ボンベイ出身のリーダーたちは、独立闘争の経験もなく、自己犠牲や闘争の自己鍛錬の経験もなく、現地語も話せず、庶民から乖離《かいり》している。さらに、インドのムスリムの弱体化についての懸念、軍需費が国家予算の半分を占めることの理不尽さなどについて指摘し、次のように締めくくっている。不可避であったと考える人々、避けられたと考える人々。歴史だけがその判断の正しさを決定できる、と。

アーザードの回想録完全版は多くの評者が指摘しているように、建国神話を脱構築する衝撃を与えた。ネルーの『インドの発見』(一九四六)は建国神話を構成する書の一つである。これは一九四四年四月から九月までアフマドナガール(マハーラーシュトラ州)の獄中で著わされた書である。二〇〇四年版では一九八〇年一一月四日付のインディラ・ガンディー首相(ネルーの娘)の序文、二〇〇四年五月のソニア・ガンディー会議派総裁(インディラ・ガンディーの義理の娘)の序文が付されている。現代政治のみならず、多彩な内容になっているが、この書はネルーがいかにインドの分離に反対したかを一貫して主張し、雄弁に物語るテクストになっている。アーザードが問題にしている閣僚使節団案に関するネルーの失態以前に記され、出版されたものである。

この書はネルーのインドの統合への意思が次のような記述からうかがわれる。イギリスのクリップ使節団案(一九四二年三月)が常に分割統治してきたイギリスの政策そのものであること、それは単なるパキスタンの承認ではなく、他州が解体されることへの危惧のある不確かな数の分割案であること、インドの自由への耐えざる脅迫になっていること、イスラム地域の経済的後進性への懸念、分割はさらなるマイノリティ問題をつくることなどを指摘している。だが、次のような矛盾や現実認識の甘さも見られる。最大の地方自治権の必要性を説きながら、中央集権への強いこだわりが明らかに見られる。さらに、ゆるい結合による分割案が強制されたとしても、統合の意思があれば、将来本当の統合が実現する**(591)**ときわめて楽観的視点が見られる。

アーザードの回想録は上記の統合への楽観的熱意を持つネルーが分離を望んだことを物語っている。また、アシム・ロイは社会主義者のネルーが強力な中央集権が不可欠と考え、会議派がインドの惨状を救済するためにジンナーの要求に従わなければならないという論理を作り上げたと、その戦略を分析している。このようにして、連盟が分離を望み、会議派が統合を求めたという建国神話が作られ、前景化されてきた。

5　サブニースの『運命の岐路』

次にスジャータ・サブニースの『運命の岐路』（二〇〇二）について検討していきたい。この小説はインドが一九四七年に分離独立したのではなく、一九五〇年にイギリスから独立したという設定のサスペンス仕立てのフィクションである。三部構成で、第一部（「分岐点」）は一九四七年三月二八日から始まり、六月三日、ネルーがマウントバッテンの分割案を拒否した歴史的会合までを扱っている。七頁からなる第二部（「岐路」）は分離独立した場合のシナリオが描かれる。第三部（「運命」）は二〇〇一年六月一八日から八月二五日までの現代インドが舞台となっている。パキスタンは建国されず、インド亜大陸は分離されなかったが、分離を要求する組織テロは頻発する。作品中、フィンコム銀行プラザ爆破事件をはじめとする、近年生じた類似の事件の舞台となった場所はすべてジンナーが四〇年代パキスタン建国のために要求した地域だった。やがて、それは分離派組織クォーメー・マジーリスのパキスタン建国計画の一部にすぎないことが知れる。さらなるテロの危険が迫る。だが、内務大臣ファルザナ・フセイン（ムスリムの女性）と中央犯罪捜査局（CBI）長官パルヴェーズ・アリ・ベグによってそれは阻止される。このクライマックスに至るドラマに、二二歳の女性ジャーナリストのレシュマ（ヒンドゥー教徒）と、彼女から結婚を拒否され恨みを抱く元恋人のムスリム男性のアニー（軍の将校）の悲劇が絡み合ってサスペンスを盛り上げるという構成になっている。

異宗派間結婚に踏み切れず恋人を見捨てたことに罪悪感を抱くレシュマに対し、アニーは復讐の念に囚われクォーメー・マジーリスのテロリストとなる。レシュマはネルー接見記録の中の一九四七年六月三日のマヌという名前だけの記録を発見し違和感を覚える。大事な日（マウントバッテン分割案が公式に受諾される予定の全党の会合の日）に唐突に入れられた約束の謎を探求する過程で、彼女は事件に巻き込まれていく。やがてマヌという伝説の男がネルーの考えを変え歴史を変えたことがわかる。ジンナーが致命的病にかかっていることを示す証拠を持参し、ネルーに訴えたマヌという謎の男は予想されたヒンドゥー教徒ではなく、ムスリムであり、内務大臣ファルザナの祖父（自由解放の闘士）であったことが判明する。さらに、結末において、テロの標的はファルザナであったことがわかる。彼女はイスラム教徒で国民的に支持されている大臣である。テロはその彼女の暗殺が熱狂的ヒンドゥーによって行なわれたかのように仕組まれることで、穏健なイスラム教徒の感情を刺激することが目的であった。マジーリスの黒幕は実はファルザナの夫であった。

このテクストは次のような描出の仕方から、分離独立は避けるべきだったとの視点で描かれていることが明らかである。まず、第二部において、分離独立した場合の地獄の様相が描かれていること、少数の政治家の権力闘争のために、大多数のムスリムが望まないパキスタンが建国されることになり、多くの人々が故郷喪失の悲劇を体験せざるを得ないと語られていること、独立は遅れ、内戦も避けられないとマウントバッテン総督は分離案を受け入れるようネルーに脅迫まがいの説得を続けるが、ネルーがそれを退けたことが述べられていること、分離よりも内戦の方が被害は少なかった（三ヵ月間の内戦で一七五人が死亡）という設定になっていることなどである。さらに、統一を維持したインドはその後核実験を行ない、二〇〇〇年頃には世界のスーパーパワーとして認知される。

だが、一方で、「シャム双生児」のようなインドは「グロテスクで不自然な」姿をしており、一方をスパッと切り取ることで健全な姿になると考えるアニーのようなムスリムを設定し、ヒンドゥーとムスリムの融合は「まがい物」(182) であると見る分離派組織は存在し続けること、統一を維持したインドにおいてもパキスタン建国の夢は消えず分離派組織のテロは頻発するという設定になっている。分離は避けられても、パキスタン建国の要求を止めることはできないというこのメッセージは何を示唆するのだろうか。インドは現実には分離独立し、テロが頻発するたびにその起源を分離独立に求める傾向がある。分離のいかんを問わずテロは起きるのだから、テロの頻発の起源を分離に求めることは無益であるということだろうか。あるいは、現実に見られるマイノリティ差別は、分離独立によってより深刻なものになったのではなく、統一を維持していたとしても解決されることのない問題であるということを示唆しているのだろうか。だが、メッセージがサスペンスの道具立ての犠牲になり、きわめて曖昧で矛盾したものになっていることは否めない。だが、ネルーが「ノー」といえば分離は回避されたという形で単純明快化し、たとえパキスタン建国への夢が再燃し、テロが頻発したとしても、分離独立のような被害もトラウマも残さなかったという強いメッセージを与える小説であるといえよう。この点の功罪については後で検証したい。

このテクストにおいては、ガンディーは分離独立文学では珍しく肯定的に描かれ、ネルーについては分離独立文学の常で、手厳しい視線が見られる。ネルーへの批判はアーザードの完全版回想録の出版以前から見られ、分離独立が反英闘争の「大きな物語」に対抗する物語であることを示唆している。だが、回想録出版後に会議派とネルーへの批判が高まったが、それに呼応したメッセージがこのテクストにおいて見られるというわけではない。はたして、このテクストはジンナーが分離の元凶で、連盟が分離を要求し、会議派が統合を主張したという従来の神話を転覆するテクストなのか、それともその神話を創造・強化するテクストなのであろうか。結論から言うと、どちらでもあるというのが筆者の読解である。

まず、会議派およびガンディーやネルーの対応の作中での変化を具体的に見ていこう。一九四七年三月三一日、インド総督公館におけるマウントバッテン総督との話し合いの中で、ガンディーは利己的意図で宗派対立の悪鬼を作り上げてきたのはイギリスだと糾弾し、「混沌〔＝内戦〕の方が分離よりはましである、自分たちの運命は自分たちで決めるからほっといてくれ」(32)と語る。さらに、彼はネルーや他の会議派メンバーが分離に傾いており、政治家たちは大衆の代表ではなくなり、権力に幻惑され堕落していると断言し、大衆運動を示唆する発言をしている(34)。

ネルーについてはどう描かれているだろうか。イギリスからの独立を目指すベンガルのある秘密結社的組織の指導者ダーダに対して、マヌがデリーの政治的状況を報告〔五月一五日〕する会話の中にネルーの考えが示される。ネルーは内戦を恐れ、分離後の暴動は一時的なものと考えているとのマヌの報告に対し、ダーダはネルーが人間性に疎く、分離で大量殺戮が起きないとする彼の考えは自己欺瞞だと語る(46-47)。後の章〔四章〕でもネルーが分離に傾斜していることをうかがわせる発言がなされる。会議派の指令センターとなっていたガンディーの住居に会議派幹部が集合した時〔六月一日）のことである。ネルーが独立を引き伸ばされることに焦燥感を抱き、分離に反対する大衆運動をガンディーが動員することを恐れていることが描かれる（ネルーもマウントバッテンもガンディーの大衆運動を恐れていたのに、なぜガンディーは実行しなかったのかについての説明は加えられていない）。分離するなら自分の屍を越えていくしかないと主張するガンディーに対して、ネルーもパテールも内戦を回避するために分離が必要であると主張する。分離が「外科手術」だと語るジンナーの見解をネルーは反復し、その外科手術は「清潔で、正確で、痛みもなく、結局は治療になり、有益である」(62) と語る。それに対し、ガンディーは村に住んだことのないネルーの夢物語でしかないと反論する。会議派が一致して反対すればイギリスが強行することはできないこと、「混乱」の方が分離よりましであり、イギリスに無政府状態のままにして撤退するよう言えとガンディーは主張し続ける。だが、ネルーは拒否する。

ここまではガンディーが分離に命がけで反対するのに対して、会議派の中でネルーやパテールが分離に傾いている構図が見え、会議派が統合を堅持したとの神話を反復していないことは明らかである。だが、ネルーの次のような葛藤が追加されることによって、その構図は微妙に揺らぐ。ネルーは不安に駆られ葛藤する (72-73)。後世の人々がガンディーと同じように考え、会議派が権力志向のため分離に同意したとの疑惑をもつのではないかと不安になる。そうかと思うと、分離は外科手術だと思い直す。また、時間が経過すればインドとパキスタンは現実を受け入れ、国家建設を進めていくだろうといった楽観的、希望的観測に耽ったりする。明らかに、ネルーの楽観的視点への皮肉が見られる。だが、ネルーの葛藤を追加することでネルー弁護にもなりうる内容となっており、ビパン・チャンドラが要約したような一般の人々が抱くネルーの権力欲への疑惑の現実はあまり踏まえられていない。

次に、マヌの介入後のそれぞれの反応を見ていこう。一九四七年六月三日、マウントバッテン総督の分割案をネルーは拒否するが、それがジンナーの怒りを爆発させる。ネルーはムスリムも心の底ではパキスタンを望んでいないし、誰も得をしないにもかかわらず、後遺症は致命的であるが、統一インドのままであれば世界のスーパーパワーになれる、と説得する (83-84)（インドの大国主義的欲望の風潮を背景にしている）。マウントバッテンは総督権限を行使して案を強制できるとすごむ。それに対して、パテールは最大の党（＝会議派）の同意なくしてそれはできない、と反論する。マウントバッテンは独立が遅れ、内戦も起こると威嚇する。だが、パテールは長い間待ち続けた、数年遅れてもかまわない、その時こそ「分離の悲劇で汚されない本当の自由」を獲得できると反論する。これはガンディーやアーザードが考えていたことであり、実際のパテールの見解からはほど遠い。マウントバッテンは、さらにインドが内戦の危機に直面していることを忘れている、ユートピア的夢のせいで犠牲者をだすのか、とたたみかける。この彼のことばに対し、ネルーは、分離が悲惨な事態を引き起こすということを視野に入れていない、永久に分離するよりは一時的内戦の方がましであり、自国のことは自分たちのやり方で対応すると反論する。このネルーのことばもガンディーの見解に重なるが、現実のネルーの見解からはかけ離れている。

上記のパテールとネルーの反論はガンディーのことばを反復しているもので、およそ事実とは言い難い。それは民衆が政治家たちに望んだ理想的姿を反映しているといえる。だが、それらはパテールとネルーがまさに否定した内容であり、皮肉というより喜劇に近い。このような発言者を入れ替えるという操作の罪はなにか。ネルーやパテールらの犯した失策が失策のままで終わってしまった複雑な歴史的背景があるという現実を隠蔽してしまい、その中で生起した事柄への暴力的単純化により、失策を無化したところで創出される新たな神話を提供することになる。

このテクストは、ビパン・チャンドラやムリヒルル・ハーサンなどインドの代表的歴史家が民衆の割り切れない思いを汲み取った疑問を提起しており、その「なぜ」という思いに答えるような物語になっている。しかも、政治的陰謀と異宗派間恋愛との組み合わせ、ネルーの手帳などの道具立てといった見事なサスペンスの装置を駆使して、構成されている。だが、ネルーの考えが変わる理由があまりにも単純すぎ、会議派リーダーたちの複雑で綱渡り的な戦略やその挫折、また、イギリス側の事情、戦略的意図、ムスリム連盟と他のムスリム組織との軋轢や、連盟の背景にある実業家などの圧力団体のパワーポリティクスが隠蔽される危険性がある。

ネルーが「ノー」といえば回避されたという形で単純明快化していることも問題である。だが、それ以上に問題なのは、ジンナーが分離の元凶という前提に基づいて構成されている物語になっていることである。このテクストはイスラム教徒のマヌの英雄的行為を描く一方で、反英独立闘争の英雄であるネルーのキャリアが汚されたのはジンナーのせいであるといわんばかりの言説になりかねない内容をもっている。ネルーはジンナーがいなくなれば連盟のリーダー的存在は他にいなくなると考え、パテールも暴動を扇動するほど熱狂的なやつはジンナーの他に誰もいないと語る。そこで、ジンナーの致命的病が決定打になる。重要な歴史書以上に読者を獲得するサスペンス・フィクションにおいて、ジンナーの排除がすべてを解決するかのような印象を与える物語は、従来の神話を転覆するどころか強化しかねない危険なテクストになりうるのである。

◉注

（1）「インド人民党、ハードコアへの回帰――インドを分離したのは誰か？　ジンナーかネルーか（"BJP: Return to the Hardcore: Who Partitioned India? Jinnah or Nehru?"）（『インディア・トゥデイ』、二〇〇九年八月三一日号の特集記事）。「人民党のブレークポイント、ジンナーの幽霊」（"Breakpoint BJP The Jinnah Ghost"）（『アウトルック』、二〇〇九年八月三一日号の表紙タイトル）。

（2）M・ハーサンは三〇年代まで世俗主義のナショナリストだったジンナーがパキスタン建国のスポークスマンになり、インドの統一のために闘ってきた会議派が分離案を受諾したパラドックスの解読をその編著において試みている（*India's Partition: Process, Strategy and Mobilization*, 1996）。要点は「二国理論」は世俗主義的ナショナリズムへのイデオロギー的対置として、小グループによって考えられたものに過ぎないということである。また、彼はジャラールの業績を評価する一方で、パキスタン建国について会議派が果たした役割についての見解が一方的すぎること、連盟が大衆の支持を得た背景・理由の多様さの分析がなされていないと批判している。

（3）ビパン・チャンドラは使節団案が変更・修正可能であるとの爆弾発言をした七月一〇日のボンベイでの記者会見でのネルーの失態には触れていない。彼は分離へ導いた理由として次のような統治者側の問題点を示唆している。イギリス政府のジレンマ（会議派に中間政府を作らせ前進するか、連盟の同意を待つか）や、ウェイヴェル総督とイギリス政府間の見解の分裂、分割統治から撤退へとスタンスを変更した一九四六年のイギリスが「自ら作った怪物フランケンシュタイン」（B. Chandra 494）を制御できない不安に駆られていたこと、イギリス側があくまでも媒介者としての役割に拘泥し、宗派主義的な問題に責任ある積極的介入を避けたことなどである（479）。

（4）G・D・コスラ（Khosla）（元パンジャーブ高等裁判所主席判事）も使節団案をめぐる動きについて詳述している。ここにも、制憲議会が最高決定機関で、使節団案に示された手続きの規程を自由に変えることができると会議派執行部が主張したという記述が見られる（*Stern Reckoning* 35）。

第三部　インド英語文学の女性たち——性・身体・ディアスポラ

第一章　孤立する女性の身体
――シータの娘たち、アニタ・デサイの『燃える山』と『断食と饗宴』他

1　挑戦的南アジアの女性たち

テヘミナ・ドゥラニ（Tehmina Durrani, 1953-）の『封建領主としての夫』（*My Feudal Lord*, 1994）は、パンジャーブ州の大物政治家であった夫との凄絶な結婚生活と離婚を実現するまでの苦闘の物語であり、弱者への不当な仕打ちに抗議することを目的とした自伝である。出版後、ベストセラーになりセンセーションを巻き起こした。

パキスタンの作家である著者はイスラム教徒であり、厳格なパルダ（女性隔離）の慣習の中で育った女性である。したがって、彼女は「男性が支配するムスリム社会」において、このような私的な内容を公表することの危険性を十分承知していた。だが、あえて愛する子供たちへの次のような願いをこめてこの書の出版を決意したという。歪められた解釈に基づいたイスラム原理ではなく、真のイスラム教に基づく価値と母国への敬愛を持つことによって安易な妥協を退けることができるように。また、息子たちが弱者を抑圧することがなく、娘たちが抑圧と闘うことを学ぶように。さら

に、献辞にあるように、亡くなった祖母の魂に「私は生き延びた」(I survived)ということを知ってほしいと願って。

これはDVの被害者自らが語る貴重な記録である。しかも、DVを乗りこえた当事者が、その経験を通して女性のアイデンティティの問題を問い直し、さらに多くの女性に「沈黙」を破ることの意義を自ら実践して見せたという点からも重要な書であるといえる。「生き延びた」ということばはインドの女性の人生とその物語に見られるキーワードである。

一方、バングラデシュの作家、タスリマ・ナスリン(Taslima Nasrin, 1962-)はコミュナリズムを糾弾する小説、『恥』[1](*Lajja*, 1993)の出版によってイスラム教徒の怒りを買い、イスラム原理主義者の組織から死刑宣告を受けるが、イスラム教徒のデモや原理主義組織からの脅迫に屈することなく「口を封じようとする権力に抵抗する」(序文)と宣言し闘い続けている女性である。

インドにはさらに壮絶な人生を生き抜いた女性がいる。プーラン・デヴィ(Phoolan Devi, 1963-2001)である。彼女はテヘミナのような上流階級の女性ではない。また、医師出身のナスリンのような知的階層の女性でもない。デヴィはインドの後進カースト(最下層のシュードラ)に所属し、女性差別とカースト差別の二重の差別の犠牲者であった。幼児婚、夫からの虐待、実家へ戻った後の村人たちからの嫌がらせ、支配カーストであるタクール(地主)に仕組まれた性暴力、いわれなき窃盗の取り調べを行なった警官たちからの連日の拷問、集団レイプと口止めのための脅迫などといった過酷な虐待に晒される。その後、盗賊に誘拐され、自らも盗賊となって、民衆から「盗賊の女王」と呼ばれるが、投降し一一年の獄中生活の後、国会議員となったものの、二〇〇一年七月に暗殺される。彼女は自伝『女盗賊プーラン』(*Moi, Phoolan Devi*, 1996)において、上述した虐待の数々と、「盗賊の女王」としての日々、投降、獄中生活からなる壮絶な人生について語り、女性としての誇り、カースト差別への闘士を失うことなく生き抜いた女性の正当な怒りを語って見せた。

この南アジアの三人の女性に共通しているのは伝統的な女性の規範とされた生き方に抵抗し、信念を貫いたという点である。伝統主義者が提唱する女性モデルであり、かつ現代のインド人が男女を問わず理想とする妻、女性モデルとは、古典的叙事詩『ラーマーヤナ』（ウイリアム・バックによると推定紀元前二〇〇年から紀元後二〇〇年の間）のヒーロー、ラーマ王の貞淑な妻シータやドラウパディ（『マハーバーラタ』に登場する王女で夫に献身する妻）などである。彼女らはいかなる理由があろうとも夫に従う、貞淑で従順で忍耐強い女性の典型と見なされている。このシータこそ、七〇年代からの女性解放運動を経て、いまなお現代化への激しい変化に晒されているインドにおいて、男性だけでなく、「多くの女性たちの理想の女性」(Sirohi 34) であり、役割モデルである。

上に述べた三人の女性たちはこのシータ・モデルに対抗できる存在である。だが、これほど目覚ましい活動をした女性ではなく、ごく平凡な女性の中に、シャーロット・ブロンテ (Charlotte Brontë, 1816-55) の『ジェイン・エア』(*Jane Eyre*, 1847) の主人公ジェインのように大衆的に認知された、反シータ・モデルをインド英語文学において見出すことはできるのであろうか。

2　インドにおける女性差別の実態

この検討に入る前に、インドにおける女性差別の実態について確認しておきたい。インドにおいて解決すべき急務とされる重要課題の一つはテロである。デリーやムンバイなどの大都市で頻発するテロに加え、カシュミールや少数民族の自治の問題を抱えた地域（マニプール州を含むインド東北部など）以外でも、毎年あちこちでテロが頻発しているのがインドの現実である。

だが、このような紛争やテロの被害者数をはるかに超える女性が、ダウリの不足を理由に夫や姻戚者たちによって殺害され、あるいは自殺に追い込まれている現実が一方にある。それまで台所での事故として片付けられることの多かったこのダウリ殺人は、八〇年代にメディアで注目され始め、家庭内の出来事として不介入を決め込んできた警察や司法当局の対応に対する女性運動の活動家たちによる抗議デモが起きた。ダウリ殺人を扱う部署も特設され、ＤＶ法もあるにもかかわらず、犯罪件数は九〇年代後半まで急増しつづけている。[2]

インドにおけるダウリ殺人や寡婦虐待やレイプといった、女性に対する暴力の根源には女性差別がある。女性に対する「暴力」は「特定の男性による特異な行為」ではなく、「男性が権力を握り、支配する社会に普遍的に見られる現象」(Andermahr 234) という視点に立てば、その支配力を維持するために、人間としての女性の尊厳を踏みにじる女性差別のあるところ、どこにでも女性に対する暴力は見られるといえるだろう。だが、インドという固有の歴史的背景、文化をもつ社会に独特の暴力の現われ方もある。それがダウリ殺人や寡婦差別、サティや幼児婚であり、またイスラム教社会と共通しているパルダという女性隔離の慣習などである。[3]

だが、このような重大な人権侵害が日常的に行なわれているにもかかわらず、人々の関心が薄れてきており、被害者支援にあたっている女性の活動家たちの間にも失望感と無力感が蔓延《まんえん》しかかっているという問題を指摘するのは、殺害を逃れたダウリ被害者や被害者の母親とのインタヴューをまとめた『ダウリ犠牲者たちの物語――シータの呪い』(*Sita's Curse*, 2003) の著者シーマ・シロヒ (Seema Sirohi) である。

このような人々の無関心の他に課題とすべきは、虐待される女性たちがそれを女性としての運命と考え、疑問視せず、忍従するのみで、沈黙を破って「声」をあげることができないという現状である。[4] これは女性自身が自らの従うべき規範を内面化させられていることを示唆している。「虐待される女性」は究極の女性差別を体現する身体である。女性差別の根源となっているヒンドゥー教の伝統とは『マヌ法典』であり、[5] この法典によって規範化された制度、思想の枠組みによって女性は支配されてきた (Bagchi 8; Naresh K. Jain 10)。『マヌ法典』第五章一四八節には女性の生き方、守るべき規範について、「子供のときは父の、若いときは夫の、夫が死んだときは息子の支配下に入るべし。女は独立を享受してはならない」と記述されている。

ダウリ殺人をはじめとする、女性に対するさまざまな暴力・虐待について、ある地域を調査したシャイア・ロヒア (Shaila Lohia) は、家父長制度下で男は「神」であり、女は「奴隷」であり、この性差別的状況からDVが生じていると指摘している。(6) インドの女性が、この規範に抵抗することが、いかに困難であるかについて、彼女は次のように述べている——女性が「人間」ではなく、「でくの坊」としか思われていない。忍耐することが女性の本性という認識のはびこる社会で女性は育つ。しかも、夫を神のように崇め従うべきとする規範を生まれた時から執拗に叩き込まれた母親たちが、幾世代もの間、自分の娘にも同じ躾・教育をしてきた社会において、女性たちが抵抗することは難しい。不従順な妻への残酷な罰として、熱湯に手を入れさせる、頭に碾き臼《うす》を載せて長時間立たせる、などが見られる。幼児婚を強いられる少女たちの中には虐待され、自殺に追い込まれるか、強制的に家から追放されるケースが多く、後者の場合の可能性は自殺か物乞い、売春、自分の子供の売買という選択肢しかないケースが多い。だが、両親は結婚した後の娘の不幸に対して関心が薄く、頼りにならないことが多い (Lohia 51)。また、娘たちの方でも実家に助けを求めることができない現状について、『インド社会の女性』(*Women in Indian Society*, 2001) の著者ニーラ・デサイ (Neera Desai) は「虐待されたときにそれについて不平を述べる、あるいは実家に戻ることで家名を汚すことは考えられないことである」(192) と指摘する。圧倒的多数、つまり何億もの女性はこういった虐待に抗議することなく、それを差別される女に生まれた者の運命として受けとめ、「沈黙」を守る。

3　偶像視される女性役割モデルとしてのシータ

すでに述べたようにインドでは日常的に人権侵害が行なわれているにもかかわらず、「伝説的沈黙」(Neera Desai 192; Sirohi 119) を破ることはきわめて困難な状況が続いている。女性差別の根源となっているヒンドゥー教の伝統を支える担い手としての理想的女性のイメージを体現するのは、忍耐と純潔の象徴的存在であるシータである。「貞節」とは家父長制社会において女性のセクシュアリティを管理、支配するための伝統的手段であり、インドにおいてはブラーフマンなどの支配カースト維持と家父長制度維持のために使われた。この視点からみると、シータは女性たちにとって抑圧的な身体イメージとなる。

　このシータのイメージの影響は、ヒンドゥー原理主義者たちの主張する伝統的女性の役割強化と、メディアによって喧伝されることによってつくりだされる、伝統的女性のイメージ賛美の風潮によって見過ごせないものとなっている(Sarbadhikary 145)。繰り返し述べているように、シータはインドにおいては女性・男性両方にとって理想的女性像である。現在もラーマとシータの物語は映画、テレビドラマとしてリメークされつづけていることにもそれは反映されている。エリザベス・ビュームラーも日曜放送されるデリーの人気連続テレビ番組『ラーマーヤナ』について言及している(Bumiller 79-80)。一九八七年時点の言及だが、今日でも『ラーマーヤナ』は人気ドラマの一つであることに変わりはない（二〇〇三年八月三一日、日曜朝のムンバイの人気テレビドラマとして放送されていた）。また、叙事詩の音楽もCD、テープともにポピュラーミュージック並に売れている。連続テレビ番組を作ったプロデューサーであるR・サガール(Sagar)は「純潔で貞節な理想的妻」というイメージに固執する多くの視聴者に配慮した結果、時代考証に従うことは無理であると判断し、シータの胸を晒すことは避け、結局、伝統的な理想の妻のイメージを反復することにしたと語っている(Chhachhi 570)。N・K・ジェインもまた「支配的女性の模範は未だに純潔で忍耐強く自己否定的で辛抱強い妻、シータである」(Naresh K. Jain 12)と述べており、シータが「貞節」を体現する存在であることを示唆している。

　理想的女性として偶像視されるシータはあまりにも強力である。この忍従的シータのイメージを覆し、女性にとって肯定的な自己イメージを作りあげることは可能なのだろうか。独立運動を指導したガンディーは女性のリベラルな教育の機会を拡大し、男性の欲望のための道具ではなく、「男性同様、精神力をもつ対等な仲間」(Gandhi 225)となりうるようにすべきであると主張している。だが、新しい女性の創造にあたってガンディーがモデルの一人としたのはシータであった(225)。今でもインド大衆に大きな影響力をもつガンディーが倣《なら》うべき手本としてあげた、この不可能とも思える理想像の重荷に耐えつづけてきた多くの女性たちが、はたして、このダブルバインド（二重拘束）的状況にどのようにして対処できるのか。この幽霊のように立ちはだかるステレオタイプから解放される第一歩は、シータこそ虐待される女性の原型、究極の女性差別を体現する「身体」であることをより大衆的認知にまで広げる戦略こそが必要とされる(M. Lal 13; N. K. Jain 13; Sirohi 34)。

シータの物語が示唆しているのは、シータの略奪のための悪魔の企みにのせられ、彼女が魔法の金色の鹿に魅了されてしまい、女性が越えてはならないとされる境界線「戸口の法」(the law of threshold) (Lal 13) を踏み出したために罰せられた女性であるということ、いかなる苦境にあっても貞節を守り、それでも疑惑を持たれた場合、死をもって潔白を証明することを期待された女性であるということである。悪魔の姦計《かんけい》に引っかかり、拉致され捕らわれの状態にあった彼女は、執拗なハラスメントに抵抗しつづけるが、救出された後、今度は夫のラーマに貞節を疑われ、身の潔白を証明せざるをえなくなる。ラーマは彼女の強固なモラルを評価せず、彼女は不当な疑惑の目に晒され精神的虐待を受ける。炎の中に身を投じるという究極の選択によって初めて彼女の身の潔白は証明される。だが、やがてまた沸き起こった民衆の疑惑に対処するために、ラーマは彼女に強制的離婚・追放を宣告するのである(7)(古代はもとより、二一世紀の今日においても、インドでは離婚は絶対的に回避すべき災いという意識が強い)。

暴力や虐待から身を守るためには女性のエンパワーメントが必須である。だが、この忍耐強く、自己犠牲に富む、貞節な妻としてのシータ像が女性の理想として承認され続けるなら、虐待を当然視する社会的風潮を変えることはできない。女性を男性の対等なパートナーと考えるべきであると訴え、女性の教育の普及を主張したガンディーでさえ、現代女性が倣うべき手本としてあげたのがシータであることを考えると、事態は複雑で深刻である。この幽霊のように立ちはだかるステレオタイプから解放されるには、どのような言説が有効なのか。このイメージを転覆する新たな女性のモデルを求めるべきなのか、あるいは『ラーマーヤナ』の表層的テクストに潜む、反抗的・自己主張する個性的シータを読み取り、語り直すべきなのか(8)。

ヒンドゥー原理主義者たちやメディアによる伝統的女性イメージ賛美の風潮が続く一方、それに対抗できる言説、運動が地道に根気強く行なわれてはいる(9)。それでは、インド英語文学においては、どのような女性の状況が描かれ、新しい「身体」イメージが創りだされているのだろうか。インド英語文学をリードしてきた作家たちや、八〇年代から活発化したインドの女性作家たちの活動の成果は、このような抵抗にどのような貢献をすることができたのか。インド在住の作家だけではなく、国外で活躍する南アジア系英語文学の作家たちが、どのように母国の女性の状況を世界に発信してきたのか。このすべてを検討することはここではできないが、世界的な影響力をもつ何人かの作家たち――R・K・ナラヤン、アニタ・デサイ、バーラーティ・ムーカジー、バプシ・シドハワ、アルンダティ・ロイ――のテクストに見られる虐待される女性の現実とそれへの抵抗の物語を検討したい。アジア最大のジャイプール文学祭の主催者の一人としても存在感を増している作家のナミータ・ゴーカレの『ヒマラヤの愛の物語』(*A Himalayan Love Story*, 1996) についても見ておきたい。さらに第三部第二章において、女性たちの多様な人生とその共同性が描き分けられているギータ・ハリハランの『夜の千もの顔』と「夜ごとの饗宴の名残」において女性の身体がどのように表象されているかに注目していきたい。

4　ナラヤンの『暗い部屋』

二〇世紀のインド英語文学をリードしてきた一人であるR・K・ナラヤン(一九六〇―二〇〇一)は『暗い部屋』(一九三八)において、いち早くインドの家父長制度下の結婚生活における女性の隷属状況を描き、女性の一方的な献身・従属によって伝統的家庭が成り立っているという視点を導入し、インドの批評家たちを当惑させた (Krishnan, ed., *Memories of Malgdi*, Intro. viii)。ナラヤンは教育の不足、経済的依存といった女性の自立を阻害する要因や、女性のあるべき生き方というモラルに拘束され、家庭に幽閉され続ける女性の状況を問題提起した。

『暗い部屋』の主人公サヴィトリが子供たちに暴力をふるう夫を制止できない自らの無力感に打ちのめされ、泣きながら夫への抗議をこめてこもった「暗い部屋」とは、家庭の領域に幽閉される、抑圧されたインドの女性の運命を示唆する空間である。サヴィトリは夫に献身的に尽くすが、夫は愛人を持ち、彼女は無視され続ける。

このテクストで彼女を支える女性は近くに住むジャナマである。彼女はサヴィトリが「暗い部屋」にこもっている間、放って置かれる子供たちを心配し、「沈黙」の殻に閉じこもるサヴィトリに次のようなアドヴァイスをする。「沈黙」を破り自分の思いをことばにするか、それができなければ、夫のすることはすべて正しいと思うかの二者択一しかない、と。さらに、彼女は次のように自らの妻としての生き方を語る。自分の場合は夫に反抗したり、議論したことは生涯一度もない。夫のなすことすべては正しいと思うことが「妻たるものの義務」だ、と。子供に対する夫の残忍な折檻《せっかん》が耐え難いと思うサヴィトリに対し、ジャナマは男というものが衝動的で、癇癪《かんしゃく》を起こすかと思うと、優しくなりもするから、大目にみるべきだ、と答える。さらに、彼女は三人の妾と同居し、夫に奴隷のように奉仕した祖母の忍耐、夫に五〇年間毎日折檻され続けた日々の中で、ひと言も口答えをしなかった彼女の叔母の従順さ、夫に井戸に飛び込めと言われればそうする覚悟ができていた彼女の母親の友だちについての話を延々と語る。この語りはサヴィトリの受けた精神的虐待を「無意味なもの」とし、サヴィトリの抗議を愚かなものと感じさせることによって、被害者はさらなる屈辱を受けるという二次被害を生み出すことを示唆している。このように、ジャナマはサヴィトリを支えるどころか、逆に、彼女の消極的な抵抗をも阻害する人物になってしまっている。

サヴィトリは家出をするが、行く当ても、居場所もなく、自活するだけの教育も不足している現実に突き当たり、川に身を投じようとする。だが、鍵の修理人のマリに救出される。短い反逆の後、彼女は「敗北」を認め、結局、また家に戻ることになる。女性を家庭の領域に幽閉するパルダ(10)は女性を男性に依存する弱い存在にし、自立を妨げるものであるというメッセージがサヴィトリの挫折を通して語られる。

パルダの慣習はラシュディの『真夜中の子供たち』において、主人公の誕生を決定づけたとされる魔力をもった神聖な「穴あきシーツ」というイメージを通して強烈な印象を残すような描出になっている。それは医師である彼の祖父が、やがて妻となる運命の女性を、その穴を通して診察したシーツであるが、この主人公の祖母はパルダの慣習から解放しようとするリベラルな夫に頑なに抵抗を続け、厳格にこれを遵守する姿勢が、ラシュディ的な途方もない笑いを誘うコンテクストの中でコミカルに描かれ、ナラヤンの『暗い部屋』に見られる家に幽閉される女性の暗い運命とは対照的な扱い方となっている[11]。

だが、『暗い部屋』で注目したいのはジャナマとは異なる女同士の支え合いの可能性が描かれている点である。「私は長い間夫の奴隷でした」(71)と語るサヴィトリに対し、時に夫を見事にあしらってみせるマリの妻のポーニーは迫力ある夫操縦術をサヴィトリに伝授しようとする。ポーニー自身も酒気を帯びて帰宅した夫に乱暴されることがあるが、彼女は防衛のコツ（後ろから押さえ込み、罵詈《ばり》雑言《ぞうごん》をものともせず、やがておとなしくなって寝てしまうまで待つ）を心得ており、「この世で御しにくい夫がいるなんて想像できないわ」(71-72)と言い放つ。そして、ブラーフマン・カースト出身のサヴィトリが身を寄せるのに適した場所を探してあげると申し出るなど、救助の手を差し伸べる。ここに、まったく異なるカーストの二人の女性の交流の兆しがかすかにみえる。

だが、結末において、それはあっけなく挫折してしまう。自宅に戻ったサヴィトリはある日、外から鍵修理人の行商する声を耳にする。彼女は興奮し、彼に水と食べ物、お礼の贈り物をし、「大事な友人のポーニー」(108)の近況について聞きたいと思う。ポーニーが彼女の夫を寄越したのかもしれないと思い、サヴィトリは窓から身を乗り出し、声をかけようとした瞬間、彼女は自分の置かれた立場を意識し声をかけそびれる。そして、そのことを恩知らずで不当な仕打ちであると哀しく感じる。マリは猛暑の中、空腹に耐えて歩いてきたのかもしれない。貧しい彼らがよそ者の自分にココナッツやプランタンを勧めてくれた。そう思う彼女の心は揺れ動くが、結局、彼女は「私は何一つ自分のものは持っていない」(109)と改めて依存的妻としての現実を思い知らされ、マリに声をかけそびれてしまう。夫に経済的にも精神的にも従属し、夫への献身を妻の義務と考えて生きてきた彼女は、家出という発作的反逆を実行したが、自立の能力の欠如と精神的麻痺を悟ることになった。そして、貴重なエンパワーの機会、ポーニーとの友情を育む機会を永久に逃してしまうのである。

5　寡婦差別に挑戦する、バーラティ・ムーカジーの『ジャスミン』

寡婦差別への言及は女性作家に限らずインドの多くのテクストに見られる。たとえば、『真夜中の子供たち』にも、聖地ベナレスの収容施設で暮らす寡婦たちの悲惨な生活への言及が見られる。だが、寡婦を中心に描くテクストは英語文学においてはきわめて少ない。著名なベンガル文学作家であるスニル・ガンゴパディヤェ（Sunil Gangopadhyaya, 1934-）の『有りし日々』（*Shei Samai*, 1981）は、幼い寡婦を主人公とした小説であるが、一九九七年に *Those Days* というタイトルでアルーナ・チャクラヴァルティ（Aruna Chakravarti）によって英訳され高い評価を受け、ベストセラーになった。彼女の第一作は寡婦を中心テーマにした『相続者たち』（*The Inheritors*, 2004）である。

『相続者たち』は厳格なブラーフマンであるN・B・D・シャルマから始まる家系とそれに関係する家系の中の多様な寡婦たちの過酷な生活の細部が見事な文体で描かれる、寡婦の生活を中心に描く小説である。シャルマの娘ラダラニは一六歳で寡婦になり、過酷な生活の中で狂気に陥り井戸に投身自殺する。すでに述べたように、寡婦に対する虐待については女性作家たちのテクストに頻出するし、ラダラニのような寡婦の末路について語られることも珍しくはない。だが、このようにある家系の多様な寡婦の生活に焦点化したものはほとんどない。ヴァラナシーを舞台とする映画で、幼女の寡婦がアシュラム（収容所）に連れてこられる場面から始まる、ディーパ・メータの『水』（*Water*, 2005）は、そこでのさまざまな背景をもつ寡婦たちの過酷な生活と、若い寡婦の悲劇的結末に至る恋愛を描いた貴重な映画である。だが、インド社会に大きな反響を呼び上映禁止になった。その理由について、寡婦をテーマにした物語選集『日陰の生活』（*Shadow Lives*, 2003）の編者であるウマ・チャクラヴァルティ（Uma Chakravarti）とP・ギルは、どこの家族にもいる寡婦の存在に対する罪悪感が、現代の知的階層の男性の中に巣くっているためであると説明している(5)。

次のバーラティ・ムーカジー（一九四〇―）の『ジャスミン』（*Jasmine*, 1989）は寡婦のたどるべき運命を変えるために行動する女性が描かれるという点で注目されるテクストである。ベンガル出身でアメリカ国籍のムーカジーは伝統的役割に抵抗する女性や、移民の女性を描くことによって、「新しい移民文学」の創造を試みる作家として注目されている。彼女の小説『ジャスミン』は一七歳で寡婦になった主人公ジョーティが、自分の運命を変えるためにアメリカに渡るという物語を、『ジェイン・エア』のジェインのように「わたし」が語るという構成になっている。ジョーティは『暗い部屋』のサヴィトリとは決定的に異なる、行動するインド女性である。だが、これがいかに稀なケースであるかということが、このテクストにも示唆されている。ジョーティはパンジャーブ州のハスナスプール村に生まれ、伝統に囚われない現代男性と結婚する。夫は妻のジョーティにも現代女性になるべく教育を勧める男性であった。だが、夫がシーク原理主義者のテロに巻き込まれ殺害されてしまい、ジャスミン（夫がジョーティにつけた「新しい女」を表象する名前）は否応なしに、寡婦差別の残るインド社会に囚われることになる。

寡婦の現実とは、あらゆる楽しみを奪われ、人間性を否定する呼称である、「石」「あれ」「それ」などと呼び捨てられ、虐待の対象にされる「社会的追放」(110)者になること、とチャクラヴァルティは指摘する。[12]ジョーティの母も寡婦であり、二人はアシュラム——不吉な存在が人の目に触れることなく暮らすべき、寡婦のための収容施設に住む。母が付き合うことのできる相手は他の寡婦に限られていた(96-97)。このテクストでは社会から完全にその存在を無視され、あるいは徹底的に疎まれる寡婦の現実がきわめてそっけない語り口で伝えられている。ジョーティと同じ村のヴィムラは粗末な家に住むジョーティと違って、裕福な家の娘であり、ダウリの不足を理由に婚家から虐待される心配をする必要はなく、日本製マルチ（現マルチ・スズキ・インディア社）の車や冷蔵庫をダウリとして贈ることができた。だが、寡婦の運命はすべての幸運を奪い去る。二一歳の時に彼女の夫はチフスで亡くなり、二二歳で彼女は死の神に叫びながら、灯油を浴びた身体に火をつけ焼死してしまうのである。

ラシュディの『真夜中の子供たち』にもベナレス（現在はヴァラナシー）にある、夫に先立たれた女性たちの家に住む「傷だらけの胸をした女たち」として、寡婦の置かれた状況についての記述が見られる。

この女性たちは自分の真の人生は夫の死とともに終わったことを知りながらも、かといって今では殉死（サティ）に救いをもとめることは許されないとあって、この聖都へ赴いて、思う存分泣きじゃくることで無価値な日々を過ごしているのだ。ここを住処とする未亡人たちは癒えることのない傷痕ができるまで力いっぱい胸を叩きつづけ、二度と生えかわることができないほど髪をむしりとり、声が割れてしまうまで泣きつづけいた。(433)

このテクストでは圧倒的多数の寡婦の悲劇とは無縁の寡婦として存在感をしめす、政治の最高権力者であるインディラ・ガンディー首相が登場する。彼女の断行した戒厳令や、強制的不妊手術計画や真夜中の子供たち抹殺計画が辛辣《しんらつ》な皮肉の対象になるたびに、派手ないでたちの、巨大なヒップをゆらす寡婦としての描写が執拗に反復される。世捨て人のような粗末な寡婦の服しか纏《まと》うことを許されず、女性としてのセクシュアリティを強制的剃髪《ていはつ》によって象徴的に剥奪《はくだつ》される寡婦というイメージの対極にある、華麗な権力者が寡婦であるという事実を読者に刻印するラシュディの風刺的描出は論争を巻き起こした。

『ジャスミン』に戻ると、このテクストでは寡婦以外にも、インドの女性が蒙《こうむ》っているさまざまな困難について、この村のいたるところで女性をみまう不運として、「ダウリなしの妻、反抗的妻、不妊の妻」(41)と説明抜きで羅列されている。彼女たちの末路は井戸に身を投じるか、汽車に轢かれるか、ストーブの火で焼死するかであるという。ここからダウリ殺人、息子を産むための子宮としての女性の位置づけ、反抗的女性への制裁などが示唆されている。

このテクストでは生まれた瞬間に始まる女性差別は次のように描写されている。ジョーティは豊作の年の生まれであるが、女の子の誕生は「呪い」である。親は娘を結婚させる義務があり、ダウリは何世代にもわたって家に困窮をもたらす。前世で犯した罪への罰として、神は女の子を遣わす。母の過去世は過ちだらけにちがいないと語り手の「わたし」は思う。なぜなら、「わたし」は五人目の娘だから(39)、と。娘の出産を呪う親たちについての言説はインドにおいて

ナミータ・ゴーカレ氏
（インド国際センターにて、2010年9月9日）

いたるところに見られるものである。

ムーカジーはこのように、一七歳で寡婦になった主人公ジョーティが自分の運命を変えるために、ヴィザも持たずアメリカに密入国するという物語によって、寡婦差別の残るインド社会の慣習に抵抗する女性を描いた。と同時に、それがいかに稀な行動であるか、アシュラムに幽閉される彼女の母親の生活や灯油を浴び焼死した幼な友だちをはじめとする寡婦たちの運命や、ダウリをめぐる虐待、自殺、殺人の示唆、反抗的女性への制裁などに見られる女性差別を意図的にそっけなく描くことで示唆している。

ナミータ・ゴーカレの『ヒマラヤの愛の物語』（一九九六）においては、母と娘の物語の中に女性差別の現実が描かれる。「わたしは子供の頃から空虚感を抱えて生きてきた」という語り手である主人公の告白の一文で始まる小説で、プライドの高いブラーフマンの寡婦の母と孤独な少女時代を過ごした主人公パールヴァティの関係が淡々と描かれている。この小説でも他の母と娘の物語に多く見られるように、母親自身の語りではなく、主人公である少女の視点から母の異性関係やキッチンドランカーとなった母の姿が描かれている。女に生まれることは「二重に呪詛《じゅそ》されるべきこと」（"a double curse" 6）と考えている母親は娘の存在を基本的に軽視している。娘は家計の足しにもならず、嫁に出すときにはダウリとして母親の宝石を奪っていく存在であり、その娘に教育費をかけることは無駄と考える。母親はパールヴァティの拒食、引きこもりといった変化にも理解を示さない。その母親が老いの兆候を示し、病で亡くなったとき、パールヴァティの心には母の死に対する悲しみが欠落していた。主人公はその後、敵同士のような夫との結婚生活の中で、義弟との情事を経て、夫を愛するようになる。だが、夫は早世し、彼女は母同様寡婦の運命に囚われるようになる。

ここに描かれる二人は殺伐《さつばつ》とした母娘関係にみえる。だが、パールヴァティは夫の死後に逆子を出産するために入院した病床で、生まれて初めて母を求め泣き叫ぶが、ここに母親の支えを求める娘の素直な感情の発露が初めて見られる。「分娩《ぶんべん》の引き裂くような激痛」(50) を母パールヴァティに与えながら、彼女の娘がこの世に誕生する。その泣き声が、バスルームの蛇口から滴《したた》る音と屋根を打つ冬の雨の音に続いて聞こえてくる。出産後バスルームで鏡を覗いた彼女は、そこに見慣れないやつれた老婆の姿を見つけ、衝撃を受ける。さらに悲劇はその後、パールヴァティの精神的病の発症という形で襲ってくる。だが、小説の結末には、成長した彼女の娘イラが薬を嫌がる母親をあやす様子とそれを見守るムケル（パールヴァティに報われない愛を抱き続けてきた男性）が自分の人生に欠如していたもの、愛の存在を認めるという場面が用意されており、母娘の絆が示唆されている。

6 アニタ・デサイの『燃える山』

多くの女性作家の中心的テーマの一つは、女性を呪縛するものとしての結婚である。アニタ・デサイ（一九三七―）もインドの結婚制度によって女性が束縛される現実を描いている。インド文学アカデミー賞受賞作の第一作『孔雀《くじゃく》』(*Cry the Peacock*, 1963) においては、性格、価値観の異なる嫁ぎ先の人々や、畏怖と憧れの対象である活動的な姑《しゅうとめ》から疎外される生活の中で、精神的に不安定な主人公が孤立し、夫を殺害してしまう物語である。変貌するボヘミアン的都市、カルカッタを舞台にした『都市の声』（一九六五）においては、姑たちから不妊治療を勧められている状況下で自殺する女性が描かれ、『今年の夏はどこに行きましょう』（一九七五）では、居心地のいい偽善的結婚生活からの解放を望みながら、断ち切れない女性の葛藤が描かれる。デサイの描く人物は家に隷属し行動する自由をもたない女性が多いが、西洋式の教育、キャリア形成といった、独立後のインド社会の女性を取り巻く劇的変化の中で自由と自立を求めて悩む女性も描かれる。

次のデサイの二つのテクスト『燃える山』（一九七七）と『断食と饗宴』（一九九九）において、女性の身体はどのように描かれているか見ていきたい。前者には、短い記述ではあるが、強烈な印象を残す妻への暴力と、老いた女性へのレイプの場面が描かれている。これはヒマラヤの雪山を望むカリグナノの丘の上に建つ家で、一人最晩年を過ごす主人公ナンダの静かな生活が、曾孫《ひ》ラカとナンダの幼なじみのイラの訪問によってかき乱され、悲劇を招くという物語である。この出会いによって、自由気ままな孤独の生活を慈しんでいるかに見えたナンダの生活は偽りで、彼女は実は生涯、夫の裏切りに耐え、良妻賢母の義務に縛られてきた伝統的女性であったことが暴露される。ナンダの経験した精神的虐待を告白するきっかけともなり、またナンダの命を奪うことにもなった、幼なじみのイラに対する性暴力が淡々と描かれる場面を見てみたい。

喉をつかんでいる彼の手を振り払おうと彼女は両手を挙げた。そして、その手は払われた。彼の手は下ろされたが、首あたりに垂れ下がっている綿のスカーフを引き裂き、彼女の首に巻きつけ、もっときつく、もっときつく、もっときつく締め上げるためだった。やがて彼女の断末魔のあえぎが喉の中でごぼごぼと音をたて、喉を詰まらせ、まごぼごぼ鳴り、やがて静かになった。〔……〕彼は彼女の中に侵入した。衣服の中の干からびた、しなびた、やせこけた棒切れのなかに。彼は強姦し、埃と山羊の糞まみれの地面にくぎづけにし、強姦した。地面に押し込まれ、押しつぶされ、彼女は強姦され、こわれ、動かなくなり、とどめをさされた。今では暗くなっていた。(143)

ナンダを訪問した帰り道、「壊れた泥の茅葺《かやぶき》小屋」(141) へと急ぐイラは、ソーシャルワーカーとして、幼児婚を阻止しようと努める彼女を疎ましく思う男(娘の父親)に絞殺されたうえ、陵辱される。家の財産は浪費家で怠惰な兄弟たちのために浪費され尽くされ、恵まれた子供時代とはかけ離れた、日々の糧《かて》にも困窮するほどの生活の中で、イラはソーシャルワーカーとして働き、精いっぱいの責任を果たしてきた。イラは幼児婚が犯罪であること、一二歳で妊娠することがいかに少女にとって大変なことか、といったことを熱心に村人に説いて回った。彼女の声に女性たちは耳を傾けるが、敵意を燃やすヒンドゥー教の僧侶が影のように彼女に付きまとい、村の男たちを雇って脅迫する。このような背景の中で、村の女性たちは結局、夫のいいなりになってしまう。プリート・シングは七歳の娘を六人の子供のいる老人と結婚させようとする。だが、イラは「一エーカーの土地と二匹のヤギ」(130)を所有しているという理由による、つまり財産目当ての幼児婚を阻止しようとしていた。このようなイラの話を聞くナンダの心に不安がよぎり、彼女はイラに警戒するようにと語るが、イラは動じる気配はなかった。小説の結末に置かれたこの性暴力によって、イラの果敢な挑戦は踏みにじられる。

ラカもまた女性に対する暴力の被害者である。曾祖母の家に同居することになったラカは、イギリスの植民地であった時代に社交の場だったクラブへ、バンドの音に誘われて出かける。カーテンのない窓から中を覗いたラカは、そこで展開している乱痴気騒ぎにトラウマとなった家庭内暴力の記憶を呼び覚まされてしまう。パーティから酒気を帯びた臭気を発散させた父親が帰宅し、母親を「ハンマーやこぶしで殴るように」「無情で下品なことばで罵倒」(71)し虐待する場面は鮮烈な身体表現で描かれる。ラカは寝具に身をすくませ、恐怖で失禁しマットレスを濡らしてしまう。その尿のながれは血の流れのように生温かく、両足の間を流れるうちに弱まっていくように感じる。

虐待され、沈黙させられ、尊厳を奪われた存在としての女性ということでは、ナンダもラカの母親タラも、虐待される母親を日常的に目撃せざるを得なかったラカも同様に虐待の被害者である。ラカは暴力の直接的対象とはならないが、虐待の目撃することによる癒しがたい精神的衝撃を受け、類似した状況において、そのトラウマが反復される。さらに虐待される病弱な母親からのケアを十分受けられない点においても、『暗い部屋』のサヴィトリの子供たちも同様、暴力の被害者といえる。

このテクストには虐待される女性たちの出会いが描かれているが、彼女たちは心を開き、触れ合うことができない。まず、ラカとナンダの出会いの場面を見てみたい。二人はともに触れ合うことを躊躇する。だが、もはやそれを引き伸ばすことはできないと観念したとき、ようやく出会いの一歩を踏み出し、義務的に一瞬抱き合う。だが、二人ともすぐに相手から身体を離してしまう。触れ合い、二人の身体の骨がぶつかる音がした瞬間二人が感じたことは、相手がひどく骨ばっているということでしかなかった。ナンダの目にはラカは怯えて飛びのく「こおろぎ」(39)か、やせこけた足をもった「蚊」とうつる。一方、ラカの目には次のように映る。「もう一本の松の木か、灰色のサリーを纏った岩で、それらはすべてカリグナノの庭の不毛性と静寂さを構成しているものだった」(40)。寡婦を表わす「灰色のサリー」を纏った老婦人は「松の木」と「岩」でしかなかった。二人は互いに触れ合うことを極力避けながら同居し始める。だが、ナンダとラカの避け方には決定的な違いがあった。ナンダの避け方が意図的なのに対して、ラカの「全面的拒否」(47)の態度は自然で、本能的なものであるとナンダには思える。曾祖母との親密な関係を毛嫌いし、ラカは荒涼とした風景の中を勝手気ままに歩き回る孤独を求める。

ナンダとイラの二人も心の解放へ導かれる決定的瞬間を逃してしまう。イラはナンダとの再会に高揚感を押さえられず、止めどなく思い出話に没頭する。だが、ナンダは屈辱的な辛い過去を掘り起こされることに脅威を感じる。ナンダは偽りの過去が暴かれる不安から、一方、イラは「ばかげたプライド」(141)から二人とも素直に同居したいと言い出すことができない。愛人に生涯愛を注いだ夫、その夫に従う良妻の役割に縛られたナンダの生活。愛することも理解することもできなかった子供たち。蝉《せみ》の音と松の木々に囲まれ、誰にも邪魔されることなく荒涼とした風景を独り占めする静寂な生活をかき乱されるナンダの不安についての語りは執拗に繰り返される。だが、ここでの孤独な生活は彼女が望んだものというより、否応なしの選択肢でしかなかったことが結末で明らかになる。古ぼけた傘とくたびれたバッグをもって、過去から訪れたような「騒々しい」イラは、ナンダにとって「運命的で脅迫的存在」(133)でしかなかった。それはなぜか。ナンダの秘密を暴く存在というだけではなく、彼女の逃避的生き方に心の底から揺さぶりをかける存在だからである。

だが、イラの帰る様子を見守るナンダの気持ちは動揺し始める。イラのもたらした脅迫、危険が去っていくのを門にたたずみ、見送る時になって初めて、ナンダにある変化が訪れる。来る時にはラングール(ヤセザル)などに襲撃されたイラ。イラのように体に障害があるわけでもなく強健なナンダは、イラをラングールやいたずらっ子から守り、イラのために闘いたいと思う気持ちがこみ上げる。だが、帰り道に現われたのは、ラングールやいたずらっ子ではなく、村の男であり、彼女はレイプされ、絞殺される。殺害されたイラの死体の身元確認の電話が警察から入ったとき、衝撃を受けたナンダの叫び声は喉にからまり、ひねられた頭はぶらりと垂れ下がり彼女は息絶える。そこに山歩きから帰ってきたラカが窓を引っ掻き、「おばあちゃん、森に火をつけたよ。みてよ、森が燃えているよ」と言い、中を覗くと、そこにぶらさがっている黒い電話と曾祖母の頭を見つける。このように、触れ合いの兆しを見せ始めながらも、虐待に傷つき頑なになり、孤独とプライドによって引き裂かれていた女性たちは永久に孤立したままである。

このテクストにおいて、虐待される女性たちのそれぞれの孤立した状態の描き分け方は鮮烈な印象を残すものであるが、特に存在感を示すのはイラの「身体」である。最初からイラは滑稽な反応、嘲りの対象になる「身体」として印象づけられる。彼女はまず耐えがたいほどの不快感を与える甲高い「声」をもつ子供として、親戚、訪問客、教師をぞっとさせ、生徒たちの嘲りの対象となる。両親は暗記した詩を朗読したがる娘を黙らせるためにピアノを習わせる。彼女は人生の始まりから沈黙を強いられた存在だった。とめどなく飛び出すこの「声」はナンダの孤高の生活の静寂を引き裂く犯罪的な「声」(113)となって、カリグナノに響き渡り、そのパールのような笑い声は消防車のサイレンのようにけたたましく鳴り響く。

イラの小さな「身体」は「ぎこちない、まごつく」(133)、「けたはずれにちっぽけで操り人形のような」(133-34)、「奇妙で、ぎくしゃくした姿」(135)、「子供のように小さくしなびた女」(137)というように、その畸形・身体的障害性が執拗に強調され、内反足の障害のある娘をもつ穀物商人の同情を誘い、市場の人々の無神経な嘲りを誘う身体として描かれる。そして彼女の人生の結末では、息絶え、レイプされるイラの老いてしなびた「身体」は「干からびた、しなびた、やせこけた棒切れ」と描かれる。なぜ、ここまでイラの「身体」は否定的イメージで語られるのだろうか。

だが、このテクストで唯一親密な関係を積極的に求める女性はイラだけである。ラカに出会った瞬間、「あなたと私はぜったい友達にならなきゃ、なる運命よ」(114)から始まり、止めどなく親愛の情を伝えるけたたましい悲鳴のようなイラの「声」に、尻込みし気乗りしないラカの手を、イラはかまわず力強く握りしめ、ラカとさほど違わない背丈を屈ませ、ラカの頬をついばむようにキスをすますと、やっと、ラカを解放する。同居するナンダですら曾孫の手に触れることもできずにいたのに対して、イラは手品のように「蚊」を網にかけてしまったのである。

ここで、不恰好で、老いた女性の身体がレイプの対象となるシナリオの重大性に注目したい。これはステレオタイプ化されたレイプ被害者のイメージを転覆するほどの衝撃を与えた、とまではいえなくても、レイプが性的欲望を満たすものというよりは、女を屈服させ男の優位性を確認する暴力的支配の形態以外のなにものでもないことを明確に伝える。このようにして、イラの身体は植民地としての女の身体として機能させられる。彼女は不恰好で年老いた女性ですらなくなり、「棒きれ」となって、貫かれ、押しつぶされ、壊滅させられる。だが、不思議なことに、ここまで彼女の身体は「物化」されるにもかかわらず、最後に最も人間的色彩の輝きを残すのも、彼女のどこか滑稽な、だが親密さを一瞬にして作りあげる彼女の身体である。村の男たちの脅迫に屈せず、自分の信念を貫くために行動した女性ということで、彼女はシータの呪縛から自由であった。

7　アニタ・デサイの『断食と饗宴』

デサイのもう一つのテクスト『断食と饗宴』(一九九九)には夫と義母によって虐待される妻のより凄惨な描写が見られる。主人公ウマの従姉アナミカの死について、異なる証言が併置して語られることによって、アナミカが夫と義母によって殺害されたことが示唆されている。義母が警察とアナミカの家族に語った内容とは、早朝五時にぱちぱちする音が聞こえるので起きて台所を見に行くと、網戸を通してヴェランダで火がちらちらと燃えているのが見え、アナミカが黒焦げになって瀕死の状態だった、というものである。この証言のすぐ後に近所の人々の証言が続く。「彼女〔姑〕自身が〔……〕まだ暗い時刻にアナミカをヴェランダに引きずりだし、〔……〕ナイロンのサリーで彼女を縛りつけ彼女に灯油をかけ火をつけたのだろう」(151)と、彼らはアナミカを義母が焼死させたとの疑惑を語る。次に、仕事で留守にしていたためアリバイがあることを示唆する夫の証言が続く。これら三様の証言の後に、義母はアナミカとは実の娘のような関係であると語り、さらに自殺であると仄めかす証言をする。一方、アナミカの家族は、それがアナミカの運命だとして諦観《ていかん》するという反応を示す。

この一連の証言、反応は典型的なダウリ殺人の疑いが濃い「台所での事故」に見事に重なるものである。「ダウリが絡む死は〔……〕単に警察によって不自然な死として片付けられてしまう」(Sirohi 13)という。多くの家族は泣き寝入りし、「家族内の問題」として警察にすら報告をしないケースが多いと語るのは、デリー大学の政治学専攻の学生であるニムシムとブルーである(二〇〇一年二月聞き取り)。彼女たちの発言は『インド社会の女性』の著者ニーラ・デサイの記述とも呼応する。(13)

新聞報道によってこのようなケースが日常的に繰り返し知らされ、人々の怒り、衝撃がマンネリ化しかねない状況において、こういう文学テクストの描写は、単なるセンセーションを巻き起こすだけのケース・スタディには終わらない影響力をもつ。ここで取り上げたアナミカへの致命的暴力は、このテクストの一エピソードにすぎない。それは主人公ウマの置かれた状況と絡み合っている。ウマはママ・パパ(Mama Papa)(融合した家父長的権威者)と呼ばれる両親の下で家庭に幽閉されている、美貌、学力、機敏さすべてに欠ける未婚女性である。彼女は成績がふるわず学校教育を断念させられ、幼い弟の育児に明け暮れる。男兄弟のための犠牲になる女の子というモチーフの点で、『燃える山』のイラと共通する。

アナミカはウマと違って、オックスフォード大学からの入学許可を得るほど優秀であったが、その入学許可を両親は結婚の取り決めを有利に進めるための道具としてしか考えておらず、彼女の留学の意思は無視される。アナミカの死の知らせを受けた直後のウマは沈黙を守る。だが、アナミカの遺灰を聖なる川に流すために両親がウマの家を訪れた時、ウマの沈黙は唐突に破られる。無敵の優越性と自信にあふれていた叔父は悲嘆の灰色の衣に包まれ、ほとんど消え入りそうになり、都会的センスあふれる優雅な叔母のスノビズムは瓦解し、ぼろくずの山となってしまった。そんな二人をなんとか慰めようとする両親とは違って、膝を握り締めて座っているウマの視線はマリーゴールドで飾られた素焼きの骨壷に釘づけになっている。彼女はその中にアナミカの灰が入っていると自分に言い聞かせようとするが、できない。ウマはアナミカが灰となって骨壷の中に収まっていることが納得できない。アナミカは未だ瑞々しい身体のままで、「冷たく、無色の、動かない灰」(152)になってしまったのは、むしろ自分の方だとウマは思う。同年代の二人だが、アナミカは二五年間の結婚生活を送り、ウマは未婚のままである（ウマはダウリ目当ての結婚詐欺《さぎ》にあい、彼女が持参した金目の物を物色する姻戚たちの中で酷使された後、父親によって救出されるが、それは深刻、かつコミカルな悲哀を伴う物語となっている）。ウマは自分の方が死んだような灰色の世界に幽閉されていると感じる。夫のいない女は最も不幸な存在(Uma Chakravarti 40)、とみる社会でウマのような未婚の女性の居場所はない。感情を抑制できなくなったウマは唐突に、あのオックスフォード大学からの入学許可はどうしたのか、燃やしてしまったのか、とアナミカの悲嘆に暮れる両親に詰問するのである。狂気の沙汰だと烈火のごとく怒る母親に対し、ウマは頑なに「私は知りたかったの」(153)と答える。衝撃度からすると、アナミカの殺害の方が強烈な印象を与える。だが、ウマの心の中でじわじわと進行する、灰色の死もまた、家の犠牲になる女性の置かれた状況をリアルに伝える。

だが、このテクストではアナミカの死はウマと母親を結びつける。川へ流されるアナミカの遺灰。それは二つの川が合流し、うずまく聖なる急流の水面に一瞬止まり、やがて呑み込まれる。読経の声が唐突に止みすべてが終わった時、ウマは自分の手をしっかり握り締めている手に突然気づく。きつく閉じた母親の目から涙が頬をつたう。ウマの手を握る母は父権を帯びた抑圧的存在ママ・パパではない。ウマから慰められ、ウマを慰める、女同士の「絆」を築く関係へ一歩踏み出した母であった。

8　ロイの『小さきものたちの神』

アルンダティ・ロイ（一九六一―）の『小さきものたちの神』（一九九七）のアムー（＝母という呼称）と彼女の母親もまたＤＶの被害者である。彼らはパパチと呼ばれる昆虫学者の冷酷な計算された虐待に日々晒される。暴行を受け、家から追い出された日、彼らは決まって家の周囲の生垣に潜んでデリーの冷え込む夜を過ごす。ある時、九歳のアムーは通気口を通って家の中にこっそり戻り、なによりも大切にしていた新品のゴム長靴を救出し居間に戻るが、その時突然明かりがともされ父に捕まる。無言のまま父親は乗馬用のむちで彼女を打ち終えた時、母のハサミでそのブーツをずたずたに切り裂く。最後のゴムの切れ端が床に波打って落ちると、父親は無感情な冷ややかな視線を向け、身悶《もだ》えするたくさんのへびに囲まれロッキングチェアを幾度も揺らす（"rocked and rocked and rocked" 181）というリズムがパパチの感情のない冷酷さを刻むリズムになっている。彼は娘と妻を折檻し、家から追い出し、それでも苛立ちが収まらずカーテンを引き裂き、家の中のものを蹴り、壊し、そしてゴム長靴のえさに引き寄せられてクモの巣に引っかかった娘を打ち据えたあげく、その宝物をずたずたにされる様を見せつける。彼はイギリス帝国の昆虫学者で、孤児院などに積極的に寄付する寛大な有徳の人物として世間では通っており、凶暴な暴力の犠牲となる娘と妻は屈辱を舐《な》めたうえ、すばらしい夫、あるいは父をもっているという理由で周囲のねたみにも晒されることになる。

アムーの経験する暴力はこれだけではない。彼女の夫もまた酒気を帯びると暴力をふるう。そして、それが子供たちにも及び始めた時、アムーは夫のもとを去り、歓迎されざる実家へと戻る。夫の暴力とそれに抵抗するアムーを描く場面はどこかコミカルだが、暴力と蜜月期の懇願という典型的ＤＶの構成になっていることが示唆されている。髪をつかみ、殴る夫。だが、激しい動きに耐えられず失神したのは夫であった。アムーは本棚に並ぶ本の中で最も分厚い本、『リーダーズ・ダイジェスト世界地図帳』(42)を選んで夫の頭、脚、背中、肩などを思いっきりたたく。夫からの暴行への嫌悪感はアルコールの不快な匂いと口にこびりつきている嘔吐物の「匂い」で表象されている。

だが、アムーの中には、この「大人物」(Someone Big)から生涯虐待され続ける犠牲者たちである「小さきもの」に育まれる「尊大で向こう見ずな性格」(181)といった不敵な性格が育つ。この性格が後に不可触民として接触を忌避される被差別カーストの青年との禁断の愛の侵犯というドラマと、そのために受ける凄惨な制裁による悲劇を生みだす背景となる。この点で、数頁を占めるこのエピソードは重要な位置を占めるものである。虐待される女性たちと非人間的制裁を受けるアンタッチャブルの青年とはともに「小さきものたちの神」を通してつながっている。

この鮮烈な印象をのこす虐待の場面はさらに、前置きとして語られる子供の頃に読まされ、すぐ無視したという本、『父熊母熊物語』のアムー解釈バーションによって不動のものとなる。「彼女の話では、父熊は母熊を真鍮《しんちゅう》の花瓶で殴るのだった。母熊はあきらめたまま黙って殴られていた」(180)。この母熊のようにアムーの母親は一切抵抗しない。アムーは家に戻ろうとする娘を恐怖に駆られ止めようと懇願する母親を軽蔑する。また、居間でゴム長靴が切り裂かれている時、窓の向こうに恐怖で引きつった母の顔が見えるが、アムーは見ないふりをする。母は沈黙と「大人物」への従順を選択し、その母の生き方を娘は否定し、「小さきもの」の不敵、抵抗、尊大さを選んだ。アムーは父親からの暴力の被害者であると同時に、母親が虐待されるのを日々「目撃」せざるを得なかったという点で、『燃える山』のラカと同様に、精神的虐待に晒されていた。これらは被害者に恐怖、屈辱感、罪悪感を植え付け、彼らの尊厳を奪う行為である。だが、見てきたようにアムーは反抗心と不敵さ、尊大さを育む。一方、ラカは曾祖母のナンダから感じ始めた支配的な親密さを嫌い、荒涼とした風景の中での孤独を求めた。だが、徹底的にナンダを無視するラカも使用人のラムには身体の硬直を解き、彼の話に興味を示した。アムーも恋人ヴェルータに心を開き、双子の子供たちを必死に守ろうとした。だが、ともに暴力の被害者であったアムーの母親との連帯は生まれない。アムーは恐怖で抵抗できない母親を軽蔑し、その恐怖に引きつった母親の顔を無視する。だが、このテクストには他のテクストではあまり見られない女性のセクシュアリティ、特に歓喜に輝く女性の身体が描かれている点は注目すべきである(第三部第三章で詳細分析)。

ハリハランの『夜の千もの顔』ではこのような積極的な抵抗を示す反逆的身体は表象されていない。例外は主人公デヴィの義母と使用人マヤマの叔母のラクシュミアマである。前者は家出し、テクストには登場しない「不在」の人物としてデヴィの憧れの女性となり、後者はエピソードとして語られる人物であるが、そのコミカルなしたたかさが忘れがたい印象を残す。一人息子と離れて一人暮らしをする七〇近い母ラクシュミアマは、息子の送金が途絶え村人への愚痴《ぐち》も尽きた時、とんでもないことを実行する。彼女は三日間家に閉じこもりきりになったかと思うと、四日目の朝ヴェランダに姿を現わし、やがて真裸で座り込みを決行する。村人の目には彼女は気が触れたと映り、女が長生きしすぎたためであろうと噂する。しかし、村全体が騒然となるのも完全に無視し彼女はひたすら黙って座りつづける。やがて、村人は彼女が「うっすらと勝ち誇った表情」(126)を浮かべて、やっと訪れた息子をバス停まで送る姿を目撃することになる。女であることの「源」であるとされる、「恥」を逆手に取った戦略を自らの身体で実行するラクシュミアマによって、女の身体のイメージが修正されている。

9　シドハワの『パキスタンの花嫁』

最後にパキスタン出身の作家、バプシ・シドハワ（一九三八―）の『パキスタンの花嫁』(*The Pakistani Bride*, 1983)という女性に対する暴力が中心的テーマになっているテクストを見てみたい。このテクストにおいても、女性同士の「友情」が描かれている。主人公のザイトゥーンは山岳民族出身のカシームの養女としてラホールで育つが、父親のカシームは故郷を懐かしみ、娘を同じ民族の男性に嫁がせる約束をする。だが夫は冷酷な男であった。ザイトゥーンは、この民族の掟では「逃走した妻への制裁」(190)は死しかないということも知りながら、自分がサヴァイヴァルする道は脱出しかないと判断し、命がけの壮絶な逃走の結果ザイトゥーンは救出されることになる。

まずこのテクストにみられる女性同士の助け合いの関係を見ていきたい。ザイトゥーンをはじめ理不尽な女性虐待に悩む女性たちの存在に目覚め、命がけでザイトゥーン救出への意欲を示す女性がいる。パキスタン人と結婚したアメリカ人の女性キャロルである。彼女は単なる疑惑のみで殺害されたり、鼻を削《そ》ぎ落とされたりする女性たちの現実を知り驚愕する。キャロルはこの逃亡した女性の運命を通して自分の状況を垣間見たように思い、甘い幻想から目覚める。

男たちの定めた規範のために犠牲になってきた女性たちの苦しみを通して、女性同士の密かな心のつながりが生じる、より印象的な場面はザイトゥーンと義母の間に見られる。息子に虐待される母親ハミダを義理の娘ザイトゥーンがかばう場面と、ザイトゥーンの逃亡を知ったときの義母の抑圧されてきた思いが噴出する場面である。ここでは前者について見ていきたい。殺しかねないほど牛を虐待する息子を必死に止めようとする母親を、息子のサーキは押しのける。押し退けられても牛をかばおうとする母親に対し、息子は半狂乱の怒りを爆発させ、棒が振り上げられ母親の肩を直撃する。坂道を蟹《かに》のように逃げ回る母を追う息子。一撃が母の脚にあたり、彼女は前に倒れ込む。ハミダを追いかけていたザイトゥーンの驚愕の表情や村の女性たちがあちこちから駆けつける様子が続く。「殺すつもりなの。お願いだから止めて」とザイトゥーンは懇願する。だが、棒を取り上げようとする彼女の手をサーキはしたたかに打つ。それでも、彼女はかまわず棒をもぎ取ると、彼は「俺の言うとおりにしろ」(173)とわめきながら、彼女の腿や頭部を打ちつける。彼女が前のめりに倒れた、その時、女たちの金切り声が彼に浴びせられ、彼は棒を投げ捨て立ち去る。老いた義母は擦り切れた毛布にくるまって不気味なほど静かに地べたに横たわっていた。

このような状況が日常的に繰り返される中で、ザイトゥーンは自己防衛のために彼のいる前では苦痛を感じないですむように麻痺した状態に陥った。彼は些細な理由で彼女を折檻したが、親切と冷酷を繰り返すという、DVの加害者の典型的パターンを示す。やがて、彼女は夫の怒りを静めるためにだけ生き、夫の命令以外には耳を閉ざして過ごす日々が続く。そのような日常の中で、彼女の目も義母のように不安に満ち、追従的なものに変わってしまった。だが、ある日、村から遠く離れ夫に行くなと禁じられていた川の方へザイトゥーンは出かけ、道路の見えるところにまでやって来て、たまたま通りかかった一台のジープに手を振っていたところを夫に見とめられてしまう。夫の投じる石つぶてを背中と頭部に受け、死の恐怖に陥ったこの時の事件が契機となって、彼女はここでの生活に身の危険を感じ、ついには逃亡を決意する。彼の怒りに任せた罵倒、情け容赦ない暴行が執拗に続き、彼女は「殺される」と感じるが、一方で「カタレプシー様の茫然自失」(185)状態に陥ってしまう。だが、子供が人形を振り回すように腕をつかまれ振り回され、投げ飛ばされ、鋭い火打石が胸にあたり傷口が開いたそのとき、彼女は頭から彼の股間に無我夢中で突進していくという反撃に転じる。必死に抵抗する中で、彼女は偶然夫のズボンのひもを解いてしまう。男にとっての最大の恥辱を舐めさせられた夫は凍りつき、たけり狂い、ザイトゥーンを何度もけりつける。

ついにザイトゥーンは逃亡する。部族の女たちは「あの女の死体をかついで戻ってくる男たちによって、子息の名誉は回復する」と姑のハミダを慰める。だが、彼女らの真ん中にいて、ハミダは無意識に表われた自分の「笑い」を見られないように膝に隠した、とある点は注目すべきところである。ハミダの心の内では大きな変化が生じていた。嫁のザイトゥーンを愛おしく思い始めていた彼女は次のような思いを抱く。「名誉！と彼女は苦々しく思った。すべてが名誉のため。そのためにまた一人の命が失われる！」(190)。ハミダは男たちの無情な規範に盲目的に従いそれを誇りにしてきたが、それを今は心底嫌悪した。男の名誉のために逃亡した妻は死の報いを受けるべきという規範を内面化し、それに呪縛されている部族の女たちのなかで、ハミダの心のなかでは反逆の思いが沸き起こっていた。ハミダにこの覚醒をうながしたのは死を覚悟した義理の娘の決意だった。

キャロルは男による女性への虐待が許容される社会では女性同士の「熱い友情」(228)が育まれるのも不思議はない、と感じるが、それを印象づける小説となっている。シドハワはこういった女性の連帯、友情の神話を『アイス・キャンディ・マン』(一九八八)においてより強力に作りあげている。

10　女たちの密かな連帯の物語

女性の行動の自由を阻む慣習や女性への虐待をシータのように耐える、抑圧的規範を内面化している女性たちを描きながら、そういった女性たちの中に、芽生えた内なる反逆の多様な「声」をインドの英語作家たちは描き分け続けている。そして、『小さきものたちの神』のアムーのような不敵な反シータ・モデルや、命がけでソーシャルワーカーとして働く、滑稽な身体をもつイラについての描出もみられた。本文では取り上げていないが、シャーシ・デシュパンデの『長き沈黙』(*That Long Silence*, 1988) には理想像としてのシータの生き方をはっきりと否定する女性も登場する。語り手であるジャヤは追放された夫につき従うシータや、夫の救出のために身の危険に晒されるサヴィトリや夫の苦労をともにする克己的ドラウパディのような従順な妻にはならない (11)、と決意する女性である[14]。

これ以外にも、反抗心を秘め孤独に生きる女性たちの密かな出会い、連帯、絆に脱出の可能性があることを示唆するテクストは見られる。女性たちの友情が挫折するという展開のテクストが多い中で、女性同士の多様な連帯、友情が生彩を放つ物語を作り上げているという点で、シドハワの物語は注目に値する。他にハリハランのテクストが注目される。ハリハランの『夜の千もの顔』では主人公の主体形成の物語が、他者を無限に作り出すのではなく、流動的に他の女性たちと繋がるような形で展開されるという点で意義深いテクストといえる。

◉注

(1)『恥』は一九九二年、インドのアヨーディア（ウッタル・プラデーシュ州にある古都。叙事詩『ラーマーヤナ』のラーマ王生誕の地）のモスクがヒンドゥー教徒に破壊されたため、バングラデシュにおいてマイノリティであるヒンドゥー教徒迫害の嵐が起き、その結果、あるヒンドゥー教徒の一家がついに故国を脱出せざるをえなくなるという小説。

（2）一九九四年に四九三五人であったダウリ殺人は増加の一途をたどり、一九九六年には三万五一四人に達した（*Women in Indian Society*, Appendix 205）。二〇〇三年九月三日の『ヒンダスタン・タイムズ』カルカッタ版の新聞記事にも、「ハスナバード（インドの西ベンガル地方にある地区）において、姻戚の虐待に耐えかね、一九歳の女性が首吊り自殺をした」こと、娘を虐待し、自殺幇助したとして義母を訴えた娘の父親のことが掲載されている。二〇〇四年八月二七日のデリー版『インド・タイムズ』（*Times of India*）にはノイダ（ウッタル・プラデーシュ州、デリー郊外の地域）でのダウリ殺人について、首にロープを巻かれた絞殺死体の写真と仲睦まじい時の二人（加害者の夫と被害者の妻）の写真付で報告されている。二人ともエンジニアで同じ大学で知り合い、同じ会社に勤務していたミドルクラス出身者である。夫の父親からの執拗なダウリ要求が続いていた矢先のことであった。妻は絞殺された後、ベッドの箪笥に投げ込まれていた。掲載された無残な写真は夫が殺害後に撮影したものである。また、二〇〇四年九月一日のカルカッタ版『テレグラフ』（*Telegraph*）には不貞の疑惑をもたれ日常的に夫から暴行されていた妻が、四人の子供とともに夫に鋤で虐殺された事件（夫もその後自殺）が掲載されている。これらは毎年女性に対して加えられる犯罪の氷山の一角にすぎない。

（3）一八五六年の寡婦再婚法によって、寡婦の再婚は合法化され、サティは一八二九年に禁止され、幼児婚については一八九一年、婚姻同意年齢法によって規制されている。

（4）インドの女性たちの「伝説的な沈黙」について言及されることが多いが、『インドのベールの下の現実』（*Unveiling India*, 1987）の著者A・ジゥング（Jung）は自分のことを語る女性は「ふしだらな女」（109）とみなされてきたと指摘している。

（5）シーマ・シロヒは二一世紀の今日においても、多くの女性が家畜の窃盗と女性の殺害を同等視した『マヌ法典』の規範の影響下で生きていることを指摘している（*Sita's Curse* 15）。

（6）男は多重婚を黙認されている、一方でマハーラーシュトラ州では六千万人の妻が見捨てられている現実があるとロヒアは述べている（54）。

（7）バック編の『ラーマーヤナ』で注目すべきは、民衆のシータへの疑惑が浮上した時、王たるものは潔白であらねばならず、シータへの疑惑によってそれを汚されてはならないという理由から、シータを遺棄させよと躊躇なく命じるラーマの非情さである。臣下のラクシュマナをはじめとした周囲の人々の説得（炎による純潔の証明）や同情心と比較してラーマの冷酷さが際立っている。ラクシュマナは王がスキャンダルを恐れ、「愚か者」（394）を喜ばせるためにシータを遺棄したとして、ラーマの判断を卑怯者のそれであると思う。一方、シータは「私がラーマに対して忠実な妻であったなら、わたしを家に連れ戻し、匿ってください」と、人々の前で自らの純潔を証明してみせてくれるようにと「母なる大地」に懇願する。それに答えて、「母なる大地」は腕を広げ、彼女の一人児を膝に抱き、幼子を慰める母のようにその髪をなで、シータは目を閉じる。このとき語られた「母なる大地」の「ラーマに対する長年の忍耐の生活もこれで終わりである」（415）とのことばは、ラーマがいかにシータに対して不当な仕打ちをしてきたかを物語る。

バックの『ラーマーヤナ』ではラーマの弱点が顕在化される構成になっている。一方、子供向けの『ラーマーヤナ』の絵本〔たとえばM・アチャルヤ(Acharya)によるリトールド版」ではシータの貞節に対するラーマの疑惑はかなり緩和されている。だが、それでも救出されたシータをラーマはしぶしぶ受け入れたことを物語るものもみられる。『ラーマーヤナ』の物語はインドの子供たちの多くに読まれているものであり、その精神世界を形成する書とみなされていることを考えると、その影響力は見過ごせないものがある。

(8) 二〇一〇年一月二一日から二五日まで開催されたジャイプール文学祭において、「シータを探して」と題するセッション(二二日)が開かれ、同名の著書『シータを探して——神話再訪』(*In Search of Sita: Revisiting Mythology*, 2009)の編者であるデリー大学のラル教授と作家のゴーカレ、およびその著書への寄稿者二名によって、シータが従順・貞節な女性の役割モデルであると同時に、多様なシータ像が多様な文献に見られ、それぞれのシータ像がありうること、イメージは変遷していることが議論された。

(9) 女性同士の協力によって孤立から抜けだすための手段として一九七九年創刊された女性誌『マヌシ』(*Manushi*)の活動や、一九八四年に設立された、女性問題を扱う書物専門の出版社「女性のためのカーリー」(Kali for Women)の活動などが見られる。二一世紀に入って、ダウリ殺人の犠牲者の母親と危うく難を逃れた娘たち六人にインタヴューした記録であるS・シロヒの『ダウリ犠牲者たちの物語』(二〇〇三)と、紀元前五〇〇〜二〇〇〇年の経典から二〇世紀の小説にいたるまでのテクストにみる寡婦の描写の抜粋を集めたアンソロジーである、ウマ・チャクラヴァルティとP・ギル共編の『日陰の生活』(*Shadow Lives*, 2003)が出版された。また、DVについての意識を高める活動を展開している組織ジャゴリ(Jagori)や、各地に暴力の被害者を支援する女性組織などがある。英語教育を受けたミドルクラスのリベラルな女性に人気の三大女性誌、『フェミーナ』(*Femina*)、『新しい女性』(*New Woman*)、『女性の時代』(*Woman's Era*)には悩み相談コーナーがあり、女性の厳しい現実の一面を覗かせてくれるが、華やかで、自由な雰囲気にあふれた写真の掲載に見合う、伸びやかに活躍する女性の語る成功談や、自己形成やキャリア形成、恋人関係や結婚生活の成功の秘訣などを含む前向きな記事が圧倒的に多く、自由と幸福をつかむ女性の神話形成に貢献している。もっとも人気のある『フェミーナ』に特徴的なのは母と娘の物語、その友情と支えあいの物語が多いことである。

(10) 上昇志向の強いミドルクラスの家庭では、妻がパルダを遵守することによって家の格が上がると考えられているため、妻にパルダを強いることがある(Bumiller 80)。女性支配の方法の重要な要素の一つは、女性を家庭の中に隔離し、公的生活、生産活動から除外することであるとの指摘するのはJ・リドル(Liddle)とR・ジョシ(Joshi)である(59)。

(11) 『真夜中の子供たち』では、「パルダ」の慣習に固執する妻ナシームをなんとか現代女性のようにしたいと考えるドイツ留学帰りで近代的医師アーダム・アジズの悪戦苦闘ぶりがコミカルに描かれる。アジズの母親の半生はパルダの陰で過ごされたが、夫が脳卒中で倒れた後、他人のまなざしによって裸にされるのを耐えながら外で働くキャリアウーマンとなる。一方、アジズの妻のナシームの方は近代的夫のやり方に頑なに抵抗を繰り返し、要塞にこもり「修道院長」と呼ばれる。ベールを脱ぐよう勧める夫に対し、彼女は男たちの前で「裸」では歩けないと抵抗する。すると、夫は君の顔や足は「猥褻」(34)なのか、と問い返す。この闘いはまだ続く。あるときアジズは妻のパルダのためのベールすべてを燃やしてしまおうとしたが、その火はカーテンに引火し、大騒動となる。さらに、砦の中に立てこもる妻は家族写真に抵抗し、ナシームは盗み撮りをしようとした写真師からカメラを引ったくり、彼の頭にカメラをぶちあてたりもする。ベールなしの素顔を晒すという恥辱にも増して、それを記録されるのはとんでもないことであった、からである。女性隔離の伝統の不合理さがもっとも鮮烈に描かれるのは、初めてナシームを七インチの穴開きシーツを通して診察した場面である。彼はこの穴を通して見た深窓の令嬢のわずかばかりの肉体の断片を覗き見て欲情し、恋に落ち、結局彼女は彼の妻となる。次はパルダの慣習を厳格に守らせようとする父親が娘を診察させるために用意した「穴あきシーツ」にアジズが戸惑う場面である。屈強な女力士のような女性が二人それぞれシーツの端を持って立っている。この光景に戸惑いながらアジズはその真ん中に穴が開いていることに気づくが、その診察すべき娘がどこにいるのかと怪しむ。すると父親は「良家の子女」(23)はいかなる事情の下でも身体を人の目に触れさせるわけにはいかないと答える。混乱の極みにあるアジズは、体を見ずにどうやって診断できるのか、と問うと、ガーニー氏は診るべき部分を穴にあてがうようにして診察してほしいという。具合の悪い部分はどこかと問われたとき、ガーニー氏の笑顔は突如「渋顔」(23)に変わる。それは腹部であったからである。パルダの慣習はラシュディのこのテクストのおかげで、魔力をもった神聖な「穴あきシーツ」というイメージで固定された感がある。

(12) 他に寡婦の現実については、一九世紀における寡婦の悲惨な生活についての二作品を収めたバーバー・パドマンジー／パンディター・ラマーバーイー『ヒンドゥー社会と女性解放――ヤムナーの旅・高位カーストのヒンドゥー婦人』(小谷汪之・押川文子訳、明石書店)を参照。『日陰の生活』には聖地に捨てられる寡婦についての指摘がみられるが (U. Chakravarti 11)、二〇〇三年八月三一日のムンバイ版『インド日曜タイムズ』(*Sunday Times of India*) には聖地への巡礼に連れてきた老いた両親を見捨てる事件が絶えないという記事が掲載されている。

(13) 詳しくはシロヒ編『ダウリ犠牲者たちの物語』を参照。『インドのベールの下の現実』にはシロヒがインタヴューしたサトヤラニの語った内容がすでに紹介されている。焼死させられた娘の、目も鼻もない、性別の判別もできないほどむごたらしく焼け焦げた「ねじれて黒い塊」のような亡骸を見た母親は、さらに、庭の隅に放置され、「ごみ」扱いされた娘の亡骸に向かって、さっさと片付けるようにと言い放つ娘の義母のことばを聞いたときの怒りをこう伝えている。「この国の立法者たちは首相の娘が同様に焼死するまで目がさめないのであろう」、と (117)。

(14) ジャヤのような考え方はこのテクストではほんのひと握りの反抗的女性のものでしかないことも示唆されている。それまで彼女の人生を作りあげてきたすべてのものを剥ぎ取られ、剃髪され、たった二枚のサリーしか持つことを許されず、地べたに座り、藁のマットで眠るという寡婦となった女性の過酷な生き方を強いられるアジーや女の子ばかり産む自分を夫は放り出そうとしているのではないかとの不安に駆られる妻。また狂気のなかで枯れた井戸に身を投げた三人の娘の母親。こういった、反抗とは無縁の女性たちの深刻な状況を背景として、ジャヤの反抗が描出される。

また、このテクストには女性の身体の自己管理権をめぐる問題が提起されている。ジャヤは自分の出産の記憶をたどり、そこに自分の身体の管理能力を喪失する恐怖をみる。月経を敵と見る姪に対して、ジャヤは月経を薬で管理する。それは少女のときからの夢であったが、その作用の不快感・苦痛は自己の身体の管理不能を確認することになる。このテクストは妻の役割の重荷に苦悩する主人公の物語だが、月経困難、出産の痛み、子宮癌など、女性の身体の管理不能も繰り返し語られる。怒りを表わせない女性の「沈黙」は母と娘を、そして女性たちを結びつけるが、ハリハランの短編「夜ごとの饗宴の名残」のように彼女たちの身体が反逆し語るということはない。

第二章　反逆する女性の身体
――ギータ・ハリハランの女性たち

Ｉ　「夜ごとの饗宴の名残」――反逆する身体と「享楽《ジュイサンス》」

１　母と娘の物語

インド英語文学の転換点となったラシュディの『真夜中の子供たち』（一九八一）の登場と軌《き》を一《いつ》にする注目すべき現象は、女性作家の進出、活躍への関心の高まりである。従来、研究対象外の存在だった女性作家たちのテクストにアカデミズムも市場も大いなる関心を寄せていることは一九九〇年代に出版された大部な女性作家批評のアンソロジー（三セット、全巻合わせて一八巻）、Ｒ・Ｋ・ダワン (Dhawan) 編『インドの女性の小説家たち』(*Indian Women Novelists*) の存在だけでも明らかである。そこで取り上げられている作家の一人がギータ・ハリハラン（一九五四―）である。

ここではハリハランの短編、「夜ごとの饗宴の名残」（一九九二）を取り上げ、ハリハラン的反逆のテーマと、彼女らしい猥雑《わいざつ》感と身体表現がふんだんに見られる表象の方法を検討し、女の主体形成、あるいは「欲望する主体」をめぐって、いかなる表象の力、文化形成力を示しているかについて見ていきたい。反逆する「母なる身体」は伝統的価値を転覆するマージナルな力をもつものか、それとも娘にとって抑圧となる「貪る母」でしかないのか。あるいは、その両方の表象によって生じる解決不能なメッセージをこのテクストは円環構造（結末のあとに冒頭が続く）のなかで永遠に問いかけている、といった見方ができるのだろうか。

ギータ・ハリハラン氏には、『夜の千もの顔』創作の背景について興味深いお話をしていただいた（事務所にて、2005年8月23日）

「夜ごとの饗宴の名残」はデヴィと曾祖母との間の愛着と分離の物語、いわば母と娘の物語である。エイミ・タン (Amy Tan, 1952-)（中国系アメリカ人作家）の『ジョイ・ラック・クラブ』(*The Joy Luck Club*, 1989) やジャメイカ・キンケイド (Jamaica Kincaid, 1949-)（アンティグア生まれの英語作家）の『アニー・ジョン』(*Annie John*, 1983)、キョウコ・モリ (Kyoko Mori, 1957-)（アメリカ在住の日本人英語作家）の『シズコズ・ドーター』(*Shizuko's Daughter*, 1993) も注目すべき母と娘の物語であるが、これらとの決定的違いは、ハリハランのテクストに充満する猥雑さ（「におい」を含む）、「汚れたもの」として忌避されるもの、「母なる身体」から流出するものの存在である。

2　死者の残り香

「部屋にはまだ彼女の匂いが残っている。彼女が瀕死の床にあったとき、彼女の身体が触れたものすべて、シーツやサリーや手にこびりついたすえた臭いとは違うけれど」(9)——語り手である「わたし」はこう語り始める。故人である「あのひと」と「わたし」がどういう関係なのかここでは明らかにされない。十数行先で「あのひと」とは「わたし」の曾祖母であり、一般的な近親者以上の関係であることがわかる。二人は「ルームメートではないけれど」「二つの部屋を共有」(9)する関係であった。「わたし」にとってはこれまでの人生における二〇年間すべての時間を分かち合い、ふたつの空間に分かれてはいるが、一つの「先祖伝来の家」を共有する、いわば二卵性双生児のような関係ともいえる。

　瀕死の重病人であったときの曾祖母の身体から流出したものが、彼女が触れたすべてに染み付いて離れようとしない。その「すえた匂い」は、ジュリア・クリスティヴァ(Julia Kristeva, 1941-)の概念に従えば、「母なる身体」から出た「アブジェクト」(いとおしく、かつおぞましいもの)を表象している。その執拗な匂いは、病床の「シーツ」や故人がまとっていた「サリー」だけではなく、複数の「手」(hands)にも染みついている。実にさりげなく、そっけないまでに、ただ「手」と語られているが、看取り、手を握った人すべての「手」である可能性を残しながら、実は、「わたし」の握り締めた「手」であることは、読み進むうちに実感されてくる、という見事な構図になっている。

「まだ」「匂う」その執拗な「匂い」は、次のパラグラフの冒頭では、「その部屋は押し花にされ色褪《あ》せたバラの香りがする。乾いた今にも消え入りそうな匂い」(9)とあるように、はかない匂いに変化する。「まだ」は「今では」と変わり、部屋に残るにおいは「押し花のバラ」の「乾いた香り」のように「今にも消え入りそうな」頼りなげな、はかないものに変わる。

　小説の冒頭部分において、このように部屋に残った名残の「におい」の表象や子宮のような部屋や、死者の見えざる身体性を表わす「押し花」の表象によって、母なるものへの愛着と分離が見事に描き分けられている。だが、猥雑感の限りを尽して、彼女が描こうとする女の「身体」は単に愛着と分離の対象にされる「母の身体」だけではない。それは「欲望する身体」、「反逆する身体」である。死の運命を楯《たて》に決起する主体としての「身体」である。それこそがこのテクストの身体のなかでも最も激烈に躍動する大動脈の部分である。そして、それは九〇歳のブラーフマン階層の老婆ルクマニの人生最後の時の「身体」によって表象される。

　彼女は息子やその嫁やそのまた息子や嫁、とその娘(＝医学部生の「わたし」)と違って、自署すらできない「無知な村育ちの女」(9)であるが、一〇年前に亡くなった息子と嫁よりも「生き延びた」(9)強健な身体の持ち主であった。だが、彼女の身体に異変が生じる。首にあったこぶのような塊《かたまり》が癌化する。その時、ブラーフマン（の妻）としてタブーを守り、不浄とされる食物を一切断ってきた、彼女のその禁欲的生活は一転する。「わたしたちの部屋」は突然不可食のものばかりを選んで貪る曾祖母と共謀者である「わたし」との夜な夜な繰り広げられる「饗宴」という非日常の世界に変貌する。

3　汚れを帯びた身体への愛着

インドは不浄をもっとも危険視する文化をもつ社会の筆頭にあげられる。ヒンドゥー教の伝統を基礎づけている法典の一つ、マヌ法典には「可食・不可食」の厳格な規制が記されている（五章四節〜五六節）。ブラーフマンの文化では特定の食物だけでなく、食物一般を不浄なものとみなす[1]。クリスティヴァによると、食物は自己の身体に侵入する他者（自然）であり、口腔という境界を貫通し「主体の清潔で好ましい身体」(the self's clean and proper body)を侵犯するものである。それはまた、人間と「他者」＝「母」との始源的関係を築く「口から取り込まれるもの」（＝アブジェクト）である(Kristeva, *Powers* 75)。口から取り込まれるもの、あるいは口腔や身体から流出するものはクリスティヴァによると自他の区別で成立している文化、および「主体」アイデンティティの境界を不分明にし、脅かすものであるために不安を掻き立てるものであるという。摂食は境界侵犯による穢れを生むものであり、不可食のものの摂取は近親相姦のタブーを侵犯することへの不安を掻き立てるもの、近親相姦の禁止の上に構築される文化（象徴界・言語文化世界）への「反逆」行為である。母なるものは「境界を侵犯する不純なもの」(*Revolt* 21)という視点から不純なものとなる。

ハリハランのテクスト、特に『夜の千もの顔』と「夜ごとの饗宴の名残」はこういった穢れたもので溢れている。身体から流出するものと亡骸への拘泥は徹底している。「夜ごとの饗宴の名残」では、見てきたように、いきなり冒頭部分から瀕死の病人、末期の癌患者が触れたものすべてにまといついて離れない「すえた匂い」についての記述が見られる。さらに「おなら」(10)、「げっぷ」(13)、鼻から漏れるコーラのどろどろした茶色の液体(14)、亡骸にこびりついた体液の乾いたにおい(15)、などなど枚挙に暇がない。

この短編においては曾祖母の身体から流出したもの、と同時に、執拗に表象されるのは彼女の残した「におい」である。亡骸に付着した「執拗に留まろうとする」(15)匂いは、弔いのプロセスにおいて耳や鼻に詰められた綿によって封じ込められ、やがて死者の残した匂いはかすかな香りを残す無害なドライフラワーとなり、今にも消え入りそうな、留めることの不可能なものとなる。この「におい」が母なる身体への愛着、欲望を表わすなら、一方、母親と一緒に曾祖母の亡骸、身体を拭き、綿をつめる行為は愛着を断ち切る第一歩となる。やがてそれは次の行為で完結する。語り手のラトナは祖母の部屋のすべての窓と戸棚を開け放ち、空気を入れ替え、彼女の汚れたサリーをズタズタに引き裂き、空っぽになったその戸棚には買ったばかりの医学書ですきなく埋めるという行為にでる。これがテクストの結末である。「武装した兵士」のような書物はなにを示唆するのか。それはほんの小さな隙間にも止まろうとする「匂い」を封じ、自己の境界を守るための兵士である。

だが、その前に「わたし」は曾祖母の共謀者として、彼女の「復讐」を実行に移し、もっとも不潔な店から店を回り、どんな人の手によって作られたものかわからない菓子を食べまくり、一週間「下痢」になることを自らに課す。それが、女の物語を言説として語らずに、身体で語った曾祖母のための「復讐」の仕上げであり、女二人の反逆の物語の結末である。「夜ごとの饗宴の名残」は最初『デボネイル』(*Debonair*)に掲載されたが、その時のタイトルは「禁じられた果実」("Forbidden Fruit")であった。これがキリスト教文化圏におけるイヴが背負わせられた神への不服従の罪、貪欲の罪を暗示していることは明らかである。このテクストは禁じられた食べ物に対するブラーフマンの女性ルクマニのすさまじい貪欲さを徹底的に描いている。トマス・ダブレ(Thomas Dabre)は『トゥカラムの神体験』(*The God-Experience of Tukaram*,1987) において、食物は信者(子)と神(親)の関係を表象するものであり、食物は親の愛と養育(=神の恩寵)の現われであり、帰依者たちは神の愛を一緒に食することによって相互の絆を強めるとの見解を示している(Intro. xvi)。ブラーフマンにとって不可食とされる食物をせがむルクマニとそれを密かに運び込む曾孫である語り手の「わたし」。この女二人が共謀して作りあげる夜ごとの「饗宴」がブラーフマンの神との融合を表わすものではなく、神への、あるいは信仰を支える体制・伝統に反逆する行為であることは明らかである。

父権的ブラーフマンの伝統における女性支配は、彼らに都合のよい相続システムとカーストのヒエラルキー維持のために不可欠であった(Liddle and Joshi 57)。ルクマニの反逆とは、ブラーフマン・カーストとその父権制維持のための道具になることによってはじめて女に保証される魂の救済の道を放棄し、自らの欲望によって生き直すことである。彼女は欲望の権化《ごんげ》となって、ブラーフマンにとっての食のタブーにことごとく違反し、身体を汚し(ブラーフマンの視点)尽くし、反逆の炎となって自らの身体を焼きつくそうとの気迫をもって最期の時を生きる。彼女は死を目前にして謀反《むほん》をおこし、欲望によってジュイサンス(享楽)をおぼえる。ルクマニの歓喜に燃えるその身体は、不浄とされるもの(口腔からもれる液体など)によって猥雑感によって包まれたまま、反逆する身体、欲望する主体として死に向かう。

怒りに満ちた反逆する身体は、彼女の「首のこぶ」によって表象されている。それは「わたし」が子供の頃から、たいたり、からかって引っ張ったりして親しんできた「ふくらみ」である。メラニー・クライン(Melanie Klein)の「良い乳房」(good breast) = 「子供が空想・欲望するよい母親の身体」に相当する、養育し、慈しむ母のメトニミーである。だが、「わたし」が二〇歳になるまで二つの部屋を分け合い、その共有空間に棲みついた女二人の親密さを表象する親しみ深いその「ふくらみ」は突如他者化する。癌化した「こぶ」(甲状腺腫)(79)は「炎の舌」となって、老いた身体を舐め尽くし、めらめらと焼きつくそうとする。そして、その舌が触れたものすべてを浄化するという。異常繁殖した細胞の塊(ブラーフマンにとって不浄視されるもの)が浄化の炎に喩えられ、正常細胞がガンに侵される様が、炎によって浄化されるという意味をまとう。見慣れたふくらみが境界を越えて増殖し、「炎」のようにめらめら燃えながら行く手にあるものすべてを浄化する。境界侵犯のイメージ(不浄)と浄化とが結合されるという異様な表象によって、価値が転覆される。

この浄化の炎である首の腫瘍は何を表象しているのだろうか。E・M・フォースターの『インドへの道』(一九二四)

におけるムア夫人は、洞窟体験後、死期が迫る時期になって、それまでの善良で温厚なイメージを覆すように、突如不機嫌になり価値観の崩壊に遭遇する。ムア夫人は価値観の崩壊に動転し、やがて、それを受容し、「常に耳を傾ける母」(hearing mother)としてのこれまでの受動的女の役割を拒否し、欲望する主体となるため、「自分の洞窟」に閉じこもることを宣言する。同様に、それまで茶目っ気のあったルクマニは、瀕死の状態で突如「不機嫌なラクダ」のようになり、周囲のものに噛みつこうとする。そして、少しの動揺も見せることなく、これまで九〇年もの間従ってきた不可食のタブーを、死を目前にしてあっさり破る。それは救済の約束をふいにすることでもある。欲望の権化、餓鬼となって、自らの身体を汚し尽くして果てようとする、首に炎をまとうルクマニ。その「こぶ」は反逆する身体、欲望する主体となった身体、あるいは欲望そのものを表わす。彼女の背中の「みみずばれ」は、「怒りの赤々としたみみずばれのよう」(9)と形容されている。ハリハランのテクストの「赤」は欲望とそれを抑圧され続けた者の怒りの色、復讐、反逆の色である。「よき乳房」としての「ふくらみ」はこのようにして「悪《あ》しき乳房」となる。

4　ルクマニの反逆と歓喜

ルクマニの摂食のタブーへの反逆と歓喜は次のようにして始まった。九〇歳の誕生日の数週間前に寝込んだ彼女は、家族の説得を二ヵ月間無視しつづけた後、医師の診察を受けることに同意する。医師の帰宅後、病名を問いただされるのを恐れながら、「私たちの部屋」に戻った「わたし」を捕まえ、ルクマニは「狡猾《こうかつ》」な表情を浮かべ、「わたし」の手を握り、一本一本の指に口づけしながら、半ば閉じた目にはいちゃつくような様子すら浮かべてこう切り込む。「ラトナや、教えてほしいんだけど……」。甘いことばで包まれた尋問に慌てて「わたし」は「何も知らない」と応える。曾祖母は「いや知っているはずだ」と当惑げな表情を浮かべて次のような質問をする。「あの日クリスチャンの店から買ってきたあの小ぶりのケーキのことだけど、中に卵は入っているのかい？」(12)との予想外のことばに続けて、彼女は狡猾そうに目を細め「一つ私にも買ってきてくれないかい?」と畳み掛ける。

それからラトナは非ブラーフマンの手になるケーキやアイスクリーム、ビスケット、サモサなどを「密輸」(smuggle)(12)し、菜食主義者の病人の部屋に持ち込む運び屋となる。「一世紀近く」もの間「汚れていない自宅で調理した食物」(12)しか口にしたことのないブラーフマンの寡婦にとって、不可食のものを体内に取り込むことは、まさしく麻薬に手を染めることに匹敵する逸脱行為である。そこに大いなる快楽が生まれる。家の者が寝静まった夜中、ルクマニは曾孫の手からパイを摑みとり、「卵」が使われているか、非ブラーフマンの手になるものかを確認するまで食べようとしない。少々「夜ごとの饗宴」に食傷気味のラトナはさっさと儀式をすませようと、曾祖母の望む「パスワード」を次のように与える。「山ほどのたくさんの卵よ」「それにベーカリーのオーナーはクリスチャンだし。ムスリムのコックも雇っていると思うわ」(12-13)。すると、ルクマニは歓喜とも苦悶ともつかないうめき声を「うーうーうーうーおー」と上げる。パイを堪能する彼女の快楽に耽る様は次のように描写される。小さなピンク色の舌を突き出し砂糖衣を舐める。歯のない口は「もぐもぐ」「ぴしゃぴしゃ」と吸うような歓喜の音を奏でる。

だが、麻薬と同じで、欲望はエスカレートしていき、彼女は一層大胆になり、さらなる冒険にのりだそうとする。ケーキに飽きた彼女は次にコーラをねだる。病人向きの飲み物を用意しようとするラトナの母。「忠実な義理の孫」(13)である彼女は聞き分けのない祖母(かつては忠実な嫁であったのだろう)の要求に従い、コーラの入ったグラスを手渡す。「彼女が呑み込むとき、彼女の首にできたこぶがごぼごぼという小さな音をだして動いた。それから彼女は満足げな大きなげっぷをした〔……〕」(13)。さらなる冒険の結果、彼女は「レモンタルト、ガーリック、三種類の炭酸ドリンク、ブランデーがふりかけられたフルーツケーキ、ハエがはびこる市場から買ったベルプーリー〔揚げせんべい〕」(13)と、次々にタブーの食物を制覇する。やがて、彼女の身体は死へと確実に向かい、飲み込むことすらできなくなる。口に流し込まれたコークの半分は鼻腔《びくう》から流れ出る。「どろどろした茶色の吐き気を催させるような」液体。ルクマニは「ひりひりする」(14)と叫びながらも、病人食をかたくなに拒み、うわごとのように「市場から何か買ってきて。生のたまねぎ。

揚げパン。チキンと山羊」(14)と要求しつづける。

ルクマニは療養所で亡くなる。その当日の様子の描写は凄絶である。両腕をチューブや針でがんじがらめにされた彼女は、目で部屋の中を探し求める。血管にぽとぽと落ちる点滴液、鼻から流れでる透明な液体は顎をつたわるよだれのよう。不自由な手を握ったり開いたりしていた彼女は、最後の力をふりしぼり奇跡的に声を発する。「ラトナ」と。枕もとに駆けつける母とラトナ。臨終の祝福のことばを懇願する母。曾祖母の唇は声を発することなく、だが多様な猛烈な怒りのことばが発せられる。顔は細かな汗の粒で覆われ、顔の筋肉は逆上するかのように引きつる。それから、突然思わぬ力が狂ったように噴出し、彼女は点滴のチューブを腕から外してしまう。床にたたきつけられる点滴用のＩＶポール。人生の最終の時、彼女は次のような要求をつきつける。「赤色のサリーを持ってきて」、「金色の幅広の大きなボーダーがついている赤いやつだよ」、「角の店からチリパウダーがふりかけられたピーナッツが欲しいよ。たまねぎとたっぷりの油で揚げたグリーンチリ・ボンダス(bondas)も」(15)。だが、彼女の声はごぼごぼと音をたて、顔と首は嵐の海の遭難した船のように揺れる。「彼女は吐き気を催し、その嘔吐物が彼女の口と鼻から飛び出した〔……〕」(15)。嘔吐物、鼻腔から流出するミルクシェイクのようなどろどろの液体やコーラのような茶色の液体といった、執拗に反復される口腔から流出するものが、この臨終の場でも描出される。

5 「亡骸」への分析的視線と愛着

家に運び込まれた「亡骸」に対する「わたし」の凝視の描写には医学生としての視線――「遺体」(“the body” 15)という呼び方に現われている解剖学的、分析的視線――が見られ、一方、双生児のような関係にあった曾孫として情緒的に反応する「わたし」の身体があり、両者の葛藤が展開する。ところで、「死体」というのは当然ながら最も強烈な「死」の日常への侵入の感覚、境界侵犯の感覚を感じさせるもので、穢れという感覚を呼び覚ますものであろう。インドにおいては時として、瀕死の路上生活者に触れることを恐れ放置するといったことが起こる。インド滞在歴の長い五〇代のオーストラリア人の女性が、その一つの事例に聖なる地ハリドワール（インド北部ウッタラカンド州）で遭遇した。行き倒れの病人を病院へ搬送しようとして、周囲の人の助けを借りようとしたが、誰も応じてくれず、逆に彼女は狂人扱いされたことに憤りを感じたという。それに対して、六〇代の実験医学の教授は「穢れ」を恐れるためであろうと応えていた（二〇〇一年三月、ヴァラナシーからチェンナイへ向かう車中の聞き取り）。クリスティヴァによると、「アブジェクションは汚れと穢れの場に現われ」(Kristeva, *Powers* 4, 17)、「死体」は「アブジェクション」の最たるものである。

ルクマニの「亡骸」「死体」をめぐるラトナと母の対立、葛藤にこの境界体験の反応の違い、すなわち、「母と娘」のおなじみのテーマ——癒着と分離——言い換えると、境界侵犯への欲望と抵抗が見られる。母とラトナは家に迎えられた「亡骸」を清める。湿った柔らかな布で身体を拭き、病院のベッドの「におい」、「瀕死の老女の身体から出る液体の匂い」(15)を拭き取る。この過程で、ルクマニの「身体」はくまなく医学生の凝視に晒されることになる。それはまず、「ザ・ボディ」と呼ぶことから始まる。そして、その身体の皮膚は「乾いて紙のようだ」(15)と形容される。しかし、その支配的凝視は次の瞬間には揺らぎが見え始める。「頭部の不精ひげ——かつて病気になったとき頭部を剃髪するのを嫌がった——は伸び、ブラシの毛のように白くやわらかい」(15)。頭部の毛髪についての描写はすでに医学部生のものではない。「剃るのを嫌がった」という感情移入を思わせる表現にそれは始まり、「ブラシの毛のように白く柔らかな」という形容に決定的に現われている。次に腹部の皮膚へと視線は移る。それは「皺《しわ》くちゃでぼろぼろになったヴェルヴェットのよう、大きな皺は銀色の小川のようにあちこちくまなく流れている」(15)という。ここにいたると、ラトナの科学者の凝視は一転して、双生児的曾孫の目線となり、逆にネクロフィリア（屍体愛好）的執着心が貼り付いたものに変わる。

注目すべきは、初めて「見た」曾祖母の「裸」への言及である。「こわばり冷たくなった遺体、私には生まれてはじめてみた裸の肉体」(15)。ヒースクリフが亡きキャサリンの葬られた墓場で「ため息」を聞いたように（エミリ・ブロンテ (Emily Brontë, 1818-48)『嵐が丘』(*Wuthering Heights*, 1847)）、ラトナも曾祖母のとんでもない要求の続きをわめいている「声」を聞いたような気がする。だが、彼女はすでにもの言わぬ「亡骸」にすぎない。その残り香も排除するように鼻と耳に綿を詰められた亡骸はラトナを遠ざける。次の瞬間にラトナがとった行動は母を唖然とさせ、娘の正気を疑わせるものである。彼女は戸棚へ走り買ったばかりの「わたしのはじめてのシルク」のサリーを持ってくる。それは最も鮮やかな真っ赤なサリーであった。それを広げ彼女は「裸の身体」をさも「いとおしげに」被おうとする。「その赤いシルクは彼女の子供らしい笑い声のように輝いた」(16)。ルクマニのいつもの「子供じみた天真爛漫《らんまん》な笑い声」のように輝く真っ赤なシルクのサリー。あたかも死者の勝利の声のようである。

だが、ラトナに及ぶ境界の外の力はここまでで、その内側の力、母の怒りに満ちた次の行動は、ラトナを境界侵犯への欲望から引き離す。「彼女はサリーを巻き、放り投げた、まるでそれが穢れたものであるかのように。彼女はばかげた取るに足らない欲望から、それが自由になるようにまた遺体を拭いた」。「放り投げられる」「穢れ」(16)を帯びたサリー。「広げ」られたラトナの愛着はこうして「巻かれ」刈り込まれ、日常感覚の内側に囲い込まれ、境界体験は排除される。一八年間も地中にあったキャサリンの死体の傍に葬られることを願うヒースクリフの欲望を思わせるようなラトナの逸脱行為。腐乱している可能性の高い亡骸について、彼は一緒に肉体が溶け合うのもいいとうそぶいた、究極の境界侵犯的欲望に匹敵する欲望の表象がここに見られる。結局、ルクマニは寡婦の装束である「薄茶色のサリー」(16)を着せられ茶毘に付されることになる。彼女の欲望の「赤」は拒否され、火葬の炎は寡婦として彼女を「焼いた」(16)。このように、彼女の欲望と、反逆も焼き尽くされた。次に見られる首の「こぶ」の形容に注目したい。ラトナの愛着を象徴する「ふくらみ」はここでは「卑猥な」「汚れた」(16)ものに変わっている。

次に展開するのはラトナの解剖学との関係である。駆け出しの解剖学者にすぎないラトナはルクマニの「死体」から「皮膚」の下へ、さらにその中身である「思い出のはらわた」へとメスをいれ、彼女との親密な生活の中でも語られなかった曾祖母の悲しみ、苦痛、怒りを解明しようとする。それは解剖学のメタフォーを用いたルクマニの知られざる「苦しみ」、「固まって癌になった、その苦しみ」(16)の探求への意欲を表わす。

彼女の残した唯一の「遺産」である残り香は日々薄れていく中で、ラトナは夜ごと極めつけの不潔なベイカリーや露店を幽霊のようにさ迷い歩く。そして、腐りかけた菓子を次々とむさぼり、むっとするにおいの油であげたチリーを口にする。なぜか。そこにルクマニを見つけるためであり、また「私は彼女のために復讐を図る、一週間の下痢を自らに課す」(16) ためであった。このようにラトナは曾祖母の身体を生き直す。

タブー視される、欲望する「女の身体」を、価値転覆力をもつ反逆する身体としてここまで肯定的に、かついとおしさをこめて描出するテクストは少ない。そもそも、インドに限らず多くの文化において女性の飢餓感、貪欲、欲望は否定的イメージを伴う。したがって、自らの欲望に「恥」を感じるような装置ができあがっているが、主体的生き方を容認しつつある現代社会において、女性は抑圧の新たな戦略に巻き込まれていることを、スーザン・ボルドーは警告している。「女の肉体」を見る見方は文化によって指示されていると彼女は言う (Bordo, *Unbearable Weight* 57)。常に女の身体はメディアのかかげる「理想型」に届かない不完全なものとして評価され、生身の身体は矯正されるべきものとして存在させられる。こういう文化的状況のなかで、ハリハランは文化形成者の一人として、既成の文化による「女の身体」の見方（若さと美を賛美）を転覆する視点を、曾孫の愛着を込めた視線によって老い病んだ女の肉体あるいはその亡骸の細部を描くことによって提示しているといえる。エレーヌ・シクスー (Hélène Cixous, 1937-) の言う女性作家の使命である、女性に押し付けられた身体のイメージを壊し、「失われた身体」を再発見する、という価値転覆的、かつ創造的仕事を、ハリハランはルクマニの反逆する身体（伝統的視点からはヒステリーとみられたもの）が歓喜の肉体性を取り戻す様を描くことによって成し遂げている。

6　母の反逆の物語を創出する娘

だが、落とし穴がないわけではない。抑圧的伝統的価値への反逆であるルクマニの食のタブー違反行為とその歓喜は、

「母と娘の愛着と分離の物語」の枠の中では、その価値転覆的力を削ぎ落とされてしまいかねない。家父長的ブラーフマン文化に反逆した「母の身体」は娘にとって排除すべきアブジェになってしまうからである。事実、最終パラグラフはラトナの「象徴界」（言語文化世界）への復帰を物語る行為で締めくくられる。

それまで、「母の身体」の欲望を反響する身体となっていたラトナは、部屋に残る匂いを消し、ルクマニの「汚い灰色のサリー」をずたずたにし、空っぽになった彼女の戸棚に一部のすきもないくらいびっしりと購入したばかりの分厚い本を並べる。武装した兵士のようなその書籍はほんの少しの隙間からでも侵入しようとする「匂い」（「母の肉体」）をシャット・アウトする護符のようである。このようにして彼女は「安全で懐かしくかび臭い匂い」(10) のする胎内から脱出し、依存と共棲的関係を断ち切り主体形成への一歩を踏み出す。

確かに、ラトナは「匂い」や口腔や身体から流出するものといった「母の肉体」の名残のしるしを通して、失われた「母の肉体」を取り戻そうとした。だが、「母の身体」への欲望と同時に、亡霊のような支配的「声」と化した「貪る母」からの分離への欲求も生まれる。クリスティヴァは「死体」へのオブセッションは「貪る母」(“a devouring mother”; *Powers* 102) と合体した主体の再生ファンタジーであるという。「亡骸」に異様な執着を示したラトナだが、やがてそのオブセッションは見てきたように最終場面で解消される。ラトナは「母の肉体」に呑み込まれ、沈み込み、自我の消滅を体験後、浮上、再生し「象徴界」へと帰還する。

だが、問題は二人が親密性と笑いと秘密を共有する共謀者たちのスペースである、「母の肉体」を表象する空間であった「部屋」が、母と娘がともに再生するための場ではなく、母の死と娘の再生がセットになった場であることである。『インドへの道』におけるマラバー洞窟が、アデラとムア夫人の二人にとって反響を共有する空間であり、ムア夫人の死がアデラにヴィジョンを提供するという構図に似ている。

最終場面に見られる「アブジェクション」――「汚いサリーをずたずたにする」――は、母からの分離に伴う娘の否定的感情の危険性をも暗示している。排除された「母の身体」は危険な「女の身体」としての文化的記号（自他の区別を超え、境界侵犯し、清浄な自己の身体を汚染し、呑み込む女の身体）となるからである。S・ボルドーは心と身体の二重性という概念でみる文化においては、「女」を「身体」（＝「自然」）とみなし、かつ、「身体」は否定性を帯びたものであるため、必然的に女が否定性を帯びることになるという(5)。母からの分離に際し、娘の否定的感情が伴う場合、この否定に娘が荷担する構図になる危険性がある。

だが、娘の自立のための母の身体の排除がこのテクストの最終メッセージではない。確かに、家父長的ブラーフマン文化に反逆するルクミニの身体は、伝統的価値を転覆する力をもつ一方、母と娘の物語の枠においては、娘にとって抑圧となる「貪る母」にもなりうる。だが、他の多くの母と娘の物語と異なるハリハランの独自性は、その円環構造にある。曾祖母の「臭い」を排除した最終パラグラフは、冒頭の「その部屋にはまだ彼女のにおいが残っている」(9)へと続き、語り手として再生したラトナが「におい」の消えかかる空間を、語られることのなかった曾祖母の身体（＝物語）によって埋め始める。ルクマニの「死体」から「皮膚」の下へ、さらにその中身の「思い出のはらわた」へとメスをいれた新米解剖学者の視線は、語り手である「わたし」として、彼女との親密な生活の中でも語られなかった曾祖母の悲しみ、苦痛、怒りを語りだす。

このように、離反と融合の母と娘の物語が永遠に反復される構造の中で、曾祖母に注がれる情愛にみちた曾孫の視線、狂乱に近い曾祖母の歓喜に酔う身体の強烈な記憶の物語が、常に母の身体の排除の物語に交差する。こうした複雑な物語構成の中で、反逆し、共謀する女たちの身体が独特な猥雑感を伴う表現とユーモアで語られ異彩を放つのが、ハリハランの描く空間である

Ⅱ 『夜の千もの顔』——血の饗宴

1 「血を流す身体」の表象

「血を流す身体」の表象で強烈な印象を与えるものは、キリスト教文化圏ではまず、磔刑《たっけい》に処せられたキリストの身体であろう。インドでは儀式において男性器を除去する両性具有者であるヒジュラも「血を流す身体」である。アーシュラム（イスラム教シーア派の祭り）において刀で頭部を傷つけ、「血」を流しながら町を練り歩く男性信者たちも「血を流す身体」である。

処女懐胎《かいたい》したとされる聖母マリアとは異なり、ヒンドゥー教の女神も「血」を流す存在であり、女神の経血が流れ込む泉の水はタントラ教（女神ドゥルガー・カーリーを崇拝するヒンドゥー教）修行者にとっては聖なるものであるという(2)(Hallie Austen Iglehart 116)。

一方、インドにおいて父権的ブラーフマンの伝統に見られる女性支配は、彼ら特権カーストを維持し、都合のよいシステムを存続させるために不可欠であったことを指摘しているJ・リデルとR・ジョーシは、バラモンにとって子供の誕生、セクシュアリティ、月経は汚れであると述べている(3)(Lidell and Joshi 69)。ルイーズ・ランダーは一八世紀から今日に至るまでの医学的イデオロギーを検討し、女性の月経という身体性がいかに女性の低い地位を維持するために利用されてきたかを明らかにし、月経は単に生理的現象ではなく、女性の社会的地位と密接に関わる文化的構築物であることを指摘している（Lander, Intro. 10）。「なぜ、私は出血しなければならないのか？〔……〕女だけが、なぜ？」（3）という根源的問いで始まる書き出しで、ランダーは月経が恥辱、不潔、呪い、タブーといった否定的イメージをまとわせられることへの疑問を提示している。(4) 月経が程度に差があるとしても共同体に不浄視され、多くの社会において女性差別の根拠とされてきたとの認識がジャーメイン・グリア（Germaine Greer）、エリザベス・グロスツ（Elizabeth Grosz）、アンドレア・ドウォーキン（Andrea Dworkin）たちにも見られる。(5)

2　危険視される「血」を流す女の身体

ギータ・ハリハランは『夜の千もの顔』（一九九二）において、女性抑圧の根源である「血」の穢れと「血を流す身体」を執拗に描く。(6) そうした「血を流す身体」は女性の生殖能力の賛美のために描かれるのではなく、「不妊や母性の拒否＝特権カースト再生産の拒否」という文脈の中で描かれる。(7) そして、「女性であること《ウーマンフッド》」（Womanhood）とは何か、というテーマが「血を流す身体」を軸に追求されるのである。

この作品は、「経血」とともに「女の身体」につきまとうトラウマ的屈辱感・罪悪感をそれぞれの人物の身体経験に即して描き分けることによって、実存的危機を共有する女性同士の共感と、多様な結束を示唆する新たな「身体」のイメージ、および女＝母性イデオロギーとは異なるウーマンフッドについての「語り」を創出している。

インドは不浄をもっとも危険視する文化をもつ社会の筆頭に挙げられる。インドにおいて女性抑圧の元凶とも言われるヒンドゥー教の伝統（Jain 10）、その伝統を基礎づけている法典の一つ『マヌ法典』には、不浄とされる一二の「身体」の「廃物」――脂《あぶら》、精液、血液、ふけ、小便、大便、鼻汁、耳垢《あか》、痰、涙、目やに、汗――が挙げられている（五章一三四―一三五節）。

これら境界侵犯的、不浄とされるものが、ハリハランのテクストでは積極的に描かれる。「夜ごとの饗宴の名残」という短編ではブラーフマンにとってタブー視される食物や口腔から流出するものなどであり、『夜の千もの顔』では「血」である。

関根康正氏は『ケガレの人類学——南インド・ハリジャンの生活世界』（一九九五）において、ケガレを引き起こすものとは人生の不可避的な四つの出来事——誕生、初潮、月経、死亡——であり、ケガレの担い手は出産における流血、産婦、新生児、経血、死者（死体）であることを指摘する（一一〇頁）。『夜の千もの顔』では、こうした人生の四つの不可避的「ケガレ」の出来事すべてが扱われ、「血」を流す女性の身体を通して、女性の不可避的身体性が徹底的に描き込まれる。関根氏の研究は被差別カーストについての差別の構造であるが、それは女性差別の構造を説明するものとしても読みうる。[8] ケガレの担い手すべてに関わる女性の身体は、混乱を伴う境界経験によって「死の脅威」を感じさせる否定的存在としての文化的記号になる。

「血」をはじめ糞便やよだれ、鼻水など口腔および体内から流出するものについて多くの文化が共通して「不浄」と位置づけ危険視する理由を、「主体」形成との関係から説明しているクリスティヴァの見解を見てみよう。彼女によると、それらは境界を不分明にし、あるいは侵犯し、自他の区別の上に成り立つ文化、集団および「主体」の「清潔で好ましい身体」(clean and proper body) を脅かし、境界侵犯するものだからである (Kristeva, *Powers* 75)。

女性の身体が危険視される理由についてクリスティヴァは、主体形成との関係から次のように説明している。境界が不分明であった原初的母子融合の関係を断ち切り「主体」形成をしようとする自己を、「境界を侵犯する不純なもの」(*Revolt* 21) である境界侵犯的「母なるもの＝女の身体」が脅かす。自立した自己を後退させる母性的混沌を嫌う文化において、「母の身体」は危険な「女の身体」としての文化的記号となる。グロスツも女性の身体の制御できない無定形の流動性が秩序を脅かす境界侵犯的身体として刻印されていると指摘する (203)。

女性の身体性についての上記のイメージ、あるいは、産む性に女性を一元化するための母の身体のイメージが中心的文化において反復され、女性自身によって内面化され、ステレオタイプ化される中で、それら規範的身体のイメージを修正・転覆するテクストと、そこに描かれる新しい女性の身体が求められてきた。

ハリハランのテクストは血を流す身体への徹底的な拘泥によって、隠蔽されてきたもの――女性抑圧の根源である、危険（不浄で境界侵犯的）な身体としての「女」への潜在的恐怖心――を白日の下に晒し、さらにそこから女たちによる新しい「語り」を紡いでいるという点で注目すべきものである。それまでのインドの女性作家のテクストでは、不妊（＝男子を産めない）に悩み、それを理由に虐待され、自己卑下する女性が繰り返し描かれてきたが、彼女たちが物語の中心になることは少なかった。

3 「不妊」の差別的表象

このテクストはデヴィという主人公が、妻としてのマヤマ（デヴィの婚家の使用人）の長い忍耐の物語を語る部分と、マヤマ自身が語り手となる部分から構成される。二人は虐待される主な理由となる、「不妊」という共通の辛い体験で結ばれており、彼女たちの対話、交流、支え合いは「伝説的沈黙」(Neera Desai 192; Sirohi 119) というインド文化において、その「沈黙」を破る力を懐胎している。

このテクストにおける「反逆」のテーマは、ここに登場する女性たちを抑圧する伝統的考え方、慣習に対する彼女たちの抵抗から構成され、その様式もノイローゼへ至る消極的な抵抗（デヴィ）や家出する妻（パールヴァティアマ）という積極的なもの、才能を封印し、怨嗟《おんさ》を潜在させ、従順な妻、嫁を演じるもの（シータ）、など多様である。

デヴィは現実の生活においては優柔不断と孤独に悩む女性であるが、そのような受動的女性と対照的な女傑になりうる空想の世界をもっている。「血」のように赤い「果物」の果肉を食した彼女は、原罪を背負い楽園追放されたイヴとは異なり、輝かしい女神「ドゥルガー」（生首の血を求める女神）の化身となって、悪魔と戦う戦士となるといったヴィジョンが開けてくる。彼女は勇猛であるだけではなく、二人の子供を出産後、「女らしい」やわらかさをもつ身体となり、さらに認識力も獲得する(43)。

これは非現実的な両性具有的存在となって自己実現する物語であるが、このような「女の身体」をもつのはインドの女神たちだけである。他者を養育するものとして位置づけられる女が、自己を育む欲求は「貪欲」の罪とされてきた社会に生きる現実の女であるデヴィは、伝統的女役割とイメージに「不毛でがんこな子宮」によって消極的に反発する女でしかない。不毛はこのテクストのキーワードである。そして、これも抑圧された怒りと「血」と結びついている。

ヒンドゥー教徒の魂の救済に不可欠な祭礼を主催すべき男子を再生産する「母」は敬われる(9)(Kakar 56; Krishnaraj 35-36)。しかし、「母の身体」となるために不可欠な生理的状況は不浄なものとして排除の対象になる。このテクストでは再生産に不可欠な「血」が、そのまま胎児を殺す危険な毒ともみなされる状況が描かれている。

プレリュードにおいて、マヤマの忍従の人生が「血」を流す「不毛な子宮」としての表象によって語られ、このテクストの主旋律を奏で始める。なぜそんな人生に耐えられたのか。子供のように、なぜ、なぜと問いかけるデヴィをからかうように、彼女は皺だらけの頬に涙の滴が流れ落ちるほど笑い転げ、次のような忍耐と苦痛に満ちた彼女の壮絶な半生を物語る。一〇年、不安のうちに待ちつづけた「初めての息子」を死産した時、生まれて初めて泣き叫ぶマヤマに、村の医者は彼女の流した「血」に染まった手が乾く間もなく、「前世で犯した罪」(Prelude 1)とか、苦痛を耐えるのが「女の努め」といった逃げ口上を口にする。義母はマヤマの両頬をなぐり、拳でその胸といまだ腫れの引かない腹部を幾度も打ちすえる。さらに、怒りと恐怖の入り混じったことばで、嫁を「女」ではなく「孫を殺した不毛な魔女」(Prelude 2)となじる。

この壮絶な死産の場面はテクストにおいて繰り返し言及され、その度に、「血」を流すマヤマの身体の描写が反復される。プレリュードは結婚したばかりの幼さが残るデヴィと、彼女とはあまりにも異なる忍従の生活——夫や姑、さらに成長した一人息子の暴力にも耐え、夫に失踪され、病の息子を看取った母の生活を送るマヤマとの微笑ましい対話で終わる。この「血」を流す「身体」は、世代も階層も教育程度も結婚の状況も異なる二人を「ウーマンフッド」というテーマに沿って結びつけるキーワードである。

「不毛」であるゆえに虐待されるマヤマの人生の物語は何度も繰り返し語られる。デヴィが婚家を出た後のマヤマの回想の中で、新しいサリーを喜ぶマヤマに姑のあざける声が聞こえる。「おまえのような不妊の魔女〔……〕に、おまえの美はなんの役にも立ちゃしない」(113)との声と、腹部にぬりたくられた真っ赤に燃え盛る炎のような挽きたてのスパイスで焼け爛《ただ》れる痛みの記憶がマヤマによみがえる。姑はマヤマに食を断って「おまえの空っぽの腐ってる子宮」(114)に息子が授かるよう祈れと命ずる。やがて女神に恵みを授かった「子宮」は実りの兆候をしめし、歓喜がマヤマの「血」(122)の中をかけ巡る。だが、早すぎる「出血」、村の医師の脂ぎった手が「膨れ上がり動悸を打っている子宮」(122)に突っ込まれ、引きずり出されたのは、死にかけている「わたしの息子」、といった断片的語りによって、死産の模様が伝えられる。このように、「出血」で始まり、出血で終わる死産の風景は奇妙に軽快なインド英語のリズムによってテクストに刻印されている。

マヤマの全存在は「子宮」に還元される。息子を提供、再生産する子宮ならば、女神の祝福を受けた存在として社会的に認知される。さもなければ、彼女は「女」としての認知も取り消され、「怪物」とみなされる。女性の存在を子宮の再生産能力で測る文化を内面化している姑の視点から見ると、嫁は「自分の孫」を殺してしまった危険極まりない「魔女」となる。村の医師の視点も「不毛」=前世の罪の図式を示唆するものである。

デヴィもまた不妊に悩む主婦である。夫が出張で留守がちな婚家で空虚感と自己の無価値さと孤独に悩む彼女は、何年も首の上にぶら下がっていた「犠牲のナイフ」(54)が肉に食い込み、引き裂き、血が噴出するという白昼夢を見る。留学先で取得した修士号は良妻を期待されるデヴィにはなんの助けにもならず、義父は、女性が天国へ至る道は夫に奉仕することであると諭す。夫の関心は息子の誕生であり、長い出張から帰宅した夫はすばやくデヴィの身体に目を走らせ、そこに一向に膨らんでこない「骨ばって、ぺちゃんこな腹部」(86)をみることになる。彼の視線とことばによって、彼女は自分の存在がどんどんぼやけていき、「頑なな子宮」(93)のみの存在になったように感じる。夫が勧める医師の元を訪れたデヴィの、そのさ迷える「頑なな子宮」は不妊治療を施されることによってしかるべき位置に修正され、「パーツを繋がれ」、「母性への有能な受容体」とされる(98)。デヴィの身体は医学に乗っ取られ、自己の管理権を喪失する。ここに女性の価値を再生産能力に一元化する医学的イデオロギーへの作者の痛烈な皮肉が見られる。医師の視線は彼女の身体を分解し、また組み立てられる部品の寄せ集めに変えてしまい、彼女の身体の過去の歴史を踏みにじる。最新の不妊治療にあたる現代の医師たちが不妊の女をみる視点をデヴィはこう解釈する——誰にもできる簡単なことで医師の手を煩《わずら》わせる「愚かな女」である、と。

デヴィがブラーフマンの純潔の息子を生むことを期待するのは夫だけではない。伝統的女性の生き方に関する多彩な寓話を語ってくれた彼女の祖母も、「息が詰まるようないたるところに遍在する」(7)愛情をもつ母親からも同様の期待がかけられる。だが、デヴィは密かに祖母の物語を書き換えるだけでなく、「頑なな子宮」を逆手に取り、抵抗し始める。一方では、彼女はマヤマの助言に従いプージャ(礼拝)の部屋にこもり、毎日懺悔の儀式を必死に実践するのである。やがて、彼女の周りを取り囲む真鍮や石の女神像たちが雨の音に合わせて狂ったように踊りながら、神々の秘密、犠牲的女の生き方について唱え始める。踊りは激しさを増し、夜な夜なデヴィの夢の中に現われる。だが、そこにマヤマ、親戚の娘のアナプルナ、義母のパルヴァティ、使用人のゴーリ、デヴィのいとこのウマ、祖母、トランスジェンダーのアンバなどが加わり、犠牲的女の生き方とは異なることを唱え始める。サティやパールヴァティ女神(シヴァ神の妃)ではなくドゥルガーや、カーリー女神(シヴァ神の妃。魔神と闘い殺害する好戦的女神)のようになれ、と(94-95)。その狂気のような儀式は彼女の白昼夢や夜の夢の中にも侵入してくる。これらのシナリオの中からデヴィは結局ラーガ歌手であるゴーパルと駆け落ちすることを選ぶ。

デヴィの家出後、マヤマがいつものようにプージャの部屋にこもり、たくさんの女神像を磨く場面において、語り手のマヤマが語ることばを通して、不毛の「子宮」に「罪悪」の汚名が着せられる文化を内面化している女が描かれる。そして、それはまたもや「血」と結びつけられる。「罪悪感が私の子宮の中でとても長い間育ち、思い出せなくなっている。

〔……〕ああ、女神様、私はもうたくさんなくらい血を見てきました」(115)と語るマヤマ。目の前の女神像は彼女の不毛性に怒り狂った姑によって命じられた「懺悔」にあけくれた歳月を彼女に思い起こさせる。不毛性は前世の罪と結びつけられ、死産の床で「血」にまみれた「身体」は姑によって初孫を殺した「魔女」、悪の体現者と結びつけられる。

このように、不毛性は危険、罪、愚かさという意味を纏う。そこから不妊の女の「罪悪感」は生まれ、子宮の中で育つ(115)。だが、デヴィはその否定性を楯にとって、反逆に転じ、伝統的視点とは異なる位置づけをする。それはマヤマの夢想――「私の母性への欲望」(122)の重みで下降した「子宮」を引きずり出し、引き裂き、投げ捨て、ごみの中で腐るにまかせる――に反映される無意識の自虐的反抗とも異なる。デヴィはそれが消極的、受動的なものにすぎないとしても、反逆する「肉体」(「私の反抗的身体」74、「私の頑迷で、言うことをきかない子宮」93)として自己を語る。女に期待される生殖能力の実現、再生産の役割への頑な反抗の姿勢は彼女の「空っぽ」の「子宮」、「不従順な子宮」によって表象されている。

一方、デヴィの母親シータもまた「血」を流す「身体」として描かれている。ビーナ(インドの古楽器)の才能と名声を夢見て研鑽《けんさん》を積んできた少女シータのかき鳴らす音は、夫となる人の家族をも陶酔に誘うほどであった。だが、嫁としての義務が最優先されるべき結婚生活において、彼女は溢れるばかりの音楽の才能を断念し、怒りを身体の奥におさめて、プライドゆえに良妻を演じきることを結婚の祭壇に誓う。彼女は自己の音楽の才能を実現する道を断念し、「忠実な嫁」として生きる道を選択したとき、その抑圧された怨念を「血」を流す指で語る。彼女は夢をかなえてくれるはずの恋人であるビーナの「弦」を素手でむしり取り破壊した時に、指にへばりついた「血」を彼女の禁欲の決意を思い起こさずにはいられないものとして乾くにまかせる。彼女の身体を引き裂き流れる「血」。ここでは「血」は夢を引き裂かれ悲鳴をあげる身体性そのものである。彼女は頑なな禁欲と欲望の激烈な葛藤を抑圧し、不平をもらすことなく、自己犠牲に富む献身的妻を演じきり、夫の「不動の忠誠心」(103)を獲得する。それはいかなるときでも夫を「神」のように崇めることが、罪深い女性が唯一救済される道とされるヒンドゥー教社会において最高の名誉である。だが、抑圧された欲望を潜在させ、献身的妻としてのプライドに生きる彼女の怨嗟を秘めた生活は、デヴィに曾祖母が語って聞かせた物語の主人公ガンダリの抑圧された怒りと共鳴しあう。ガンダリは、婚礼の日、夫の宮殿で初めて相手が盲目であることを知り、矜持《きょうじ》と怒りに駆られ黙したかと思うと、婚礼の朱色のサリーを引き裂き自らの目を覆い、生涯夫と同じ運命を受容することを示した自己犠牲の権化のような王女である。ガンダリのプライドと怒りは女の身体のすみずみの毛穴まで染み込み、「命の血流」(29)となり、怨嗟の血となって流れる。シータは自己犠牲の権化であるガンダリの現代版のような女性である。

4　トラウマの起源としての初潮体験

次に、このテクストで執拗に表象される女性の身体性につきまとうトラウマの起源である初潮体験の描写を見ていきたい。デヴィの初潮は次のような一連の否定的ことばで描写されている。腹部にきしむような激痛、不快感と羞恥心《しゅうち》、突然「他者」(88)化した身体、違和感、分裂意識の始まり。デヴィの祖母は「私の身体、突然の変化に傷つきやすい身体に気づかうことはなかった」(87)とあるように、デヴィの突然他者化した身体を無視し、「女」になったデヴィに期待される「母性」に焦点化した観念的説話を語り、三日間、奥の部屋で一人生活するという隔離の慣習について説明する。(10) 女の身体にまつわる羞恥心は不妊クリニックでのデヴィの体験の中に再び垣間見られることになる。

マヤマの初潮は寺院で始まった（第三部第二章）。

剥き出しの足を流れ落ちる血、熱くべとべとしている。私が寺院で遊んでいたあの日の午後のことだった。太鼓腹をした毛深い司祭が私を呼びつけた。私の心はプライドに似た感情で満ち溢れて、透きとおった白い肌についた血を見おろした。

家に帰りなさい、と彼は怒って言った、そして、私が走って帰ろうと向きを変える前に、彼の大きな手が突き刺すような平手打ちで私の頬に跡をつけた。あばずれ、というのは私のことだった。私はほとばしり出る女性性で寺院の清浄さを汚した。

〔……〕

私の血はふんだんに流れた。私は他の遊び友達の誰よりも早く女になった。一月のうち三日間裏の庭で、一人で座っていた。(115)

世代も、カーストも、育った環境も異なるデヴィとマヤマを結びつけるのは「血」である。マヤマもまた性のイニシエーションである「血」によって、否定的「身体」として「女であること」を体験させられる。胸に溢れる「誇り」は踏みにじられる。「母性」はインドにおいて女性が賞賛される最大のものである(Kakar 56)。しかし、母性への最大の条件である経血、「ほとばしる女性性・女らしさ」("my gushing womanhood" 115)は寺院の「清浄さ」、神聖さを汚す不浄なものとみなされ、その担い手であるマヤマは司祭に弾劾され頬を平手打ちされる。突き刺すような頬の痛みは「女の身体」が受けるトラウマ的屈辱感であり、流される「血」とともに「女の身体」に付きまとう。

こういった女たちの見えない物語を「血を流す子宮」で紡いでいるのは、ひたすら忍従の生活を送る何億ものインドの女性の典型であるマヤマである。「私は十分なくらい血を見てきたよ」(115)と語るマヤマ。危険な「血」、穢れた「血」を流す女たちの物語は彼女たちを取り巻く抑圧の構造を顕在化させ、さらにその「血」を、抑圧された怒りの「血」、反逆の「血」、共同性を紡ぐ「血」へと転換させている。

それは他の女たちの過去を掘り起こし、それを読み直し、歴史を作り変える価値転覆の表象となり、さらにまた新たな「語り」として、女性同士を結びつける紐帯としても機能しているのである。

5 「姉妹」としての共同性を紡ぐ「血」のネットワーク

ここでデヴィを取り巻く女性たちの支え合う関係を見ていきたい。マヤマの他に重要な女性は母親シータと祖母であり、彼らとの関係は「母と娘の物語」を構成する。この愛着と分離の葛藤から構成される「母と娘の物語」は語り部的祖母やマヤマの語る他の女性たち、伝説のヒロインや神話の女神たちの人生と複雑に絡み「女であること」(womanhood や wifehood 等、類似のことばが十数回)と「反逆」というテーマを構成している。そして、世代も生まれも育った環境やカーストも異なるこれら多くの女性たちの抑圧の状況とそれへの憤りとともに、「姉妹」としての共同性を紡ぐのが「血」である。

「デヴィや、デヴィ、パールヴァティアマは私の姉で、母で、娘なんだよ」(82)。これはマヤマがデヴィに語ったことばである。夫に失踪された彼女は、病の一人息子を看取った後、家に残ったわずかばかりの「ぼろ服」(82)を息子の遺体とともに焼き、村を出た。夫のいない女という最も差別される存在となった彼女を受け入れてくれたのはパールヴァティアマ、すなわちデヴィの義母であった。

夫、息子、義母という家父長制を支える担い手たちに虐待されてきたマヤマは、夫を残して家を出た妻、すなわち「戸口の法」(Lal 12)という女性を家庭に縛り付け、自由を許さない法を破ったいわゆる「堕ちた女」とされるパールヴァティアマに安住の地をみつけることになる。そして、今度はマヤマが不妊に悩み、治療にあたった無神経な医師の対応に傷つくデヴィを支えることになる。デヴィもやがて「守護の天使」と見なしてきたまだ見ぬ義母パールヴァティアマと同様に家を出ることになる。かつて、デヴィが夏を一緒に過ごした祖母もまた見捨てられた妻たちを温かく受け入れ、避難所を提供していた。祖母はデヴィの「旧友」であり、多様な倫理的物語だけでなく、「復讐する女性」についての究極のファンタジーを遺産として残してくれた。デヴィは祖母の語る多様な物語の中からも自分自身の「物語」を作り上げる。祖母自身、三〇代で寡婦となり、家と庭の周囲から出ることなく余生を生きた。また忠実な妻、嫁として献身したデヴィの母親シータもまた寡婦としての世間からの屈辱的視線に苦しみ、彼女の自己犠牲は結局は実を結ばなかった。

一方、母親の「従順な操り人形」であったデヴィは、自己犠牲的人生を送った有能な母親の孤独と苦痛、空虚感を理解し始める。デヴィは留学先から帰国直後、母親との間に「新たな友情」(14)を期待し、裏切られたわけだが、結末においてその可能性が示唆されている。婚家を出たデヴィはやがて母親の家に戻る場面が結末に見られる。デヴィは初めからやり直すために(139)、母に怯《ひる》まず対峙し愛を伝える決意をする。デヴィが木戸を開け、戸口へ足を早めたとき、彼女はビーナのかすかな「ためらいがちで子供のような、家の中に誘うような」(139)音色を耳にする。シータは自分の才能を犠牲にした代わりに得た代用品として、娘を支配するという文化的に認められる野心・支配の形をとる母親として生きてきた。だが、シータも新たな人生に踏み出したようだ。デヴィは「サヴァイヴァルできたことに満足するに止まり、〔……〕より狭い空間である母親の家に回帰した」とみる見解もある[11](Sarbadhikary 154)。だが、デヴィの行為は子宮回帰ではなく、シータも娘を閉じ込める子宮ではなく、彼女自身が自己の夢・欲望を探求する主体として生き始める。この結末は彼女が娘の保護膜ではなく、互いに再生のエネルギーを補充する場となりうるというかすかな期待を読者に抱かせる。

次に、デヴィを取り巻く他の女性との姉妹的絆に注目してみたい。それはデヴィと一時同居することになったアナプルナとの間で交わした「友情・兄弟愛」("brotherhood with blood" 76)としての縁を結ぶ「血」の儀式において示唆されている。デヴィが「私自身の姉」(76)と心の中で密かに憧れる成熟した女性アナプルナ。「マンゴーの実がたわわに実った夏」(77)に、アナプルナの提案で二人は小さな指を針で突き指し、痛みと高揚感の中で、その傷口を合わせ「二人の身体が血の中で出会った」(76)。このように、犠牲者としての「女の身体」のイメージとはまったく異なる、セクシュアリティをもつ女性同士が結びつく歓喜に輝く「身体」としての物語が紡がれていることは注目すべきである。

女であることで受ける屈辱、痛みに共感し合い、物理的、精神的拠り所、避難所となり、相互にエンパワーの契機となり、支え合う女性同士のネットワークが多様な女性たちを結びつけている。デヴィの空想を育むと同時に女であることの意味を物語の形で伝え、さらに復讐に執念を燃やす女の物語を遺産として孫娘に残した語り部としての祖母とデヴィの比喩的母娘関係、その祖母と彼女が面倒をみた孤児たちや夫に見捨てられ、あるいは虐待され、先立たれた遠い親戚の女たちとの関係、身寄りのないマヤマと彼女を受け入れたパールヴァティアマとの間に見られる「姉妹」関係、家出という形の反逆によって結びつくパールヴァティアマとデヴィの義理の母娘関係、良妻賢母を演じながら自己抑圧的人生を選んだが、夫に先立たれ寡婦差別の視線に苦しむシータと彼女の歴史を読み直そうとする娘デヴィとの未来に向けた姉妹関係、デヴィとアナプルナ間の母性的混沌に通じるエロティックな姉妹関係。このような関係が権力の誤用という暴力に立ち向かう基本になっていることを、このテクストはデヴィを取り巻く多様な女性たちの人生を背景として、デヴィの共感にみちた視線と語りの力によって描いている。

6　境界侵犯的脅威としての「血」と母性のイデオロギー

このテクストでは境界侵犯的脅威としての「血」が執拗に描かれる。それは空想の中で女神ドゥルガーの化身となったデヴィがはねた悪魔や悪漢の首からほとばしる血しぶきであり、また、看病するマヤマのサリーをぐっしょりと濡らす高熱で苦しむ小さな姪の「血」と粘膜《ねんまく》であり、病の夫の嘔吐物に混じる血であり、臨終間際の姑の喉の奥でごぼごぼとかき鳴らされる「血」であり、デヴィの結婚の祭壇に飛び散る血であり、生贄となるデヴィの首にぶらさげられたナイフが食い込み、引き裂き、噴出す「血」であり、あるいは日々生まれる傷口からの「血の滴」である。

こういった多様な出血の描写のなかで、「血をながす身体」としての女性の身体が、「女であること」のテーマを構成しつつ描かれる。このテクストにおいて注目すべきは、女性の身体を全体として描くうえで必須の「経血」を正面から取り上げているだけではなく、それを豊饒性を表わす母性や女性の生殖能力の賛美としてではなく、むしろ母性の否定、あるいは拒否と結びつけて描いているという点である。さらに、女であることを嫌悪させる自己否定の根源となる現実——経血によって生じる「罪障」、「恥」、疎外、不快感、苦痛など——を描くとともに、実存的危機を共有する女同士の共感、多様な結束を描出している。多様な「差異」軸によって、女性同士の連帯を可能にする共通基盤を失いかけているとが問題となっている今日において、部分的であれ、共闘の可能性が示唆されている。

7　抵抗の拠点と自・他の物語を呼びこむ空間としての「血」の共同体

母性というイデオロギーに基づく主体形成は巧妙にシステム化されており、女性たちが「妊婦」と「空っぽの腹部」をもつ不妊の女性との分断、従順な女性と「反抗的子宮」(89)をもつ女性との分断に気づかないように構造化されている。不妊の抑圧は母性としての主体化のシステムの中に組み込まれている。こういう主体形成は不妊の女という他者を作り出す。だが、ハリハランのテクストは血を流す女性の身体の表象を通じてこの現実を可視化する。彼女の示唆する血の共同体はカースト、年代、生育環境など多様な差異をもつ多種多様な、幾千もの女性たちが密かにそれぞれの物語を語り合う空間であり、差異と当時に、苦痛あるいは喜びに満ちた体験を共有し、抑圧的システムへの抵抗の拠点としてのイメージを伝える。

シータはデヴィをブラーフマン・カースト共同体における理想的女性に育てようとするあまり、「男に変身する女」の白昼夢やアナプルナとの「無邪気な官能性」(105)に満ちた親密な関係など、「謀反」の兆候を見るたびにその種子を摘み取ってきた。母親や周囲の期待はデヴィが伝統的母親の物語の主人公になることであるが、彼女の中にはマヤマや義母や祖母が物語る主人公たちの物語がひしめいており、それらとの密かな対話の中から「彼女自身の物語」(137)が紡ぎだされていく。したがって、彼女自身の物語探求は終わりのない修正と再話の無限の反復であり、その中で自己形成は行なわれるが、それは再度多様な女性たちの物語の中に入り込み、溶け合い、新たな形の母と娘の物語を形成し、あるいは彼女たちの新たな物語への扉を開く。このようにハリハランは新たな他者を外部に作ることなく、主体を形成する可能性を示唆している。

デヴィは家出という反逆を試みた後、最終的に母の家に戻る。だが、それは単なる退行的子宮回帰ではない。そこは母と闘い、母自身の中に生じた亀裂を通して母の物語に出会い、融合し、再離脱するための言説空間であり、母にとっても未だ語られざる物語を語るための空間になる可能性を秘めている。そこはまた、マヤマたちとの間に見られたように、自・他の異なる物語が互いに呼び込まれる空間ともなりうるものである。

◉注

（1）クリスティヴァによると、摂食は境界侵犯による穢れを生むものであり、不可食のものの摂取は近親相姦のタブーを侵犯することへの不安を掻き立てるもの、近親相姦の禁止の上に構築される文化への「反逆」行為である。『トーテムとタブー』(*Totem & Taboo*, 1913)において論じられている「聖なる空間」の構築についてのフロイトの見解に対してクリスティヴァは次のように要約する。宗教儀式はすべて浄化の儀式である。不浄、穢れ、汚れは境界が侵犯されたときに生じる。社会を構築するため、父の権威に対する兄弟による謀反（父殺し）はこの母からの分離と横断的関係にある。また、二つのタブー――「父殺し」と「母との関係」――は宗教儀式において「聖性」を構成する二つの様相であり、前者は社会化を目指す防衛的なものであり、後者は不安と無差異化を表わす。多くの宗教的儀式では息子たちによる「父殺し」が代理としての動物の生贄の血によって象徴的に演じられる。だが、もう一つのタブー、儀式の表象不可能な様相、「母の身体」への欲望が背後に潜んでいる(**Sense 21-22**)。

（2）インドにおいて月経を不浄視しない地域があることが確認されている。八木裕子氏はインドのウッタル・プラデーシュ州のS村での調査の結果、月経中の女性は生殖能力をもつ家の繁栄につながるとして「吉なる女性」と考えられていることを指摘している（「少女から娘へ、娘から大人の女へ――結婚」七〇頁）。

（3）八木氏によると、月経は「人間の力によっては制御できない現象であるため、忌避の対象とされ、さまざまな行動制御やタブーがみられることが多い。一般にインドやネパールのヒンドゥー教徒のあいだでは、月経中の女性は不浄だとされ」る（『南アジアを知る事典』「月経」二二六頁）。以下の『コーラン』の記述からも、イスラム教文化においても、月経が不浄視されていることが示唆されている。「あれ〔月経〕は〔一種の〕病であるゆえに、清浄の身に戻るまでは決してそのような女にちかづいてはならぬ。清めがすっかり済んでから、〔……〕彼女らに接するのだ」（『コーラン』二章二二二節。さらに、仏教経典においても、同様のことが示唆されている。正泉寺所蔵の「血盆経」は女性が血の池地獄に陥ることのないように、経文を唱えること、月経の汚れを気にせずにすむ護符（経が中に入っている）を女性が携帯するよう薦めている。また、「血盆経」の縁起の『戒会落草談』には生まれつき罪深い女性の罪が月経のケガレとして表われるという記述があると沖浦和光氏は指摘している（『ケガレ――差別思想の深層』一九六頁）。

インドに限らず民俗学および人類学の見解によると、月経は女性に特有の「ケガレ」とみられ、多くの社会で女性差別の根拠とされてきた。ただし、宮田登氏は「月経や出産に対する認識の仕方は人類に普遍的であるが、これを極端に罪悪視する意識には、それぞれに民族的差異がある」（『女の霊力と家の神――日本の民俗宗教』二二頁）と述べている。不浄を最も危険視する文化をもつインド社会においても、カーストや共同体の違いで月経を不浄視する態度に違いがみられること、高いカーストが月経や女性の地位を低くみる傾向があるということを関根氏も指摘している（『ケガレの人類学――南インド・ハリジャンの生活世界』一一八頁）。

（4）インドのコールガールたちに直接取材してまとめられたP・カプール (**Kapur**) の研究書、『インドのコールガール』(***Indian Call Girls***, **1979**) 中の女性たちの中にも、経血は女であることの「呪い」、「罰」であるとの考えを内面化している母親に育てられる娘たちの告白がいくつか見られる。たとえば、アーシャ（仮名）は母親から、月経が女の子に生まれたために生涯続く「罰」である (**124**) との考えを押し付けられたために、自分が劣った存在であること、母にとって重荷であるという否定的自己評価が生まれたと語っている。

人類学者のエミリ・マーチン (**Emily Martin**) はあらゆる年代、階層、生理の状況など異なる、多様な環境の中にいるアメリカの女性の月経に対する態度についての調査の結果、「不潔で怖い」「うっとうしい嫌なもの」といった否定的反応を示す女性たちがいる一方で、女性たち同士の絆を感じるとして肯定的反応を示す女性がいると指摘している。

筆者が二〇〇三年と〇四年のインド訪問時に聞き取りした結果、特徴的と思われる例を紹介しておきたい。メグネ（二〇歳）はヒンドゥー教徒で、レストラン勤務。階層は不明だが、ブラーフマン・カーストではない。彼女の家でのタブーはたとえば、家の中の礼拝用の祭壇に安置されている神々の像に影響（**affect** ということばを用い、「穢れる」という用語は避けられている）を与えないように、カーテンが引かれ、目に触れないようにする。また、台所への立ち入りは禁じられるが、生理中他の部屋に引きこもることはなく、比較的居心地の良い生活を送れるということを強調していた。彼女の家庭はリベラルなので、生理中のタブーについては厳格ではない。彼女によるとブラーフマン階層の家庭ではかなり行動の規制は厳しいとのこと。初潮の体験については、しっかりした学校での教育を受けていたのでショックはなかったが、その当時は、母親と率直に話し合うことはできなかった。しかし、現在では気軽に話し合うことができるようになったという。宗教によってタブーの厳格さは異なるが、寺院など礼拝場所への立ち入りは禁止されるという点は共通している（二〇〇三年八月三〇日、ムンバイでの聞き取り）。

チャーマイン（二四歳）は、カトリック教徒でホテル勤務。学校で正規の性教育を受講。教会への立ち入りは禁止されるが、数日後、全身清めた後には許される。四～五年前までは生理中「不快感があり、うっとうしく嫌悪していた」(annoying, uncomfortable, and hate it) が、今はほぼ解消されたとのこと。その頃にテレビで生理用品のコマーシャルが始まったという。まだ相当に高価（三〇ルピー）ではあったが、快適な生理用品も都市部の中産階級（当時は二割程度）には普及し始めたということを示唆している。だが、村ではそういう知識自体が普及しておらず、昔ながらの生理用品（古くなったサリーの布きれや、綿の類）を用いていると、彼女は推測しているが、村の女性たちの実態は知らないようであった（二〇〇三年八月三一日、ムンバイでの聞き取り）。

ヌプール（二四歳）は正規のカリキュラムではなく、特別なセミナーによって生理の知識を学んだという。初潮については、母親からの詳しい説明があり、始まった時にはよく面倒をみてくれたという。ただ、生理痛が激しく、今もそれが悩みであるという。台所への立ち入りが禁じられるというタブーは、今はないが、叔母（母親の最年長の姉）の時代は、神像に触れることが禁じられ、ベッドシーツ、イスなど別々のものを用いることなどの規制があったという。また、都市部と農村の違いの他、宗教の違い、家族ごとの違いなどあるという（二〇〇三年九月三日、カルカッタでの聞き取り）。

ネパールへの巡礼地で一〇日前に知り合ったという二人のヒンドゥー教徒の女性。ラクシュミ（四三歳、主婦）の初潮は一五歳で始まったが、事前に知識を与えられておらず、「衝撃、不快感、落ち込み」などがあった。保健の授業やカリキュラムはなく、知識は祖母から得たが、母親からの教えは一切なかったという。また、友人との情報交換もなかった。TVコマーシャルで五年前に初めて生理用品の事を知ったが、布の方がいいのでパッドは使いたくないと語った。一方、ロヒニ（四二歳、プネー（マハーラーシュトラ州）の主婦）の場合も保健についての教育はなく、初潮が始まったときに衝撃を受けた。母親や姉からの教えはなく、もっぱら友人から知識を得た。彼女自身は生理用品を用いているが、村の女性はみな古着を小さく切った布を用いているという。寺院への立ち入り、家の神像に触れることは禁じられるが、台所に立ち入ることはできるという（二〇〇四年八月二四日、デリーでの聞き取り）。

ガヤライ（二六歳、旅行会社勤務）はインドの後進性のイメージを与えかねない、生理に関する教育の不足、初潮についての母親の関与不足を興奮気味に否定し、それは都市部の学校教育を受けた女性には当てはまらないことを強調した。女子が通う修道院での教育を受けたことにプライドをもっている様子で、十分知識があったので、初潮のショックはなかったし、それは「自然」なこと、と言う応え方は自然というより、どこかこだわりが感じられた。親とは気軽に話し合えたかとの質問には答えず、保健の学校教育で十分と繰り返したことが気になった。寺院への立ち入りの禁止はあくまでも衛生上の問題で、宗教上の「汚れ」とは関係ないという主張にこだわりをみせた（二〇〇四年八月三一日、カルカッタでの聞き取り）。

二〇〇四年八月の時点では、生理用品のTVコマーシャルは日本と同様の内容であった。だが、リベラルな女性に人気の三大雑誌、『フェミーナ』、『新しい女性』、『女性の時代』には生理用品の宣伝は一つも見られなかった。二〇一〇年九月の時点では、雑誌広告も盛んである。この点からも、女性を取り巻く環境は確実に変化してきたことがわかる。

(5) グリアは月経に対する共通する「原始的な恐怖」があることを指摘している (Greer 57)。ドウォーキンは月経の否定的文化的意味、女性の不浄性が当然視され、反復して言及され、文化の中で再生産されていることを指摘している (Dworkin 184)。グロスツは女性の身体が病気や感染などを連想させる血を流す管理不能な身体としてコード化されていることを指摘している (Grosz 205-206)。

それまで軽視されてきた女性の身体がにわかに研究対象となったのは八〇年代である。この熱狂と連動するように女性の不可避的身体性、月経がフェミニストの盛んな研究対象となった。第二派フェミニズム初期の理論家たちが月経を抑圧の源であるとして軽視あるいは嫌悪したのに対して、文化派フェミニストたちはそれを重視した。だが、女性の身体を重視するアプローチにおいても、中心は「再生産」を行なう身体であることが多く、不妊の身体への関心は薄かった。

(6) 死の脅威と欲望・エロスが「血を流す身体」を通して交差する文学テクストとして、オスカー・ワイルド (Oscar Wilde, 1854-1900) の戯曲『サロメ』(*Salome*, 1893)(切られ皿に載せられた預言者ヨカナーンの首からしたたる「血」が鮮烈な印象を残す)や、ブラム・ストーカー (Bram Stoker, 1847-1912) の『ドラキュラ』(*Dracula*, 1897) がある。ドラキュラの犠牲者たちは穢れた死の中の永劫の生を刻印され、死者でも生者でもなく、まさに境界侵犯的生物であるが、そのような呪われた運命を媒介するのが「血」である。

これらのテクストと異なり、女性にとって最重要な生理的現象であり、かつ、ジェンダー・アイデンティティに直接関わる「血を流す身体」について鮮烈な印象を残す表象としては、番犬に足を噛まれた時に、その犬の垂れ下がった紫色の舌から流れた涎混じりの血を流す思春期のキャサリン(『嵐が丘』)の身体が想起される。

「経血」を真正面から扱ったテクストとして次のようなものがある。エジプトのナワル・エル・サーダウィ (Nawal E. Saadawi) の『女医の回想記』(*Memoirs of a Woman Doctor*, 1988) では、初潮を女の子を嫌う神の呪いと感じ、女性としての成熟・成長と、恥、不潔、汚れ、弱さは不可避的に結合されるものと感じる主人公の苦悩が描かれている。

樋口一葉(一八七二―九六)の「たけくらべ」(一八九五)にも思春期を迎えた少女、美登利の初潮体験が描かれている。彼女もデヴィ同様に当惑、羞恥心を感じ、『嵐が丘』のキャサリン同様、それまでの活発で自由な子供時代の終焉を嘆き、抑鬱感をみせる。だが、他の二人と異なるのは、大黒屋という置屋に住む美登利は姉同様、近い将来「おいらん」になることが期待されており、初潮は性的成熟を示唆するものになっている。初潮が再生産能力の証として描かれることの多いテクストの中では異色である。美登利の境遇は初潮という性的成熟が男性の欲望の対象となる危険性を示唆しているが、一方で、美登利は信人という少年へのほのかな恋情を抱いており、初潮後に見せる美登利の変貌は単なる大人の女性への成長への拒否反応だけではなく、細やかな感性や想像力の発露が見られ、結末で見せる美登利の恋する女としての主体性の出現は、上述した初潮を性的成熟の証として描く作者の視点を示している。

ジャマイカ・キンケイドの『アニー・ジョン』(一九八三)にも主人公のアニーの初潮についての記述が見られる。熱いのに寒いという不思議な感覚、両足を上下する激痛、娘の苦情を受け止めてくれない母親の態度への不信感をアニーは感じる(51-52)。このように、母と娘は同じ女としての体験を通して結びつくのではなく、すでに感じていた母親への憎しみと母親の愛情の喪失感が強化され、逆に女友達との関係が密になっていく様子が描かれる。

つげ義春（一九三七―）の漫画「紅い花」（一九六七）にも、血を流す女性の身体の独特な表象がみられる。店番をしている月経時のサヨコのけだるそうな様子、つっぱった腹部、集中力の欠如した様子を、マサジという少年が陰で興味を持って覗き見する。彼にはサヨコへの子供っぽいいたずらに反映されている少年らしい性的好奇心があり、同時に、彼女の体調への気遣いの視線も見られる。クライマックスは、川の中でしゃがみこんでいるサヨコの姿を覗き見ていた彼が、彼女が立ち上がった瞬間、川面にぱっと咲いた鮮やかな赤い花を目にする場面である。マサジの覗き見的視線にもかかわらず、サヨコの身体はその欲望を無効化するような不思議な凛としたエロスに染まる様子が描かれる。

（7）「不妊」のテーマはハリハラン自身が妊娠中に思いついたものであるという（二〇〇五年八月二三日、ハリハランさんのデリーの事務所での聞き取り）。彼女からいただいた創作の背景について記したメモを要約してみよう――小さな部屋で読書や授乳をし、子供の寝姿を見守るとき、記憶が古い戸棚から「遊び好き」の「蛇」のように滑り降りてきた。会話の断片、物語、うそ、神話、他の多くの女性たちの生活の断片などについての記憶。そういう色鮮やかなモザイクの断片を物語化したのがこのテクストであるという。ハリハランが子供の頃、ある老女が語り聞かせてくれた物語、その不可思議な世界へ再び誘う声を彼女は聞く。だが、その老女が亡くなった今は、「私」自身がその物語を語るしかない。こうして「私」の語る物語を通して、老女の「顔をしかめた笑み」と彼女の仲間たち、「夜の千もの顔」が見えてくる。インドの民話の女性が、内から沸き溢れる物語に堪え兼ねて、ついに壁に向かって語り始めたように、「私」にとって創作なしの生活は考えられない、とハリハランさんは記している。

（8）関根氏の『ケガレの人類学』は、タミールナドゥ州K村でのフィールドワークに基づいたもの。「ケガレ」自体は危険かつ創造力を秘めた両義的観念（クリスティヴァのセミオティック＝解体的かつ力を胚胎する母性的混沌に対応）であるが、世俗的次元ではその創造力は剥ぎ取られ、排除の対象としての「不浄」に零落してしまうという。関根氏が「不浄」という差別的観念（主として被差別カーストのハリジャンの差別構造に焦点）が生まれた背景を説明する論理に従うと、ケガレの担い手である女性が差別される場合、「ケガレ」の豊饒性という側面は剥ぎ取られ、未知への急激な身体的変化、混乱という境界経験（初潮の場合子供時代の終わり・死）が「死の脅威」となり、それを担う女性（や「血」という事物）がその感覚を喚起するために不浄視される、ということになろう。

（9）二〇〇〇年一二月から二〇〇一年三月までのインド滞在中、筆者が子供の有無を問われなかった日はほとんどなく、多い時は日に一〇回以上も同じ質問を受けることがあったという事実からも、インドの人々にとって子供（男の子）の有無は最大の関心事であることがうかがえる。ある力車の運転手は子供がいないのは「人生における最大の不幸だ」と述べていた。

（10）月経中の女性の隔離の習慣については、ビュームラーがタミールナドゥ州における習慣（乾いた木の根元で就寝する）を紹介している(Bumiller

12)。また、R・N・パティ氏はインドの少数民族地域、およびオリッサにおいて調査した結果、初潮を祝う行事が盛大に行なわれ、月経期間の女性の隔離の習慣について少女は知らされるが、保健および性教育についての不足のために、少女が初潮への強い不安を抱いていることが調査で明らかになったとは指摘している (Pati 7-8)。

(11) サルバディカリーは、伝統的神話や伝説に耽り、伝統の抑圧的様相にある種の親近性を示すデヴィの描き方や、結末において婚家を出たデヴィが、「なんら自立的決意をすることもできず、サヴァイヴァーであることに安住し、より狭苦しい空間に保護されることを求めて」(Sarbadhikary 154)、結局、母の待つ拘束的実家に子宮回帰するといった結末の付け方に疑問を提起している。

第三章　歓喜に輝く女性の身体
——アルンダティ・ロイの『小さきものたちの神』

1　幼い双子の視点から語られる母の反逆的恋

アルンダティ・ロイ（一九六一—）の第一作で、ブッカー賞受賞作の『小さきものたちの神』（一九九七）は、カースト差別の強いケララ州を舞台として、幼い双子の兄妹の視点を通して、彼らの母（アムー）と「不可触民」の若者ヴェルータとの恋愛とその悲劇的結末を描く小説である。物語は大人になった双子の妹ラヘルが兄のエスタに再会するために、アエメナムの母の実家に二三年ぶりに戻ってきたところから始まる。そして、二三年前に彼らの運命を変えたソフィー（双子のいとこ）の溺死とその後遺症（ソフィー誘拐の嫌疑で逮捕されリンチを受けたヴェルータの無残な死、実家から追放されたアムーの孤独死、引き離された双子のエスタの言語障害など）についての断片的語りへと戻り、さらに過去の事件前後と現在の間を行きつ戻りつしながら物語は進む。

最後の二章において「愛の法」(the Love Law) に違反した二つの愛（双子の近親相姦と、アムーとヴェルータの異カースト間の恋愛）の交歓が描かれ、再会を約束するアムーの「明日ね」(340) の結びのことばによって締めくくられる。双子の愛は分離の運命を示唆し、アムーの愛は過酷な社会的制裁への不安を秘めた愛である。このような構成の中で、ロイがインドの伝統的な女性の規範とされた生き方に抵抗する女性の身体だけでなく、喜びに輝く新しい女性（母）の身体が主体を獲得する瞬間をどのように描いているかを検討したい。

2　抑圧される母のセクシュアリティ

このテクストには女性の欲望を危険視し、女性のセクシュアリティを管理しようとする社会と、それに反抗する女性の身体が描かれているが、それは双子の母親（アムー＝母の意）の性的欲求と母性との相克を通して描かれる。アムーは暴力をふるう夫と離婚し、アエメナムの実家に子供とともに寄宿している。「夫のいないみじめな女」("the wretched Man-less woman" 45) となったアムーは、離婚した女性への偏見が根強い社会の否定的視線に晒され、実家においてはきわめて厄介な存在として扱われている。彼女の中でくすぶる欲求不満、得体の知れない情念を周囲の者は特に警戒しており、彼女は危険な「魔女」と見られている。

インドの男性特権階層（ブラーフマン・カースト）は女性のセクシュアリティを管理することで維持されてきたことを、ジョアン・リドルたちの研究は示している (Liddle and Joshi, *Daughters of Independence*)。インドに限らず、女性の性的欲望は社会の秩序を逸脱する境界侵犯的行為とみなされ危険視され管理、抑圧されるべきものと考えられてきた (Bordo 78, 116-117, 161; Andermahr 46)。したがって、女性は性的知識から遠ざけられ、女性の無垢、晩生であることが価値を生んできた。性的欲望に囚われた女性がいかに危険であるかは、古今東西の多くのテクストによって描かれてきた。たとえば、『道成寺縁起《どうじょうじ》』の主人公の女性は恋焦がれた男に裏切られた怒りに身を焦がし蛇に変身し、寺に侵入して男を殺害した後、住職の浄罪の儀式により怒りを静められ川に身を投げるという悲惨な運命をたどる。同様な欲望に取りつかれ殺害される、危険な女性の身体はオスカー・ワイルドの戯曲『サロメ』(*Salome*, 1893) にも描かれる。サロメは預言者ヨハネに恋焦がれ邪険にされた挙げ句、義父である王に口づけをするためにヨハネの首を所望する。ビアズリーの印象的絵には盆に載せられたヨハネの首を見て陶酔した表情を浮かべている妖艶なサロメが描かれる。

アムーの性的欲望が周囲との間でどのような摩擦《まさつ》を生じさせ、自身だけでなく彼女の子供たちの運命を変える要因になったかの検討をする前に、アムーが父母、叔母、兄(双子の視点から祖父母、大叔母、伯父)の住む実家のアエメナム屋敷に身を寄せ、抑圧された息苦しい生活を強いられる背景について見てみよう。アムーの家系は高位カーストのシリア・クリスチャンであり、双子の父親はヒンドゥーであったため、プライドの高い双子の大叔母のベイビー・コチャマは半分ヒンドゥーの「雑種」である「父親のいない不幸な浮浪児」(45)を毛嫌いしている。さらに、アムーはインドではきわめて稀な恋愛結婚をし、離婚までした娘であり、その彼女が実家に居座ることは、大叔母にとって論外のことであった。離婚した娘に居場所はないというのが社会の一般的通念でもあった。大叔母自身は実らなかった恋のトラウマを抱えながらも「夫のいないみじめな女の運命」を受容したのに対し、アムーはそれに反抗し「欲望」を抑制しようともしない。それに対する大叔母の怒りはとてつもなく大きかった。

このような敵意に晒される実家での、屍のような生活の中で、時にアムーの心が騒ぎだす時があった。ラジオに耳を傾け、好きな歌が聞こえてきたとき、アムーの「液体のような痛みが皮膚の下にひろがる」(44)ことがあった。そんな時、彼女は母親、および離婚した女としての立場を忘れ、「髪には花をさし、目には魔法めいた秘密を宿して」(44)、川岸に座り一人で時間を過ごしたり、真夜中に泳いだりするのである。アムーの母としての愛情と性的欲望の内的葛藤は、「本来交じり合うことのないはずのものの交じり合い」(“unmixable mix” 44)というロイらしい形容矛盾的ことばで表わされている。その「自爆者の向こう見ずな怒り」(“reckless rage of a suicide bomber” 44)と表わされた激烈な情念は彼女の中でいや増し、やがて「母の無限の優しさ」(“infinite tenderness of motherhood” 44)を貪り始め、ついには禁じられた「愛の法」を破ることになる。危険を察知した家族は彼女を「中世の家族の家系に出た狂人」(252)のように部屋に監禁する。

欲望を持った女はこのようにして他のパルダ（女性隔離）を強要される女性と同じ運命をたどらされ、家の中に幽閉される。だが、アムーは他の従順な女性のように沈黙させられない。寝室に閉じ込められ怒り狂ったアムーはその不自由さへの憤りを、ドアのところでなぜ閉じ込められているのかと問う子供たちにぶつけ、言うつもりのなかった不用意なことば」(253)を発してしまう。「あんたたちがいなかったら、ここにはいないのよ！　自由だったでしょうよ！　あんたたちが生まれた日に孤児院に捨てるべきだったのよ！　あんたたちは私の首にぶらさがった臼石だわ！〔……〕あっちに行ってひとりにしてちょうだい！」(253)。アムーのことばに傷ついたエスタはラヘルとソフィーを伴い川に向かう。だが、ボートが転覆しソフィーは溺死してしまう。

アムーの不用意なことばは、二人の子供の人生と一家全体の運命を狂わす契機となる決定的なことばであるようにみえる。アムーの欲望が一家の悲劇をもたらした悪の元凶のような印象をあたえかねない面をもっていることは事実である。だが、悲哀と美を湛《たた》えたアムーとヴェルータの愛の交歓の場面は、時系列とは無関係に意図的に結末に配置されていることの効果をも考えに入れると、悲劇の根源にあるのは、母性を食い破る女性の欲望ではなく、母性と欲望の葛藤を抑制不能な危険ものにする社会の偏見と女性差別的セクシュアリティの管理であることが示唆されていると考えられる。

さらに、これを重要な別の視点からも見直してみたい。この小説は愛が主要テーマであるが、「愛の法」の侵犯について議論が向けられがちである。だが、愛のテーマを構成する重要な点は、母の愛の深さと、その母の愛を喪失することへの双子のとてつもない不安であり、成長に伴う分離の運命である。この小説の最大の魅力はこの普遍的なテーマが独特の悲哀を伴う表象の力で表わされている点にある。この物語は双子の近親相姦という反社会的行為で終わる不思議な成長物語でもある。それは融合をもたらすものではなく、「ぞっとするほどの深い悲しみ」を分け合う愛であることを確認させるものであり、分離の不可避性を示唆するものではないかと考えられる。双子が一体化した身体を生きていることは繰り返し言及されている。エスタに母の死を知らせる手紙を書くように言われたラヘルは、「自分の一部」「自分の足や髪」(165-66)に手紙を書くことはできないと思う。また、家を追い出されそうになったアムーが、残される双子にいつも仲良しでいてねと約束をさせる場面でも、「ひとりひとり」「相手」(225)という観念をもたない、つまち他者化されていない双子は当惑するばかりであった。このように一体化した一つの身体を生きてきた双子同士の分離と母からの分離は、一見すると外在的悲劇的要因によるもののように見えるが、成長に伴う不可避なものであることも示唆されている。

ロイはこの小説の献辞に次のような母と娘の物語を伝えることばを残している。「わたしを育ててくれ、話をさえぎるときは『失礼します』と断ることを教え」、そして「自立させてくれたその愛情」(Who loved me enough to let me go)に対し、メアリー・ロイ(母)へ本書を捧げる、とある。まさに、この小説のテーマに重なることば、分離・自立への意思がここにある。

まず、アムーの双子への愛情について見てみよう。アムーは夫の暴力に果敢に対抗することができた。だが、それが子供たちに及んだとき、インドにおける非常に厳しい離婚事情をものともせず躊躇なく離婚に踏み切る。ソフィーの死後、実家から追い出されることになったアムーは求職のために訪れた安宿で誰にも看取られずに孤独死するが、アムーが火葬されたその場にいたラヘルは「飢えたけだもの」と喩えられた荼毘の炎に貪られる母の身体を思いながら、アムーの日々の愛し方を思い浮かべる。アムーは「二人の母であり、父であり、かれらを二倍愛してくれた」("loved them Double" 163)と思う。アムーの愛の豊かさについては表現を変化させ反復される。たとえば、"She loved them More Double" (149)のように。アムーの愛がラヘルに刻印されていることは次のように語られている。

焼却炉の鉄の扉が上がり、永遠の火のかすかな音が、赤いうなり声に変わる。熱が飢えたけだもののように飛びかかってくる。それからラヘルの母はその餌食《えじき》になった。彼女の髪、彼女の肌、彼女のほほえみ、彼女の声が。寝かせる前に子供たちを愛するキップリングを使った方法が。〔……〕彼女のおやすみのキスが。片手で彼らの顔をしっかり持って(頬はつぶれ、口は魚のようにとがる)、もう一方の手で髪をわけすいたあのしぐさが。ラヘルがはくためにブルマーをひろげてくれたさまが、はい左足、はい右足。みんなけだもののえじきになってしまった。そしてけだものは満足げだ。(163)

彼女のむこうみずな情熱は双子の子供時代を奪い、彼らに拭い去ることのできない「罪の意識」を心の奥深くに植えつける結果になった。だが、同時に、彼らに母の愛の消えることのない記憶を「遺産」として残していることは随所にみられる。

母と子の愛のテーマは、母の深い愛と、それを喪失することに対する双子の底知れない不安と対になっており、それが悲劇を招き寄せる構図になっている。その不安は「蛾」(昆虫学者であった双子の祖父(DVの加害者)の発見した蛾を想起させる蛾)、背中に毛が異様に密生した「蛾」の動きによって見事に表象されている。ラヘルは映画を見に行った折、不用意なことばを発したためアムーに叱責される。イギリスから訪れたいとこのソフィーに母の愛を奪われるのではないかとの不安が募っていたときのことである。人を傷つけると「愛されなくなる」("love you less" 112)とのアムーのことばを聞いたとき、「冷たい蛾」がラヘルの心にそっと止まる。その毛深い冷たい蛾はこれ以降頻出し、そのヴェルヴェットの羽を拡げたり、冷たい脚を上げたりするたびに、ラヘルの身体に冷気が沁み込む。だが、すでに見たように、双子がソフィーを伴い川に向かう契機になったアムーの決定的ことば――「孤児院にすてるべきだったのよ!」、が発せられた時は、「蛾」の比喩は用いないことで、逆により決定的ことばであることが印象づけられる。

次にアムーの母としての身体と女性の主体を構成する身体との葛藤について見ていきたい。語りは余すところなく母であるアムーの身体へのいとおしさに満ちた双子の視線を語っている。たとえば、エスタに導かれてラヘルが泳いで通った「母の美しい性器」("their lovely mother's cunt" 93)という表現にもそれは見られる。アムーの腹部をもてあそび、双子を生んだときの「妊娠線」("seven silver stretchmarks" 221)をたどる双子。双子が母親の身体に示す「ガラスのように澄んだキス」(221)と表される「透明な」好奇心、関心、愛着にアムーは新鮮な驚きを感じる。だが、一方でアムーは双子の「一点の曇りもないキス」を疎ましく思い、彼らに占領された「身体」を取り戻したいと思う。それは「自分のもの」("It was hers" 222)だと畳みかけられており、次に彼女の子離れについての語りが続く。それは「子犬たちを追い払うように、子供たちをふり払う」("a bitch shrugs off her pups" 222)とあるように、母犬の決然とした子犬離れに喩えられ、アムーの愛が、子供たちとのへその緒の切断にも示唆されている。ロイの母が継母的役割(うとまれ自立を促す母の役割)をきっちりと果たし娘の自立を支えたことを想起させる部分でもある。このように、アムーの母としての身体と女性の主体を構成する身体との葛藤が、印象的な身体表象によって描出されている。これを双子の成長を扱う物語の全体からとらえ直すと、母性と性的欲望の葛藤の文脈の中に、子供に不可避に訪れるべき分離の物語を織り込んでいることがわかる。それは、母と子供たちの分離だけでなく、その分離に双子の分離の物語が不可分に織り込まれていると思われる。

すでに述べたように、この物語は、「愛の法」を侵犯した二つの愛を描いており、その一つが双子の愛の交歓である。その双子の妹と兄の近親愛は、一体化した一つの身体を生きてきた双子の子供時代の終焉を確認させ、二人がそれぞれはるか遠くに引き離されていることを知らせることになった。まず、双子が一つの身体を生きてきたことがどう語られているか見ておこう。一九六二年一一月、中国との国境紛争の最中に双子は生まれるが、アムーは、生まれんとする苦闘のために皺だらけで、かつ、母親の分泌物でつるつるの双子の「あざらし」が四つの目と耳、二〇本の指があることを確認し安堵するが、彼らが「たった一つのシャム双生児の魂」(41)しかもっていないことに気づかなかった、とある。ラヘルは、エスタが映画館でジュース売りの男にセクハラを受け嘔吐したくなるような底知れない不快感に襲われたことを、その場にいなかったが覚えていた。ソフィーの溺死後、エスタが離婚した父親のもとにマドラス急行に乗せられて送られることになり、双子は引き裂かれ、その後二三年間別々の生活を送ることになる。この時アムーがエスタに用意した「トマトサンドの味」(3)をラヘルは記憶していた。双子が未分化の身体を生きていることを最も印象づけるのは、アムーの荼毘の場にいたラヘルは、エスタに手紙で知らせるべきとママチ(=祖母)に言われるが、書くことができなかった、その理由である。それは、世の中には不可能なことがあり、自分の「足や髪」や「心」、「自分の分身」(164)に手紙を書くことなどできない、と語られる。別々の人生を歩むことになった双子のうち、エスタはことばのない沈黙の世界にひきこもり続け、ラヘルはその沈黙の静寂な世界の「別ヴァージョン」(20)としての「空虚」な世界を不敵な楽天的生き方で浮遊するように生きる。

だが、双子が別々の人格をもつ二者であることを知る時が不可避的に訪れる。エスタがアエメナムの家に戻っているとの知らせを受け、職業を変え各地を転々としていたラヘルが急いで戻ったとき、彼女は自分たちを、それぞれに「大きさ」と「形」をもつ「彼ら」(一章)と考えるようになった。その二人を分離する境界の感覚は執拗なくらい反復される("Edges, Borders, Boundaries, Brinks and Limits" 3)。それは、さらに後の章(三章)で、繰り返され、ラヘルは自分たちが耐え難いほど「遠くにいる」("their irreconcilable far-apartness" 93)ことを再確認する。それはラヘルが雨に濡れたエスタが脱衣する様子を見ていた時のことである。ラヘルは彼の裸に「自分の痕跡」(92)を見つけようとし彼を見つめるが、その凝視は、「母親がぬれた子をみるような好奇心」と語られ、さらに、「妹が兄を、女が男を、双子が双子を」と語られ、他者として彼を見ている自分を自覚している。二人の間の隔たりは、その後の二人の愛の交歓の場で決定的になる。二人は「静寂」と「空虚」が二つのスプーンのようにぴったり重なり合うが、二人が感じたのは「ぞっとするほどの深い悲しみ」(328)でしかなかった。

3 歓喜に輝く女性の身体

このテクストでは歓喜に輝く女性の身体は、川を渡った向こう岸にある「歴史の家」とよばれる廃墟でのアムーとヴェルータとの愛の交歓の描写において現われる。それだけではなく、アムーの満ち足りた母なる身体は「子供のような笑い」を取り戻し、「小さきもの」への「無限のやさしさ」、いとおしむ眼差しに再び活気が取り戻される。「愛の法」を犯した境界侵犯的女の身体が、性愛と母性の葛藤を事もなげに止揚《しよう》できたことを示唆している。「自爆的なプライド」、

「ぐずぐずした威厳」(339)を持った「小さきもの」として二人がいとおしんだ「蜘蛛」、「歴史の家」のヴェランダの隙間に住むちっぽけなその蜘蛛に二人は自分たちの運命を重ねる。そして、アムーは女性の欲望を危険視する社会から貼られたレッテルである手に負えない「魔女」から、ヴェルータの腕の中に「安らぎの場」をもった、髪に「乾いたバラ」(340)をそっと飾る女に変わり、「明日ね」(340)という約束を交わす女になった。

高位カーストのアムーは「不可触民」との許されざる関係をもち、「愛の法」(Love Laws)を犯したため、社会的追放の制裁を受けることになる。だが、彼女の身体がその禁じられた愛の交歓によっていかに生き返ることができたかについて、このテクストは悲哀、はかなさ、絶望、無力さをものともしない歓喜に包まれるアムーの身体を通して美しく描出している。アムーはヴェルータを導くが、「うるんだ目がうるんだ目をしっかりととらえ、輝く女が輝く男に自分を開く」(336)とあるように、二人の関係は欲望という対等な眼差しで描かれ、それによって二人の身体が同じ輝きを放つ。また、彼女の母親が二人の関係を知ったときに、怒りに燃えて不可触民の「不潔で」不快な「特別のにおいのする」身体と行為を次のような悪意に満ちたステレオタイプ的ことば――「パラヴァン〔カースト名〕のざらざらした手が娘の胸の上にある。〔……〕黒い腰が娘の開いた足の間をぐっと押す」(259)によって想像するが、そのステレオタイプを転覆させる眼差しでアムーは彼を導く。

アムーは裸になってヴェルータの上にうずくまり、彼の口に自分の口を重ねた。〔……〕もっと下のほうにずりさがって彼の他の部分にキスをした。乳首。チョコレート色の腹。へそのくぼみにある川の最後の水をすすった。あつく勃起したものをまぶたに押し当てた。(336)

結末におかれた二人の愛の交歓の場面において、アムーの身体は儚《はかな》さと悲哀に包まれながら輝きを存分に放つが、アムーが将来の老いのヴィジョンと無縁であったわけではなく、その老いを鏡でみる場面が描かれている。「リューマチの目、たるんで、肉のそげた頬〔……〕おもりをつけた靴下のようにたれ下がるしなびた乳房」ひからびた股間の真っ白になった「踏みつけられたシダの葉のように弱々しい」「恥毛」(222)。社会的制裁だけでなく、老いという不可避の運命が忍び寄る不安は幾度も反復される。このように、エロスに輝く「銀色の七本の妊娠線」をもつ母の身体は多様な表象によって描き分けられ、ステレオタイプをずらし、転覆させる多彩なイメージを与えられている。ヴェルータの若さ・未熟さに新鮮な驚きを示す母のような眼差し、彼の腕の中で安らぎ眠る頼りなげな子供の心、蟻の噛んだヴェルータの尻の跡や、ひっくり返り元に戻れないカブトムシや、ぎこちない芋虫を笑う子供の無邪気さ、別れ際にそっと触れる手が「水田を渡るそよ風のように」彼の肌に「とり肌」を起こさせるさわやかで不可思議な存在感。「氾濫した広く深い川」(337)として喩えられる身体とその欲望は、ヴェルータのそれと対になる表現をとり、それぞれの欲望が相手を他者化するようには描かれていない。二人はそれぞれの静寂な闇と和らぎの洞穴の中で憩《いこ》うことができる。

愛の交歓後、それまでの慣習と法則の奴隷になり、屍になっていたアムーの身体は目覚め、彼女はボート形の地面の上で彼のために踊り、生の実感をおぼえる。彼女の身体が生を実感するのは彼が触れた場所のみであり、彼女は彼を通して自己を感じる。アムーが初めて躍動する自己を映す鏡の存在を得た瞬間が、アムーの主体の誕生の瞬間である。その喜びは同時に「さけんだり笑ったり」(337)という泣き笑いによって伝えられる。このように、「無限の喜び」(339)の中にある女性の身体は「愛の法則」という「歴史の教訓」(336)に反抗する身体として肯定的に描かれている。自らの生命と双子の子供時代を犠牲にする危険、未来も居場所もなく、「また明日ね」(340)という「約束」のみに生きる儚さ。だが、アムーは喜びと狂気と愛の儚い瞬間に、これまでの屍から解放された身体が本当の生を見出す瞬間を見、恋する女として永遠のやさしを抱く。

4　二つのタブー視された愛

このように、アムーとヴェルータはつかの間の融合の夢を見た。それに対して、双子の妹と兄の近親愛は、一体化した一つの身体を生きてきた双子の子供時代の終焉を確認させ、二人がそれぞれはるか遠くに引き離されていることを知らせることになった。このテクストは時間の流れに従う構成にはなっていないことはすでに述べたとおりである。最終章（二一章）のアムーとヴェルータの密会の直前の二〇章に二三年後に再会した双子の性的出会いが配置されている。このように二組の異なるレベルの「愛の法則」に離反した愛が併置されている。近親相姦は普遍的な文化的タブーである。一方、アムーとヴェルータの禁じられた愛はヒンドゥー教社会の文化的タブーである。このレベルの異なるタブーが併置されている点に、作者ロイのカースト差別を糾弾する過激な戦略的視線を感じる。だが、ここで重要なのは、社会の過酷な制裁を招いたアムーとヴェルータの愛は、たとえ未来のない愛であったとしても融合の歓喜という「無限のよろこび」を与える愛として描かれるのに対し、双子の愛は分離を確認させる「ぞっとするほどの深い悲しみ」(328)を分け合う愛でしかなかったことである。このような構成の中で、アムーの愛は語られ、歓喜に輝く女の身体は描かれ、結語の「明日ね」(340)が単なる儚さを印象づけることばにならず、未来への希望をはらむことばとして反響を残すものになっていると解釈される。

第四章　ディアスポラの表象
――キラン・デサイの『喪失の響き』

1　『燃える山』と『喪失の響き』――もう一つの母娘物語

キラン・デサイ（一九七一―）の『喪失の響き』(*The Inheritance of Loss*, 2006) と、彼女の先輩作家で母であるアニタ・デサイの『燃える山』（一九七七）には類視した設定が見られる。この観点から新たな母と娘の物語を語ることもできよう。ここでは両者の類似点と相違点のみを見ておきたい。

『燃える山』の主人公ナンダはヒマラヤの雪山を望むカリグナノの丘に建つ孤絶した家で使用人と孤立した晩年を過ごしていたが、一時的に預かることになった曾孫のラカとの同居生活と、招かれざる客である幼なじみのイラの訪問によって、彼女の隠遁《いんとん》生活が脅かされる。彼女自らが選択したかにみえた隠遁生活は実は、他の女性との関係を持つ夫に裏切られた屈辱的生活からの逃避としての生活にすぎなかったことが露呈する不安に彼女は駆られる。『喪失の響き』においても主人公の判事、ジェムバイ・パテルは料理人と二人だけで、ヒマラヤのふもとのカリンポンの孤立した家に住むことを決意し、判事の職を辞するが、後に孤児となった孫娘のサイと同居することになる。

このように両者のテクストの中心舞台は主人公が隠遁生活を送る人里離れた住処、孤独感がまとわりつく「家」である。また、いずれのテクストにも妻が虐待される場面がエピソードとして描かれる。『燃える山』では、母親が夫に虐待される様子をラカが目撃し衝撃を受ける場面が描かれており、『喪失の響き』では、妻に対するジェムバイの家庭内暴力が描かれる。

このように、設定の類似が明らかに見られるが、小説全体が醸《かも》し出す雰囲気はかなり異なっている。『喪失の響き』には多様な文体的遊び、喜劇的雰囲気、論理の繊細さ、微妙さが見られる。中心人物たちの住まいである「チョーオユー」という名の家は情愛と親密な空間をもとめる人物たちを惹きつける磁場となっており、このテクストが構築する世界はどこかなつかしい住処と住民たちによって構成される空間、読みふけりたくなる世界となっている。一方、『燃える山』では、ナンダとイラは友情や助けを求めながら、それぞれの馬鹿げたプライドゆえに結びつくことができず、ソーシャルワーカーのイラは帰宅途中に幼児婚を阻止されたことに恨みを抱く男に暴行され亡くなり、その学友の死の知らせを聞いたナンダも衝撃を受け亡くなるという、それぞれが孤立したまま悲劇的死を迎える女性たちが描かれる。『燃える山』には女性に対する多様な暴力が明確なジェンダー視点を持って描かれている。一方『喪失の響き』にはジェンダー視点は弱いが、グローバル化する世界やポストコロニアルのインド社会における諸問題についてより広い視点が見られる。たとえば、サイの家庭教師のギヤンという教育を受けたネパール系インド人を通して、ヒンドゥー教徒多数派社会において、ステレオタイプ化され、異邦人として扱われるネパール人たちのエスニック・マイノリティの問題や、判事の家の料理人の息子ビジュを通してアメリカにおけるインド人移民、不法就労者の問題が扱われている。

チョーオユーはナンダの隠居の家同様、孤立し、世間から取り残された家に見えるが、「世界共通のゲリラファッション」（ここにもグローバリズムは山肌を漂う霧のように入り込む）を着たネパール人の少年たち（ギヤンの仲間）が、ギヤンからの銃の情報を得て侵入したように、インドの政治の只中にある場所であるともいえる。この家はインド、ブータン、シッキムの境界が曖昧になる辺りに位置し、中国が領土拡張を狙った場合に備えて軍隊が駐留し、ネパール、イギリス、チベット、インド、シッキム、ブータンの間で戦争を含む不穏な状況が繰り返されてきた地域である。だが、一方で「ドラゴン」(9)のような霧が、人間が引いた境界を溶解させ、曖昧にし、ばかげたものにする、とあるように、人間的政治的視点が自然という、より広い視点によって見直されるという構図が繰り返し導入されてもいる。

『喪失の響き』が『燃える山』となによりも異なるのは、多様なディアスポラが求める空間が象徴的かつ実体性を持って描かれている点である。「チョーオユー」と名づけられた「家」はさまざまな精神的故郷喪失者たちが求める空間となっている。失われた欲望の空間として高い象徴性を帯びた「家」や故郷を描いたすぐれたテクストとして想起されるのは『嵐が丘』であるが、『真夜中の子供たち』にもそれは見られる。はたして「チョーオユー」は『真夜中の子供たち』の中の主人公サリームやその祖父アジズにとっての喪失したエデン的世界の「カシュミール」や、『嵐が丘』のキャサリンがスラッシュ屋敷の病床から熱望し、さらにロックウッドの夢の中で狂ったように入れてほしいと懇願する取り付かれた「嵐が丘」の家とはどのように異なる空間として描かれているのだろうか。

2 「チョーオユー」の表象するもの

『喪失の響き』は多様なディアスポラ的状況を生きる人物四人（元判事のジェムバイ、その孫娘サイ、その家庭教師ギヤン、ジェムバイの料理人の息子ビジュ）と料理人についての物語が「チョーオユー」という場所を基軸にして語られる小説である。

このテクストではカリンポンの住人たちそれぞれの物語と、ヴィザをもたない不法滞在の移民としてニューヨーク中のレストランの厨房《ちゅうぼう》を転々とするビジュの物語が平行して展開する。そして、ビジュが長年の悲惨なエグザイルの生活の中で、夢を断念して「チョーオユー」に戻った時点でこれらの物語は統合される。

「チョーオユー」の家は料理人が愛する息子を待つだけの空間ではなく、それぞれが愛するものを待つ空間となる。サイは政治的に覚醒し、ネパール系インド人の独立を訴えるデモに参加して彼女を捨てたギヤンを、判事は拉致された愛犬マットをひたすら待つ。また、時が止まったかのような住人たちの生活が営まれる朽ち果てたコロニアルの待つ家が、多様なポストコロニアルの時代のディアスポラたちの帰還する空間になっている。さらに、「チョーオユー」が帰還する場所だけではなく、旅立ちを用意する育む空間であることについても検討していきたい。

まず、「チョーオユー」がどのような具体的空間として描かれているか見ていこう。「チョーオユー」は広い空間と高い天井を持つ家で、「遠い昔」つまりインドがイギリスによって植民地統治されていた時代、ひとりのスコットランド人が建てた「裕福な時代の様式」(6)の屋敷であった。だが、一九八六年の現在、それは「シロアリが楔形《くさびがた》の模様をつけた古い家具」や「安物のパイプ椅子」が片隅に置かれ、「隙間から臭う鼠の悪臭」のする崩れかけた家になっている。元判事が所有する狩猟の銃を狙って侵入したネパール人の少年たちですら、この家の荒廃の様子に呆れて「修理」が必要だと忠告するほどの荒廃ぶりであった。

家の荒廃ぶり以上に、侵入者たちの印象に残ったのはとてつもない「孤独の雰囲気」(6)であった。事実、孤立感は自然の風景の一部になっており、小説の冒頭には、寒い一日の最後の光を纏うカンチェンジュンガ（ネパールとインド国境にあるカンチェンジュンガ山群の最高峰）の様子と、チョーオユーの住人たちそれぞれが別々のことを行なう様子に漂う孤独感を伝えている。「海底の影と深さ」(1)を湛えた山々が「水生生物」さながらの「霧」に包まれる様が印象深い独特な比喩を用いて描かれている。この霧の中、サイはヴェランダに座り、『ナショナルジオグラフィック』のダイオウイカの記事を読んでいる。元判事はヴェランダの隅で一人勝負のチェスをしている。その椅子の下にもぐりこみ寝息を立てているのは彼の愛犬マット。台所では、積んである薪の下で交尾し繁殖しているサソリの一家を警戒しながら、料理人が湿気《しっけ》た薪に火をつけようと必死になっている。サイは自分と同じ種族に出会えないダイオウイカの深い「孤独」に自分の境遇を重ね憂鬱になる。このような孤立した「チョーオユー」での人間世界とサソリのにぎやかな世界は鮮やかなコントラストをなしている。サイは庭に出て予定時間を過ぎてもまだ現われない数学の家庭教師のギヤンを待つ。ヴェランダに続く階段から、居眠りしている判事の老衰の兆候、垂れ下がった頬を見たサイは彼の「死顔」を想像する。目を覚ました判事はお茶が時間どおりに出されず、菓子も彼が言いつけたものが出ないことに苛立ちを露わにする。このように、泥棒が侵入する前の「チョーオユー」の住人たちには孤独と憂鬱と停滞した雰囲気がたちこめている。

さらに、元判事のアナクロニズムを示唆するケンブリッジ大学の卒業証書が、輪郭《りんかく》がぼやけるほどに苔《こけ》むしたその家では、「時間は死に絶えてしまっているかもしれない」(17)との印象を強めている。

以上のように、「チョーオユー」は孤立した地に建つ旧植民地時代の建造物で、今は朽ちはてかけている。そこに晩年を過ごす老衰の兆候が見られる人嫌いの元判事の、時が止まったかのような生活が営まれている。一方で、停滞感漂う家を活気づける未来へと向けた歩みも見られる。料理人はアメリカに出稼ぎに出た息子の成功を信じ、息子の未来に彼の希望を託しており、息子の手紙を読むたびに未来に向かって「進んでいる」("trundled toward the future" 17)と感じる。時の歩みが止まったかのようなチョーオユーの生活に対峙して、未来へと進もうとする料理人とその息子の挑戦と、そこに移り住んだ少女サイと家庭教師のギヤンの恋愛が展開する。このように、「チョーオユー」は「孤独」と停滞の雰囲気が優勢であると語られる一方で、未来への歩みを進める人々や繁殖力旺盛なサソリ一家など異なる息遣いが確かに聞こえる空間となっていることがわかる。

3　ジェムバイの疎外された人生

次に、ジェムバイが「チョーオユー」と出会い、法曹界から引退し、そこで孤独の生活を送ることを決意した背景を見てみよう。そびえ立つヒマラヤの山頂が陽に輝き、戸外では極彩色の鳥たちがさえずる人里離れた場所では、「人は小さく感じられ、自己をなげうって空っぽになってしまえばいいと思える」(29)。彼はこのような孤立した場所にある、崩れかけている「チョーオユー」の家が世間から見捨てられている雰囲気を醸し出していると感じ、その孤独の雰囲気に、彼の鎧《よろい》で覆われてきた孤独な心が反響する媒体を見つけたことが示唆されている。この家は彼にとって「殻」「頭蓋骨」("this shell, this skull" 29)であり、彼は祖国にいながらにして「異邦人」として生きることの「慰め」を味わえる場所となると感じ、この家で老後を送ることを決意する。「チョーオユー」へと入ることは「家」というより、「ひとつの感受性」のなかに入ることのように彼には思えた、彼はそこで「深さ、広さ、高さ、そしてさらに捉え難い何かの次元を知覚することができた」(29)。

ジェムバイは彼の育ったコミュニティ初のインド行政府(ICS)に採用されたエリートだった。だが、ケンブリッジから帰国後、「身体のあらゆる部分が叫んでいた——僕は異邦人だ、と」(167)悲痛な叫びを発するほどの疎外感を感じるようになる。彼は自分の家族にとっても不可解な存在となり、友人もなく自国の中で「異邦人」として自分を感じて生きてきたという。優雅な鼻をもつ気品のあるマットは犬というより人間に近い存在であるのに対して、サイがはじめて会ったときの祖父は「人間よりはトカゲに似ている」("more lizard than human" 32)と感じるほど彼は非人間的雰囲気を醸し出していた。このような判事の疎外の人生の始まりは屈辱的ケンブリッジでの生活で始まった。その記憶はサイとの生活やギャンとの接触するなかで喚起される。

サイの祖父との生活はハイジ的物語になり、しだいに彼女の活気ある性格は祖父の人嫌いの頑なな心を和らげ始めるが、同時にケンブリッジへの旅とそこでの生活の残酷で消しがたいほど生々しい記憶をよみがえらせる。この抑圧されてきた記憶は家宅侵入者のネパール人の少年たちに持ち去られる前に、寝室に置かれた二つのトランクのうちの一つによって表わされている。一つはサイが修道学校から持ってきたものであり、もう一つは彼がイギリスへの船旅に持っていったものだった。この過去の記憶をとおして、読者は彼がなぜアングロフィリア(英国贔屓《びいき》)になったか、なぜ「嫌悪の情熱」(119)を燃やしてイギリス人になろうとしたかを知ることになる。

それでは判事の疎外の人生の始まりについて見てみよう。彼の母親はイギリスへと船で旅立つ息子が、ナイフとフォークを使えないことを恥じて食堂に行けない場合を想定し、夜明け前から食べ物を用意する。だが、それは暑さのために異臭を放つ。ジェムバイは船室の相部屋の相手に不快感を与えたことを恥じて甲板から海へとそれを捨ててしまう。父と母の愛の深さがイギリスへの船に乗り込んだジェムバイの中で、哀れみ、恥と混ざり、「美的感覚を欠いた忌々しい愛」(38)となり、彼の孤独が顕在化する。

彼はさらにイギリスでの生活の中で自分の肌の色と訛《なま》り、臭いに対する自意識、潔癖症を強めていく。ジェムバイのインド人らしさの欠如、アングロフィリアは生活費のために彼の孫娘の家庭教師をせざるをえないギヤンの苛立ちと怒りを喚起し、ギヤンは政治的意識の強い彼の仲間の前でジェムバイの英語の発音を真似て見せ、彼らの嘲笑を誘う。ギヤンの存在と野心によって呼び覚まされたジェムバイのケンブリッジでの屈辱的な記憶の一つは次のようなものである。一九四二年の公開試験のとき、彼は自分の好きな詩を暗誦《あんしょう》するように指示される。彼はグジャラート訛りの英語でウォルター・スコット(一九世紀初頭に活躍したイギリスの小説家・詩人)の詩を暗誦し、皆の失笑を買う。後に引き出された記憶はより残酷な出来事であった。インド人の少年がパブの裏手で暴行され、小便をかけられていたが、ジェムバイは赤い顔をした野次馬たちに取り巻かれて侮辱される同国人から背を向けて逃げ出してしまう。

やがて、彼はイギリス人とインド人双方から軽蔑される人間になる。だが、より深刻な問題は、彼が周囲の人々にとって「異邦人」になってしまっただけでなく、自分にとってより「異邦人」("stranger to himself" 40)になってしまったことである。彼自身の自己疎外である。彼は親密さに耐えられず、ほとんど人間とは呼べないものになったように感じる。トカゲへの第一歩である。ここから彼の悲喜劇的イギリス人としてパッシングするための涙ぐましい試み、偽装が始まる。「似非イギリス風のアクセント」(176)で英語を話し、茶色の肌に白とピンクのパウダーをはたき、インドの伝統的食べ物、チャパティ(北インドの主食である無発酵の平らなパン)やプーリ(油で揚げる丸いパン)、パラータ(パンにギーを塗ってパイ風に焼いたもの)をナイフとフォークで食べるようになったジェムバイは両親にとってすら「異邦人」であった。

ジェムバイは歪んだアングロフィリアから生まれた潔癖症ゆえに、妻がトイレの便座に座り込んだ形跡(便座に残った足跡）を見つけたとき、「この上にしゃがんでいる、あいつはしゃがんでいるんだ！」(173) と叫び、狂気じみた怒りを爆発させる。そして、彼は妻の頭をつかんで便器の中に突っ込む。これ以降、虐待された妻の精神は病んでしまい、自分の顔を鏡で見ることも、髪をとかしたり、着飾ることにも耐えられなくなる。なぜなら、それらは「幸福な、愛されている人間だけのもの」(173) だからだった。このように、彼は両親、妻、周囲の人々の嘲笑、嫌悪の眼差しの中で生きることになる。

静かな孤独な隠居生活を送るつもりだった判事の思惑とは離れ、サイとの同居生活は「チョーオユー」を異なるカースト、民族、文化や野心が交差する空間に変貌させる。チョーオユーでの生活の中でジェムバイの孤独な生活がどのような変化を見せるか、この家で展開する人間関係の中で、まずはサイと料理人との触れ合いについて見ていきたい。デーラ・ドゥーン（インド北部ウッタラカンド州の州都）の聖オーガスティン修道学校で教育を受け、英語しか話せない孤児のサイがこの家に初めてやって来た時、彼女はヒンディー語しか話せない料理人の愛情のこもった歓迎を受け、二人は親密になっていくように思われた。だが、二人の友情、親密さは片言のことばで交わされるたわいのない内容で成り立っている「偽物」であったことが、刑事が泥棒の捜査のためにこの家を訪れた時に露呈してしまう。刑事たちは料理人の泥でできた小屋の中を引っ掻き回し、彼の貧しさを顕在化してしまう。サイは戸惑いを感じるが、判事に絶えず情け容赦なく叱り飛ばされている料理人に対して、自分の心の動揺と二人の間にある溝を飛び越えようとする。また、「気難し屋」の彼に「ベイビーちゃん」「サイベイビー」と呼ばれることで彼女のプライドはくすぐられ、彼の「偏屈そうな顔」や市場で交渉する威風堂々とした彼の姿を見ると気持ちが和らぐのだった。

このようにしてサイと料理人のナンドゥーの関係は「偽物」から実体的関係へと発展していく。二人の会話には互いを気楽にからかうことができる親密さが育まれる。たとえば、ネパール人の家庭教師ギヤンの資質を疑問視する料理人とサイの会話を見てみよう。料理人はベンガル人、マラーヤム人、タミル人など沿岸地域の人は魚を食べるから賢いし、ネパール人などの内陸部の人は兵士や労働者としてはふさわしいが賢くないと、ステレオタイプ化に基づく主張をする。

この戯言《たわごと》に対してサイは「次から次へと、その口からは馬鹿なことしか出てこないのね」(73)と言い返し、料理人は「わが子」のように慈しんで育てた娘の口の利き方にお決まりの愚痴をこぼす。このような気のおけない関係のサイに対して、料理人はつい口をすべらし、判事が妻を嫌い、そのため妻を「狂気」に追いやったことを明かしてしまうが、このことはサイに物ごとをみる視野を広げる機会を与えることになる。

ギヤンの青年期の悩みと成長への兆しも、この「チョーオユー」を舞台に展開するサイとのロマンスとその破綻を通して描かれている。ギヤンはエスニック・マイノリティとして常にステレオタイプ化されがちなネパール系インド人であった。だがギヤンは、彼に恋するサイや、青春時代に経験した屈辱とエグザイルの記憶を彼によって呼び覚まされた元判事によって、個人としての人格を認められ、自己を重ねられる対象になる。

ギヤンは学士号を持っているが就職できない若者である。A・C・シンハによると、教育を受けたネパール系インド人三世と四世の政治的覚醒とコミュニティへの帰属意識の希薄さの背景には、彼らが求めるホワイトカラーの仕事は、コミュニティにおける優位性を持つ土着のインド人と競合するため、彼らにチャンスが回ってこない構造への不満があると述べている(Sinha 119)。こういう背景に基づく貧しさに憤懣《ふんまん》を抱くギヤンは、サイの特権的地位と西洋化されたマナー、思考方法に苛立ち、これまで明確には意識化されていなかった彼の恥辱、プライド、フラストレーション、不平等への怒りが覚醒される。彼はサイを通して自分の敵意を発見し、それを先鋭化させる。そして、彼は仲間に「チョーオユー」の主人とその孫娘のインド人らしさの欠如を揶揄し、銃の所在を暴露してしまう。

彼はクリスマスを祝うことにこだわるサイや判事の西洋人かぶれに憤慨《ふんがい》する。だが、彼はヒンドゥー文化優勢の地域コミュニティの中で疎外感を味わっている自分の状況と、判事の疎外の状況が多くの点で共通していることには気づかない。判事が妻を彼の欲求不満の捌《は》け口にしたように、ギヤンはサイに彼の不満を投げつける。ギヤンはサイを裏切った言い訳を彼女の西洋かぶれ、特権階層の地位にいることで要約しようとする。

なぜサイを裏切らねばならなかったのか？

英語とピジン・ヒンディー以外は話せない彼女を、自分の狭い階層の外の人間とは会話できない彼女を。

手摑みでは食べられない彼女を。バスを待つとき、地べたにべったりと尻をつけてしゃがみこむことができない彼女を。建築に興味を持ったとき以外、寺院に言ったことのない彼女。葉タバコを噛んだことがなく、吐き気を催すという理由でインド菓子屋の菓子はほとんど食べたことがない彼女。ボリウッド映画の感傷と涙に辟易して、途中で抜け出し病人のようになって帰り、静かにソファに寝ていた彼女。髪に油をつけるのは下品だと思い、尻を拭くには紙を使う彼女。(176)


ギヤンは最初から政治的に目覚めていたわけではなく、「歴史」と「家族の要求」(157) の軛《くびき》から解放されることを望んでいた。したがって、彼はそれまで青年たちのデモを見ながら、愛国主義は欲求不満に過ぎず、それが政治的に利用されているという皮肉な視線を持っていた。だが、サイはダージリンの競技会クラブの図書館へ遠出した折、「ゴルカ人のためのゴルカランド」（ネパール系インド人の自治州要求）を連呼する行列の中にギヤンを見つける。彼女はその背景にある彼の疎外感にまだ気づいていないため、彼に声をかけようとする。だが、彼の顔に表われた「狼狽」と彼女の接近を拒否する表情と冷ややかな鋭い目つきにたじろぎ彼女は口を閉じる。

この気まずい出会いの後、彼の「チョーオユー」訪問は止み、さらに、あたかもサイが彼を追いつめ、罠にはめたといわんばかりの行動をとる。このように、サイのギヤンとのロマンスは、彼がネパール人のための自治州要求運動に参加するようになり突然終わりを告げる。諦めきれない恋するサイは、ギヤンを求めて思いつく場所すべてを探し回り、最後に彼の家を訪ねる。だが、そこで、サイは彼の教育、英語、服装、将来性とは到底釣り合わない彼の家の貧しさを知り、衝撃を受ける。他の家族が皆、ギヤンのような少年を育てるためにすべてをつぎ込んでいるという現実をサイは初めて知ることになる。サイはギヤンの「羞恥心」(256) を理解すると同時に、自己嫌悪にも陥る。

サイとの出会いによって生まれたギヤンの具体的変化をもう少し具体的に見ていきたい。彼の中にくすぶる欲求不満とシニシズムは、サイという触媒によって恥辱と怒りに変わる。また、彼はサイとのロマンスと居心地の良さに止まりたいという欲求と、大人の男性性への欲望とに引き裂かれる。「チョーオユー」は「ばかげたインド人」だけの特権的空間であり、「やつらが住まう小さく暖かな場所」(161)との嫉妬をこめた彼のことばに、彼の視点からみて居心地の良い住処にみえる空間への欲望とその特権から排除されている彼の怒りがうかがえる。ギヤンはネパール系インド人の独立を訴えるデモ行進に参加するが、この行動に見られる彼の政治的覚醒は、ネパール人の祖国建設への男らしい英雄的挑戦といった性質のものではなく、むしろ、サイへの抵抗にすぎないことが明らかである。サイは彼に別な特権階層的生活様式・生き方があることを見せることによって、彼に糾弾すべき対象を与えることになった。また、彼がそれまで絶えず感じながらも可視化されてこなかった葛藤を自覚させる機会を与えることになったといえよう。

サイはギヤンの成長物語における蔑《さげす》まれ、拒絶される母の役割を振り当てられる。母と娘の成長物語では継母の役割である。「大人の男」になろうとしていた彼は堂々として、「強くなければならなかった」(259)との語りに示唆されているように、男性性へのコンプレックスがあり、サイを拒絶することでかろうじて彼はそのパワーを獲得している。彼にとってサイは次のように彼女の周囲にある、あるいは彼女の階層の矛盾すべてを映し出す鏡であり、さらには彼の自己イメージのための否定的他者でもあった。サイは「周りのあらゆる矛盾を映し出している。サイは鏡だ。それはギヤンをあまりにくっきりと写しだすので、一緒にいると心のやすまることがないのだ」(262)。このように、彼はサイへの抵抗によって大人の男になるパワーを得る、と同時に、サイゆえに彼は屈辱感と去勢された感覚に苛まれるという皮肉な構図を体現する位置にいる。

このように、サイの特権への敵意の他に両親への反抗的感情があることはすでに見たが、それはサイが彼の家を訪問した時に鮮明になる。青年期特有の両親への反抗はギヤンだけでなく、ジェムバイにも見られた。元判事の場合は内面化されたコロニアルな眼差しによって、両親のインド的ぶざまな愛情表現に恥の感覚を刺激された。一方、ポストコロニアルなインドに生きるギヤンの場合、両親への直接的反抗という形では表面化せず、代理母的役割のサイへの反抗という形で現われる。

だが、彼の矛盾は彼だけのものではなく、ポストコロニアルの時代特有の漂流し、流動的アイデンティティをもって生きるそれぞれの人物のなかに基本的に見られるものである。このことについて、ギヤンとサイの二人が最後に至った、いつもの「灰色」の状態について語る語りにそれは見事に表わされている。サイは彼の家まで押しかけて、ギヤンたちの政治活動のせいで彼女の知人のスイス人のブーティ神父がインドから追い出されたとギヤンに対して怒りを爆発させる。だが、ギヤンとサイは激しい口論の果てに、ちぐはぐでおかしな会話に変わっていることに気づき、彼らはいつもの親密な関係に戻っていることに気づくことになる。

> ふたりは親密さのなかに、あのよく知った灰色の地面に戻りつつあった。あのありきたりの人間くささ、くすんだゆで卵のような電灯の光、優美さも叛逆精神もなく、矛盾に満ちて、安易な原理を持った状態に。半分信じていることについて議論し、あるいはまったく信じていないことについても議論し、剥き出しの厳しさと同じくらいに快適さを求め、お芝居と同時に本物を求め、家族の居心地の良さを求めながらも、同時に永遠に遠ざけたく思っている。(259)

彼らが口論の末に着地したいつもの「灰色の地面」とは「くすんだゆで卵のような電灯」の明かりのもとに見えてくる「安易な原理」しか持たない矛盾だらけの「ありきたりの人間くささ」であり、本物と偽装を同時に求め、家族との心地よい関係を求めながら退けようとする人間らしさであった。

一方、サイについてもギヤンとの関係をとおして変化が見られるが、それはどのようなものであろうか。二人が出会ったのはサイが一六歳、ギヤンが二〇歳のときである。修道学校での教育をうけたサイは周囲の人々の歴史的背景と独立後の現状については無知も同然であったため、周囲で起きている政治的騒乱について最初は無関心であった。だが、やがて彼女はインドがアッサム、ナガランド（東部の州）、ミゾラム（東部の州）、パンジャーブにおいて分離要求が出され、引き裂かれる危険性があることに気づく。また、彼女の関心は一八〇〇年代にネパールからダージリンに移民してきたギヤンの祖先に対してだけでなく、そこの先住民に対しても向けられる。さらに、彼女はコロニアルなインドにおける人種差別の実態の一部をH・ハードレスの『インド紳士の礼儀作法の手引き』（インド人にヨーロッパ人専用のコンパートメントに立ち入らないように警告するエチケットガイドブック）によって知ることになる。この本を読んで掻き立てられたサイの激烈な怒りはその作者の子孫まで及ぶ。このようにして、サイの文化的政治的覚醒は他の主要人物たちの怒りと敵意に通底するものになる。

次にマットとサイの存在によって判事がどのような変化を示すかについて見ていきたい。マットの拉致を誘発することになる出来事——判事所有の武器の強盗容疑で逮捕された酔っぱらいの男の妻と舅《しゅうと》が判事の援助を求めてチョーオヨーを訪ねてくる——これに対する判事の反応を見てみよう。判事は彼らに警察へ行くよう指示するだけで、彼らの相談に応じることを拒否する。一方、料理人は警察へ行くことの危険性を察知し、逮捕された男の妻に対する警察官の暴行を心配する。語りはその妻の様子から彼女がすでにレイプされ虐待されていることを示唆する(263)。判事は厄介なものごとに関わることですべてを失うという不安に呪縛されていた。それはこれまでの彼の人生を支えた教訓であった。「人生において無傷でいたいなら、思考を停止させねばならない。さもなければ罪悪感と憐憫《れんびん》の情に何もかもを奪い去られてしまう、自分自身さえ奪い去られてしまうのだ」(264)。このことばに彼が自己喪失を招くものとして、罪悪感と他者との共感を恐れ排除してきたことが示唆されている。このようにして、酔っ払いの妻とその舅は追い出される。だが、彼らは門の外にしゃがみ込んだまま、判事がマットを散歩に連れだし餌を与えるのを凝視し続ける。やがて彼らは立ち去るが、再び戻って見たマットを盗み出そうと決心する。

ネパール人によるデモが過激化し、戒厳令が敷かれるといった不穏な政治状況下で判事はマットを半狂乱で捜し求める。彼は警察へも頻繁に足を運び、彼らの冷笑を買う。彼は無神論者にもかかわらず、神にもマットの帰還を祈る。やがて、彼は捨てた家族とこれまでの罪の数々について考えるようになり、誤った理想のために自分が妻を死に追いやったのか、と自問し始める。料理人とサイが酔っ払いの妻とその舅に哀れみの情を示したのに対して、判事は自己の内に封じ込められている感情を解放したために自己抑制ができなくなることを恐れた。だが、今やマットに対する無条件の愛によって、恥も外聞もかなぐり捨てた彼の鎧で覆われた心は人間性を取り戻し始めたことが示唆されている。

さらに、サイの存在が彼の密かな共感を生み出し、これまで抱いてきた罪悪感、負債の念、自己嫌悪、疎外感の苦痛を緩和することに決定的役割を果たすことになる。彼はサイの中に自己と類似したものを発見する。サイは英語を話す修道女に教育された。そのために彼女もまたインドにいながら西洋化された「異邦人」であるインド人であり、判事は彼女が自分が想像する以上に自分に「近い人種」(210)であることを発見する。そして、「判事が遠い昔に始めた旅は、孫に受け継がれていた」(210)とあるように、彼がコロニアルの時代に始めた遠い昔の故郷喪失の旅が、孫娘に遺産として引き継がれていることを彼は実感するのである。このように、彼の孫娘に引き継がれた疎外と喪失の遺産は、彼の中に自己嫌悪ではなく情愛を呼び覚まし、サイは運命に与えられた「奇跡」であると思うのである。「判事が憎しみを抱かなかったこの孫娘は、運命が彼に与えた、おそらく唯一の奇跡だった」(210)。彼は彼の負債を消し去ってくれる「不可知の正義のシステム」(308)への希望すら抱くようになる。

このように、「チョーオユー」は災難の渦中において「家」といわれるような空間になる。それはばらばらに分裂しつつある世界の中にあって、中心のない「どこにもない場所」("middle of nowhere")であるが、それは料理人の息子に対する愛情、彼のサイを育む親密さ、祖父のサイに対する密かな共感の情、マットに対する無心の愛、祖父のマットへの愛を共有するサイと料理人の共感の能力などによって、その「どこにもない場所」は家としての空間として育まれる。

半狂乱になってマットをいたる所に捜し求める判事の「私の愉快でやんちゃな恋人」("my funny naughty love" 308)との呼び掛けは山々を越えて響きわたる。その声にギヤンを喪失したサイの心の底から絞り出される声、「マット、マティ、マトンチョップ」(309)が続き、さらにその声に、待ち望んでいた息子の手紙が握られていない料理人の息子を案じる声が重なる。このように、「閉所恐怖症」のような人間の「悲しみ」が雄大な風景の中に解き放たれる喜劇的エトスの充溢する場面において、それぞれの喪失によって「どこにもない場所」の住人たちの声が一つになる。

4 『真夜中の子供たち』におけるカシュミールの表象

次に、「チョーオユー」の空間の表象の独自性についてまとめるにあたって、比較の対象としたい最初のテクスト『真夜中の子供たち』において、カシュミールがサリームの疎外とどのような関係の中で表象されているかを見ておきたい。主人公のサリームは自伝を始めるにあたって、物語の結末のつけ方について思案し、彼自身が多頭の怪物である群集に踏み付けにされ、「声なき土くれ」(463)になり崩壊するという結末を選択する。このような次第で、彼は「ムガール皇帝ジャハーンギールのように〔……〕カシュミールとつぶやきながら絶命するだろう」(462)とあるように、幾度も夢見たカシュミールには到達できず、彼の夢は挫折する。彼の祖父のアジズにとって、そこは失われた祖国であり、サリームにとっては喪失したエデン、つまり到達不可能な全体性、存在の起源への欲望を喚起する原初的喪失を象徴する空間である。

アジズは祈りを捧げようとしたとき、「楽園で過ごした幼年期の春」(11)を想起しようとする。だが、「霜柱の立った地面」に鼻を打ちつけ、神にも人間にも二度と祈りを捧げないと決意した時、「信仰と不信仰が絶えず交替するところ、一つの穴」(“permanent alteration: a hole” 12)に永久に突き落とされる。彼は世界を全体としてみる視点を喪失し、時間の世界へと転落する。そこでは彼は断片を拾い集め、糊付けして結合するしかない。だが、そこは何かが常に欠けた世界である。この欠落感がエデン的世界への欲望を生む。このようにして、アジズは女性を穴あきシーツを通して診察した時、彼の内部に開いた「穴」を満たすものを「穴あきシーツ」を通して見たため、その「穴あきシーツ」の魔力に呪縛され続ける。それは孫のサリームにも遺産として引き継がれていく。

また、アジズはそれ「以前の自己」("an earlier self" 11)と一体化することができなくなる。彼の体験した自己疎外とアイデンティティ危機もまた、断片化した身体に対するオブセッションを持ち、統合に失敗し続け、自己がパラノイア的誤認によってつくりあげられることを例証する孫のサリームにも引き継がれる。したがって、永久に幻想的自己イメージの奴隷になる自己は、到達不可能な場所を表象するカシュミールには到達できない。

5 『嵐が丘』の家の表象

家の表象の独自性について『喪失の響き』と興味深い対照性をしめすもう一つの小説としてエミリ・ブロンテの『嵐が丘』を見ていきたい。このテクストにもエデン的到達不可能な空間が表象されている。それは主人公のキャサリンの育った嵐が丘の家である。キャサリンはリントン家に嫁ぎ、幼なじみのヒースクリフとの生活空間であった嵐が丘の家を離れた後その喪失を嘆くことになる。そのキャサリンの嘆きが神からの追放にも匹敵するような実存的苦悩として描かれることによって、到達不可能な空間としての象徴性を獲得している。キャサリンの家なき子的追放感はリントン夫人としての彼女が病床にあって、譫妄《せんもう》状態の中で吐露される嘆きの分離の物語によって描かれる。

「あたしは一二の年で嵐が丘や〔……〕ヒースクリフから無理に引き離されて一足飛びにリントン夫人に、スラッシュクロス屋敷の奥さまに、そして見知らぬ人のお嫁さんにされてしまったの。その日からあたしは自分の世界を追われた宿無しも同然。底なしの淵をはいずりまわっていたあたしの気持ちすこしはネリー、おまえにもわかるでしょう!〔……〕もう一度半分野蛮人みたいな強い自由な子供になれたら〔……〕どうしてこんなに変わってしまったのかしら。〔……〕あの丘の茂るヒースの中に飛びこめば、またほんとうのわたしに戻れると思うんだけど」(130)

このように、嵐が丘の家とヒースクリフから無理やり引き離されることによって、自由奔放な荒っぽい子供として生きられた両性具有的子供時代を喪失したことが示唆されており、嵐が丘の家がエデン的世界であったことがわかる。また、キャサリンの心的現実においては彼女の嵐が丘喪失はキャサリンがスラッシュ屋敷で犬に噛まれ血を流すというジェンダー化へのイニシエーションを象徴する時期、キャサリンが一二歳のとき、リントンの妻になる七年前からすでに始まっていたことが示唆されている。そこからの追放は虚弱な保護されるべき女としてレベル付けされること、すなわち去勢化を意味することも示唆されており、ジェンダー化による楽園喪失が子供時代の家からの追放と荒野の放浪に比喩化されている。

6　疎外の遺産を共有する希望の空間、チョーオユー

一方、「チョーオユー」は不法移民のディアスポラ的状況を生きるビジュが必死で戻ろうとした父のいる場所、故郷であり、祖国であり、また、ギヤンが憧れた特権的階層の居心地の良い住処であった。それはすでに見たアジズが喪失した故国としての「カシュミール」、サリームが到達できなかった不可能な欲望の地でもなく、キャサリンにとっての喪失したエデン的世界とも異なる。そこはサイが料理人の貧しさや、酔っ払いの妻の悲惨な貧困に動揺し、その女性への警察による暴力の実態を知り、祖父の不幸な結婚生活について知り、分裂の危機にあるインドの多様な文化社会の現実を知った現実の実体的場所であり、彼女の成長を育んだ場所である。

また、そこは判事がサイとギヤンの存在によって過去の抑圧された記憶を呼び覚まされ、彼の青春の旅を追体験した場所であった。ギヤンの恥辱感、屈辱感、憤怒が判事の青春とその後の人生を形づくった感情を反映していた。世代、社会的地位、政治的状況、民族の異なる二人に共通するそれらの感情が二人を結びつけ、判事の自己認識へと導いた場

所でもあった。さらに、「チョーオユー」は判事が自分の内にサイへの共感を発見した場所でもあった。マットが判事に愛され、憩うことのできた空間であり、かつ拉致の起きた場所でもあった。サイがギヤンとの愛と喪失を体験し、その彼の裏切りに怒り、またその喪失を耐えた場所でもある。

また、ここはビジュが父からの期待も背負いながら、ニューヨークへと野心の重荷を抱えて旅立ったところであり、サイもまた旅立つ決意をするところでもある。ギヤンとの恋が始まったばかりの頃、サイはこの「どこでもない場所の真ん中にあるような家」("this house in the middle of nowhere" 74)で二人の「がに股の老人」(74)との生活の中で自分の可能性が失われていく不安を抱く。そして、未来へ向かうためにできることをすべて試そうと決意する。「すべての時間がすでに流れてしまったこの場所に、永遠に囚われてしまうだろう」(74)とあるように、この家は時が停止してしまったような場所であり、そこで前へ進むことをしなければ、そこはサイにとって牢獄になることが示唆されている。彼女は失恋を経験した後、父の旅立ち、祖父の旅立ち、料理人の旅立ち、ビジュの旅立ちのことを思い、この家を出る決心をする。この場所は彼女に自らの旅立ちを促してくれる「ちらちらと光る強さ」("a glimmer of strength" 323)をもった空間でもある。そのために、彼女は周囲の矛盾を映し出す鏡になって皆に屈折した自己像を見せる役割に囚われ続けることなく、自己探求の旅へと進むことができる。「チョーオユー」は育みやがて旅へ出るためのパワーを授ける巣のようなものでもある。

『真夜中の子供たち』と『嵐が丘』はエデン的子供時代の家、あるいは祖国から追放される運命を描いている。それに対して、サイの自己形成はエデン的子供時代からの運命的追放、あるいは時間の世界への転落としては表象されていない。キランの物語ではむしろ、孤独の激烈な感覚、疎外の遺産が人々をつなぎ、力の輝きと心の平安をもたらすものとして描かれる。当然ながら、もろもろの矛盾は残る。だが、その矛盾が解決されないことを嘆くのではなく、その矛盾に生きるありきたりの生活と人間性が肯定的に描かれているのである。

「チョーオユー」はそこの住民が愛するものを待つ空間であるが、そこが永久に待ち人来たらずという、『ゴドーを待って』(*En attendant Godot*, 1952) のベケット的空間とはなっていない。待つことに疲れ果てた判事はマットが死ぬ夢を見、またマット捜索から戻ると料理人にマットを探せと駄々をこねる。それでも判事は待つことを断念しない。

最後に最終章を見てみよう。判事が床につき、料理人が台所にしばらく座っており、サイは家の外に出て、再び中に戻ろうとしたその時、彼女は坂を登ってくる人影を見て、ギヤンかマットかと希望を抱く。台所へ戻ったサイは門を鳴らす音を聞き、夫を盲目にされ助けを求めてきた女（強盗の容疑者の妻）かもしれないと思う。ところが、料理人が門まで行ったとき、そこに立っていた影は「父さん」と声をかける。その瞬間雲が切れ、カンチェンジュンガが現われる。外に目をやったサイの目には父と息子の影が「互いに飛びつき合っている」様子が見えた。

ビジュはグリーンカードをもらうまでは帰省しないと覚悟を決めて、祖国へのノスタルジアを抑圧してきた。帰国の途上で、彼は持っているものすべてを奪われる災難に遭いもするが、物語は肯定的な調子で結末を閉める。「カンチェンジュンガの五つの峰すべてが金色に輝き、その光を見ると、ほんのわずかでも、真実はそこに現われているのだと感じることができた。そう、ただ手を伸ばして掴みさえすればいいのだ」(324)。これが物語の結語である。このように、グリーンカードなしのビジュの帰還はサイにとっても真実が啓示される瞬間として描かれている。ここでも、サイの旅立ちの決意を再度促す示唆が見られる。ビジュは過酷な労働条件の下でアメリカの場末のレストランを転々とする不法就労者であり、人種差別にも苦しんだ。豊かな生活にあこがれ渡米したが、グリーンカードを持つどころか、大統領の名前すら覚えることなく、帰国する。彼は家族も夢も喪失し、帰国することもできずに流浪する不法滞在者の一人だったが、決死の思いで帰国し、チョーオユーに辿り着くことができた。ビジュの夢は実現しなかった。だが、彼は自らの旅立ちを成し遂げ、自己の挫折を受容した。祖国はいずれにしても、父が彼の帰りを喜んで迎えた。彼の疎外の旅はまた彼の子孫に受け継がれていくだろう。そして、それによって彼らとの絆が結ばれる。

ここで提起された深刻な諸問題や矛盾は解決の方向性も見えないままである。ハワーズ・エンド荘という全体性を象徴する「家」と人類の普遍的兄弟愛を象徴する庭の楡《にれ》の木の存在が作品世界の中心を占める『ハワーズ・エンド』(*Howards*

End, 1910）において、E・M・フォースターはエドワード朝における分断化された現代的状況（現代文明産業都市社会の様相）とその諸問題を提起し、「結合」のヴィジョンを提示している。キランも矛盾する価値や、断片や、異なる価値を対立ではなく和解へと導く道を模索しているが、『ハワーズ・エンド』のような観念的な結合のヴィジョンは提示してはいない。ギヤンもマットも現われないが結末は楽観的雰囲気があり、リアリティもある。「チョーオユー」には夫婦の蛇が静かに暮らす庭があり、エデンとはほど遠いが、疎外感を抱いた住人たちが、他者としての自己意識をもって結びついている、真の人間関係が見られる場所である。

ビジュの旅は不法移民としての家なき子状態、グローバル化された現代社会の浮遊性を表象している。だが、もし、現代の状況が本質的に巨大なディアスポラ的状況であるなら、『喪失の響き』はこのような状況において、主要人物たちがそれぞれの旅に出かけ、政治的、文化的、民族的疎外を体験し、あるいは「どこでもない場所」で家なき子になり、その中で疎外の遺産を共有することによって内的対話を可能にし、結びつくという物語を語って見せているといえる。

サリームやキャサリンとは異なり、ビジュは「チョーオユー」にたどり着いた。だが、この帰還は最終地ではない。むしろ、それは家と放浪、多様な他者たちと異邦人として出会う旅と帰還、欲望と成就、反抗と同化の間にある「どこでもない場所」の交差点を表わす。このようにしてキランはディアスポラ的状況の現代社会における可能性、中心のない場所での希望の感覚を与えてくれる。

◉本書に関連する主要な論文は以下のとおりである。（　）内は関連する章を示す。

"The Revolting or Abject Body?――Githa Hariharan's Anti-Brahminism in the Context of Mother-and-Daughter Fiction." *Hawaii International Conference on Arts and Humanities Proceedings CD-Rom* 1, 2003: 736-52.（第三部第二章Ⅰ）

"Battered Women in Indian English Fiction." *Hawaii International Conference on Arts and Humanities Proceedings CD-Rom* 3, 2005: 3522-40.（第三部第一章、第三章）

"Aziz's Transformation and the Myth of Friendship in *A Passage to India*." *Forster's A Passage to India: An Anthology of Recent Criticism*. Ed. G. K. Das. Delhi: Pencraft International, 2005: 156-68.

"Beyond the Cracked Wall of a Cave: The Triadic Mother-(Daughter)-and-Son in *A Passage to India*." *Women's Studies & Development Centre Occasional Paper*. Delhi: University of Delhi, 2005: 1-13.

"Sharing Womanhood――The Representation of Menarche in World Literature." *Hawaii International Conference on Arts and Humanities Proceedings CD-Rom* 4, 2006: 4505-40.（第三部第一章、第二章Ⅱ）

「Githa Hariharan と『夜の幾千もの顔』――反逆と共謀の女たちの空間」『英語青年』（二〇〇七年一月号）、研究社、二〇〇六年、二二―二三頁。（第三部第二章Ⅰ、Ⅱ）

"A Quest for Identity and an Epiphany about Love: *About Daddy*, a Partition Novel." *Hawaii International Conference on Arts and Humanities Proceedings CD-Rom* 6, 2008: 3174-85.（第二部第七章）

「インド英語文学研究の現状」佐野哲郎教授喜寿記念論文集刊行委員会編『英語・英米文学のフォームとエッセンス――佐野哲郎教授喜寿記念論文集』大阪教育図書、二〇〇九年、四九一―九九頁。（第一部第一章、第二章）

"*Midnight's Children* as a Bildungsroman: A Narrative of Failure." *Illuminati: A Transnational Journal of Literature Language and Cultural Studies* 1. Ed. Neeru Tandon. Kanpur, India, 2010: 31-44.（第二部第六章）

"*The Shadow Lines* as a Bildungsroman: 'The Clamour of the Voices Within Me.'" Hawaii International Conference on Arts and Humanities 8. 2010: 833-43.（第二部第五章）

“A Legacy of Estrangement in the “Middle of Nowhere.” *Kiran Desai and Her Fictional World*. Eds. Vijay K. Sharma and Neeru Tandon. New Delhi: Atlantic Publishers and Distributors, 2011.（第三部第四章）

「血を流す身体と不妊――ハリハランの『夜の千もの顔』」橋本槇矩・梅正行編著『現代インド英語小説の世界――グローバリズムを超えて』鳳書房、二〇一一年、二四―四〇頁。（第三部第二章Ⅱ）

“Redeeming Bleeding: The Representation of Women in Githa Hariharan’s *The Thousand Faces of Night*.” *Indian Journal of Gender Studies* 19.1 (Feb. 2012): 73-92.（第三部第二章Ⅱ）

“Rabindranath Tagore and Miyazawa Kenji: A Vision of a Supreme Self.” *International Conference on India-Japan Relations: Transforming into Potential Partnership Proceedings*. Vol. II. Center for Southeast Asian and Pacific Studies, Sri Venkateswara University. 2012. 41-47.（あとがき）

“Complex Growths: *Ice-Candy Man* and Sisterhood.” *Illuminati* vol. 5. Ed. Neeru Tandon. 2015: 35-46.（第二部第四章）

【刊行予定の論文】

“Tagore’s Vision of the Unity of People and the Harmony of the Universe through an Aesthetic Sense.” *Tagore’s Vision of the Contemporary World*. Ed. Indra Nath Choudhuri. Delhi: Indian Council of Cultural Relations.（二〇一六年出版予定）（あとがき）

“Rabindranath Tagore and Japanese Poets: A Supreme Self.” *Rabindranath Tagore*. Ed. Chhanda Chatterjee. Santiniketan: Visva-Bharati University.（二〇一六年出版予定）（あとがき）

“Tagore’s Narrative of Female Subject Formation and Women in Love.” *Rabindranath Tagore*.（仮題）Ed. Asha Mukherjee. Women’s Studies Center, Visva-Bharati University.（二〇一六年出版予定）（あとがき）

【書評】

Arun Kumar Jha, *People the Constitution and its Pillars*. Delhi: Information Allied Features, 2002: 118-19.

Arun Kumar Jha, *Reign of the People*. Delhi: Information Allied Features, 2006: 7-8.

あとがき

『インドへの道』（一九二四）を書いたイギリスの作家E・M・フォースターはインドの小さな藩王国のマハラジャの秘書として一年弱インドに滞在した。ガンディーなどによる抵抗運動が激化する一九二〇年代を時代的背景にしているにもかかわらず、なぜかテクストにはそのことは触れられていない。ほかにもいろいろな「なぜ」が付きまとうテクストである。

このような疑問を抱えて、デリー大学英文学科主任でポストコロニアル研究で知られるハリッシュ・トリヴェディ(Harish Trivedi) 教授からの、客員教授として受け入れてくださるという招請状をもってインドに向かうことになった。二〇〇〇年一二月、ケンブリッジでの九ヶ月間の客員研究員としての生活を終え、ムンバイの空港に着いたのは真夜中二時過ぎだった。

まずは、デリーの繁華街で暗躍するインド人マフィアに騙されずに、住む場所を確保するまでがひと苦労であった。安宿に法外な値段を吹っかけられたと語っていた、スコットランド人と韓国人の学生の話から推測できるように、外国人にとって初日が最初の難関である。

さらに怖い話は毎日のように耳に届いた。汽車の中でやさしいインド人夫婦（実は麻薬強盗の常習犯）に巧妙な手口で騙され麻薬入りバナナを食し、ほとんど意識不明になりかけながらも危機一髪難を逃れたという日本人旅行者の話、チフスと言われて入院させられたが、実は急性胃炎で、どうも保険金詐欺に引っかかったらしいという若い日本人女性の話などを聞くにつけ、警戒心と戸惑いは日々つのるばかりであった。そのうえ、汽車の切符一つを買うにも、図書館の使用許可やマイクロフィルムのコピーを依頼するにも、やたら面倒な手続きが多く、時には、あっちだ、こっちだとたらい回しにされる日々が続いた。

こんなことで右往左往すること一ヶ月。少しずつインド式にも慣れてきた。外国人は乗りこなせないと言われる危険な市バスに乗る極意《ごくい》も会得《えとく》した。デリー大学の学生の友人もでき、いろいろなインドの抱える問題――貧困、児童就労、女性虐待、公務員の賄賂《わいろ》（友人の話では、公務員試験官への賄賂は公然の秘密で、途方もない金額を要求され、断ると合格者名簿から削除されるという）など――の実態について教えてもらった。

なかでも衝撃的だったのは、序章でも触れた持参金をめぐるダウリ殺人の話だった。インドの女性作家のテクストの中の話ではなく、過去の話でもなく、読み書きできないためあらゆる情報から閉め出され、家族と子供の世話で一生を送る田舎の多くの女性たちの話でもない。多くの女性が職場に進出しているデリーの都市で、それは頻繁に起こっているという。もちろん新聞の記事になることも多いが、家族内の問題、自殺として処理されてしまう方が圧倒的に多いという。さらに、毎日出会う物乞いの路上生活者、強い日差しの下、真っ黒な排気ガスの中で幼児を抱えて干からびた手を差し出す母親――デリーの町は気が滅入ることが多かった。

だが、困ったとき、頼りになるのも女性だった。決断力があり、包容力に富み、あっという間に難局を処理してみせてくれる、女性たちのエネルギーにはしばしば感服した。しきりたがりで、おせっかい焼きで、頼りがいのある女性の友人もたくさんできた。『インドへの道』は女性の「声」が封じられ、抑圧されていると批評されがちなテクストだが、『デヴィの丘』（一九五三）やフォースターの手紙を読む限り、フォースター自身はインド女性のたくましさを感じているように思える。

この三ヶ月弱の滞在中、また二〇〇一年からは毎年二、三回インドを訪問するなかで、毎日多くのインド人と出会い、話をする機会がもてた。というよりは、毎日、好奇心の塊のようなインド人に質問攻めにあったという方が正しいかもしれない。外国人は乗らない市バスでデリー大学へ通い、ネルー記念図書館へ通う日々のなかで、本当に多くのインド人と知り合うことができ、インドの事情について教えていただいた。多くの人が「お客様は神様」だから、その神様に失礼のないようなおもてなしをしたい、ということを口にした。
バンガロール（インド南西部カルナータカ州）で一日バスツアーに参加した時のことである。隣り合わせた中高年男性（公務員の管理職）と十数時間ご一緒したのだが、その間彼は間断なく喋り続けた。『バガヴァット・ギータ』（叙事詩『マハーバーラタ』に編入されているヒンドゥー教の教典）をはじめ、無限とも思えるほどの話題の中に、友人の家族を招待し一ヶ月間もてなしたときのエピソードがあった。『インドへの道』のアジズを即思い出した。インドを訪れる前は、家計を圧迫するほど過剰に友人をもてなそうとする感情過多でお人よしの彼は、特殊な人かと思っていた。だが、やがて私は彼が典型的なインド人に思えるようになった。友人であれ、外国人であれ「客」へのもてなしへのこだわりは非常にインド的である。

バンガロールで出会った人もそうだが、『議論好きなインド人』（アマルティア・セン著、明石書店）というのは正しい。また、優しさと細やかな心遣いと知恵で人を包み込んでくれるインド人、特に高齢の方々との出会いも記憶に強く残っている。私が出会った多くのインド人の方々はとても人懐こく、権威主義とはほど遠い人々であった。インド英語文学の魅力の一つは、人々のこのような濃密な人間関係の描出にあると思う。

デリー大学の英文学科事務室は一〇〇年前に放棄されたかのような古色蒼然《こしょくそうぜん》とした建物の一角を占めており、蔵にでもつけるような頑丈で錆《さ》びついた錠前《じょうまえ》がついている研究室には、ネームプレートもないものも多く、一見その厳《いか》めしい雰囲気で訪れるものを拒むように思われた。中を覗くと、大量の本が床に散らばり泥棒の侵入後かと思えるような雑然とした部屋もあった。廊下は薄暗く心細さはいや増す。そんな時、突然声をかけてくださり、陽の降り注ぐ中庭で、女性のための活動をされている弁護士の奥さまお手製のお弁当を分けてくださったのが、フォースター研究の第一人者のG・K・ダス（Das）教授である。その後の英語文学研究者とインド英語文学世界との出会いのきっかけをつくってくださったダス先生との出会いは今でも運命的であると思う。わたしにとっての「グル」（恩師）である先生への感謝の念をまず第一に述べておきたい。

先生の教え子であるジャーナリストのアルン・クマール・ジャー(Arun Kumar Jha)さんとの出会いも貴重なものである。インド憲法への賛歌である彼の詩集出版記念パーティに招待された折、改めてインド人の文芸の才に圧倒された。インド法曹界の重鎮《じゅうちん》の能弁なスピーチは、情熱と理知的ユーモアが混じり絶妙な語りになっており、飽きることがない。インドの語りの伝統の故なのかと思ったものである。インド英語文学の特徴として悲劇の深刻さとどこか笑えるような設定が無理なく同居しているところがある。いともたやすく両極にある概念を結合させる手法もインド的なのかとも思った。出版記念パーティ自体、厳粛さと気楽さがないまぜになって居心地の良い時空を作り上げていたが、インドでの学会でも同様の雰囲気を常に感じたところである。

*

二〇〇一年一月に再びデリー大学に客員研究員として訪れたときには、英文学科の主任はトリヴェディ教授の後任の、マラシュリ・ラル(Malashri Lal)教授がその任にあたられていた。その後も彼女とのお付き合いは続き、女性開発研究センター所長、南キャンパス副学長を歴任された後、デリー大学学務部長となられた今でも、公務で多忙ななか、私の英語文学研究プロジェクトの共同研究者兼スーパーバイザーとして、研究を支え続けてくださっていることに対して深く感謝の意を述べたい。

彼女のご子息の結婚式にご招待いただいたときは、それはさながら国際学会のようであった。内外から多彩な研究者がご参列され、祝宴の華やかさと会話の知的刺激に溢れ、親戚縁者の方々の親密な人間模様を目の当たりにでき、このうえなく印象的なイヴェントであった。このときお会いした分離独立研究の第一人者であるダッカ大学のニアズ・ザーマン(Niaz Zaman)教授からは、後にダッカ訪問時、いろいろご教示いただいた。

ラル教授の親友で寡婦についての小説『相続者たち』(二〇〇四)の著者であるアルーナ・チャクラヴァルティ(Aruna Chakravarti)さんからも、デリー訪問のたびにいろいろな示唆に富むお話をうかがうことができた。

また、分離独立文学の文献研究者であるシュヤマラ・A・ナラヤン(Shyamala A. Narayan)教授、分離独立文学の代表的研究者のアロク・バラ(Alok Bhalla)教授、詩人のシュクリタ・ポール・クマール(Sukrita Paul Kumar)氏からも多くのアドヴァイスをいただいた。バラ教授からご紹介いただいたジャミア・ミリア・イスラミア大学の分離独立文学翻訳プロジェクトメンバーの方々からは、文献に関する貴重な情報をいただいた。また、バラ氏とその友人の『双眼鏡の向こうの世界』の著者であるムケル・ケサヴァン(Mukeul Kesavan)さんと昼食をご一緒しながら、インドの文学や文学界やインドの学会事情についてざっくばらんなお話をうかがうことができた。インド初の女性のための出版社、「女性のためのカーリー」(Kali for Women)創設者で、印パ分離独立の当事者からの聞き取りをまとめた『沈黙の向こう側』(明石書店)の著者でもあるウルワシ・ブタリア(Urvashi Butalia)氏からもいろいろご教示いただいた。さらにはブタリア氏には彼女の親友のギータ・ハリハラン(Githa Hariharan)さんとの仲介の労を取っていただき、ハリハランさんの創作の背景などについてゆっくりお話をうかがうことができたことにも感謝したい。

デリー大学の女性開発研究センター研究員で社会学者のニリマ・シュリヴァスターヴァ(Nilima Shrivastava)さんからもインドの女性の現実について多くのご教示をいただいた。

大部な分離独立小説のアンソロジー『インドの分離独立の物語』の編者アロク・バラ教授(左から2人目)と分離独立文学翻訳プロジェクトメンバーの方々。左端は分離独立文学の文献研究者であるシュヤマラ・A・ナラヤン教授(ジャミア・ミリア・イスラミア大学英文学科にて、2009年9月3日)

インド東北部のマニプール州のナガ族出身で、デリー大学の政治学専攻の学生だった時に出会い親しくなったニムシム(Nimshim)さんと彼女のご親戚一同にも心から感謝したい。彼女の故郷のインパール訪問時、私の軽率な行動のために、犯罪捜査局長の部屋で長時間勾留《こうりゅう》されていた時に、彼女は身元引受人になってくださった。許可された滞在時間が乏しいなか、分離独立後のインド軍駐留下のナガ族の歴史について夜を徹して話してくださり、また、ナガ族の文化継承のための活動をされている方々を紹介してくださった親戚の方々からも貴重なご教示をいただいた。

＊

実は、ここで締めくくるつもりであった。だが、ベンガル出身のラビンドラナート・タゴール（一八六一―一九四一）生誕一五〇周年を記念する、インド文学アカデミー主催のセミナー（二〇一一年二月、コーチン（南部ケララ州）のマハラジャ大学）で「タゴールと日本」について話すという機会を得て、タゴール英語文学の途方もない表象力に圧倒されたことを述べておきたい。このセミナーは、ノーベル文学賞受賞作の『ギータンジャリ』（一九一二）が英語の著作であるにもかかわらず、インドにおいてはあまり注目されてこなかったタゴールの英語の著作（その多くはエッセイ）に焦点化したセミナーであるが、ここでも英語というコロニアルな遺産をめぐって白熱した議論が展開した。また、ベンガル人にとって聖域であるタゴール研究が、ベンガル文学として自己充足すべきであるとして、より広い世界との対話に開かれないままでいいのかという疑問も提起された。日本においてはタゴールの英語著作はほとんど邦訳されているが、インドではすべてがベンガル語に翻訳されているわけではないという。同年一〇月と一一月にも、インド文化省、およびアジア協会主催の国際タゴール学会に参加する機会を得て、インドにおけるタゴール研究の実情を知ることができた。学会関係者の方々に

デリー大学で政治学を専攻しているマニプール州出身のニムシム（左）とブルー（右）（インパールのニムシムのご家族と、2005年）

インド文化省主催のタゴール生誕150周年記念学会（2011年10月10日 ～ 12日、デリー）。主催責任者カラン・シン博士（Karan Shingh）（左から２人目）と基調講演者A．K．バグチー（Amiya Kumar Bagchi）カルカッタ大学名誉教授（右端）。テーマは「タゴールの現代世界観」

アジア協会主催の国際タゴール学会（2011年11月23日 ～25日、カルカッタ）。テーマは「タゴールの文学世界」

感謝をしたい。

＊

ノーベル賞受賞後の一九一五年頃に英文学者によってタゴールは日本文壇に紹介され、タゴール研究に貢献したにもかかわらず、残念ながら英文学者によるタゴール研究は断絶してしまった。いろいろな理由が考えられるが、タゴールはあくまでインドの詩人であって、彼の多彩な英語文学の著作が研究対象になるという視点が、英米文学中心の英文学研究には長い間見られなかったことが、その一つではないかと思う。ポストコロニアル文学が盛んに研究対象となりつつある今日、今後、ノーベル文学賞受賞作の英語著作『ギータンジャリ』がロマン派詩人やエミリ・ブロンテの内在神をうたった詩などと比較検討される研究が生まれる可能性は高いと思われる。ノグチ・ヨネジロー（一八七五―一九四七）が、彼の著『インドの詩人』（一九二六）において、タゴール抜きにしては現代英文学を語ることはできないと述べたことは、未来の現実になるかもしれない。

2012年ジャイプール文学祭（1月20日～24日）における厳重な警備の様子。それ以前には見られなかった風景である。2012年度の参加者が爆発的に増加したために、大会3日目は会場（ディギ・パレスの敷地）への入場が制限され、一時は発表者、大会関係者、記者も、バリケードで封鎖された入口で立ち往生する事態になった。内部の大会関係者が、発表者を入れてほしいと警備の警官に懇願するが、拒否され、押し問答が繰り返される場面も見られた

会場の一つであるムガール・テント（400～500人収容）に入りきれず、その外で聴講している参加者たち（2012年ジャイプール文学祭）

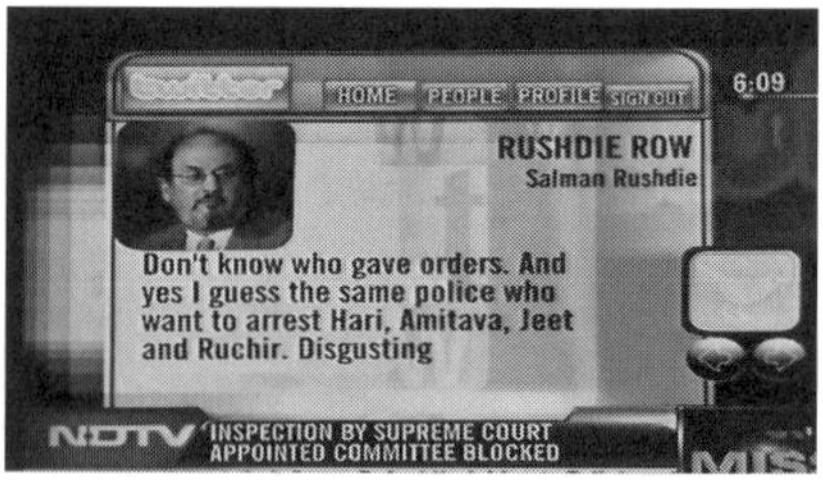

ラシュディがテロの危険を回避するために文学祭参加をキャンセルせざるをえなかった背景について疑問をもち、情報提供したラージャスタン州政府を糾弾するツイッターを発信した。この糾弾合戦を、NDTVは20日から連日報じていた

ジャイプール文学祭主催者で、かつご自身も現代インド英語文学を牽引されている作家であるナミタ・ゴーカレ(Namita Gokhale)さんからも示唆に富むお話をうかがえたことを感謝したい。二〇一二年の文学祭は二〇〇名以上の作家の参加に加えて、前年の二倍以上の聴衆を得て大盛況であったが、警備上の理由からセキュリティ・チェックが厳格になりすぎ、時には発表者までもが警察から締め出されるということがあった。このような状況下で、サルマン・ラシュディが参加を見合わせたというニュースが、発表当日知らされ、会場は騒然となった。主催者側からの記者会見はその日の夕方、NDTVなどのニュースで大々的に報じられ、その後連日テレビ・新聞のトップニュースとなった。ボンベイの地下組織にラシュディ暗殺依頼があったとの情報がインド情報局から、地元ジャイプール警察に寄せられたため、ラシュディは文学祭への迷惑を避けるために参加を断念したとのことであった。

だが、その後即、ラシュディは、ジャイプール警察が彼を文学祭に出席させないために、ありもしない脅迫をでっち上げたと糾弾する内容を、ツイッターを含む多様なメディアを通して発信しはじめた。脅迫の情報を確かにつかんでおり、でっち上げではないと反論するインド情報局とマハーラーシュトラ州警察とラシュディとのメディア戦争はしばらく続いた。政府がムスリム・コミュニティを刺激することを避けるためにラシュディの文学祭参加を阻止しようとしたとの憶測を呼んでいる。

二〇〇七年にラシュディが参加した時は、ジャイプール文学祭は平穏無事に過ぎたという。二〇一二年は、ヴィデオ・リンクを通してラシュディに語ってもらおうとの計画ですら、警察当局から警告をうけた。また、未だに、『悪魔の詩』(一九八八)はインドでは発禁処分のままである(『悪魔の詩』はイスラム教を冒瀆する内容をもつとして、各国で出版妨害が起こった。この小説の出版が原因でイランの宗教指導者、故ホメイニ師から死刑宣告(九八年解除)を受けた)。昨年、カシュミールで予定されていた他の文学祭は治安維持のため、中止されたという。インドは独立した民主主義国家だが、言論の不自由さがいたるところに残っていることについてセッションの話題になることも珍しくない。改めて、多文化社会を目指すインドの現実の厳しさを思い知らされた次第である。

人名・地名などのカタカナ表記について、ウルドゥー語に関してはアロク・バラ教授、ヒンディー語やベンガル語については、アルーナ・チャクラヴァルティ氏はじめ多くのインドの友人からご教示をいただいた。すべての方々に感謝したい。なお、ラシュディのような英語の読み方が一般的になっているものについては、それに倣《なら》った。

最後に、本書を担当された彩流社の真鍋知子氏に対して特に感謝の言葉を記しておきたい。原稿を丁寧に読んでいただき、というありきたりの言葉では言い尽くせないほど徹底的に細部を読み込んでいただき不備な点のご指摘や、編集者および読者の視点からのアドヴァイスをいただいたことを心より感謝申し上げたい。

本書は二〇〇六年から一五年までの三期九年間の科学研究費補助金（基盤研究C課題番号 18520228, 21520268, 24520299）を得て可能になったフィールドワークがベースになっていることを申し添えておきたい。

なお、本書を基にした英文の書 *Subjected Subcontinent: Sectarian and Sexual Lines in Indian English Partition Fiction* がイギリスの出版社ピーター・ラング社 (Peter Lang) から出版される予定である。

大平 栄子

◉作家・人名／作品名索引（新聞・雑誌を含む）◉

【ア行】
アイアール、ピコ (Pico Iyer)　14
『アウトルック』(*Outlook*)　189, 205
アーザード、モウラーナー・アブール・カラム (Maulana Abul Kalam Azad, 1888-1958)　190, 191, 192, 193, 194-99, 202, 204
アスラム、ナディーム (Nadeem Aslam, 1966-)　14, 21
『新しい女性』(*New Woman*)　238, 271
アッバス、クワジャ・アハマド (Khwaja Ahmad Abbas, 1914-87)　96
　「復讐」(“Revenge”)　96-97
アナム、タハミーマ (Tahmima Anam, 1975-)　14-15, 21, 58, 120(
　『黄金の時代』(*A Golden Age*, 2007)　15, 58, 120-21
アナンタムルティ、U. R. (U. R. Ananthamurthy, 1932-2014)　12
アーナンド、ムルク・ラージ (M. R. Anand, 1905-2004)　30, 35, 36, 37
　『不可殖民バクハの一日』(*Untouchable*, 1935)　36, 37
イエンガー、K. R. シュリニヴァス (K. R. Srinivas Iyengar)　27, 32, 39, 64
『インディア・トゥデイ』(*India Today*)　19, 189, 205
『インド・タイムズ』(*Times of India*)　237
『インド日曜タイムズ』(*Sunday Times of India*)　239
ヴァイド、クリシュナ・バルディヴ (Krishna Baldev Vaid)　60
　『壊れた鏡』(*Guzara Hua Zamana*, 1981) (*The Broken Mirror*, 1994)　60
ヴァキール、アルダシール (Ardashir Vakil, 1962-)　31
ヴァスデヴ、ウマ (Uma Vasdev)　43
ヴェンカタラマニ、K. S. (K. S. Venkataramani, 1891-1951)　36
　『農夫ムルガン』(*Murugan the Tiller*, 1927)　36
オー、ターシュ (Tash Aw, 1971-)　14, 22
オスマン、シャウカット (Shawkat Osman)　61
　『神の敵、その他』(*God’s Adversary and Other Stories*, 1996)　61

【カ行】
『戒《かい》会《え》落《らく》草《そう》談《たん》』　270
カーナム、ファリダ (Farida Khanum, 1935-)　24
カプール、マンジュ (Manju Kapur)　38, 39, 43, 44, 51, 58, 63, 123
　『既婚女性』(*A Married Woman,* 2002)　44, 45, 51
　『手に負えない娘たち』(*Difficult Daughters*, 1998)　38, 44, 58, 63, 65, 121, 123-24
カムレシュワール (Kamleshwar, 1932-2007)　60, 125, 126
　『分離独立小説』(*Kitne Pakistan*, 2000) (*Partitions: A Novel*, 2006)　60, 125, 126
カーラ、アドヴェータ (Advaita Kala)　15, 43
　『ほとんどシングル』(*Almost Single*, 2007)　15, 16, 17

カンガー、フェーダース (Firdaus Kanga, 1959-)　28, 31, 47
ガンディー、インディラ (Indira Gandhi, 1917-84)　50, 66, 113, 114, 152, 199, 221
ガンディー、マハトマ (Mahatma Gandhi, 1869-1948)　36, 45, 50, 66, 85, 88, 93, 106, 107, 110, 111, 113, 114, 130, 152, 178, 190, 192, 194, 195, 196, 197, 198, 199, 202, 203, 204, 214, 215, 221
ギーティ、セン (Geeti Sen)　62
『国境を越えて』(*Crossing Boundaries*, 1997)　62
ギル、H. S. (H. S. Gill)　57, 68, 93
『灰と花びら』(*Ashes and Petals*, 1978)　57, 68, 93, 94
ギル、ラージ (Raj Gill)　57, 68, 93
『レイプ』(*The Rape*, 1974)　57, 68, 93-94
キンケイド、ジャメイカ (Jamaica Kincaid, 1949-)　242
『アニー・ジョン』(*Annie John*, 1983)　242, 272-73
グジュラル 、サテイシュ (Satish Gujral, 1925-)　24
クマール、シヴ・K. (Shiv K. Kumar, 1921-)　58, 64, 115
『三つの堤のある河――苦悩と歓喜のインド分離独立』(*River with Three Banks*, 1998)　58, 64, 115-16, 127
クマール、シュクリタ・ポール (Sukrita Paul Kumar)　59, 62, 70
『記憶を語る――インドとパキスタンのウルドゥーの短編』(*Mapping Memories: Urdu Stories from India and Pakistan*, 1998)　59-60
クライン、メラニー (Melanie Klein)　246
グラス、ギュンター (Günter Grass, 1927-2015)　155
『ブリキの太鼓』(*The Tin Drum*, 1959)　155
グリア、ジャーメイン (Germaine Greer)　256, 272
クリスティヴァ、ジュリア (Julia Kristeva, 1941-)　243, 244, 250, 253, 257, 269, 273
グルザール (Gulzar, 1934-)　12
グロスツ、エリザベス (Elizabeth Grosz)　256, 257, 272
クンズル 、ハリ (Hari Kunzru, 1969-)　14, 21-22
ケサヴァン、ムケル (Mukeul Kesavan, 1957-)　31, 46, 58, 65, 75, 99, 102, 105, 107
『双眼鏡の向こう側』(*Looking Through Glass*, 1995)　46, 58, 65, 67, 73, 75, 99, 102, 105-07
「血盆経《けつぼんきょう》」　270
ゴーカレ、ナミータ (Namita Gokhale, 1956-)　12, 43, 44, 216, 222, 238
『ヒマラヤの愛の物語』(*A Himalayan Love Story*, 1996)　216, 222-23
ゴーシュ、アミターヴ (Amitav Ghosh, 1956-)　20, 28, 31, 32, 38, 46, 49, 56, 58, 65, 67, 71, 75, 99, 102, 104, 105, 158, 170, 173
『ガラスの宮殿』(*The Glass Palace*, 2000)　49
『シャドウ・ラインズ』(*The Shadow Lines*, 1988)　38, 46, 58, 65, 67, 71-72, 73, 75, 99, 102, 104, 105, 106, 110, 127, 128, 157-74, 176
『コーラン』(*Koran*)　115-16, 269-70
コワスジー、S. (S. Cowasjee)　62

『嵐の孤児たち』(*Orphans of the Storm: Stories on the Partition of India*, 1995)　62, 67, 80, 85, 86, 96, 97, 98

【サ行】

サイード、ユーサフ (Yousuf Saeed)　19-20
『カーヤル・ダーパン——想像力の鏡』(*Khayal Darpan: A Mirror of Imagination*, 2006)　19
サガール、ラーマナンド (Ramanand Sagar)　60
『血に汚れた分離独立の物語』(*Aur Insan Mar Gaya*, 1948) (*Bleeding Partition: A Novel*, 1988)　60
サーダウィ、ナワル・エル (Nawal E. Saadawi)　272
『女医の回想記』(*Memoirs of a Woman Doctor*, 1988)　272
サハーガル、ナヤンタラ (Nayantara Sahgal, 1927-)　31, 37, 38, 43, 44, 50, 57, 64, 89
『チャーンディガルの嵐』(*Storm in Chandigarh*, 1969)　57, 64, 68, 89-90
『富裕層』(*Rich Like Us*, 1985)　50-51
サブニース、スジャータ (Sujata Sabnis)　58, 117, 193, 194, 199
『運命の岐路』(*A Twist in Destiny*, 2002)　58, 117, 193, 194, 195, 200
サーヘニー、ビーシャム (Bhisham Sahni, 1915-2003)　67
『タマス』(*Tamas*, 1974 / 英訳 2001)　60, 67, 92-93, 194
ザーマン、ニアズ (Niaz Zaman)　24, 61, 63, 69, 120, 130
『一九七一年のバングラデシュの独立とその後』(*1971 and After*, 2001)　61
『逃避、その他』(*The Escape and Other Stories*, 2000)　61
『分断——一九七一年のバングラデシュの分離独立の物語』(*Fault Lines: Stories of 1971*, 2008)　63
『分断された遺産——インド、パキスタン、バングラデシュの分離小説選集』(*A Divided Legacy: The Partition in Selected Novels of India, Pakistan and Bangladesh*, 1999)　69
ジェイン、スニタ (Sunita Jain)　43
シクスー、エレーヌ (Hélène Cixous, 1937-)　252
シークルカ、アナ (Anna Sieklucka)　61
『パンジャーブの分離独立の物語』(*Punjabi Stories on the Partition*, 2001)　61
シディ、ムハンマッド・アリ (Muhammad Ali Siddiqui)　59
シドハワ、バプシ (Bapsi Sidhwa, 1938-)　20, 31, 43, 44, 47, 56, 58, 62, 66, 74, 82, 122, 127, 131, 186, 216, 233, 235, 236
『アイス・キャンディ・マン』(*Ice-Candy-Man*, 1988)　47, 58, 66, 68, 71, 74, 110, 121, 122-23, 127-28, 131-42, 186-87, 235
『罪と輝きの街——ラホール』(*City of Sin and Splendour: Writings on Lahore*, 2005)　62
『パキスタンの花嫁』(*The Pakistani Bride*, 1983)　233-35
シバール、ニーナ (Nina Sibal, ?-2000)　38, 58, 65, 108
『ヤートラ、巡礼の旅』(*Yatra: The Journey*, 1987)　38, 58, 65, 108, 110
シプラ、モハマッド (Mahamud Sipra)　57, 112

『キング・スリーの駒』(*Pawn to King Three*, 1985)　57, 112-13
ジャバラ、ルース・プラワー (Ruth Prawer Jhabvala, 1927-2013)　30, 31, 38, 40, 43
ジャラール、アエーシャ (Ayesha Jalal)　192, 205
『ただ一人のスポークスマン——ジンナー、ムスリム連盟とパキスタン要求』(*The Sole Spokesman: Jinnah, the Muslim League and the Demand for Pakistan*, 1985)　191-92
シャルマ、パルタープ (Partap Sharma, 1939-2011)　57, 113
『ターバンの時代』(*Days of the Turban*, 1986)　57, 113
ジョーシ、アルン (Arun Joshi, 1939-93)　37
ジョーシ、マノジ (Manoj Joshi)　128
『女性の時代』(*Woman's Era*)　238, 271
シーリー、アラン (Alan Sealy, 1951-)　28, 31
シング、クシュワント (Khushwant Singh, 1914-2015)　18, 56, 57, 63, 81, 86, 98
『インドの終焉』(*The End of India*, 2003)　18
『パキスタン行きの難民列車』(*Train to Pakistan*, 1956)　56, 57, 63, 64, 68, 81-82, 84, 98
シング、ジャスワント (Jaswant Singh, 1938-)　189, 190, 191
『ジンナー——印パ分離独立』(*Jinnah: India-Partition Independence*, 2009)　189, 190-91
ジンナー、ムハンマッド・アリー (Mohammed Ali Jinnah, 1876-1948)　93, 107, 111, 112, 113, 117, 118, 120, 189, 190, 191, 192, 193, 194, 195, 196, 197, 199, 200, 202, 203, 205
スチュワート、フランク (Frank Stewart)　62
『国境を越えて——インド、パキスタン、バングラデシュの分離独立文学』(*Crossing Over: Partition Literature from India, Pakistan, and Bangladesh*, 2007)　62
ストーカー、ブラム (Bram Stoker, 1847-1912)　272
『ドラキュラ』(*Dracula*, 1897)　272
スレーリ、サラ (Sara Suleri, 1953-)　31, 56, 58, 73, 118
「さようなら、トムの偉大さよ」("Goodbye to the Greatness of Tom")　118-19
『肉のない日——あるパキスタンの物語』(*Meatless Days*, 1989)　58, 118
「パパとパキスタン」("Papa and Pakistan")　119-20
セート、ヴィクラム (Vikram Seth, 1952-)　14, 21, 28, 31, 39
『婿選び』(*A Suitable Boy*, 1993)　39
セン、ギーティ (Geeti Sen)　62

【タ行】

タゴール、ラビンドラナート (Rabindranth Tagore, 1861-1941)　34
ダス、グルチャラン (Gurcharan Das, 1943-)　38, 39, 58, 65, 110
『良き家族』(*A Fine Family*, 1990)　38, 39, 58, 65, 109, 110-11
ダット、トール (Toru Dutt, 1856-77)　40
ダラル、ネルギス (Nergis Dalal)　43
タルール、シャーシ (Shashi Tharoor, 1956-)　15-16, 31, 58, 67, 107, 108
『偉大なインド小説』(*The Great Indian Novel*, 1989)　58, 67, 73, 107-08, 118
タン、エイミー (Amy Tan, 1952-)　242
『ジョイ・ラック・クラブ』(*The Joy Luck Club*, 1989)　242

チタリー、ヴェヌー (Venu Chitale)　38
チャタジー、ウパマンユー (Upamanyu Chatterjee, 1959-)　28, 31
チャタルジー、バンキム・C. (Bankim Chandra Chatterjee, 1838-94)　36
『ラージモーハンの妻』(*Rajmohan's Wife*, 1864)　36
チャンダン、スワラン (Swaran Chandan)　58, 117
『火山――インドの分離独立物語』(*The Volcano: A Novel on Indian Partition*, 2005)　58, 117-18
チャンドラ、ヴィクラム (Vikram Chandra, 1961-)　31
チャンドラ、ビパン (Bipan Chandra)　190, 192-93, 197, 203, 204, 205
チャンドール、クリシャン (Krishan Chander, 1914-77)　80
「ペシャワール急行」(“Peshawar Express”)　80-81, 82
チョードリ、アミット (Amit Chaudhuri, 1962-)　31
チョードリ、ニアド (Nirad Chaudhuri, 1897-?)　31, 37
つげ義春 (1937-)　273
「紅い花」(1967)　273
デ、ショバ (Shobhaa De, 1948-)　43, 44, 51
『社交の夜』(*Socialite Evenings*, 1989)　51
ディヴァカルニ、チットラ・バネルジー (Chitra Banerjee Divakaruni, 1956-)　29, 42, 43
デヴィ、ジョティルマイー (Jyotirmoyee Devi, 1894-1988)　56, 61, 78
『河は波立つ――分離独立小説』(*Epar Ganga, Opar Ganga*, 1967) (*The River Churning: A Partition Novel*, 1995)　56, 61, 78, 79-80
デヴィ、プーラン (Phoolan Devi, 1963-2001)　210
『女盗賊プーラン』(*Moi, Phoolan Devi*, 1996)　210
デサイ、アニタ (Anita Desai, 1937-)　16, 31, 37, 38, 43, 44, 45, 57, 63, 96, 216, 223, 228, 287
『孔雀』(*Cry the Peacock*, 1963)　223
『今年の夏はどこに行こうか』(*Where Shall We Go This Summer*, 1975)　45, 223
『断食と饗宴』(*Fasting, Feasting*, 1999)　45, 223, 228-30
『都市の声』(*Voices of the City*, 1965)　45, 223
『昼の透明な光』(*Clear Light of Day*, 1980)　57, 63, 65, 96
『燃える山』(*Fire on the Mountain*, 1977)　45, 223-28, 229, 232, 287-88, 289
デサイ、キラン (Kiran Desai, 1971-)　31, 39, 42, 287
『喪失の響き』(*The Inheritance of Loss*, 2006)　287-306
デサニ、G. V. (G. V. Desani, 1909-2000)　30, 31, 32, 37
『H. ハターのすべて』(*All About H. Hatter*, 1948)
デシュパンデ、シャーシ (Shashi Deshpande, 1938-)　43
『長き沈黙』(*That Long Silence*, 1988)　236
『テレグラフ』(*Telegraph*)　237
ドウォーキン、アンドレア (Andrea Dworkin)　256, 272
ドゥガール、カータール・シング (Kartar Singh Duggal, 1917-2012)　23, 58, 61, 62, 68, 93, 98, 126
『同じ両親から生まれて――インド亜大陸の分断の物語』(*Born of the Same Parents:*

The Saga of Split of the Indian Continent, 2008)　58, 126-27
『二度の誕生と二度の死』(*Twice Born Twice Dead*, 1979)　61, 68, 93, 94-95, 126
『道成寺縁起』　276
ドンディ、ファールーク (Farrukh Dhondy, 1944-)　28

【ナ行】

ナイク、M. K. (M. K. Naik)　31, 32, 35, 36-37, 39, 40, 46, 63, 64-65, 84, 99
ナイール、アニタ (Anita Nair, 1966-)　43, 44, 51
『女性専用車両』(*Ladies Coupë*, 2001)　51
ナスリン、タスリマ (Taslima Nasrin, 1962-)　61, 210
『恥』(*Lajja*, 1993) (*Shame*, 1994)　61, 210, 236
ナックヴィ、アシュファク (Ashfaq Naqvi)　59
『パキスタンの現代ウルドゥー短編集』(*Modern Urdu Short Stories in Pakistan*, 1997)　59
ナハール、チャーマン (Chaman Nahal, 1927-)　57, 63, 92, 98
『アザーディ』(*Azadi*, 1975)　57, 63, 64-65, 67, 68, 71, 82, 92, 98, 190
ナヤク、ミーナ・アローラ (Meena Arora Nayak)　58, 65, 116, 175
『ダディの物語』(*About Daddy*, 2000)　58, 65, 116, 127, 175-87
ナラヤン、R. K. (R. K. Narayan, 1960-2001)　30, 35, 36, 37, 44, 64, 216, 218
『暗い部屋』(*The Dark Room*, 1938)　44, 216-18, 220, 225
ナワーズ、ムムタズ・シャー (Mumtaz Shah Nawaz, 1912-48)　56, 57, 78, 82
『引き裂かれた心』(*The Heart Divided*, 1957)　56, 57, 78, 82, 84
ニルカニ、ナンダン (Nandan Nilekani, 1955-)　12
『新生インドの未来を思う』(*Imagining India: Ideas for the New Century*, 2010)　12
ヌール、シング・スティンダー (Singh Sutinder Noor)　61
ネルー、ジャワハルラル (Jawaharlal Nehru, 1889-1964)　30, 46, 85, 93, 94, 99, 103, 105, 108, 111, 114, 116, 117, 130, 148, 151, 152, 153, 161, 190, 192, 193, 194, 195, 196, 197, 199, 200, 201, 202, 203-05
『インドの発見』(*The Discovery of India*, 1946)　46, 99, 105, 161, 199

【ハ行】

ハイダール、クワラチュライン (Qurratulain Hyder)　59
『炎の河』(*Aag Ka Darya*, 1957) (*River of Fire*, 1998)　59
ハーサン、ムリヒルル (Murhirul Hasan)　62, 191, 193, 195, 204, 205
『インドの分離独立――経緯、戦略、流動化』(*India's Partition: Process, Strategy and Mobilization*, 1993)　191, 193-94, 205
『インドの分離独立――自由とは裏腹の顔』(*India Partitioned :The Other Face of Freedom*, 1995)　62
パシャ、アンワー (Anwar Pasha)　61
『ライフルとパンと女』(*Rifles, Bread and Women*, 1974)　61
バス、プラビ・ラーダー (Purabi Radha Basu)　62

『今日は料理しない日、その他』(*Will not Cook Today and Other Stories*, 2007)　62
バタチャルヤ、ババニ (Bhabani Bhattacharya, 1906-88)　37, 97
『幾多の飢餓』(*So Many Hungers*, 1947)　37
バーダム、カルパナ (Kalpana Bardham)　61
『女と賤民と百姓と反逆者たち』(*Of Women, Outcastes, Peasants, and Rebels*, 1990)　61
パテール、サルダール (Sardar Patel, 1875-1950)　93-94, 190, 193, 197-98, 203, 204, 205
バラ、アロク (Alok Bhalla)　62, 70, 75
『インドの分離独立の物語』(*Stories About the Partition of India*, 1994, 2011)　62, 70
ハリハラン、ギータ (Githa Hariharan, 1954-)　31, 43, 44, 185, 216, 233, 236, 240, 241, 242, 244, 247, 252, 254, 256, 258, 268, 273
「夜ごとの饗宴の名残」("The Remains of the Feast," 1992)　185, 186, 216, 240, 241-54, 256-57
『夜の千もの顔』(*The Thousand Faces of Night*, 1992)　185, 216, 233, 236, 244, 255-69, 273
バルーチャ、ペリン (Perin Bharucha)　38
ピーア、バシャラート (Basharat Peer)　128
『戒厳令の夜』(*Curfewed Night*, 2009)　128-29
樋口一葉 (1872-96)　272
「たけくらべ」(1895)　272
『ヒンダスタン・タイムズ』(*Hindustan Times*)　16, 237
ファズラー、カズィ (Kazi Fazlur)　61
『鏡像、その他』(*The Image in the Mirror and Other Stories*, 1998)　61
ファルーキ、アシフ (Asif Farrukhi, 1959-)　59, 63
『秋の庭の焚き火』(*Fires in an Autumn Garden*, 1997)　59
『フェミーナ』(*Femina*)　238, 271
フォースター、E. M. (E. M. Forster, 1879-1970)　138, 183, 185, 246, 306
『いと長き旅路』(*The Longest Journey*, 1907)　138
『インドへの道』(*Passage to India*, 1924)　183, 184-85, 186, 187, 246-47, 253
『ハワーズ・エンド』(*Howards End*, 1910)　305-06
フセイン、アブドゥーラ (Abdullah Hussein)　59
『疲れた人びと』(*Udas Naslein*, 1963) (*The Weary Generation*, 1999)　59
フセイン、インティジャール (Intizar Husain, 1923-)　59, 60
『孔雀の物語——分離独立、エグザイル、喪失した記憶』(*A Chronicle of the Peacocks: Stories of Partition, Exile and Lost Memories*, 2002)　60
『バスティ』(*Basti*, 1979 / 英訳 1995)　59
ブタリア、ウルワシ (Urvashi Butalia)　75, 142
プリタム、アムリタ (Amrita Pritam, 1919-2005)　61
『骸骨』(*Pinjar*, 1950) (*The Skelton and That Man*, 1987)　61, 121-22, 128
フレーザー、バッシャビ (Bashabi Frazer)　62
『ベンガルの分離独立物語——終わりなき章』(*Bengal Partition Stories: An Unclosed Chapter*, 2006)　62
ブロンテ、エミリ (Emily Brontë, 1818-48)　250, 302

『嵐が丘』(*Wuthering Heights*, 1847)　250, 272, 289, 302-03, 304, 306
ブロンテ、シャーロット (Charlotte Brontë, 1816-55)　211
『ジェイン・エア』(*Jane Eyre*, 1847)　211, 220
ベーディ、ラジンダール・シング (Rajinder Singh Bedi, 1915-84)　23, 97
「ラージワンティ」(“Lajwanti”)　23, 97-98
ペレーラ、パドマ (Padma Perera)　31, 43
ベンティンク卿、ウイリアム (Lord William Bentinck, 1802-48)　34
ホセイン、アティア (Attia Hosain, 1913-98)　38, 43, 57, 63, 64, 69, 70, 86
『壊れた柱に射す陽光』(*Sunlight on a Broken Column*, 1961)　57, 63-64, 69, 86-88, 90
ホセイン、セリナ (Selina Hosain)　61
『鮫と河と手榴弾』(*Hangor Nodi Grenade*) (*The Shark, the River and the Grenades*, 1976) 61
ホームストロム、ラクシュミ (Lakshmi Holmstrom)　59
『中庭――インドの女性の物語』(*Inner Courtyard; Stories by Indian Women*, 1970)　59
ポール、ジョギンダール (Joginder Paul)　59, 125
『夢遊病者』(*Khwabrau*, 1990) (*Sleepwalkers*, 1998)　59, 125-26
ボールドウィン、ショーナ・シング (Shauna Singh Baldwin, 1962-)　43, 58, 65, 124
『身体に刻まれた記憶』(*What the Body Remembers*, 1999)　58, 65, 121, 124

【マ行】

マウントバッテン、ルイス (Louis Mountbatten, 1900-79)　102, 103, 107, 111, 117, 118, 126, 190, 192, 294, 197-98, 200, 201, 202, 203-04
マーカンダーヤ、カマラ (Kamala Markandaya, 1924-)　17, 38, 40, 43, 44
『ふるいに注ぐ神酒』(*Nectar in Sieve*, 1954)　17, 22, 43
マコーレー、トマス・B. (Thomas Babington Macaulay, 1800-59)　34
マスツール、カディジャ (Khadija Mastur)　60
『冷えて甘い水』(*Cool, Sweet Water: Selected Stories*, 1999)　60
マスルール、メヘール・ニガール (Mehr Nigar Masroor)　58, 114
『シャドウズ・オブ・タイム』(*Shadows of Time*, 1987)　58, 114
『マヌシ』(*Manushi*)　238
『マヌ法典』(*The Law of Manu*)　212, 237, 244, 256
『マハーバーラタ』(*Mahabharata*)　44-45, 79, 80, 107, 211
マルゴンカール、マノハール (Manohar Malgonkar, 1913-2000)　57, 63, 88
『ガンジス河のうねり』(*A Bend in the Ganges*, 1964)　57, 63, 64, 88
マントー、サーダト・ハーサン (Saadat Hasan Manto, 1912-55)　30, 31, 46, 59, 70, 84, 85, 96, 99
『王国の終焉、その他』(*Kingdom's End and Other Stories*, 1987)　59, 86
『黒いミルク――短編集』(*Black Milk: A Collection of Short Stories*, 1997)　59
「トバ・テック・シング」(“Toba Tek Singh”)　85-86
『分離独立の物語』(*Partition: Sketches and Stories*, 1991)　59
ミストリー、ロヒントン (Rohinton Mistry, 1952-)　28, 31, 56, 58, 114

『かくも長き旅路』(*Such a Long Journey*, 1991)　58, 114, 127
ムーカジー、バーラティ (Bharati Mukherjee, 1940-)　43, 219, 220, 222
『ジャスミン』(*Jasmine*, 1989)　219-20, 221-22
ムーカジー、ミーナクシ (Meenakshi Mukehrjee)　27, 32, 35, 36, 45, 48, 71, 72, 156, 163, 170, 173, 216
『再生したフィクション』(*The Twice Born Fiction*, 1971)　27, 32-33, 45-46
ムカダーム、シュルフ (Shurf Mukaddam)　57, 65, 111
『自由が訪れたとき』(*When Freedom Came*, 1982)　57, 65, 110, 111-12
ムルシッド、カーン・サルワール (Khan Sarwar Murshid)　61
『バングラデシュの現代ベンガル著作集』(*Contemporary Bengali Writing: Bangladesh Period*, 1996)　61
メータ、ギータ (Gita Mehta, 1943-)　31, 43, 50
『スートラ河』(*A River Sutra*, 1993)　50
メータ、ディナ (Dina Mehta, 1928-)　43, 47
メータ、ディーパ (Deepa Mehta, 1950-)　140
『大地』(*Earth-1947*, 1998)　140-42
『水』(*Water*, 2005)　219
メータ、ラーマ (Rama Mehta, 1923-78)　38, 50
『屋敷の中で』(*Inside the Haveli*, 1977)　50
メモン、M. U. (M. U. Memon)　60
『書かれなかった叙事詩』(*An Epic Unwritten*, 1998)　60
モリ、キョウコ (Kyoko Mori, 1957-)　242
『シズコズ・ドーター』(*Shizuko's Daughter*, 1993)　242

【ラ・ワ行】

ライ、サタジット (Satyajit Ray, 1921-)　31
ラオ、ラジャ (Raja Rao, 1908-2006)　30, 35, 36, 37
『カンタープラ』(*Kanthapura*, 1938)　35, 36, 37
『大蛇と縄』(*The Serpent and the Rope*, 1960)　37
ラクスマン、R. K. (R. K. Laxman, 1921-)　57, 63, 88
『申し訳ございませんが満室です』(*Sorry No Room*, 1969)　57, 63, 88-89
ラージャン、バラチャンドラ (Balachandra Rajan, 1920-2009)　57, 63, 84
『黒い踊り手』(*The Dark Dancer*, 1958　57, 63, 84
ラシュディ、サルマン (Salman Rushdie 1947-)　11, 12, 20, 27, 28, 29, 30, 31, 32, 33, 35, 36, 37, 38, 39, 41, 42, 46, 48, 49, 50, 51, 56, 57, 70, 72-73, 75, 77, 78, 80, 99, 100, 101, 102, 107, 108, 110, 114, 124, 127, 143, 144, 155, 156, 217, 220, 221, 239, 241
『現代インド文学傑作選一九四七―一九七年』(*The Vintage Book of Indian Writing 1947-1997*, 1997)　30-31, 42, 101
「帝国の逆襲」("The Empire Writes Back with a Vengeance")　12, 33
『真夜中の子供たち』(*Midnight's Children*, 1981)　11, 20, 27, 39, 41, 57, 65, 66, 67, 69, 71, 72-73, 75, 78, 82, 92, 96, 99, 102, 103, 104, 109, 110, 111, 118, 127, 143-56, 160, 164,

217, 219, 220, 238, 241, 289, 301-02, 303, 304, 306
ラヒリ、ジュンパ (Jumpa Lahiri, 1967-)　42
『ラーマーヤナ』(*Ramayana*)　18, 80, 97, 133, 211, 214, 215, 236, 237-38
ラル、マラシュリ (Malashri Lal)　12, 13, 17, 29, 30, 31, 34, 100, 215, 238, 265
レーザ、ラヒ・マスーム (Rahi Masoom Reza, 1927-92)　46, 60, 90, 99
『トピー・シュクラ』(*Topi Shukla*, 1968 / 英訳 2005)　60, 90, 91-92
『引き裂かれた村』(*Adha Gaon*, 1966) (*The Feuding Families of Village Gangauli*, 1994; *A Village Divided*, 2003)　60, 90
レヌ、パニシュワール・ナート (Phanishwar Nath Renu)　60
『汚れた国境』(*Maila Anchal*, 1954) (*The Soiled Border*, 1991)　60
ロイ、アルンダティ (Arundhati Roy, 1961-)　31, 39, 43, 216, 231, 275, 276, 277, 279, 281, 285
『小さきものたちの神』(*God of Small Things*, 1997)　185, 231-32, 236, 275-85
ロイ、プラフラ (Prafulla Roy)　62
『紛争——分離独立とその後の物語』(*Set at Odds: Stories of the Partition and Beyond*, 2002)　62
ワイルド、オスカー (Oscar Wilde, 1854-1900)　272, 277
『サロメ』(*Salome*, 1893)　272, 277

◉事項索引◉

【サ行】

【タ行】

【ナ行】

【ハ行】

【マ・ヤ・ラ行】

◉インド英語文学作品年表◉

・タハミーマ・アナムのような分離独立後生まれのバングラデシュやパキスタンの作家も含む。
・南アジア系ディアスポラを含む。英語文学研究書・文学史で言及されるV. S. ナイポールのようなインド系三世も含む。
・分離独立小説は太字にしている。
・重要な地方語文学の英訳も含む（原作の出版年不明なものもあり）。
・小説と散文に限るが、タゴールの英詩は例外的に含めた。
・インドの主要図書館である文学アカデミー、国立国会図書館、インド文化省図書館、ネルー記念図書館、デリー大学図書館、およびインド国際センター図書館所蔵のものは網羅している。

1864 *Rajmohan's Wife* (Bankim Chandra Chatterjee)
1874 *Govinda Samanta, or The History of a Bengal Raiyat* (Lal Behari Day)
1878 *Bianca or the Young Spanish Maiden* (Toru Dutt)
1883 *The Young Zemindar* (Shoshee Chunder Dutt)
1894 *Kamala, A Story of Hindu Life* (Krupabai Satthianadhan)
1895 *Ratanbai: A Sketch of a Bombay High Caste Hindu Young Wife* (Shevantibai M. Nikambe) / *Saguna, A Story of Native Christian Life* (Satthianadhan)
1901 *Love and Life Behind the Purdah* (Cornelia Sorabji)
1903 *Thillai Govindan* (A. Madhavja)
1904 *Sun-Babies: Studies in the Child-Life of India* (Sorabji)
1905 *Verdict of the Gods* (Sarath Kumar Ghosh)
1908 *Between the Twilights: Being Studies of Indian Women by One of Themselves* (Sorabji)
1909 *Prince of Destiny: The New Krishna* (S. K. Ghosh)
1910 *Indian Home Rule* (Mohandas Karamchand Gandhi)［グジャラート語の原作 *Hind Swaraj* (1909)］
1912 *Gitanjali* (Rabindranath Tagore)［英詩］
1913 *Sadhana* (Tagore)
1917 *My Reminiscences* (Tagore)［ベンガル語の原作 *Jiban Smriti* (1911)］/ *Nationalism* (Tagore) / *Personality* (Tagore)
1921 *Thought Relics* (Tagore)
1922 *Creative Unity* (Tagore)
1926 *The Hindu View of Life* (Sarvepalli Radhakrishnan)
1927 *An Autobiography or The Story of My Experiments with Truth Vol.I* (M. K. Gandhi) / *Murgan the Tiller* (K. S. Venkatramani)
1928 *Essays on the Gita* (Sri Aurobindo) / *Satyagraha in South Africa* (M. K. Gandhi)
1929 *An Autobiography or The Story of My Experiments with Truth Vol.II* (M. K. Gandhi) / *Kalki or the Future of Civilization* (Radhakrishnan)

1930 *Tigress of the Harem* (Ram Narain) / *The Princes of Aryavarta* (K. K. Sinha)

1931 *The Religion of Man* (Tagore)

1932 *The Truth About India: Can We Get IT?* (Verrier Elwin) / *Whither India?* (Jawaharlal Nehru) / *An Idealist View of Life* (Radhakrishnan) / *Kandan, the Patriot: A Novel of New India in the Making* (K. S. Venkatramani)

1933 *East and West in Religion* (Radhakrishnan)

1934 *The Lost Child and Other Stories* (Mulk Raj Anand) / *Glimpses of World History* (Nehru) / *India Calling* (Sorabji)

1935 *Untouchable* (Anand) / *Defense of India* (Nirad C. Chaudhuri) / *Swami and Friends* (Rasipuram Krishnaswamy Narayan) / *So I Became a Minister* (Vijayalakshmi Pandit)

1936 *Coolie* (Anand) / *Leaves from the Jungle* (Elwin) / *Autobiography* (Nehru)

1937 *Two Leaves and a Bud* (Anand) / *Phulmat of the Hills* (Elwin) / *Meenakshi's Memoirs* (Bai Kaveri) / *Athavar House* (K. Nagarajan) / *The Bachelor of Arts* (Narayan)

1938 *Lament on the Death of a Master of Arts* (Anand) / *A Cloud that's Dragonish* (Elwin) / *The Dark Room* (Narayan) / *Kanthapura* (Raja Rao)

1939 *The Village* (Anand) / *The Baiga* (Elwin) / *Eastern Philosophy and Western Thought* (Radhakrishnan)

1940 *Twilight in Delhi* (Ahmed Ali)

1941 *Across the Black Waters* (Anand) / *Just Flesh* (D. F. Karaka)

1942 *Sword and the Sickle* (Anand) / *There Lay the City* (Karaka) / *The Scented Dust* (Feroz Khan Noon)

1943 *Tomorrow is Ours: A Novel of the India of Today* (Khawaja Ahmed Abbas)

1944 *The Barber's Trade Union and Other Stories* (Anand) / *Purdah and Polygamy: Life in an Indian Muslim Household* (Iqbalunnisa Hussain) / *We Never Die* (Karaka)

1945 *The Big Heart* (Anand) / *Men and Rivers* (Humayun Kabir) / *The English Teacher* (Narayan) / *Home to India* (Santha Rama Rau)

1946 *Sher Shar: The Bengal Tiger* (N. Gangulee) / *The Brocaded Sari* (G. Isvani) / *Life Goes On* (Vimla Kapur) / *Discovery of India* (Nehru) / *The Upward Spiral* (Dilip Kumar Roy)

1947 *The Tractor and the Corn Goddess and Other Stories* (Anand) / *So Many Hungers* (Bhabani Bhattacharya) / *The Girl in Bombay* (Isvani) / *The Prevalence of Witches* (Aubrey Menen) / *The Cow of the Barricades and Other Stories* (Rao)

1948 *All About H. Hatter* (G. V. Desani)

1949 *And Gazelles Leaping* (Sudhin N. Ghose) / *God is not a Full Stop and Other Stories* (Pupil Jayakar) / *The Stumbling Stone* (Menen) / *Mr Sampath: The Printer of Malgudi* (Narayan)

1950 *Hali* (Desani)

1951 *Seven Summers* (Anand) / *The Autobiography of an Unknown Indian* (N. C. Chaudhuri) / *In Transit* (Venu Chitale) / *Zohra* (Zeenuth Futehally) / *Cradle of the Clouds* (S. N. Ghose)

1952 *Music for Mohini* (Bhabani Bhattacharya) / *The Financial Expert* (Narayan) / *This*

Alone is True (Mrinalini Sarabhai)

1953 *The Private Life of an Indian Prince* (Anand) / *The Vermilion Boat* (S. N. Ghose) / *Flood along the Ganges* (D. C. Home) / *Phoenix* (Attia Hosain) / *The Principal Upanishads* (Radhakrishnan)

1954 *He Who Rides a Tiger* (Bhabani Bhattacharya) / *Nectar in Sieve* (Kamala Markandaya) / *Dead Man in the Silver Market* (Menen)

1955 *Inquilab* (K. A. Abbas) / *Flame of the Forest* (S. N. Ghose) / *Some Inner Fury* (Markandaya) / *Waiting for the Mahatma* (Narayan)

1956 *The Room on the Roof* (Ruskin Bond) / *The Nature of Passion* (Ruth P. Jhabvala) / *The Abode of Love* (Menen) / *Remember the House* (Rau) / ***Train to Pakistan*** (Khushwant Singh)

1957 *Phoenix Fled and Other Stories* (Attia Hosain) / *Out of India: Collected Stories* (Jhabvala) / *Face to Face: An Autobiography* (Ved Mehta) / *The Fig Tree* (Menen) / *The Mystic Masseur* (V. S. Naipaul) / ***The Heart Divided*** (Mumtaz Shah Nawaz)［パキスタンの作家］/ *Voices of God and Other Stories* (K. Sing)

1958 *Esmond in India* (Jhabvala) / *The Suffrage of Elvira* (Naipaul) / *The Guide* (Narayan) / ***The Dark Dancer*** (Balachandra Rajan) / *A Time to be Happy* (Nayantara Sahgal)

1959 *The Power of Darkness and Other Stories* (Anand) / *The Revolving Man* (Victor Anant) / *Passage to England* (N. Chaudhuri) / *My Mother* (Anil Kumar Mukherjee) / *The Cat* (R. Rao) / *I Shall Not Hear the Nightingale* (Khuswant Singh)

1960 *The Old Woman and the Cow* (Anand) / *Gold in the Dust* (Sally Athogias) / *A Goddess Named Gold* (Bhabani Bhattacharya) / *When East and West Meet* (J. M. Gangully) / *The Householder* (Jhabvala) / *Distant Drum* (Manohar Malgonkar) / *The Wound of Spring* (Menon Marath) / *Silence of Desire* (Markandaya) / *The Long, Long Days* (P. M. Nityanandan) / *The Serpent and the Rope* (R. Rao)

1961 *The Road* (Anand) / *The Silver Pilgrimage* (M. Anantanarayanan) / ***Sunlight on a Broken Column*** (Attia Hosain) / *The Unknown Lover and Other Stories* (Usha John) / *Walking the Indian Streets* (V. Mehta) / *Chronicle of Kedaram* (Nagarajan) / *A House of Mr Biswas* (Naipaul) / *The Man-Eater of Malgudi* (Narayan) / *Too Long in the West* (Balachandra Rajan) / *Gifts of Passage* (Rau)

1962 *Masooma* (Ismat Chughtai) / *Red Hibiscus* (Padmini Sen Gupta) / *Get Ready for Battle* (Jhabvala) / *Combat of Shadows* (Malgonkar) / *Middle Passage* (Naipaul) / *Ambapali* (Vimala Raina) / *Yachts, Hamburgers and a Hindu* (Bhaskara Rao) / *From Fear Set Free* (Sahgal)

1963 *Death of a Hero* (Anand) / *The Road* (Anand) / *Cry the Peacock* (Anita Desai) / *The Princes* (Malgonkar) / *Possession* (Markandaya) / *Candle Against the Wind* (K. Bhaskara Rao)

1964 *Ocean of Night* (Ahmed Ali) / *The Death of a Hero* (Anand) / *Heritage of Murder* (G. V. Kulkarni) / ***A Bend in the Ganges*** (Malgonkar) / *Combat of Shadows* (Malgonkar) / *An Area of Darkness* (Naipaul) / *My Dateless Diary* (Narayan)

1965 *Ocean of Night* (Ahmed Ali) / *The Continent of Circe: An Essay on the Peoples of*

India (N. C. Chaudhuri) / *Voices in the City* (A. Desai) / *A Background Place* (Jhabvala) / *The Weird Dance and Other Stories* (Chaman Nahal) / *Cat and Shakespeare* (R. Rao) / *This Time of Morning* (Sahgal) / *Anguish* (K. Singh)

1966 *Lajwanti and Other Stories* (Anand) / *Shadow From Ladakh* (Bhabani Bhattacharya) / *A Handful of Rice* (Markandaya) / *Serenity in Storm* (Veena Paintal)

1967 *Via Geneva* (K. A. Abbas) / *The Neighbour's Wife and Other Stories* (R. Bond) / *The Intellectual in India* (N. C. Chaudhuri) / *Minari* (Nergis Dalal) / *Kalyani's Husband* (S. Y. Krishnaswamy) / *The Mimic Men* (Naipaul) / *The Sweet-Vendor* (Narayan) / *Delinquent Chacha* (V. Mehta) / *Wait Without Hope* (Krishna Nandan Sinha)

1968 *Morning Face* (Anand) / *The Monsoon in Rahu* (Tara Ali Baig) / *The Fireworshippers* (Perin Bharucha) / *Steel Hawk and Other Stories* (Bhabani Bhattacharya) / *A Stranger Climate* (Jhabvala) / *The Foreigner* (Arun Joshi) / *The Island for Sale* (Menon Marath) / *A Silence of Desire* (Markandaya)

1969 *Gandhi the Writer* (Bhabani Bhattacharya) / *Anything Out of Place is Dirt* (Michael Chacko Daniels) / *Bye Bye Blackbird* (A. Desai) / *A Triangle View* (Dilip Hiro) / ***Sorry No Room*** (R. K. Laxman) / *The Coffer Dams* (Markandaya) / *The Loss of El Dorado* (Naipaul) / ***Storm in Chandigarh*** (Sahgal)

1970 *Man and God* (O. S. Bhondi) / *Portrait of India* (V. Mehta) / *The Space Within the Heart* (Menen) / *The Mango and the Tamarind Tree* (Leslie Noronha) / *The Adventurer* (Rau)

1971 *Canvas and the Brush* (Romen Basu) / *Confessions of an Indian Woman Eater* (Sasthi Brata) / *To Live or Not to Live* (N. C. Chaudhuri) / *Pebbles and Pearls* (Amal Ghose) / *The Queen of Beauty and Other Stories* (A. D. Gorwala) / *The Strange Case of Billy Biswas* (A. Joshi) / *In a Free State* (Naipaul) / *The Lotus Leaves & Other Stories* (Jai Nimbkar) / *The Day in Shadow* (Sahgal)

1972 *Confessions of a Lover* (Anand) / *Your Life to Live* (R. Basu) / *That Damn Romantic Fool* (Michael Daniels) / *A New Dominion* (Jhabvala) / *The Devil's Wind* (Malgonkar) / *The Nowhere Man* (Markandaya) / *Daddyji* (V. Mehta) / *The Tiger's Daughter* (Bharati Mukherjee) / *The Overcrowded Barracoon* (Naipaul)

1973 *Between Tears and Laughter* (Anand) / *The Sisters* (Nergis Dalal) / *Two Virgins* (Markandaya) / *My True Faces* (Nahal)

1974 *The Diamond Handcuff* (Krishan Chander) / *Scholar Extraordinary: The Life of Frederich Max Muller* (N. C. Chaudhuri) / ***The Rape*** (Raj Gill) / *Apprentice* (A. Joshi) / *Seven Sixes are Forty-Three* (Kiran Nagarkar)［マラーティ語の原作 *Saat Sakkam Trechalis* (1974)］ / *Temporary Answers* (Jai Nimbkar) / *Birthday Deathday and Other Stories* (Paddma Perera)

1975 *Clive of India* (N. C. Chaudhuri) / *The Inner Door* (N. Dalal) / *Where Shall We Go This Summer?* (A. Desai) / *Crump's Terms* (Zulfikar Ghose) / *Heat and Dust* (Jhabvala) / *The Survivor* (A. Joshi) / *Forbidden Bride* (Promilla Kalhan) / *India's Wildlife: 1959-70* (M. Krishnan) / ***Azadi*** (Nahal) / *Guerrillas* (Naipaul) / *My Days* (Narayan) / *Grimus* (Salman Rushdie)

1976 *Confession of a Lover* (Anand) / *The Years of Their Lives* (Ikbal Athar) / *Culture in the Vanity Bag* (N. C. Chaudhuri) / *East End at Your Feet* (Farrukh Dhondy) / ***The Shark, the River and the Grenades*** (Selina Hosain)［バングラデシュの作家／ベンガル語の原作 *Hangor Nodi Grenade* (1976)］/ *How I Became a Holy Mother* (Jhabvala) / *A Rain of Rites* (Jayanta Mahapatra) / *Wife* (Mukherjee) / *Comrade Kirillov* (R. Rao)

1977 *The Walls of Glass* (K. A. Abbas) / *Days and Nights in Calcutta* (Clark Blaise and Bharati Mukherjee) / *Fire on the Mountain* (A. Desai) / *Torn Shoes* (Tribhuwan Kapur) / *Dead and Living Cities* (Malgonkar) / *The Golden Honeycomb* (Markandaya) / *Inside the Haveli* (Rama Mehta) / *Mahatma Gandhi and His Apostle* (V. Mehta) / *Into Another Dawn* (Nahal) / *India: A Wounded Civilization* (Naipaul) / *The Painter of Signs* (Narayan) / *A Situation in New Delhi* (Nayantara Sahgal) / *Voices for Freedom* (Sahgal)

1978 *Candles and Roses* (R. Basu) / *Come to Mecca and Other Stories; The Siege of Babylon* (Dhondy) / *A Different World* (Z. Ghose) / ***Ashes and Petals*** (H. S. Gill) / *Nurjahan* (Jyoti Jafa) / *The Men Who Killed Gandhi* (Malgonkar) / *The New India* (V. Mehta) / *The Policeman and the Rose* (R. Rao) / *The Crow Eaters* (Bapsi Sidhwa) / *Song of Anasuya* (Uma Vasudev)

1979 *Passage to the Himalayas* (Syed Amanuddin) / *Hinduism: A Religion to Live by* (N. C. Chaudhuri) / *The Girl from Overseas* (N. Dalal) / ***Twice Born Twice Dead*** (Kartar Singh Duggal)［パンジャーブ語の原作］/ *The Naked Triangle* (Balwant Gargi) / *A Girl of Her Age* (Sunita Jain) / *Prejudice of Ages and Other Stories* (Savitri Khanna and K. L. Sadanah) / *The Night of the Seven Dawns* (Anita Kumar) / *Blossoms in Darkness* (Krishna Sobti)［ヒンディー語の原作 *Surajmukhi Andhere Ke*)］/ *Karma Cola* (Gita Mehta) / *Mamaji* (V. Mehta) / *The English Queens* (Nahal) / *A Bend in the River* (Naipaul)

1980 *The Naxalites* (K. A. Abbas) / *Portrait of the Roof* (R. Basu) / ***Clear Light of Day*** (A. Desai) / *The Dark Holds No Terror* (Shashi Deshpande) / *Poona Company* (Dhondy) / *A Woman is Dead* (Sunita Jain) / *Beyond Love and Other Stories* (Shiv K. Kumar) / *The Return of Eva Peron; The Killing in Trinidad* (Naipaul) / *A Tiger for Malgudi* (Narayan)

1981 *The Last Labyrinth* (A. Joshi) / *Never the Twain* (G. D. Khosla) / *The Other Woman and Other Stories* (Dina Mehta) / *Art and Money* (Menen) / *The Crown and the Loincloth* (Nahal) / *Among the Believers* (Naipaul) / ***Midnight's Children*** (Rushdie) / *Mappings* (Vikram Seth)

1982 *Rustling of Many Winds* (R. Basu) / *Trip Trap* (Dhondy) / *Eunuch of Time* (Sunita Jain) / *Pleasure City* (Markandaya) / *Shalimar* (Markandaya) / *A Family Affair: India Under Three Prime Ministers* (V. Mehta) / *Vedi* (V. Mehta) / ***When Freedom Came*** (Sharf Mukaddam)

1983 *The Dream of Hawaii* (Bhabani Bhattacharya) / *Roots and Shadows* (Deshpande) / *In Search of Love and Beauty* (Jhabvala)/ *Silence, Exile and Cunning* (Jhabvala) / *Nude Before God: A Novel* (S. K. Kumar) / *Shame* (Rushdie) / *From Heaven Lake* (Seth) /

The Pakistani Bride (Sidhwa)

1984 *In Custody* (A. Desai) /*The Emperor* (Ahmed Essop) / *The Stricken Moth* (T. C. Ghai) / *Paro: Dreams of Passion* (Namita Gokhale) / *Nation of Fools* (Balraj Khanna) / *The Ledge Between The Streams* (V. Mehta) / *Finding the Center* (Naipaul)

1985 *Sands of Time* (R. Basu) / *The Wizard Swami* (Cyril Dabydeen) / *The Commitment* (H. S. Gill) / *The Book Burners* (Gurmukh Singh Jeet) / *Sound-Shadows of the New World* (V. Mehta) / *Taj* (T. N. Murari) / *Talkative Man* (Narayan) / *Rich Like Us* (Sahgal) / *The Humble Administrator's Garden* (Seth) / ***Pawn to King Three*** (Mahmud Sipra)

1986 *The Thirteenth Victim* (K. A. Abbas) / *In Custody* (A. Desai) / *The Circle of Reason* (Amitav Ghosh) / *The Last Mughal* (G. D. Khosla) / *Plans for Departure* (N. Sahgal) / *The Golden Gate* (Seth) / ***Days of the Turban*** (Partap Sharma)

1987 *The Wedding of Jayanthi Mandel* (Sara Banerji) / *Refuge* (Gopal Gandhi) / *Three Continents* (Jhabvala) / ***Mottled Dawn: Fifty Sketches and Stories of Partition*** (Saadat Hasan Manto)［ウルドゥー語の原作］/ ***Shadows of Time*** (Mehr Nigar Masroor) / *The Stolen Light* (V. Mehta) / *Tales from Firozsha Baag* (Rohinton Mistry) / *The Enigma of Arrival* (Naipaul) / ***The Skeleton and That Man*** (Amrita Pritam)［パンジャーブ語の原作 *Pinjar* (1950)］/ *Fowl Filcher* (Ranga Rao) / *The Jaguar Smile: A Nicaraguan Journey* (Rushdie) / ***Yatra: The Journey*** (Nina Sibal)

1988 *The Bubble* (Anand) / *English, August: An Indian Story* (Upamanyu Chatterjee) / *My Story* (Kamala Das) / *Coolie Odyssey* (David Dabydeen) / *Baumgartner's Bombay* (A. Desai) / *The Memory of Elephant* (Boman Desai) / *That Long Silence* (S. Deshpande) / ***The Shadow Lines*** (Ghosh) / *Video Nights in Kathmandu* (P. Iyer) / *The Middleman and Other Stories* (Mukherjee) / *A Writer's Nightmare: Selected Essays 1958-1988* (Narayan) / *A Joint Venture* (J. Nimbkar) / *The Chessmaster and his Moves* (R. Rao) / ***Bleeding Partition: A Novel*** (Ramanand Sagar) / *Mistaken Identity* (Sahgal) / *The Trotter-Nama* (Allan Sealy) / ***Ice-Candy-Man*** (Sidhwa)

1989 *The Promise of Spring* (Sarala Barnabas) / *Blackstone* (R. Basu) / *Time Stops at Shamli* (R. Bond) / *Socialite Evenings* (Shobhaa De) / *One Mad Bid for Freedom* (James Goonewardene) / *The Last Soul and Other Stories* (Malavika Kapur) / ***Kingdom's End and Other Stories*** (Manto)［ウルドゥー語の原作 (1987)］/ *Raj* (G. Mehta) / *Jasmine* (Mukherjee) / *A Turn in the South* (Naipaul) / *On the Ganga Ghat* (R. Rao) / *The Satanic Verses* (Rushdie) / ***Meatless Days*** (Sara Suleri) / ***The Great Indian Novel*** (Shashi Tharoor) / *The Gunny Sack* (G. Vassanji)

1990 *Lajo* (Amrinder) / *Little Plays of Mahatma Gandhi* (Anand) / ***A Fine Family*** (Gurcharan Das) / *Bombay Duck* (Dhondy) / *Ripples* (Raj Gill) / *The City and the River* (A. Joshi) / *Trying to Grow* (Kanga) / *The Buddha of Suburbia* (Hanif Kureishi) / *The Salt of Life* (Nahal) / *India: A Million Mutinies Now* (Naipaul) / *The World of Nagaraj* (Narayan) / *Haroun and the Sea of Stories* (Rushdie) / *All You Who Sleep Tonight* (Seth) / *Delhi: A Novel* (K. Singh) / *The Five Dollar Smile* (Tharoor)

1991 *Shadows of the Pomegranate Tree* (Tariq Ali) / *Redemption* (T. Ali) / *A Crack in the Mirror* (Aniruddha Bahal) / *Our Trees Still Grow in Dehra* (R. Bond) / *A Strange

and Sublime Address (Amit Chaudhuri) / *Starry Night* (Shobhaa De) / *Circles of Hell* (Bonomali Goswami) / *The Lady and the Monk* (P. Iyer) / *The Janpath Kiss* (Akhileshwar Jha) / *The City and the River* (A. Joshi) / *The Last Jet-Engine Laugh* (Ruchir Joshi) / *Heaven on Wheels* (Kanga) / *Sweet Chillies* (Balraj Khanna) / *Return to Mandhata* (Randhir Khare) / *The Inscrutable Americans* (Anurag Mathur) / ***Such a Long Journey*** (R. Mistry) / ***The Soiled Border*** (Phanishwar Nath Renu)［ヒンディー語の原作 *Maila Anchal* (1954)］/ *Imaginary Homelands* (Rushdie) / *Beastly Tales from Here and There* (Seth) / *No New Land* (M. G. Vassanji)

1992 *Incantations and Other Stories* (Anjana Appachana) / *Padmavati the Harlot and Other Stories* (Kamala Das) / *Strange Obsession* (Shobhaa De) / *The Binding Vine* (Deshpande) / *The Triple Mirror of the Self* (Z. Ghose) / *In an Antique Land* (A. Ghosh) / *A Million Fires* (Raj Gill) / *Memories of Rain* (Sunetra Gupta) / *The Thousand Faces of Night* (Githa Hariharan) / *And Some Take a Lover* (Dina Mehta) / *Up at Oxford* (V. Mehta) / *In the Aftermath* (Meena Arora Nayak) / *Hero* (Sealy) / *Uhuru Street* (Vassanji)

1993 *In Blissful Hell* (Humayun Ahmed)［バングラデシュの作家／ベンガル語の原作 *Nandita Narake*］/ *Fault Lines: A Memoir* (Meena Alexander) / *Sheltering Shadows* (Kusum Ansal) / *Season of the Rainbirds* (Nadeem Aslam) / *Sakshi & Nayantara* (Barnabas) / *Kamakhya Hills and Elsewhere* (Binay Bhattacharya) / *The Last Burden* (U. Chatterjee) / *Afternoon Raag* (A. Chaudhuri) / *Tara Lane* (Shama Futehally) / *Grey Pigeon and Other Stories* (Neelum Saran Gour) / *The Grassblower's Breath* (Sunetra Gupta) / *The Art of Dying and Other Stories* (Hariharan) / *Falling off* (Iyer) / *Road to Nowhere* (G. S. Khosla) / *Brides are not for Burning* (D. Mehta) / *A River Sutra* (G. Mehta) / *The Holder of the World* (Mukherjee) / *The Gandhi Quartet* (Nahal) / *Come Rain* (J. Nimbkar) / *Daughter's Daughter* (Mrinal Pande) / *A Suitable Boy* (Seth)

1994 *Beethoven Among the Crow* (Rukun Advani) / *Byculla Boy* (Ashok Banker) / *Gods, Graves and Grandmother* (N. Gokhale) / *The Ghosts of Vasu Master* (Hariharan) / *Circumferences* (Suma Josson) / *First Light in Colonelpura* (Manju Kak) / ***Shame*** (Taslima Nasrin)［ベンガル語の原作 *Lajja* (1993)］/ ***The Feuding Families of Village Gangauli*** (***A Village Divided***, 2003) (Rahi Masoom Reza)［ヒンディー語の原作 *Adha Gaon* (1966)］/ *East, West* (Rushdie) / *Relationship* (Sahgal) / *From Yukon to Yucatan* (I. Allan Sealy) / *Show Business* (Tharoor) / ***The Broken Mirror*** (Krishna Baldev Vaid)［ヒンディー語の原作 *Guzara Hua Zamana* (1981)］/ *The Book of Secret* (Vassanji)

1995 *A Few Youths in the Moon* (Humayun Ahmed)［ベンガル語の原作］/ *Red Earth and Pouring Rain* (Vikram Chandra) / *Snapshots* (Shobhaa De) / *Journey to Ithaca* (A. Desai) / ***The River Churning: A Partition Novel*** (Jyotirmoyee Devi)［ベンガル語の原作 *Epar Ganga, Opar Ganga* (1967)］/ *Moonlight into Marzipan* (Sunetra Gupta) / ***Basti*** (Intizar Husain)［ウルドゥー語の原作 (1979)］/ *Cuba and the Night* (P. Iyer) / *Shards of Memory* (Jhabvala) / ***Looking Through Glass*** (Mukul Kesavan) / *Ravan & Eddie* (Kiran Nagarkar) / *Partition: The Real Story* (Mushtaq Naqvi) / *The Moor's Last Sigh* (Rushdie) / *Arion and the Dolphin* (Seth) / *The Book of Secrets* (Vassanji)

1996 *Sacred Cow* (Victor Anant) / *English Lessons and Other Stories* (Shauna Singh

Baldwin) / *Love and Longing in Bombay* (V. Chandra) / *East is East and West is West* (A. Chaudhuri) / *Small Betrayals* (Shobhaa De) / *A Matter of Time* (Deshpande) / *The Calcutta Chromosome* (A. Ghosh) / *A Himalayan Love Story* (N. Gokhale) / *The Street Singers of Lucknow and Other Stories* (Qurratulain Hyder) / *Requiem for an Unsung Revolutionary and Other Stories* (Manju Kak) / *An Angel in Pyjamas* (Tabish Khair) / *A Fine Balance* (R. Mistry) / *Wych Stories* (Kusum Sawhney) / *The Scream of the Dragonflies and Other Stories* (Ravi Shankar) / *Anita and Me* (Meera Syal) / *India from Midnight to the Millennium* (Tharoor)

1997 *Dark Passion* (Barnabas) / *Three Horsemen of the New Apocalypse* (N. C. Chaudhuri) / *Mother of 1084* (Mahasweta Devi)［ベンガル語の原作 *Hajar Churashir Ma* (1973)］/ *Inheritance* (Indira Ganesan) / ***Black Milk: A Collection of Short Stories*** (Manto)［ウルドゥー語の原作］/ *Snakes and Ladders* (G. Mehta) / *Leave it to Me* (Mukherjee) / *Cuckold* (Kiran Nagarkar) / *Satyr of the Subway* (Anita Nair) / *The God of Small Things* (Arundhati Roy) / *The Everest Hotel* (Sealy) / *Beach Boy* (Ardashir Vakil)

1998 *The Madwoman of Jagare: A Novel* (Sohaila Abdulali) / *Himu Has Got Some Blue Lotuses* (H. Ahmed)［ベンガル語の原作］/ *The Book of Saladin* (T. Ali) / *Fear of Mirrors* (T. Ali) / *Listening Now* (Anjana Appachana) / *Toad in my Garden A Short History of Everything* (Gautam Bhatia) / *Freedom Song* (A. Chaudhuri) / *Speedpost* (Shobhaa De) / *Hullabaloo in the Guava Orchard* (Kiran Desai) / *Countdown* (A. Ghosh) / *Mountain Echoes* (N. Gokhale) / *When Dreams Travel* (Hariharan) / ***River of Fire*** (Hyder)［ウルドゥー語の原作 *Aag Ka Darya* (1957)］/ *The Blue Bedspread* (Raj Kamal Jha) / ***Difficult Daughters*** (Manju Kapur) / *The Tiger Claw Tree* (P. A. Krishnan) / ***River with Three Banks: The Partition of India: The Agony and the Ecstasy*** (S. K. Kumar) / *Toad in my Garden* (Ruchira Mukerjee) / *Remembering Mr Shawn's 'New Yorker'* (V. Mehta) / *The New Yorker, Staff Writer on* (V. Mehta) / ***Sleepwalkers*** (Joginder Paul)［ウルドゥー語の原作 *Khwabau* (1990)］/ *In the City by the Sea* (Kamila Shamsie)［パキスタンの作家］

1999 *The Stone Woman* (T. Ali) / ***What the Body Remembers*** (S. S. Baldwin) / *A Season of Ghosts* (R. Bond) / *Fasting, Feasting* (A. Desai) / *Sister of My Heart* (Chitra B. Divakaruni) / *The Book of Shadows* (N. Gokhale) / *A Sin of Colour* (Sunetra Gupta) / ***The Weary Generations*** (Abdullah Hussein)［ウルドゥー語の原作 *Udas Naslein* (1963)］/ *Interpreter of Maladies* (Jhumpa Lahiri) / *The Romantics* (Pankaj Mishra) / *The Ground Beneath Her Feet* (Rushdie) / *An Equal Music* (Seth) / *Amriika* (Vassanji)

2000 *In Beautiful Disguises* (Rajeev Balasubramanyan) / *Shahnaz* (Hiro Boga) / *The Mammaries of the Welfare State* (U. Chatterjee) / *A New World* (A. Chaudhuri) / *Small Remedies* (Deshpande) / *The Gin Drinkers* (Sagarika Ghose) / *The Glass Palace* (A. Ghosh) / *The Better Man* (A. Nair) / *Atonement* (Raji Narasimhan) / ***About Daddy*** (M. A. Nayak)

2001 *The Opium Clerk* (Kunal Basu) / *The Lives of Strangers* (Divakaruni) / *The Unknown Errors of Our Lives* (Divakaruni) / *The Last Jet-Engine Laugh* (R. Joshi) / *Ecstasy* (Sudhir Kakar) / *Mysterious Stranger* (M. Umar Khan)［パキスタンの作家］/ *All for*

Love (V. Mehta) / *Half a Life* (Naipaul) / *Ladies Coupë* (Anita Nair) / *Fury* (Rushdie) / ***Tamas*** (Bhisham Sahni)［ヒンディー語の原作 (1974)］/ *The Death of Vishnu* (Manil Suri)

2002 *If the Earth Should Move* (Deepa Agarwal) / *A Passing Shadow* (Ann Bhalla) / *Devdas: A Novel* (Saratchandra Chattopadhayay)［ベンガル語の原作 *Devdas* (1917)］/ *The Vine of Desire* (Divakaruni) / *The Imam and the Indian* (A. Ghosh) / *Virtual Realities* (Neelum Saran Gour) / ***A Chronicle of the Peacocks: Stories of Partiton, Exile and Lost Memories*** (Husain)［ウルドゥー語の原作］/ *A Married Woman* (M. Kapur) / *To Nun with Love and Other Stories* (Shiv K. Kumar) / *Impressionist* (Hari Kunzru) / *Family Matters* (R. Mistry) / *Desirable Daughters* (Mukherjee) / *French Lover* (Nasrin)［ベンガル語の原作 (2001)］/ *In Their Shadows* (Meera Ramachandran) / ***Set at Odds: Stories of the Partition and Beyond*** (Prafulla Roy)［ベンガル語の原作］/ ***A Twist in Destiny*** (Sujata Sabnis) / *Turbulence and Tranquility* (Nina Sood)

2003 *Brick Lane* (Monica Ali)［バングラデシュの生まれ］/ *Curses in Ivory* (Anjana Basu) / *The Miniaturist* (Kunal Basu) / *Song in a City* (Mandira Ghosh) / *A Twisted Cue* (Rohit Handa) / *In Time of Siege* (Hariharan) / *If You Are Afraid of Heights* (Raj Kamal Jha) / *The Distorted Mirror* (R. K. Laxman) / *The Boyfriend* (R. Raj Rao) / *Lesser Breeds* (Sahgal) / *Waking up to Dreams* (Srimati Srinvanti) / *Joothan: A Dalit's Life* (Omprakash Valmiki)［ヒンディー語の原作 *Joothan* (1997)］/ *The In-Between World of Vikram Lall* (Vassanji)

2004 *The Chamber of Perfumes* (Inderjit Badhwar) / *The Sari Shop* (Rupa Bajwa) / *The Tiger Claw* (S. S. Baldwin) / *Queen of Dreams* (Chitra Divakaruni Banerjee) / *Vinegar Sunday* (Kankana Basu) / *Five Point Some One What not to do at IIT: A Novel* (Chetan Bhagat) / *The Inheritors* (Aruna Chakravarti) / *Moving On* (Deshpande) / *Zohra* (Zeenuth Futehally) / *The Bus Stopped* (Tabish Khair) / *Husband of a Fanatic* (Amitava Kumar) / *Transmission* (H. Kunzru) / *Maximum City: Bombay Lost & Found* (Suketu Mehta) / *Echoes from the Abyss* (Farzana Hassan Shahid)［パキスタンの作家］/ *The Last Song of Dusk* (Siddharth Dhanvant Shanghvi) / *Burial at Sea* (K. Singh)

2005 *A Sultan in Palermo* (T. Ali) / *One Night @the Call Center* (Chetan Bhagat) / ***The Volcano: A Novel on Indian Partition*** (Swaran Chandan) / *Tokyo Cancelled* (Rana Dasgupta) / *Spouse: The Truth about Marriage* (Shobhaa De) / *The Hungry Tide* (Ghosh) / *Shakuntala: The Play of Memory* (N. Gokhale) / *Son of the Soil* (Nazrul Islam) / *Mistress* (Nair) / *Operation Karakoram* (Arvind Nayar) / *Diddi My Mother's Voice* (Ira Pande) / ***Topi Shukla*** (Reza)［ヒンディー語の原作 (1968)］/ *Two Lives* (Seth) / *Guesswork* (Krishnan Srinivasan) / *The Master Mariner* (Nina Sood) / *The Alchemy of Desire* (Tarun J. Tejpal) / *Ghost of Kashimir* (Shankar Vedantam)

2006 *Blood Brothers* (M. J. Akbar) / *Alentejo Blue* (M. Ali) / *Racists* (Kunal Basu) / *Sacred Games* (V. Chandra) / *Weight Loss* (U. Chatterjee) / *The Legends of Pensam* (Mamang Dai) / *The Inheritance of Loss* (K. Desai) / ***Bengal Partition Stories: An Unclosed Chapter*** (Bashabi Frazer)［ベンガル語の原作］/ *Frontiers: Collected Stories* (Shama Futehally) / *The Fireproof* (R. K. Jha) / ***Partitions: A Novel*** (Kamleshwar)［ヒンディー

語の原作 *Kitne Pakistan* (2000)] / *Two Mirrors at the Ashram* (S. K. Kumar) / *The Strike* (Anand Mahadevan) / *God's Little Soldier* (K. Nagarkar) / *Endless Rain* (M. A. Nayak) / *25th Hour* (Afzal Toseef) [パキスタンの作家] / *What Would You Do to Save the World* (Ira Trivedi)

2007 *Equation Fiha* (Humayun Ahmed) [バングラデシュの作家／ベンガル語の原作] / *Gouripur Junction* (H. Ahmed) [ベンガル語の原作] / *To the Woods Dark and Deep* (H. Ahmed) [ベンガル語の原作] / ***A Golden Age*** (Tahmima Anam) [バングラデシュの作家] / *Above Average* (Amitabha Bagchi) / *Black Tongue* (Anjana Basu) / *The Miracle and Other Stories* (Duggal) / *The Reluctant Fundamentalist* (Mohsin Hamid) [パキスタンの作家] / *Lunatic in my Head* (Anjum Hasan) / *Almost Single* (Advaita Kala) / *Home* (M. Kapur) / *Filming: A Love Story* (Tabish Khair) / *Running Up the Hill* (Anita Krishan) / *My Revolutions: A Novel* (H. Kunzru) / *Gifted* (Nikita Lalwani) / *Mistaken Identity* (Sahgal) / *Blessings and Other Stories* (Bina Shah) [パキスタンの作家] / *Animal's People* (Indra Sinha) / *Kaandoha Hill: Conspiracy of the Warriors* (Rahul Srivastava) / *The Elephant, the Tiger & the Cellphone* (Tharoor) / *Phosphorus and Stone* (Susan Visvanathan)

2008 *Between the Assassinations* (Aravind Adiga) / *The White Tiger* (Adiga) / *Meeting Lives* (Tulsi Badrinath) / *Keep off the Glass* (Karan Bajay) / *The Japanese Wife* (Kunal Basu) / *The 3 Mistakes of My Life* (C. Bhagat) / *A Thing Beyond Forever* (Novoneel Chakraborty) / *The Zoya Factor* (Anuja Chauhan) / *In the Country of Deceit* (Deshpande) / *The Palace of Illusions* (Divakaruni) / ***Born of the Same Parents: The Saga of Split of the Indian Continent*** (Duggal) / *Families at Home* (Reeti Gadekar) / *Sea of Poppies* (Ghosh) / *Saffron White & Green* (Subhadra Sen Gupta) / *A Case of Exploding Mangoes* (Mohammed Hanif) / *The Open Road* (P. Iyer) / *The Immigrant* (M. Kapur) / *Unaccustomed Earth* (Lahiri) / *Sciomachy* (Nurul Amin Malik) [パキスタンの作家] / *Bombay Tiger* (Markandaya) / *The Silent Rage* (Ameen Merchant) / *Goodnight and God Bless* (Anita Nair) / *Meanwhile, Upriver* (Chatura Rao) / *The Enchantress of Florence* (Rushdie) / *Happiness and Other Disorders* (Ahmad Saidullah) / *Tandoor Cinders* (Vilas Sarang) / *The Exile* (Navtej Sarna) / *Some Win Some Loses: A Novel* (Mohinder Singh) / *Sunflowers of the Dark* (K. Sobti) [ヒンディー語の原作 *Surajmukhi Andhere Ke*] / *The Age of Shiva* (Manil Suri) / *Mortal Cure: A Novel* (Sunil Vaid) / *The Homecoming* (Shashi Warrier)

2009 *In the Kitchen* (Monica Ali) / *Come, Before Evening Falls* (Manjul Bajaj) / *Cappuccino Dusk* (Kankana Basu) / *2 States: The Story of My Marriage* (C. Bhagat) / *The Immortals* (A. Chaudhuri) / *Arzee the Dwarf* (Chandrahas Choudhury) / *Stupid Cupid* (Mamang Dai) / *For Pepper and Christ: A Novel* (Keki N. Daruwalla) / *One Amazing Thing* (C. B. Divakaruni) / *So Good in Black* (Sunetra Gupta) / *Fugitive Histories* (Hariharan) / *Neti, Neti: Not This, Not This* (Anjum Hasan) / *The Moon in the Water* (Ameena Hussein) / *Electric Feather* (R. Joshi) / *The Burning Orchard* (Anita Krishan) / *Balancing Act* (Meera Godbole Krishnamurthy) / *Damage* (Amrita Kumar) / *Farewell Red Mansion* (Sharat Kumar) / *The Englishman's Cameo* (Madhulika Liddle) / *Arrack in the Afternoon* (Mathew Vincent Menacherry) / *Like a Diamond in the Sky* (Shazia Omar) / *The Hour*

Past Midnight (Salma)［タミール語の原作 *Irandaam Jamangalin Kathai* (2004)］/ *The Wish Maker* (Ali Sethi) / *The Lost Flamingoes of Bombay* (Siddharth Dhanvant Shanghvi) / *Venus Crossing* (Kalpana Swaminathan) / *The Great Indian Love Story* (Ira Trivedi) / *My Friend Sancho* (Amit Varma)

2010 *Twist of Fate* (Scheherazad Aslam)［パキスタンの作家］/ *Secret Spaces: A Collection of Stories* (Aruna Chakravarti) / *The Way to Go* (U. Chatterjee) / *After Taste* (Namita Devidayal) / *Pleasure Seekers* (Tishani Doshi) / *Bottom of the Heap* (Reeti Gadekar) / *Dahanu Road: A Novel* (Anosh Irani) / *Saraswanti Park* (Anjal Joseph) / *Serious Men* (Manju Joseph) / *The Thing About Thugs* (Tabish Khair) / *Tiger Hills* (Sarita Mandanna) / *Secrets and Sins* (Jaishree Misra) / *Luka and the Fire of Life* (Rushdie) / *The Sacred Grove* (Daman Singh) / *The House on Mall Road* (Mohyna Srinivasan) / *Devi in Pinstripes* (Ravi Subramanian) / *Shadow Princess* (Indu Sundaresan) / *The Temple-Goers* (Aatish Taseer) / *The Immortals of Meluha* (Amish Tripathi) / *Call me Dan* (Anish Trivedi)

2011 *Last Man in Tower* (Adiga) / *The Secret of Nagas* (Amish) / *The Good Muslim* (T. Anam) / *Revolution 2020* (C. Bhagat) / *Aftertaste* (Namita Devidayal) / *River of Smoke* (Ghosh) / *Priya in Incredible Indyaa* (Namita Gokhale) / *Our Lady of Alice Batti* (M. Hanif) / *Custody* (Manju Kapur) / *Broken Republic* (A. Roy) / *A Free Man* (Aman Sethi) / *The Valley of Masks* (Tarun J. Tajpal) / *Noon* (A. Taseer) / *The Collaborator* (Mirza Waheed)

2012 *The Yellow Employer's Cure* (Kunal Basu) / *The Artist of Disappearance* (Anita Desai) / *Ships That Pass* (Shashi Deshpande) / *The Illicit Happiness of Other People* (Manu Joseph) / *How to Fight Islamic Terror from the Missionary Position* (Tabish Khair) / *Bombay Stories* (Manto)［ウルドゥー語の原作］/ *Hangwoman* (K. R. Meera)［マラヤラム語の原作］/ *The Extrasing Ravan & Eddie* (Kiran Nagarkar) / *Narcopolis* (Jeet Thayil) / *When Lose is Gain* (Pavan K. Varma)

2013 *This Place* (Amitabha Bagchi) / *The Seeker* (Karan Bajaj) / *2 States: The Story of my Marriage* (Chetan Bhagat) / *Those Pricely Thakur Girls* (Anuja Chauhan) / *Oleander Girl* (C. B. Divakaruni) / *Karna's Wife: The Outcaste's Queen* (Kavita Kane) / *The Lowland* (Jhumpa Lahiri) / *Our Moon has Blood Clots: A Memoir of a Lost Home in Kashmir* (Rahul Pandita)

2014 *Mirror City* (Chitrita Banerji) / *Half Girlfriend* (Chetan Bhagat) / *Fairy Tales at Fifty* (Upamanyu Chatterjee) / *My Beautiful Shadow* (Radhika Jha) / *Residue* (Nitasha Kaul) / *The Last Word* (H. Kureishi) / *Passion Flower: Seven Stories of Derangement* (Cyrus Mistry) / *The Return of the Butterfly* (Moni Mohsin) / *The Tree Bride: A Novel* (B. Mukherjee) / *The Lives of Others* (Neel Mukherjee) / *The Mother I Never Know* (Sudha Murty) / *In the Light of What We know* (Zia Haider Rahman)［バングラデシュの作家］/ *The Blind Lady's Descendants* (Anees Salim)

2015 *The Dowry Bride* (Shobhan Bantwal) / *The Water Spirit and Other Stories* (Imran Hussain)［アッサム語の原作］/ *She will build him a City* (Raj Kamal Jha) / *Written in Tears* (Arupa Patangia Kalita)［アッサム語の原作］/ *Love+Hate: Stories and Essays*

(Kureish) / *The Firebird* (Saikat Majunmdar) / *My Name is Radha: The Essential Manto* (Manto)［ウルドゥー語の原作］/ *A Love Story for my Sister* (Jaishree Misra) / *Rest in Peace* (Kiran Nagarker) / *The Island of Lost Girls* (Manjula Padmanabhan) / *The Year of the Runaways* (Sunjeev Sahota) / *Counter Theft* (Renuka Vishwanath)

◉分離独立関連作品◉

【分離独立小説】

▼英語文学

Anam, Tahmima. *A Golden Age*. London: John Murray, 2007.

Baldwin, Shauna Singh. *What the Body Remembers*. 1999. NY: Anchor, 2001.

Chandan, Swaran. *The Volcano: A Novel on Indian Partition*. New Delhi: Diamond Books, 2005.

Das, Gurcharan. *A Fine Family*. Delhi: Penguin India, 1990.

Desai, Anita. *Clear Light of Day*. New York: Penguin, 1980.

Duggal, K. S. *Born of the Same Parents: The Saga of Split of the Indian Continent*. New Delhi: UBS Publisher's Distributors, 2008.

Ghosh, Amitav. *The Shadow Llines*. 1988. Boston: Houghton Mifflin, 2005. 井坂理穂訳『シャドウ・ラインズ――語られなかったインド』而立書房, 2004 年.

Gill, H. S. *Ashes and Petals*. Delhi: Vikas, 1978.

Gill, Raj. *The Rape*. Delhi: Sterling, 1974.

Hosain, Attia. *Sunlight on a Broken Column*. 1961. New Delhi: Penguin, 1998.

Kapur, Manju. *Difficult Daughters*. New Delhi: Penguin, 1998.

Kesavan, Mukul. *Looking Through Glass*. NY: Farrar, Strauss, and Giroux, 1995.

Kumar, Shiv K. *River with Three Banks: The Partition of India: The Agony and the Ecstasy*. New Delhi, Mumbai, Calcutta: UBS Publisher's Distributors, 1998.

Laxman, R. K. *Sorry No Room*. Bombay: IBH, 1969.

Malgonkar, Manohar. *A Bend in the Ganges*. 1964. NY: Viking, 1965.

Masroor, Mehr Nigar. *Shadows of Time*. Delhi: Chanakya, 1987.

Mistry, Rohinton. *Such a Long Journey*. NY: Alfred A. Knopf, 1991.

Mukaddam, Shrf. *When Freedom Came*. New Delhi: Vikas, 1982.

Nahal, Chaman. *Azadi*. New Delhi: Orient, 1975.

Nawaz, Mumtaz Shah. *The Heart Divided*. 1957. Lahore: ASR Publications, 1990.

Nayak, Meena Arora. *About Daddy*. New Delhi: Penguin, 2000.

Rajan, Balachandra. *The Dark Dancer*. NY: Simon and Schuster, 1958.

Rushdie, Salman. *Midnight's Children*. 1981. Vintage, 1995. 寺門泰彦訳『真夜中の子供たち』早川書房, 1989 年.

Sabnis, Sujata. *A Twist in Destiny*. New Delhi: Roli, 2002.

Sahgal, Nayantara. *Storm in Chandigarh*. London: Chatto and Windus, 1969.

Sharma, Partap. *Days of the Turban*. London: The Bodley Head, 1986.

Sibal, Nina. *Yatra: The Journey*. London: The Women's Press, 1987.

Sidhwa, Bapsi. *Ice-Candy-Man*. 1988. New Delhi: Penguin, 1989.

Singh, Khushwant. *Train to Pakistan*. NY: Grove Press, 1956.

Sipra, Mahmud. *Pawn to King Three*. London: Michael Joseph, 1985.

Suleri, Sara. *Meatless Days*. Chicago: U of Chicago P, 1989. 大島かおり訳『肉のない日――あるパキスタンの物語』みすず書房, 1992 年.

Tharoor, Shashi. *The Great Indian Novel*. New Delhi: Penguin, 1989.

▼ウルドゥー文学

Chandar, Krishan. "Peshawar Express." *Orphans of the Storm: Stories on the Partition of India*. Eds. S. Cowasjee, and K. S. Duggal. New Delhi: UBS Publisher's Distributors, 1995. 79-88. Trans. of *Ham wahshi hain*. 1947. 鈴木たけし訳「ペシャーワル急行」謝秀麗編『現代インド文学選集Ｉ　ペシャーワル急行』めこん, 1985 年.

Farrukhi, Asif. Ed. *Fires in an Autumn Garden*. Karachi: Oxford UP, 1997.

Holmstrom, Lakshmi. Ed. *Inner Courtyard: Stories by Indian Women*. London: Virago, 1990.

Husain, Intizar. *Basti*. 1979. Trans. W. Pritchett. New Delhi: Indus, 1995.

——. *A Chronicle of the Peacocks: Stories of Partiton, Exile and Lost Memories*. Trans. Alok Bhalla, and Vishwamitter Adil. New Delhi: Oxford UP, 2002.

Hussein, Abdullah. *The Weary Generations*. 1963. Trans. the Author. London: Peter Owen, 1999. Trans. of *Udas Naslein.*

Hyder, Qurratulain. *River of Fire*. 1957. Trans. the Author. Delhi: Kali, 1998. Trans. of *Aag Ka Darya.*

Kumar, Paul, and Muhammad Ali Siddiqui. Eds. *Mapping Memories: Urdu Stories from India and Pakistan*. Trans. Rashim Govind et al. Delhi: Katha, 1998.

Manto, Saadat Hasan. *Mottled Dawn: Fifty Sketches and Stories of Partition*. Trans. Khalid Hasan. New Delhi: Penguin, 1987.

——. *Kingdom's End and Other Stories*. Trans. Khalid Hasan. 1987. New Delhi: Penguin, 1989.

——. *Partition: Sketches and Stories*. Trans. Khalid Hasan. New Delhi: Viking, 1991.

——. *Black Milk: A Collection of Short Stories*. Trans. Hamid Jalal. Lahore: Sange Meel, 1997.

Mastur, Khadija. *Cool, Sweet Water: Selected Stories*. Ed. Muhammad Umar Memon. Trans. Tahira Naqvi. New Delhi: Kali for Women, 1999.

Memon, M. U. Ed. *An Epic Unwritten.* The Penguin Book of Partition Stories. New Delhi: Penguin, 1998.

Naqvi, Ashfaq. Trans. and Ed. *Modern Urdu Short Stories in Pakistan*. Lahore: West Pakistna Urdu Academy, 1997.

Paul, Joginder. *Sleepwalkers*. 1990. Trans. Sunil Trivedi and Sukrita Paul Kumar. New Delhi: Katha, 1998. Trans. of *Khwabau*.

▼ヒンディー文学

Kamleshwar. *Partitions: A Novel*. 2000. Trans. Ameena Kazi Ansari. New Delhi: Penguin, 2006. Trans. of *Kitne Pakistan*.

Renu, Phanishwar Nath. *The Soiled Border*. 1954. Trans. Indira Junghare. Delhi: Chanakya, 1991. Trans. of *Maila Anchal*.

Reza, Rahi Masoom. *A Village Divided*. A Revised translation. 1966. Trans. Gillian Wright. New Delhi: Penguin, 2003. *The Feuding Families of Village Gangauli*. Trans. G. Wright. New Delhi: Penguin, 1994. Trans. of *Adha Gaon*.

——. *Topi Shukla*. 1968. Trans. Meenakshi Shivram. New Delhi: Oxford UP, 2005.

Sagar, Ramanand. *Bleeding Partition: A Novel*. 1948. Trans. D. P. Pandey. New Delhi: Arnold, 1988. Trans. of *Aur Insan Mar Gaya*.

Sahni, Bhisham. *Tamas*. 1974. Trans. the Author. New Delhi: Penguin, 2001.

Vaid, Krishna Baldev. *The Broken Mirror*. 1981. Trans. Charles Sparrows and K. B. Vaid. New Delhi: Penguin, 1994. Trans. of *Guzara Hua Zamana*.

▼パンジャーブ文学

Duggal, Kartar Singh. *Twice Born Twice Dead*. Trans. Jamal Ara with the Author. New Delhi: Vikas, 1979.

Pritam, Amrita. *The Skelton and That Man*. 1950. New Delhi: Sterling, 1987. Trans. of *Pinjar*.

Sieklucka, Anna, and Sutinder Singh Noor. Eds. *Punjabi Stories on the Partition*. Delhi, Pumjabi Akademi, 2001.

▼ベンガル文学

Bardham, Kalpana. *Of Women, Outcastes, Peasants, and Rebels*. Berkeley: U of California P, 1990.

Basu, Purabi Radha. *Will Not Cook Today and Other Stories*. Dhaka: Writers. Ink, 2007.

Devi, Jyotirmoyee. *The River Churning: A Partition Novel*. 1967. Trans. Enaksh Chatterjee. Delhi: Women Unlimited, 1995. Trans. of *Epar Ganga, Opar Ganga*.

Fazlur, Kazi. *The Image in the Mirror and Other Stories*. Dhaka: University Press, 1998.

Frazer, Bashabi. *Bengal Partition Stories: An Unclosed Chapter*. London: Anthem Press, 2006.

Hosain, Selina. *The Shark, the River and the Grenades*. Trans. Abedin Quader. Dhaka: Bangla Academy, 1976. Trans. of *Hangor Nodi Grenade*.

Murshid, Khan Sarwar. Ed. *Contemporary Bengali Writing: Bangladesh Period*. Dhaka: University Press, 1996.

Nasrin, Taslima. *Shame*. 1993. Trans. Tutul Gupta. New Delhi: Penguin, 1994. Trans. of *Lajja*.

Osman, Shawkat. *God's Adversary and Other Stories*. Trans. Osman Jamal. New Delhi: Penguin, 1996.

Pasha, Anwar. *Rifles, Bread and Women*. Trans. Kabir Chowdhury. Dhaka: Bangla Academy, 1974.

Roy, Prafulla. *Set at Odds: Stories of the Partition and Beyond*. Trans. John W. Hood. New Delhi: Shrishti, 2002.

Zaman, Niaz. Ed. *The Escape and Other Stories*. Dhaka: University Press, 2000.

——. *1971 and After*. Dhaka: University Press, 2001.

▼アンソロジー（多言語）

Bhalla, Alok. Ed. *Stories About the Partition of India*. 4 vols. New Delhi: Haper Collins, 1994, 2011.

Cowasjee, S., and K. S. Duggal. Eds. *Orphans of the Storm: Stories on the Partition of India*. New Delhi: UBS Publisher's Distributors, 1995.

Hasan, Murhirul. Ed. *India Partitioned: The Other Face of Freedom*. 2vols. New Delhi: Roli, 1995.

Sen, Geeti. Ed. *Crossing Boundaries*. New Delhi: Orient Longman, 1997.

Sidhwa, Bapsi. Ed. *City of Sin and Splendour: Writings on Lahore*. New Delhi: Penguin, 2005.

Stewart, Frank, and Sukrita Paul Kumar. Eds. *Crossing Over: Partition Literature from India,*

Paksistan, and Bangladesh. Hawaii: U of Hawaii P, 2007.
Zaman, Niaz, and Asif Farrukhi. Eds. *Fault Lines: Stories of 1971*. Dhaka: University Press, 2008.

【回想録・証言・エッセイ・伝記】

Anand, Som. *Lahore: Portrait of a Lost City*. Lahore: Vanguard Books, 1998.
Azad, Maulana Abul Kalam. *India Wins Freedom*. Delhi: Orient Longman, 1988.
Bhalla, Alok. *Partition Dialogues: Memories of a Lost Home*. New Delhi: Oxford UP, 2006.
Chaudhuri, Nirad C. *Autobiography of an Unknown Indian*. 1964. Mumbai: Jaico, 2007.
Datta, Nonica. *Violence, Martydom, Partition: A Daughter's Testimony*. New Delhi: Oxford UP, 2009.
Hamid, Shahid Major-General S. *Disastrous Twilight: Personal Record of the Partition of India*. London: Leo Cooper, 1986.
Imam, Jahanara. *Of Blood and Fire: The Untold Story of Bangladesh's War of Independence*. Trans. Mustafizur Rahman. Dhaka: University Press, 1990.
Islam, Rafiqul. *A Tale of Millions: Bangladesh Liberation War-1971*. Dhaka: Ananya, 1974.
Kaul, Suvir. Ed. *The Partition of Memory: The Afterlife of the Division of India*. Bloomington and Indianapolis: Indiana UP, 2001.
Mehta, Ved. *The Ledge Between the Streams*. NY: Norton, 1982.
Naqvi, Mushtaq. *Partition: The Real Story-I*. Delhi: Renaissance, 1992.
――. *Partition: The Real Story-II*. Delhi: Renaissance, 1995.
Nayar, Kuldip. *Scoop! Inside Stories form the Partition to the Present*. New Delhi: Harper, 2006.
Nevile, P. *Lahore: A Sentimental Journey*. New Delhi: Penguin, 1993.
Page, David. *Cross-border Talks: Diplomatic Divide*. New Delhi: Roli, 2004.
Peer, Basharat. *Curfewed Night*. Noida: Random House India, 2009.
Salik, Siddiq. *Witness to Surrender*. 1977. Dhaka: University Press, 1997.
Salim, Ahmad. *Lahore 1947*. New Delhi: India Research Press, 2001.
Sarila, Narendra Singh. *The Shadow of the Great Game: The Untold Story of India's Partition*. New Delhi: Harper, 2005.
Singh, Kewal. *Partition and Aftermath: Memoirs of an Ambassador*. Delhi: Vikas, 1991.
Talbot, Ian. *Epicentre of Violence: Partition Voices and Memories from Amritsar*. Delhi: Permanent Black, 2005.
Talbot, Phillips. *An American Witness to India's Partition*. Los Angels: Sage, 2007.
Talib, S. Gurbachan Singh. *Muslim League Attack on Sikhs and Hindus in the Punjab 1947*. Delhi: Voice of India, 1991.
Talukdar, Mohammad H. R. Ed. *Memoirs of Huseyn Shaheed Suhrawardy: With a Brief Account of His Life and Work*. Bangladesh: University Press, 1987.
Tandon, Prakash. *Punjabi Saga 1857-2000*. New Delhi: Rupa, 2000.
Zaheer, Hasan. *The Separation of East Pakistan: The Rise and Realization of Bengali Muslim Nationalism*. Dhaka: University Press, 2001.

【映画・TV ドラマ（年代順。分離独立後の紛争・宗派対立のドラマを含む）】

Nemai Ghosh, *Chhinnomul* (1951)
Ritwik Ghatak, *Nagarik* (*Citizen*, 1952)（上演は 1977 年）
——, *Bari Theke Paliye* (*The Runaway Child*, 1958)
Shantipriya Mukherjee, *Refugee* (1959)
Ritwik Ghatak, *Meghe Dhaka Tara* (*The Cloud-Capped Star*, 1960)
——, *Komal Gandhar* (*E Flat*, 1961)
——, *Subarna-Rekha* (*The Golden Line*, 1962)
Agradoot, *Bipasha* (1962)
Ritwik Ghatak, *Titash Ekti Nadir Naam* (*A River Called Titash*, 1973)
M. S. Sathyu, *Garam Hawa* (*Hot Air*, 1973)
Ritwik Ghatak, *Jukti, Takko Aar Gappo* (*Reason, Debate and a Story*, 1974）
Masihuddin Shaker and Sheikh Niamat Ali, *Surya Dighal Badi* (1979)
Ramesh Sippy and Jyoti Sarup, *Buniyad* (1986)（TV シリーズ）
Tamas (1987)（TV シリーズ。原作者の B. サヒーニーが脚本）
Mani Ratnam, *Roja* (1992)
Shyam Bengala, *Mammo* (1995)
Gulzar, *Maarchis* (1996)
J. P. Dutta, *Border* (1997)
Deepa Mehta, *1947-Earth* (1998)
Mani Ratnam, *Dil Se* (*From the Heart*) (1998)
Pamela Brooks, *Train to Pakistan* (1998)
Pankaj Butalia, *Karvan* (1999)
Tanvir Mokammel, *Chitra Nadir Pare* (*Quiet Flows the River Chitra*, 1999)
Sharma, *Gadar: Ek Prem Katha* (2001)
Kamal Haasan, *Hey Ram* (2001)
Chandra Prakash Dwivedi, *Pinjar* (2003)（アムリタ・プリタム原作）
Sabiha Sumar, *Khamosh Paani* (*Silent Water*) (2003)
Anurag Kashyap, *Black Friday* (2004)
Rahul Dholakia, *Parzania: Heaven & Hell on Earth* (2007)
Sarah Singh, *The Sky Below* (2007)
Vic Sarin, *Partition* (2007)

◉参考文献◉

【分離独立関連】

▼文学批評

Abichandani, Param, and K. C. Dutt. Eds. *Encyclopaedia of Indian Literature*. Delhi: Sahitya Akademi, 1994.

Agrawal, K. A. Ed. *Indian Writing in English: A Critical Study*. New Delhi: Atlantic, 2003.

Appignanesi, L., and S. Maitland. *The Rushdie File*. London: Fourth Estate, 1989.

Asaduddin, M. "Fiction as History: Partition Stories." *Pangs of Partition: The Human Dimension*. Eds. S. Setter, and Indira Baptista Gupta. New Delhi: Manohar, 2002. 313-330.

Bagchi, Josodhara, and Subhoranjan Dasgupta. Eds. *The Trauma and the Triumph: Gender and Partition in Eastern India*. Kolkata: Stree, 2003.

Beniwal, Anup. *Representing Partition: History, Violence and Narration*. Delhi: Shakti Book House, 2005.

Bharucha, Nilufer E. "The Parsi Voice in Recent Indian English Fiction: An Assertion of Ethnic Identity." *Indian English Fiction 1980-90: An Assessment*. Eds. Bharucha, Nilufer E., and Vilas Sarang. Delhi: B R Publishing, 1994. 73-88.

Bhatanagar, M. K. *Political Consciousness in Indo-Anglian Fiction*. Delhi: Allied, 1990.

Booker, M. Keith. Ed. *Critical Essay on Salman Rushdie*. NY: G. K. Hall, 1999.

Bose, Brinda. Ed. *Amitav Ghosh: Critical Perspectives*. New Delhi: Pencraft International, 2003.

Chakrabarty, Tapati. "The Paradox of a Fleeting Presence: Partition and Bengali Literature." *Pangs of Partition: The Human Dimension*. Eds. S. Setter, and Indira Baptista Gupta. New Delhi: Manohar, 2002. 261-282.

Chakraborti, Basudeb. *Indian Partition Fiction in English and in English Translation: A Text on Hindu-Muslim Relationship*. Calcutta: Papyrus, 2007.

Chakravarty, Joya. Ed. *Indian Writing in English Perspectives*. New Delhi: Atlantic, 2003.

Chattopadhayay, Jayanti. "Representing the Holocaust: The Partition in Two Bengali Plays." *Pangs of Partition: The Human Dimension*. Eds. S. Setter, and Indira Baptista Gupta. New Delhi: Manohar, 2002. 301-312.

Choudhary, Aravind. *Amitav Ghosh's The Shadow Lines: Critical Essays*. New Delhi: Atlantic, 2002.

Cleary, Joe. *Literature, Partition and the Nation State: Culture and Conflict in Ireland, Israel and Plestine*. Cambridge: Cambridge UP, 2002.

Cundy, C. *Salman Rushdie*. Manchester: Manchester UP, 1996.

Duggal, K. S. "The Half-Shut Door in Punjabi Writing." *Pangs of Partition: The Human Dimension*. Eds. S. Setter, and Indira Baptista Gupta. New Delhi: Manohar, 2002. 165-170.

Fletcher, M. D. Ed. *Reading Rushdie: Perspectives on the Fiction of Salman Rushdie*. Amsterdam and Atlanta: Rodopi, 1994.

George, K. M. et al. Eds. *Modern Indian Literature: An Anthology*. Vol. 1, 2, 3. Delhi: Sahitya Akademi, 1992, 1993, 1994.

Ghosh, Paiya. *Partition and the South Asian Diaspora Extending the Subcontinent*. London, New Delhi: Routledge, 2007.

Ghosh, Amitav. *The Shadow Lines. Educational Edition with critical essays*. Delhi: Oxford UP, 1988.

Harrison, James. *Salman Rushdie*. NY: Twayne, 1992.

Jain, Jasbir. Ed. *Reading Partition / Living Partition*. Jaipur: Rawat, 2007.

Jassal, Smita Tewari, and Eyal Ben-Ali. *The Partition Motif in Contemporary Conflicts*. New Delhi: Sage, 2007.

Jussawal, Feroza, and Reed Way Dasenbrock. Eds. *Interviews with Writers of the Post-colonial World*. Jackson: UP of Mississippi, 1992.

Kapadia, Novy. "Communal Frenzy and Partition: Bapsi Sidhwa, Attia Hosain and Amitav Ghosh." Set II, Vol. 1. R. K. Dhawan. New Delhi: Prestige, 1993.

Kudchedkar, Shirin L. "The Second Coming: Novels of the Partition." *Indian English Fiction 1980-90: An Assessment*. Eds. Nilufer E. Bharucha, and Vilas Sarang. Delhi: B R Publishing, 1994. 59-72.

Kumar, Sukrita Paul. "On Narrativizing Partition." *Pangs of Partition: The Human Dimension*. Eds. S. Setter, and Indira Baptista Gupta. New Delhi: Manohar, 2002. 127-140.

——. *Narrating Partition: Texts, Interpretations, Ideas*. New Delhi: Indialog, 2004.

Lukacs, George. *The Historical Novel*. London: Merlin Press, 1962.

Mathur, Ramesh. *Writings on India's Partition*. Calcutta: Simant, 1976.

Mchale, Brian. *Postmodernist Fiction*. NY: Methuen, 1987.

Mee, Jan. "After Midnight: The Indian Novel in English of the 80s and 90s." *Rethinking Indian English Literature*. Eds. U. M. Nanavati, and Prafulla C. Kar. New Delhi: Pencraft International, 2000. 35-54.

Mehrotra, S. R. *Towards India's Freedom and Partition*. New Delhi: Rupa, 2005.

More, D. R. *India and Pakistan: Fell Apart*. Jaipur: Shruti, 2004.

Mukherjee, Meenakshi. Ed. *Rushdie's Midnight's Children: A Book of Reading*. New Delhi: New Orientations, 1999.

Nayyar, Kuldip. *Distant Neighbours: A Tale of the Subcontinent*. Delhi: Vikas, 1972.

Pathak, R. S. Ed. *Quest of Identity in Indian English Writing: Fiction*. Delhi: Bahri, 1992.

Rao, Madhusudan. *Salman Rushdie's Fiction: A Study*. New Delhi: Sterling, 1992.

Rao, V. Pala Prasad, K. Niruparani and Digumarti Bvhaskara Rao. *India-Pakistan: Partition Perspectives in Indo-English Novels*. New Delhi: Discovery, 2004.

Ravikant, and Tarun K. Saint. Eds. *Translating Partition*. New Delhi: Katha, 2001.

Ray, Mohit K., and Rama Kundu. Eds. *Salman Rushdie: Critical Essays*. New Delhi: Atlantic, 2006.

Schrer, Norbert. *Salman Rushdie's Midnight's Children: A Reader's Guide*. NY: Continuum, 2004.

Sethi, Rumina. *Myths of the Nation: National Identity and Literary Representation*. Oxford: Clarendon Press, 1999.

Setter, S., and Indira Baptista Gupta. Eds. *Pangs of Partition: The Human Dimension*. New Delhi: Manohar, 2002.

Sharma, K. K., and R. K. Johri. *The Partition in Indian English Novels*. Ghaziabad: Vimal Prakashan, 1984.

Singh, Jagdev. *Bonds and Borders: A Study of Communal Conflict and Concord in Indo-Pak Fiction*. Delhi: Ajanta, 1996.

Smale, David, and Nicolas Tredell. Eds. *Salman Rushdie: Midnight's Children, The Satanic Verses*. NY: Palgrave Macmillan, 2001.

Tandon, Prakash. *Punjabi Saga 1857-2000*. New Delhi: Rupa, 2000.

Taneja, G. R., and R. K. Dhawan. Eds. *The Novels of Salman Rushdie*. New Delhi: Indian Society for Commonwealth Studies, 1992.

Yadav, K. C. *India Divided 1947: Who Did it? Why? How? And, What Now?* Gurgaon: Hope India, 2006.

Zaman, Niaz. *A Divided Legacy: The Partition in Selected Novels of India, Pakistan, and Bangladesh*. Dhaka: University Press, 1999.

▼歴史・政治・社会

Ali, Ikram. *History of the Punjab*. Delhi: Low Price, 1993.

Arora, K. C. *Indian Nationalist Movement in Britain (1930-1940)*. Delhi: Inter-India, 1992.

Azad, Maulana Abul Kalam. *India Wins Freedom*. Delhi: Orient Longman, 1988.

Aziz, K. K. *History of Partition of India*. 4 vols. New Delhi: Atlantic, 1995.

——. *Public Life in Muslim India, 1850-1947*. Delhi: Renaissance, 1993.

Behera, N. C. *Gender, Conflict and Migration*. New Delhi: Sage, 2006.

Bakshi, S. R. *The Making of India and Pakistan: Select Documents*. 6 vols. Delhi: Deep and Deep, 1997.

——. *Ideological Conflict and Partition of India*. Delhi: Vista International, 2005.

Bandhu, Deep Chand. *History of Indian National Congress 1885-2002*. Delhi: Kalpaz, 2003.

Batabyal, Rakesh. *Communalism in Bengal From Famine to Noakhali, 1943-47*. New Delhi: Sage, 2005.

Bhatt, S. C. *The Great Divide: Muslim Separatism and Partition*. New Delhi: Gyan, 1998.

Bose, Sugata, and Ayesh Jala. Eds. *Nationalism, Democracy and Development: State and Politics in India*. Oxford: Oxford UP, 1997.

Brasted, H. V., and Bridge, Carl. "The Transfer of Power in South Asia: An Historiographical Review." *South Asia* 17, No1 (1994): 93-114.

Butalia, Urvashi. *The Other Side of Silence: Voices from the Partition of India*. New Delhi: Penguin, 1998. 藤岡恵美子訳『沈黙の向こう側——インド・パキスタン分離独立と引き裂かれた人々の声』明石書店，2002 年.

Chandra, Bipan. *Communalism in Modern India*. New Delhi: Vikas, 1984.

——. *India's Struggle for Independence 1857-1947*. New Delhi: Penguin, 1988.

——. *Modern India: A History Textbook for Class XII*. 1971. New Delhi: National Council of Educational Research and Training, 1990. 粟屋利江訳『近代インドの歴史』山川出版社，2001 年，

Chatterjee, Partha. *Bengal 1920-1947: The Land Question*. Calcutta: K P Bagchi, 1984.

——. "Claims on the Past: The Genealogy of Modern Historiography in Bengal." *Subaltern Studies VIII: Essays in Honour of Ranajit Guha*. Eds. David Arnold, and David Hardiman. New Delhi:

Oxford UP, 1994. 1-49.
——. "Agrarian Relations and Communalism in Bengal, 1926-1935." *Subaltern Studies I*. Ed. Ranajit Guha. New Delhi: Oxford UP, 1982. 9-38.
——. *The Nations and Its Fragments: Colonial and Postcolonial Histories*. Princeton, NJ: Princeton UP, 1993.
——. "The Films of Ritwik Ghatak and the Partition." *Pangs of Partition: The Human Dimension*. Eds. S. Setter, and Indira Baptista Gupta. New Delhi: Manohar, 2002.
——. *Empire and Nation: Essential Writings 1985-2005*. Ranikhet: Permanent Black, 2010.
Chatterji, Joya. *Bengal Divided: Hindu Communalism and Partition, 1932-1947*. Cambridge: Cambridge UP, 1994.
——. "The Fashioning of a Frontier: The Radcliff Line and Bengal's Landscape, 1947-52." *Modern Asian Studies* 33. 1 (1999): 185-242.
Chitkara, M. G. *Mohajir's Pakistan*. Delhi: Ashish, 1996.
Choudhury, Sandhaya. *Gandhi and Partition of India*. Delhi: Sterling, 1984.
Collins, Larry and Dominique Lapierre. *Mountbatten and the Partition of India*. New Delhi: Vikas, 1983.
Das, Durga. *India from Curzon to Nehru and After*. New Delhi: Rupa, 1981.
Das, M. N. *Fateful Events of 1947*. New Delhi: Standard, 2004.
Das, Suranjan. *Communal Riots in Bengal 1905-1947*. New Delhi: Oxford UP, 1991.
De, Soumitra. *Nationalism and Separatism in Bengal: A Study of India's Partition*. Delhi: Har-Arnand, 1992.
French, Patrick. *Liberty or Death. India's Journey to Independence and Division*. Lonodn: Flamingo, 1997.
Gandhi, Rajmohan. *Understanding the Muslim Mind*. 1986. New Delhi: Penguin 1987.
Gilmartin, David. *Empire and Islam: Punjab and the Making of Pakistan*. Delhi: Oxford UP, 1989.
Godbole, Madhav. *The Holocaust of Indian Partition: An Inquest*. New Delhi: Rupa, 2006.
Gupta, Amit Kumar. Ed. *Myth and Reality: The Struggle for Freedom in India 1945-47*. Delhi: Manohar, 1987.
Gupta, N. L. *Communal Riots*. Delhi: Gyan, 2000.
Hasan, Murhirul. Ed. *India's Partition: Process, Strategy and Mobilization*. 1993. Delhi: Oxford UP, 1996.
——. *Legacy of a Divided Nation: India's Muslims Since Independence*. Delhi: Oxford UP, 1997.
——. "Memoirs of a Fragmented Nation: Rewriting the Histories of Partition." *Pangs of Partition: The Human Dimension*. Eds. S. Setter, and Indira Baptista Gupta. New Delhi: Manohar, 2002. 171-190.
——. *Inventing Boundaries: Gender, Politics and the Partition of India*. New Delhi: Oxford UP, 2000.
Hasan, Mushirul and M. Asaduddin. *Image and Representation: Stories on Partition of India*. New Delhi: UBS Publisher's Distributors, 1995.
Hay, Stephen. *Sources of Indian Tradition: Modern India and Pakistan*. 1958. New Delhi: Penguin, 1991.

Heehs, Peter. *India's Freedom Struggle 1857-1947*. New Delhi: Oxford UP, 1988.

Hodson, H. V. *The Great Divide: Britain-India-Pakistan*. London: Hutchinson, 1969.

Hunter, W. W. *The Indian Musalmans*. New Delhi: Rupa, 2002.

Ikram, S. M. *Indian Muslims and Partition of India*. New Delhi: Atlantic, 1995.

——. *Modern Muslim India and the Birth of Pakistan*. Delhi: Renaissance, 1991.

Jahan, Rounaq. *Pakistan: Failure in National Integration*. Road to Bangladesh Series. Dhaka: University Press, 1994.

Jalal, Ayesha. *The Sole Spokesman: Jinnah, the Muslim League and the Demand for Pakistan*. NY: Cambridge UP, 1985. 井上あえか訳『パキスタン独立』勁草書房, 1999 年.

Jawed, Ajeet. *Jinnah Secular and Nationalist*. New Delhi: Faizbooks, 2005.

——. *Secular and Nationalism*. New Delhi: Kitab, 1998.

Jeffrey, Robin. *What is Happening to India: Punjab, Ethnic Conflict and the Test for Federalism, 2nd Edition*. London: Macmillan, 1994.

Jha, P. S. *Kashmir, 1947: Rival Versions of History*. Delhi: Oxford UP, 1996.

Johnson, Gordon. Ed. *The New Cambridge History of India Series*. Cambridge: Cambridge UP, 1989.

Kasturi, Bhashyam. *Walking Alone: Gandhi and India's Partition*. New Delhi: Vision Books, 2001.

Khosla, G. D. *Stern Reckoning: A Survey of the Events Leading UP To and Following the Partition of India*. 1949. New Delhi: Oxford, 1999.

Lahiri, Pradip Kumar. *Bengali Muslim Thought (1818-1947): Its Liberal and Rational Trends*. Calcutta: K P Bagchi, 1991.

Lapierre, Dominique and Larry Collins. *Freedom at Midnight*. New Delhi: Vikas, 1997.

Larson, G. J. *India's Agony Over Religion*. Oxford, 1993.

Limaye, Madhu. *Mahatma Gandhi and Jawaharlal Nehru: A Historical Partnership (1916-1948)*. 4 Vols. Delhi: BRPC, 1989.

Mahajan, Sucheta. *Independence and Partition: The Erosion of Colonial Power in India*. New Delhi: Sage, 2000.

Menon, Ritu, and Bhasin, Kamla. *Borders and Boundaries. Women in India's Partition*. Delhi: Kali for Women, 1998.

Menon, Vapal Pangunni. *The Transfer of Power in India*. Princeton: Princeton UP, 1957.

Merriam, Allen Hayes. *Gandhi vs Jinnah: The Debate Over the Partition of India*. Calcutta: Minerva Associates, 1980.

Metcalf, Barbara D., and Thomas R. *Metcalf, A Concise History of India*. Cambridge: Cambridge UP, 2002.

Mujtaba, Syed Ali. *The Development for Partiton of India*. New Delhi: Mittal, 2002.

Mukherjee, Mithi. *India in the Shadows of Empire: A Legal and Political History 1777-1950*. New Delhi: Oxford UP, 2010.

Nehru, Jawaharlal. *The Discovery of India*. 1946. New Delhi: Penguin, 2004.

Page, David. *Prelude to Partition: The Indian Muslims and the Imperial System of Control 1920-1932*. Delhi: Oxford UP, 1982.

Pandey, Gyanendra. *The Construction of Communalism in Colonial North India*. Delhi: Oxford UP,

1990.
Pirzada, Syed Shaifuddin. *Evolution of Pakistan*. Karachi: Royal, 1995.
Rafiq, Zakaria. *The Price of Partition*. Mumbai: Bharatiya Vidya Bhavan, 2002.
Raza, S. Hashim. *Mountbatten and the Partition of India*. New Delhi: Atlantic, 1989.
Samaddar, Ranabir. Ed. *Reflections on Partition in the East*. New Delhi: Vikas, 1997.
Sarila, Narendra Singh. *The Shadow of the Great Game: The Untold Story of India's Partition*. New Delhi: Harper, 2005.
Sarkar, Sumit. *Modern India 1885-1947*. New Delhi: Macmillan India, 1983. 長崎暢子他訳『新しいインド近代史――下からの歴史の試み』I, II, 研文出版, 1993 年.
Sen, S. N. *Modern India*. New Delhi: New Age International, 1996.
Sharma, Kamlesh. *Role of Muslims in Indian Politics (1857-1947)*. Delhi: Inter-India, 1985.
Sharma, S. R. *Freedom Movement, 1857-1947*. Delhi: BRPC, 1988.
Sherwani, L. A. *The Partition of India and Mountbatten*. New Delhi: Atlantic, 1989.
Singh, Anita Inder. *The Origins of the Partition of India, 1936-1947*. Delhi: Oxford UP, 1995.
Sinha-Kerkhoff, Kathinka. *Tyranny of Partition: Hindus in Bangladesh and Muslims in India*. New Delhi: Gyan, 2006.
Wells, Ian Bryant. *Ambassador of Hindu-Muslim Unity: Jinnah's Early Politics*. Delhi: Permanent Black, 2005.
Weaver, Mary Anne. *Pakistan in the Shadow of Jihad and Afganistan*. NY: Farrar, Straus and Giroux, 2002.
Wolpert, Stanley. *Jinnah of Pakistan*. NY: Oxford UP, 1984.
Yong, Tan Tai, and Kudaisya, Gyanesh. *The Aftermath of Partition in South Asia*. London: Routledge, 2000.
Zakaria, Rafiq. *The Widening Divide: An Insight into Hindu-Muslim Relations*. New Delhi: Viking, 1995.
――. *The Man who Divided India*. Mumbai: Popular Prakashan, 2001.
Zaman, Mukhtar. *Students' Role in the Pakistan Movement*. Karachi: Quaid-i-Azam Academy, 1978.
近藤治『現代南アジア史研究――インド・パキスタン関係の原形と展開』世界思想社, 1998 年.
長崎暢子「インド・パキスタンの成立」歴史学研究会編『解放の夢――大戦後の世界』東京大学出版会, 1996 年.
――「運動から国家へ――南アジアにおける国家と国民の形成」堀本武功・広瀬崇子編『現代南アジア 3 ――民主主義のとりくみ』東京大学出版会, 2002 年.
――.「ガンディー時代」辛島昇編『南アジア史』山川出版社, 2004 年.

▼ナガ族・インド東北部の分離要求関連

Baresh, H. M. *Encyclopaedia of North-East India*. Vol.3. Manipur. New Delhi: Mittal, 2001.
Chandra, Rath Govinda. *Tribal Development in India: The Contemporary Debate*. New Delhi: Sage, 2006.
Glancey, Jonatha. *Nagaland: A Journey to India's Forgotten Frontier*. London: Faber and Faber, 2011.

Ias, S. K. Agnihotri, and B. Datta Ray. *Perspective of Security and Development in North East India*. New Delhi: Concept, 2005.

Johnstone, James. *Manipur and the Naga Hills*. New Delhi: Gyan, 2002.

Mehrotra, Deepti Priya. *Burnign Bright: Irom Sharmila and the Struggle for Peace in Manipur*. New Delhi: Penguin, 2009.

Rammohan, E. N. *Insurgent Frontiers: Essays from the Troubled Northeast*. New Delhi: India Research Press, 2005.

Rizal, Dhurba, and Yozo Yokota. *Understanding Development, Conflict and Violence*. New Delhi: Adroit, 2006.

Sanajaoba, Naorem. *Manipur Past and Present*. vol. 4. New Delhi: Mittal, 2001.

Sen, Geeti. Ed. *Where the Sun Rises When Shadows Fall: The North-East*. New Delhi: Oxford UP, 2006.

Sengupta, Dipankar, and Sudhir Kumar Singh. *Insurgency in North-East India: The Role of Bangladesh*. Delhi: Authors Press, 2004.

Sharma, S. K., and Usha Sharma. *Documents on North-East India: An Exhaustive Survey*. Vol. 9: Nagaland. New Delhi: Mittal, 2006.

Shimray, A. S. Atai. *Let Freedom Ring: Story of Naga Nationalism*. New Delhi and Chicago: Promilla and Bibliophile South Asia, 2005.

Singh, Chandrika. *Naga Politics: A Critical Account*. New Delhi: Mittal, 2004.

Syiemlieh, David R., and Anuradha Dutta and Srinath Baruah. *Challenges of Development in North-East India*. New Delhi: Regency, 2006.

Vashum, R. *Nagas' Right to Self-Determination*. New Delhi: Mittal, 2000.

Venuh, Neivetso. *British Colonization and Restructuring of Naga Polity*. New Delhi: Mittal, 2005.

▼バングラデシュの独立について

Imam, Jahanara. *Of Blood and Fire: The Untold Story of Bangladesh's War of Independence*. Trans. Mustafizur Rahman. Dhaka: University Press, 1990.

Islam, Rafiqul. *A Tale of Millions: Bangladesh Liberation War-1971*. Dhaka: Ananya, 1974.

Jahan, Rounaq. *Pakistan: Failure in National Integration*. Dhaka: University Press, 1994.

Rahman, Muhammad Anisur. *My Story of 1971 Through the Holocaust that Created Bangladesh*. Dhaka: Liberation War Museum, 2001.

Salik, Siddiq. *Witness to Surrender*. Dhaka: University Press, 1997.

Zaheer, Hasan. *The Separation of East Pakistan: The Rise and Realization of Bengal Muslim Nationalism*. Dhaka: University Press, 2001.

◉参考文献◉

【インド英語文学関連】

▼英語文学研究書

Afzal Khan, Fawzia. "Myth De-Bunked: Gender and Ideology in Rushdie's *Midnight's Children*." *The Journal of Indian Writing in English* 14. 1 (1986): 49-60.

Agrawal. K. A. Ed. *Spectrum of Indian Writing in English*. Jaipur: Book Enclave, 2004.

Ahmad, Aijaz. *In Theory: Classes, Nations, Literatures*. London: Verso, 1992.

Alam, Fakrul. "Enmeshed in Differences: Amitav Ghosh's Fictional Location and *The Shadow Lines*." *Amitav Ghosh's The Shadow Lines: A Critical Companion*. Ed. Murari Prasad. New Delhi: Pencraft International, 2008. 110-125.

Alam, Qaiser Zoha. *The Dynamics of Imagery: The Image in Indian English Literature*. New Delhi: Atlantic, 1994.

——. *Language and Literature: Diverse Indian Experience*. New Delhi: Atlantic, 1997.

Albertazzia, Silvia. *Translating India: Travel and Cross-Cultural Transference in Post-Colonial Indian Fiction in English*. Bologna: Editrice Bologna, 1993.

Ali, Syed Mashkoor. Ed. *Indian Writing in English: A Critical Response*. New Delhi: Creative Books, 2001.

Amanuddin, Syed. "The Novels of Salman Rushdie." *World Literature Today* 63. 1 (1989): 42-45.

Amirthanayagam, Guy. Ed. *Writers in East-WestEnounter: New Cultural Bearings*. London: Macmillan, 1982.

Amur, G. S. *Images and Impressions: Essays Mainly on Contemporary Indian Literature.* Jaipur: Panchsheel Prakashan, 1980.

——. *Forbidden Fruits: Views and Indo-Anglian Fiction*. Calcutta: Writer's Workshop, 1992.

——. *Creations and Transcreations*. Calcutta: Writer's Workshop, 1993.

——. *Perspectives on Modern Indian Literature*. Calcutta: Writers Workshop, 1996.

Anderson, Benedict. *Imagined Communities: Reflections on the Origin and Spread of Nationalism*. London and NY: Verso, 1991.

Ashcroft, Bill, Gareth Griffiths, and Helen Tiffin. *The Empire Writes Back: Theory and Practice in Post-Colonial Literatures*. London: Routledge, 1989. 木村茂雄訳『ポストコロニアルの文学』青土社, 1998 年.

Asnani, Shyam M. *Critical Response to Indian English Fiction*. Delhi: Mittal, 1985.

——. *New Dimensions of Indian English Novel*. Delhi: Doaba House, 1988.

Awasthi, K. N. Ed. *Contemporary Indian English Fiction: An Anthology of Essays*. Jalandhar: ABS Publications, 1993.

Bader, Rudolf. "Indian Tin Drum." *International Fiction Review* 11. 2 (Summer 1984): 75-83.

Bagchi, Nivedita. "The Process of Validation in Relation to Materiality and Historical Reconstruction in Amitav Ghosh's *The Shadow Lines*." *Modern Fiction Studies* 39. 1 (Winter 1993): 1993. 187-202.

Bai, K. Meera. *The Novels of Indian Women Writers*. New Delhi: Prestige, 1996.

Bald, Suresht Renjen. *Novelists and Political Consciousness*. Delhi: Chanakya, 1982.

Bande, Usha. Ed. *Mothers and Mother Figures in Indo-English Literature*. Jalandhar: ABS Publications, 1994.

Banerjee, Somya. *National Policy for Women*. New Delhi: Arise, 2009.

Baral, K. C. "Imaging India: Nation and Narration." *Rethinking Indian English Literature*. Eds. U. M. Nanavati, and Prafulla C. Kar. New Delhi: Pencraft International, 2000. 71-81.

Barat, Urbashi. "History, Community and Forbidden Relationship in *The God of Small Things*." *Arundhati Roy: The Novelist Extraordinary*. Ed. R. K. Dhawan. New Delhi: Prestige, 1999. 71-76.

Batty, Nancy. "The Art of Suspense: Rushdie's 1001 (Mid-)Nights." *Ariel* 18. 3 (July 1987): 49-65.

Belliappa, K. C. *The Image of India in English Fiction: Studies in Kipling, Myers and Raja Rao*. New Delhi: B R Publishing, 1991.

Bhalla, Alok. Ed. "The Landscape of Memories and the Writing of *Tamas*: An Interview with Bisham Sahni." *Pangs of Partition: The Human Dimension*. Eds. S. Setter, and Indira Baptista Gupta. New Delhi: Manohar, 2002. 83-116.

Bhalla, B. M. *Major Indian Novels: The Pattern of Meaning*. New Delhi: Arnold-Heinemann, 1980.

Bhargava, Rajul. Ed. *Indian Writers in English: The Last Decade*. Jaipur and New Delhi: Rawat, 2002.

Bharucha, Nifufer E., and Vilas Sarang. *Indian English Fiction 1980-90: Assessment*. Delhi: B R Publishing, 1994.

Bharucha, Nilufer E., and Vrinda Nabar. Eds. *Mapping Cultural Spaces: Postcolonial Indian Literature in English*. New Delhi: Vision Books, 1998.

Bhat, Yashoda. Ed. *The Image of India in Indian Literature*. New Delhi: B R Publishing, 1992.

Bhatia, Meetu. "Amitav Ghosh: Transfiguration of Memory in *The Shadow Lines*." *Indian Writers in English: The Last Decade*. Ed. Rajul Bhargava. Jaipur and New Delhi: Rawat, 2002. 253-262.

Bhatnagar, K. C. *Realism in Major Indo-English Fiction with special reference to Mulk Raj Anand, Raja Rao and R. K. Narayan*. Barcilly: Prakash Book Depot, 1981.

Bhatt, Insira. "Manju Kapur's *Difficult Daughters*: A Study" *Indian Writing in English*. Ed. Syed Mashkoor Ali. New Delhi: Creative Books, 2001. 186-192.

Bhattacharjea, Aditya, and Lola Chatterjee. Eds. *The Fiction of St Stephen's*. New Delhi: Ravi Dayal, 2000.

Bhaumik, Saba Naqvi. "Why We Love to Hate Ms Roy." *Hindustan Times* [New Delhi]. 28 Dec. 2006: 10.

Bhelande, Anjali, Mala Pendurang, and Shirin Kudchedkar. Eds. *Articulating Gender*. New Delhi: Pencraft International, 2000.

Birch, David. "Post-modern Chutneys." *Textual Practice* 5. 1 (1991): 1-7.

Black, Shameem. "Cosmopolitanism at Home: Amitav Ghosh's *The Shadow Lines*." *Amitav Ghosh's The Shadow Lines: A Critical Companion*. Ed. Murari Prasad. New Delhi: Pencraft International, 2008. 141-160.

Bose, Mita. "The Problem of Chronology and the Narrative Principle in *The Shadow Lines*." *Amitav*

Ghosh: Critical Perspectives. Ed. Brinda Bose. New Delhi: Pencraft International, 2003. 173-194.

Brennan, Timothy. *Salman Rushdie and the Third World: Myths of the Nation*. London: Macmillan, 1990.

Butcher, Maggie. Ed. *The Eye of the Beholder*. London: Commonwealth Institute, 1983.

Chakravarti, Uma and Preeti Gill. Eds. *Shadow Lives: Writings on Widowhood*. New Delhi: Kali for Women, 2001.

Chakravarty, D. K. *Aspects of Indian Fiction in English*. Calcutta: Sahitya Prakash, 1985.

Chakravarty, Joya. Ed. *Indian Writing in English Perspectives*. New Delhi: Atlantic, 2003.

Chandra. N. D. R. Ed. *Modern Indian Writing in English: Critical Perceptions*. New Delhi: Sarup and Sons, 2004.

Chandra, Vinita. "Suppressed Memory and Forgetting: History and Nationalism in *The Shadow Lines*." *Amitav Ghosh: Critical Perspectives*. Ed. Brinda Bose. New Delhi: Pencraft International, 2003. 67-78.

Chatterjee, Chandra. *The World Within: A Study of Novels by Indian Women 1950-1980*. New Delhi: Radha, 1996.

Chatterjee, Partha. *Nationalist Thought and the Colonial World: A Derivative Discourse*. London: Zed Books, 1986.

Chen, Martha Alter. *Perpetual Mourning: Widowhood in Rural India*. Delhi: Oxford UP, 2000.

Chowdhary, Arvind. Ed. *Amitav Ghosh's The Shadow Lines: Critical Essays*. New Delhi: Atlantic, 2002.

Cowasjee, Saros. *Studies in Indian and Anglo-Indian Fiction*. New Delhi: Harper, 1993.

Crane, Ralph J. *Inventing India: A History of India in English Language Fiction*. Houndsmill, Basingstoke: Macmillan, 1992.

Daiya, Kavita. "'No Home But in Memory': Migration Bodies and Belongings, Globalization and Nationalism in *The Circle of Reason* and *The Shadow Lines*." *Amitav Ghosh: Critical Perspectives*. Ed. Brinda Bose. New Delhi: Pencraft International, 2003. 36-55.

Dani, A. P., and V. M. Madge. Eds. *Literary Theory and Criticism*. New Delhi: B R Publishing, 1998.

Das, Veena Noble. *Feminism and Literature*. New Delhi: K. K. Publications, 1996.

Das, Veena Noble, and R. K. Dhawan. Eds. *Fiction of the Nineties*. New Delhi: Prestige, 1994.

Dasan, A. S. *The Rains and the Roots: The Indian English Novel Then and Now*. Mysore: Sahrdayata-Global Fellowship Academy, 2006.

Datta, Amaresh et al. Eds. *Encyclopaedia of Indian Literature*. 6 vols. New Delhi: Sahitya Akademi, 1989-94.

Derrett, M. E. *The Modern Indian Novel in English: A Comparative Approach*. Brussels: Editions de L'Institute de Sociologie, Univ. Libre de Bruxelles, 1966.

Desai, Shantinath K. *Creative Aspects of Indian English*. New Delhi: Sahitya Akademi, 1995.

Devy, G. N. *After Amnesia: Tradition and Change in Indian Literary Criticism*. Bombay: Orient Longman, 1992.

Dhar, T. N. *History-Fiction Interface in Indian English Novel: Mulk Raj Anand, Nayantara Sahgal, Salman Rushdie, Shash Tharoor, O. V. Vijayan*. New Delhi:Prestige, 1999.

Dharker, Rani. "Who's Afraid of the Big Bad Booker? The Making of Small Gods in Our Times." *Rethinking Indian English Literature*. Eds. U. M. Nanavati, and Prafulla C. Kar. New Delhi: Pencraft International, 2000. 140-144.

Dhawan. R. K. Ed. *Explorations in Modern Indo-English Fiction*. New Delhi: Bahri, 1982.

——. Ed. *Indian Women Novelists: An Anthology of Critical Essays*. New Delhi: Prestige, 1st set 5 vols., 1991, 2nd set 6 vols., 1993, 3rd set 7 vols., 1995.

——. Ed. *Indian Literature Today*. 2 vols. New Delhi: Prestige, 1994.

——. Ed. *Post-Colonial Discourse: A Study in Contemporary Literature*. New Delhi: Prestige, 1997.

——. Ed. *Arundhati Roy: The Novelist Extraordinary*. New Delhi: Prestige, 1999.

——. Ed. *The Novels of Amitav Ghosh*. New Delhi: Prestige, 1999.

Dhoudiyal, Manju. *Indian Women in Modern Age*. New Delhi: Commonwealth, 2006.

Didur, Jill. "Cracking the Nation: Gender, Minorities, and Agency in Bapsi Sidhwa's *Cracking India*." *A Review of International English Literature* 29: 3 (July 1998): 44-64.

Dinesh, Kamini, and R. A. Joshi. Eds. *The Novelists and the Political Milieu: A Study of Indian English Fiction*. Jaipur: Rachana Prakashan, 1995.

Dingwaney, Anuradha. "Author(iz)ing *Midnight's Children* and *Shame*: Salman Rushdie's Constructions of Authority." *Reworlding: The Literature of the Indian Diaspora*. Ed. Emmanuel S. Nelson. London: Greenwood Press, 1992.

Doniger, Wendy and Brian K. Smith Trans. *The Laws of Manu*. New Delhi: Penguin, 1991.

Driesen, Cynthia Vanden. *Centering the Margins: Perspectives on New Literatures in English from India, Africa and Australia*. New Delhi: Prestige, 1995.

Dwivedi, A. N. Ed. *Studies in Contemporary Indian Fiction in English*. Allahabad: Kitab Mahal, 1987.

——. Ed. *Papers on Indian Writing in English*. Vol. 1. New Delhi: Atlantic, 1991.

——. Ed. *Studies in Contemporary Indian English Short Story*. New Delhi: B R Publishing, 1991.

——. Ed. *Papers on Indian Writing in English*. Vol. 2. New Delhi: Atlantic, 2002.

Eakambaram, N., and V. Saraswathi. *Glimpses of World Literature*. New Delhi: Pencraft, 1998.

Fenwick, Mac. "Crossing the Figurative Gap: Metaphor and Metonymy in *Midnight's Children*." *Journal of Commonwealth Literature* 39. 3 (2004): 45-68.

Flanagan, Kathlee. "The Fragmented Self in Salman Rushdie's *Midnight's Children*." *Commonwealth Novel in English* 5. 1 (1992): 38-45.

Fludernik, Monika. Ed. *Hybridity and Postcolonialism: Modern Indian Literature*. Tubingen: Stauffenberg, 1998.

Gabriel, S. P. "Heteroglossia of Home: Re-'Routing' the Boundaries of National Identity in Amitav Ghosh's *The Shadow Lines*." *Journal of Postcolonial Writing* 41. 1 (2005): 40-53.

Gadgil, Gangadhar. *Indian Literature: Issues and Explorations*. New Delhi: B R Publishing, 1995.

George, K. M. Ed. *Comparative Indian Literature*. 2vols. Trichur and Madras: Kerala Sahitya Akademi and Macmillan, 1986.

George, K. M. et al. Eds. *Masterpieces of Indian Literature*. 3 vols. New Delhi: National Book Trust, 1997.

Ghotra, Balvinder. "Subaltern Consciousness in *The God of Small Things*." *Spectrum of Indian*

Writing in English. Ed. K. A. Agrawal. Jaipur: Book Enclave, 2004. 244-255.
Gokak, V. K. *Literature in Modern Indian Languages*. New Delhi: Publication Division of India, 1957.
Gokhale, Namita, and Malashri Lal et al. Eds. *At Home in the World.* New Delhi: Indian Council for Cultural Relations, 2005.
Goonetilleke, D. C. R. A. *Salman Rushdie*. London: Macmillan, 1998.
Gopal, Priyamvada. "Bodies Inflicting Pain: Masculinity, Morality and Cultural Identity in Manto's 'Cold Meat'. *The Partition of Memory: The Afterlife of the Division of India*. Ed. Suvir Kaul. Bloomington and Indianapolis: Indiana UP, 2001. 242-268.
Gowda, H. H. Anniah. *Encyclopaedia of Commonwealth Literature*. New Delhi: Cosmo, 1998.
Goyal, Bhagwat S. *Culture and Commitment: Aspects of Indian Literature in English*. Meerut: Shalabh Book House, 1984.
Gupta, G. S. *Balarama. Studies in Indian Fiction in English*. Gulbarga: IJWE Publications, 1987.
Guruprasad, D. V. *The Letter in Indian Writing in English*. Dharwad: Karbatak University, 1996.
Harish, Ranjana. *Indian Women's Autobiographies*. New Delhi: Arnold, 1993.
Harrex, S. C. *The Fire and the Offering: The English Language Novel in India, 1935-1970*. 2 vols. Calcutta: Writers Workshop, 1977.
Hawes, Clement. "Leading History by the Nose: the Turn to the Eighteenth Century in *Midnight's Children*." *Modern Fiction Studies* 39. 1 (1993): 147-168.
Hawley, John C. *Amitav Ghosh: An Introduction*. Delhi: Foundation, 2005.
Heffernan, Terresa. "Apocalyptic Narratives: The Nation in Salman Rushdie's *Midnight's Children*." *Twentieth Century Literature* 46. 4 (Winter 2000): 470-91.
Hogan, Patrick Colm. "*Midnight's Children*: Kashmir and the Politics of Identity." *Twentieth Century Literature* 47. 4 (Winter 2001): 510-544.
Howe, Susanna. *Novels of Empire*. NY: Columbia UP, 1949.
Hussein, Aamer. Ed. *The Bapsi Sidhwa Omnibus*. Karachi: Oxford UP, 2001.
Iyengar, K. R. Srinivasa. *Literature and Authorship in India*. London: Allen and Unvrin, 1943.
——. *The Indian Contribution to English Literature*. Bombay: Karnatak, 1946.
——. *Contemporary Indian Literature*. New Delhi: Sahitya Akadami, 1959.
——. *Indian Writings in English*. Bombay: Asia, 1973.
——. *Indian Writing in English*. New Delhi: Stering, 1984.
Jacob, George C. "*The God of Small Things*: Humour as a Mode of Feminist Protest." *Arundhati Roy: The Novelist Extraordinary*. Ed. R. K. Dhawan. Jaipur and New Delhi: Prestige Books, 1999. 71-76.
Jain, Jasbir. *Problems of Post-Colonial Literatures and Other Essays*. Jaipur: Printwell, 1991.
——. Ed. *Women's Writing: Text and Context*. Jaipur: Rawat, 1996.
——. *Feminizing Political Discourse: Women and the Novel in India 1957-1905*. Jaipur: Rawat, 1997.
——. Ed. *Writers of Indian Diaspora*. Jaipur: Rawat, 1998.
——. Ed. *Creating Theory: Writers on Writing*. New Delhi: Pencraft, 2000.
——. "Writing, Trauma and Histry: The Self-in-the-World." *Reading Partition / Living Partition*. Ed.

Jasbir Jain. New Delhi: Rawat, 2007. 317-331.
Jain, Jasbir, and Amina Amin. *Margins of Erasure: Purdah in the Subcontinental Novel In English.* New Delhi: Stering, 1995.
Jain, Jasbir, and Supriya Agarwal. *Gender and Narrative*. Jaipur and New Delhi: Rawat, 2002.
Jain, Jasbir, and Veena Singh. *Contesting Postcolonialism*. Jaipur: Rawat, 2000.
Jain, Naresh K. *Women in Indo-Anglian Fiction: Tradition and Modernity*. New Delhi: Manohar, 1998.
——. "The Muslim Polyphony in Attia Hosain's *Sunlight on a Broken Column*." *Pangs of Partition: The Human Dimension*. Eds. S. Setter, and Indira Baptista Gupta. New Delhi: Manohar, 2002. 283-290.
Jha, Rama. *Gandhian Thought and Indo-Anglian Novelists*. Chanakya, 1985.
Jha, Surendra Narayan. "Dreams Re-dreamed: A Study of *The God of Small Things*." *Indian Writing in English*. Ed. Amar Nath Prasad. New Delhi: Sarup and Sons, 2005. 244-258.
John, Binoo K. "The New Deity of Prose." *India Today* 27 Oct. 1997: 22-25.
Juneja, O. P. *Post-Colonial Novel: Narratives of Colonial Consciousness*. New Delhi: Creative Books, 1995.
Jussawalla, Feroza F. *Family Quarrels: Towards a Criticism of Indian Writing in English.* NY: Peter Long, 1986.
Kachru, Braj B. Ed. *The Other Tongue: English Across Cultures*. Urbana and Chicago: U of Illinois P, 1983.
——. *The Indianization of English: The English Language in India*. New Delhi: Oxford UP, 1984.
Kanaganayagam, Chelva. Ed. *Configurations of Exile: South Asian Writers and Their World.* Toronto: TSAR Publications, 1995.
Kapadia, Novy. "Identity Crises and the Partition in Attia Hossain's *Sunlight on a Broken Column*." *Indian Women Novelists*. Set III, Vol. 2. Ed. R. K. Dhawan. New Delhi: Prestige, 1995. 166-184.
——. Ed. *Amitav Ghosh: The Shadow Lines: Critical Perspectives*. New Delhi: Asia Book Club, 2001.
Kapoor, Kapil. *Language, Linguistics and Literature: The Indian Perspective*. New Delhi: Academic Foundation, 1994.
Kar, Prafulla C. Ed. *Critical Theory: Western and Indian*. New Delhi: Pencraft, 1997.
Karnani, Chetan. *Indian Writing in English*. New Delhi: Arnold Associates, 1995.
Kaushik, Asha. *Politics, Aethetics and Culture: A Study of Indo-Anglian Political Novels*. New Delhi: Manohar, 1988.
Khair, Tabish. *Babu Fictions: Alienation in Contemporary Indian English Novels*. New Delhi: Oxford UP, 2001.
——. Ed. *Amitav Ghosh: A Critical Companion*. Delhi: Orient Longman, 2003.
Khan, Fawzia Afzal. *Cultural Imperialism and the Indo-English Novel: Genre and Ideology in R. K. Narayan, Anita Desai, Kamala Markandaya and Salman Rushdie*. University Park: Pennsylvania State UP, 1993.
Khan, M. Q., and A. G. Khan. Eds. *Changing Faces of Women in Indian Writing in English*. New Delhi: Creative Books, 1995.

Khan, Nyla Ali. "Citizenship in a Transnational Age: Culture and Politics in Ghosh's *The Shadow Lines*." *Amitav Ghosh's The Shadow Lines: A Critical Companion*. Ed. Murari Prasad. New Delhi: Pencraft International, 2008. 99-109.

Khatri, Chhote Lal. *Indian Writing in English: Voices from the Oblivion*. Jaipur: Book Enclave, 2004.

Khurana, K. K. Ed. *Marital Discord in Indian English Novel*. Delhi: K. K. Publications, 2001.

King, Bruth. Ed. *Literature of the World in English*. London: Routledge and Kegan Paul, 1974.

Kirpal, Viney. *Third World Novel of Expatriation: A Study of Émigré Fiction by Indian, West African and Caribbean Writers*. New Delhi: Sterling, 1989.

——. Ed. *The New Indian Novel in English: A Study of the 1980s*. New Delhi: Allied, 1990.

——. *The Postmodern Indian English Novel: Interrogating the 1980s and 1990s*. New Delhi: Allied, 1996.

Kohli, Devindra. Ed. *Indian Writers at Work*. Delhi: B R Publishing, 1991.

Kortenaar, Neil Ten. *Self, Nation, Text in Salman Rushdie's Midngiht Children*. Maontreal, London, McGill: Queen's UP, 2004.

Krishnan, S. Ed. *A Town Called Malgudi*. New Delhi: Viking, 1999.

Kumar, A. V. Suresh. *Six Indian Novelists: Mulk Raj Anand, Raja Rao, R. K. Narayan, Balachandra Rajan, Kamala Markandaya and Anita Desai*. New Delhi: Creative, 1996.

Kumar, Sanjay, "The Poetry of the Unsaid in Arundhati Roy's *The God of Small things*." *Indian Writing in English*. Ed. Rajul Bhargava. Jaipur and New Delhi: Rawat, 2002. 146-161.

Kumar, Shiv K. *Contemporary Indian Literature in English*. Shimla: Indian Institute of Advance Study and New Delhi: Manohar, 1992.

Kuortti, Joel. *The Salman Rushdie Bibliography: A Bibliography of Rushdie's Work and Rushdie Criticism*. Frankfurt and Main: Peter Lang, 1998.

Kurup, C. G. R. Rendered. *The Ramayana*. Delhi: Children's Book Trust, 2002.

Lal, Malashri. Ed. *Feminist Spaces: Cultural Readings from India and Canada*. New Delhi: Allied, 1998.

——. *The Law of the Threshold: Woman Writers in Indian English*. 1995. Rashtrapatinivas Shimla: Indian Institute of Advanced Study, 2000.

Lal, Malashri, and Namita Gokhale. Eds. *In Search of Sita: Revisiting Mythology*. New Delhi: Yatra / Penguin, 2009.

Lal, Malashri, Alamgir Hashmi, and Victor J. Ramraj. Eds. *Post Independence Voices in South Asian Writings*. Delhi: Doaba, 1991.

Lal, Mohan et al. Eds. *Encyclopaedia of Indian Literature*. Vol.4 and 5. Delhi: Sahitya Akademi, 1991, 1992.

Lal, P. *Alien Insiders: Essays on Indian Writing in English*. Calcutta: Writers Workshop, 1987.

Loomba, Ania. *Colonialism / Postcolonialism*. London and NY: Routledge, 1998.

MacCutcheon, David. *Indian Writing in English: Critical Essays*. Calcutta: Writer's Workshop, 1969.

MacDonough, Steve. Ed. *The Rushdie Letters: Freedom to Speak, Freedom to Write*. Lincoln: U of Nebraska P, 1993.

Mahle, H. S. *Indo-Anglian Fiction: Some Perceptions*. New Delhi: Jainsons, 1985.

Malik, Seema. "Body as Object: A Reading of Shauna Singh Baldwin's *What the Body Remebers*."

Indian Writers in English: The Last Decade. Ed. Rajul Bhargava. Jaipur and New Delhi: Rawat, 2002. 195-204.

Mann, Harveen Sachdeva. "*Cracking India*: Minority Women Writers and the Contentious Margins of Indian Nationalist Discourse." *Journal of Commonwealth Literature* 29. 2 (1994): 71-94.

Mathur, O. P. *Indian Political Novel and Other Essays*. Allahabad: Kitab Mahal, 1995.

——. *Modern Indian English Fiction*. Delhi: Abhinav, 1993.

Maya, D. *Narrating Colonialism: Post-Colonial Images of the British in Indian English Fiction*. New Delhi: Prestige, 1997.

Mee, Jon. "The Burthen of the Mystery: Imagination and Difference in *The Shadow Lines*." *Amitav Ghosh: A Critical Companion*. Ed. Tabish Khair. Delhi: Orient Longman, 2003. 90-108.

Mehrotra, Arvind Krishna. Ed. *An Illustrated History of Indian Literature in English*. Delhi: Permanent Black, 2003.

——. Ed. *A Concise History of Indian Literature in English*. Ranikhet: Permanent Black, 2008.

Mehta, P. P. *Indo-Anglian Fiction: An Assessment*. Bareilly: Prakash Book Depot, 1968.

Merivale, Patricia. "Saleem Fathered by Oskar: Intertexual Strategies in *Midnight's Children* and *The Tin Drum*." *Ariel* 21. 3 (July 1990): 5-21.

Mishra, Lalaj "Search for Human Values: A Study in the Partition Novels" *Indian Writing in English: A Critical Study*. Ed. K. A. Agrawal. New Delhi: Atlantic, 2003. 190-194.

Mittapalli, Rajeshwar, and Pier Paolo Piciucco. Eds. *Studies in Indian Writing in English*. Vol. I, II. New Delhi: Atlantic, 2001.

Mokashi-Punekar, Shankkar. *Theoretical and Practical Studies in English*. Dharward: Karnatak UP, 1978.

Mondal, Anshuman A. "Allegories of Identity: 'Postmodern' Anxiety and 'Postcolonial' Ambivalence in Amitav Ghosh's *In an Antique Land* and *The Shadow Lines*." *Journal of Commonwealth Literature* 38. 3 (2003): 19-36.

——. *Amitav Ghosh*. New Delhi: Viva Books, 2010.

Mukherjee, Arun P. "Characterisation in Salman Rushdie's *Midnight's Children*'s Children: Breaking Out of Realism and Seeking the Alienation Effect." *The New Indian Novel in English: A Study of the 1980s*. Ed. Viney Kirpal. New Delhi: Allied, 1990. 109-119.

——. *Oppositional Aesthetics: Readings from a Hyphenated Space*. Toronto: TSAR Publications, 1994.

Mukehrjee, Meenakshi. *Realism and Reality: The Novel and Society in India*. New Delhi: Oxford UP, 1985.

——. *The Perishable Empire: Essays on Indian Writing in English*. New Delhi: Oxford UP, 2000.

——. *The Twice Born Fiction*. 1971. New Delhi: Pencraft International, 2001.

——. Ed. *The Early Novel in India*. New Delhi: Sahitya Akademi, 2002.

Mukeherjee, Sujit. *Translation as Discovery and Other Essays on Indian Literature in English Translation*. New Delhi: Allied, 1981.

——. *Forster and Further*. Bombay: Orient Longman, 1993.

——. *A Dictionary of Indian Literature: Beginnings-1850*. Hyderabad: Orient Longman, 1999.

Mund, Subhendu Kumar. Ed. *The Indian Novel in English: Its Birth and Development*. New Delhi:

Prachi Prakashan, 1997.
Murti, K. V. Suryanarayana. *Kohinoor in the Crown: Critical Studies in Indian English Literature*. New Delhi: Sterling, 1987.
Nabar, Vrinda, and Nilufer E. Bharucha. Eds. *Postcolonial Perspectives on the Raj and Its Literature*. Bombay: U of Bombay P, 1995.
Nahal, Charman. *The New Literatures in English*. New Delhi: Allied, 1985.
Naik, M. K., S. K. Desai, and G. S. Amur. *Critical Essays on Indian Writing in English*. Dharwar: Karnatak UP, 1972.
Naik, M. K. *Aspects of Indian Writing in English*. Madras: Macmillan, 1979.
——. *A History of Indian English Literature*. New Delhi: Sahitya Akademi, 1982.
——. *A History of Indian Writing in English*. New Delhi: Sahitya Akademi, 1982.
——. Ed. *Perspectives on Indian Prose in English*. New Delhi: Abhinav, 1982.
——. *Dimensions of Indian-English Literature*. New Delhi: Sterling, 1984.
——. Ed. *Perspectives on Indian Fiction in English*. New Delhi: Abhinav, 1985.
——. *Studies in Indian English Literature*. New Delhi: Sterling, 1987.
Naik, M. K., and Shyamala A. Narayan. *Indian English Literature 1980-2000: A Critical Survey*. New Delhi: Pencraft International, 2004.
Nanavati, U. M., and Prafulla C. Kar. Eds. *Rethinking Indian English Literature*. New Delhi: Pencraft International, 2000.
Narang, Harish. "Weaving Black Borders Manto and the Politics of Partition." *Reading Partition / Living Partition*. Ed. Jasbir Jain. New Delhi: Rawat, 2007. 56-71.
Narasimhaiah, C. D. *The Swan and the Eagle*. Simla: Indian Institute of Advanced Study, 1969.
——. *Moving Frontiers of English Studies in India*. New Delhi: S. Chaud, 1977.
——. *The Function of Criticism in India*. Mysore: Central Institute of Language, 1986.
——. Ed. *The Rise of the Indian Novel*. Mysore: Dhavanyaloka, 1986.
——. *The Indian Critical Scene: Controversial Essays*. Delhi: B R Publishing, 1990.
——. Ed. *Makers of Indian English Literature*. New Delhi: Pencraft International, 2003.
Narasimahaiah, C. D., and C. N. Srinath. Eds. *Women in Fiction, Fiction by Women*. Mysore: Dhavanyaloka, 1987.
Nayak, P. M., and S. P. Swain. Eds. *Feminism and Indian English Fiction*. Bareilly: Prakash Book Depot, 1997.
Nelson, Emmanuel S. Ed. *Reworlding: The Literature of the Indian Diaspora*. NY: Greenwood Press, 1992.
——. Ed. *Writers of the Indian Diaspora: A Bio-Bibliographical Critical Sourcebook*. Westport, Connecticut: Greenwood Press, 1993.
Newman, Judie. *The Ballistic Bard: Postcolonial Fictions*. London: Arnold, 1995.
Oaten, E. F. *A Sketch of Anglo-Indian Literature*. London: Kegan Paul, 1908.
Pai, Sudha. "Expatriate Concerns in Salman Rushdie's *Midnight's Children*." *Literary Criterion* 23. 4 (1988): 36-41.
Pandey, Mithilesh K. Ed. *Contemporary Indian Literature in English: A Cultural Perspective*. Ludhiana: Anmol, 1999.

Pandey, Sudhakar, and R. Ray Rao. Eds. *The Image of India in Indian Novel in English 1969-1985*. Hyderabad: Orient Longman, 1993.

Pandit, M. L. *New Commonwealth Writing: A Critical Perspective*. New Delhi: Prestige, 1996.

Paniker, K. Ayyappa. Ed. *Contemporary Indian Fiction in English*. Trivandrum: U of Kerala, 1987.

——. Ed. *Indian English Literature Since Independence*. New Delhi: Indian Association for English Studies, 1991.

Parameswaran, Uma. *A Study of Representative Indo-English Writers*. Calcutta: Writers Workshop, 1983.

——. *The Perforated Sheet: Essays on Salman Rushdie's Art*. Madras: Affiliated East-West Press, 1988.

Paranjape, Makarand. *Decolonisation and Development: Hind Swaraj Revisioned*. New Delhi: Sage, 1993.

——. Ed. *Nativism: Essays in Criticism*. New Delhi: Sahitya Akademi, 1997.

——. *Towards A Poetics of the Indian English Novel*. Shimla: Indian Institute of Advanced Study, 2000.

Pathak, R. S. Ed. *Indian Fiction in English: Problems and Promises*. Vol. 1 New Delhi: Northern Book Centre, 1990.

——. "History and the Individual in the Novel of Rushdie." *The Commonwealth Review* 1. 2 (1999): 118-34.

——. *Modern Indian Novel in English*. New Delhi: Creative Books, 1999.

Pathan, B. A. *Gandhian Myth in English Literature in India*. New Delhi: Deep and Deep, 1987.

Patil, Z. N. *Style in Indian English Fiction: A Study in Politeness Strategies*. New Delhi: Prestige, 1994.

Paul, S. K. "The Style of Arundhati Roy's *The God of Small Things*." *Indian Writing in English: Critical Ruminations*. Eds. Amar Nath Prasad, and S. John Peter Joseph. New Delhi: Sarup and Sons, 2006.

Perry, John Oliver. *Absent Authority: Issues in Contemporary Indian English Criticism*. New Delhi: Sterling, 1992.

Petersson, Margareta. *Unending Metamorphoses: Myth, Satire and Religion in Salman Rushdie's Novels*. Lund: Lund UP, 1997.

Piciucco, Pier Paolo. Ed. *A Companion to Indian Fiction in English*. New Delhi: Atlantic, 2004.

Pinto, Robert. "*The God of Small Things*: The Cultural Milieu." *Indian Writing in English: Critical Explorations*. Ed. Amar Nath Prasad. New Delhi: Sarup and Sons, 2002. 139-150.

Prabha, M. *The Waffle of the Toffs: A Sociocultural Critique of Indian Writing in English*. New Delhi: Oxford and IBH, 1999.

Prabhakar, T. Ed. *The Indian Novel in English: Evaluations*. New Delhi: Phoenix, 1995.

Pradhan, N. S. Ed. *Major Indian Novels*. New Delhi: Arnold-Heinemann, 1986.

Prakash, Bhagban. *Indian Themes in English Fiction: A Socio-Literary Study*. New Delhi: Mittal, 1995.

Prakash, Nirmala C. "Man-Woman Relationship in *The God of Small Things*." *Arundhati Roy: The Novelist Extraordinary*. Ed. R. K. Dhawan. Delhi: Prestige, 1999. 77-83.

Prasad, Amar Nath. Ed. *Quest of Identity in Indian English Writing: Fiction*. Delhi: Bahri, 1992.

——. Ed. *Recent Indian Fiction*. New Delhi: Prestige, 1994.

——. *Modern Indian Novel in English*. New Delhi: Creative Books, 1999.

——. *Indian Writing in English: Critical Explorations*. New Delhi: Sarup and Sons, 2002.

——. *Critical Essays: Indian Writing in English*. New Delhi: Sarup and Sons, 2003.

——. Ed. *Indian Writing in English: Past and Present*. New Delhi: Sarup and Sons, 2004.

——. Ed. *Indian Writing in English: Critical Appraisals*. New Delhi: Sarup and Sons, 2005.

Prasad, Anil Kumar. *The Village in Indo-Anglian Fiction*. Ptna: Novelty, 1994,

Prasad, G. J. V. "Writing Translation: The Strange Case of the Indian English Novel." *Post-Colonial Translation: Theory and Practice*. Eds. Susan Bassnett, and Harish Trivedi. London: Routledge, 1999. 41-57.

Prasad, Hari Mohan. Ed. *Response: Recent Revelations of Indian Fiction in English*. Bareilly: Prakash Book Depot, 1984.

Prasad, Madhusudan. Ed. *Indian English Novelists: An Anthology of Critical Essays*. New Dlehi: Sterling, 1982.

Prasad, Murari. Ed. *Amitav Ghosh's The Shadow Lines: A Critical Companion*. Delhi: Pencraft International, 2008.

Prasad, V. V. N. *The Self, the Family and Society in Five Indian Novelists: Rajan, Raja Rao, Narayan, Arun Joshi, Anita Desai*. New Delhi: Prestige, 1990.

Price, David. "Salman Rushdie's Use and Abuse of History in *Midnight's Children*." *Ariel* 25. 2 (1994): 91-107.

Radhakrishnan, N. *Indo-Anglian Fiction: Major Trends and Themes*. Madras: Emerald, 1985.

Rahman, Tariq. "Politics in the Novels of Salman Rushdie." *The Novels of Salman Rushdie*. *Commonwealth Novel in English* 4. 1 (Spring 1991): 24-37.

Rajan, Gita, and Radhika Mohanram. Eds. *Post-Colonial Disourse and Changing Cultural Contexts: Theory and Criticism*. Westport, Connecticut: Greenwood Press, 1996.

Rajan, P. K. Ed. *The Growth of the Novel in India, 1950-1980*. New Delhi: Abhinav, 1989.

——. Ed. *Changing Tradition in Indian English Literature*. New Delhi: Creative Books, 1995.

Rajan, Rajeswari Sunder. "The Division of Experience in *The Shadow Lines*." *The Shadow Lines. Educational Edition*. Delhi: Oxford UP, 1997. 287-298.

Rajeshwar, M. *Indian Women Novelists and Psychoanalysis*. New Delhi: Atlantic, 1998.

Ram, Atma. *Interviews with Indo-English Writers*. Calcutta: Writers Workshop, 1983.

Ramachandra, Ragini. *Indian Literary Criticism: An Enquiry into Its Vitality and Continuity.* New Delhi: Reliance, 1989.

Ramamurti, K. S. *The Rise of the Indian Novel in English*. New Delhi: Sterling, 1987.

Ramaswamy, S. *Explorations: Essays on Commonwealth Literature in English*. Bangalore: M. C. C. Publications, 1988.

Rao, A. Ramakrishna, and M. Sivaramakrishna. Eds. *When East Meets West: Indian Thought in Anglo-Indian and Indo-English Fiction*. New Delhi: Sterling, 1994.

Rao, Nagesh. "Cosmopolitanism, Class and Gender in *The Shadow Lines*." *South Asian Review* 24. 1 (2003): 95-115.

Rao, R. Faj. *Ten Idian Writers in Interview*. Calcutta: Writers Workshop, 1991.

Rasheed, Asma. "Politics of Locating Politics in Attia Hosain's *Sunlight on a Broken Column*." *Rethinking Indian English Literature*. Eds. U. M. Nanavati, and P. C. Kar. Delhi: Pencraft International, 2000. 125-139.

Ratnam, A. S. Ed. *Critical Essays on Indian Women Writing in English*. New Delhi: Harman, 1999.

Ray, Sangeeta. *Engendering India: Woman and Nation in Colonial Postcolonial Narratives*. Durham and London: Duke UP, 2000.

Rayan, Krishna. *Sahitya: A Theory for Indian Critical Practice*. New Delhi: Sterling, 1991.

——. *The Burning Bush: Suggestion in Indian Literature*. Delhi: B R Publishing, 1989.

Reddy, G. A. *Indian Writing in English and its Audience*. Bareilly: Prakash Book Depot, 1979.

Reddy, K. Venkata. *Major Indian Novelists: Mulk Raj Anand, R. K. Narayan, Raja Rao, Bhabani Bhattacharya, Kamala Markandaya*. New Delhi: Prestige, 1991.

——. *Studies in Commonwealth Literature*. New Delhi: Prestige, 1994.

Reddy, K. Venkata, and P. Bayapa Reddy. Eds. *The Indian Novel with a Social Purpose*. New Delhi: Atlantic, 1999.

Reddy, Vijaylakshmi. *Development Issues*. Jaipur: Rawat, 2009.

Rege, Josna E. "Victim into Protagonist? *Midnight's Children* and the post-Rushdie National Narratives of the Eighties." *Studies in the Novel* 29. 3 (Fall 1997): 342-375.

Riemenschneider, Dieter. "History and the Individual in Anita Desai's *Clear Light of Day* and Salman Rushdie's *Midnight's Children*." *The New Indian Novel in English: A Study of the 1980s*. Ed. Viney Kirpal. New Delhi: Sterling, 1989. 189-199.

Roy, Anuradha. *Patterns of Feminist Consciousness in Indian Women Writers*. New Delhi: Prestige, 1999.

Roy, Mary. "My Daughter and I." *India Today* 27 Oct. 1997: 26.

Roy, Parama. *Indian Traffic: Identities in Question in Colonial and Postcolonial India*. Berkeley: U of California P, 1998.

Rushdie, Salman. *Imaginary Homelands: Essays and Criticism 1981-1991*. London: Penguin, 1992.

Rushdie, Salman, and Elizabeth West. Eds. *The Vintage Book of Indian Writing 1947-1997*. London: Vintage, 1997.

Rutherford, Anna. Ed. *From Commonwealth to Post-Colonial*. Coventry: Dangaroo Press, 1992.

Sahitya Akademi. *Contemporary Indian Literature: A Symposium*. New Delhi: Sahitya Akademi, 1957.

——. *Who's Who of Indian Writers*. 2vols. New Delhi: Sahitiya Akademi, 1999.

Satchidanandan, K. *Indian Literature: Positions and Propositions*. New Delhi: Pencraft, 1999.

Satpathy, Sumanyu. "The Code of Incest in *The God of Small Things*." *Arundhati Roy: The Novelist Extraordinary*. Ed. R. K. Dhawan. Delhi: Prestige, 1999. 132-143.

Saxena, O. P. Ed. *Glimpses of Indo-English Fiction*. New Delhi: Jainsons, 1985.

Seshadri, Vijayalakshmi. *The New Woman in Indian English Women Writers Since the 1970s*. New Delhi: B R Publishing, 1995.

Sharma, B. D., and Sharma, S. K. *Contemporary Indian English Novel*. New Delhi: Anamika, 1999.

Sharma, G. P. *Nationalism in Indo-Anglian Fiction*. New Delhi: Sterling, 1978.

Sharma, Krishna. *Protest in Post-Independence Indian English Fiction*. Jaipur: Bohra Prakashan, 1995.

Sharma, R. S., and S. B. Talwar. "Imagery, Coprophilia, Carnography and Feminism in *The God of Small Things*." *Indian Writing in English*. Ed. Amar Nath Prasad. New Delhi: Sarup and Sons, 2005. 222-243.

Sharma, Vijay K. and Neeru Tnadon. Eds. *Kiran Desai and Her Fictional World*. New Delhi: Atlantic, 2011.

Sharma, R. S. and Shashi Bala Talwar. *Arundhati Roy's The God of Small Things: Critique and Commentary*. New Delhi: Creative Books, 1998.

Shil, Edward. *The Intellectual Between Tradition and Modernity: The Indian Scene*. Mouton: Hague, 1961.

Shukla, Sheobhushan. *Migrant Voices in Literature in English*. New Delhi: Sarup and Sons, 2006.

Singh, Avadesh K. Ed. *Contemporary Indian Fiction in English*. New Delhi: Creative Books, 1993.

Singh, Bhupal. *A Survey of Anglo-Indian Fiction*. 1934. London and Dublin: Curzon Press, 1974.

Singh, Charu Sheel. Ed. *Literary Theory: Possibilities and Limits*. New Delhi: B R Publishing, 1991.

Singh, Kirpal. Ed. *Through Different Eyes: Foreign Response to Indian Writing in English*. Calcutta: Writers Workshop, 1984.

Singh, R. A. Ed. *Critical Studies on Indian Writing in English*. Jaipur: Book Enclave, 2003.

Sinha, Krishna Nanda. *Indian Writing in English*. New Delhi: Heritage, 1979.

Sinha, Ravi Nandan, and R. K. Sinha. Eds. *The Indian Novel in English Essays in Criticism*. Ranchi: Ankit, 1987.

Singh, R. A., and K. Kumar. *Critical Studies on Indian Writing in English*. Jaipur: Book Enclave, 2003.

Singh, R. K. Ed. *Indian English Writing, 1981-1985: Experiments with Expressions*. New Delhi: Bahri, 1987.

Singh, R. S. *Indian Novel in English*. New Delhi: Arnold Heineman, 1977.

Singh, Sushila. Ed. *Feminism and Recent Fiction in English*. New Delhi: Prestige, 1991.

Singh, Veena. *Literature and Ideology: Essays in Interpretation*. Jaipur: Rawat, 1998.

Sinha, Krishna Nanda. *Indian Writing in English*. New Delhi: Heritage, 1979.

Sodhi, Meena. *Indian English Writing: The Autobiographical Mode*. New Dlehi: Crative Books, 1999.

Spencer, Dorothy. *Indian Fiction in English*. Philadelphia: U of Pennsylvania P, 1960.

Spyra, A. "Is Cosmopolitanism Not for Women? Migration in Qurratulain Hyder's *Sita Betrayed* and Amitav Ghosh's *The Shadow Lines*. *Frontiers* 27. 2 (2006): 1-26.

Srinath, C. N. *The Commonwealth Novel: A Study of the Cosmic Mode and the Theme of Success*. Bangalore: Prasaranga Bangalore University, 1997.

——. *The Interior Landscape: Essays on Indian Fiction and Poetry*. Mysore: Dhvanyaloka, 1983.

——. *The Literary Landscape: Essays on Indian Fiction and Poetry in English*. Delhi: Mittal, 1986.

Srivastava, Prema. *Children's Fiction in English in India: Trends and Motifs*. Madras: T. R. Publications, 1998.

Srivastava, Ramesh K. *Six Indian Novelists in English: Raja Rao, R. K. Narayan, Kamala*

Markandaya, Bhabani Bhattacharya, Anita Desai, Arun Joshi. Amritsar: Guru Nanak Dev UP, 1987.

Srivastava, Ramesh K. "Arundhati Roy's *The God of Small Things*: A Study." *Indian Writing in English*. Ed. Rajul Bhargava. Jaipur and New Delhi: Rawat, 2002. 87-135.

Srivastava, Sharad. *The New Women in Indian English Fiction*. New Delhi: Creative books, 1996.

Srivastava, Sushma. *Encyclopaedia of Women and Development*. New Delhi: Commonwealth , 2007.

Su, John. "Epic of Failure: Disappointment as Utopian Fantasy in *Midnight's Children*." *Twentieth Century Literature* 47. 4 (Winter 2001): 545-68.

Suleri, Sara. *The Rhetoric of English India*. Chicago: U of Chicago P, 1992.

Suneel, Seema. *Man-Women Relationship in Indian Fiction with a Focus on Shashi Deshpande, Rajendra Awasthy, and Syed Abdul Malik*. New Delhi: Prestige, 1995.

Swain, S. P. "Erotic Pornography and Sexuality: A Study of *The God of Small Things*." *Arundhati Roy: The Novelist Extraordinary*. Ed. R. K. Dhawan. Delhi: Prestige, 1999. 144-150.

——. "The Quest of Meaning: A Study of *The Shadow Lines*." Ed. R. K. Dhawan. *The Novels of Amitav Ghosh*. Delhi: Prestige Books, 1999. 130-135.

——. *Self and Identity in Indian Fiction*. New Delhi: Prestige, 2005.

Syed, Mujeebuddin. "*Midnight's Children* and its Indian Con-Texts." *The Journal of Commonwealth Literature* 29. 2 (1994): 95-108.

Taneja, G. R. "Review of *The Shadow Lines*." *World Literature Today* 65. 2 (1991): 365.

Teverson, Andrew. *Salman Rushdie*. New Delhi: Viva Books, 2010.

Tiwari, A. K. "*The God of Small Things*." *Indian Writing in English*. Ed. Rajul Bhargava. Jaipur and New Delhi: Rawat, 2002. 136-145.

Trivedi, Harish. *Colonial Transactions: English Literature and India*. Manchester: Manchester UP, 1995.

——. "Post-Colonial Hybridity: *Midnight's Children*." *Literature and Nation: Britain and India, 1800-1990*. Eds. Richard Allen, and Harish Trivedi. London: Routledge, 2000. 154-165.

Trivedi, Harish, and Meenakshi Mukherjee. Eds. *Interrogating Post-Colonialism: Theory, Text and Context*. Shimla: Indian Institute of Advanced Study, 1996.

Tyssens, Stephanie. "*Midnight's Children* or the Ambiguity of Impotence." *Commonwealth Essays and Studies* 12. 1 (1989): 19-29.

Uma, Alladi. *Woman and Her Family: Indian and Afro-American: A Literary Perspective*. New Delhi: Sterling, 1989.

Varma, R. M. *Some Aspects of Indo English Fiction*. New Delhi: Jainsons, 1985.

Verghese, C. Paul. *Problems of the Indian Creative Writer in English*. Bombay: Somaiya, 1971.

Verma, K. D. Ed. *The Indian Imagination: Critical Essays on Indian Writing in English*. Delhi: Macmillan India, 2000.

Vimla, Rama Rao, J. Sindhu, and Nirmala Prakash. "Arundhati Roy's *The God of Small Things*: A Spectrum of Responses." *The Journal of Indian Writing in English* 26 July, 1998. 28.

Walder, Dennis. *Post-Colonial Literature: History, Language, Theory*. Oxford: Blackwell, 1998.

Walsh, William. *Commonwealth Literature*. London: Oxford UP, 1973.

Williams, Haydn M. *Studies in Modern Indian Fiction*. Calcutta: Writer's Workshop, 1973.

——. *Indo-Anglian Literature, 1800-1900*. Calcutta: Orient Longmans, 1976.

Wilson, Keith. "*Midnight's Children* and Reader Responsibility." *Critical Quarterly* 26. 3 (Autumn 1984): 23-37.

Zaman, Niaz. "Images of Purdah in Bapsi Sidhwa's Novels." *Margins of Erasure: Purdah in the Subcontinental Novel in English*. Eds. Jasbir Jain, and Amina Amin. NY: Sterling, 1995. 156-173.

Zaman, Niaz, Firdous Azim, and Shawkat Hussain. Eds. *Colonial and Post-Colonial Encounters*. New Delhi: Manohar, 2000.

▼インドの女性問題について

Bagchi, Jasodhara. Ed. *Indian Women: Myth and Reality*. Hyderabad: Sangam Books, 1995.

Bhai, L. Thara. *Widows in India*. Delhi: B R Publishing, 2004.

Bhattacharya, Rinki. Ed. *Behind Closed Doors: Domestic Violence in India*. New Delhi: Sage, 2004.

Chen, Martha Alter. Ed. *Widows in India*. Delhi: Sage, 1998.

Gandhi, Nandita, and Nandita Shah. *The Issues at Stake: Theory and Practice in the Contemporary Women's Movement in India*. New Delhi: Kali for Women, 1991.

Goel, Aruna. *Education and Sociao-economic Perspective of Women*. New Delhi: Deep and Deep, 2004.

Goel, S. L., and Aruna Goel. *Women, Health and Education*. New Delhi: Deep and Deep, 2004.

Kudchedkar, Shirin, and Sabiha Al-lssa. Eds. *Violence Against Women, Women Against Violence*. Delhi: Pencraft, 1998.

Kumar, Hajira, and Vergese. *Women's Empowerment Issues, Challenges and Strategies*. New Delhi: Regency, 2005.

Mohanty, Manoranjan. Ed. *Class, Caste, Gender. Readings in Indian Government and Politics 5*. New Delhi, Thousand Oaks, London: Sage, 2004.

Nabar, Vrinda. *Caste as Women*. New Delhi: Penguin, 1995.

Rajan, Rajeswari Sunder. Ed. *Signposts: Gender Issues in Post-Independence India*. New Delhi: Kali for Women, 1999.

▼アンソロジー

Alter, Stephen, and Wimal Dissanayake. Eds. *The Penguin Book of Modern Indian Short Stories*. New Delhi: Penguin, 1989.

Anand, Mulk Raj, and S. Balu Rao. Eds. *Panorama: An Anthology of Modern Indian Short Stories*. New Delhi: Sterling, 1986.

Bhattacharya, Bhabani. Ed. *Contemporary Indian Short Stories*. New Delhi: Harper, 1994.

Chaudhuri, Amit. Ed. *The Vintage Book of Modern Indian Literature*. NY: Vintage Books, 2001.

Desai, S. K., and G. N. Devy. Eds. *Critical Thought: An Anthology of 20th Century Indian English Essays*. New Delhi: Sterling, 1986.

Ezekiel, Nissim and Meenakshi Mukherjee. Eds. *Another India: An Anthology of Contemporary Indian Fiction and Poetry*. New Delhi: Penguin, 1990.

Mukundan, Monisha. Ed. *Mosaic: New Writing from Award Winning British and Indian Authors*.

New Delhi: Penguin, 1998.
Naik, M. K. Ed. *The Indian English Short Story: A Representative Anthology*. New Delhi: Arnold-Heinemann, 1984
Narayan, Shyamala A. Ed. *Non-Fictional Indian Prose in English 1960-1990*. New Delhi: Sahitya Akademi, 1998.
Prasad, Madhusudan. Ed. *Contemporary Indian English Stories*. New Delhi: Sterling, 1982.
Rao, Rnaga. *That Man on the Road:Contemporary Telugu Short Fiction*. New Delhi: Penguin, 2006.
Rushdie, Salman, and Elizabeth West. Eds. *The Vintage Book of Indian Writing 1947-1997*. London: Random House, 1997.
Thayil, Heet. Ed. *Vox: New Indian Fiction*. Bombay: Sterling Newspapers, 1996.
Zaman, Niaz. Ed. *Arshilata: Women's Fiction from India and Bangladesh*. Dhaka: writer's ink, 2007.

▼そのほかバングラデシュ作家の作品

Ahmed, Humayun. *In Blissful Hell*. Trans. Mohammad Nurul Huda. Dhaka: Somoi Prokashan, 1993.
——. *A Few Youths in the Moon*. Trans. M. Harunur Rashid. Dhaka: Somoi Prokashan, 1995.
——. *Himu Has Got Some Blue Lotuses*. Trans. Binoy Barman. Dhaka: Moinul Ahsan Saber, 1998.
——. *Equation Fiha*. Trans. Nuhash Humayun. Dhaka: Anyaprokash, 2007.
——. *Gouripur Junction*. Trans. Shafiq-Ul-Karim. Dhaka: Anyaprokash, 2007.
——. *To the Woods Dark and Deep*. Trans. Fariha Sultana. Dhaka: Anyaprokash, 2007.
Nasrin, Taslima. *French Lover*. 2001. Trans. Sreejata Guha. New Delhi: Penguin, 2002.

◉引証文献◉

Abbas, Khwaja Ahmad. "Revenge." *Orphans of the Storm: Stories on the Partition of India*. Eds. S. Cowasjee, and K. S. Duggal. New Delhi: UBS Publisher's Distributors, 1995. 14-23.

Acharya, Milly. *The Ramayana for Young Readers*. New Delhi: Harper, 2001.

American Bible Society. Ed. *The Holy Bible: Revised King James Version*. New York: American Bible Society, 1988.

Anam, Tahmima. *A Golden Age*. London: John Murray, 2007.

Andermahr, Sonya, Terry Lovell, and Carol Wolkowitz. Eds. *A Concise Glossary of Feminist Theory*. London and NY: Arnold, 1997. 奥田暁子監訳／樫村愛子・金子珠理・小松加代子訳『現代フェミニズム思想辞典』明石書店, 2000 年.

Auersen, Niels H. and Eileen Stukane. *PMS: Premenstrual Syndrome and You*. New York: Simon and Schuster, 1983.

Awasthi, K. N. Ed. *Contemporary Indian English Fiction: An Anthology of Essays*. Jalandhar: ABS Publications, 1993.

Azad, Maulana Abul Kalam. *India Wins Freedom*. Delhi: Orient Longman, 1988.

Bagchi, Jasodhara. Ed. *Indian Women: Myth and Reality*. Hyderabad: Sangam Books, 1995.

Bagchi, Josodhara, and Subhoranjan Dasgupta. Eds. *The Trauma and the Triumph: Gender and Partition in Eastern India*. Kolkata: Stree, 2003.

Baldwin, Shauna Singh. *What the Body Remembers*. 1999. NY: Anchor, 2001.

Bardham, Kalpana. *Of Women, Outcastes, Peasants, and Rebels*. Berkeley: U of California P, 1990.

Bedi, Rajinder Singh. "Lajiwanti." *Orphans of the Storm: Stories on the Partition of India*. Eds. S. Cowasjee, and K. S. Duggal. New Delhi: UBS Publisher's Distributors, 1995. 67-78.

Beniwal, Anup. *Representing Partition: History, Violence and Narration*. Delhi: Shakti Book House, 2005.

Bhalla, Alok. Ed. *Stories About the Partition of India*. 4 vols. New Delhi: Haper Collins, 1994, 2011.

Birke, Lynda and Katy Gardner. *Why Suffer: Periods and Their Problems*. London: Virago, 1979.

Bose, Brinda. Ed. *Amitav Ghosh: Critical Perspectives*. New Delhi: Pencraft International, 2003.

Brennan, Timothy. *Salman Rushdie and the Third World: Myths of the Nation*. London: Macmillan, 1990.

Buck, William. Trans. and Retold. *Ramayana*. Los Angeles: U of California P, 1976.

Bordo, Susan. *Unbearable Weight: Feminism, Western Culture, and the Body*. Berkley, Los Angels, London: U of California P, 1993.

Brontë, Emily and Anne Brontë. *Wuthering Heights and Agnes Grey*. 1847. NY: Hawarth Edition AMS Press, 1972.

Bumiller, Elisabeth. *May You Be the Mother of a Hundred Sons: A Journey Among the Women of India*. 1990. New Delhi: Penguin, 1991.

Butalia, Urvashi. *The Other Side of Silence: Voices from the Partition of India*. New Delhi: Penguin, 1998. 藤岡恵美子訳『沈黙の向こう側――インド・パキスタン分離独立と引き裂かれた人々の声』明石書店, 2002 年.

Chakravarti, Aruna. *The Inheritors*. New Delhi: Penguin, 2004.
Chakravarty, Joya. Ed. *Indian Writing in English Perspectives*. New Delhi: Atlantic, 2003.
Chakravarti, Uma. *Rewriting History: The Life and Times of Pandita Ramabai*. Delhi: Kali for Women, 1998.
Chakravarti, Uma, and Preeti Gill. Eds. *Shadow Lives: Writings on Widowhood*. New Delhi:Kali for Women, 2001.
Chandar, Krishan. "Peshawar Express." *Orphans of the Storm: Stories on the Partition of India*. Eds. S. Cowasjee, and K. S. Duggal. New Delhi: UBS Publisher's Distributors, 1995. 79-88. Trans. of *Ham wahshi hain*. 1947. 鈴木たけし訳「ペシャーワル急行」謝秀麗編『現代インド文学選集 I　ペシャーワル急行』めこん，1985 年.
Chandra, Bipan. *India's Struggle for Independence 1857-1947*. New Delhi: Penguin, 1988.
Chandra. N. D. R. Ed. *Modern Indian Writing in English: Critical Perceptions*. New Delhi: Sarup and Sons, 2004.
Chandra, Sudhir. "Partition as *Hijarat* and as Slave Trade: Reading Intizar Husain's 'Unwritten Epic.'" *Reading Partition / Living Partition*. Ed. Jasbir Jain. New Delhi: Rawat, 2007. 72-86.
Chandan, Swaran. *The Volcano: A Novel on Indian Partition*. New Delhi: Diamond Books, 2005.
Chatterjee, Madhuri. "Idiom of the Body and Individual Memory as Social Text in Partition Stories." *Reading Partition / Living Partition*. Ed. Jasbir Jain. New Delhi: Rawat, 2007. 116-122.
Chhachhi, Amrita "The State, Religious Fundamentalism and Women: Trends in South Asia." *Economic and Political Weekly* 18 March 1989: 567-578.
Cixous, Hélène. "Le Rre De La Meduse." La Venue A L'ecriture. 松本伊瑳子他訳『メデューサの笑い』紀伊國屋書店，1993 年.
Cowasjee, S., and K. S. Duggal. Eds. *Orphans of the Storm: Stories on the Partition of India*. New Delhi: UBS Publisher's Distributors, 1995.
Dabre, Thomas, *The God-Experience of Tukaram: A Study in Religious Symbolism*. Pune: Jnana-Deepa Vidyapeeth, Institute of Philosophy and Religion, 1987.
Dalton, Katharina. *Once a Month. The Original Premenstrual Syndrome Handbook*. 1979. Alameda, California: Hunter House, 1994.
Damodaran, Ashok and Priya Sahgal. "Return to the Hardcore." *India Today* (Aug. 31, 2009): 18-24.
Das, Gurcharan. *A Fine Family*. New Delhi: Penguin India, 1990.
Datta, Amaresh et al. Eds. *Encyclopaedia of Indian Literature*. 6 vols. New Delhi: Sahitya Akademi, 1989-94.
Desai, Anita. *Clear Light of Day*. New York: Penguin, 1980.
——. *Fasting, Feasting*. London: Chatto and Windus, 1999.
——. *Fire on the Mountain*. 1977. London: Vintage, 1999.
Derrett, M. E. *The Modern Indian Novel in English: A Comparative Approach*. Brussels: Editions de L'Institute de Sociologie, Univ. Libre de Bruxelles, 1966.
Desai, Kiran. *The Inheritance of Loss*. New Delhi: Penguin, 2006. 谷崎由依訳『喪失の響き』早川書房，2008 年.
Desai, Neera. *Women in Indian Society*. New Delhi: National Book Trust, India, 2001.
Deshpande, Shashi. *That Long Silence*. 1988. New Delhi: Penguin. 1989.

Devi, Ashapurna. "Indian Women: Myth and Reality." *Indian Women: Myth and Reality*. Ed. Jasodhara Bagchi. Hyderabad: Sangam Books, 1995. 19-23.

Devi, Jyotirmoyee. *The River Churning: A Partition Novel*. 1967. Trans. Enaksh Chatterjee. Delhi: Women Unlimited, 1995. Trans. of *Epar Ganga, Opar Ganga*.

Devy, G. N. "The Indian English Novel 1980-90: An Overview." *Indian English Fiction 1980-90: An Assessment*. Eds. Nilufer E. Bharucha, and Vilas Sarang. Delhi: B R Publishing, 1994. 7-18.

Dhawan. R. K. Ed. *Indian Women Novelists: An Anthology of Critical Essays*. New Delhi: Prestige, 1st set 5 vols., 1991, 2nd set 6 vols., 1993, 3rd set 7 vols., 1995.

Dixon, Robert. "'Traveling in the West': The Writing of Amitav Ghosh." *Amitav Ghosh: A Critical Companion*. Ed. Tabish Khair. Delhi: Orient Longman, 2003. 9-35.

Doniger, Wendy, and Brian K. Smith. Trans. *The Laws of Manu*. New Delhi: Penguin, 1991.

Duden, Barbara. *The Woman Beneath the Skin: A Doctor's Patients in Eighteenth Century Germany*. Cambridge, Mass: Harvard UP, 1991.

Dworkin, Andrea. *Intercourse*. New York: Macmillan, 1987.

Duggal, Kartar Singh. *Twice Born Twice Dead*. Trans. Jamal Ara with the Author. New Delhi: Vikas, 1979.

——. "Pakistan Zindabad." *Orphans of the Storm: Stories on the Partition of India*. Eds. S. Cowasjee, and K. S. Duggal. New Delhi: UBS Publisher's Distributors, 1995. 98-103.

——. *Born of the Same Parents: The Saga of Split of the Indian Continent*. New Delhi: UBS Publisher's Distributors, 2008.

Durrani, Tehmina. *My Feudal Lord*. 1994. London: Corgi Books, 1998.

Evans, Dylan. *An Introductory Dictionary of Lacanian Psychoanalysis*. London: Routledge, 1996.

Farrukhi, Asif. Ed. *Fires in an Autumn Garden*. Karachi: Oxford UP, 1997.

Forster, E. M. *The Longest Journey*. 1907. London: Edward Arnold, 1984.

——. *Howards End*. 1910. London: Hodder and Stoughton, 1992.

——. *A Passage to India*. 1924. London: Hodder and Stoughton, 1978.

Frazer, Bashabi. *Bengal Partition Stories: An Unclosed Chapter*. London: Anthem Press, 2006.

Freud, Sigmund. "Beyond the Pleasure Principles." 1955. *On Metapsychology: The Theory of Psychoanalysis*. Ed. Angela Richard. London: Penguin, 1991.

Gandhi, M. K. *India of My Dreams*. Compiled. Rajendra Prasad. 1947. Ahmedabad: Navajivan, 1999.

Gangopadhyay, Sunil. *Those Days*. Trans. Aruna Chakravorty. Calcutta: Ananda, 1997.

Ghosh, Amitav. *The Shadow Llines*. 1988. Boston: Houghton Mifflin, 2005. 井坂理穂訳『シャドウ・ラインズ——語られなかったインド』而立書房, 2004 年.

Gill, H. S. *Ashes and Petals*. Delhi: Vikas, 1978.

Gill, Raj. *The Rape*. Delhi: Sterling, 1974.

Gokhale, Namita. *A Himalayan Love Story*. 1996. New Delhi: Penguin, 1996.

Gowda, H. H. Anniah. *Encyclopaedia of Commonwealth Literature*. New Delhi: Cosmo, 1998.

Greer, Germaine. *Female Eunuch*. London: Flamingo, 1971.

Grosz, Elizabeth. *Volatile Bodies: Toward a Corporeal Feminism*. Bloomington: Indiana UP, 1994.

Hai, Ambreen. "Border Work, Border Trouble: Postcolonial Feminism and the Ayah in Bapsi

Sidhwa's *Cracking India.*" *Modern Fiction Studies* 46. 2 (Summer 2000): 381-426.
Hariharan, Githa. *The Thousand Faces of Night*. 1992. London: The Women's Press, 1996.
——. "The Remains of the Feast." *The Art of Dying and Other Stories*. New Delhi: Penguin, 1993. 9-16.
Hasan, Murhirul. Ed. *India Partitioned: The Other Face of Freedom*. 2vols. New Delhi: Roli, 1995.
——. Ed. *India's Partition: Process, Strategy and Mobilization*. 1993. Delhi: Oxford UP, 1996.
Holmstrom, Lakshmi. Ed. *Inner Courtyard: Stories by Indian Women*. London: Virago, 1990.
Hosain, Attia. *Sunlight on a Broken Column*. 1961. New Delhi: Penguin, 1998.
Hosain, Selina. *The Shark, the River and the Grenades*. Trans. Abedin Quader. Dhaka: Bangla Academy, 1976. Trans. of *Hangor Nodi Grenade*.
Husain, Intizar. *Basti*. 1979. Trans. W. Pritchett. New Delhi: Indus, 1995.
——. *A Chronicle of the Peacocks: Stories of Partiton, Exile and Lost Memories*. Trans. Alok Bhalla, and Vishwamitter Adil. New Delhi: Oxford UP, 2002.
Hussein, Abdullah. *The Weary Generations*. 1963. Trans. Abdullah Hussein. London: Peter Owen, 1999.
Hyder, Qurratulain. *River of Fire*. 1957. Trans. the Author. Delhi: Kali, 1998. Trans. of *Aag Ka Darya.*
Iglehart, Hallie Austen. *The Heart of the Goddess*. Calfornia, Berkeley: Wingbow Press, 1990.
Iyengar, K. R. Srinivasa "Indian Writing in English." *Contemporary Indian Literature*. Ed. Sahitya Akademi. New Delhi: Sahitya Akademi, 1957. 35-58.
Jain, Jasbir. Ed. *Reading Partition / Living Partition*. Jaipur: Rawat, 2007.
Jain, Naresh K. "Tradition, Modernity and Change." *Women in Indo-Anglican Fiction: Tradition and Modernity*. Ed. Naresh Jain. Delhi: Manohar, 1998: 9-28.
——. *Women in Indo-Anglian Fiction: Tradition and Modernity*. New Delhi: Manohar, 1998.
Jalal, Ayesha. *The Sole Spokesman: Jinnah, the Muslim League and the Demand for Pakistan*. NY: Cambridge UP, 1985. 井上あえか訳『パキスタン独立』勁草書房, 1999 年.
Jodha, Avinash. "Against Forgetting: Partitions and the Constructs of History, Memory and Nation in Rushdie and Kamleshwar." *Reading Partition / Living Partition*. Ed. Jasbir Jain. New Delhi: Rawat, 2007. 283-296.
John, Elizabeth. "A Chronotopic Evaluation of Amitav Ghosh's *The Shadow Lines*." *Littcrit* 58 (2004): 56-63.
Joshi, Manoj. *The Lost Rebellion: Kashimir in the Nineties*. New Delhi: Penguin, 1999.
Jung, Anees. *Unveiling India: A Woman's Journey*. New Delhi: Penguin, 1987.
Kakar, Sudhir. *The Inner World: A Psycho-analytic Study of Childhood and Society in India*. Oxford: Oxford UP, 1981.
Kamleshwar. *Partitions: A Novel*. 2000. Trans. Ameena Kazi Ansari. Delhi: Penguin, 2006. Trans. of *Kitne Pakistan.*
Kapur, Manju. *Difficult Daughters*. New Delhi: Penguin, 1998.
——. *A Married Woman*. New Delhi: IndiaInk, 2002.
Kapur, Promilla. *The Indian Call Girls*. 1979. New Delhi, Bombay: Orient Paperbacks, 1994.
Kaul, A. N. "A Reading of *The Shadow Lines*." *The Shadow Lines. Educational Edition*. Delhi:

Oxford UP, 1997. 299-309.

Kaul, Suvil. "Separation Anxiety: Growing Up Inter / National in *The Shadow Lines*." *The Shadow Lines. Educational Edition*. 1988. New Delhi: Oxford UP, 1997. 268-286.

——. Ed. *The Partition of Memory: The Afterlife of the Division of India*. Bloomington and Indianapolis: Indiana UP, 2001.

Kesavan, Mukul. *Looking Through Glass*. NY: Farrar, Strauss, and Giroux, 1995.

Khosla, G. D. *Stern Reckoning: A Survey of the Events Leading UP To and Following the Partition of India*. 1949. New Delhi: Oxford, 1999.

Kincade, Jamaica. *Annie John*. 1983. London: Vingage, 1997.

Klein, Melanie. *The Psycho-Analysis of Children*. 1932. London: Vintage, 1997.

Kortenaar, Neil Ten. "Midnight's Children and the Allegory of History." *ARIEL: A Review of International English Literature* 26. 2 (1995): 41-62.

Krishnaraj, Maithreyi. "Motherhood: Power and Powerless." *Indian Women: Myth and Reality*. Ed. Jasodhara Bagchi. Hyderabad: Sangam Books, 1995. 34-43.

Kristeva, Julia. *The Powers of Horror: An Essay on Abjection*. Trans. Jeanine Herman. NY: Columbia UP, 2000.

——. *The Sense and Nonsense of Revolt*. Trans. Jeanine Herman. NY: Columbia UP, 2000.

Kumar, Paul, and Muhammad Ali Siddiqui. Eds. *Mapping Memories: Urdu Stories from India and Pakistan*. Trans. Rashim Govind et al. Delhi: Katha, 1998.

Kumar, Sukrita Paul. *Narrating Partition: Texts, Interpretations, Ideas*. New Delhi: Indialog, 2004.

——. *Partition and Indian English Women Novelists*. New Delhi: Prestige, 2007.

Kumar, Shiv K. *River with Three Banks: The Partition of India: The Agony and the Ecstasy*. New Delhi, Mumbai, Calcutta: UBS Publisher's Distributors, 1998.

Lacan, Jacques. *Ecrits: A Selection*. 1958. Trans. Alan Sheridan. London: Tavistock, 1977.

——. *The Seminar of Jaques Lacan, Book I: Freud's Papers on Technique 1953-1954*. 1975. Ed. Jacques-Alain Miller. Trans. John Forrester. Cambridge: Cambridge UP, 1988.

——. *The Seminar of Jaques Lacan, Book II: The Ego in Freud's Theory and in the Technique of Psychoanalisys, 1954-1955*. 1978. Ed. Jacques-Alain Miller. Trans. Sylvana Tomaselli. Cambridge: Cambridge UP, 1988.

Lal, Malashri. *The Law of the Threshold: Woman Writers in Indian English*. 1995. Rashtrapatinivas Shimla: Indian Institute of Advanced Study, 2000.

Lal, Malashri, and Namita Gokhale. Eds. *In Search of Sita: Revisiting Mythology*. New Delhi: Yatra / Penguin, 2009.

Lander, Louise. *Images of Bleeding: Menstruation as Ideology*. NY: Orlando Press, 1988.

Laxman, R. K. *Sorry No Room*. Bombay: IBH, 1969.

Lever, Judy and Michael G. Bush. *Pre-menstrual Tension*. Toronto: Bantam, 1981.

Liddle, Joanna and Rama Joshi. *Daughters of Independence: Gender, Caste and Class in India*. New Jersey: Rutgers UP, 1989.

Lohia, Shaila. "Doemestic Violence in Rural Areas." *Violence Against Women, Women Against Violence*. Eds. Shirin Kudchedkar, and Sabiha Al-lssa. Delhi: Pencraft, 1998. 51-55.

Majumder, Abhijit. "At Kumbh, the Missing List Grows." *Sunday Times of India*, [Mubbai] 31 Aug.

2003: 5.

Malgonkar, Manohar. *A Bend in the Ganges*. 1964. NY: Viking, 1965.

Malhotra, Meenakshi. "Gender, Nation, History Some Observations on Teaching *The Shadow Lines*." *Amitav Ghosh: Critical Perspectives*. Ed. Brinda Bose. Delhi: Pencraft International, 2003. 161-172.

Manto, Saadat Hasan. *Mottled Dawn: Fifty Sketches and Stories of Partition*. Trans. Khalid Hasan. New Delhi: Penguin, 1987.

——. "Return." *Kingdom's End and Other Stories*. Trans. Khalid Hasan. 1987. New Delhi: Penguin, 1989.

——. "Return." *Mottled Dawn: Fifty Sketches and Stories of Partition*. Trans. Khalid Hasan. New Delhi: Penguin, 1987.

——. "Reunion." *Orphans of the Storm: Stories on the Partition of India*. Eds. S. Cowasjee, and K. S. Duggal. New Delhi: UBS Publisher's Distributors, 1995. 154-157.

——. "Toba Tek Singh." *Orphans of the Storm: Stories on the Partition of India*. Eds. S. Cowasjee, and K. S. Duggal. New Delhi: UBS Publisher's Distributors, 1995. 145-153.

——. *Black Milk: A Collection of Short Stories*. Trans. Hamid Jalal. Lahore: Sange Meel, 1997.

Martin, Emily. *The Women in the Body: A Cultural Analysis of Reproduction*. Boston: Beacon Press, 1987.

Masroor, Mehr Nigar. *Shadows of Time*. Delhi: Chanakya, 1987.

Mastur, Khadija. *Cool, Sweet Water: Selected Stories*. Ed. Muhammad Umar Memon. Trans. Tahira Naqvi. New Delhi: Kali for Women, 1999.

Mathur, O. P. "Amitav Ghosh's *The Shadow Lines*: A 'Relativistic' Approach." *Littcrit* 58 (2004): 64-73.

Mee, Jan. "'Itihasa': Thus it was: Mukul Kesavan's Looking Through Glass and the Rewriting of History." Ariel: A Review of International English Literature 29. 1 (Jan. 1998): 145-161.

——. "After Midnight: The Indian Novel in English of the 80s and 90s." *Rethinking Indian English Literature*. Eds. U. M. Nanavati, and Prafulla C. Kar. New Delhi: Pencraft International, 2000. 35-54.

Mehta, Deepa. Dir. *1947-Earth*. Mumbai, 1998.

——. Dir. *Water*. Canada, India, 2005.

Mehrotra, Arvind Krishna. Ed. *An Illustrated History of Indian Literature in English*. Delhi: Permanent Black, 2003.

Mehta, Gita. *A River Sutra*. New Delhi: Penguin, 1993.

Mehta, P. P. *Indo-Anglian Fiction: An Assessment*. Bareilly: Prakash Book Depot, 1968.

Mehta, Rama. *Inside the Haveli*. New Delhi: Penguin, 1977.

Memon, M. U. Ed. *An Epic Unwritten*. The Penguin Book of Partition Stories. New Delhi: Penguin, 1998.

Menon, Ritu, and Bhasin, Kamla. *Borders and Boundaries*. *Women in India's Partition*. Delhi: Kali for Women, 1998.

Mishra, D. S. "Modern Indian Writing in English: An Overview" *Modern Indian Writing in English Critical Perceptions*. Ed. N. D. R. Chandra. New Delhi: Sarup and Sons, 2004. 1-48.

Mistry, Rohinton. *Such a Long Journey*. NY: Alfred A. Knopf, 1991.
Montenegro, David. "Bapsi Sidhwa: An Interview." *The Massachusetts Review* 31. 4 (Winter 1990): 513-533.
Mukaddam, Shrf. *When Freedom Came*. New Delhi: Vikas, 1982.
Mukherjee, Bharati. *Jasmine*. 1989. London:Virago, 1998.
Mukehrjee, Meenakshi. *The Twice Born Fiction*. 1971. New Delhi: Pencraft International, 2001.
——. "Maps and Mirrors: Co-ordinates of Meaning in *The Shadow Lines*." *The Shadow Lines. Educational Edition*. Delhi: Oxford UP, 1997. 255-267.
——. Ed. *Rushdie's Midnight's Children: A Book of Reading*. New Delhi: New Orientations, 1999.
Muller, F. Max. Ed. *Sacred Books of the East: The Law of Manu*. Delhi: Motilal Banarsidass, 2001. 渡瀬信之訳『マヌ法典——サンスクリット原典全訳』中公文庫，1991 年.
Nahal, Chaman. *Azadi*. New Delhi: Orient, 1975.
Naik, M. K. *Aspects of Indian Writing in English*. Madras: Macmillan, 1979.
——. *A History of Indian English Literature*. New Delhi: Sahitya Akademi, 1982.
——. *A History of Indian Writing in English*. New Delhi: Sahitya Akademi, 1982.
——. Ed. *Perspectives on Indian Prose in English*. New Delhi: Abhinav, 1982.
——. *Dimensions of Indian-English Literature*. New Delhi: Sterling, 1984.
——. *Studies in Indian English Literature*. New Delhi: Sterling, 1987.
Naik, M. K., and Shyamala A. Narayan. *Indian English Literature 1980-2000: A Critical Survey*. New Delhi: Pencraft International, 2004.
Naik, M. K., S. K. Desai, and G. S. Amur. *Critical Essays on Indian Writing in English*. Dharwar: Karnatak UP, 1972.
Naikar, Basavaraj. "The Trauma of Partition in Azadi." *Modern Indian Writing in English*. Ed. N. D. R. Chandra. New Delhi: Sarup and Sons, 2004. 129-152.
Nair, Anita. *Ladies Coupë*. New Delhi: Penguin, 2001.
Nanavati, U. M., and Prafulla C. Kar. Eds. *Rethinking Indian English Literature*. New Delhi: Pencraft International, 2000.
Nanda, Serena. *Neither Man nor Woman: The Hijras of India*. Belmont, California: Wadsworth, 1990.
Naqvi, Ashfaq. Trans. and Ed. *Modern Urdu Short Stories in Pakistan*. Lahore: West Pakistna Urdu Academy, 1997.
Nasrin, Taslima. *Shame*. 1993. Trans. Tutul Gupta. New Delhi: Penguin, 1994. Trans. of *Lajja*.
Narayan, R. K. *Dark Room. 1938. Memories of Malgudi*. Ed. S. Krishnan. New Delhi: Penguin, 2000.
Nawaz, Mumtaz Shah. *The Heart Divided*. 1957. Lahore: ASR Publications, 1990.
Nayak, Meena Arora. *About Daddy*. New Delhi: Penguin, 2000.
Nayar, Nandini. "The Demon of Debt: Mukel Kesavan's *Looking Through Glass*." *Indian Writing in English Perspectives*. Ed. Joya Chakravarty. New Delhi: Atlantic, 2003. 65-73.
Nehru, Jawaharlal. *The Discovery of India*. 1946. New Delhi: Penguin Books, 2004.
Ohira, Eiko. "Aziz's Transformation and the myth of Friendship in *A Passage to India*." *Yearly Review* 10. University of Delhi (March 2001): 79-93.

——. "The Revolting or Abject Body?—Githa Hariharan's Anti-Brahmanism in the Context of Mother-and-Daughter Fiction." Proceedings of the 1st Annual Meeting of the Hawaii International Conference on Arts and Humanities, Jan. 12-15, 2002. CD-ROM:PDF-file (Eiko Ohira) 1-9: ISSN#1541-5899.

——. "Beyond the Cracked Wall of a Cave: The Triadic Mother-(Daughter)-and-Son in E. M. Forster's *A Passage to India*." Occasional Paper. Women's Studies and Development Center, University of Delhi. (Oct. 2005): 1-12.

Paranjape, Makarand. *Towards A Poetics of the Indian English Novel*. Shimla: Indian Institute of Advanced Study, 2000.

Pasha, Anwar. *Rifles, Bread and Women*. Trans. Kabir Chowdhury. Dhaka: Bangla Academy, 1974.

Pathak, R. S. *Modern Indian Novel in English*. New Delhi: Creative Books, 1999.

Pati, R. N. *Adolescent Girls*. New Delhli: A. P. H. Publishing Corporation, 2004.

Patil, Mallikarjun. "Khushwant Singh's *Train to Pakistan* and Bapsi Sidhawa's *The Ice-Candy Man*: A Comparative Study." *Modern Indian Writing in English: Critical Perceptions*. Ed. N. D. R. Chandra. New Delhi: Sarup and Sons, 2004. 161-169.

Paul, Joginder. *Sleepwalkers*. 1990. Trans. Sunil Trivedi and Sukrita Paul Kumar. New Delhi: Katha, 1998. Trans. of *Khwabau*.

Peer, Basharat. *Curfewed Night*. Noida: Random House India, 2009.

Pickthall, Marmaduke. Trans. *The Koran*. 1909. London: Everyman, 1992.

Prasannarajan, S. "Who Partitioned India?" *India Today* 31 Aug. 2009: 26-29.

Pritam, Amrita. *The Skelton and That Man*. 1950. New Delhi: Sterling, 1987. Trans. of *Pinjar*.

Rajan, Balachandra. *The Dark Dancer*. NY: Simon and Schuster, 1958.

Ram, Kalpana. "Uneven Modernities and Ambivalent Sexualities: Women's Constructions of Puberty in Coastal Kanyakumari, Tamilnadu." *A Question of Silence?: The Sexual Economies of Modern India*. Eds. Mary E. John, and Janaki Nair. New Delhi: Kali for Women, 1998. 269-303.

Ramachandran, R. C. "'The Empire Lingers on': A Note on the Rushdie Phenomenon." *Makers of Indian English Literature*. Ed. C. D. Narasimhaiah. Delhi: Pencraft International, 2003. 223-231.

Rao, K. Damoda and E. Anshumathi. "Banality of Nationalism and the Scourge of Communal Violence in *The Shadow Lines*." *Littcrit* 58 (2004): 74-84.

Rao, Raja. *Kanthapura*. 1938. Oxford: Oxford UP, 1989.

Reza, Rahi Masoom. *The Feuding Families of Village Gangauli*. Trans. G. Wright. New Delhi: Penguin, 1994. Trans. of *Adha Gaon*.

——. *A Village Divided*. A Revised translation. 1966. Trans. Gillian Wright. New Delhi: Penguin, 2003. Trans. of *Adha Gaon*.

——. *Topi Shukla*. 1968. Trans. Meenakshi Shivram. New Delhi: Oxford UP, 2005.

Roy, Anjali. "Microstoria: Indian Nationalism's 'Little Stories' in Amitav Ghosh's *The Shadow Lines*." *Amitav Ghosh's The Shadow Lines: A Critical Companion*. Ed. Murari Prasad. Delhi: Pencraft International, 2008. 161-175.

Roy, Arundhati. *The God of Small Things*. London: Flamingo, 1997. 工藤惺文訳『小さきものたちの神』DHC, 1998 年.

Roy, Asim. “The High Politics of Inda’s Partition: The Revisionist Perspective.” *India’s Partition: Process, Strategy and Mobilization*. Ed. Murhirul Hasan. Delhi: Oxford UP, 1996. 102-132.

Roy, Prafulla. *Set at Odds: Stories of the Partition and Beyond*. Trans. John W. Hood. New Delhi: Shrishti, 2002.

Rushdie, Salman. “The Empire Writes Back with a Vengeance.” *Times* 3 July 1982: 8.

——. *Imaginary Homelands: Essays and Criticism 1981-1991*. London: Penguin, 1992.

——. *Midnight’s Children*. 1981. Vintage, 1995. 寺門泰彦訳『真夜中の子供たち』早川書房, 1989 年.

Rushdie, Salman, and Elizabeth West. Eds. *The Vintage Book of Indian Writing 1947-1997*. London: Vintage, 1997.

Saadawi, Nawal E. *Memoirs of a Woman Doctor: A Novel.* London: Saqi Books 1988.

Sabnis, Sujata. *A Twist in Destiny*. New Delhi: Roli, 2002.

Sagar, Ramanand. *Bleeding Partition: A Novel*. 1948. Trans. D. P. Pandey. New Delhi: Arnold, 1988. Trans. of *Aur Insan Mar Gaya*.

Sahgal, Nayantara. *Storm in Chandigarh*. London: Chatto and Windus, 1969.

——. *Rich Like Us*. New Delhi: Harper, 1985.

Sahni, Bhisham. *Tamas*. 1974. Trans. the Author. New Delhi: Penguin, 2001.

Sarbadhikary, Krishna. “Mapping the Future: Indian Women Writing Female Subjectivities.” *Articulating Gender*. Eds. Anjali Bhelande, Mala Pandurang, and Shirin Kudchedkar. Delhi: Pencraft International, 2000. 144-162.

Sebald, W. G. *On the History of Natural Destruction*. 1999. Trans. Anthea Bell. New York: The Modern Library, 2004.

Sharma, B. D., and Sharma, S. K. *Contemporary Indian English Novel*. New Delhi: Anamika, 1999.

Sharma, Partap. *Days of the Turban*. London: The Bodley Head, 1986.

Shastri, Sudha. “*Tamas* and *Midnight’s Children* From the Historical to the Postmodernist.” Rethinking Indian English Literature. Eds. U. M. Nanavati, and P. C. Kar. Delhi: Pencraft International, 2000. 115-124.

Shildrick, Margrit. *Leaky Bodies and Boundaries: Feminism, Postmodernism and (Bio)Ethics*. London: Routledge, 1997.

Shuttle, Penelope and Peter Redgrove. *The Wise Wound: The Myths, Realities, and Meanings of Menstruation*. 1978. New York: Bantam, 1990.

Shuttleworth, Sally. “Female Circulation: Medical Discourse and Popular Advertising in the Mid-Victoria Era.” *Body / Politics: Women and the Discourses of Science*. Eds. Mary Jacobus, Evelyn Fox Keller, and Sally Shuttleworth. London: Routledge, 1990: 47-68.

Sibal, Nina. *Yatra: The Journey*. London: The Women’s Press, 1987.

Sidhwa, Bapshi. *The Pakistani Bride*. New Delhi: Penguin, 1983.

——. *Ice-Candy-Man*. 1988. New Delhi: Penguin, 1989.

——. Ed. *City of Sin and Splendour: Writings on Lahore*. New Delhi: Penguin, 2005.

Sieklucka, Anna, and Sutinder Singh Noor. Eds. *Punjabi Stories on the Partition*. Delhi, Pumjabi Akademi, 2001.

Singh, Jaswant. *Jinnah India-Partition Independence*. New Delhi: Rupa, 2009.

Singh, Khushwant. *Train to Pakistan*. NY: Grove Press, 1956.

Sinha, A. C. "Marwari Collaborators and Nepali Subalterns: Two Integrative Social Forces in North-East India." *Challenges of Development in North-East India*. Eds. David R. Syiemlieh, A. Dutta, and S. Baruah. New Delhi: Regency, 2006.

Sipra, Mahmud. *Pawn to King Three*. London: Michael Joseph, 1985.

Sirohi, Seema. *Sita's Curse: Stories of Dowry Victims*. New Delhi: Harper, 2003.

Srivastava, Neelam. "Fictions of Nationhood in Amitav Ghosh's *The Shadow Lines*." *Amitav Ghosh: Critical Perspectives*. Ed. Brinda Bose. Delhi: Pencraft International, 2003. 79-90.

Stewart, Frank, and Sukrita Paul Kumar. Eds. *Crossing Over: Partition Literature from India, Paksistan, and Bangladesh*. Hawaii: U of Hawaii P, 2007.

Stoker, Bram A. *Dracula*. 1897. London, Penguin, 2005.

Suleri, Sara. *Meatless Days*. Chicago: U of Chicago P, 1989. 大島かおり訳『肉のない日――あるパキスタンの物語』みすず書房, 1992 年.

——. *The Rhetoric of English India*. Chicago: U of Chicago P, 1992.

Tharoor, Shashi. *The Great Indian Novel*. New Delhi: Penguin, 1989.

Trivedi, Harish. "The St. Stephen's Factor." *Indian Literature* 145 (Sept.-Oct. 1991): 183-187.

——. *Colonial Transactions: English Literature and India*. Manchester: Manchester UP, 1995.

Vaid, Krishna Baldev. *The Broken Mirror*. 1981. Trans. Charles Sparrows and K. B. Vaid. New Delhi: Penguin, 1994. Trans. of *Guzara Hua Zamana*.

Victor, Barbara. *Army of Roses: Inside the World of Palestinian Women Suicide Bombers*. Rodale, 2003.

Walder, Dennis. *Post-Colonial Literature: History, Language, Theory*. Oxford: Blackwell, 1998.

Witt, Reni L. *PMS: What Every Woman Should Know About Premenstrual Syndrome*. NY: Stein and Day, 1983.

Yadav, Poonam. "Violence Against Women as Represented in Cowasjee and Duggal's 'Orphans of the Storm'." *Indian Writing in English Perspectives*. Ed. Joya Chakravarty. New Delhi: Atlantic, 2003. 139-144.

Zaman, Niaz. *A Divided Legacy: The Partition in Selected Novels of India, Pakistan, and Bangladesh*. Dhaka: University Press, 1999.

——. Ed. *The Escape and Other Stories*. Dhaka: University Press, 2000.

——. *1971 and After*. Dhaka: University Press, 2001.

——. Ed. *From the Delta*. Dhaka: University Press, 2005.

——. Ed. *Didima's Necklace and Other Stories*. Dhaka: writers.ink, 2006.

Zaman, Niaz, and Asif Farrukhi. Eds. *Fault Lines: Stories of 1971*. Dhaka: University Press, 2008.

デヴィ，プーラン『女盗賊プーラン』上・下巻, 武者圭子訳, 草思社, 1997 年.

樋口一葉『にごりえ・たけくらべ』新潮文庫, 2005 年.

井筒俊彦訳『コーラン』上・下, 岩波文庫, 1985 年.

宮田登・沖浦和光『ケガレ――差別思想の深層』解放出版, 1999 年.

宮田登『女の霊力と家の神――日本の民俗宗教』人文書院, 1983 年.

――『ケガレの民族誌――差別の文化的要因』人文書院, 1996 年.

野間宏・沖浦和光『アジアの聖と賤——被差別民の歴史と文化』人文書院, 1983 年.
荻野美穂『ジェンダー化される身体』勁草書房, 2002 年.
関根康正『ケガレの人類学——南インド・ハリジャンの生活世界』東京大学出版会, 1995 年.
つげ義春「紅い花」『紅い花』小学館文庫, 1995 年.
八木裕子「結婚」辛島昇他編『南アジアを知る事典』平凡社, 1992 年.
——「少女から娘へ、娘から大人の女へ——結婚」小西正捷編『暮らしがわかるアジア読本　インド』河出書房新社, 1997 年.

◉著者紹介◉

大平 栄子（おおひら・えいこ） 都留文科大学文学部英文学科教授

専門：インド英語文学，イギリス文学

著書：『嵐が丘研究』（リーベル出版，1990），*Subjected Subcontinent: Sectarian and Sexual Lines in Indian English Partition Fiction*（Peter Lang，近刊），『新しいイヴたちの視線——英文学を読む』（共著，彩流社，2002），*Forster's A Passage to India: An Anthology of Recent Criticism*（共著，Pencraft International, 2005），『現代インド英語小説の世界——グローバリズムを超えて』（共著，鳳書房，2011），*Kiran Desai and Her Fictional World*（共著，Atlantic Publishers & Distributors, 2011），*Tagore's Vision of the Contemporary World*（共著，Indian Council of Cultural Relations，近刊）ほか．

論文：“Beyond the Cracked Wall of a Cave: The Triadic Mother-(Daughter)-and-Son in *A Passage to India*,” *Women's Studies and Development Centre Occasional Paper*. Univ. of Delhi (2005), “*The Thousand Faces of Night*: A Counter-Narrative of Bleeding Womanhood,” *Ariel: A Review of International English Literature* 42.3 (2011) ほか．

インド英語《えいご》文学《ぶんがく》研究《けんきゅう》——「印《いん》パ分離《ぶんり》独立《どくりつ》文学《ぶんがく》」と女性《じょせい》

2015年12月31日 発行 定価はカバーに表示してあります

著者 大平栄子

発行者 竹内淳夫

発行所 株式会社 彩流社

〒102-0071 東京都千代田区富士見2-2-2

電話 03-3234-5931 FAX 03-3234-5932

http://www.sairyusha.co.jp

sairyusha@sairyusha.co.jp

印刷 ㈱平河工業社

製本 ㈱難波製本

装幀 桐沢裕美

装画 中村吟子

本文写真 著者

落丁本・乱丁本はお取り替えいたします

ISBN978-4-7791-2129-6 C0098

大人のためのスコットランド旅案内

978-4-7791-2095-4 C0026(15.05)

江藤秀一／照山顕人編著

NHK 連続テレビ小説『マッサン』のほか、英国からの独立住民投票で話題となり、注目をあびるスコットランド。スコットランド通の執筆者 23 名が送る、大人のための旅案内。コラムも充実して、この 1 冊でスコットランドの楽しみ方がわかります！　Ａ５判並製　2500 円＋税

ダイムノヴェルのアメリカ

978-4-7791-1942-2 C0098(13.10)

大衆小説の文化史　山口ヨシ子著

19 世紀後半～ 20 世紀初頭のアメリカで大量に出版された安価な物語群「ダイムノヴェル」。大衆が愛読した「ダイムノヴェル」の特徴から、社会の底辺に蓄積された文化的営為を掘り起こし、アメリカ人に形成された「意識」を探る。各紙誌書評。　四六判上製　3800 円＋税

ワーキングガールのアメリカ

978-4-7791-7042-3 C0398(15.10)

大衆恋愛小説の文化学《フィギュール彩38》　山口ヨシ子著

19 世紀後半のアメリカ。長時間の単純労働に従事していた貧しい「ワーキングガール」たちにとって、「ロマンス」は特別なものだった――。「大衆恋愛小説」を愛読した女性労働者たちの意識を探り、「大衆と読者」の関係を明らかにする。　四六判並製　1800 円＋税

アメリカの家庭と住宅の文化史

978-4-7791-2001-5 C0077(14.04)

家事アドバイザーの誕生　S. A. レヴィット著／岩野雅子・永田 喬・A. D. ウィルソン訳

C. ビーチャーから M. スチュアートまで、有名無名の「家事アドバイザー」の提案に呼応して、米国の「家庭」は形づくられてきた。1850 年～ 1950 年までの「家事アドバイス本」の系譜を辿り、家庭と住宅を「文化史」の視点から再考。ヴィクトリア時代の装飾からの脱却等。　四六判上製　4200 円＋税

家族を駆け抜けて

978-4-88202-507-8 C0397(98.03)

【カナダの文学⑦】　マイケル・オンダーチェ著／藤本陽子訳

オンダーチェの故郷スリランカに取材して書き上げた自伝的作品。忘れがたい人々、意表をつくエピソードの数々が熱帯の風景とともに鮮やかに蘇る。亡き父の面影を追い求める彼が発見したものは……。ポストコロニアル文学の傑作。　四六判上製　2000 円＋税

モンスーンの風に吹かれて

978-4-7791-1473-1 C0026(09.09)

スリランカ紀行　柳沢 正著

元々パーリ語の「いい自然」と言い、アラブ人が「心の平和」と呼び、ポルトガル人たちがセイラーンと称し、英国植民地時代にセイロンとなる。独立後、「光輝く島」というスリランカとなった小乗仏教発祥の国での大胆体当たり、深入りの旅。　四六判上製　1900 円＋税

スリランカ現代誌

978-4-7791-1526-4 C0039(10.04)

揺れる紛争、融和する暮らしと文化　澁谷利雄著

民族紛争で揺れるスリランカだが、祭りや信仰に目を向ければ、融和主義や多様な民族関係が培われ、自然とともに生きる人びとの生活がある。内戦の 26 年をスリランカのフィールド研究に費やした著者が描くアカデミック・エッセイ。　四六判上製　3000 円＋税

〈新しい女〉の系譜

978-4-88202-816-1 C0098(03.05)

ジェンダーの言説と表象　　武田美保子著

19世紀後半、英国で大流行した〈新しい女〉をヒロインにした小説をセクシュアリティ、同性愛、ジェンダーの超克等の問題から照射。過小評価されてきた「〈新しい女〉小説」にモダニズム、ポストモダンの源泉を探り当てる。　四六判上製　2500円＋税

フランケンシュタインとは何か

978-4-7791-2049-7 C0098(14.09)

怪物の倫理学　　武田悠一著

なぜ200年前の物語が、繰り返し映画化されるのか、「原作」を知らない人のために、丁寧に解き明かす。SFとして、ホラーとして、エンターテインメントとして、ポップカルチャーのなかで拡散し、生き延びてきた「怪物」に迫る。　四六判上製　2700円＋税

フランケンシュタインの精神史

978-4-7791-7039-3 C0390(15.08)

シェリーから『屍者の帝国』へ《フィギュール彩36》　　小野俊太郎著

フランケンシュタインと戦後日本SFとの相関をさぐる文化論！ 200年前の物語が提示する現代的な意義＝「つぎはぎ」「知性や労働の複製」「母性をめぐる解釈」などをめぐり、小松左京、光瀬龍、荒巻義雄、田中光二、山田正紀、伊藤計劃や円城塔への継承をたどる。　四六判並製　1800円＋税

新しいイヴたちの視線

978-4-88202-729-4 C0098(02.01)

英文学を読む　　新井 明編

ルネサンスから現代まで、女性研究者17名が提示する英文学の新しい読み。シェイクスピア、ミルトン、ディケンズ、C. ブロンテ、ハーディ、フォースター、V. ウルフ、T. S. エリオットなど、テキストそのものに相対し、英文学をひもとく論文17篇を収載。　Ａ５判上製　3800円＋税

イギリス祭事カレンダー

978-4-7791-1190-7 C0026(06.09)

歴史の今を歩く　　宮北惠子・平林美都子著

1年間の多彩な祭りでみるイギリスの素顔。クリスマスからロック・フェスまで、現在イギリスで行なわれている祭事の起源と変容を、風土・歴史・宗教・文学との関係をみながら紹介する。66の伝統的祭事・祝日・新しいイヴェントが登場。好評２刷！　Ａ５判並製　2000円＋税

英国庭園を読む

978-4-7791-1682-7 C0026(11.11)

庭をめぐる文学と文化史　　安藤 聡著

なぜ英国はガーデニング王国なのか――「庭園」を語り、自分の「庭」を楽しむ文学者たち。英国の「庭園史」と「文学史」をあわせて辿ることで、英国文化の特質に迫る《英国庭園の文化史》。英国内の庭園80余りを紹介。「英国主要庭園ガイド」付。好評２刷！　四六判上製　2800円＋税

ファンタジーと歴史的危機

978-4-88202-785-0 C0098(03.01)

英国児童文学の黄金時代　　安藤 聡著

『不思議の国のアリス』『ピーター・パン』『トムは真夜中の庭で』――英国児童文学史上、優れたファンタジーが集中した1860年代、1900年代、1950年代。これらの時代が、いずれも《歴史的危機》を迎えていたことに着目し、作品を読み解く。　四六判上製　2500円＋税

翻訳論とは何か

978-4-7791-1871-5 C0090(13.04)

翻訳が拓く新たな世紀

早川敦子著

新しい研究領域として文化批評を活性化させてきた「翻訳論」は、現在、どのような展開を遂げているのか——他の批評理論も絡めながら、多様な「翻訳論」を紹介、モダニズム後の言語文化と歴史意識との相互関係を読み解く。　四六判上製　2800円＋税

キプリング　大英帝国の肖像

978-4-88202-972-4 C0098(05.04)

橋本槇矩／桑野佳明編著

英国初のノーベル文学賞を受賞するも、久しく《帝国主義者》のレッテルを貼られたキプリング。再評価が進むなか、日本キプリング協会の14名が、さまざまな《読み》を展開し、多面的な作品群に迫る。本邦初のキプリング文献書誌を収録。論文「インド表象」等収録。　四六判上製　2800円＋税

オーウェル研究

978-4-88202-794-2 C0098(03.03)

ディーセンシィを求めて

佐藤義夫著

全体主義に警鐘を鳴らし、「自由」の重要性を訴えた作家オーウェルの「良心」を探る。初期の作品から『1984年』まで丹念に読み直し、ケストラーやロレンスとも比較、モラリストとしてのオーウェルの全体像に迫る。生誕百年記念出版。　四六判上製　2500円＋税

E. M. フォースターと「場所の力」

978-4-7791-1602-5 C0098(11.04)

塩田伊津子著

「土地」がもつ不思議な力によって運命の歯車が回り始める……。『ハワーズ・エンド』などで知られるE. M. フォースターの作品では「場所」が重要な役割を担っていた。従来論じられることの少なかった「場所の力」の意義を問う。　四六判上製　2800円＋税

ヴァージニア・ウルフ再読

978-4-7791-1690-2 C0098(11.12)

芸術・文化・社会からのアプローチ

奥山礼子著

「意識」に焦点を合わせた手法により、内面を描出された登場人物たちには、ウルフが生きた同時代の文化や精神の受容が反映されている。ウルフの作品から当時の文化や社会の断片を探り出し、「モダニティ」の姿を浮き彫りにする。「P. ウォルシュに見られるアングロ・インディアン像」等収録。　四六判上製　2800円＋

オットリン・モレル 破天荒な生涯

978-4-7791-1603-2 C0023(12.07)

ある英国貴婦人の肖像

ミランダ・シーモア著／蛭川久康訳

特異なファッションと自由奔放な交友関係から、「貴婦人の異端児」と言われ、数多くの知識人たちに衝撃と影響を与えたオットリン。恋愛関係にあったラッセルのほか、ウルフ、ロレンス、ハクスリー等々、その華やかな交遊図が映し出す英国文化史。　A５判上製　8000円＋税

オスカー・ワイルドにおける倒錯と逆説

978-4-7791-1898-2 C0098(13.05)

角田信恵著

現在、ワイルドのセクシュアリティは、テクスト読解に欠かせない要素とみなされる。ワイルドの散文作品全体を取り上げ、テクストの構造とセクシュアリティの構造を関連づけ、「性の政治学」の側面からテクストを分析する。　四六判上製　2800円＋税

移動と定住の文化誌

978-4-7791-1615-5 C0033(11.04)

人はなぜ移動するのか　　専修大学人文科学研究所編

人間の移動が歴史を作った例は多い。移動の距離や規模、また自由な意志や状況に強制された移動など、その移動の動機や要因によって「定住」の形も異なり、文化も異なる。多面的な「移動と定住」の側面を史的な視野から論じる。論文「インド人移民と宗教」等収録。　Ａ５判上製　2800円＋税

ジプシー差別の歴史と構造

978-4-88202-971-7 C0022(05.01)

パーリア・シンドローム　　イアン・ハンコック著／水谷 驍訳

どこにも所属できないがゆえに「よそ者」として主流社会とは異質の行動を余儀なくされてきたジプシーたち。「ロマンティック」な「放浪の民」という従来のジプシー像を一新するロマニ／ロマ自身の手による「知られざる民族」の歴史。　四六判上製　2800円＋税

比較芸能論

978-4-7791-1152-5 C0039(06.04)

思考する身体　　宮尾慈良著

舞踊は言葉で表現できないものを身体で表現する。神話・身体・形象に通底する深い「精神性」を探るため、インドネシア、マレーシア、タイ、カンボジア、ミャンマー、インド、ネパール、中国、台湾、韓国そして日本を踏査。「古代インド演劇の劇場論」「ラーマーヤナ劇の身体伝承」等。四六判上製　2500円＋税

欲ばりな女たち

978-4-7791-1816-6 C0022(13.02)

近現代イギリス女性史論集　　伊藤航多・佐藤繭香・菅 靖子編著

なぜ彼女たちは「成功」したのか――。18～20世紀、近代化が進むなかで、「女性らしさ」を生かして自己実現を果たした女性たち。イギリス史における女性の貢献を再考し、近現代イギリス女性史に新たな視野を提供する。論文「医師登録制度とインドの恩恵」等収録。　四六判上製　3500円＋税

ポスト植民地主義の思想

978-4-7791-9000-1 C0010(05.10)

【オンデマンド版】　　ガヤトリ・スピヴァック著／清水和子・崎谷若菜訳

インド生まれの脱構築派マルクス主義フェミニストが、新植民地主義世界システムにおける女性やアジア、アフリカの多様な位置を示し、ヨーロッパのポスト構造主義との格闘から見出した他者の思考、野性の実践、多様性の哲学の行方を語る。　四六判並製　3500円＋税

読みの抗争

978-4-7791-1769-5 C0090(12.04)

現代批評のレトリック　　武田悠一著

「読む」とは何なのか――。デリダ、ド・マンの脱構築（ディコンストラクション）から、バーバラ・ジョンソン、スピヴァクのフェミニズム・ジェンダー批評へ――現代批評を鮮やかに解説し、「読む主体（読者）」とは何かを読み解く。　四六判上製　4200円＋税

ポスト／コロニアルの諸相

978-4-7791-1515-8 C0093(10.04)

岐阜聖徳学園大学外国語学部編

植民地化という〈異文化との接触〉は何を生み出したのか……。文学・文化・言語という異なった切り口で、文化変容や人々の意識のあり方などを多角的に考察する論集第二弾。「忘れられた「戦争協力詩」など刺激的な９篇。　四六判上製　2800円＋税

現代インド短篇小説集

978-4-88202-228-2 C0097(92.07)

岳 真也編訳

インドの英語誌「インド文学」("Indian Literature") に発表された多様な言語からなる作品のうち、貧困や因習をあつかった社会派小説、夢物語風の寓話小説、人間心理を巧みに描く実験的作品など13篇の作品を選んだ、現代インドの心を知るよすがとして最適の作品集。　四六判上製　1942円＋税

アサー家と激動のインド近現代史

978-4-7791-1547-9 C0036(10.07)

森 茂子著

インドはどのような苦悩を乗り越えて経済発展をとげたのか。世界銀行、アジア開発銀行でのキャリアをもちインド人と結婚した女性が、急変する代表的都市（ムンバイ、プーネ）の発展の軌跡と人々の営み、信念、希望、失意、困難の歴史をミクロの視点で生き生きと描く。　四六判上製　1900円＋税

王妃ラクシュミー

978-4-7791-1360-4 C0023(08.09)

大英帝国と戦ったインドのジャンヌ・ダルク　ジョイス・チャップマン・リーブラ著／薮根正巳訳

19世紀半ばのインド——大英帝国の植民地支配に反旗を翻した王妃がいた。英国軍司令官は彼女をジャンヌ・ダルクにたとえ、「もっとも勇猛に戦った戦士」と褒め称えた。インドの独立運動に大きな影響を与えた王妃を描く歴史物語。　四六判上製　3000円＋税

インド一周ひとり旅

978-4-7791-2126-5 C0026(15.07)

〈鏡の美女〉を訪ねて　南 藍海著

初めてのインドへの旅から約十年を経て、再び「鏡の美女」たちに会いに行く決意を固め、感動のひとり旅に出る。北から南までを旅し、名所旧跡や美術、そして生活と文化の体験を綴った紀行文。精魂こめて撮影した写真を多数収載。　四六判並製　2200円＋税

まるごとインドな男と結婚したら

978-4-7791-1917-0 C0095(13.07)

鈴木成子著

優しいはずなのに夫としての認識と金銭感覚がズレている男と結婚し、インドで出産・子育てをした、トラブル＆おもしろすぎる人生を生活者の視点で描く。ヒンドゥーの神話が根底に流れるインドの暮らしの風情も繊細に描写。　四六判並製　2000円＋税

インドまで7000キロ歩いてしまった

978-4-7791-1613-1 C0026(11.08)

権 二郎著

ただのオヤジが計画性もなく歩き始め、韓国—中国—ベトナム—ラオス—タイ—ミャンマー—バングラデシュ—インドまで、総距離7118km、8年かけた徒歩の旅。道に迷うわ、宿はないわ、官憲に行く手を阻まれるわの珍道中。　四六判並製　1800円＋税

魅せられてインド陰陽紀行

978-4-7791-1449-6 C0026(09.06)

奥田継夫著

カオス、神々や仏の源流……インド・ヒンズー教の世界へ。二回に及ぶインドの旅の様子と、日本とインドの関係を辿る「インド陰陽、色の旅／日本の中のインド」、「インド・日本、語源の旅」を収録。時間と空間を越えた旅の記録。　A５判並製　1900円＋税